La Rebelle de Longwood

SUSAN WIGGS

La Rebelle de Longwood

BestSellers

Titre original : LILLY AND THE LEOPARD

Traduction française de MARIE-JOSE LAMORLETTE

Photo de couverture
Femme : © TOMASZ JANKOWSKI/TREVILLION IMAGES

83/85, boulevard Vincent-Auriol, 75646 PARIS CEDEX 13.
Tél. : 01 42 16 63 63
Service Lectrices — Tél. : 01 45 82 47 47
www.harlequin.fr
ISBN 978-2-2802-3140-4 — ISSN 1248-511X

A ma sœur Lori, affectueusement,
et à son mari Graeme Cross,
un « parfait chevalier, plein de distinction ».

« Bien des hommes pauvres sont devenus nobles en servant dans les guerres françaises, certains par leur prudence, certains par leur vaillance, certains par leur bravoure, et certains par d'autres vertus… qui ennoblissent les hommes. »

NICHOLAS UPTON, *De studio militari*.

Prologue

Westminster, janvier 1414

— J'ai toujours pensé qu'Enguerrand Fitzmarc gagnerait ses éperons sur le champ de bataille, déclara le duc de Clarence, frère du roi. Il est le vengeur personnel de notre souverain ! Il nous a fort bien servis en Anjou.

— C'est un dragon différent que Rand a abattu pour la maison de Lancastre, dit à son tour Richard Courtenay, évêque de Norwich.

Puis il se pencha en avant, la lumière de la chandelle à mèche de jonc conférant un aspect fantomatique à son visage, et ajouta, à l'intention du duc :

— Un dragon bien plus mortel ! Dieu du ciel, Tom, sans Rand, votre frère et vous ne seriez que des carcasses massacrées et jetées à la Tamise par les Lollards !

Rand se sentit fier des louanges de Courtenay. Puis il eut honte de cette fierté. Qu'avait-il fait, après tout, sinon simplement surprendre un complot de fanatiques religieux à l'esprit égaré ? Un manant aurait pu en faire autant. C'était lui qui les avait surpris, cependant, alors qu'il jouait de la harpe au crépuscule. Il était tombé dans une sorte d'embuscade à Eltham et s'en était tiré sain et sauf de justesse pour alerter le roi.

— Etes-vous prêt ? lui demanda alors Henry V avec une calme solennité.

Le roi se tenait debout derrière lui, prêt à lui envoyer la giclée d'eau froide rituelle. Nu dans un cuvier de bois, Rand frissonnait, attendant la royale consécration, celle qui devait symboliquement le « laver de son ancienne vie », selon la formule consacrée.

Le vent sifflait, mêlant sa plainte aux voix qui résonnaient dans la pièce sombre aux murs de pierre.

Rand marqua une pause avant de donner sa réponse. Contrairement à la majorité des aspirants qui brûlaient d'accéder à la gloire de la chevalerie, il ne souhaitait pas se dépouiller de sa vie antérieure et de tout ce qui en faisait la familière douceur : les paisibles couchers de soleil sur la forteresse d'Arundel, les aboiements des chiens durant les parties de chasse, les sons argentins de sa harpe sur les landes du Sussex, la main de Justine dans la sienne… Juste ciel, pouvait-il renoncer à Jussie ?

Les hommes présents dans la chambre attendaient. Il fallait qu'il parle…

— Oui, Votre Majesté, dit-il alors.

Avait-il le choix d'une autre réponse ?

L'eau, bénite par l'évêque et refroidie par l'air de janvier, le mouilla de la tête aux pieds, courant en ruisselets glacés sur sa chair nue. Il resta assis sans ciller, même si en lui-même il crispait chacun de ses nerfs contre le froid mordant.

Jack Cade, son serviteur, s'avança, tenant maladroitement dans sa main abîmée une paire de ciseaux de barbier. Il décocha un grand sourire plein d'irrévérence à son maître, puis se pencha vers lui pour se mettre à la tâche. Les ciseaux grossiers taillèrent tout d'abord dans les boucles dorées de Rand.

— Assez de bains comme celui-ci, marmonna-t-il

ensuite en prenant un rasoir, et vous serez bien capable de respecter votre vœu de chasteté !

Le rasoir toucha le menton de Rand qui réprima un rire, en entendant le roi Henry s'éclaircir la gorge.

— Chut, Jack ! Et faites attention à cette lame ! Le rasage est censé montrer ma soumission à Dieu, et non pas votre maladresse !

Nettoyé de son ancienne vie et dépouillé par le rasoir de son ancienne identité, Rand fut ensuite vêtu d'une chemise, de chausses et de brodequins noirs, la couleur de la mort, afin qu'il n'oublie jamais sa propre mortalité. Par-dessus, on lui enfila une tunique blanche, symbole de pureté, et une cape rouge richement décorée, témoin de sa noblesse et de sa volonté de verser son sang pour Dieu et son roi.

Jack ajusta enfin une ceinture blanche autour de sa taille.

— Un autre symbole de chasteté, murmura-t-il avec un petit air dégoûté. Aimeriez-vous que je la desserre, Enguerrand sans Tache ?

Edward, le corpulent duc d'York, le rappela à l'ordre.

— Gardez votre place, valet !

Les yeux sombres du roi Henry brillèrent sous ses raides cheveux châtains.

— Point de réprimandes, cousin. Jack a imaginé ce titre pour plaisanter. Et cependant…

Le regard royal jaugea l'aspirant.

— Je le trouve adéquat. Par ma foi, Rand, êtes-vous né avec ce maudit comportement de saint, ou est-ce simplement de l'affectation ? Peu importe, nous avons une longue nuit devant nous. Nous pourrons parler.

Il eut un grand sourire devant l'air stupéfait de Rand.

— Oui. J'ai l'intention de veiller avec vous.

Rand mit un genou à terre.

— Votre Majesté, vous me faites trop d'honneur de me parrainer…

— Nous verrons, Enguerrand Fitzmarc, si vous penserez toujours de même demain matin.

Henry V se tourna et prit les devants à travers les corridors tortueux de Westminster. Les deux hommes gravirent en silence l'escalier en colimaçon qui montait de la chapelle du confesseur jusqu'à la chantrerie que le roi lui-même avait fait édifier en hommage à Bolingbroke, son père. Les armes et l'armure neuves de Rand étaient posées sur les marches de l'autel, son épée sur l'autel lui-même.

Courtenay dit la messe, puis entonna :

— Entendez nos prières, ô Seigneur, et bénissez de la main droite de Votre Majesté cette épée dont Votre serviteur désire être ceint.

Rand regarda fixement le glaive, présent du roi Henry. Ceint de cette épée ? Enchaîné, plutôt, pensa-t-il. Néanmoins la lame brillante, forgée dans de l'acier de Poitiers et incrustée d'or, son pommeau en forme de croix étincelant d'une émeraude, en appelait à quelque chose de profond en lui.

Après la messe, les célébrants sortirent lentement de la chapelle, les uns derrière les autres. Rand resta agenouillé devant l'autel, considérant l'épée et tout ce qu'elle signifiait pour lui.

Henry s'assit sur un prie-Dieu.

— Je resterai de pied ferme avec vous, pour vous encourager et vous bousculer si la tentation du sommeil devient trop grande. Bien que vous n'ayez guère de chance de vous endormir à genoux, ajouta-t-il dans un sourire.

Rand résista à l'envie de changer de position. La veillée commençait à peine et il lui semblait déjà que les froides dalles de pierre s'incrustaient dans ses os.

Le roi s'adossa à son siège et croisa les chevilles.

— Vous êtes bien bâti, Fitzmarc. Mon frère de Clarence

dit qu'une fois vous avez sauté par-dessus un rempart sans échelle. Quelle taille faites-vous ?

Se rappelant qu'un aspirant devait passer la nuit en méditation silencieuse, Rand baissa les yeux et garda le silence.

— Allons, vous pouvez parler ! Il y a des choses que j'aimerais savoir sur l'homme qui m'a sauvé la vie. Avez-vous vraiment sauté par-dessus ce rempart ?

Rand rougit.

— C'était un mur ordinaire, Sire, pas un rempart. J'ai entendu une femme crier de l'autre côté et vu des flammes qui s'élevaient. Je n'avais pas le temps de réclamer une échelle.

— Je vois. Alors, quelle est votre taille ?

— Six pieds et une paume… ou peut-être deux, Votre Majesté.

— Et avez-vous sorti la femme des flammes ?

Rand jeta un coup d'œil à ses mains, jointes pour prier. Les jointures de la gauche portaient des cicatrices lisses.

— Oui.

— D'où avez-vous appris à vous battre ?

— De mon père, Marc de Beaumanoir. Il a été capturé par les hommes du comte d'Arundel à Saint-Malo et fut emmené prisonnier à Arundel. Mais il n'a jamais pu réunir sa rançon.

— Il est donc resté en Angleterre, où il a eu un fils qu'il a élevé pour être chevalier…

A sa voix, Henry semblait satisfait.

Rand leva les yeux vers lui. Le roi avait prononcé ces dernières paroles en français. La politesse voulait qu'il répondît de même.

— En effet, Sire, mais il n'a jamais trouvé les moyens nécessaires pour payer mon initiation à la chevalerie.

— Vous l'avez gagnée en dénonçant le complot des Lollards. Ces damnés fanatiques religieux !

En percevant le frémissement de douleur dans la voix du roi, Rand crut bon de préciser :

— Je ne crois pas que votre ami John Oldcastle se trouvait parmi les conspirateurs à Eltham, Votre Majesté. Si tel avait été le cas, Oldcastle ne m'aurait jamais laissé m'échapper.

Henry acquiesça.

— Vous avez raison. Mais…

Sa voix mourut, et un vif éclat dansa dans ses yeux.

— Mais par Dieu, vous parlez impeccablement le français !

Il renversa la tête en arrière et son rire ricocha à travers la chantrerie.

— Votre français est aussi pur que votre réputation ! Par ma foi, je vois la main de Notre Seigneur là-dedans.

Rand sentit l'appréhension le saisir. La main du Seigneur était bien commode dans maints plans du jeune roi.

Le rire d'Henry cessa brusquement. Il se pencha vers Rand, les yeux luisant d'un feu intérieur plus brillant que la lumière des bougies sur l'autel.

— Possédez-vous des terres ?

— Non, Votre Majesté. Je suis né bâtard, et Beaumanoir, le domaine de mon père, a été pris par la couronne de France.

— Etes-vous promis ?

Rand hésita. Les accordailles n'étaient pas officielles ; Jussie avait insisté pour attendre la fin de sa campagne avec Clarence. Néanmoins, leurs vœux avaient été prononcés sous les étoiles dans les landes du Sussex, longtemps auparavant…

— Eh bien ? insista le roi.

— Pas encore, Votre Majesté, mais il y a une jouvencelle…

— Une roturière ?

— Bien qu'elle ne soit pas de sang noble, Sire, il n'y a rien de commun en elle.

Henry sourit.

— Voilà qui est parlé comme un vrai chevalier ! Mais j'ai votre avenir en main, maintenant.

Il se leva pour se fondre dans les ombres au fond de la chantrerie. Rand l'entendit tirer ses conseillers de leur lit ; il perçut les murmures d'un conciliabule et sentit la lame fine et froide de la menace se glisser dans son cœur.

Au lever du soleil, Rand précéda le roi, ses nobles et ses ministres sur le terrain où il serait armé chevalier. L'esprit presque aussi engourdi que les membres, il portait un haubert, une cuirasse et des gantelets. On lui avait passé par-dessus la tête une cotte d'armes en toile blanche ornée du blason des Plantagenêt, le léopard d'or. Une amulette était accrochée à son cou, autre présent d'Henry. Le talisman affichait lui aussi le léopard rampant et la devise « A cœurs vaillants rien d'impossible ».

Des symboles et des cérémonies, pensa Rand. En soldat de cavalerie né bâtard, il regardait toute cette solennité avec un sentiment d'étrangeté.

Le comte d'Arundel se courba pour fixer les éperons d'or à ses talons.

— Votre père serait très fier de vous voir ainsi, Rand…

— Oui, il le serait.

Mais pas Justine. Justine connaîtrait bientôt le prix de son nouveau statut.

Ses éperons vibrant à chacun de ses pas, Rand s'approcha du roi et tendit la main. Henry posa l'épée nue, étincelante, sur sa paume.

— De cette lame, déclara-t-il, dépend non seulement votre vie mais la destinée d'un royaume.

Il passa ensuite l'épée au côté droit de Rand et ce dernier s'agenouilla devant lui.

— Je le pense réellement, mon ami, ajouta le roi. J'ai l'intention de vous donner des terres, une épouse, et de vous faire baron.

Le cœur de Rand s'emballa. Un titre et des terres ! Une épouse !

— La baronnie est celle de Bois-Long, Longwood en anglais, sur la rivière Somme, en Picardie. La dame est damoiselle Belliane, nièce du duc de Bourgogne. Ses terres appartiennent de droit à l'Angleterre. Je la revendique comme ma sujette et j'ai le droit d'ordonner son mariage. Bourgogne et moi avons un accord.

Belliane. Elle était pour l'instant sans visage, sans âme. Mais son nom transperçait les espoirs de Rand telle une flèche enflammée.

— Bois-Long garde une chaussée sur laquelle une armée peut traverser la Somme, continua Henry. J'ai besoin d'un noble loyal posté là si ma campagne pour regagner mes terres françaises doit réussir. Avec votre nouveau rang vont des privilèges, milord, mais aussi des responsabilités.

Henry le fixa droit dans les yeux et Rand vit dans son regard le pouvoir farouche de la détermination royale.

— Cette alliance est ma volonté !

La volonté du roi... Rien n'était plus sacré. Pas même la promesse que Rand avait faite à Jussie, et la perspective de se dédire lui déchirait le cœur. Sa volonté à lui se rebellait à l'idée d'aller vivre dans un pays hostile et d'épouser une étrangère. En tant que Rand Fitzmarc, simple roturier, il aurait pu esquiver l'obligation. Mais en tant que baron de Bois-Long, ou Longwood, il n'avait pas le choix.

Sans esquiver le regard perçant du roi, il répondit d'une voix lourde :

— Que votre volonté soit faite, Sire.

Le roi sourit, se pencha pour lui donner le baiser de paix et tira sa propre épée. Il en posa le plat sur les épaules de Rand.

— Levez-vous, Enguerrand Fitzmarc, premier baron de Longwood ! Soyez un chevalier…

1

Bois-Long-sur-Somme, Picardie
Mars 1414

Lianna drapa une robe de chambre de gaze autour de ses épaules et alla s'asseoir dans l'embrasure d'une fenêtre. En contrebas, elle distinguait les clapotis de la Somme contre les courtines en pierre. Une brise montée de la rivière agita la flamme d'une lampe à huile posée sur un pied, et les ombres de la pièce vacillèrent.

Cette nuit était celle de ses noces.

Les danses, le festin, les salves des canons de Chiang, les toasts sans fin portés aux mariés, les chansons paillardes poussées sans retenue par certains invités la laissaient lasse, mais triomphante.

Ce mariage constituait sa plus grande victoire. Non pas parce que son époux était beau, ce qu'il était, ni parce qu'il était riche, ce qu'il n'était pas. Ni même parce qu'elle avait trouvé le compagnon de son cœur. L'amour et la romance n'existaient que dans les fresques fantaisistes peintes sur les murs de sa chambre. Ce n'était pas ce qu'elle attendait de ce mariage.

Néanmoins, un sentiment de triomphe lui gonflait la poitrine, car son alliance avec le Français Lazare

Mondragon la protégerait du noble anglais qui était en route pour l'épouser sur l'ordre d'Henry, roi d'Angleterre et prétendant au trône de France.

Elle n'éprouvait aucun regret d'avoir défié les ordres de l'usurpateur anglais, aucun frisson de peur lorsqu'elle considérait les conséquences probables de sa rébellion, parce que la souveraineté de la France était en jeu.

On gratta à la porte. Elle sursauta, puis se calma et alla ouvrir d'un pas glissant. C'était Bonne, sa chambrière. Se cramponnant au chambranle de la porte, la nouvelle venue se laissa aller dans la pièce, complètement ivre.

— Bonté divine ! s'exclama Lianna avec un mélange d'amusement et d'ennui. Regardez-vous, Bonne !

La jeune domestique eut un sourire en biais, son joli visage rouge comme un fruit mûr.

— Oui, regardez-moi, ma dame !

Son haleine sentait le vin.

— Ce diable de Roland a déchiré mon meilleur bliaut !

Elle désigna son vêtement qui béait, ses seins opulents débordant presque du corselet.

Lianna s'avança à la lumière de la lampe et Bonne la fixa, de ses yeux rougis par les excès de boisson.

— Par la tête de saint Denis, vous êtes déjà préparée pour votre coucher !

— Je savais que vous ne me seriez pas d'une grande aide ce soir, déclara sèchement Lianna.

La servante tapa d'un pied chaussé d'une pantoufle ; le mouvement la fit chanceler.

— Vous auriez dû me faire appeler.

— Je n'ai pas eu le cœur de vous arracher à…

Lianna se tapota le menton, réfléchissant.

— De qui orniez-vous les genoux, ce soir, déjà ? Ah, oui, Roland.

— Mon premier devoir est envers vous, répondit Bonne,

avec un air de dignité offensée. Roland m'attendrait cent ans, de toute manière. Laissez-moi au moins vous coiffer...

Elle conduisit sa maîtresse à un tabouret, puis, avec des gestes particulièrement précautionneux, elle prit un peigne en ivoire et libéra de sa coiffe sa chevelure.

— Des cheveux filés par les anges, je dis toujours, commenta-t-elle en passant le peigne dans les belles mèches blondes.

— J'aimerais autant les faire couper par la main d'un homme, déclara Lianna en grimaçant quand le peigne s'accrocha dans un nœud. Chiang m'a presque mis la tête en feu lorsque nous testions ces nouvelles charges.

— Chiang !

Bonne avait presque craché ce nom.

— Vous passez trop de temps en compagnie de ce Chinois, ma dame. Il est bizarre. Je ne me fie pas à lui !

— Vous avez trop écouté les hommes d'armes, la réprimanda Lianna. Ils sont jaloux de lui parce qu'ils savent que ses canons peuvent défendre Bois-Long mieux que leurs épées.

— Je ne connais rien à la défense d'un château, mais je m'y connais pour ce qui est de contenter un homme ! Cette nuit, au moins, vous allez jouer le rôle d'une dame au lieu de vous mêler de guerre comme un soldat ! Les plaisirs du lit vous détourneront peut-être de ceux des armes...

Lianna resta assise sans bouger pendant que Bonne débouchait un flacon d'huile parfumée et en parsemait son corps, déposant des effluves de lys sur sa nuque et ses tempes, entre ses seins, derrière ses genoux. Malgré son état d'ébriété, sa main fut ferme lorsqu'elle enjoliva les lèvres et les joues de Lianna d'une discrète touche de rouge.

Puis elle se recula et retint son souffle, admirative.

— Par la barbe de sainte Wilgeforte !

Elle prit un miroir en métal poli et le tourna vers sa maîtresse.

— Vous avez l'air d'une princesse, ma dame !

Lianna fronça les sourcils en contemplant son reflet. La gaze pâle qui la recouvrait frémissait autour de sa svelte silhouette ; sa chevelure encadrait de douces vagues son visage ovale. Son air d'arrogance habituel, sous lequel elle cachait la rêveuse intrépide qu'elle était, faisait paraître ses traits durs et froids.

— Comment pouvez-vous faire grise mine en étant aussi favorisée par la nature ? s'indigna Bonne.

Lianna haussa les épaules, considérant l'ample poitrine de sa chambrière et son sourire hardi.

— En vérité, Bonne, c'est vous qui avez la beauté qui fait tourner les têtes. Sachez aussi qu'un visage agréable ne conquiert pas un royaume, et ne dure pas non plus.

— Heureusement pour vous, votre beauté a duré jusqu'à votre vingt et unième année. Vous paraissez beaucoup plus jeune. Je commençais à me dire que votre oncle le duc devrait vous pousser à l'autel de la pointe de son épée. Pensez-vous qu'il va approuver votre Lazare ?

Rien n'était moins sûr !

— Mon oncle de Bourgogne va arriver ici à bride abattue quand il apprendra ce que j'ai fait.

— Oui, il espérait certainement mieux pour vous.

En elle-même, Lianna acquiesça. Elle s'était souvent demandé pourquoi son oncle Jean ne l'avait jamais pressée de se marier, mais elle était trop satisfaite de son célibat pour le questionner. Et voilà que le roi Henry lui avait fait quitter de force cet état confortable.

Un bruit en provenance de la grand-salle s'infiltra par la fenêtre, ainsi qu'un souffle de brise portant l'odeur de la rivière et celle, plus âcre, des feux d'artifice de Chiang, qui persistait.

Bonne écarta le miroir.

— Je ferais mieux de vous laisser à votre époux. Vous devrez être docile et patiente avec lui…

Lianna leva une main pour l'interrompre.

— Ne vous inquiétez pas, Bonne.

Les bavardages de femmes la mettaient mal à l'aise ; les secrets chuchotés derrière la main d'une damoiselle ne l'intéressaient pas. Elle poussa sa chambrière vers la porte.

— Je survivrai à ma nuit de noces. Allez retrouver votre Roland, maintenant…

Bonne disparut en titubant dans l'étroit escalier en spirale.

Lianna rentra dans sa chambre, songeant à cet acte mystérieux qui concrétiserait son mariage avec Lazare Mondragon. Avec un sentiment aigu de perte, elle repensa à sa mère, morte noyée depuis longtemps. Dame Irène aurait pu la guider en ce moment délicat ; elle aurait pu la préparer à recevoir son époux.

Jetant un coup d'œil à la fresque du mur, Lianna observa la lueur du feu qui dansait sur la figure d'une jeune femme lisant un psautier à un enfant. De nouveau, elle fouilla sa mémoire en quête de souvenirs de sa mère, mais elle ne trouva qu'un soupçon de parfum de rose, l'effleurement léger, presque fantomatique, d'une main fraîche sur son front, les douces intonations d'une voix féminine.

D'un geste de la tête, elle chassa le sentiment de nostalgie qui menaçait de l'envahir. Elle n'avait pas de place dans sa vie pour de jolis contes et des amusements. Le destin l'avait tôt mise en demeure de se charger de son domaine et lui avait appris qu'elle devait aborder chaque tâche avec une logique calculée. La sentimentalité était pour elle un luxe bien inutile !

Elle faisait face à son mariage de la même manière dépassionnée qu'elle faisait face à ses affaires. Quand l'envoyé du roi anglais était arrivé trois semaines plus tôt, lui ordonnant d'épouser un baron qui se dénommait lui-même Enguerrand de Longwood, elle avait entrepris une recherche rapide et méthodique d'un Français épousable qui ne craignait pas son puissant oncle. Elle l'avait trouvé en Lazare Mondragon. Suffisamment dans le besoin pour être ébloui par sa dot, et suffisamment cupide pour accepter de flouer le duc, Lazare avait tout de suite donné son assentiment. Le chapelain du château, vieillissant et sénile, n'avait pas insisté pour que les bans soient publiés longuement.

La porte s'ouvrit en coup de vent et Lazare Mondragon entra. Il avait vraiment fière allure, dans son costume de noces, sa coiffe en velours posée sur sa tête grisonnante. La flamme vacillante de la lampe éclaira ses beaux traits, son nez fort, son menton carré et ses yeux sombres profondément enfoncés. Prenant la main de Lianna, il l'effleura de ses lèvres sèches.

Ce bref contact suscita en elle une pointe d'agitation.

— Tout va bien dans la grand-salle ? demanda-t-elle.

— Mon fils et sa femme semblent avoir conquis le cœur des gens du château, Gervais par ses histoires hardies et Macée avec ses jolies chansons.

Lianna étudia le visage de son époux. Ses yeux ténébreux paraissaient las du monde, et c'étaient ceux d'un étranger qu'elle n'avait rencontré que six jours auparavant. Il ne montrait pas l'alacrité d'un jeune marié. Mais qu'avait-elle espéré d'autre ? Bien sûr, qu'il ne serait pas empressé. Il était veuf, plus âgé qu'elle de vingt-cinq ans. Mais il était français, et c'était suffisant.

Elle versa du vin dans une coupe et la lui tendit.

— Merci, Belliane, dit-il d'un air absent.

— De grâce, Lazare, appelez-moi par mon nom familier.

— Certes, Lianna…

En souriant, elle emplit une autre coupe et la leva.

— Portons un toast à la libération de Bois-Long des mains anglaises !

Un froncement de sourcils plissa le front de Lazare.

— C'est ce que vous vouliez depuis le début, n'est-il pas vrai ? fit-il d'un ton amer.

Elle s'approcha de lui et posa la main sur son bras.

— Je n'ai jamais prétendu autre chose.

Il se libéra d'un geste brusque et se détourna.

— Vous devez vous féliciter de m'avoir si facilement acheté !

— Nous étions deux personnes dans le besoin, vous et moi. Il n'y a pas de honte à ce que notre mariage ait répondu à ces besoins.

Elle fit face à la fenêtre et regarda au-dehors les prairies du bord de l'eau éclairées par la lune.

— Nous pouvons vivre contents ici, Lazare, unis contre les Anglais.

Il but une longue gorgée de vin.

— Longwood pourrait arriver n'importe quand maintenant, s'attendant à trouver ici une fiancée. Que fera-t-il lorsqu'il découvrira que vous vous êtes mariée ?

— Il retournera comme un couard en Angleterre !

— Et s'il nous défie ?

— Il est probablement vieux et faible. Je n'ai pas peur de lui.

— Vous n'avez peur de rien, n'est-ce pas, Lianna ?

C'était plus un reproche qu'un compliment.

Il apprendrait sans doute bientôt, par un valet à la langue bien pendue, sa terreur indicible de l'eau, ce cauchemar enfantin qui la poursuivait encore adulte.

— Je crains certaines choses, détrompez-vous… Mais je ne gaspillerai pas ce sentiment pour ce baron de Longwood !

Elle se rappela avec dégoût sa missive fleurie, parfumée à la rose et portant le sceau d'un léopard rampant.

— De fait, je suis même très impatiente de le renvoyer chez lui. J'ai songé à le saluer avec la nouvelle couleuvrine de Chiang, celle montée sur un chariot pivotant…

— Tout ceci n'est qu'un jeu pour vous ! Nous encourons la défaveur des deux hommes les plus puissants de la chrétienté, mais vous parlez de charges de canons et de feux d'artifice !

Bien que déconcertée par l'humeur de son époux, Lianna retint la repartie acerbe qui lui vint à l'esprit.

— Alors, parlons d'autre chose, dit-elle dans un effort de conciliation. C'est notre nuit de noces, mon mari…

— Je n'ai pas oublié, maugréa-t-il en se resservant du vin.

Elle sourit intérieurement à l'ironie de la situation. N'était-ce pas la jeune mariée qui était censée se montrer nerveuse ? Et cependant, alors qu'elle envisageait son devoir d'épouse d'une manière pratique, Lazare paraissait distrait, hésitant.

— Nous avons lié nos vies devant Dieu, reprit-elle. Maintenant, nous devons consolider ce vœu.

Etouffant une bouffée d'appréhension, elle se dirigea vers le lit. Elle fit tomber sa robe de chambre d'un mouvement d'épaules, puis se glissa nue entre les draps parfumés aux herbes et s'adossa à la tête de lit en chêne sculpté.

Lazare s'approcha, écarta les tentures et jura doucement.

— Vous êtes une très belle femme.

La déclaration n'était pas faite comme un compliment.

Jurant de nouveau, Lazare remonta la courtepointe jusqu'à son cou.

— Il est temps que nous nous comprenions, Lianna… Je ne serai votre époux que de nom.

Ce rejet brutal lui fit l'effet d'un poignard dans le cœur. Dix années sans père, dix-sept sans mère avaient laissé en elle des cicatrices qu'elle avait espéré voir guéries par son mariage.

— Mais je pensais… Est-ce le roi Henry qui vous inquiète, ou mon oncle ? Avez-vous peur d'eux ?

— Non. Cela n'a rien à voir !

— Vous ne me trouvez donc pas plaisante ?

— Non Lianna, cessez vos questions. La faute ne vous incombe pas. Vous êtes une femme magnifique, je vous l'ai déjà dit, je vous le répète et je suis sincère. Si j'étais un poète, j'écrirais une chanson rien que sur la beauté de vos yeux.

La louange la stupéfia et l'emplit de confusion. Il posa sa main, sèche et fraîche, sur sa joue.

— Vous avez un visage de madone, un corps de déesse. N'importe quel homme remuerait des montagnes pour vous posséder !

Le silence s'étira entre eux. Un léger craquement venu du feu résonna dans la chambre.

Lazare retira brusquement sa main.

— N'importe quel homme…

Il eut un rire dur.

— Sauf moi. L'une des servantes, en bas, fera l'affaire pour étancher le désir que vous m'inspirez.

Lianna frissonna.

— Lazare, je ne comprends pas…

Il s'appuya contre un pilier du lit.

— Ce mariage est un mariage de convenance mutuelle et il le restera. Aucun enfant ne doit naître de notre union.

— Bois-Long a besoin d'un héritier, fit-elle remarquer doucement.

Dans son cœur aussi, elle avait besoin d'un enfant. Désespérément.

— Bois-Long *a* un héritier, corrigea Lazare. Mon fils, Gervais.

Une main froide étreignit le cœur de Lianna.

— Cela ne se peut pas ! protesta-t-elle, serrant les draps contre elle tandis qu'elle se penchait en avant, dans un brusque mouvement de colère. Le château est ma demeure ancestrale, défendue par mon père, Aimery le Guerrier, et par ses ancêtres avant lui ! Je ne laisserai pas votre fils usurper…

— Vous n'avez pas le choix, Lianna. Vous vous êtes crue très intelligente en vous mariant contre les souhaits du roi Henry. Mais vous avez négligé un aspect de la question : je ne suis pas un pion dans votre complot pour le pouvoir. Je suis un homme avec une volonté et un fils qui mérite mieux que ce que j'ai pu jusqu'à présent lui donner. Ma vie a pris fin quand sa mère est morte, mais celle de Gervais ne fait que commencer.

— Mon oncle arrangera une annulation. Ni vous ni votre fils cupide n'aurez rien de Bois-Long !

Lazare secoua la tête.

— Si vous me faites partir, personne ne s'opposera à l'Anglais qui vient vous épouser. Il est notoire que votre oncle de Bourgogne traite avec le roi Henry ; il vous forcera à accepter le baron. En outre, vous n'avez pas de motifs valables pour demander une annulation. Nous sommes mariés aux yeux de Dieu et de la France.

— Mais vous avez décrété vous-même que ce doit être une union chaste !

— Elle le sera.

D'un mouvement preste, Lazare tira une dague de son baudrier. Choquée, Lianna bondit hors du lit, se protégeant de la courtepointe. Lazare laissa échapper un petit gloussement.

— Ne vous inquiétez pas, je n'ajouterai pas le meurtre à mes offenses.

Et, souriant, il entailla sa paume et laissa quelques gouttes de sang rougir le drap.

Lianna se mordit la lèvre. En vérité, elle n'avait jamais très bien compris d'où venait le sang d'une pucelle et apparemment, c'était destiné à rester un mystère pour elle.

— Maintenant, reprit Lazare en écartant la dague, c'est votre parole contre la mienne. Et je suis votre seigneur.

Lianna serra plus fort les draps contre elle.

— Vous m'avez utilisée !

Il hocha la tête, ne cherchant pas à nier.

— Tout comme vous m'avez utilisé. Je suis fatigué, Lianna. Je passerai la nuit sur des coussins, dans la garde-robe, pour que nul ne nous regarde avec des soupçons. Au bout de quelques jours, j'irai dormir dans la chambre du seigneur — seul.

— Je vous combattrai, Lazare. Je ne laisserai pas Gervais avoir Bois-Long !

Il lui décocha un long regard sombre, sans répondre, et quitta la chambre.

La brise souffla la lampe. Lianna se remit au lit, évitant la tache de sang, et resta allongée sans dormir. Lazare devait être fort déterminé, pour ne pas posséder sa femme lors de leur nuit de noces.

Le clair de lune entrait à flots dans la pièce, jetant des nuances argentées sur la scène pastorale peinte sur le mur. Derrière la femme et ses enfants, un chevalier richement vêtu était à genoux devant une beauté éthérée, qu'il regardait avec une expression de pure extase.

Une fantaisie d'artiste, se dit Lianna avec irritation, en se tournant de l'autre côté. Une peinture idéalisée de l'amour. Mais elle ne pouvait étouffer sa déception. La rêveuse fantasque qu'elle cachait si soigneusement sous la carapace d'une femme de tête avait espéré trouver le contentement avec Lazare.

A la place, pensa-t-elle amèrement, la perspective d'un mariage sans amour et stérile planait au-dessus d'elle. Non ! décida-t-elle soudain. Son époux avait tort de penser qu'elle remettrait son château sans se battre !

Elle arracha son alliance de son doigt.

— Je suis toujours la damoiselle de Bois-Long, murmura-t-elle.

La messe basse, rapidement marmonnée par le chapelain, était suffisante pour satisfaire la conscience des gens du château. Heureuse de sa brièveté, Lianna se hâta de rejoindre la grand-salle.

Après avoir poussé dehors un chien de chasse paresseux, elle arrêta une servante qui passait.

— Cette salle a des relents de brasserie, Edithe. Allez chercher des feuilles de laurier pour parfumer les jonchées.

La servante s'exécuta et Lianna alla jusqu'au grand foyer central où Guy, son sénéchal, se dressait au-dessus d'un garçon de cuisine qui nettoyait la grille. Guy, un doux géant, ébouriffa les cheveux du garçon et se mit à rire à une plaisanterie. Puis tous deux devinrent graves en la voyant approcher.

Une fois, songea-t-elle, juste une fois, elle aurait aimé qu'ils partagent leur gaieté avec elle. Mais le côté distant, légèrement hautain, qu'elle arborait pour accroître son autorité sur ses gens, n'invitait pas à la camaraderie.

— Y a-t-il assez de provisions dans les cuisines ? demanda-t-elle à Guy.

Il fit signe que oui.

— Il nous reste une moitié de bœuf et des anguilles fraîches. Le vin a pas mal diminué la nuit dernière, mais cela suffira.

— Les étables ont-elles été nettoyées et garnies ?

Un autre signe de tête affirmatif.

— Gervais et sa femme ?

Sa langue buta sur le nom de son beau-fils. Connaissait-il les plans de son père ?

Le visage du sénéchal était dénué d'expression.

— Ils se sont écroulés dans leur lit il n'y a pas une heure, ma dame.

Bien, pensa-t-elle. Aujourd'hui au moins, Gervais ne s'occuperait pas de mener le château.

— Et mon… époux ?

Elle trébucha sur le mot.

— Il est sorti à cheval avec l'intendant, ma dame.

Pour inspecter ses nouvelles acquisitions, sans nul doute, se dit sombrement Lianna. Etouffant un sentiment de désespoir, elle se tourna et vit revenir Edithe. La servante lâcha une poignée de feuilles de laurier en tas sur un paquet de jonchées fraîches.

— Tudieu ! Elles doivent être épandues, comme ceci !

Lianna prit le balai des mains de la jeune fille et dispersa les feuilles.

D'un air boudeur, Edithe reprit le balai et l'imita. Notant que le garçon de cuisine chancelait sous le poids d'un seau de cendres, Lianna s'empressa de le pousser hors de la salle avant qu'il ne renverse sa charge sur les jonchées propres. Il atteignit les marches de pierre, où les cendres se déversèrent en un tas gris. La forte brise les rabattit à l'intérieur. Surprenant l'expression de sa maîtresse, Edithe se dépêcha d'aller les balayer.

Lianna appuya la tête contre le montant sculpté de la porte et soupira, songeant de nouveau à sa mère. On disait que dame Irène, peu attrayante mais très aimée de son bel époux, avait été une châtelaine de talent. Guy, qui était assez âgé pour s'en souvenir, déclarait souvent que le succès d'Irène venait de la dévotion que sa douce nature inspirait aux gens du château.

Lianna savait qu'elle ne possédait pas une nature aussi attachante. Elle dirigeait chaque tâche avec une logique immuable, des manières distantes et implacables. Sa méticulosité stupéfiait les plus dévoués de ses gens et embarrassait ceux qui essayaient de se soustraire à leurs devoirs. Toutefois personne, pas même Chiang, ne comprenait que sous sa froide apparence se cachait une âme solitaire qui ignorait comment susciter chaleur et affection chez les autres.

Plus tard dans la matinée, Lianna sortit seule à cheval. Elle traversa la chaussée qui enjambait la Somme, puis s'arrêta pour regarder le château. Le côté tranquillement imprenable du donjon de pierre, les robustes murailles et les tours blanchies à la chaux la réconfortèrent. Un mois plus tôt, ses seuls adversaires étaient les courants d'air et les gelées qui menaçaient les récoltes. Maintenant, elle avait des ennemis dedans et dehors.

Elle se jura de les combattre. Elle ne laisserait jamais le château tomber dans les mains du fils de Lazare. Elle ne permettrait pas non plus que l'étendard au léopard de Longwood remplace les trois lys d'or qui flottaient sur les remparts de Bois-Long.

Tandis qu'elle poussait sa monture sur la longue bande boisée qui menait à la mer, la paisible harmonie du paysage l'enveloppa. Elle trouva de la consolation dans le reflet des nuages cotonneux sur la rivière, dans la force calme des vieux hêtres, dans la paix profonde des vaches broutant l'herbe épaisse.

Elle ne s'arrêta pas avant d'avoir atteint les hautes falaises balayées par les vents qui dominaient la rugissante mer du

Nord. Sa peur de l'eau tenait dans une sorte de fascination horrifiée ; le seul fait de regarder les remous la faisait trembler. Elle mit pied à terre et s'approcha du bord, les paumes moites, le souffle saccadé, enivrée cependant par l'air vif du large. Elle s'assit sur le promontoire, remontant ses genoux contre sa poitrine, contemplant l'écume blanche qui battait les rochers. Derrière elle s'ouvrait une crevasse de schiste gris foncé où Chiang et elle puisaient du soufre pour leur poudre.

La veille au matin, durant sa messe nuptiale, elle avait écouté réciter *Les Riches Heures de la Sainte Vierge* et avait rêvé des enfants que Lazare lui donnerait. Des enfants qu'elle emmènerait dans cet endroit magnifique, battu par les vents, pour partager avec eux les rêves qu'elle n'avait jamais osé révéler.

« Aucun enfant ne doit naître de notre union. » Le décret de son mari résonnait comme une sentence de mort dans sa tête. Elle ne s'était jamais sentie aussi seule. Elle enfouit son visage dans ses bras et trempa ses manches de larmes amères.

Le navire apparut au loin pendant qu'elle pleurait. Et lorsqu'elle releva les yeux, il se trouvait là, touchant presque au rivage, un magnifique quatre-mâts qui bondissait sur les vagues. Des voiles peintes de dragons fantasques et de serpents se tordaient et gonflaient comme le bréchet de grands oiseaux colorés au-dessus de la coque. Des boucliers portant le blason d'un léopard rampant flanquaient ses côtés.

Elle reconnut les armoiries d'après la missive de Longwood et l'ordre écrit du roi Henry. Sa gorge se serra.

Le baron anglais était arrivé.

2

Du pont de la *Toison d'Or,* Rand étudiait la côte picarde. Plissant les paupières contre le soleil éblouissant qui baignait les falaises crayeuses, il aperçut bientôt une silhouette qui enfourchait un cheval, puis le lançait au grand galop vers deux crevasses gris foncé. En quelques instants l'agile cavalier disparut, telle une ombre fugace.

Froissé que son arrivée ait suscité ce mouvement de peur, Rand descendit le long du pont pour mieux observer Eu, la bourgade où il projetait d'accoster. Le village était blotti contre les hautes falaises. Des vergers dénudés et des champs brûlés, stigmates des troubles qui secouaient la région, l'entouraient. La France était un pays hostile, déchiré par la guerre, pillé par ses propres chevaliers et ceux des Anglais. Nul doute, dans ces conditions, que les atrocités commises par la noblesse aient appris la méfiance au petit peuple. Rand décida que lorsqu'il prendrait sa place à Bois-Long, il montrerait qu'il était différent de ces nobles cupides.

Un essaim de marins s'affairaient pieds nus dans le gréement pour abaisser les voiles en vue de l'accostage. Les chaînes de l'ancre grinçaient tandis qu'un matelot examinait sa corde nouée et criait la profondeur. Rand entendait les chevaux piétiner et hennir dans la cale. Les vents et le temps leur avaient été constamment favorables, réduisant la traversée depuis Southampton à trois jours.

Rand n'était pas pressé d'atteindre son objectif, malgré l'impatience du roi Henry de se frayer un chemin au cœur de la France.

Le visage vert maladif, Jack Cade le rejoignit, vacillant.

— Je ne m'habituerai jamais à ces maudites traversées ! grommela-t-il. Fasse saint Georges que je sois sur la terre ferme avant la tombée de la nuit, dans un lit solide… et si j'ai de la chance, entre les cuisses d'une femme !

Rand se mit à rire.

— Les femmes… Vous les utilisez avec trop d'insouciance, Jack…

— Et vous, vous ne les utilisez pas du tout, milord !

— Elles sont faites pour être protégées, révérées.

Jack rota, fit la grimace et gratta sa joue pas rasée.

— Ma foi, milord, je ne sais pas comment vous forcez votre corps à l'abstinence.

— Cela fait partie de la discipline d'un chevalier.

— Rappelez-moi de ne jamais devenir chevalier, alors. Je ne trouverais aucun réconfort dans des éperons en or.

Rand regarda son serviteur avec affection. Son visage rond et avenant, ses yeux pleins de gaieté, son humour terre à terre révélaient un homme aux pieds bien plantés sur le sol, à l'esprit pragmatique, heureux d'échapper aux exigences implacables de la chevalerie.

— Il y a peu de danger que cela arrive, fit-il observer, étant donné votre totale aversion pour tout ce qui ressemble à des idéaux élevés et à une pieuse dévotion !

— Sacrément vrai, dit Jack, avant de se pencher par-dessus le bastingage pour vomir.

Le rire clair et moqueur d'un marin traversa le pont. Se tournant vers le matelot avec un détachement délibéré,

Jack abaissa ses chausses et lui montra ses fesses. Un chœur de sifflements et de quolibets s'éleva en réponse.

— On n'attraperait pas un poisson avec ce ver ratatiné ! lança un des hommes.

Jack remonta ses chausses et fit un pied de nez.

Rand secoua la tête avec un grand sourire, et regarda de nouveau la côte qui se dressait en avant du bateau. Il avait traversé maintes fois la Mer étroite sous les couleurs du duc de Clarence, et d'ordinaire il ressentait une grande bouffée d'impatience à cette vue. Cette fois il venait en paix, mais n'éprouvait que de l'appréhension. Son arrivée annonçait la fin des rêves qu'il avait partagés avec Jussie, et changeait le cours de sa vie. Qu'elle annonce aussi le début du grand plan de conquête du roi Henry ne le réconfortait guère.

— Milord, dit Jack, vous avez été bien silencieux ces derniers jours. Ne sommes-nous pas des compères ? Dites-moi ce qui trouble votre trop jolie tête.

Rand serra les mains sur le bastingage.

— Je ne cesse de me demander pourquoi le roi m'a choisi pour défendre son territoire français.

Un grand sourire fendit le visage pâle de Jack, et le vent ébouriffa sa tignasse rousse.

— Pour vous récompenser d'avoir éventé le complot des Lollards à Eltham, pardi ! Et les envoyés du duc de Bourgogne ont fait savoir que ce dernier ne voudrait que le meilleur des hommes pour sa nièce.

Rand garda le silence ; l'honneur lui interdisait d'exprimer ses pensées sur les libertés qu'Henry et Bourgogne avaient prises avec sa vie.

— Vous devriez être reconnaissant, reprit Jack. Votre nouveau rang vous donne une riche épouse et son domaine. Qu'aviez-vous à Arundel, hormis un maigre lopin de terre à labourer et un fardeau de corvées à faire pour le comte ?

— J'avais beaucoup plus que cela…

Le visage de Jack s'assombrit.

— Votre Justine… Comment a-t-elle pris la nouvelle de vos fiançailles ?

Rand fixa les brisants blancs qui explosaient contre les falaises. Enfants, Jussie et lui couraient en riant dans les champs de blé qui couvraient les douces terres du Sussex. Adolescents, ils avaient échangé de timides baisers, s'étaient murmuré des promesses. Justine écoutait ses chansons et ses rêves ; il contemplait ses doigts agiles qui cardaient et filaient la laine. Il pensait qu'il l'aimait ; du moins ressentait-il une affection et une sollicitude assez profondes pour contrôler ses besoins virils et lui rester fidèle. Il avait songé à l'épouser, des années auparavant, puis y avait renoncé, estimant qu'il ne pouvait la soumettre à l'existence incertaine d'une femme de soldat de cavalerie.

Maintenant, il était trop tard. Il resserra ses doigts sur le bastingage. Justine avait pris la nouvelle avec un calme surprenant. « C'est ce qui convient, avait-elle dit simplement. Ton père était de sang noble et français… » Au début, sa réponse l'avait troublé. Où étaient ses pleurs, sa résistance ? Elle lui avait juste dit adieu et était entrée comme novice dans un couvent.

Il attribuait sa réaction amène et résignée à sa sereine force intérieure et l'en admirait encore plus. Lorsqu'il se tourna pour répondre à Jack, un regret sans espoir crispait ses traits.

— Justine a compris, dit-il simplement.

— C'est sans doute pour le mieux. J'ai toujours pensé que vous n'étiez pas assortis.

Rand le fusilla du regard.

— Je dis juste que vous êtes très différents, aussi différents qu'un faucon et un rossignol. Justine est plus que douce et réservée, alors que vous êtes un homme d'action.

— Elle était bonne pour moi, insista Rand.

Jack haussa un sourcil ironique.

— Vraiment ? A part vous tenir à votre vœu inhumain de chasteté, elle n'avait pas de véritable pouvoir sur vous, elle ne vous offrait pas de défi.

— Si un autre que vous avait fait cette observation, Jack, il aurait reçu mon poing dans la figure !

Jack brandit sa main mutilée, dont trois doigts étaient coupés.

— Vous êtes toujours si tolérant avec un infirme…

Rand lui prit la main, une main d'archer qu'un chevalier français vindicatif avait abîmée afin qu'il ne puisse plus manier son arc.

— Bientôt, nous allons vivre tous les deux dans cette contrée hostile.

— Vous pensez que la damoiselle se montrera hostile aussi ?

— Je l'ignore. Mais elle a vingt et un ans. Pourquoi ne s'est-elle jamais mariée ?

— Mieux vaut ne pas y penser, répondit Jack.

Il retira sa main et cracha dans la mer.

— Vous êtes déterminé à ne pas l'aimer, n'est-ce pas, milord ?

— Comment le pourrais-je, alors qu'elle se trouve entre Jussie et moi ?

Jack secoua sa tête rousse.

— Vous savez bien que ce n'est pas vrai. C'est l'édit du roi qui vous a séparé de Justine.

— Tu as raison… Mais je ne parviens pas à éteindre un sentiment de révolte en moi… Je ne peux cependant pas blâmer Henry. Longwood est vital pour lui. Il essaie de se l'assurer d'une manière pacifique, et c'est le meilleur moyen qu'il connaît.

Rand s'efforça d'emplir son cœur vide d'objectifs élevés, du sentiment qu'il avait une destinée à accomplir.

— Je suppose que reconquérir la couronne de France est un plus grand dessein que les désirs particuliers d'un homme, dit-il.

La *Toison d'Or* jeta l'ancre dans le petit port tranquille d'Eu. La bourgade semblait désertée. En débarquant avec son contingent de huit hommes d'armes, son écuyer Simon, le prêtre Batsford et de nombreux arcs et chevaux, Rand se rappela les champs dévastés qu'il avait vus.

— Cette maudite ville est vide, dit Jack, méfiant. Je n'aime pas ça.

Ils écrasaient sous leurs pas les coquillages et les galets qui jonchaient la route, et le vent poussait sa complainte entre les chaumines de pierre aux volets fermés.

Son épée frappant son côté, Rand s'approcha d'une grande bâtisse de guingois. Au-dessus de la porte, une enseigne grossière peinte d'une gerbe de blé s'agitait en grinçant. Un léger miaulement se mêla aux plaintes du vent. Rand baissa les yeux et aperçut un maigre chaton noir et blanc, tapi derrière une barrique renversée. Il se pencha pour l'attraper. Aussi affamé de contacts que de nourriture, le chaton se blottit dans sa grande paume et se mit à ronronner.

— Je traverse la Mer étroite en vomissant, et pourquoi ? grommela Jack. Pour un maudit chat !

— Du calme, dit Rand. Peut-être cette petite bête vous laissera-t-elle dormir avec elle ?

Les hommes gloussèrent, mais continuèrent à jeter des regards prudents tout autour d'eux comme s'ils étaient déjà effrayés de ce qu'ils pourraient voir.

Rand poussa de l'épaule la porte de la taverne. La lumière

de l'après-midi pénétrait faiblement à travers deux fenêtres garnies de parchemin, éclairant un fatras de tables et de tabourets renversés, de vaisselle cassée. Le foyer central était froid ; les bûches brûlées gisaient comme des fantômes gris-blanc, prêtes à s'effriter au moindre souffle.

Rand caressa distraitement le chaton.

— La bourgade a été attaquée par des brigands. Doux agneau de Dieu, les Français s'en prennent aux leurs à présent !

— Et ils ne nous laissent rien, fit remarquer Jack en regardant sombrement un placard vide.

Les autres entrèrent dans la salle. Jack jeta un coup d'œil à son maître.

— Et maintenant, milord ?

Un bloc de plâtre tomba du plafond et atterrit sur sa tête. Il s'étouffa et jura à travers un nuage de poussière.

Rand parcourut le plafond des yeux. Dans un coin, une petite ouverture était couverte de planches.

— Il y a quelqu'un au grenier…

Se courbant afin de passer sous les poutres trop basses pour sa haute taille, il frappa légèrement sur les planches.

— Nous venons en paix, dit-il en français. Montrez-vous. Nous ne vous ferons pas de mal.

Il entendit un frottement et du plâtre tomba de nouveau, puis les planches s'écartèrent. Rand aperçut d'abord un grand nez crochu, puis un visage mince tanné par les vents marins, dont le front haut tavelé par l'âge était couronné de maigres cheveux sans couleur définie. Deux petits yeux acérés le fixèrent avec suspicion.

— Vous êtes anglais ?

Rand gratta le chaton derrière les oreilles.

— Je suis un ami. Descendez, sieur.

Le visage disparut. Une conversation étouffée s'ensuivit. Une dispute, apparemment, ponctuée par des voix de femmes et les pleurs d'un enfant. Puis une échelle grossière émergea par l'ouverture. Le vieil homme descendit.

— Je suis Lajoye, tavernier de la Gerbe de Blé.

— Je suis Enguerrand Fitzmarc, annonça Rand, baron de Bois-Long.

Pas encore habitué à son nouveau titre, il le donna avec un certain embarras.

— Bois-Long ? Je ne savais pas que c'était une possession anglaise.

— Toute la Picardie appartient aux Anglais, mais quelques têtes dures à Paris refusent de l'admettre.

Le tavernier jeta un coup d'œil méfiant aux hommes qui se tenaient dans sa salle.

— Vous ne venez pas piller ?

— Non. J'ai strictement mis mes hommes en garde contre le pillage. Je viens réclamer une épouse, ici.

Une lueur d'intérêt s'alluma dans les yeux pâles.

— Ça alors ! La nièce de Bourgogne, la damoiselle de Bois-Long ?

Rand lui tendit une poignée de pièces en argent.

— J'aimerais séjourner ici, sieur, pendant que je la fais prévenir et attends sa réponse.

Lajoye se tourna vers le grenier et lança un ordre d'une voix rauque. Un par un, les occupants en sortirent : sa femme bien en chair, deux fils de l'âge de Rand et six enfants. Il y eut encore du bruit en haut.

— Les autres ? demanda Rand.

Le vieil homme jeta un regard noir aux hommes d'armes, qui se mouvaient avec impatience dans la salle. Aussitôt, Rand comprit son inquiétude.

— Le premier de mes hommes qui posera la main sur une femme non consentante se verra couper cette main par ma lame, dit-il en touchant le riche pommeau de son épée.

Lajoye le mesura un long moment du regard, puis porta

les yeux sur Robert Batsford, le prêtre. Bien qu'il préférât brandir un arc à lever une hostie, Batsford possédait un talent troublant pour feindre une attitude de sainte piété.

— Vous pouvez prendre Sa Seigneurie au mot, dit-il, son visage rond solennel, sa voix moelleuse sincère.

Apparemment satisfait, le tavernier appela une fois encore et les femmes apparurent. Des enfants étaient accrochés aux jupes des deux premières ; les deux autres, qui avaient les cheveux dénoués de jeunes filles, restèrent en arrière, regardant craintivement Rand et ses soldats.

Par Dieu, pensa Rand, ces gens devaient vivre comme des rats en se terrant par peur de leurs compatriotes !

Voulant montrer sa bonne foi, il se tourna vers ses hommes.

— Remettez cette salle d'aplomb ! leur ordonna-t-il. Allez chercher les provisions du bateau et armez-vous !

Il tendit le chaton à une petite fille.

— Nous allons poursuivre les brigands. Nous pourrons peut-être récupérer une part du butin.

Tandis que les hommes se mettaient au travail, Lajoye regarda Rand avec un évident respect.

— Votre nom serait béni si vous pouviez rapporter le ciboire que ces diables ont volé dans notre chapelle.

— Je vais essayer, Lajoye.

Rand sortit dans la cour, où Simon sellait son cheval.

Le tavernier suivit. Il caressa d'une main noueuse l'encolure du percheron.

— Ainsi, vous réclamez Bois-Long ?

Rand acquiesça.

— Y voyez-vous une objection ?

Le vieil homme soupira.

— En tant que Français, je suppose que je le devrais. Mais en tant que tavernier en quête d'une existence paisible, je ne m'en soucie pas, à partir du moment où vous tiendrez parole pour interdire les pillages.

Il cracha par terre.

— Les chevaliers français ravagent notre pays et violent nos femmes.

Rand se crispa.

— Les brigands attaqueraient-ils Bois-Long ?

— Non, le château est trop bien fortifié. Ne l'avez-vous jamais vu, milord ?

Rand fit signe que non.

— La première forteresse de Bois-Long a été bâtie par le Cœur de Lion lui-même. Vos fils seront riches !

Rand se passa les doigts dans ses cheveux dorés.

— Comme le sera ce district, si je peux agir à ma guise. Connaissez-vous la damoiselle ?

— Je ne l'ai jamais rencontrée, mais j'ai vu sa mère à la Saint-Michel, voilà des années.

— A quoi ressemblait-elle ?

Lajoye secoua la tête.

— Que puis-je dire de la sœur de Jean sans Peur ?

Il eut un sourire espiègle.

— Son visage aurait mieux convenu à un cheval… Comme son frère, elle n'était pas favorisée par la nature.

Rand essaya de rire à la plaisanterie.

— Dieu fasse qu'elle n'ait pas eu le caractère de Bourgogne, en plus, dit-il à mi-voix, en songeant aux noires actions que l'on attribuait à l'implacable duc.

— Le père de votre promise, messire de Bois-Long, était un homme de bien selon tous les dires, et beau comme un prince. Peut-être que c'est à lui, Aimery le Guerrier, que la fille ressemble.

Rand se raccrocha à cette dernière possibilité. Dieu fasse que dame Belliane soit aussi belle et bonne que son père ! songea-t-il.

Sur ce souhait, il monta en selle et fit signe à deux de ses hommes d'aller vers le sud. Les traces de sabots sur le sol de la forêt étaient éparses ; nul doute que les brigands s'étaient séparés. Rand ne rechignait pas à chevaucher seul. Les événements des dernières semaines lui avaient donné une énergie vibrante, une force concentrée. Il relâcherait volontiers cette puissance sur des bandits qui volaient des vieillards, des veuves et des orphelins.

Alors qu'il passait sous les branches grisâtres de peupliers, il remarqua dans les herbes hautes une pierre gravée qui indiquait une direction. Une seule fleur stylisée, une fleur de lys, se dressait au-dessus d'un motif ondulant. Avec un sursaut, il reconnut l'emblème de Bois-Long. Brûlant de curiosité, il attacha son cheval et continua à pied.

Après avoir contourné un groupe de maisons de paysans à colombage et des bâtiments de fermes, il marcha vers la rivière jusqu'à ce que les tours jumelles de la barbacane du château se dressent face à lui.

Il réprima une exclamation admirative. Des murs épais, couronnés par des fleurons, ceignaient une forteresse à la beauté solide, dont il découvrait avec ravissement les tours rondes élancées, les hautes croisées, la chapelle en forme de croix et la herse en fer sous la barbacane.

Des créatures fantastiques en pierre regardaient sévèrement depuis les créneaux, des têtes de griffons et de gorgones défiant tout arrivant de pénétrer dans les murs qu'elles gardaient. Tel un îlot édifié par l'homme, le château était entouré d'eau. La rivière profonde coulait devant et une douve contournait l'arrière, orienté au nord. Une longue chaussée de bois — la voie qu'Henry convoitait tant — enjambait la Somme.

C'était chez lui, pensa-t-il. Le roi Henry lui avait donné ce château ; il devait simplement être assez hardi pour le prendre. Mais pas tout de suite. La hâte menait à l'imprudence.

Il dépassa des rangées de saules, des bouquets de chênes tordus, et ses pensées revinrent à sa promise. Belliane, la damoiselle de Bois-Long. La lionne dans son antre. Il écarta cette idée d'un sourire. Il avait derrière lui la puissance de l'Angleterre et le droit de saisine. Comment pourrait-elle s'opposer à lui ?

Son arme cachée sous une longue cape brune, Lianna se glissa sous l'arche de la barbacane. Jufroy, qui gardait la porte de la rivière, inclina la tête.

— Vous allez vous promener, ma dame ?

Elle s'arrêta.

— J'aurais cru que vous resteriez près de votre époux…

Elle resterait plus volontiers près d'un serpent, pensa-t-elle.

— Lazare est de nouveau sorti à cheval avec l'intendant.

— Ne vous éloignez pas trop, ma dame. Nous avons ouï dire que les écorcheurs ont attaqué un village de la côte, hier.

Lianna avait l'intention d'aller loin, en vérité, mais elle ne jugea pas utile d'inquiéter Jufroy.

— Alors, ils seront partis depuis longtemps, dit-elle posément. En outre, aucun brigand n'ose s'approcher de Bois-Long. Pas avec nos nouveaux canons montés sur des chariots pivotants. Ils souffleront tout intrus jusqu'à Calais.

Jufroy grogna et regarda fixement la chaussée qui traversait la rivière. Lianna se rendit compte qu'elle l'avait blessé dans sa fierté en laissant entendre que ses canons, et non la valeur de ses hommes d'armes, assuraient le caractère imprenable de Bois-Long.

— Mais un canon est inutile sans des hommes forts et

des esprits agiles pour le faire fonctionner ! s'empressa-t-elle d'ajouter.

L'expression du garde s'adoucit.

— Prenez garde à vous dans votre promenade.

Comme toujours, Lianna traversa le pont sans regarder en bas. Baisser les yeux signifiait voir l'eau noire et luisante entre les planches, éprouver la nausée d'une peur insurmontable. A la place, elle se concentra sur la solidité du bois sous ses pieds et sur le claquement de ses sabots sur les planches.

Une heure de marche l'amena en plein cœur des terres du château, assez loin de ce dernier pour essayer sa nouvelle arme en privé. Les gens du château craignaient les armes à feu ; cette arquebuse les ferait sûrement partir en criant. Si elle marchait une heure de plus, elle arriverait à Eu, où les Anglais se cantonnaient sans doute chez les habitants. Elle frissonna. Nul besoin de s'aventurer jusque-là. Le baron usurpateur la trouverait bien assez tôt. Elle serra la main sur son arme. Elle serait prête à le recevoir !

Elle sourit en ôtant sa cape et en détachant son tablier, lourd de sacs de poudre et de balles. Chiang avait fondu l'arquebuse pour elle, en cadeau de noces. Lui seul comprenait sa fascination pour les armes à feu et, comme elle, croyait que le feu placé dans les bonnes mains était la meilleure défense.

Elle leva la crosse de bois et serra les doigts autour du canon en laiton. Grâce à la fantaisie artistique de Chiang, une petite fleur de lys en relief surmontait l'embouchure.

Elle passa la main sur la tige mince de la détente, puis murmura la bénédiction habituelle d'une arme à feu :

— *Eler Elphat Sebastian non sit Emanuel benedicite.*

En se tournant, elle aperçut un levreau à quelques mètres d'elle. Indifférent à sa présence, il reniflait nonchalamment parmi des églantiers. Une cible vivante. L'épreuve parfaite pour tester l'efficacité de son arquebuse. Si Longwood faisait des difficultés, elle aurait intérêt à savoir bien s'en servir.

Un léger picotement d'exultation lui parcourut le dos tandis qu'elle faisait le signe de croix sur une petite balle en plomb et la glissait dans le canon. Se rappelant les instructions de Chiang, elle émietta de la poudre dans la culasse. La charge lui parut trop maigre et elle en rajouta, puis alluma une mèche lente en étoupe trempée dans du sel de St-Pierre. Enfilant la mèche fumante dans le percuteur, elle mit un genou à terre et plaça la crosse sur son épaule.

Clignant des cils sous l'effet de la fumée âcre qui lui brûlait les yeux, elle visa sa proie. « Reste ferme, se dit-elle. Une arme à feu ne vaut rien dans des mains nerveuses. » Elle ferma un œil, inspira à fond, relâcha exactement la moitié de son souffle et lentement, fermement, commença à presser sur la détente.

— Les braconniers préfèrent l'arc, pucelle, parce qu'il a l'avantage du silence, murmura une voix douce derrière elle.

De surprise, Lianna oublia toute prudence et laissa sa main se resserrer involontairement sur la détente. La mèche entra en contact avec la poudre.

Une explosion à percer les tympans l'assourdit et emplit ses narines de l'odeur du soufre brûlant. La crosse de l'arquebuse recula violemment, la catapultant en arrière contre un obstacle grand, chaud… et qui respirait.

Furieuse de sa stupidité, elle s'écarta à quatre pattes, prête à passer sa rage sur l'homme d'armes qui avait osé la suivre depuis le château.

Elle se retourna…

Et resta bouche bée devant le sourire dévastateur d'un inconnu. Posant les mains derrière elle, elle leva les yeux, son regard stupéfait découvrant un homme blond et robuste qui semblait n'en plus finir.

Il ramassa l'arquebuse, la mit de côté et parla. Mais

Lianna ne l'entendit pas à cause de ses oreilles qui sifflaient. Sa première pensée, si quelque chose d'aussi absurde pouvait être qualifié de pensée, fut qu'elle était tombée sur un dieu mythique du Nord, une divinité dorée de la forêt revenue des temps anciens. Car un corps d'une puissance aussi massive, un visage d'une telle beauté, ne pouvaient assurément pas être humains !

La vision tendit vers elle une grande main carrée. Lianna recula, craignant, si elle le touchait, qu'il ne disparaisse comme un feu follet des marais. Ses lèvres remuaient, mais elle ne pouvait toujours pas l'entendre. Il pencha la tête d'un côté, avec une expression douce, et peut-être un peu narquoise.

Elle décida alors qu'il ne s'agissait pas là d'un dieu vengeur du Nord, mais d'une créature plus indulgente. Un ange, peut-être… Ou un archange, plutôt, car seul un être du rang le plus élevé pouvait être doté de cette ossature nette et puissante, de la chaste innocence qui imprégnait sa belle bouche souriante et d'yeux aussi célestes.

Ses yeux n'étaient pas simplement verts ; ils avaient la couleur d'une feuille neuve transpercée par le soleil.

Il parla de nouveau, et cette fois elle l'entendit.

— N'ayez pas peur de moi.

Il se pencha, la saisit par la taille et la remit sans effort sur ses pieds.

Son emprise était ferme, et sa voix jouait sur ses sens éparpillés. C'était un corps d'homme qui se pressait contre le sien, une voix d'homme qui caressait ses oreilles.

Alarmée, elle s'écarta de lui.

— Qui êtes-vous ?

— Rand, répondit-il simplement. Et vous, pucelle ?

Il l'appelait « pucelle ». Que dirait-il s'il savait qu'il parlait à la damoiselle de Bois-Long ? Elle prit une seconde de réflexion, se tapotant le menton d'un air absorbé. La nouveauté de l'anonymat la séduisait. Et la nécessité de s'y tenir, parce que Lazare avait détruit toute la confiance qu'elle pouvait avoir en un étranger, lui fit répondre seulement :

— Lianna.

— Vous avez le visage tout noir, Lianna.

Elle leva la main, toucha sa joue et regarda le bout de ses doigts : ils étaient noirs de suie. Au moins, la poudre qui maculait sa peau dissimulait la rougeur brûlante qui lui était montée aux joues.

— Je… j'ai mal calculé la charge, dit-elle.

— C'est ce qu'il semble…

Il lui prit les mains et la fit asseoir sur une litière de genêts.

— Je m'y connais peu dans ce genre de chose…

— Mais moi si, crénom ! lâcha-t-elle, exaspérée contre elle-même. J'aurais dû me fier à la précision de la science au lieu de me fier à mes yeux !

— Eh bien, pucelle, comment une si douce personne possède-t-elle un savoir aussi mortel ?

Lianna s'avisa de nouveau qu'il ne serait pas bon de se découvrir à cet étranger. Si c'était un brigand, il considérerait la damoiselle de Bois-Long comme un otage de valeur. Et si c'était un Anglais… Elle rejeta cette idée. Son français était parfait, sans le moindre accent étranger.

— Mon père était… armurier. Il se montrait indulgent envers mon intérêt pour les armes à feu.

Rand regarda l'arquebuse noircie en fronçant les sourcils.

— Alors, votre père était un sot !

Elle haussa le menton, mais résista à l'envie de défendre son faux père et d'accroître ses mensonges.

— Ne bougez pas, dit-il. Je vais vous nettoyer.

Lianna n'était pas du genre à obéir aux ordres, mais, mal remise du choc de l'explosion et de la surprise de rencontrer cet étranger captivant, elle resta immobile. Il passa la main sous sa cotte de mailles et en sortit un petit paquet enveloppé dans un linge qui contenait une miche de pain. Avec le linge, il se mit à lui nettoyer le visage. Ses frottements doux et légers étaient apaisants, mais l'étrange intimité de ce geste raviva la colère de Lianna.

— Pourquoi vous êtes-vous glissé derrière moi ? Vous avez gâché mon tir !

— C'était mon intention, dit-il en lui frottant le menton. Le lièvre était une femelle qui allaitait.

Elle fronça les sourcils.

— Comment le savez-vous ?

— D'après sa silhouette. Elle n'était pas aussi grasse qu'elle en avait l'air, mais avait les mamelles pleines.

Lianna pria qu'il n'ait pas encore assez nettoyé son visage pour discerner sa nouvelle rougeur.

— Vous n'auriez pas voulu tuer une mère allaitant ses petits, n'est-ce pas ?

— Bien sûr que non. C'est juste que je n'y avais pas pensé.

Il lui tendit la miche de pain.

— En voulez-vous ?

— Non, merci. Je ne chassais pas pour me nourrir.

— L'attrait du sang, alors ? demanda-t-il d'un ton légèrement accusateur.

— Crénom, je ne suis pas une tueuse débridée ! Je voulais juste essayer mon arquebuse sur une cible qui bougeait.

— Je doute que cet animal aurait vu la différence.

— Je l'aurais probablement manquée, de toute façon. Ma visée est imprécise et mon arme plus que grossière.

Comme un parent essuyant les larmes d'un enfant, il tamponna la chair délicate sous son œil gauche.

— Vous avez les yeux argent, pucelle.

— Gris.

— Argent, comme la lisière d'un nuage à l'aube.

— Gris, comme les murs de pierre d'une forteresse durant un siège !

— Ne discutez pas, pucelle. J'ai le sens de ces choses-là. La pierre ne capture pas la lumière et ne la reflète pas, alors que vos yeux…

Il tamponna la peau sous l'œil droit.

— … le font assurément.

Peu à peu, Rand découvrait le visage caché sous la suie. Et ce n'était pas sans un étonnement fasciné. Il était venu là pour suivre des brigands et avoir un aperçu de sa baronnie. A la place, il avait trouvé une superbe jeune fille et une arme mortelle, deux surprises dont l'une était étrangement bienvenue.

Ecartant une pâle mèche de cheveux, il ôta le reste de la suie de ses joues. De la poussière noire restait accrochée à ses sourcils et à ses cils, mais au moins son visage lui était-il révélé.

Assise dans son bliaut de toile bleue, elle le fixait avec de grands yeux argentés qui ne cillaient pas. Son visage était d'un ovale délicat, constitué de beaux traits fins. Malgré l'ombre de suie qui subsistait, il discernait que sa peau avait l'ivoire d'un lys, allié au rose léger des fleurs de pommier sur ses joues et ses lèvres.

Il fut alors frappé de manière inattendue par la foudre du trouble charnel. Il désirait cette fille ; il brûlait pour elle avec une aspiration que Jussie n'avait jamais éveillée ! Invoquant toute la force de son vœu de chasteté, il résista à l'idée qu'ils étaient seuls, sans chaperon, loin de toute autre personne.

Ce n'était pas tant sa beauté virginale qui l'envoûtait, que l'expressivité de ses traits. Ses yeux étaient habités d'une vive intelligence, mais semblaient hantés par des ombres dans leurs profondeurs argentées. Sa bouche était pleine et ferme, et cependant la façon dont elle mordillait sa lèvre inférieure de ses petites dents blanches laissait supposer de la vulnérabilité.

Des années de célibat s'estompèrent sous l'assaut d'un désir ardent. Rand posa ses grandes mains sur ses joues, et laissa ses pouces décrire des cercles lents sur sa peau.

— Je n'ai jamais vu un visage comme le vôtre, Lianna, dit-il doucement. Du moins, pas en étant éveillé.

— Vous n'êtes pas d'ici. Vous parlez comme un Gascon.

Il sourit. L'héritage de son père…

— Je suis gascon, en partie du moins. Et vous, vous êtes d'ici. Vous parlez comme une Normande.

— Etes-vous un brigand ? Incendiez-vous, pillez-vous, violez-vous ?

Il gloussa.

— Pas dans cet ordre, de préférence. Et vous ? Etes-vous une braconnière ?

Elle se raidit.

— Certainement pas ! J'ai tous les droits de chasser sur les terres de Bois-Long !

— Vous venez de Bois-Long ?

— Oui.

Rand dut courber la tête pour dissimuler la vivacité de sa curiosité. Une fille d'armurier, avait-elle dit, et pourtant elle devait être de noble naissance pour chasser librement. Malgré la simplicité rustique de ses vêtements, son élocution et ses manières indiquaient qu'elle n'était pas une simple servante.

— Votre père était armurier, dit-il lentement. Etait-il aussi un noble ?

— Non.

Elle le regarda avec méfiance.

— Vous vous exprimez bien.

— Je suis bien éduquée.

— Quelle est votre position à Bois-Long ?

— Je suis… dame de compagnie de la châtelaine.

Il hocha la tête.

— Je vois. Il est assez courant qu'une dame noble s'entoure de jeunes filles, et courant pour ces dernières d'apprendre les manières polies.

Il haussa un sourcil.

— Mais les armes à feu n'en font pas partie.

— Elles sont pourtant bien plus utiles que filer et coudre !

— Et bien plus dangereuses. Votre maîtresse sait-elle que vous maniez des arquebuses ?

Elle eut un petit sourire crispé.

— Certes.

— L'approuve-t-elle ?

Un hochement de tête plein de majesté.

— De tout cœur.

Rand lâcha un long soupir las. Quel genre de femme était donc sa promise pour laisser cette fille, visiblement guère plus âgée qu'une enfant, toucher à des armes à feu ?

Lianna le fixait. Il sentit que ses questions avaient éveillé ses soupçons. Il lui avait instinctivement caché son identité et s'en félicitait. Elle apprendrait bien assez tôt qu'il était Enguerrand Fitzmarc, le chevalier anglais venu réclamer la damoiselle et le château. Jusque-là, pour elle, il voulait juste être Rand.

— Vous faites intrusion dans le domaine, dit-elle d'un ton pratique, en désignant une rangée de peupliers à une certaine distance.

— Oui, répondit-il en regardant la limite tracée par les arbres.

Il lui prit la main et l'aida à se lever. Sa main était petite mais forte, et semblait s'adapter à la sienne tel un oisillon tout chaud dans un nid.

— Venez, dit-il, je veux m'assurer que votre tir n'a pas fait détaler ma monture jusqu'en Gascogne.

Lâchant sa main, il se baissa pour ramasser sa cape et son tablier. Le poids de ce dernier le surprit. Il regarda dans la poche, puis fixa Lianna.

— J'ignore pourquoi je m'attendais à trouver des fleurs d'orpin là-dedans, déclara-t-il. Vous êtes un arsenal ambulant !

Elle ramassa son arquebuse et resta droite pendant qu'il nouait son tablier autour de sa taille et drapait sa cape sur ses épaules. Il laissa ses mains s'attarder un instant.

— Votre maîtresse a tort de vous laisser aller à l'aventure avec une arme à feu.

En lui-même, il se jura d'arrêter les excentricités de la jeune femme lorsqu'il prendrait possession du château.

Elle passa l'arquebuse à son épaule et ils se mirent en marche.

— Ma maîtresse en comprend la nécessité.

— La nécessité ?

Ses petits sabots de bois soulevaient son ourlet. Elle avait une allure rapide et décidée.

— Nous n'avons pas connu de paix depuis qu'Edward III a croisé les léopards d'Angleterre avec les lys de France.

Rand la considéra avec stupeur. Quel étrange mélange d'innocence et de connaissance du monde elle offrait ! A la fois fragile, volontaire et directe, elle éveillait en lui des désirs puissants. La regardant de côté, il tenta de la faire correspondre à son idée de ce qu'une femme devrait être. Elle avait l'apparence d'une jouvencelle immortalisée par le lai d'un troubadour, néanmoins sa conduite contredisait cette image. Jussie, se rappela-t-il, ne se souciait jamais de politique.

— La France est plus en guerre contre elle-même que contre l'Angleterre, lui fit-il remarquer. Le roi Charles est fou, et les maisons nobles se querellent comme des poissonnières pendant que les paysans meurent de faim.

— Et est-ce que nous soumettre à l'usurpation d'Henry améliorera notre sort ?

— Mieux vaut sur le trône un Anglais sain d'esprit qu'un Français fou.

Elle s'arrêta et se tourna vers lui.

— Vous êtes français, mais sous quelle bannière vous battrez-vous ? Quelle cause soutenez-vous ?

Il déglutit, puis afficha un sourire déluré.

— Les veuves et les orphelins, bien sûr.

— Une réponse commode !

— Vous parlez en connaisseuse d'affaires dont la plupart des hommes ne savent rien.

— Je ne suis pas du genre à me cacher et à prétendre l'ignorance. C'est exactement ce que les bigots d'Anglais aimeraient, et je ne tiens pas à les obliger.

Ce n'était pas ce que *tous* les *bigots* d'Anglais aimeraient, corrigea-t-il en lui-même, tout en observant le soleil qui dansait sur ses cheveux d'un blond argenté.

Ils trouvèrent son cheval en train de brouter placidement l'herbe salée dans un vallon planté de hêtres. Non loin se trouvait une borne en pierre usée par le temps, ses quatre bras d'égale longueur indiquant une croix de Saint-Cuthbert. Le cheval leva la tête, les oreilles dressées. Ses flancs mouchetés luisaient dans le froid soleil de mars.

Lianna s'arrêta pour contempler le percheron musclé, avant de porter les yeux sur Rand.

— Je pense que vous devriez m'expliquer qui vous êtes, dit-elle.

Son regard de vif-argent le parcourut du sommet de sa tête blonde jusqu'aux éperons qui ornaient ses bottes crottées.

— Vous êtes simplement vêtu, mais ce cheval n'est pas la rosse d'un laboureur.

En lui-même, il tressaillit à la défiance qui perçait dans sa voix. Elle était trop directe pour être aisément trompée.

— Charbu m'a été offert.

Il porta machinalement la main à la bosse formée par l'amulette sous sa cotte de mailles. Henry lui avait donné son cheval parmi maints autres présents, comme un fil de plus dans la toile d'obligations qu'il avait tissée autour de lui.

Lianna posa son arquebuse et s'approcha du cheval.

— Charbu, dit-elle doucement, en caressant la belle tête marquée d'une étoile. Un nom beau et fort. Parle-moi de ton maître, Charbu. Vient-il de Gascogne, comme il le prétend ? Te monte-t-il dans des raids avec une bande d'écorcheurs ?

Le cheval hennit doucement et agita la tête. Captivé par la vue de la petite jouvencelle qui pressait sa joue contre l'encolure de sa monture, Rand resta un long moment muet. Finalement, il retrouva la voix et s'avança vers elle.

— Si vous me prenez pour un brigand, pourquoi ne vous pâmez-vous pas ou ne hurlez-vous pas ?

— Je ne me pâme jamais, répondit-elle d'un air satisfait. Et je hurle rarement. Vous ne m'avez pas répondu.

— Je suis un… chevalier itinérant, Lianna. Je vous jure que je ne m'acoquine pas avec des brigands. Mais j'aimerais chevaucher avec vous. Laissez-moi vous emmener à Bois-Long.

— Non, dit-elle vivement. Je pense qu'il vaut mieux que vous restiez loin du château.

Pourquoi ? se demanda-t-il. La châtelaine traitait-elle durement les intrus ? Par le ciel, maltraitait-elle Lianna ?

Il toucha une mèche de ses cheveux ; ils étaient aussi doux que de la soie filée.

— Bois-Long est-il un endroit si inhospitalier ?

— Je crains qu'il ne le soit devenu, répondit-elle, ses yeux débordant de regret.

Rand éprouva une grande envie de la serrer contre lui, de l'entourer de la tendresse qui s'épanouissait dans son cœur depuis qu'il avait posé les yeux sur elle.

— Au moins, laissez-moi vous emmener sur une partie du chemin, suggéra-t-il.

Elle renâcla ; il insista et, finalement, l'emporta. Son arquebuse en travers de l'arçon, ses bras noués autour de sa taille, Lianna chevaucha derrière lui et ils parlèrent. Il apprit qu'elle gardait souvent des miettes de ses repas pour nourrir une famille d'hirondelles qui logeait dans les remparts. Il lui dit qu'il inventait des chansons à jouer sur sa harpe. Elle confessa un penchant prononcé pour les dragées, et il reconnut qu'il tenait fréquemment des discours absurdes à son cheval.

Puis elle se tut.

— A quoi pensez-vous, Lianna ? s'enquit-il en jetant un coup d'œil par-dessus son épaule.

A voix basse, si basse qu'il l'entendit à peine, elle répondit :

— Je pense que vous êtes arrivé trop tard.

La pointe de tristesse qu'il sentit dans sa voix lui fit mal. Il posa sa main sur la sienne.

— Trop tard pour quoi ?

Elle retira sa main.

— Pour rien. Cela n'a pas d'importance...

Bien qu'il fût curieux de connaître la raison de sa brusque mélancolie, il ne lui en demanda pas plus. Si elle aspirait à un prétendant, il ne pouvait être celui qui la courtiserait.

Ils arrivèrent à proximité d'un bosquet d'ormes, et elle demanda à descendre. Rand sauta à terre et la prit par la taille pour l'aider.

— Lianna...

Il plaça les doigts sous son menton et releva son visage vers lui.

— Prenez soin de vous, pucelle.

— Je le ferai. Et vous de même, dans vos voyages.

Leurs yeux se rencontrèrent et se soutinrent pendant un moment. Rand écarta une mèche d'or pâle de sa joue. Elle sourit, et son sourire l'emplit tout entier de joie et de crainte. Dieu, pensa-t-il, le regarderait-elle ainsi quand elle apprendrait qui il était, et pourquoi il était là ?

Il leva les mains pour encadrer son visage, suivant de ses pouces la belle ligne de ses pommettes. Lentement, tel un homme se mouvant en rêve, il se pencha, tiré par une force qui résistait à toutes les dures règles qui lui avaient été inculquées. Leurs lèvres se touchèrent, légèrement au début, se cherchant, se goûtant, puis leurs bouches se soudèrent en un baiser à l'abandon désespéré. De hautes vagues de désir montèrent en Rand et l'ébranlèrent, soulevant son âme. Il voulait se remplir de cette créature courageuse et séduisante qui sentait le savon et le soufre et avait un goût de printemps.

Ses vœux commencèrent à vaciller, mais la culpabilité mina sa passion. Que cela lui plaise ou non, il était promis à une autre femme. En embrassant Lianna, il trahissait ses obligations envers la damoiselle et rabaissait ses années de dévotion à Jussie.

Lentement, à contrecœur, il la lâcha et retira ses doigts de la brillante chevelure qui drapait ses épaules. Elle avait une expression émerveillée et déroutée.

— Je… ferais mieux… d'y aller, dit-elle d'une voix mal assurée.

Elle posa ses doigts sur ses lèvres, comme pour y retenir le goût de Rand, pour graver son contact dans sa mémoire. Son cœur captivé voulait le supplier de venir avec elle, mais son esprit prudent la mettait en garde contre cette impulsion. Même si elle était victime de la traîtrise de Lazare, elle était une femme mariée. Avoir des rendez-vous amoureux avec cet étranger serait l'acte d'une femme adultère. Si seulement elle l'avait rencontré un jour plus tôt, songea-t-elle avec amertume, sa vie aurait été si différente ! Ce chevalier gascon ne fuirait pas sa chambre, ne lui refuserait pas un héritier, un enfant. Elle étouffa une bouffée de chagrin.

— Je suppose que vous devez retourner à vos voyages.

— Je suppose…

Il semblait aussi réticent à partir qu'elle l'était à le laisser s'en aller.

— Lianna…

Le son éclatant de trompettes déchira soudain l'air. Reconnaissant cette sonnerie particulière, Lianna se figea. Son oncle de Bourgogne était arrivé. La réalité s'abattit sur elle, arrachant son esprit aux fantaisies qu'elle avait tissées autour de ce grand archange blond.

— Qui arrive ? demanda-t-il, tournant la tête pour voir la route lointaine.

— Un… un hôte de haut rang, murmura-t-elle, ses pensées s'emballant déjà.

La cuisine était-elle prête à servir un autre festin ? La grand-salle était-elle présentable ? Elle laissa échapper un petit juron.

— Votre père l'armurier vous a-t-il appris à jurer, aussi ? demanda Rand.

Elle lui décocha un sourire.

— J'ai appris toute seule.

Puis son sourire s'estompa. Bourgogne venait la voir, et elle était couverte de suie et sentait la poudre.

— Je dois me hâter, dit-elle.

Elle retira sa main, attrapa son arquebuse sur l'arçon et partit en courant vers le château.

— Attendez !

— Je ne peux pas ! répondit-elle.

— Quand vous reverrai-je ?

— Je… Nous ne pouvons pas… Je ne devrais pas…

Déchirée par l'indécision, elle ralentit son allure et fit volte-face, revenant sur ses pas. Elle avait trop à expliquer, et trop peu de temps pour le faire.

— Mais je dois vous revoir !

La note pressante de la voix de Rand la fit s'arrêter complètement. Elle le regarda fixement, vision auréolée de soleil qui se découpait sur le ciel bleu et les arbres bourgeonnants, et son cœur chavira dans sa poitrine.

— Retrouvez-moi à la croix de Saint-Cuthbert…, commença-t-il.

Les trompettes sonnèrent de nouveau, la faisant sursauter, plongeant dans son cœur une flèche brûlante de désespoir.

— Tudieu, pourquoi ?

Le visage de Rand s'éclaira de ce sourire magique, captivant.

— Parce que, cria-t-il, je pense que je vous aime, pucelle !

3

Lianna traversa le pont en courant et se glissa le plus discrètement possible dans la cour du château.

« Faites que mon oncle ne me voie pas, pria-t-elle en silence. Je vous en prie, Seigneur, pas avant que je ne me sois rendue présentable. » Elle contourna la troupe des serviteurs du duc de Bourgogne, passa sous l'étendard marqué de la croix rouge de Saint-Antoine qui flottait au vent et fonça vers le donjon. Une bande de poules lui coupa soudain le passage, et les volatiles affolés se précipitèrent dans ses jupes. Lianna tomba par terre, dans un tourbillon de poussière et de plumes, un concert de caquetages effarés.

Elle lâcha un juron bien senti et cligna des paupières pour protéger ses yeux de la poussière. Lorsque sa vision s'éclaircit, elle se retrouva face au regard bleu d'acier, au visage sévère et à la silhouette inflexible de son oncle. Une manche ample, bordée de fourrure d'écureuil, béait au niveau de son visage, alors qu'il tendait la main pour l'aider à se relever.

— Vous empestez le soufre !

Lianna rougit. Des gloussements amusés montèrent des rangs des serviteurs. Bourgogne les fit taire d'un seul et puissant froncement de sourcils.

Confuse, elle indiqua son arquebuse.

— J'étais sortie tirer…

Le duc leva les yeux au ciel, puis inspira profondément, comme s'il en appelait à tous les saints de la patience.

— Cinq minutes, Belliane. Vous avez cinq minutes pour vous présenter à moi dans la grand-salle, vêtue comme la châtelaine que vous êtes, et non pas comme un garçon manqué en haillons sorti des marécages !

Elle courba la tête, en un acquiescement soumis.

— Oui Votre Grâce, murmura-t-elle, avant de s'enfuir vers sa chambre de jour.

Quatre minutes plus tard exactement, vêtue de sa plus belle robe, la tête recouverte d'une coiffe et voilée de gaze argentée, elle descendait en trombe l'escalier qui menait à la grand-salle. Bonne l'avait généreusement aspergée d'eau de rose et avait ôté les dernières traces de poudre de son visage. Lianna baissa les yeux sur la lourde étoffe de velours qui bruissait autour de ses pieds chaussés de pantoufles fines. La pucelle anonyme et hardie qui avait enchanté Rand n'existait plus. Elle aurait eu envie de s'attarder dans la solitude de ses appartements privés pour chérir son image et se répéter à l'infini sa déclaration d'amour. Mais son oncle l'attendait.

En approchant de la grand-salle, elle ralentit son allure, leva le menton et entra d'un pas décidé pour faire face à l'homme le plus puissant de France.

Surnommé Jean sans Peur par ses amis comme par ses ennemis, Bourgogne tenait à sa merci le pouls politique du royaume. Homme impitoyable, il possédait une ambition froide comme le marbre et un penchant pour l'intrigue et les actions secrètes. Des hommes vivaient parce qu'il le tolérait, et mouraient quelquefois sur son ordre.

Néanmoins, quand Lianna le salua et rencontra son regard, elle n'y vit que de l'affection. Le duc la pressa tendrement contre lui, et elle sentit sous sa joue la cotte de mailles qu'il portait toujours sous ses atours. La main qu'il leva pour caresser une mèche de ses cheveux était douce. Le cœur froid et soupçonneux de Bourgogne contenait un petit coin chaud pour sa nièce orpheline.

— Voilà qui est mieux, petite, dit-il. Beaucoup mieux. Vous êtes ravissante.

Elle inclina la tête en réponse au compliment, même si elle aurait préféré qu'il remarquât plutôt les nouveaux emplacements pour les canons que Chiang et elle avaient travaillé si dur à édifier.

— Venez vous réchauffer près du feu, mon oncle…

Elle prit sa main glacée par le vent.

Mais le duc désigna le passage au fond de la grand-salle.

— Je voudrais vous parler en privé, ma nièce.

Elle le précéda dans la zone privative du château, attendit qu'il s'assoie, puis se percha nerveusement sur le bord d'un tabouret.

Bourgogne la contempla durant un long moment, la mesurant du regard.

— Votre désobéissance ne me blesserait pas autant si je ne vous aimais pas si fort, Belliane, dit-il enfin très calmement.

Une boule inattendue serra la gorge de Lianna.

— Je n'avais pas le choix. Le roi Henry aurait fait un bastion anglais de Bois-Long !

— Mieux vaut un bastion anglais qu'une ruine française. Où est cet homme que vous avez épousé ?

— Il est sorti à cheval avec l'intendant.

— Je connais Lazare Mondragon. Il est venu quémander des faveurs il y a quelques années. Je l'ai débouté.

Caressant d'un long doigt son col en écureuil de Sibérie, il ajouta :

— On raconte qu'il aimait sa première femme à la folie, et qu'il a failli mourir de chagrin à sa mort. Pensez-vous qu'il vous tiendra dans une telle estime ?

— Je n'ai pas besoin de son estime, seulement de son nom par le mariage.

Le duc soupira.

— Vous auriez pu avoir tellement mieux, petite !

— Je pensais que vous comptiez que je ne me marie jamais, mon oncle.

— Ah, mais si !

Le visage du duc s'assombrit.

— En épousant Mondragon, vous vous êtes privée d'une alliance brillante.

Lianna laissa échapper un rire incongru.

— Que voulez-vous dire, mon oncle ?

— Je parle sérieusement, déclara-t-il d'une voix devenue dure. Par ma foi, Belliane, je vous gardais pour un noble anglais.

Le choc de cette déclaration l'ébranla, puis céda la place à une compréhension cinglante. Ainsi, c'était pourquoi le roi Henry s'était mêlé de sa vie !

Elle s'avisait soudain qu'elle était le pion de son oncle, la pièce d'échec dans son jeu politique. Une alliance avec l'Angleterre porterait le pouvoir de Bourgogne au zénith, le rendrait capable de vaincre son ennemi haï, le comte Bernard d'Armagnac, qui contrôlait de son côté le roi de France fou.

— Mon allégeance commence et finit avec Bois-Long et la France. Et la promesse de gagner un titre ne saurait m'en détourner ! déclara-t-elle orgueilleusement.

— Vous n'auriez pas dû agir sans mon consentement, Belliane.

Elle ne pouvait croiser son regard. Il verrait sa méfiance, sa conviction que son amour pour elle était moins fort que son goût de l'intrigue.

— Mon oncle, votre tutelle a pris fin quand j'ai atteint ma majorité en décembre dernier. J'étais libre de traiter pour mon propre mariage, libre de passer outre aux directives d'Henry.

— Il s'agit là de trahison !

— Il n'est pas mon souverain !

— Néanmoins il s'en est donné le titre, réclamant les terres gagnées par son grand-père Edward III. Et il va faire valoir cette revendication en usant de la force militaire. Une alliance avec lui serait prudente, à l'heure qu'il est.

Le visage du duc se ferma en une expression bien connue pour susciter la terreur chez bien des princes royaux. Mais Lianna ne se laissa pas impressionner. Ses yeux gris argent le considérèrent fermement, et elle haussa le menton d'un air obstiné.

Ils restèrent assis l'un en face de l'autre, s'affrontant du regard, puis l'expression de Bourgogne s'adoucit en une admiration empreinte de réticence.

— Si seulement plus de Français adoptaient votre attitude, dit-il. Nous ne serions pas sous la férule d'Henry, pour commencer.

Il alla jusqu'à la cheminée et resta debout devant le feu. La lumière des flammes creusait ses joues, accentuait les plis de son front. Une tendresse soudaine s'empara de Lianna. Son oncle occupait une position difficile. Pris dans la folie des dissensions entre les princes royaux de France, il avait parlé pour le peuple au Conseil royal, se faisant des ennemis des nobles. Maintenant, banni de Paris et contré par les Armagnacs, il avait apparemment lié son sort aux Anglais.

— Le jeune Henry a l'intention de reconquérir le trône de France, reprit Bourgogne. C'est un homme guidé par l'inspiration divine, du moins à son avis. Son ambition ne connaît aucun scrupule. Ce n'est pas un homme à défier à la légère.

— C'est possible… Mais je ne lui céderai pas Bois-

Long. Je manquerais grandement à mon roi et à mes compatriotes si je remettais le gué à son armée !

— Vos compatriotes ! Mais qui sont-ils, sinon une bande d'enfants querelleurs qui changent d'allégeance aussi capricieusement que les vents sur la Mer étroite ? Et le roi Charles, damnée soit son âme aliénée, n'est qu'une marionnette manipulée par les Armagnacs ! La France a besoin d'une main forte pour la guider. Henry…

— N'est qu'un autre usurpateur anglais !

Bourgogne soupira.

— Vous pouvez penser que vous l'avez contrecarré. C'est même probable pour l'instant. Mais Harry de Monmouth vous ressemble trop pour que je sois tranquille. Il est volontaire, intelligent, plein d'énergie.

Il retourna à sa chaise et s'assit, plongé dans un silence pensif.

— Que savez-vous de Longwood ? demanda-t-il au bout d'un moment.

— Seulement ce que j'ai pu en deviner entre les lignes de sa missive ampoulée. C'est un horsain, un marginal, un bâtard parvenu. Son titre est vieux d'à peine un mois. C'est un traître, tout comme son père, Marc de Beaumanoir.

— Beaumanoir n'était pas un traître, Lianna. Il n'avait simplement pas les moyens de payer sa rançon à Arundel.

— Traître ou non, son bâtard n'aura jamais Bois-Long.

Le duc secoua la tête.

— Parbleu, vous êtes vraiment exaspérante ! Vous vous mêlez constamment d'affaires d'hommes.

— Seulement celles qui me concernent et concernent mes gens, mon oncle.

Voyant son visage s'assombrir, elle vint près de lui et lui prit la main. Un frisson d'appréhension lui parcourut le dos. Dans la partie que jouait Bourgogne, l'enjeu n'était rien de moins que le contrôle de la France.

— Qu'allez-vous faire ? demanda-t-elle.

— Je ferai ce qui me paraîtra convenir, répondit-il simplement.

Son silence rendit Lianna plus nerveuse que n'importe quel plan implacable.

Pour la première fois de sa vie, Lianna se découvrit trop préoccupée pour superviser le festin avec sa méticulosité habituelle. D'ordinaire, elle aurait réprimandé le serviteur qui apporta la venaison sur un plat mal poli. Son œil acéré aurait remarqué que la croustade Lombard, faite de fruits et de moelle, était placée trop loin de la table haute, et que la pâtisserie décorée de lys de France était trop cuite.

Au lieu de cela, elle était absorbée à ressasser les événements des dernières heures. Son oncle semblait déterminé à saper les mesures qu'elle avait prises pour protéger Bois-Long. De leur côté, les Mondragon semblaient bien avoir l'intention d'afficher leur nouveau statut et de faire valoir leurs nouvelles prérogatives. Quant à elle, elle était toute baignée de la déclaration stupéfiante que lui avait faite Rand et son esprit flottait au-dessus de l'agitation de la grand-salle dans un état de ravissement absolu.

Ignorant le mécontentement de Bourgogne, les Mondragon festoyaient avec délice. Lazare ordonna que des tonnelets de vin soient ouverts et demanda aux ménestrels installés sur une estrade des morceaux plus animés.

Gervais, à la beauté sombre et pleine d'assurance, leva sa coupe.

— A ma belle-mère, lança-t-il, hochant la tête avec chaleur vers Lianna. De deux ans plus jeune que moi, mais je prie que cela ne l'empêche pas de me choyer.

Des rires résonnèrent parmi les tables inférieures.

Une rougeur brûlante et furieuse monta aux joues de

Lianna. Elle jeta un coup d'œil à son oncle, assis à sa droite. Elle seule comprenait la signification du silence tendu du duc, de la façon dont il serrait sa coupe dans sa main. Maudit soit Gervais, ce scélérat ! Il ne parlerait pas aussi gaiement s'il se rendait compte combien son emprise sur Bois-Long était devenue ténue.

Arrangeant avec art une boucle de jais sur son épaule laiteuse, Macée se tourna hardiment vers Bourgogne.

— Votre Grâce, dit-elle en battant de ses cils noirs, ne souhaitez-vous pas que Belliane joue pour nous ? Elle a du talent à la harpe.

Lianna se crispa intérieurement. Macée l'avait entendue jouer au festin de noces et savait qu'elle était piètre musicienne. Mais Jean sans Peur, miséricordieux au moins en ceci, secoua la tête.

— Je me satisfais pleinement d'entendre les ménestrels, ma dame…

Macée fit la moue. Lazare, affectant un air digne pour cacher son ébriété, frappa dans ses mains et réclama le silence.

— Mon épouse va jouer pour nous, décréta-t-il.

Lianna regarda tour à tour son mari et le duc. Elle n'avait d'autre choix que d'obéir. Lazare affirmait ses droits d'époux sur elle ; si elle voulait prouver à son oncle qu'elle avait l'intention de maintenir son mariage français, elle devait se comporter en véritable épouse.

Prenant place devant la haute table, elle caressa les cordes de la harpe de ses longs doigts fins. Puis elle joua une chanson que son oncle aimait particulièrement.

Sa voix sonnait juste, les notes claires, fermes et éclatantes. Néanmoins, son style manquait de la résonance profonde qui dénotait un talent véritable.

Bourgogne l'observait avec attention, plus intéressé par son détachement que par sa prestation. Lorsqu'elle termina sur une claire note de contralto, il fut le premier à applaudir.

— Vous m'avez enchanté, ma nièce !

Elle haussa les épaules, sans illusion sur la qualité de son jeu.

— Merci, Votre Grâce. Bien que j'aie donné peu de caractère à la chanson de Pétrin.

Il approuva d'une manière qui mit en valeur une des qualités de la jeune femme.

— Vous êtes consciente de vos limites, déclara-t-il, et n'avez pas honte de les reconnaître.

Lianna mit la harpe de côté et rejoignit la table. Elle ne put se retenir, en passant, de murmurer à Macée :

— Soyez plus inventive, ma chère, si vous voulez me rabaisser aux yeux de mon oncle.

Macée lui décocha un regard brûlant.

— Votre art s'améliorerait si vous ne passiez pas autant de temps à l'armurerie, à concocter de la poudre !

La pique blessa Lianna plus qu'elle voulut l'admettre. Ses charmes féminins avaient été remis en question par le rejet de Lazare et la colère de son oncle, quand il l'avait découverte dans la cour, au milieu des poules. Même Rand, dans son amabilité, avait gentiment critiqué son intérêt pour les armes à feu. Et maintenant Macée, fabuleusement belle et femme apparemment fort avisée…

— Je défends le château au lieu de réchauffer un fauteuil de mon postérieur, rétorqua-t-elle, essayant cependant de garder un ton léger.

Macée répondit lentement, comme si elle s'adressait à une simple d'esprit :

— La défense du château est un travail d'hommes.

Lianna enveloppa Lazare et Gervais d'un regard qui les rejetait.

— Les hommes en charge de Bois-Long ont peu fait jusqu'ici pour veiller à sa défense.

Des flammes de colère s'allumèrent dans les yeux des deux Mondragon. Lianna jeta alors un coup d'œil à son oncle. Il pinçait la bouche, réprimant de toute évidence son amusement.

— Bien parlé, murmura-t-il.

— Mais ne pensez-vous pas, insista Macée, qu'une dame devrait montrer des talents distingués ? Après tout, si elle doit être reçue à la Cour…

— Je m'entraînerai, promit Lianna avec empressement.

Elle pria que Macée, ignorante du bannissement de Bourgogne, ne parle plus de la cour de France. Cette sotte avait par inadvertance retourné le couteau dans une plaie ancienne mais encore douloureuse.

Avide d'apaiser son oncle, Lianna changea de sujet.

— Guy et mère Brûlot disent que ma mère faisait merveille à la harpe…

La dureté disparut des yeux du duc, comme s'il avait décidé de laisser passer l'offense.

— Oui, ma sœur chantait bien.

— Peut-être y a-t-il de l'espoir pour moi, alors. Je pourrais faire quérir un maître de musique à Abbeville.

Il secoua la tête.

— Le sentiment, la passion, ne peuvent être enseignés, petite… Ils doivent venir du cœur.

Il jeta un regard entendu à Lazare, qui semblait avoir découvert quelque chose de fascinant au fond de son verre de vin.

— Vous avez déjà l'habileté. Un jour, peut-être, la véritable musique vous viendra-t-elle.

Lianna feignit de l'admettre pour faire plaisir à son oncle. Mais en vérité, elle doutait que la passion améliore son chant. A moins que… L'image de Rand lui embrasa l'esprit. La scène de la grand-salle s'estompa et elle ne vit plus que lui, prince vagabond à la beauté nordique. Le souvenir de ses mains douces et de son sourire caressant l'emplit d'une vive et poignante aspiration, qu'elle compara à l'extase d'un poète inspiré. Un tel homme pourrait-il lui apprendre à chanter ?

— Chantez encore celle du chat ! cria le petit Michelet, tirant avec insistance sur la tunique de Rand.

Ses jeunes frères et sœurs lancèrent en chœur une demi-douzaine d'autres requêtes.

Rand sourit et secoua la tête. Il mit sa harpe de côté et se pencha pour ébouriffer les boucles couleur carotte de la toute jeune Belle.

— Plus tard, les enfants, dit-il en se baissant pour éloigner le bébé de la cheminée. Je ne dois pas négliger mes hommes.

Dans la salle commune de la taverne, à côté, Lajoye et les soldats discutaient de leur chasse aux brigands, tout en s'emplissant le ventre de pain et de viande salée rapportés de la *Toison d'Or,* ainsi que du vin d'un tonnelet que les brigands n'avaient pas trouvé. Certains des hommes quêtaient, avec des sourires en coin et dans un français hésitant, l'attention des jeunes filles de la maison.

Rand avait évité ses compagnons depuis la fin de l'après-midi. Il était trop plein d'émotions pour jouer son rôle de commandant. Sa rencontre avec Lianna l'avait laissé aussi inefficace qu'un arc détendu ; une heure avec elle avait bouleversé tout ce qu'il avait toujours cru sur l'amour. Jusqu'à ce jour, ce sentiment avait été pour lui une douce chaleur, une lueur confortable et constante qui réclamait peu de lui. Ce n'était plus le cas.

La fille des bois avait fait naître en lui une chaleur intense qui le brûlait d'un feu continu, le consumait. Il se sentait ouvert et à vif, comme si un ennemi l'avait dépouillé de son armure pour le laisser à nu.

Contournant la salle commune, il sortit et fit quelques pas dans la bourgade ravagée. De la fumée montait de quelques cheminées. Dans la lumière rose et or du début de soirée, une femme sortit dans sa cour pour appeler ses enfants à table, tandis qu'un groupe d'hommes portant des haches et des faux rentrait des champs d'un pas lourd. Eu commençait à se remettre des atteintes causées par le passage des brigands. La femme lui fit un signe de main amical, et il se rendit compte avec soulagement qu'on le regardait maintenant avec confiance, et non plus avec peur. C'était un progrès très satisfaisant. Si la damoiselle de Bois-Long rejetait ses prétentions, il aurait besoin de s'assurer la bourgade comme position de retrait.

Il suivit un juron étouffé et familier jusqu'à l'enclos, où son cheval et ceux de ses hommes se trouvaient, le bétail de Lajoye ayant été pris par les écorcheurs.

Il trouva Jack Cade installé sur un trépied, en train de traire une vache.

— Par Dieu, Jack, où avez-vous trouvé cet animal ?

— Les petits de Lajoye ont besoin de lait. J'ai dépensé l'argent du roi pour acheter cette bête à Arques.

La vache laitière fit un pas de côté et faillit renverser son seau.

— Tiens-toi tranquille, espèce de garce !

Jack saisit une paire de tétines charnues et dirigea un trait de lait dans le seau.

— Je me suis assuré que Lajoye sache que le lait vient de notre roi Henry.

Appuyant la joue contre le flanc de la vache, il fit à Rand un bref récit des événements de la journée.

— Godfrey et Neville ont abattu un cerf et l'ont rapporté

au tavernier. Robert, euh, je veux dire le père Batsford, est allé chasser au faucon. Giles, Peter et Darby ont trouvé la piste des brigands et l'ont suivie sur quelques lieues vers le sud, mais les voleurs sont partis depuis longtemps, dispersés, probablement, après s'être partagé leur butin.

Rand fronça les sourcils.

— Je voulais retrouver le ciboire de la chapelle. Cela signifierait beaucoup pour les gens d'ici.

Les yeux de Jack se réchauffèrent d'affection.

— Toujours à essayer de gagner les cœurs et les âmes, hein ?

Rand sourit. Se faisait-il des illusions en pensant que la chevalerie pouvait servir un tel but ?

— Et vous, toujours sceptique, hein ? rétorqua-t-il.

— Prenez-les donc par l'estomac pour commencer, milord. Les cœurs et les âmes suivront.

D'un air las, il roula les épaules pour en soulager les muscles.

— J'ai travaillé comme un maudit porcher, aujourd'hui ! Et vous, milord ? De la chance ?

Rand déglutit et fixa la poussière qui dansait dans un rayon de soleil doré. Le bruit rythmé et sifflant du lait qui giclait contre les parois du seau ponctuait le silence. Jack acheva sa tâche et se redressa.

— Eh bien ?

— J'ai rencontré une fille...

Rand s'avisa trop tard que sa voix avait trahi ses sentiments.

Les yeux pétillants d'intérêt, Jack posa son seau, ramassa une poignée de foin et en visa le torse de Rand.

— La flèche de Cupidon a-t-elle fait une nouvelle victime ? Bienvenue dans l'espèce humaine, milord !

— Elle s'appelle Lianna, dit Rand à voix basse. Elle vit à Bois-Long.

— Encore mieux ! s'exclama Jack. C'est sûrement un signe d'en haut. La fille a été envoyée pour compenser votre perte de Justine. Réjouissez-vous, la vie ne sera peut-être pas si désagréable avec une jolie jouvencelle sous la main.

Rand secoua la tête.

— Le mariage est sacré. Et je ne déshonorerais pas Lianna.

Jack se mit à rire.

— Balivernes de chevalier, tout cela ! Votre engagement envers la damoiselle est un accord politique. Pas besoin d'être aussi bon que de l'or pour son compte.

Rand se détourna.

— Si l'or rouillait, que ferait le fer ?

Jack jeta une brassée de foin à la vache, ramassa le seau, puis Rand et lui sortirent de l'enclos.

— Pour ma part, reprit Jack, j'ai bien l'intention de me rouiller en courtisant la servante de Lajoye. Elle a une de ces paires de…

— Jack ! l'avertit Rand.

— A mourir pour eux, acheva Jack.

— J'ai interdit les coucheries !

— Seulement avec des femmes *non consentantes,* lui rappela Jack. Mais peu importe. Quand allons-nous à Bois-Long ?

— Le roi Henry insiste pour suivre le protocole. Je dois envoyer une missive et le prix de la mariée, et Batsford doit lire les bans durant quelques semaines de suite.

— Toujours pas pressé. C'est ma petite servante qui va en être contente !

Rand laissa Jack retourner à la taverne puis, enveloppé par les volutes pourpres de la nuit tombante, il quitta la bourgade. Il gravit la citadelle de falaises qui dominait la mer. Un rossignol appela, un courlis répondit, et ces sons plaintifs jouaient un air douloureux sur ses nerfs.

Contemplant les brisants, il réfléchit à la rencontre inattendue qu'il avait faite et à la voie encore plus inattendue que son cœur avait prise.

Lianna.

Il murmura son nom à la brise marine ; il avait un goût de vin doux sur sa langue. L'image de la jeune femme ne le quittait pas, ses cheveux pâles qui encadraient son ravissant visage avec l'éclat diffus de l'argent, son sourire hésitant, ses yeux élargis hantés par une blessure qu'il ne comprenait pas mais ressentait dans son âme.

Il n'existait pourtant qu'une seule femme à laquelle il avait le droit de penser : la damoiselle de Bois-Long.

La proximité serait très dure à supporter. Voir la petite silhouette de Lianna courir d'un côté à l'autre dans le château, entendre le carillon de son rire serait pour lui une terrible torture.

« Mets-y fin maintenant », le pressa son bon sens, et il força son esprit à considérer des questions pratiques. Le duc de Bourgogne était à Bois-Long, mais sa suite était peu importante. Il ne projetait visiblement pas une longue visite. Jean sans Peur pouvait mal se permettre de s'attarder avec sa nièce alors que son domaine s'étendait sur les vastes terres allant de la Somme au Zuiderzee.

Oui, pensa Rand, Bourgogne méritait d'être tenu à l'œil, sans autre distraction.

Mais alors même qu'il durcissait sa résolution, il sut qu'il retournerait à la croix de Saint-Cuthbert. A cause des armes à feu, fit-il semblant de croire. Pour dissuader Lianna de manier des armes dangereuses et imprévisibles. Mais en réalité, arquebuse ou pas, il savait qu'il irait l'attendre, le lendemain et les jours suivants, jusqu'à ce qu'ils se revoient.

*
* *

— Il est parti !

Entrant précipitamment dans la petite pièce qui jouxtait l'armurerie, Lianna ne savait que penser de la nouvelle.

— Lazare est parti ! répéta-t-elle à l'intention de Chiang, penché sur une mixture de sel de St-Pierre qui bouillonnait dans un creuset sur un feu de charbon.

— Pensiez-vous que votre oncle de Bourgogne le laisserait rester ?

— Oncle Jean n'avait aucun droit d'envoyer Lazare à Paris...

— Ne pas avoir le droit n'a jamais arrêté Bourgogne jusqu'ici.

— Pourquoi enverrait-il Lazare jurer allégeance au roi Charles, alors qu'il la rejette pour lui-même ?

Chiang haussa les épaules.

— Sans doute pour le tenir éloigné de votre lit, répondit-il pragmatique.

S'il savait, songea Lianna. Mais elle se refusait à avouer à quiconque — même à son fidèle Chiang — que Lazare s'était occupé déjà de cet aspect de leur mariage. Seulement maintenant qu'il était parti, impossible de le placer entre elle et le baron anglais...

— Bourgogne s'en est-il allé aussi ?

— Oui, il a prétendu avoir des affaires privées à régler. Il n'avait pas le droit ! répéta Lianna, frappant du pied par terre comme une enfant têtue.

Puis elle étudia le visage de Chiang, admirant sa concentration impassible, la façon dont il était absorbé par sa tâche. Ses yeux bridés semblaient contenir la sagesse de plusieurs siècles. Il avait un visage majestueux qui lui faisait penser aux empereurs d'Orient.

— Vous savez qu'il a le pouvoir de faire presque tout ce qu'il veut. Passez-moi ce siphon, ma dame.

Elle lui tendit un tube de cuivre.

— C'est bien ce qui m'inquiète à propos d'oncle Jean ! Il a également refusé d'envoyer des renforts pour repousser le baron anglais. Il ne veut pas risquer le déplaisir du roi Henry.

Chiang sortit avec soin le sel purifié du creuset.

— Pensez-vous que l'Anglais fera valoir ses prétentions par la force ?

— Je l'ignore, Chiang. Mais nous devons nous y préparer.

Lianna s'assit sur ses talons et observa son armurier travailler. Ses doigts courts et bruns maniaient les balances et les gouttières avec la délicatesse d'un chirurgien. Une fois encore, la sympathie, l'affection et le respect emplirent son cœur. Chiang était une figure immuable à Bois-Long depuis son enfance. Tout comme sa personnalité, son arrivée au château restait une énigme. Fuyant un mystérieux vaisseau de l'Est, il avait échoué sur la côte normande, seul survivant d'un bateau dont il n'avait jamais révélé la destination ni la mission.

Le sire de Bois-Long, père de Lianna, avait dû, dans les premiers temps, le protéger des mains des paysans superstitieux, dérangés par son apparence étrange et prêts à lui infliger une mort de païen. Avec sa connaissance sans âge des techniques de défense et ses talents en matière d'armes à feu, Chiang avait remboursé cent fois Aimery le Guerrier.

Maintenant encore, certains des gens du château, qui le connaissaient pourtant depuis des années et avaient pu apprécier sa fidélité aux maîtres de Bois-Long, le regardaient comme un sorcier. Les hommes d'armes lui enviaient et redoutaient tout à la fois ce petit atelier dans un coin de l'armurerie ; ils ne manquaient jamais de se signer lorsqu'ils passaient devant.

Chiang regarda Lianna de ses yeux écartés et insondables.

— Etes-vous préparée, ma dame ?

Elle baissa la tête. Durant la visite de deux jours de son oncle, elle s'était tourmentée au sujet d'une décision difficile à prendre.

— Oui, répondit-elle faiblement.

Il mit de côté ses tamis et ses gouttières et lui accorda toute son attention.

— Dites-moi…

— J'ai envoyé une missive à Raoul, sire de Gaucourt, à Rouen, pour lui demander cinquante hommes d'armes.

— Avez-vous consulté Lazare ?

— Bien sûr que non. Il ignore tout de la diplomatie et de la politique. Mais cela n'importe plus. Il est parti.

Chiang ne fit aucun commentaire, mais Lianna lut de la réprobation dans son regard. En faisant appel au sire de Gaucourt, elle avait trahi Bourgogne. Gaucourt ne prenait pas ouvertement le parti des Armagnacs, mais il était connu pour sa sympathie envers cet ennemi du duc.

— Ai-je eu tort, Chiang ? demanda-t-elle avec désespoir.

Il haussa les épaules. Ses cheveux noirs et raides prenaient des reflets bleutés à la lueur du feu.

— Vous vous êtes montrée une piètre juge de caractères, à mon avis, mais néanmoins la digne nièce de Bourgogne. Le duc lui-même n'aurait pas fait moins. Rappelez-vous sa devise : « Le pouvoir va à celui qui est assez hardi pour le prendre. »

Regonflée par ces paroles, elle lui décocha une ombre de sourire.

— Fort bien. Allons-nous essayer la couleuvrine ?

Il détourna les yeux.

— J'en ai l'intention. Mais seul…

— Quoi ?

— Votre époux m'a défendu de travailler aux armes à feu avec vous.

Lianna bondit sur ses pieds.

— Le scélérat ! Comment ose-t-il décréter ce que je peux et ne peux pas faire ?

— Vos lois décrètent que vous êtes soumise à votre époux, ou à son fils en son absence. Et Gervais a déjà dit qu'il exécuterait les ordres de son père.

— Nous verrons, marmonna-t-elle.

Elle quitta l'armurerie pour aller trouver son beau-fils et lui dire exactement ce qu'elle pensait de l'interdit de Lazare.

Dans la grand-salle, elle trouva les femmes occupées à filer. Des balles floconneuses de laine cardée jonchaient le sol, et les bavardages des fileuses se mêlaient au claquement et au ronronnement des rouets. Edithe était assise près de la cheminée et mangeait paresseusement un pâté.

— Que faites-vous, Edithe ? demanda Lianna, luttant pour cacher son irritation. Pourquoi n'aidez-vous pas à filer ?

La fille s'essuya la bouche sur sa manche et la fixa effrontément.

— Lazare m'en a dispensée…

Il ne fallut pas une seconde à Lianna pour comprendre la signification de l'éclat de satisfaction qui se lisait dans son sourire assuré.

Ainsi, son époux avait choisi Edithe pour apaiser sa concupiscence… Le bruit des rouets s'arrêta, laissant planer un silence plein d'attente dans la grand-salle. Apparemment, tout le monde le savait… Couvrant son désarroi par la colère, Lianna ordonna d'un ton sec aux femmes de se remettre au travail, puis ramena son attention sur la servante oisive.

Cette dernière termina ostensiblement le pâté et se lécha

les doigts. La fureur enfla en Lianna telle une charge de poudre brûlante.

— Je vois, dit-elle tendue à l'extrême, tandis qu'elle exerçait tout le contrôle qu'elle pouvait rassembler. Je me demande, Edithe, si vous savez où Lazare est parti…

— Peut-être aux écuries, répondit la servante. Il apprécie beaucoup la fauconnerie, vous savez.

Non, Lianna ne le savait pas. Lazare ne lui avait rien dit sur lui-même, et elle n'avait rien demandé. Elle ne s'en souciait pas ; elle avait son nom, et c'était tout ce dont elle avait besoin pour l'instant. Toutefois, son infidélité ouverte piquait sa fierté.

— Lazare n'est plus à Bois-Long, Edithe, annonça-t-elle avec une grande satisfaction. Il est parti à Paris.

L'impertinente assurance de la fille vacilla et Lianna savoura cette petite victoire.

— Lazare vous a dispensée de filer ? Fort bien, je respecterai son souhait…

Edithe parut soulagée jusqu'à ce que Lianna ajoute :

— Vous ferez des travaux d'aiguille, à la place. Le chapelain a besoin d'un nouveau surplis.

Le visage de la servante se défit.

— Mais je suis maladroite à l'aiguille ! protesta-t-elle.

— Faire du travail gratuit pour l'Eglise est bon pour l'âme, rétorqua Lianna, avant de sortir d'un pas vif de la grand-salle.

En gravissant l'escalier qui menait aux chambres, elle s'efforça de composer un discours assez cinglant pour Gervais. La tenir éloignée des armes à feu, vraiment ! Sa fureur culmina lorsqu'elle arriva à la chambre qu'il partageait avec Macée.

Elle leva la main pour frapper.

Un son venant de l'intérieur l'arrêta. Un gémissement. Gervais battait-il sa femme ? Mais un rire chaud suivi d'une remarque paillarde la détrompa immédiatement. Les joues en feu, elle fit demi-tour.

Sa fureur s'était brusquement muée en un sentiment peu familier de frustration impuissante. Honteuse des larmes qui lui piquaient les yeux, elle se précipita aux écuries et commanda que l'on selle son palefroi ivoire. Lorsque ce fut fait, elle s'éloigna du château dans un galop furieux.

« Faites qu'il soit là, pria-t-elle en silence tandis que le paysage verdissant défilait à toute allure. Faites qu'il soit là. »

Deux fois durant le séjour de son oncle, elle avait réussi à s'éclipser pour se rendre en cachette à la croix de Saint-Cuthbert ; les deux fois, elle avait trouvé le vallon vide. Non, pas tout à fait vide, en réalité... La première fois, un perce-neige était posé sur la croix, ses pétales cireux encore frais. La deuxième fois, elle avait trouvé une plume de faisan frangée d'émeraude. Elle gardait depuis la fleur et la plume dans la poche de son tablier, et glissait souvent les doigts dedans pour toucher la preuve que par deux fois Rand aussi s'était rendu sur les lieux et l'avait attendue. La preuve qu'il n'était pas juste un rêve concocté par son esprit troublé.

Mais aujourd'hui, un gage ne serait pas suffisant. Elle avait besoin de sa présence, de sa force généreuse, de son tendre sourire, du velours suave de sa voix. Elle avait besoin de plonger les yeux dans les vertes profondeurs des siens.

Il était là !

Lianna arrêta son cheval, mit pied à terre et attacha le palefroi à un buisson près duquel Charbu broutait. Rand était assis, adossé à la croix.

Le cœur battant, la jeune femme marqua un temps d'hésitation, puis s'approcha à pas lents. La scène était presque trop parfaite pour être troublée par sa présence terrestre. Rand était assis en tailleur, sous une arche d'arbres et d'herbes hautes qui dodelinaient sous la brise. Un rayon de soleil filtrait à travers les branches d'un mélèze, posant des reflets étincelants dans ses cheveux dorés. Il tenait une harpe sur ses genoux. D'une main, il en pinçait nonchalamment les cordes. En s'avançant, Lianna vit qu'il tenait un lapereau dans son autre main. Et elle avait failli tuer sa mère ! pensa-t-elle absurdement.

— Allez, file, petit, dit soudain Rand, posant l'animal par terre, puis le poussant du doigt jusqu'à ce qu'il décampe.

Il mit sa harpe de côté, se leva et la vit alors.

Lianna se sentait comme enracinée au sol, figée par des sensations neuves et intimidantes qui pulsaient à travers elle tels les battements d'ailes d'une alouette. Rand était une divinité dans un jardin de rêve, et elle craignit de pénétrer dans son monde. La duplicité de Lazare et les manigances de son oncle l'avaient souillée. Elle ne pouvait avoir sa place ici.

Mais il s'agissait de Belliane, lui rappela une voix intérieure. Pour Rand, elle était toujours Lianna, dame de compagnie de la châtelaine, courageuse et pure dans son anonymat.

Il s'avança vers elle, tendit la main et effleura sa joue froide de ses doigts, un geste qui interrogeait, qui réclamait une réponse.

La tendresse retenue et la douce chaleur de son toucher firent fondre la glace dont Lianna s'était enveloppée pour faire face aux problèmes de dame Belliane. Libérée par tant de gentillesse, une larme apparut, resta un instant accrochée à la pointe de ses cils, puis coula sur sa joue. Rand en suivit la trace de son pouce, cueillit la deuxième de ses lèvres, puis le large mur de son torse absorba le flot brûlant qui suivit.

4

Affligé par ce chagrin qu'il ne comprenait pas, Rand ne put que serrer Lianna toute tremblante contre lui. Pendant un long moment il resta ainsi à la tenir, caressant son dos tendu, ses épaules affaissées, courbant la tête pour poser les lèvres sur la soie de ses cheveux refroidis par le vent.

— Chut, pucelle, chuchota-t-il. Je vous en prie, ne pleurez plus…

Il s'était senti coupable en se rendant une fois encore à la croix, cédant à une impulsion à laquelle il ne devait pourtant pas s'abandonner. Mais à présent, la détresse de Lianna chassait cette culpabilité et l'emplissait d'une puissante sensation de justesse. Bien qu'il soit promis à sa maîtresse et destiné à endosser le rôle de son suzerain, il ne pouvait se retenir de la réconforter.

Il berça son corps menu secoué de sanglots, combattant la brûlure qui lui transperçait les reins.

A la longue, elle cessa de pleurer. Elle continua cependant à s'accrocher à lui, gardant son visage enfoui dans sa tunique. Quand il plaça les doigts sous son menton pour lever vers lui son visage, elle se raidit et résista. Mais la douce force de sa volonté l'emporta et il plongea les yeux dans son regard battu.

La douleur qu'il contenait était si profonde, si vive, qu'il eut l'impression qu'un poing lui enfonçait la poitrine.

— Dites-moi, pucelle…, murmura-t-il.

Elle secoua la tête.

— Je ne peux pas.

Il recueillit d'un doigt la goutte étincelante d'une larme sur sa joue et la porta à ses lèvres, goûtant la légère amertume salée de son chagrin.

— Je briserais cent lances si cela pouvait chasser la tristesse de vos yeux !

Cette déclaration lui valut un tout petit sourire.

— Je ne suis pas une héroïne de chanson de geste. Je n'ai pas besoin que l'on tue des dragons pour moi.

— De quoi avez-vous besoin, Lianna ?

— D'un ami.

Sa voix était faible, comme si elle était réticente à confesser un besoin aussi humain.

Il posa les lèvres à la racine de ses cheveux, inspira son parfum délicat. Bien assez tôt, il serait forcé de trahir la confiance enfantine qui adoucissait ses traits.

— Je serai cet ami, pucelle…

Elle se dégagea de son étreinte, puis désignant sa harpe, elle dit :

— Chantez-moi une chanson.

Il sourit.

— J'étais prêt à briser des lances pour vous.

Il la fit asseoir près de la croix et prit la harpe sur ses genoux.

Fascinée, Lianna regarda ses mains fortes se refermer sur la monture en frêne usée par des années de pratique. Les longs doigts de Rand caressèrent les cordes, produisant un doux frisson de musique. Les notes s'élevèrent, portées par la brise printanière, et Lianna éprouva une étrange sensation d'intimité, comme si elles lui étaient murmurées à l'oreille. Elle remonta ses genoux contre sa poitrine et les enserra de ses bras.

Rand chanta un ancien lai de troubadour sur un amour non retourné. Sa version paraissait unique, neuve. Il avait une voix comme aucune de celles qu'elle avait entendues, chaude, vibrante.

Chaque parole était une prière ; chaque cadence enlevée l'écho d'un ruisselet répandant sa fraîcheur sur des rochers, la pénétrant comme un baume apaisant. La mélodie l'enveloppait lentement et baignait ses sens de chaleur et de lumière. Elle resta assise, captivée, jusqu'à la dernière plainte de la harpe.

Ce fut seulement quand la brise rafraîchit ses joues qu'elle se rendit compte qu'elle pleurait de nouveau. Mais ces larmes étaient cette fois un relâchement de sa douleur, comme si le chant de Rand avait ôté une épine de sa chair.

Il la regarda d'un air d'attente.

— Comment pouvez-vous chanter comme cela ?

— Comme quoi, pucelle ?

— Comme si… votre âme était touchée par Dieu.

Il rit.

— Pas par Dieu. Par vous !

Ils ne s'étaient pas touchés, mais Lianna avait la sensation qu'il venait de la caresser longuement. « Je pense que je vous aime », avait-il crié. Aucun homme ne lui avait jamais dit ces mots avant, aucun n'avait nourri de tels sentiments pour elle. Etait-ce une affection réelle, durable, ou cette émotion n'avait-elle été chez lui qu'un caprice passager, né de la surprise de leur rencontre ? Elle brûlait de le lui demander sans oser le faire, croyant lire cependant cet aveu renouvelé dans le vert pur et liquide de ses yeux.

Il posa sa harpe et alla à son palefroi.

— Laissez-moi deviner…, dit-il en caressant l'encolure satinée de l'animal. Vous avez volé ce cheval et vous vous enfuyez, c'est cela ?

— On m'accorde certaines libertés, dit-elle vivement, en bondissant sur ses pieds pour le rejoindre.

Ses yeux étaient si clairs, si pénétrants. Comprenait-il qu'elle mentait ? Elle se sentait fautive de le tromper ainsi sur sa véritable identité, mais ce mensonge était justifié. Un chevalier errant ne pouvait se lier d'amitié avec la damoiselle de Bois-Long ; c'était inconcevable.

Rand fit courir sa main sur le garrot du palefroi et le long de sa jambe, écartant l'herbe haute pour examiner son fer.

— Ce cheval est bien entretenu.

— Naturellement !

Lianna releva le menton, comme si un insecte venait de la piquer. Elle ne tolérait aucune négligence dans ses écuries. Surprenant le regard curieux de Rand, elle ajouta très vite :

— Le chef palefrenier est excessivement exigeant.

Mais seulement, songea-t-elle, parce qu'il savait qu'elle le ferait travailler dans les champs de seigle s'il négligeait ses devoirs. Elle prit la main de Rand.

— Marchons…

Heureux de son humeur légère, Rand la suivit. Tandis qu'ils avançaient côte à côte, l'ourlet de sa jupe frôla sa jambe, faisant naître en lui une excitation suave et défendue. Les bruns et les verts de la saison nouvelle donnaient au paysage une douceur délicieuse et il se força à porter son attention sur les saules et les peupliers qui s'inclinaient dans le vent.

— Je suis convaincue que ce chemin était un sentier de pirates vikings, dit-elle en lui faisant franchir la colline qui abritait le vallon. J'avais l'habitude de jouer à Helquin le Chasseur, quand j'étais enfant.

Il sourit. Elle parlait de son enfance comme d'une époque lointaine, pourtant à ses yeux elle était encore une enfant.

— Qui est Helquin ?

— Vous ne connaissez pas cette légende en Gascogne ?

Elle suivit d'un geste souple de la main les ondulations du paysage.

— Helquin est venu depuis le froid pays blanc du Nord, portant sur ses épaules les âmes hurlantes des damnés…

Elle frémit, paraissant s'arrêter avec un certain plaisir sur cette image. L'idée que Justine n'aurait jamais goûté une histoire aussi macabre traversa l'esprit de Rand.

— Quand les oiseaux sauvages crient au-dessus des marécages, les paysans disent que c'est l'écho du long galop d'Helquin à travers les siècles. Je faisais semblant de le voir fendre les bois avec tous les bataillons de l'enfer sur les talons.

Rand eut un grand sourire.

— Et vous partiez en courant, terrifiée ?

— Certainement pas !

Une adorable expression de défi durcit un instant la ligne délicate de sa mâchoire.

— Je prétendais au contraire l'expédier jusqu'au Zuiderzee avec un boulet de soixante livres !

Il s'arrêta de marcher et la prit par les épaules.

— Je n'approuve pas votre penchant pour les armes à feu, Lianna…

Elle fronça les sourcils et lui donna une tape sur le torse.

— Vous préféreriez sans doute me cloîtrer dans une chambre de jour, à carder de la laine !

Il aimerait surtout la garder dans ses bras, pensa-t-il. Près de son cœur. Il lui pressa doucement les épaules.

— Je ne peux pas vous dicter votre conduite. Il n'en est pas ainsi entre amis. Mais je préférerais que vous ne maniiez pas de canons. J'ai vu la destruction qu'ils peuvent causer.

— Fort bien, Rand le Gascon, dit-elle, les yeux pétillants. Comment défendriez-vous un château, alors ?

— Par la force d'hommes d'armes et d'archers.

— Les chevaliers…

Elle cracha presque ce mot.

— Ils se plaisent à piller et à rançonner ! C'est tout ce qu'ils savent faire !

Elle mit les mains sur ses hanches, les joues rouges, enfourchant visiblement un cheval de bataille familier.

— La chevalerie n'est qu'un spectacle vide, une excuse pour abuser des faibles !

— Ce sont les hommes sans scrupules qui sont à blâmer, pas les lois de la chevalerie.

— La chevalerie n'est qu'une cape pour cacher les excès de leurs chevauchées assassines !

Soudain, une idée affreuse le frappa.

— Avez-vous été blessée par des chevaliers, Lianna ? Est-ce pour cela que vous les méprisez autant ?

Elle baissa les yeux.

— Quiconque a senti la fumée d'un verger en feu, vu un bébé embroché sur une épée, entendu les cris d'une femme terrifiée, a été blessé par ces hommes qui se disent chevaliers !

— M'incluez-vous dans votre opprobre ?

Elle leva les yeux.

— Avez-vous fait ce genre de choses ?

— Jamais, Lianna. Me croyez-vous ?

— Je pense que vous désirez réellement protéger les faibles et soutenir la Foi. Mais je pense aussi que vous avez tort de croire que vous pouvez atteindre ces buts par la chevalerie.

Elle atténua la violence de ses paroles par une légère caresse sur sa joue.

— Vous êtes un homme rare, Rand, un homme qui ne peut pas être touché par la corruption.

Sa déclaration, loin de l'apaiser, le fit replonger dans la

spirale de reproches qu'il s'adressait à lui-même depuis le jour de leur rencontre. Chaque mensonge qu'il lui disait reviendrait bientôt le hanter. Incapable de s'extirper de ce dilemme, il se remit à marcher, puis se surprit à demander :

— Que pensez-vous des archers ?

— De la racaille, répondit-elle sans aucune hésitation. De la racaille indisciplinée.

— Mais peut-on contester le succès des archers à Crécy et Poitiers ?

Elle le fusilla du regard.

— Une belle façon de parler pour un Français ! Louer des victoires anglaises !

Sot qu'il était ! se fustigea-t-il. Encore une imprudence comme celle-ci et c'en était fini de cette douce promenade.

— Je ne loue pas les victoires anglaises, tenta-t-il de se justifier, seulement la façon dont elles ont été remportées. Combien de flèches pourrait tirer un maître archer pendant le temps qu'il faut pour charger et mettre à feu un canon ?

— Cent flèches ne peuvent abattre un mur. Un seul canon le peut.

— Certes, mais à quoi bon une arme à feu qui dissimule ensuite un bon moment les ennemis dans la fumée ?

— A quoi bon une flèche tirée par un vent fort, la corde d'un arc détrempée par la pluie ?

La véhémence de Lianna l'enchantait et le troublait tout à la fois. Délibérément, il esquiva le défi.

— A quoi bon discuter avec une pucelle trop précoce pour son propre bien ?

Elle afficha une mine renfrognée, mais il la considéra avec un tel air d'affection amusée qu'il finit par lui arracher un petit sourire.

— Vous ne vaincrez jamais ma logique sur ce point, messire chevalier, déclara-t-elle. Je suis bien trop vive pour vous, de plus d'une façon !

Et pour le lui prouver, elle pivota et dévala en courant une pente de pré couverte d'herbe drue.

Rand la suivit en riant, ses longues enjambées dévorant le chemin qu'elle parcourait. Il resta cependant volontairement en arrière et la laissa le guider le long de grands ormes, de vieux ifs, de hêtres géants, par-dessus des pierres à moitié recouvertes de boue rougeâtre, jusqu'à ce qu'il aperçoive la mer à travers des haies déchiquetées par le vent.

Sa prudence balayée par la fantaisie charmante de Lianna et la grâce agile de ses mouvements, il se jeta en avant et l'attrapa par la taille. Ils culbutèrent ensemble dans l'herbe piquante et Rand la cloua sous lui. D'une main, il maintint ses poignets délicats au-dessus de sa tête. De l'autre, il posa un doigt après l'autre sur ses côtes en une légère caresse, jusqu'à ce qu'elle implore pitié.

— Qui est le plus vif maintenant, pucelle ?

Elle pinça les lèvres, refusant encore de se rendre. Il continua à lui chatouiller les côtes, et la façon dont son corps chaud s'animait sous sa cotte de toile rustique fit naître en lui des ondes de trouble.

Hardiment, il taquina son cou, coulant les doigts dans la soie épaisse de ses cheveux. Sa peau était aussi lisse que de l'ivoire, aussi nacrée qu'une perle. Il se demanda fiévreusement si elle pouvait sentir la chaleur frémissante de son désir, si elle savait combien il était près de laisser sa passion les dévorer tous les deux.

Il était promis à une autre, mais avec Lianna ses vœux de chasteté et de chevalerie semblaient voués à s'éparpiller au vent.

Son toucher se changea en caresses plus précises ; ses doigts suivirent la ligne de ses joues, de ses épaules, de sa clavicule délicate. Il explora sa silhouette et la texture de sa peau, comme pour graver son image dans sa propre chair. Elle remua et un petit gémissement s'échappa de ses lèvres.

— Qui est le plus vif maintenant ? répéta-t-il, se forçant à garder un ton léger. Qui ?

— Vous… Oh, vous ! répondit-elle d'une voix étouffée.

Aussitôt, Rand libéra ses poignets, mais ne pouvait se résoudre à la lâcher tout à fait. Amenant son visage tout près du sien, il étudia le rose qui poudrait ses joues et ses yeux étincelants.

— Il n'est rien de plus enivrant qu'une bataille remportée, murmura-t-il.

— Vous ne jouez pas honnêtement, répliqua-t-elle, le souffle court.

— En ce qui vous concerne, Lianna, j'abjure la droiture.

Le vent agita le feuillage des haies et une ombre tomba sur le visage de Lianna, opacifiant l'argent de ses yeux. Elle bougea sous lui, et ce léger mouvement porta chacun de ses nerfs à un état de sensibilité brûlante.

— Lianna… Je n'ai pas cessé de penser à vous depuis que nous nous sommes rencontrés…

Il posa ses lèvres au hasard sur son visage échauffé et surpris.

— Avec vous, je veux oublier qui je suis, oublier qu'il existe un monde et un temps au-delà de ce moment.

Il cueillit son souffle sur sa bouche, absorbant le doux nectar de ses lèvres. Il avait rarement tenu une autre femme que Justine dans ses bras, mais même s'il avait embrassé mille femmes, il savait qu'aucune d'elles n'aurait pu s'emparer de son âme comme Lianna.

Elle restait immobile contre lui, naïve et consentante. Ses lèvres ressemblaient à du velours humide tandis qu'il les effleurait des siennes. Elle avait un goût de rosée matinale et de mystère, comme si son corps recelait un secret juste hors de sa portée. Il brûlait de désir pour elle, aspirait à ôter une par une les couches de son identité extérieure et à les jeter au vent comme les pétales d'une marguerite.

C'était de la folie, pensa-t-il en semant des baisers sur son front, dans ses cheveux. De la folie de s'abandonner à ce moment d'amour défendu ! Mais, oh, combien il désirait explorer cette folie ! Sa main trouva la courbe tendre d'un sein. Il releva la tête. Elle le regarda avec une douce interrogation. Ses lèvres étaient humides, gonflées par ses baisers.

— Nous ferions mieux de rentrer, dit-il à contrecœur.

La mélancolie assombrit les yeux de Lianna.

— Pourquoi ?

— Parce que vous êtes une drôle de petite pucelle qui aime les armes à feu et met mes convictions à l'épreuve, et moi un chevalier errant destiné à aller où mes voyages m'emmènent.

Il se força à parler légèrement en l'aidant à se relever.

— Votre mère ne vous a donc jamais dit qu'il ne fallait pas fréquenter des inconnus ?

— Je suis orpheline, et vous ne me semblez pas un étranger.

Il l'attira contre lui, étonné de nouveau par sa petitesse, sa robustesse.

— Je ne veux pas vous faire de mal, Lianna, murmura-t-il.

Elle frotta sa joue contre son torse.

— Vous ne feriez jamais de mal à une femme. Vous me l'avez dit.

Une nouvelle vague de culpabilité envahit Rand. D'ici peu, elle apprendrait qui il était vraiment, et il n'aurait plus jamais le présent délicieux de sa confiance. Comment réagirait-elle, en effet, lorsqu'elle apprendrait qu'il était destiné à épouser sa maîtresse ? Qu'il était ce baron certainement haï de tout Bois-Long, venant en revendiquer la seigneurie ?

D'un pas nonchalant, ils repartirent vers leurs chevaux et Rand se laissa aller avec un plaisir teinté d'amertume dans une relation qui, il le savait, ne pouvait s'épanouir que pour quelques jours de plus, peut-être même quelques heures. Il lui montra un nid de butor occupé par quatre œufs mouchetés de brun. Elle lui fit voir un dépôt de calcaire et les restes d'un aqueduc romain. Il tressa une couronne d'herbes folles et la posa sur sa tête. Elle fabriqua une petite catapulte avec une branche de frêne et lui montra comment envoyer une pierre à cinquante pas.

Il regarda l'arme en fronçant les sourcils, puis la glissa dans sa ceinture. Il reprit ensuite Lianna contre lui.

— Vous êtes impossible !

— Je suis pratique.

— Vous êtes magnifique aussi…

— Ne louez pas mon apparence. Je préférerais que vous admiriez mes talents pour les armes.

Il eut un grand sourire.

— Tout le monde à Bois-Long est-il aussi assoiffé de sang que vous ?

— Certains sont pires, répondit-elle simplement, en se détournant.

« Certains sont pires. » Pouvait-elle parler de sa maîtresse ? Tandis qu'il la regardait détacher son cheval, sa gorge se serra d'appréhension.

La prenant par les épaules, il la fit doucement pivoter vers lui et la dévisagea.

— Votre maîtresse vous punira-t-elle d'avoir pris ce cheval ?

La confusion, puis l'amusement, passèrent sur ses traits fins.

— Bien sûr que non ! dit-elle en rougissant.

Soulagé, il posa un baiser sur son front.

— Reviendrez-vous ? demanda-t-elle doucement.

— Je ne sais pas…

— Est-ce que cela signifie que vous allez reprendre vos voyages ?

— Mes plans sont encore incertains…

Elle hocha la tête, comme si elle avait conscience que ce qu'ils partageaient était ténu, fragile.

— Je viendrai quand je le pourrai en fin d'après-midi, déclara-t-elle solennellement. A l'heure où les bécasses s'envolent.

Souhaitant que le monde entier disparaisse et les laisse seuls, Rand la reprit contre lui et écrasa sa bouche sur la sienne.

Mais lorsqu'il atteignit Eu, il sut qu'il ne retournerait pas à la croix de Saint-Cuthbert. La joie égoïste d'être avec Lianna ne valait pas la peine qu'elle aurait quand elle apprendrait qui il était réellement.

Il quitta la bourgade à cheval pour aller s'asseoir seul sur les falaises où les brisants bondissaient à l'assaut des rochers. Il aspirait à arracher ses rêves de son cœur et à les jeter à la mer, à redevenir la coquille vide qu'il était avant de rencontrer Lianna. Elle le rendait trop humain, trop sensible, et ces qualités le serviraient mal quand le temps viendrait pour lui de prendre Bois-Long et son épouse.

Il retourna au village et entra dans la salle de la taverne où il trouva Jack Cade qui avait accepté d'être son héraut. Les joues rouges d'avoir trop bu de cidre normand, Jack leva son gobelet de bois.

— Milord de Longwood…

Rand hocha brièvement la tête.

— Demain, Jack… Demain seulement…

Lianna avait rêvé de Lazare, son hautain époux. Dans son rêve, il se dressait dans l'ombre à côté de son lit, présence ténébreuse dont elle ne voulait pas. Puis il s'était approché. L'obscurité avait alors fait place à une lumière dorée, et la silhouette près de sa couche n'était plus celle de Lazare mais celle de Rand, le visage illuminé de ce sourire qui lui emportait le cœur, les bras ouverts, l'invitant à le rejoindre.

Elle était allée vers lui, les mains tendues, s'approchant assez près pour sentir son odeur de soleil et de vents marins, pour percevoir la chaleur qui émanait de lui…

Puis il s'était évanoui brusquement et elle s'était sentie arrachée à son rêve, projetée dans la froide grisaille de l'aube.

Quelque chose l'avait réveillée. Se demandant quoi, elle fixa d'un air morne la haute croisée étroite. Un cri résonna à l'extérieur du château. Elle se leva d'un bond et s'enveloppa dans un drap avant de se hâter vers la fenêtre. La sentinelle postée à la barbacane faisait de grands gestes en direction du pont sur la rivière.

Un cavalier solitaire approchait. Il portait une tunique blanche avec un blason doré sur lequel figurait un léopard rampant. Lianna sentit soudain le froid des dalles de pierre remonter de ses pieds nus jusqu'à son cuir chevelu.

— Bonne ! Venez vite ! cria-t-elle.

Il se passa un moment avant que la chambrière apparaisse. Fronçant les sourcils à la vue des brins de paille accrochés à ses cheveux, Lianna devina qu'elle avait batifolé avec Roland. Son sourire endormi et satisfait confirmait ces soupçons.

— Franchement, Bonne ! Vous êtes censée dormir sur votre palette dans ma garde-robe ! Ça ne prend sûrement pas toute la nuit de… de…

Une rougeur brûlante lui monta aux joues et, irritée, elle détourna les yeux.

Le sourire de Bonne s'élargit.

— Pas toute la nuit, ma dame, mais après…

Elle s'étira longuement, avec volupté.

— C'est si agréable d'être couchée dans les bras d'un homme, vous savez.

Non, Lianna ne savait pas, et cela l'irrita plus encore.

— A l'avenir, vous devrez être ici au chant du coq !

— Oui, ma dame, répondit la servante en nouant ses doigts devant elle. Quel est votre bon plaisir ?

Lianna désigna la croisée. Le cavalier était arrivé dans la cour à présent, et un valet conduisait sa monture aux écuries. Bonne regarda dehors, puis recula, tout à fait réveillée.

— Par la barbe de sainte Wilgeforte ! dit-elle dans un souffle, c'est le baron anglais !

— Pas le baron, mais sûrement son messager.

— Gervais est resté à jouer aux dames jusque tard dans la nuit, mais je vais le faire quérir. Avec votre époux parti à Paris, c'est son rôle de recevoir le message.

— Ne vous avisez pas de le réveiller, dit Lianna. Je m'occuperai moi-même de l'homme de Longwood.

Bonne prit un peigne.

— Laissez mes cheveux ! Couvrez-les juste d'un hennin et d'un voile. Je suis impatiente de rencontrer ce rustre d'Anglais !

Arborant sa plus belle robe et son air le plus hautain, Lianna rejoignit bientôt l'homme dans la grand-salle. Il buvait abondamment à une outre de vin. Puis il la regarda, bouche bée, le menton pendant comme un simplet.

Elle refusait de lui faciliter la tâche. Promenant les yeux sur ses cheveux roux, huilés et labourés sans pitié par un peigne, elle demanda :

— Qu'est-ce qui vous amène ici ?

— Je suis Jack Cade. J'apporte un message pour la damoiselle de Bois-Long.

Son français grossier écorcha les oreilles de Lianna.

— Je suis la damoiselle de Bois-Long, répondit-elle en anglais.

Cette langue, qui lui avait été inculquée par des tuteurs envoyés par son oncle, avait un goût amer dans sa bouche.

L'homme lui tendit une lettre de vélin cachetée. Elle nota distraitement qu'il lui manquait trois doigts à la main droite. Un infirme, pensa-t-elle peu charitablement. A quoi devait ressembler le maître ?

Le cachet portait l'emblème haï du léopard. Le brisant d'un geste furieux, elle parcourut rapidement le message. Les phrases, grandiloquentes et tournées avec arrogance, n'adoucissaient pas la déclaration outrageuse. Le roi Henry, se proclamant lui-même souverain d'Angleterre et de France, lui ordonnait de recevoir Enguerrand Fitzmarc, baron de Longwood, ainsi que le prix habituel de la mariée, qui se montait à la somme inhabituelle de dix mille couronnes d'or.

Momentanément ahurie par la somme, Lianna leva les yeux. Bonne était entrée, portant des coupes de vin aux épices. Le héraut fixa la nouvelle venue, laissant échapper des phrases emmêlées, pleines d'admiration. Devant sa maîtresse dégoûtée, Bonne accepta l'hommage avec une grâce souriante et lui tendit une coupe.

— Ecartez-vous, Bonne ! ordonna Lianna, furieuse. Je veux qu'il voie exactement ce que je pense de son message !

Elle déchira le vélin en petits morceaux qu'elle éparpilla du pied parmi les jonchées.

— Votre roi est un usurpateur ! Je rejette son édit, je rejette le laquais sans échine qu'il a envoyé pour m'épouser, et je rejette la somme dérisoire dont il pense à tort qu'elle le rendra acceptable !

Elle le fusilla d'un regard farouche, telle une ancienne déesse de la Guerre, de ses yeux argentés étincelants.

— Dites à votre maître qu'il peut ramener son infecte carcasse en Angleterre !

— Mais… mais, ma dame…, balbutia l'homme, tout rouge.

— Je n'épouserais pas ce bigot d'Anglais même si la lune tombait du ciel !

Elle eut un rire dur.

— Et s'il pense m'y forcer, dites-lui que c'est trop tard. Je suis déjà mariée à Lazare Mondragon.

Jack prit une deuxième coupe de vin et la vida d'un trait.

— Mariée ?

Elle hocha la tête, triomphante.

— J'ai fait établir une copie du contrat de mariage, afin que sa validité ne puisse être mise en question.

Tirant le document des plis de sa jupe, elle l'exhiba sous son nez.

Elle ne put réprimer un sourire de satisfaction : aujourd'hui, elle se débarrassait de l'Anglais ; elle allait alors pouvoir se consacrer entièrement au problème de Lazare.

— Votre maître ne peut rien faire. Le roi Henry lui-même ne peut défaire ce qui a été forgé devant Dieu. Partez, maintenant ! Plus vite vous quitterez nos côtes, mieux ce sera !

Jack empocha le contrat avec des gestes saccadés, décocha un regard nostalgique à Bonne, finit le vin et quitta la grand-salle.

— Vous avez été bien dure avec ce pauvre diable, lui reprocha Bonne en suivant Jack du regard. Il n'est qu'un messager, après tout.

— C'est un bigot d'Anglais !

Une impulsion s'empara alors de Lianna. Elle courut à l'armurerie, enfila son surcot et monta sur les remparts. La nouvelle couleuvrine, sur son socle pivotant, était assez petite pour être mise à feu par un seul canonnier. Elle enfila un boulet et une modeste charge dans la culasse, alluma une mèche d'étoupe et attendit que l'Anglais passe sous la poterne et traverse le pont. Elle dirigea le canon loin de lui ; le tir ne devait être qu'une démonstration.

La charge crépita, puis une explosion puissante déchira l'air matinal. Le boulet passa au large du messager et retomba sans causer de dommages dans les bois. Mais le cheval se cabra ; son cavalier l'éperonna et disparut à bride abattue le long de la route.

Le tir fit accourir la moitié des occupants du château dans la cour, où ils trébuchèrent sur des poules caquetantes et des pourceaux qui glapissaient. Drapé dans une robe de chambre enfilée à la hâte, Gervais apparut, le visage rouge, brandissant le poing.

Mais Lianna s'en moquait. Tel un vin puissant, la sensation entêtante du triomphe la réchauffait. Comme c'était bon de passer sa colère, même sur ce messager sans valeur ! Elle regrettait simplement de n'avoir pas rencontré le maître ; elle brûlait de voir ce maudit horsain humilié, se vautrant dans la fange de la défaite.

Gervais lui cria quelque chose, mais elle n'y fit pas attention. Les bras noués autour de sa taille, elle riait tant qu'elle pouvait.

Un brouillard gris et humide enveloppait la *Toison d'Or* tandis qu'elle remontait la côte depuis Eu jusqu'au Crotoy, une forteresse du duc de Bourgogne. Debout au bastingage, Rand sentait le froid lui pénétrer les os. Il entendait à peine les cris de l'équipage qui se préparait à accoster : il pensait à Lianna. Comme il avait été tentant, alors, après avoir vu le contrat de mariage de dame Belliane, d'aller chercher la jeune fille pour… Pour quoi ? Il n'était pas plus libre maintenant qu'il ne l'était lorsqu'il avait envoyé Jack à Bois-Long. Henry avait besoin du gué ; son honneur de chevalier dévoué à la cause du roi d'Angleterre l'obligeait à s'en emparer, sinon par le mariage, par la force à présent. Peut-être que Bourgogne, qui avait envoyé un message prudent à Eu, les invitant à venir le trouver en secret, lui fournirait une réponse.

Mais pour l'heure, Rand avait surtout besoin de réponses de Jack. Ce dernier était rentré quelques heures plus tôt, trop ivre pour faire autre chose que de lui remettre le message de la damoiselle en mains propres.

— Allez me chercher Cade ! cria-t-il à Simon.

Peu après, Jack bataillait le long du bastingage pour rejoindre son maître.

— De grâce, milord, pas maintenant ! implora-t-il.

Rand prit un air sévère.

— A vous voir, si vous repoussez plus longtemps un entretien avec moi, je parlerai à un cadavre.

Inspirant à grandes goulées, Jack s'accroupit. Rand sortit une outre de vin que son compagnon refusa d'un signe de main.

— Je suis encore soûl de ce matin. Soûl et avec le mal de mer. Cuit jusqu'aux amygdales !

Rand tira de sa ceinture la catapulte en frêne de Lianna et une pierre. Il lança le projectile dans la mer.

— Parlez, Jack. Relatez-moi votre rencontre avec la damoiselle. A quoi ressemble-t-elle ?

— Elle est superbe, marmonna Jack d'un ton pénétré.

— La damoiselle ?

Elle était pourtant la nièce de Bourgogne, peu gâté par la nature.

— Des cheveux de flammes… Des seins de crème fraîche… Par Dieu, elle m'a donné des envies !

— *La damoiselle ?*

Jack battit des cils.

— Non ! Je parlais de sa chambrière. Bonne, qu'elle s'appelle… Ça veut dire *good,* n'est-ce pas ? Je parierais qu'elle est sacrément bonne, en effet.

— C'est de la damoiselle que je veux entendre parler !

Jack eut un hoquet.

— Bien, comme vous voudrez… Elle est… froide, milord.

Il fit une grimace.

— Aussi froide que la tétine d'un basilic.

Un sentiment de soulagement submergea immédiatement Rand. Grâce à Dieu, elle en avait épousé un autre !

— A quoi ressemble-t-elle ? demanda-t-il néanmoins.

Le bateau tangua. Jack ferma les yeux, tremblant.

— A un basilic…

— Jack…

— Milord, qu'est-ce que je sais de la haute noblesse ?

Il rouvrit les yeux.

— Elle m'a regardé avec un très grand mépris. Elle était tout enveloppée de gaze, comme les dames d'Eltham.

— Et qu'a-t-elle dit ?

— Elle vous a traité de *bigot.* Par tous les diables, qu'est-ce que c'est ?

— Un surnom que les Français donnent aux Anglais, à cause de notre habitude de dire *by God,* « par Dieu », pour maudire tout ce qui nous déplaît.

— Eh bien, elle se trompe sur vous. Vous n'avez jamais invoqué le nom du Seigneur pour jurer. Je le fais assez souvent pour nous deux.

Rand lança une autre pierre. Elle ricocha sur les vagues et fut engloutie par un rouleau d'écume.

— Qu'a-t-elle dit d'autre ?

— Elle a dit qu'elle ne vous épouserait pas même si la lune tombait du ciel.

Jack l'observait avec curiosité, mais ne fit pas de commentaire sur la petite arme.

Robert Batsford, qui se tenait non loin de là, vint les rejoindre.

— Son geste de défi est impressionnant, dit-il. Peu d'hommes, et encore moins de femmes, oseraient faire fi de l'édit d'un roi. Votre future épouse est certainement hardie.

— Et elle a une sacrée chambrière…, marmonna Jack.

Furieux, Rand plissa les paupières pour percer le brouillard. Il avait été dupé par une femme ; il avait failli à son devoir de chevalier.

— Oh, elle est bien jeune mariée, mon père. Mais pas ma femme. Elle a épousé un Français du nom de Mondragon.

— Dieu du ciel, cette femme est-elle folle ?

— Ne l'ayant jamais rencontrée, je l'ignore.

Batsford lâcha un sifflement sourd.

— Mariée ! Par saint Georges, je commence à ressentir du respect pour elle, malgré moi ! Qu'allez-vous faire maintenant ?

Tels des fantômes émergeant du brouillard, les quatre tours rondes du Crotoy apparurent.

— Je ne sais pas encore, mais Bourgogne et moi trouverons une solution, dit Rand.

5

Durant deux semaines, à l'heure où s'envolent les bécasses, Lianna s'était rendue presque quotidiennement dans le vallon où se dressait la croix de Saint-Cuthbert, espérant voir Rand. Mais l'endroit était resté désert.

Au fil des jours, ses souvenirs de lui se changeaient en nostalgie, et la nostalgie en obsession. Elle ne pouvait oublier son visage souriant, ses lèvres lui murmurant des mots tendres, la riche caresse de sa voix tandis qu'il lui chantait une chanson d'amour. Ils n'avaient échangé que quelques baisers, quelques caresses furtives, pourtant son corps l'appelait avec une passion si forte qu'elle en était douloureuse. Il avait creusé en elle un puits d'aspirations profondes et secrètes, des aspirations que seul il pouvait combler. Un lien puissant les avait unis dès le début, et même si Rand ne revenait plus jamais, elle savait qu'elle ne serait jamais libérée de lui.

Elle ne pouvait imaginer qu'une raison à sa brusque disparition : l'Anglais avait quitté la ville côtière d'Eu ; Rand avait sans doute eu vent de l'envahisseur étranger et était parti après lui. Il avait souhaité briser des lances pour elle. Peut-être était-il en train de le faire, sans le savoir.

Elle rentra un jour au château enveloppée d'une tristesse rêveuse et, conduisant son cheval aux écuries, nota distraitement qu'une bride en cuir traînait dans la cour. Roland, le palefrenier, la ramassa vivement.

— Mes excuses, ma dame, je ne l'avais pas vue, marmonna-t-il en se mettant de côté comme pour éviter la réprimande attendue.

Mais elle ne dit rien et lui tendit la bride de son palefroi. Qu'importait une longe égarée quand son cœur se brisait...

Des bruits de chevaux plus nombreux que d'habitude pénétrèrent la toile tissée de chagrin de ses pensées. Regardant alors plus attentivement autour d'elle, elle constata que toutes les stalles étaient occupées.

— Le sire de Gaucourt est arrivé, ma dame, l'informa Roland, surprenant son regard étonné.

Lianna eut un court instant de panique. Elle avait sollicité Gaucourt ; le château était prêt pour sa visite, mais maintenant qu'il était là, son geste de défi envers son oncle devenait non seulement réel, mais irrévocable. Ravalant un sentiment d'incertitude, elle se rendit à la grand-salle pour saluer son hôte.

Raoul, sire de Gaucourt, était assis près de la cheminée avec Gervais. Il avait un visage fort et un air arrogant, ainsi qu'un étrange regard sans cils profondément calculateur. Ses yeux étaient de pâles pierres glacées. Sa vue pénétra Lianna de méfiance et d'appréhension.

En l'apercevant, Gervais lui sourit. Contre toute attente, Lianna s'était découvert une forme de sympathie pour le fils de son époux. Il avait relâché l'interdit de son père concernant son usage des armes à feu, et semblait même se satisfaire de lui abandonner la conduite du château.

Lorsqu'elle s'avança, les yeux de Gervais s'attardèrent un instant sur son surcot taché, mais elle n'y lut aucune réprobation.

— Bienvenue, messire, salua-t-elle son hôte, lorsqu'elle fut devant lui.

Il lui prit la main et s'inclina pour frôler de ses lèvres le dos de ses doigts.

— Ma dame, murmura Gaucourt.

Lianna lui retira sa main.

— Merci d'être venu à mon aide.

Ses yeux froids et pâles se plissèrent aux coins et elle s'avisa qu'il souriait à sa manière.

— Je ne pouvais faire autrement que de venir quand j'ai appris l'action courageuse que vous avez accomplie pour la France.

Malgré sa méfiance, Lianna fut heureuse que le chevalier lui fît grâce des avertissements et récriminations que son oncle de Bourgogne n'avait pas manqué, lui, de lui adresser.

— Vu les circonstances, je n'avais pas le choix, répondit-elle. Il m'était impossible d'épouser le baron de Longwood et de céder par ce mariage Bois-Long à la Couronne anglaise.

— Je suis d'accord avec vous, ma dame. Bois-Long est précisément ce dont le roi Henry a besoin, une forteresse sur la Somme pour lui livrer accès à Paris. Il a peut-être des vues sur la France, mais grâce à vous il n'ira pas plus loin qu'ici.

— Et grâce à vous, messire, les Anglais ne prendront pas Bois-Long par la force, renchérit Gervais.

Lianna lui décocha un regard agréablement surpris. Ainsi, son beau-fils avait quelque compréhension de la situation ? Elle se tourna vers Raoul.

— On a vu l'Anglais quitter en bateau la bourgade d'Eu où il avait accosté, mais je crains qu'il ne revienne.

— La présence de cinquante de mes meilleurs hommes sur la côte l'en dissuadera.

Lianna parcourut la grand-salle des yeux. Des serviteurs dressaient les tables sur tréteaux pour le repas du soir. Au fond, la vieille mère Brûlot chantonnait pour les deux bébés qu'elle tenait dans ses bras. A l'une des tables, Guy, le sénéchal, relatait patiemment sur son livre de raison le rapport des événements quotidiens du château.

La peur s'empara brusquement de Lianna à l'idée que tant de personnes, à Bois-Long et sur ses terres, comptaient sur sa protection. Combien de champs seraient brûlés si Henry agissait ? Combien de temps survivraient ses gens si les Anglais détruisaient leurs maisons et massacraient leur bétail ? Les canons de Chiang eux-mêmes ne réussiraient peut-être pas à repousser le courroux d'Henry.

Gaucourt dut deviner ses pensées, car il lui tapota le bras d'un geste rassurant.

— J'ai envoyé un certain nombre d'espions parcourir la région. Ils ont pour ordre de nous rapporter le premier signe de présence d'une troupe anglaise.

— Je vous suis profondément redevable, dit-elle.

Elle aurait voulu se sentir plus confiante, cependant. Le plus grand commandant de France, en effet, était venu défendre son château. Alors, pourquoi sa présence suscitait-elle en elle un tel sentiment de menace ?

Gaucourt leva sa coupe de vin.

— Il n'y a pas de prix trop élevé pour préserver la souveraineté de la France sur son propre territoire, ma dame.

— Pour l'heure, je ne peux me soucier que de préserver Bois-Long.

— Avec mon aide, vous le ferez…

Il la parcourut des yeux, s'arrêtant sur sa taille.

— Mince comme un roseau, murmura-t-il d'un ton légèrement réprobateur. Vous feriez bien de rappeler votre époux de Paris et de veiller à la conception d'un héritier.

Lianna, la gorge soudain serrée, espéra que son rire ne paraissait pas aussi forcé qu'elle en avait l'impression.

— Tudieu, messire, j'aimerais que vous laissiez ces inquiétudes à mes femmes et aux devineresses qui hantent les marécages !

— Je ne plaisante pas, dame Belliane… Un enfant est une nécessité politique. Il consoliderait un mariage auquel votre oncle de Bourgogne s'oppose.

Gervais s'éclaircit la gorge. Son sourire habituellement chaleureux semblait contraint.

— Bois-Long a un héritier désigné, dit-il.

Gaucourt haussa les épaules.

— Dame Belliane a dans ses veines le sang de la maison de Bourgogne et d'Aimery le Guerrier. Il serait dommage de laisser s'éteindre la lignée.

Ce soir-là dans sa chambre, Lianna se sentait troublée.

— Tout le monde chuchote que Gaucourt a parlé d'un héritier, ma dame, lui dit Bonne qui l'aidait à se préparer pour la nuit.

— Des fadaises pour les langues oisives ! coupa Lianna en raidissant le dos, alors que sa chambrière passait une brosse dans ses cheveux.

— Un enfant serait une bénédiction… Il adoucirait peut-être même les dispositions de Macée à votre égard. Elle est stérile, vous savez.

Lianna la fixa.

— Non, je l'ignorais. Pauvre Macée…

Les yeux de Bonne brillèrent d'un éclat rusé.

— Mais pour que votre ventre grossisse, vous devez coucher avec un homme.

Lianna bondit sur ses pieds et se retourna vivement, son bliaut virevoltant autour de ses chevilles minces.

— Je ne suis pas une idiote, Bonne ! Lazare est à Paris. Que voulez-vous que je fasse ?

— Prenez un amant. La reine Isabeau elle-même en a des douzaines…

Bonne traversa la chambre pour aller au lit. Elle rabattit la courtepointe et chassa des grains de lavande de l'oreiller.

Lianna frémit. Le frère du roi, Louis d'Orléans, avait payé de sa vie sa liaison avec Isabeau. Les Armagnacs attribuaient son meurtre au duc de Bourgogne lui-même.

— Voudriez-vous que je donne un bâtard à Lazare ? demanda-t-elle.

— Et qui pourrait traiter votre enfant de bâtard ? Les draps tachés de sang de votre lit conjugal ont été dûment inspectés.

Le visage de la chambrière s'éclaira.

— Vous portez peut-être déjà un enfant.

— C'est imp…

Lianna s'interrompit. Si jamais son oncle apprenait que le mariage n'avait pas été consommé, il ne perdrait pas de temps pour le faire annuler et la forcer à épouser l'Anglais.

— Il suffit, Bonne, dit-elle. Vous n'avez pas à me parler ainsi.

— Comme vous voudrez, ma dame, répondit la servante sans une trace de contrition.

Elle tapota l'oreiller.

— Venez vous mettre au lit. Gaucourt et les cinquante bouches de plus à nourrir qu'il a amenées vous tiendront bien assez occupée demain.

Lianna se glissa entre les draps et s'adossa à l'oreiller. Quelques fines plumes s'en envolèrent.

Bonne pinça les lèvres avec irritation.

— Par la barbe de sainte Wilgeforte ! J'ai pourtant dit à cette feignante d'Edithe de raccommoder cet oreiller !

Lianna lui tapota doucement la main.

— Laissez-moi m'occuper d'Edithe, Bonne…

Et pour changer de sujet, elle demanda :

— Qui est sainte Wilgeforte, à propos ?

La servante s'assit sur le bord du lit et se pencha vers elle.

— Une nouvelle sainte dont le père Le Clerq m'a parlé, ma dame… Wilgeforte était paraît-il d'une beauté sans pareille. Lasse d'avoir d'innombrables prétendants, elle a prié Dieu de l'aider.

Bonne remonta ses genoux contre elle et gloussa.

— Le lendemain matin, elle s'est réveillée avec de la barbe.

Bien qu'elle rie de l'histoire, Lianna fit une comparaison douloureuse avec son propre dilemme. Les gens louaient sa beauté, mais gardaient leurs distances. Elle n'avait pas besoin d'une barbe pour repousser les hommes, avec son oncle dominateur, son époux retors et sa propre nature, une froideur née de la nécessité de se protéger.

Sur le point de se retirer, Bonne revint en arrière pour prendre une tasse qu'elle avait laissée sur une étagère.

— Je ne dois pas oublier ma tisane…

Elle la but d'un trait.

— Etes-vous souffrante, Bonne ?

— Non, ma dame, c'est une décoction de rue et d'ellébore.

Elle rougit et précisa, à voix plus basse :

— Pour ne pas concevoir.

Sachant que l'infusion était un léger poison, Lianna fronça les sourcils.

— Roland est-il si insouciant avec vous, Bonne ?

Bonne haussa les épaules.

— Les hommes le sont tous… Ils répandent leur semence comme de la paille au vent, sans se soucier de l'endroit où elle prend racine.

Cette nuit-là, Lianna refit le rêve désormais familier dans lequel l'époux qui s'approchait de sa couche se transformait soudain en Rand.

Elle s'éveilla le lendemain matin avec le sentiment vague mais irrésistible de devoir faire quelque chose.

*
* *

Durant les trois semaines écoulées depuis que Rand s'était rendu en secret au Crotoy, le printemps avait bondi tel un lion doré sur la Picardie. Tandis qu'il se dirigeait vers Bois-Long, des abeilles bourdonnaient au-dessus de la prairie couverte de trèfle qu'il traversait à pied. Dans un pâturage éloigné, des vaches étaient immobiles sous le soleil chatoyant, et l'odeur des marécages salés lui montait aux narines. Il serait allé plus vite à cheval, mais avec les espions de Gaucourt disséminés çà et là dans la région, il ne pouvait risquer d'être découvert.

Il appréciait profondément la beauté du pays. A l'est, une parcelle de lin bleu et de coquelicots en boutons ondoyait en une harmonie paisible ; à l'ouest se dressaient les hauteurs bordées par les falaises crayeuses. La Somme serpentait, alimentée par des dizaines de cours d'eau. Une forêt de hêtres et d'ormes, leurs troncs puissants nourris par une terre riche, s'élevait dans la vallée marécageuse. Et en face de lui, une rangée de peupliers dodelinait dans la brise : l'entrée de Bois-Long.

Son héritage français le liait à cette terre. Son titre anglais en faisait le maître. Toutefois, il n'était pas temps encore de la revendiquer, le nouveau plan de Bourgogne rendait le secret nécessaire. Le duc lui avait promis que la damoiselle serait bientôt libre de se marier ; il semblait confiant dans une prompte annulation de son mariage avec Mondragon. Rand ne souhaitait pas en savoir plus, trop heureux de laisser les intrigues à Jean sans Peur.

Tandis qu'il longeait la berge, restant dans l'ombre des grands hêtres, il aperçut pour la deuxième fois la magnificence imprenable du château. Seulement, maintenant, il ne le regardait plus comme sa future demeure, mais comme une forteresse à prendre. Il calcula la hauteur des murs et détermina l'itinéraire qu'il prendrait lorsqu'il viendrait chercher son épouse.

Avec un bout de charbon de bois, il dessina un croquis sur un bout de parchemin, notant l'emplacement des tours de guet, le nombre de croisées dans le donjon, les merlons des remparts.

L'idée de se faufiler en douce dans le château et d'enlever une femme qui ne se doutait de rien l'emplissait de dégoût, mais il n'avait pas le choix. La présence de Gaucourt rendait une attaque ouverte ridicule et l'idée de rentrer en Angleterre en ayant échoué était impensable.

Un bruit de sabots résonnant sur le pont de planches attira son attention. Ses muscles se nouant, il se pressa contre un épais tronc d'arbre et observa une petite troupe d'hommes d'armes qui sortait de la barbacane. Au milieu chevauchait une femme.

La damoiselle de Bois-Long.

Il ne pouvait s'agir que d'elle, car elle se perchait sur sa selle avec un air d'autorité hautaine et était vêtue d'une robe d'un rouge somptueux. Les étoffes et les bijoux offerts par le roi Henry devraient lui plaire, pensa Rand. Elle aimait apparemment les riches atours.

A la fois détaché et mal à l'aise, il examina la femme qui devait devenir son épouse. Son visage était d'une pâleur de lait ; elle avait des lèvres rouges et pleines, de lisses cheveux noirs et des sourcils bien dessinés au-dessus d'yeux dont il ne pouvait discerner la couleur de l'endroit où il se trouvait. L'impression qu'il retira de ce premier aperçu de la damoiselle fut celle de beauté, pas de chaleur. Elle était une parente de Bourgogne, se rappela-t-il. Inutile alors de chercher de l'amabilité en elle…

Elle arrêta son cheval et lança un ordre cinglant à l'un des hommes. Comme il ne réagissait pas, elle poussa un glapissement, leva une robuste cravache et l'abattit sur les épaules du malheureux, jusqu'à ce qu'il mette pied à terre pour ajuster son étrier. Puis ils repartirent, traversant la chaussée et prenant à l'est le long d'une route en terre.

Tandis qu'il fixait le dos mince de la damoiselle, Rand sentait chaque respiration lui brûler la gorge. Cette femme allait être son épouse et la mère de ses enfants ! Il n'était pas seulement condamné à affirmer son contrôle sur une forteresse française ; maintenant, il savait que sa promise avait un caractère qu'il devrait aussi dompter.

Profondément troublé, il jeta un coup d'œil au soleil qui descendait à l'ouest. « Je viendrai chaque jour en fin d'après-midi, à l'heure où les bécasses s'envolent », avait dit Lianna. Alors, tout en sachant qu'il ne devait pas s'y rendre, Rand prit le chemin de la croix de Saint-Cuthbert.

A compter de la troisième semaine, Lianna était venue moins souvent dans le vallon. A force de s'y retrouver seule, ses espoirs de revoir Rand s'étaient flétris. Mais la douceur printanière de l'après-midi et le but terrifiant qu'elle s'était fixé la ramenèrent à la croix de Saint-Cuthbert. Les paroles de Bonne la hantaient : « Les hommes. Ils répandent leur semence comme de la paille au vent. » Finalement, elle était prête à admettre que sa chambrière avait raison, que Gaucourt avait raison. Il lui fallait un héritier pour empêcher son oncle de se mêler de son mariage avec un Français et Gervais d'hériter de Bois-Long.

Tout en marchant à travers bois, elle considéra son plan. Si elle pouvait retrouver Rand, elle ferait en sorte qu'il plante un enfant dans son sein, et Lazare serait trop fier alors pour nier que le bébé était le sien.

C'était si simple, pensa-t-elle. Si froidement calculé. Si malheureusement nécessaire…

Elle y était décidée, motivée par bien davantage que le

besoin stratégique d'avoir un héritier. Elle voulait que Rand lui fasse l'amour, elle voulait sentir encore la caresse douce de ses mains sur elle, retrouver la sensation de bien-être et de sécurité qui l'avait apaisée, lorsqu'il l'avait serrée contre lui. Elle voulait qu'il remplisse le vide béant de son cœur, ce vide qui lui avait pesé comme une blessure ouverte toute sa vie. Il avait éveillé la rêveuse en elle, fissuré la carapace de dureté qu'elle avait dû se forger, à la mort de ses parents, pour rester maîtresse de Bois-Long et protéger ses gens, ses terres, dans un pays ravagé par la guerre et les pillages. Rand lui avait donné la volonté de tendre les deux mains vers l'amour.

Comme elle était habituée désormais à trouver le vallon désert, son cœur tambourina de surprise et d'une joie formidable lorsqu'elle aperçut Rand à travers des saules tout couverts de chatons. Elle s'approcha de lui par le côté, à couvert d'un bosquet. Les leçons que Chiang lui avait données pour se déplacer dans les bois lui conféraient un pas léger et silencieux. Rand ne la remarqua pas ; il paraissait plongé dans ses pensées.

Adossé à la croix de pierre, sa tête baissée dorée par le soleil, il lui fit penser à un géant endormi, sa puissance relâchée tapie sous la patine du repos. Une lumière diffuse éclairait son profil. Ses cheveux avaient poussé depuis trois semaines, nota-t-elle avec tendresse, et des boucles encadraient maintenant la beauté sans tache de son visage.

Sa pose candide, son attitude pensive, lui firent regretter son intention de tirer profit de leur mutuelle attirance. Néanmoins, la magnificence poignante de son long corps musclé l'emplit d'excitation.

Elle poussa une petite exclamation étouffée, et le salua de quelques mots murmurés.

L'entendant, Rand bondit sur ses pieds et tira une dague acérée. Le mouvement fut si brusque que Lianna sursauta et faillit trébucher en faisant un pas en arrière. Puis il la reconnut et une joie sans mélange se peignit sur son visage. L'arme disparut dans son fourreau.

— Pucelle, vous m'avez pris au dépourvu !

Son sourire toucha le cœur de Lianna comme un chaud rayon de soleil.

Elle rougit.

— Ce n'était pas mon intention.

Elle étudia machinalement les fougères du sol, se sentant soudain intimidée.

— Vous me surprenez toujours, douce jouvencelle, dit-il, une note de nostalgie dans la voix.

La gorge de Lianna se serra à la vue de ces yeux verts, de ce visage plus animé, plus attirant que celui qu'elle voyait chaque nuit dans ses rêves.

D'un mouvement prompt, il la prit dans ses bras.

— Oh, Dieu, Lianna ! Comme vous m'avez manqué !

Il la serra contre lui de ses bras puissants, enfouit son visage dans son cou et plongea les mains dans ses cheveux. Ses tresses se défirent sous ses doigts, et bientôt un flot de mèches soyeuses retomba sur ses épaules.

Il avait un parfum de mer et de soleil. Lianna avait l'impression d'être exactement là où elle devait être, entre ces bras noués autour d'elle, contre ce torse solide et ferme sous sa joue.

— Où étiez-vous passé, Rand ?

— Nulle part. Je ne suis nulle part sans vous.

Il prit son menton dans sa main et lui releva la tête. Puis ses lèvres descendirent lentement vers les siennes.

Toute tremblante d'émotion et de désir, elle s'accrocha à lui, savourant chaque picotement de plaisir qui la parcourait tandis que leurs lèvres s'unissaient en un long baiser langoureux. Elle fit remonter ses mains le long de son torse, sentant sa peau moite de sueur sous sa tunique. Elle glissa ensuite les doigts dans ses cheveux dorés et l'attira plus près, les lèvres entrouvertes, appelant la caresse veloutée de sa langue.

Brûlée par l'envie qu'elle avait de lui, elle se pressa plus près. Il arracha ses lèvres aux siennes. Ses yeux brillaient d'un tourment intérieur qui lui étreignit le cœur et emplit son esprit de questions.

— Pourquoi êtes-vous resté absent si longtemps ? demanda-t-elle.

Il toucha sa joue, son front, comme pour éprouver sa réalité matérielle, s'assurer qu'il n'était pas l'objet d'une illusion.

— Parce qu'il n'est pas bien que nous nous rencontrions ainsi, en secret. Lianna, je n'ai rien à vous offrir…

— Comment pouvez-vous dire cela ? Vous m'avez donné votre amitié, avez-vous déjà oublié ? Comment pouvez-vous dire que ce n'est rien ?

Il s'écarta doucement d'elle, mais elle lui saisit les mains et se haussa sur la pointe des pieds pour l'embrasser fougueusement sur la bouche. Puis elle recula et, d'un petit mouvement de tête, fit retomber sa chevelure sur son visage pour dissimuler le feu qu'il avait allumé sur ses joues. Guettant d'un air incertain entre ses mèches, elle se demandait si sa conduite le choquait. Il avait réprouvé son intérêt pour les armes à feu et voilà qu'elle se conduisait avec une hardiesse totalement à l'opposé de l'image qu'il devait se faire de l'idéal féminin.

Il écarta ses cheveux. Soulagée, elle ne vit que de l'affection dans son sourire.

— Si seulement je pouvais vous donner plus que de l'amitié, murmura-t-il.

L'espoir enfla dans sa poitrine.

— Je suis venue ici presque chaque jour…

Lui prenant la main, il pressa ses lèvres sur le petit espace de poignet où battait son pouls.

— Pour essayer de nouvelles armes à feu ?

Il avait l'air à la fois taquin et agacé. Elle secoua la tête.

— En quête de vous. Vous le savez, Rand. Et je vous ai demandé où vous étiez.

Il ne répondit pas. Haussant un sourcil, elle suggéra :

— Sans doute en train de vaquer à des affaires de chevalier dans le plus grand secret. Mais j'ai deviné votre secret…

Il se figea, la respiration presque coupée.

— Lianna…

— N'ayez crainte, dit-elle avec un doux sourire. Je ne répandrai pas le bruit que vous avez chassé l'Anglais d'Eu.

Il battit des cils.

— Chassé…

— Oui, nous savons que le bigot a mis les voiles.

L'excitation illuminait ses yeux.

— L'avez-vous combattu, Rand ? Avez-vous abattu l'homme qui était venu conquérir le château de Bois-Long ?

— L'Anglais est parti… de son plein gré. Aucun sang n'a été versé.

— Est-il rentré en Angleterre comme le couard qu'il est ?

— Je l'ignore, Lianna. Je l'ignore…

Il paraissait las, à présent, et immensément triste.

Elle toucha sa manche.

— Vous ne portez pas de couleurs, mon chevalier gascon. Etes-vous pour les Armagnacs, ou pour les Bourguignons ?

— Je pourrais vous demander la même chose au sujet de votre maîtresse. Elle est du sang de Bourgogne, mais elle abrite un partisan d'Armagnac.

— Comment savez-vous pour le seigneur Gaucourt ?

— Sa présence à Bois-Long n'est pas un secret.

Elle le considéra avec une feinte sévérité.

— Peut-être êtes-vous un espion de Bourgogne… ou des Anglais.

Il eut un large sourire.

— Et si je l'étais ?

— Alors, je vous prendrais votre dague et m'en servirais contre vous !

La tristesse parut s'accentuer dans les yeux de Rand. Elle lui prit la main et la pressa sur sa joue.

— Parlez-moi, Rand. Je veux vous connaître.

— Il y a maintes choses que j'aimerais partager avec vous, si je le pouvais.

— Avez-vous une famille ?

Son expression s'adoucit.

— Si l'on peut appeler famille une bande hétéroclite de soldats.

— Vos hommes ?

Elle se tourna pour scruter les alentours.

— Mes camarades. Mais vous ne les trouverez pas ici.

— Parlez-moi d'eux.

— Ce sont des hommes comme tous les autres. Ils ont des mères, de tendres amies… hormis le prêtre, bien sûr.

Elle sourit.

— D'une certaine manière, il semble adéquat que vous restiez en compagnie d'un prêtre.

— Vous ne le penseriez pas si vous connaissiez *ce* prêtre ! dit-il en riant. On a plus de chances de le trouver chassant à travers champs que dans une chapelle à entendre les confessions ! Il dit souvent la messe avec des bottes boueuses et des manchettes de fauconnier.

— Et vos autres amis ?

Il parut soudain distant.

— Je pense qu'il vaut mieux garder le silence sur certains sujets. Pour nous deux.

Voulant le ramener à elle, elle se haussa et l'embrassa

légèrement. Il n'était pas juste de le questionner, pas quand elle était pleine de ses propres secrets. Elle ne pouvait lui dire maintenant qu'elle était la damoiselle de Bois-Long, mariée, avec le courroux du duc de Bourgogne et du roi d'Angleterre planant au-dessus d'elle. Ce vallon était leur jardin privé, un endroit où oublier la vie qu'ils menaient chacun, avec leurs tracas, leurs obligations.

— Les temps sont incertains. Je ne vous harcèlerai plus, dit-elle.

Couverts de fleurs sauvages, les champs les appelaient et elle suggéra une promenade. Tandis qu'ils marchaient, Rand se baissa pour cueillir des hépatiques, des primevères, des violettes et des bleuets juste ouverts. Lianna adorait l'entendre parler. Sa voix riche et musicale exprimait des idées aussi belles et fantasques que les fleurs qu'il ramassait. Avec une fantaisie qui l'enchantait, il lui racontait d'improbables histoires de galanterie, de vilains incorrigibles et de damoiselles en détresse.

S'arrêtant sur une petite hauteur au milieu du champ, il lui offrit les fleurs. Elle secoua la tête.

— Que voulez-vous que j'en fasse ?

— Humez-les... Admirez-les... Laissez-les vous donner du plaisir.

Elle rit.

— Me donner du plaisir ? Quelle sotte notion !

Elle prit une tige d'aubépine dans son bouquet.

— Celle-ci, au moins, est utile pour faire une infusion contre la grippe.

Il la glissa derrière son oreille.

— Vous mettez ma patience à rude épreuve, pucelle. Pour vous, tout doit avoir un usage pratique. Pourquoi ?

— Je ne connais pas d'autre manière de regarder les choses.

Prenant une violette, elle la contempla intensément, puis regarda la profusion de fleurs autour d'elle.

— En vérité, elles me semblent toutes pareilles.

Il prit son menton dans sa main et frotta les pétales sur ses lèvres.

— Alors, laissez-moi vous montrer que vous avez tort, Lianna.

Il s'assit puis dispersa les fleurs. Leur parfum attira aussitôt un essaim de papillons.

Lianna le regarda, fascinée. Il était si beau, si sincère. Elle brûlait de posséder un peu de sa charmante insouciance, de son assurance qui le rendait capable d'exalter même un simple rameau d'églantier. Mais, souillée par les intrigues et les secrets, rongée de soucis, elle savait qu'elle ne pourrait jamais partager son émerveillement candide. Elle s'assit avec raideur à côté de lui. Un papillon voleta entre eux.

— Pourquoi avez-vous l'air si triste, pucelle ? demanda-t-il doucement.

— J'aimerais être comme vous, Rand. Si plein… de fantaisie.

— De fantaisie ! Ma chère petite, vous m'ôtez mes qualités viriles !

— Mais c'est vrai ! Vous débordez de délices inattendus…

Elle laissa retomber sa voix et fronça les sourcils.

— Je suis maladroite avec les mots. Je ne sais pas comment dire ce que je ressens.

— Essayez, Lianna.

— J'ai un vide au fond de moi, quelque chose d'obscur. En étudiant l'artillerie, j'ai assimilé des informations scientifiques, appris la précision de la mise à feu, l'usage des amorces, mais nul ne m'a jamais appris à…

Elle déglutit et resta un instant silencieuse.

— Vous avez dit que je suis belle, mais je ne peux pas

le croire parce que je ne le ressens pas dans mon cœur. Je n'ai jamais pensé que ma beauté avait de la valeur.

Ellc cntcndit alors sa respiration qui s'accélérait, vit sa main mal affermie tandis qu'il ramassait les fleurs sur ses genoux. Il en tressa une couronne et la posa sur sa tête, laissant tomber des guirlandes d'hépatiques mauves sur ses épaules. Puis il l'enlaça et la souleva, lui faisant quitter ses sabots de bois, de sorte qu'elle se tienne pieds nus sur le sol frais.

La tête et les épaules festonnées de fleurs, le cœur battant d'un trouble nouveau, Lianna vit le désir flamber dans ses yeux. L'admiration qu'elle lisait en lui la rendait vraiment belle pour la première fois. Cette idée lui prodigua soudain un sentiment profond de sa propre valeur.

Comme s'il comprenait, Rand lui caressa la joue.

— Vous voyez, maintenant, pucelle ? Vous êtes ravissante, sacrée, précieuse...

Ebranlée, Lianna ferma les yeux. Elle écarta lentement les bras, ouvrant les mains comme pour saisir l'air autour d'elle. Emplie du parfum des fleurs et des paroles de Rand, elle goûta la tranquille exultation d'un rêve réalisé. Puis elle rouvrit les yeux et le regarda.

Elle voulait cet homme. Elle le voulait maintenant, pas seulement pour l'enfant qu'il pouvait lui donner, mais pour satisfaire l'aspiration de son cœur nouvellement éveillé, pour libérer le désir qu'elle reconnaissait dans son corps tendu et ses yeux couleur d'émeraude. Il tenait les poings serrés le long de ses cuisses, comme s'il luttait contre l'envie de la toucher.

Comment lui dire le désir qu'elle avait de lui ? Comment lui faire comprendre ce qu'elle attendait maintenant ?

Prise soudain de timidité, la langue rendue gauche par des mots qu'elle n'avait jamais pensé dire à un homme, elle attrapa une violette et la roula entre ses doigts.

— Rand… J'ai pensé… à quelque chose…

Il pencha la tête de côté ; son sourire se fit plein d'une chaleur attendrissante.

— Je vous écoute, pucelle…

— Voyez-vous, je pense qu'il est temps que nous soyons honnêtes à propos… de certaines choses…

Les yeux de Rand s'obscurcirent imperceptiblement.

— Quelles choses ?

— Eh bien… nos sentiments. Ce que nous ressentons, l'un pour l'autre… Je confesse que j'ai des sentiments pour vous. Votre présence me trouble… Dieu, ce que je suis sans grâce avec les mots ! Je n'ai pas l'habitude des hommes, Rand, mais je sais que vous avez… certains désirs… Je l'ai compris dans votre façon de me tenir et de m'embrasser.

Une vive rougeur embrasa son visage.

— Vous avez sans doute la faveur de maintes femmes, se hâta-t-elle de continuer, devenant plus embarrassée à chaque mot qu'elle prononçait, plus emmêlée dans son discours maladroit.

— Vous présumez beaucoup, dit-il.

Elle battit des cils, déconcertée par sa tolérance amusée.

— Bien sûr, il se peut que vous ayez été avec une femme ces dernières semaines…

Un rire difficilement réprimé donna à la voix de Rand une richesse irrésistible.

— Pourquoi ne me posez-vous pas carrément la question, pucelle ?

Elle ne put se résigner à le faire.

— Parce que vous êtes libre d'agir à votre guise et que vous ne me devez rien. Mais je me demandais, Rand, si vous pouviez trouver le moyen, peut-être, d'agir en vertu de ces sentiments.

Elle baissa la tête.

— Ne ressentez-vous pas du désir pour moi ? C'est-à-dire…

— Lianna, je vous aime !

Elle releva vivement la tête.

— C'est ce que vous avez dit, murmura-t-elle. Du moins, vous avez dit que vous *pensiez* m'aimer.

Il s'avança et écarta une mèche d'or pâle de sa tempe.

— Je ne le pense plus, pucelle. J'en suis certain.

Une vague d'émotion, brûlante et lourde, la traversa. Pourquoi cet aveu signifiait-il tant pour elle ? Pourquoi était-elle si émue, si heureuse de l'entendre ? Elle n'avait besoin que de sa semence. Néanmoins, il y avait au fond d'elle-même une profonde tension qui n'avait rien à voir avec la quête d'un héritier et tout avec l'homme superbe debout face à elle.

Des doutes l'assaillaient cependant. Elle était mariée ; elle ne pourrait jamais partager plus que des rendez-vous clandestins avec Rand. Et cependant elle le voulait si désespérément…

Il la considéra un instant d'un regard ferme, puis ses lèvres s'incurvèrent en un tendre sourire. Un sourire dans lequel elle avait confiance.

Et ses doutes s'évanouirent.

— Bien, dit-elle, se demandant si la tendresse à vif qu'elle éprouvait pouvait être de l'amour. Bien… Alors c'est réglé, n'est-ce pas ?

Le sourire de Rand s'élargit.

— Qu'est-ce qui est réglé ?

Elle s'obligea à le regarder bien en face.

— Eh bien, la question dont j'essayais de vous parler. Vous allez me faire l'amour maintenant, n'est-ce pas ?

6

Le coup d'une lance ennemie n'aurait pas pu transpercer Rand plus profondément. Lorsqu'il retrouva enfin l'usage de sa voix, sa bouche était sèche, sa langue épaisse.

— Lianna, articula-t-il avec la plus grande difficulté, vous ne savez pas ce que vous demandez…

— Si, chuchota-t-elle. Je le sais.

Et son souffle chaud le caressa, tandis qu'elle se penchait vers lui.

Une moue, innocente, adorable, fit de sa bouche un suave bouton de rose.

— Vous pensez, je suppose, qu'aucune dame digne de ce nom ne demanderait une telle chose, mais je vous veux…

Elle s'avança, frôla ses cuisses des siennes.

— Et je pense que vous me voulez aussi.

Elle *pensait* seulement ? En vérité, comment pouvait-elle se méprendre sur la bosse dure de son désir, qui se tendait sous ses chausses au contact de sa douce silhouette abandonnée ?

— Je suis chevalier, dit-il avec moins de force qu'il ne l'aurait voulu. J'ai fait un serment…

Elle le fixa d'un ferme regard argenté.

— Tout vrai chevalier, dit-elle en tapotant légèrement son menton d'un doigt, est un amant.

Elle sourit.

— C'est ce que disent les lais des troubadours…

— Les troubadours préfèrent le suave tourment du désir à la joie fugitive de la conquête.

Elle promena les yeux sur son visage, ses épaules, son torse.

— Et vous, Rand, que préférez-vous ?

Il garda les mains serrées contre lui, car la toucher maintenant reviendrait à perdre les derniers lambeaux de discipline qu'il possédait.

— Vous êtes beaucoup plus facile à prendre en compte dans mes rêves, Lianna. Là, vous n'êtes qu'une ombre, un objet de vénération.

Oui, pensa-t-il, dans ses rêves il pouvait la contrôler… et se contrôler.

Elle lui fit un sourire très doux. Ses yeux brillaient, son visage rayonnait. Il devinait les courbes de son corps festonné de fleurs sous le simple bliaut qu'elle portait et le désir agrippait ses reins comme une serre d'acier. Déconcerté, il fit quelques pas en arrière, comme si la petite distance qu'il créait ainsi entre eux pouvait suffire à éteindre le feu qui lui brûlait le corps.

— Je ne suis pas une madone à placer sur un piédestal ou dans la châsse d'une crypte, reprit Lianna d'un ton impatient. Les déclarations de dévotion chevaleresque sont peut-être suffisantes pour des dames de légende, mais une considération aussi noble ne me suffit pas !

— Vous êtes une déesse plus terrienne, en effet…, concéda-t-il, tout en soutenant son regard. Exigeante, même, complexe, difficile…

— Oh, Rand ! Allez-vous laisser vos scrupules se mettre en travers de quelque chose que nous voulons tous les deux, dont nous avons tous les deux besoin ? Comment cela peut-il être mal ?

Il baissa les yeux sur ses grandes mains rudes, la gauche

marbrée de cicatrices. Il devrait bientôt passer un anneau au doigt d'une autre.

— Je n'ai rien à vous offrir, Lianna..., argua-t-il pour la deuxième fois.

— Vous dites que vous m'aimez. Est-ce rien, pour vous ?

— Je ne veux pas vous déshonorer.

— Vous me déshonorez en me repoussant ! Vous niez ma féminité et cette beauté dont vous avez pourtant affirmé que j'étais parée ! Vous refusez de reconnaître que j'ai une volonté propre, un corps qui chante pour le vôtre !

— C'est précisément ce que j'ai essayé de combattre... Lianna, je vous aime déjà trop, bien plus que je ne le devrais.

Un souffle de brise rabattit une fleur bleue de sa couronne sur sa joue ; elle la prit et frotta pensivement les pétales sur son menton.

— Avant que je ne vous rencontre, dit-elle, je ne connaissais pas du tout l'amour. Maintenant, vous parlez d'aimer trop. Je ne comprends pas.

Il perçut dans sa voix toute la blessure et le désarroi d'une orpheline laissée aux soins des gens du château. Il brûlait de la prendre dans ses bras, de lui apprendre l'amour, mais en même temps, il éprouvait un terrible sentiment de culpabilité, car elle souffrirait bientôt de ce qu'elle considérerait comme une effroyable trahison de sa part.

— Toute ma vie, on m'a inculqué la retenue, Lianna... Un homme qui ne se contrôle pas lui-même est condamné à être contrôlé par les autres. C'est pourquoi je me détourne des chevauchées de mes compagnons chevaliers.

Levant les yeux, il rencontra les siens, larges, qui ne cillaient pas.

— Mais vous avez été catapultée dans ma vie et vous ébranlez tout ce en quoi j'ai toujours cru...

— Touchez-moi, dit-elle. Touchez-moi et constatez

que je suis une femme, rien de plus. De la chair, du sang et des os…

Ses paroles s'éteignirent quand Rand referma brusquement ses bras autour d'elle et pressa sa bouche sur la sienne avec un grognement de défaite devant sa volonté qui s'effritait. Elle glissa les doigts dans ses cheveux, s'amarrant fermement à eux comme si elle ne devait plus jamais le lâcher. Il explora de ses mains les courbes souples de sa fragile silhouette, tandis que sa langue redécouvrait la forme de ses lèvres, la moiteur soyeuse de sa bouche. Durant ce long et lent baiser d'abandon, Rand sentait sa résistance fléchir, s'amollir, s'échapper de lui. Il renonça bientôt à ses scrupules chevaleresques, à ses vœux douloureux, à son allégeance à un monarque trop ambitieux, à l'inconnue belle mais cruelle qui avait érigé un fort militaire contre lui, se laissant aller à la douceur de l'étreinte d'une belle jouvencelle qui avait avoué son désir, n'avait demandé rien de plus que le maigre présent de son amitié, mais avait volé son cœur avec ses manières inhabituelles et son sourire triste.

Il mit fin à leur baiser, mais continua à la tenir dans ses bras, chaude et consentante. Elle avait besoin de lui, elle voulait son amour, et son cœur se referma avec exultation sur ce constat. C'était un soulagement de se débarrasser de ses principes mal façonnés, les principes d'un homme qui, jusqu'à cet instant, n'avait pas compris un amour aussi profond. Avec Justine, la dévotion et le devoir l'avaient retenu. Avec Lianna, l'amour et le désir le poussaient au-delà des limites de la raison.

Il se recula légèrement et plongea les yeux dans les siens, brillants de passion.

— Si je vous fais l'amour maintenant, un jour vous me haïrez pour cela.

— Je ne pourrai jamais vous haïr !

— En vérité, vous le pourriez, pucelle…

— Est-ce que faire l'amour est si désagréable ?

— Non, ce n'est pas cela ; c'est…

Il s'interrompit, détestant la nécessité du secret.

— Vous et moi ne pourrons jamais avoir plus que ces rendez-vous clandestins. Et si vous conceviez un enfant ?

Plutôt que de paraître alarmée à cette perspective, elle lui sourit.

— Un enfant est un don de Dieu.

Il repensa à la cruelle damoiselle aux cheveux noirs.

— Votre maîtresse vous battrait, vous chasserait.

— Elle ne le ferait jamais, croyez-moi.

Elle plongea son regard troublé dans le sien ; il retint son souffle. Elle ne dit ensuite qu'une seule chose, si doucement que la brise l'empêcha presque de l'entendre.

— *S'il vous plaît…*

— Oui, céda-t-il.

Il la prit contre lui, l'embrassa fortement.

— Oui, Lianna, je vais vous faire l'amour.

— Vous ne le regretterez pas ! dit-elle avec une fougue naïve.

Néanmoins, une lueur d'incertitude brilla dans ses yeux.

— Toutefois, je dois vous prévenir d'une chose…

Il se mit à ôter les fleurs de ses cheveux, une par une.

— Laquelle, pucelle ?

— J'ai été instruite en science et en artillerie. Mais je ne sais rien de la façon de contenter un homme.

Baissant les yeux sur ses mains, elle ajouta :

— Et je voudrais vous contenter.

Avec des gestes très doux, il ôta le reste des fleurs de sa tête, puis, se penchant, il huma leur parfum qui s'attardait sur elle.

— Vous me contentez en étant simplement Lianna,

dit-il. En me faisant le présent de votre confiance, de votre innocence.

Elle sourit et Rand constata, une fois de plus, que son sourire avait le pouvoir de voler son âme, de saccager ses convictions. Combattant la brûlure pressante de ses reins, il délaça lentement son bliaut, en écartant l'encolure. Ses yeux étaient fermes, calmes, et pourtant ces éclats d'argent battu ne quittaient jamais tout à fait leurs profondeurs brumeuses. Elle était comme un oiseau blessé qui ne pouvait pas lui dire sa douleur, mais qui méritait toute la tendresse qu'il pouvait offrir.

Oui, pensa-t-il en faisant glisser lentement le bliaut sur ses épaules. Il serait précautionneux avec cette jeune femme fragile qui cachait sa fragilité sous une apparence de rudesse et d'indifférence. Elle était tombée du nid ; il ne serait pas celui qui la jetterait au chat.

La large encolure carrée de sa cotte révéla les lignes délicates de sa gorge et de ses clavicules, le doux lustre de sa chair ivoire. Passant une main derrière elle, il défit les lacets de la cotte et fit glisser le vêtement. Elle était encore couverte d'une fine chemise. Il se pencha et l'embrassa. Toute sa vie, il avait imaginé cette scène comme un acte perpétré dans l'obscurité d'une froide chambre nuptiale. Et voilà qu'il était là, en pleine lumière, dévoilant une beauté au-delà des mots.

Il la débarrassa de la chemise. Elle se tenait immobile, incertaine. La vue de son corps, rayonnant de pureté, lui coupa le souffle. Elle était un harmonieux poème de grâce, un miracle de symétrie et de splendeur, de sa chevelure à ses pieds nus : des épaules et des bras minces et robustes, des muscles délicats ; de petits seins hauts aux pointes teintées de rose ; une taille fine ; des hanches arrondies d'une féminité subtile, des boucles douces comme du duvet dans le berceau de ses cuisses. Ses jambes étaient longues et joliment galbées, leur chair pâle teintée de rose.

Rand ne connaissait pas plus le corps des femmes que Lianna ne connaissait celui des hommes. Les filles de tavernes et les femmes nobles en visite à Arundel avaient souvent essayé de le séduire, leur désir aiguisé par le défi de posséder ce qui était inatteignable. Mais dénué de passion, détaché, son corps d'homme avait résisté.

A présent, en regardant Lianna, il voyait avec son cœur et son âme autant qu'avec ses yeux. Et avec ses mains. Il dessina les courbes de son buste, ses doigts effleurant ses seins, son ventre. Une rougeur poudra sa gorge et ses joues, mais des promesses encore à découvrir adoucissaient ses lèvres et donnaient à ses yeux l'éclat lustré de la passion.

— Eh bien ? demanda-t-elle en croisant les bras sur sa poitrine.

Rand sourit à son impatience presque enfantine.

— Vous êtes plus que belle…

Elle pointa le menton en avant.

— Est-ce tout ?

— Vous avez un bel esprit.

— Or ça !

Ses sourcils clairs se nouèrent, comme sous un affront.

— Vous m'avez prié une fois de ne pas m'étendre sur votre beauté, souvenez-vous…

— J'ai changé d'avis. Je voudrais savoir ce que vous pensez.

Il la prit par les épaules et plaqua sa bouche sur son cou.

— En vérité, pucelle, je pense que vous êtes magnifique.

Sa bouche descendit plus bas ; ses dents effleurèrent sa clavicule.

— Votre peau est comme de l'ivoire, mais plus chaude, plus tendre que le premier lys de printemps, ajouta-t-il en prenant un sein dans sa main.

Il releva la tête et la regarda dans les yeux tandis que ses mains continuaient à la caresser, se posant sur ses hanches.

— Je vois quelque chose de sauvage et de féerique en vous, comme si vous étiez une créature invoquée par un habile sorcier.

Il se pencha de nouveau et prit ses lèvres en un baiser dur et mordant, les laissant meurtries et luisantes.

— Eh bien, dit-elle encore, le souffle court. Eh bien, messire chevalier…

Ses doigts tremblèrent lorsqu'elle toucha le bord de sa tunique, et sentit la cotte de mailles qu'il portait dessous. En fronçant les sourcils, elle tira sur les lacets.

— Qui diable vous habille ? Vos lacets sont noués comme la discipline d'un moine !

Rand brûlait d'envie de partager tous les aspects de sa vie avec elle. De lui parler de Jack, son serviteur ; de Simon, son écuyer ; de tous les gens qui appartenaient à son autre vie. Il s'étouffa presque sur les mots qui s'amassaient dans sa gorge. Il en avait déjà trop dit. Il avait trop menti. Tout ce qu'il pouvait offrir à Lianna, c'était cette prairie constellée de fleurs, l'herbe tendre du printemps sous leurs pieds et les mouettes qui tournoyaient au-dessus d'eux, ainsi que la passion d'un corps d'homme éprouvé bien au-delà des principes de la chevalerie.

Poussé par la nécessité du secret, il blottit la tête de Lianna au creux de son épaule, sortit l'amulette du roi Henry de sous son vêtement, l'ôta et la dissimula dans une poche de sa tunique. Il ne pouvait lui laisser voir ce talisman et deviner sa mission. Avec une ironie amère, il se rappela la devise gravée sur le bijou : « A cœurs vaillants, rien d'impossible. » Pourtant, tout avenir avec cette femme qu'il aimait paraissait impossible. Non ! se dit-il farouchement. Elle serait à lui. Il trouverait un moyen !

Il se dévêtit, faisant glisser ses vêtements le long de son

corps dur comme du marbre. Le soleil de fin d'après-midi baignait sa peau d'un chaud ton de miel.

Lianna le soumit à un examen audacieux, et il dut se rappeler la tournure empirique de son esprit. Elle le toucha d'un regard rayonnant ainsi que d'un doigt hésitant, dessinant les muscles de son torse, de ses bras, de ses épaules, suivant la ligne de ses poils dorés jusqu'à son ventre, puis suspendit son geste au-dessus de son sexe engorgé. Elle le regarda dans les yeux et son doigt remonta.

— Je vous ai cru invincible, mais vous portez une demi-centaine de cicatrices, dit-elle, caressant une marque profonde, en forme de croissant, sur son épaule.

— Des coupures sans importance, bougonna-t-il. Des piqûres d'épingle.

En vérité, aucune épée ni aucune flèche ne pouvait lui infliger l'exquise agonie produite par le doigt mince de Lianna sur sa peau. Elle continua à explorer les contours de son corps ; il supporta la torture comme un supplicié pris dans l'étau de la demoiselle de fer d'un inquisiteur. Il étudiait son visage, cherchant les émotions qui y étaient inscrites, redoutant d'y voir de la crainte ou du regret.

A la place, elle semblait enfiévrée par la passion et d'une curiosité attendrissante tandis que ses mains découvraient la façon dont il était fait.

Le désir prit ses sens d'assaut. Il lui saisit les mains et la fit se baisser de sorte qu'ils se retrouvent tous les deux à genoux, cuisses contre cuisses, poitrine contre poitrine, tels des suppliants dans un rite païen. Il l'embrassa, d'un baiser profond et humide, qui les laissa tous deux hors d'haleine.

— Et maintenant ? demanda-t-elle d'une voix mal assurée.

Il la serra contre lui. A la guerre, il avait vu violer des femmes. En temps de paix, l'acte sexuel lui avait été décrit minutieusement, avec des détails croustillants, par Jack et des dizaines comme lui, archers ou nobles. Cependant, Rand ignorait s'il possédait la délicatesse de mettre la force de ses sentiments dans ses caresses.

Il fit descendre ses mains sur ses omoplates, sur ses reins.

— Je veux vous toucher partout… Votre corps, votre esprit, votre cœur.

Tandis qu'il parlait, ses doigts s'envolèrent, effleurant sa gorge, ses seins, son ventre, ses cuisses. Promenant sa bouche sur la ligne de sa mâchoire, il ajouta :

— Je veux unir mon âme à la vôtre, Lianna, vous faire oublier où vous vous achevez et où je commence…

Il pressa sa virilité contre sa chair tendre.

— Tudieu ! s'exclama-t-elle dans un souffle. Pouvez-vous faire cela ?

Il s'écarta légèrement d'elle et prit son menton dans une main.

— J'ai l'intention d'essayer, pucelle.

Emportée à son tour par une vague de désir, Lianna mêla ses doigts à ses cheveux couleur de soleil. Le corps nu de Rand resplendissait de puissance. Elle éprouva un besoin assourdissant d'être engloutie par cet homme, sa noble bonté, la pureté de sa passion, l'enchantement de sa virilité. Une petite voix intérieure lui rappela qu'elle rompait ses vœux de mariage. Certes, c'était mal selon les lois des hommes et de Dieu, mais en son cœur, elle savait que c'était juste. Rand la faisait se sentir à la fois brave et féminine, et la promesse qu'il lui avait faite, sa promesse de lui faire tout oublier hormis eux deux, était presque aussi puissante que les mots d'amour qui tombaient de ses lèvres tandis qu'il semait des baisers sur son visage, sur son cou.

Tous ces baisers, toutes ces caresses, la surprenaient. Combien de temps encore la torturerait-il de ses paroles et de ses mains aimantes ? Complètement ignorante des choses du sexe, elle ne comprenait pas ces préliminaires excitants. Elle savait seulement ce que Bonne lui avait dit, que les hommes répandaient leur semence comme de la paille au vent.

Mais il y avait à peine une légère brise, aujourd'hui. Comment Rand allait-il planter sa semence en elle ?

Puis, dans un éclair, elle se représenta un étalon couvrant une jument. Rand allait-il envahir son corps de cette façon ? Elle le fixa d'un regard captivé et impuissant. « Oh oui », dit alors une voix tout au fond d'elle. Oui, elle voulait qu'il le fasse !

Appuyant doucement sur ses épaules, il la fit s'allonger dans l'herbe et s'allongea à son tour, sur le flanc.

Ses doigts forts glissèrent sur ses seins en un effleurement si léger, si irrésistible, qu'elle comprit soudain pourquoi sa harpe chantait de façon si suave sous ses mains. Elle entendit une note semblable, de désir impuissant, dans sa propre voix.

— Rand…

— Je veux vous faire mienne, Lianna…

A ces mots, un souvenir malvenu transperça alors la brume de désir brûlante et soyeuse qui l'enveloppait. L'édit du roi Henry, la trahison de Lazare, le mécontentement de son oncle, toutes les blessures des dernières semaines, toutes les années où elle avait vécu sans amour, enflèrent en un gros boulet de douleur. Un petit bruit s'échappa de sa gorge, semblable à un sanglot.

Rand s'écarta, son visage d'archange contracté par le souci.

— Lianna, qu'y a-t-il ?

Elle tourna la tête et ravala l'histoire qui menaçait de franchir ses lèvres.

— Rien, murmura-t-elle. Aimez-moi, simplement.

Il l'enlaça et elle eut l'impression qu'il la drapait dans une toile de satin d'une douceur indicible.

— Je voudrais pouvoir vous ôter vos blessures et les prendre sur moi, dit-il.

— Pourquoi ?

Il baisa ses paupières.

— Vous savez pourquoi. Parce que je vous aime de toute la force de mon âme…

Sa bouche se referma sur la sienne avec une ardeur nouvelle, prodigieuse. Son baiser n'était plus doux, mais lourd d'émotions puissantes, plein d'un besoin exigeant. Le nectar brûlant de ses lèvres parut arracher de son corps ce qui la faisait souffrir et la guérir, tel un philtre de sorcier.

Elle soupira et ferma les yeux. Il l'avait libérée, au moins pour ce moment chargé d'amour, des soucis qui la hantaient. Maintenant, elle pouvait se donner totalement à lui, sans réserve.

— Oui, dit-elle. Aimez-moi.

— Tout entière, pucelle…

Ses doigts couvraient ses seins, en effleuraient la pointe.

— Oui, tout entière…

Il pencha la tête et elle attendit, fermant les yeux, la pression bienvenue de sa bouche sur la sienne ; mais rien ne vint.

Elle rouvrit brusquement les yeux.

— Rand !

— Chut, murmura-t-il, et il referma sa bouche sur son sein.

Lianna eut l'impression d'être une mèche trempée dans de la chaux vive et allumée par du fer incandescent. Elle referma les yeux tandis que quelque chose d'étrange se mettait à brûler en elle. Enflammée par ce baiser intime et inattendu, la mèche grésillait, devenant de plus en plus brillante et chaude. Elle semblait nichée au creux de son ventre, mais la longue amorce rayonnait dans une centaine de directions différentes, la touchant tout entière d'une chaleur scintillante. Tout entière…

De sa langue, Rand lécha la pointe de chacun de ses seins jusqu'à ce que ses tétons échauffés s'épanouissent en boutons de pur plaisir. Embrasée par cette sensation toute nouvelle pour elle, Lianna se força à ouvrir les yeux pour le regarder — pour les regarder tous les deux. La joue hâlée de Rand contrastait avec la pâleur d'ivoire de sa poitrine. La bouche qui suçait son mamelon était douce, mais semblait animée d'une faim enchaînée sur le point de se libérer. Puis cette bouche revint sur la sienne, et sa langue caressa ardemment ses lèvres jusqu'à ce qu'elle s'ouvre complètement à lui.

— Mon amour, chuchota-t-il. Laissez-moi vous toucher…

Sa main descendit, caressante, et il sut que l'émerveillement qu'il lisait dans ses yeux se reflétait dans les siens. « De la chair, du sang et des os », avait-elle dit, mais elle était tellement plus. Elle était faite de magie et de mystère, de feu et d'ardeur, de secrets qu'il brûlait de découvrir.

Il pressa ensuite doucement l'intérieur de sa cuisse. Elle étouffa une exclamation, se raidit. Son corps de femme était un territoire inconnu pour lui, ses pics et ses vallées ne lui étaient pas familiers. Néanmoins ses mains, guidées par la sagesse intemporelle d'un homme profondément amoureux, effleurèrent, caressèrent et explorèrent d'une façon qui échauffa la chair de Lianna d'un éclat rayonnant et l'emplit, lui, d'une justesse d'intention qu'il n'avait jamais connue auparavant.

Tout le ravissait : son ventre d'une pâleur de lait, la chaleur voluptueuse de ses cuisses, qui cédaient enfin à sa douce pression, et le nid soyeux de sa féminité.

Elle poussa une petite plainte inarticulée mais vibrante

de l'éloquence de son désir. Il s'appuya sur un coude pour mieux voir, mieux toucher. Elle était merveilleuse !

— Vous êtes si belle, dit-il d'une voix qui tremblait.

Elle retint son souffle lorsqu'il humecta ses doigts de son essence. Il la caressa doucement de sa paume. Elle était délicieuse, adorable, mystérieuse : des pétales de douce, si douce féminité, drapés autour d'un petit bouton humide qui s'épanouit sous son toucher.

— Rand !

Il se pencha pour semer des baisers sur sa gorge, jusqu'à sa bouche.

— Oui, mon amour ?

— Je… je ne sais pas. Je me suis juste sentie si bizarre tout à coup, comme si j'étais sur le point de sortir de mon corps quand vous m'avez touchée… là.

Elle rougit.

Une joie vive le submergea. Il bougea sa main.

— Où, pucelle ? Dites-moi. Apprenez-moi. Etait-ce ici… ou ici… ou…

— *Là,* dit-elle dans un souffle, son corps s'arquant, souple comme une baguette de saule. Oui, là.

Il avait toujours pensé que ce moment de volupté chasserait toute pensée de son esprit hormis son propre besoin. Pourtant, tel un suppliant incliné devant une divinité des bois, il n'eut pas de pensée pour lui-même, mais seulement pour elle, cherchant sa satisfaction avant la sienne.

L'aimant avec sa bouche, ses mains et son cœur, il observa son plaisir qui montait, puis culminait ; il le sentit exploser en une marée de chaleur.

— Rand, chuchota-t-elle, est-ce ainsi qu'il en est entre un homme et une femme ?

Elle était si naïve, si fraîche ! Elle apportait de la lumière à l'obscurité insatisfaite de son âme.

— Oui, mon doux amour. C'en est une partie…

Elle s'empourpra. Le bleu vif du ciel se refléta dans l'argent de ses yeux frangés de cils pâles.

— Vous voulez dire… qu'il y a plus ?

— Oui, répondit-il en se plaçant au-dessus d'elle. Beaucoup plus.

Elle frémit.

— Je serai aussi doux que possible, Lianna…

Plongeant les yeux dans les profondeurs troublées de ses prunelles, il se rendit compte qu'elle ne comprenait pas tout à fait. Alors, d'une tendre caresse de son doigt, il lui montra.

— Rand, dit-elle dans un souffle tandis qu'il se pressait contre elle. Vous avez été aussi doux que les mélodies que vous tirez de votre harpe… Oh !

Quelque chose de dur et de brûlant, mais aussi lisse que du satin, la toucha. Puis la marée de sensations qui avait reflué en elle se réveilla, la submergeant d'une urgence brûlante. Un désir renouvelé la traversa, prenant de la force. Elle enfonça les talons dans le sol et s'arqua, écrasant l'herbe de ses épaules.

Il tâta, chercha, la touchant comme avec du feu. Alors, elle comprit subitement. Il allait s'unir à elle d'une manière dont elle n'aurait osé rêver. Elle le voulait, voulait l'attirer dans son corps, dans son âme, fusionner avec lui de la façon la plus intime possible. De sa main, elle le guida.

— Oh, Lianna, murmura-t-il. Oh, mon amour.

Au-dessus d'elle, elle ne voyait que Rand et le ciel, le vert de gemme de ses yeux et le doux bleu brumeux de la voûte céleste.

— Lianna, ce présent que vous me faites, ce don de vous-même…

Sa voix s'enroua. Stupéfaite, elle goûta le sel d'une larme sur sa joue.

L'émotion la submergea alors tout entière. Elle ferma les yeux. Se sentir unie à Rand la transportait.

Au début, il bougea avec des mouvements étrangement maladroits, hésitants. Elle éprouva une brûlure fugace, puis, enhardie par le désir, elle souleva les hanches et ils prirent ensemble un rythme nouveau, régulier, aussi libre et sauvage que les vagues battant le rivage. Elle se sentit s'élever, s'élever sans cesse vers une hauteur vertigineuse et irrésistible. Sous ses paupières crispées, le monde parut se replier sur lui-même, imploser dans une gerbe de flammes comme un magnifique feu d'artifice, tandis que des spasmes de pure volupté la secouaient.

Les mouvements de Rand s'accélérèrent, devinrent plus profonds, et elle sentit soudain de la chaleur et de la vie pulser en elle avec une force à lui nouer la gorge. Elle entendit son nom prononcé en un souffle très léger qui se posa sur elle comme une douce pluie. Elle ouvrit les yeux.

Rand la contemplait avec l'adoration stupéfaite d'un homme qui venait d'avoir un aperçu du paradis.

— Oh, Dieu ! murmura-t-il. Dieu ! Vous êtes si…

Elle l'interrompit d'un baiser farouche, et quand il se termina, Rand parut comprendre son besoin de rester tranquille. Elle remercia le ciel en silence pour le présent de son amour. Frémissant de sensations neuves et à vif, elle le sentit s'allonger à son côté et nicha sa tête au creux de son épaule.

Une alouette lança ses trilles et un souffle de brise changea les fleurs en un tourbillon de couleurs mouvantes. Lianna poussa un très léger soupir et sentit les lèvres de Rand s'incurver en un sourire sur sa tempe. Une vague d'émotion, trop suave pour la nommer, s'amassa dans sa poitrine. Elle lui avait demandé de lui faire l'amour, mais il avait fait plus, beaucoup plus. Il avait fait un temple de son corps, il avait ouvert son cœur à des sentiments auxquels elle n'avait jamais osé croire. Il lui avait appris que les rêves pouvaient être touchés du doigt.

— Rand, dit-elle enfin, brisant le silence qu'elle avait imposé, je ne m'étais jamais doutée que s'aimer pouvait être ainsi.

Elle sentit de nouveau son sourire, chaud contre son visage.

— Moi non plus, pucelle.

Elle se tourna et posa les coudes sur son torse, le frôlant de ses seins.

— Vraiment ? demanda-t-elle.

Se rappelant ce que Bonne avait dit de l'insouciance de Roland, elle ajouta :

— Je pensais que c'était différent pour un homme.

Il haussa les épaules.

— Comment le saurais-je ? Je ne peux parler que pour moi-même.

Il effleura sa joue de ses doigts.

— Lianna, vous m'avez donné plus de joie aujourd'hui qu'aucun homme ne peut en ressentir.

Songeant à sa gaucherie, à son ignorance, elle baissa les yeux et joua distraitement avec la toison dorée de son torse.

— Mais je n'ai rien fait pour… pour veiller à votre plaisir. Vous avez sûrement été avec des femmes bien plus adroites que moi dans l'art d'aimer.

Il resta silencieux. Elle leva les yeux vers son visage. Il avait un sourire paresseux, amusé.

— Vous parlez toujours de savoir et d'adresse, dit-il d'un ton taquin. Vous surestimez mon expérience, pucelle. Vous êtes ma première, ma seule femme.

La prairie parut sombrer dans un silence lourd et plein d'attente. La stupeur secoua Lianna.

— *Non !* dit-elle dans un souffle.

— De grâce, mon amour, s'écria Rand, souriant

toujours, ne rejoignez pas les rangs de mes camarades qui me considèrent comme une bizarrerie de la nature parce que je n'avais jamais couché avec une femme jusqu'ici !

Il la fixa d'un air grave et reprit :

— Je pense que j'ai bien fait d'attendre...

Lianna rayonnait de ses paroles. Elle se sentait si particulière d'avoir été, ainsi, la première à qui il avait fait le don de son corps, de son amour. Il était venu à elle pur et chaste. Alors que son esprit se faisait à cette idée, les froides serres de la culpabilité se refermèrent sur elle. Elle était venue à lui pour avoir un enfant, un héritier. Elle avait pris son amour, volé son cœur, sa semence et son honneur.

Non, se dit-elle farouchement. Il y avait plus que cela. Lui aussi avait un besoin, et elle l'avait assouvi.

Le premier moment de fièvre passé, Rand ne put s'empêcher de penser au fait qu'il avait brisé un serment fait devant Dieu, et floué une femme qu'il n'avait pas encore rencontrée. Mais le plus impardonnable de tout était sans conteste qu'il avait déshonoré Lianna. Pire peut-être. Il pouvait lui avoir fait concevoir un bâtard.

— Par Dieu, murmura-t-il en prenant son visage entre ses mains. Je me suis laissé aller à croire qu'il suffisait que je vous aime. Mais cela ne suffit pas. Je vous ai perdue, Lianna, perdue pour un homme qui peut vous offrir davantage.

Ses grands yeux solennels se plissèrent aux coins. Incroyablement, elle lui offrit le trésor de son sourire. Et puis elle se mit à rire, désespérément, de façon incontrôlable, sa petite silhouette tremblant dans ses bras. Il perçut dans son rire un accent qui lui indiqua qu'elle était à deux doigts de pleurer. Sa vulnérabilité l'alarma.

— Vous... vous n'avez rien fait de tel, Rand le Gascon.

— Mais je...

Elle posa un baiser sur sa bouche.

— Croyez-moi, messire chevalier, je ne me garde pas pour un époux. Croyez-moi vraiment… Je savais dès le début que nous ne pourrions jamais être davantage que des amants occasionnels, que nous ne pourrions jamais avoir plus que des rendez-vous volés. C'est tout ce que je veux, Rand. Mais je le veux.

Il la crut, étouffant en lui la culpabilité en lui faisant de nouveau l'amour, lentement, tendrement, encore et encore, jusqu'à ce que les ombres s'allongent sur la prairie et qu'une bécasse s'envole loin au-dessus d'eux, lançant son cri plaintif dans le soir qui tombait.

7

Depuis son retour à Bois-Long, Lianna laissait derrière elle, dans les corridors du château, une traînée de mines étonnées, de hochements de têtes et de murmures curieux. Disparus, l'œil critique et l'allure décidée de la diligente châtelaine ; elle avait à présent l'air rêveur et le pas léger d'une femme amoureuse.

— Comment va votre travail pour l'Eglise, Edithe ? demanda-t-elle en passant près de sa servante, dans la grand-salle.

— C'est plus qu'ennuyeux ! grommela Edithe, plantant rageusement son aiguille dans la toile blanche du surplis du prêtre.

Lianna réprima un sourire.

— Peut-être qu'à l'avenir vous ne trouverez pas aussi fatigant de filer…

Elle continua son chemin, rencontrant Macée à la grande porte centrale.

— Bonjour, dit-elle, son sourire d'autant plus radieux que l'air de Macée était pincé.

— Je ne peux supporter ce temps normand imprévisible ! se plaignit la jeune femme en secouant le tissu épais de sa robe de velours rouge. La chaleur de l'été semble être déjà là.

Lianna releva l'ourlet de son léger bliaut avec un petit rire.

— Je n'hésite jamais à sacrifier la mode au confort.

Macée la fixa d'un regard dur et critique.

— Votre tenue est plus appropriée au travail dans les champs de seigle qu'à votre position de châtelaine. En vérité, votre visage et vos bras sont d'un vilain brun à force de prendre le soleil. On pourrait aisément penser que vous êtes une paysanne !

L'insulte coula sur Lianna. Elle était follement heureuse, justement parce qu'un certain chevalier errant la prenait pour une autre. Au cours des trois semaines écoulées depuis que la passion contenue avait explosé en d'ardentes étreintes, elle avait passé des heures splendides dans les bras de Rand. En pensant à lui, aux longs après-midi nonchalants passés dans le vallon baigné de soleil, elle ressentit un spasme brûlant au creux de son ventre. Elle baissa la tête pour cacher sa rougeur, avant de prendre impulsivement la main de Macée.

— Je sais que mes manières vous semblent étranges, dit-elle, mais je ne cherche aucunement à vous offenser…

Macée parut surprise, puis la méfiance assombrit ses yeux.

— Moi non plus, répondit-elle lentement. C'est juste que ce temps et d'autres broutilles me mettent de méchante humeur !

Macée était stérile, songea Lianna. Peut-être avait-elle ses menstrues, insupportable rappel de l'enfant que son corps lui refusait. Maintenant que Lianna connaissait l'amour d'un homme, elle comprenait mieux la souffrance de Macée.

— Je vais faire apporter du cidre frais, proposa-t-elle. Et si vous voulez, je viendrai vous faire la lecture à la tombée du jour.

Toujours méfiante, comme si elle ne se fiait pas tout à fait au geste d'ouverture de Lianna, Macée hocha la tête et se rendit dans la grand-salle. Lianna commanda le cidre, puis alla retrouver Chiang à l'armurerie.

Elle trouva le maître canonnier debout près de la fenêtre, l'air maussade, le dos raide, et les cheveux en désordre comme s'il avait passé les doigts dedans. Ses mains, crevassées par des années de travail avec des substances caustiques, étaient pressées de part et d'autre de l'embrasure. Lianna le rejoignit et suivit son regard. Plusieurs chevaliers se trouvaient sur la pelouse, où ils brisaient des lances contre le mannequin de bois. A son grand désarroi, Gaucourt permettait à ses hommes de boire, de jouer et de coucher avec les servantes d'une façon excessive.

— Je pensais que vous seriez en train d'essayer ce nouveau lot de poudre en pain, fit-elle observer.

— Les hommes de Gaucourt ont découvert l'existence de ma forge, répondit-il platement, sans la regarder.

Elle comprenait mieux son humeur chagrine. Des années plus tôt, Chiang avait mis au point un procédé pour tremper l'acier, et ses lames rivalisaient avec celles que les croisés avaient rapportées d'Orient. Mais il s'intéressait d'abord aux armes à feu, et prenait ombrage de toute tâche qui détournait son attention de cette passion.

— Nul doute qu'ils vous ont réclamé de leur forger de nouvelles épées, dit-elle.

— Jusqu'au dernier de ces butors !

— Cela pourrait faire de vous un homme riche, Chiang.

— Et livrer votre corps comme courtisane ferait aussi de vous une femme riche. Je ne suis pas plus intéressé par la fabrication d'épées que vous ne l'êtes à jouer les ribaudes !

Lianna sentit dans sa gorge la bile de la culpabilité. Mais non, elle ne jouait pas les ribaudes. Ce qu'elle faisait avec Rand, c'était par amour.

— Surtout pas pour les chevaliers indisciplinés de

Gaucourt, continua Chiang. Ils utilisent leurs lames contre les paysans.

Lianna pinça les lèvres. Elle avait entendu les rumeurs des pillages de Gaucourt, mais la nécessité la forçait à les ignorer.

— Je dirai à Gaucourt que vous n'êtes pas disponible.

Il tourna ses yeux noirs et bridés vers elle.

— Votre beau-fils n'est pas de cet avis.

— Gervais n'a pas le droit de vous imposer quoi que ce soit ! s'écria-t-elle, dans une brusque montée de colère.

— En l'absence de son père, il le prend.

— Le diable l'emporte !

Elle reporta son regard sur les chevaliers qui s'entraînaient. Les selles craquaient et les hommes grognaient tandis qu'ils lançaient en avant leur corps mouillé de sueur et abaissaient leur lance vers le mannequin.

— Et des épées à utiliser contre des Anglais ? demanda-t-elle au bout d'un moment.

— Je ne les forge pas non plus, ma dame.

Elle lui jeta un regard acéré.

— Crénom, Chiang, on croirait que vous êtes pour une invasion du roi Henry !

— Je suis pour la paix et l'ordre. Ce fou furieux qui règne à Paris ne nous les a pas donnés. Le seul homme en qui j'ai moins confiance qu'en Charles le Fou est celui qui le contrôle, Bernard d'Armagnac.

Un étrange sentiment de désespoir s'empara de Lianna. Chiang avait toujours été son allié, son ami.

— Vous commencez à parler comme mon oncle de Bourgogne, dit-elle avec une légèreté forcée.

Il haussa les épaules.

— C'est un homme sensé. Implacable, mais sensé.

— Il essaie de m'obliger à me soumettre au baron de Longwood.

— Au moins ce baron n'arrive-t-il pas nanti d'un fils adulte qui a l'intention de vous voler Bois-Long !

Lianna porta machinalement la main à son ventre. Pas si elle pouvait l'empêcher, pensa-t-elle.

— Je me soucierai de Gervais plus tard. Pour l'heure, je dois me préoccuper de garder Bois-Long hors des mains des Anglais.

— Serait-ce si grave, ma dame ? demanda Chiang avec une véhémence inhabituelle.

— Comment pouvez-vous parler ainsi ? Je pensais que c'était le sang de l'Asie qui coulait dans vos veines, pas celui des Lancastre !

Chiang se figea. Ses yeux se firent durs. Ses mains se mirent à trembler. Lianna sentit qu'elle avait touché au cœur d'un secret longtemps caché. Prenant ses mains minces et rêches dans les siennes, elle demanda :

— Qu'ai-je dit ? Pourquoi me regardez-vous ainsi ?

— Si je vous le disais, nous serions tous deux en grand danger…

Sa voix était douce, mais pressante, presque terrifiée. Son visage se ferma, et Lianna comprit qu'il n'en dirait pas plus. Il se força à sourire.

— Essayons cette poudre…, proposa-t-il.

Retenant une foule de questions sur ses lèvres, Lianna le suivit à une table recouverte de marbre. Lorsqu'ils eurent enflammé un petit cornet de poudre, ils découvrirent que l'explosif était de la plus haute qualité. L'humeur de Lianna était redevenue légère quand elle sortit dans le jardin derrière les cuisines.

— Je me disais, mère Brûlot… Ne pourrions-nous pas faire pousser des fleurs, ici ?

La vieille femme, penchée sur les plates-bandes, en train d'arracher les mauvaises herbes, releva la tête avec une surprise méfiante. Lianna ressentit elle aussi un petit choc. Mère Brûlot faisait partie de la maison depuis près de soixante ans, mais elle la considéra tout à coup avec une attention nouvelle. Elle avait des rides amères au coin de ses yeux couleur de bleuet, et de longs plis bordaient sa bouche lasse. Qu'est-ce qui lui avait donné ces rides ? La tragédie ? Les épreuves ? En vérité, Lianna ne se l'était jamais demandé auparavant, mais elle se le demandait maintenant.

De crainte que la femme ne la juge indiscrète, elle écarta cependant ces questions.

— J'ai été si occupée à nourrir les soldats de Gaucourt que j'ai négligé le jardin. Que diriez-vous d'une bordure de campanules là-bas, près des navets, et peut-être d'une plate-bande de giroflées à côté des pois ?

La confusion se lut dans les yeux de la vieille.

— Vous avez toujours dit que les fleurs ne servaient à rien, qu'elles ne faisaient qu'encombrer un jardin, laissant moins de place pour les légumes…

Lianna noua les mains devant son bliaut. Ses propres paroles la touchèrent comme les doigts froids d'un fantôme. Elle avait passé sa vie dans une chambre vide faite de devoir et de pragmatisme, ne s'arrêtant jamais pour s'appesantir sur les modestes beautés autour d'elle. Elle se sentait différente, à présent, incapable de se détacher des joies et des chagrins des autres. Une douleur sourde l'élança, née de l'amour qu'elle avait trouvé avec Rand et du regret pour tout ce qu'elle avait manqué dans sa vie.

— J'ai changé d'avis, dit-elle. Tout jardin devrait avoir de la place pour des fleurs.

Les yeux de la vieille femme pétillèrent de plaisir.

— Je vais vous faire un jardin d'agrément digne du dauphin Louis lui-même, ma dame !

— Bien…

Lianna lui pressa affectueusement la main.

Soudain, un mouvement sur le chemin de ronde attira son attention. Vêtu d'un riche manteau bleu roi, Gervais se dirigeait vers l'un des canons avec le sire de Gaucourt.

— Je dois partir, dit-elle. Dites à Guy de vous fournir tout ce qu'il vous faut. J'ornerai les tables de la grand-salle de vos fleurs d'ici à l'arrivée de l'été.

— Certes, ma dame.

Le visage aimable s'adoucit d'un sourire que Lianna n'avait encore jamais vu. Elle voulait garder la chaleur de ce sourire dans son cœur, mais alors qu'elle se hâtait de monter sur les remparts, elle surprit le discours de Gervais qui la contraria.

— Ce que nous avons ici, disait-il, est un déploiement d'artillerie qui soufflera les Anglais de l'autre côté de la Mer étroite.

Il agita une manche dorée, criarde, en direction d'un grand canon.

— Celui-ci peut lancer une charge de cent livres…

Amusée et agacée tout à la fois par son ignorance, Lianna s'avança vers les deux hommes.

— Gervais vante ce canon, dit-elle, mais il ne tire qu'un boulet de soixante livres.

Gervais écarta les mains.

— Si vous le dites… Nous apprenons quelque chose de neuf de vous à chaque jour qui passe.

— Je n'aurais pas à vous dire ce genre de chose si vous preniez le temps de vous informer par vous-même, déclara-t-elle avec hauteur. Chiang a une table de canonnier pour déterminer les calibres. Je suis sûre qu'il vous la montrerait, si vous le lui demandiez.

Gervais fit une grimace.

— Il me déplaît de travailler sur des chiffres.

— Cela surchargerait-il donc votre cerveau d'apprendre les chiffres ? demanda-t-elle avec un sourire faussement candide. Guy m'a dit que vous deviez encore apprendre à lire.

Toute civilité, même feinte, abandonna Gervais.

— Rentrez vos griffes, dame Belliane ! Vous oubliez votre place !

Il lança ces mots comme un gantelet à ses pieds. Défiée, elle le regarda froidement.

— Ma place, dit-elle d'un ton glacé, est celle de châtelaine de ce château, comme il en a toujours été.

— Voyons, ma dame, intervint Raoul d'une voix apaisante. Vous devriez vous considérer comme fortunée. En gagnant un époux, vous ne vous êtes pas seulement protégée des manipulations du roi Henry…

Il sourit à Gervais.

— Vous avez aussi gagné un Français pour superviser Bois-Long pour vous.

— Ce n'est pas la raison pour laquelle j'ai épousé Lazare et vous le savez bien, riposta-t-elle en jetant un regard noir à Gervais.

— Réfléchissez, ma dame, reprit Gaucourt.

La réprobation durcissait sa bouche et il plissa ses yeux pâles dépourvus de cils. Oh, Dieu ! pensa Lianna, avait-elle introduit sans le vouloir un autre serpent à Bois-Long ?

— Du fait de la grande affection que vous porte votre oncle le duc de Bourgogne, vous avez eu de l'emprise sur les gens du château. Mais en m'appelant pour défendre Bois-Long, vous vous êtes aliéné cet homme. Et tout le monde le sait ici…

Gervais acquiesça en secouant la tête avec lenteur, puis il renchérit :

— Sans le soutien de Bourgogne, les gens du château refuseront de jurer allégeance à une femme.

Gaucourt jeta un regard dédaigneux à Lianna.

— J'espère que vous prévoyez de porter une robe décente

au souper. A voir ce bliaut taché, je gage que vous avez encore farfouillé dans le repaire de ce païen de Chinois !

Elle baissa les yeux sur ses manches, maculées de suie depuis l'essai de la poudre. Sa remise en cause de l'interdiction de Lazare était un point sensible entre Gervais et elle, mais elle ne put s'empêcher de répliquer :

— Je fais ce qui me plaît !

— Moi aussi, dit Gervais en souriant.

Puis il pivota vers Gaucourt.

— Le Chinois forgera vos épées. Nous avons seulement à attendre la livraison d'acier de Milan.

Lianna le fixa d'un regard outré.

— Nous n'achèterons pas d'acier avec l'argent des coffres de Bois-Long ! Et Chiang ne forgera pas d'épées !

— Mon père, votre époux et seigneur, approuvera sans nul doute ce projet, rétorqua-t-il.

— Votre père est à Paris et il ferait bien de quêter les faveurs de Bernard d'Armagnac et de Charles d'Orléans, pour essayer d'empêcher mon oncle d'annuler le mariage !

Les yeux noirs de Gervais étincelèrent.

— Et *vous* feriez bien d'espérer qu'il réussisse, sous peine de vous retrouver aux mains des Anglais avec votre forteresse !

Se rendant compte que Gaucourt, un étranger, avait suffisamment entendu leurs querelles, Lianna s'éloigna d'un pas martial. Cette dispute et les nouveaux soucis de Chiang la laissaient mécontente.

Levant les yeux vers le soleil, elle s'avisa avec un élan de plaisir anticipé qu'elle reverrait bientôt Rand. Son besoin de lui était fort, ce jour-là ; elle aspirait à sentir son souffle pur sur sa joue, son approbation, la force protectrice de son étreinte. Sa présence lui était nécessaire, comme sa saine raison et son humour, pour se débarrasser de la collante toile d'intrigues tissée par les Mondragon.

*
* *

— Alors, elle commence à tirer sur mes chausses comme si les bijoux de la couronne d'Angleterre se trouvaient dedans. Je lui dis : « Holà, chérie, tu vas m'épuiser trop tôt ! »

Jack jeta un coup d'œil à Rand par-dessus la poitrine de la femme assise sur ses genoux. Il sourit largement en contemplant l'ample étalage de chair douce.

— Ce n'est pas une laitière pour rien…

Assis dans la grand-salle du Crotoy, Rand écoutait les discours d'ivrogne de son serviteur avec un mélange d'agacement et d'amusement réticent. Le duc de Bourgogne les avait vraiment bien accueillis, ses hommes et lui. Jack et les autres disposaient librement de femmes et de vin. Mais bien que Rand insistât pour qu'ils s'entraînassent au combat chaque jour, ils commençaient à trop apprécier le confort.

Jack dit quelque chose dans un français embrouillé à la laitière, qui gloussa.

Robert Batsford, le prêtre, vida son gobelet et redemanda de la cervoise.

— Oui, ne refusez pas sa cervoise au père, dit Jack en riant. C'est sa façon d'oublier les besoins de la chair.

— Je me demande ce qu'elle voit en vous, dit Batsford d'une voix traînante, en dirigeant un regard vitreux sur Jack. La petite ne comprend pas un mot d'anglais et votre français ressemble au braiment d'un âne.

— Ha ! s'esclaffa Jack. Vous ne distinguez pas votre tête de vos parties inférieures, Batsford. Vous apaisez vos besoins virils avec la boisson !

Il pinça les fesses de la jeune femme.

— Minette et moi, nous parlons le langage de l'amour…

Ce disant, il enfonça sa main plus loin sous ses jupes.

Rand avait l'habitude de ces bavardages paillards, mais dernièrement il écoutait avec plus d'intérêt. Jack adorait décrire avec force détails ses méthodes de séduction.

Et Rand était devenu un étudiant avide dans les arts de l'amour. Il glanait des informations de son valet et des autres hommes, mais trouvait le véritable enseignement dans les bras de Lianna, ses requêtes murmurées, son corps consentant et docile sous ses mains. Chaque fois qu'ils faisaient l'amour, il découvrait quelque chose de nouveau en elle, en lui-même. C'était comme si son corps et son âme recelaient des secrets sans fin qui, une fois dévoilés, ne conduisaient qu'à de nouvelles merveilles. Toutefois, il y avait des choses que le cœur ne pouvait enseigner, et il recueillait ces dernières dans les vantardises de Jack et les propos vigoureux des soldats.

Alors qu'il écoutait Jack expliquer sa façon de raviver l'ardeur d'une femme quand elle protestait que sa passion était à bout, il remua inconfortablement sur son banc, avant d'arranger discrètement ses chausses pour cacher une soudaine poussée de désir. Puis il regarda par la fenêtre pour vérifier la position du soleil, calculant les heures qui le séparaient de Lianna.

La jeune femme était en bonne santé, et la possibilité qu'elle conçoive un enfant était réelle. Comme son père l'avait fait pour lui, il reconnaîtrait le bébé. Mais contrairement à Marc de Beaumanoir, il aurait à s'accommoder d'une épouse pleine de ressentiment. La damoiselle ne pouvait pas être aussi tolérante que Lianna le disait. Néanmoins, une force magique l'attirait vers sa bien-aimée ; il ne pouvait y résister, quoi qu'il advienne.

Lui qui avait si longtemps chanté les chansons des troubadours, en s'accompagnant de sa harpe, savait à présent que remporter une conquête n'ôtait pas l'excitation de la chasse, quoi qu'en disent les poèmes. C'était même tout le contraire, songeait-il avec un mélange d'émerveillement et de chagrin. De fait, son amour pour Lianna se fortifiait chaque jour un peu plus, nourri par leur ardeur dans l'intimité enchantée de leur nid de verdure. Leur passion était semblable à une chanson sans fin, à un feu impossible à éteindre : elle les consumait et cependant durait. Même s'il avait eu des siècles à passer avec elle, il n'aurait pas trouvé assez de temps pour l'aimer de toute la force de son âme.

Mais il n'avait pas des siècles ; il ne lui restait plus qu'un jour.

Les préparatifs du duc de Bourgogne s'achevaient. Il affirmait qu'il avait fait rayer le mariage de dame Belliane et de Mondragon des registres civils et de ceux de l'Eglise. Il avait convoqué l'évêque de Tours pour officier dans une cérémonie qui devenait hors de proportion avec l'enthousiasme des parties en cause.

Rand ne parvenait pas à s'en réjouir. S'apprêter à jurer un amour éternel à la femme brune et cruelle qu'il avait aperçue sur la chaussée lui semblait une parodie et un péché. Elle ne voulait pas de lui et il ne voulait pas d'elle. Mais le roi Henry avait besoin du gué, alors ils uniraient leurs vies pour le bien supérieur de l'Angleterre.

— Et quoi qu'il en soit, disait Jack avec l'autorité d'un professeur à son pupitre, un homme ferait peut-être bien d'étudier les bêtes dans les champs. Ah, je ne peux penser à un plus grand plaisir que le cul d'une femme ballottant contre moi…

— Ne vous étendez plus sur vos luxurieux exploits, explosa Batsford avec un air de frustration que Rand comprenait fort bien. Ce n'est pas comme si vous aviez conquis un royaume !

— Jaloux ? demanda Jack en caressant distraitement le genou de Minette.

— Les femmes, comme les faucons, sont aisément domptées, décréta Batsford.

Il se tourna pour caresser le jeune faucon pèlerin attaché au dos de sa chaise. Il dénoua les liens de l'oiseau et l'attacha à sa manche recouverte de cuir.

— Je vais chasser.

Tanguant comme un homme ivre, il se dirigea vers la porte, puis marqua un arrêt et se retourna. Rand pensa qu'il avait l'intention de décocher une dernière flèche à Jack.

Mais le visage du prêtre avait pris cette étonnante expression de pieuse sainteté. Redressant les épaules, il annonça :

— Sa Grâce le duc Jean de Bourgogne. Son Excellence l'évêque de Tours.

Il plongea ensuite dans une profonde révérence tandis que les deux hommes entraient dans la grand-salle.

La réunion changea subitement de tour. Les femmes qui étaient sur les genoux des hommes se fondirent dans l'ombre comme des fantômes. Soldats et serviteurs se levèrent pour présenter leurs respects et les bavardages cessèrent.

L'expression du duc indiqua à Rand qu'il n'était pas dupe du changement. Il s'approcha avec un sourire entendu.

— Je présume que vos hommes et vous avez trouvé le repas de midi… tout à fait satisfaisant, milord ?

Jack rota et tenta de s'excuser avec un sourire sans grâce et des balbutiements.

— Oui, Votre Grâce, répondit Rand en réprimant son envie de rire. La générosité de vos cuisines est sans pareille.

— Tout comme la générosité de mes servantes, marmonna Bourgogne en jetant un coup d'œil à Jack.

Puis il agita la main d'un geste dédaigneux pour couper court à toute tentative de justification.

— Je ne blâme pas vos compagnons, Longwood. Je

conçois que ces semaines d'attente puissent être lassantes pour des hommes d'action. Heureusement, l'attente est terminée…

— C'est heureux, en effet, répéta Rand en redressant les épaules pour les empêcher de s'affaisser. L'annulation est donc officielle ?

Le duc lui offrit un visage sans expression.

— Il s'avère que l'annulation n'était pas nécessaire, milord.

— Pourquoi donc ?

— Lazare Mondragon est mort.

Rand bondit sur ses pieds.

— Mort !

Batsford et l'évêque se signèrent.

— Je pense que vous devriez vous expliquer, Votre Grâce.

Bourgogne haussa les épaules. Sa cotte de mailles tinta sous sa robe.

— Mondragon a eu un accident. Il s'est acoquiné avec de mauvaises gens à Paris, s'est enivré un soir avec eux et s'est noyé dans la Seine.

— Etait-ce vraiment un accident ? demanda Rand en serrant les poings.

— Ne remettez pas en question un décret de Dieu, répondit le duc d'un ton coupant. Surtout quand vous avez tout à y gagner !

De toute évidence, Bourgogne avait eu du mal à obtenir une annulation et avait eu recours à la violence. Rand réprima une envie de se détourner avec dégoût. Il était vain d'accuser le duc de cette mort suspecte : il se trouvait loin de Paris au moment du fait, même s'il avait le bras long. Ce n'était par ailleurs pas un mystère que les dagues et la tromperie comptaient parmi les moyens habituels employés par Jean sans Peur pour régler ses affaires. Lazare Mondragon, en pauvre dupe, avait été tout simplement balayé de son chemin. Et lui-même, pensa Rand avec un certain effroi, il allait se marier dans ce clan. Il fit volte-face pour fixer le duc. Aurait-il un « accident », s'il tombait un jour en défaveur ?

Bourgogne lui indiqua une table et fit signe à l'évêque de les rejoindre. L'ecclésiastique, couvert de velours et de bijoux, décocha à Rand un large sourire charnu. Sa tête complètement chauve luisait comme un globe. La chaîne qu'il portait au cou pesait de son poids d'or pur, et Rand soupçonna que son association avec le duc avait dû lui rapporter de beaux profits.

Jean étala devant lui une liasse de documents, tous si chargés de sceaux officiels et de signatures qu'ils ressemblaient à un plan de bataille.

— Tout est en ordre. Nous n'avons plus qu'à amener ma nièce ici ce soir, et vous serez mariés demain matin. Je sais que la ruse vous est étrangère, milord, dit-il à Rand dont la mine désapprobatrice avait dû l'alerter. Mais comme ma nièce a jugé bon de faire appel à mes ennemis pour fortifier son château, nous devons l'enlever. Recommandez à vos hommes d'être doux et respectueux, cependant. Belliane a beau m'avoir grandement offensé, je n'aimerais pas que du mal lui soit fait. Elle est… fragile, à sa façon.

Fragile ! pensa Rand. La tigresse qu'il avait aperçue sur le pont lui avait paru aussi fragile que de l'acier trempé !

— Il ne lui sera fait aucun mal, promit-il cependant. Je veillerai moi-même à sa sécurité.

Le duc lui indiqua l'emplacement précis de la chambre de Belliane, qui devait être atteinte en escaladant une courtine, en longeant un rempart, puis en grimpant dans les appartements privés.

— Je compte que vous envoyiez quelqu'un en avance pour poster une barque près du château, ajouta-t-il.

— Je m'en occuperai moi-même également, assura Rand.

Et son cœur bondit de bonheur, car un autre jour avec Lianna venait de lui être accordé.

Ils se rejoignirent au vallon dans une envolée de bouches assoiffées, de corps affamés. Rand captura sa mince silhouette dans ses bras et la souleva de terre. Son rire lui serra le cœur, car il se demandait à travers sa joie de la tenir contre lui, si elle rirait encore avec lui après ce jour-là.

— Oh, Lianna !

Il la reposa et dénoua la coiffe blanche qui recouvrait ses boucles.

— Je vous aime !

Sa chevelure d'or pâle luisait sur ses épaules, tombant jusqu'à ses hanches minces, glissant comme du vif-argent entre ses doigts.

Elle l'enlaça, se mit sur la pointe des pieds et réclama un baiser.

— Vous m'avez manqué cruellement, Rand.

Comme leurs corps se pressaient l'un contre l'autre, elle poussa une petite exclamation, puis eut un sourire entendu.

— Et je vous ai manqué aussi, apparemment !

En riant doucement, il bougea les hanches pour lui donner un aperçu encore plus net de sa nostalgie.

— Tudieu, murmura-t-elle tandis que sa bouche descendait sur la sienne, le soleil n'a-t-il vraiment fait qu'un tour depuis notre dernière rencontre ?

— Un tour, chuchota-t-il. Une éternité…

Il lui donna un baiser à la faire fondre.

Elle s'écarta de lui et frôla son visage de ses doigts en une caresse légère.

— Et comment avez-vous passé le temps loin de moi ?

Avez-vous échangé des histoires au coin du feu avec vos frères chevaliers ?

— Bien sûr. Je leur ai dit qu'une sorcière des bois m'avait jeté un enchantement.

— Une sorcière des bois !

Feignant l'indignation, elle lui tourna le dos.

— En vérité, dit-il en soulevant le voile soyeux de ses cheveux et en se penchant pour taquiner de ses dents sa nuque douce, je n'ai fait que rêver… de ceci…

Il tira sur les lacets de son bliaut et le lui ôta prestement. Puis il la dévêtit par-derrière jusqu'à ce que son corps superbe soit entièrement dénudé à ses yeux.

— Agneau de Dieu, murmura-t-il, vous êtes vraiment ravissante !

Ignorant l'impérieuse protestation de ses reins, il sema une traînée de lents baisers de son épaule jusqu'à son cou. Elle poussa un petit cri et voulut se tourner, mais il la maintint dans cette position.

— Tout doux, pucelle. Nous avons des heures avant de devoir nous séparer…

Elle se laissa aller contre lui et leva son visage vers le ciel comme pour s'assurer que le soir était encore loin. Il glissa les mains sur sa taille, puis plus haut, s'emparant de ses seins réchauffés par le soleil. Sa bouche avait faim de goûter à ses petits tétons roses, mais il s'infligea le tourment de l'attente.

Le sillon de sa colonne vertébrale appelait ses baisers et la brûlure humide de sa langue. Il prit un instant pour se défaire de ses habits, avant de s'appuyer contre la douce rondeur de ses fesses.

De nouveau, elle essaya de se retourner ; de nouveau, il la pressa de ne pas bouger. Sa main chercha sa féminité et la trouva chaude et prête. Elle laissa échapper un gémissement de plaisir.

Brûlant de fièvre, il l'allongea sur le sol et la prit dans ses bras. La beauté de son visage, la confiance qu'il y lut, l'éblouirent comme s'il fixait une flamme trop vive.

— Lianna…

Il goûta les pointes durcies de ses seins, notant vaguement que sa poitrine semblait plus pleine, plus féminine, comme gonflée de passion. Une envie furieuse de la posséder le consuma comme une traînée de feu. La tenir, l'embrasser ne suffisait pas. Il voulait plus, tellement plus…

Ses lèvres descendirent sur elle, sur la peau fine de son ventre et plus bas encore, jusqu'à ce que le miel chaud de sa féminité l'appelle et l'invite à un baiser d'une telle passion qu'il se sentit aussi saisi que par le petit cri poussé par Lianna.

Elle se raidit. Il la caressa et l'embrassa encore.

— Tout va bien. Je vous aime…

Il prit un minuscule pétale de chair entre ses dents et tira dessus, le goûtant, s'abandonnant à cette sensation. Il n'entendit que de loin ses cris de plaisir, la sentit se tendre et arquer son corps. Son extase inonda tout son être, coulant à travers lui comme une potion concoctée par la sorcière des bois qu'il avait évoquée.

Il remonta sur elle et joignit leurs corps en un assaut rapide et sûr.

— Je vous aime, Lianna, répéta-t-il d'une voix rauque.

Sachant que leur temps ensemble était si court, il voulait désespérément la posséder, cœur et âme.

— Dites que vous m'aimez, vous aussi, douce jouvencelle. Dites-le…

Tout son être enflammé de passion, Lianna sentit la réponse lui nouer la gorge. Des mots d'amour réclamaient d'être libérés, mais elle se durcit contre cette impulsion.

L'adoration qu'il lui vouait suscita en elle une soudaine bouffée de honte. Un jour, pensa-t-elle, il apprendrait qu'elle s'était servie de lui pour concevoir un enfant. Il saurait qu'elle avait placé la sécurité de la France au-dessus de son amour pour lui. Pour cette raison, elle ne pouvait se permettre de se laisser émouvoir par sa douce requête. Plus elle lui donnerait, plus il aurait à perdre.

— Rand, si je le pouvais, je vous aimerais jusqu'à la fin des temps.

Comme s'il mesurait la difficulté de son aveu, Rand la rallongea sur l'herbe et la caressa pour l'apaiser. Ses seins étaient plus sensibles, lui causant une tension si lourde et si suave qu'elle en pleura presque.

— Je suis égoïste de vous demander ce que vous ne pouvez donner, Lianna… Il me suffit que vous acceptiez mon amour et le don de mon corps, dit-il, prenant de nouveau possession d'elle.

C'était là, pensa-t-elle alors, cette joie d'amour chantée par les troubadours. Un sentiment qui comportait toutes les émotions, depuis l'extase du martyr jusqu'aux feux brûlants de l'assouvissement physique. La joie d'amour. Qui provenait aussi bien des blessures de l'amour que de ses bénédictions.

Rand l'emporta bientôt vers un pinacle de sensations brûlantes jusqu'à ce que son plaisir explose. Toujours, il retardait son propre plaisir jusqu'à ce que le sien soit complet. Serrant les mains sur les muscles noués de ses épaules et levant les yeux vers son visage enflammé par l'amour, elle mesurait combien cette retenue lui coûtait.

Lorsqu'il libéra enfin sa passion, elle la sentit ricocher en elle, brûlante. La charge puissante de son amour la laissa frissonnante. Pendant un long moment ils restèrent allongés en silence, moites de sueur, emplis de contentement.

— Chantez-moi une chanson, demanda-t-elle au bout d'un moment, en se levant pour se rhabiller.

Il sourit, remit ses chausses et sa tunique et prit sa harpe. Mais il n'en joua pas : il la lui tendit.

— Non, Lianna. Je veux que vous jouiez pour moi.

— Ne soyez pas sot. Je vous ai dit maintes fois que j'ai un piètre talent !

— Probablement parce que vous le négligez.

Il poussa la harpe de frêne dans ses mains.

— Jouez pour moi, s'il vous plaît.

— Seulement si vous promettez de ne pas vous moquer de mes efforts.

— Oh, Lianna ! Vous savez bien que je ne le ferai pas !

— Oui, Rand, je le sais.

L'instrument lui parut lourd, une harpe d'homme, au cadre usé par les mains de son amant. Elle pinça timidement les cordes. Comme si elles contenaient encore le charme du talent de Rand, les notes s'égrenèrent, claires, dans le vallon baigné de soleil.

— Encore, insista-t-il. N'ayez pas peur de la musique.

Elle joua d'une main plus sûre, et le son lui plut. Elle choisit une ancienne mélodie de ménestrel.

Le sentier de la prairie était doux et aisé,
Car mon bien-aimé m'y attendait.
Ah, Sainte Marie, il m'a accueillie…

Déconfite, elle laissa mourir le dernier mot.

— Vous voyez ! se plaignit-elle en fixant le sol. J'ai une voix aussi plate que de la cervoise d'un jour.

— Vous avez une voix d'une infinie douceur. Je l'entends dans votre rire, dans les paroles que vous me murmurez à l'oreille quand nous sommes unis comme mari et femme.

Il prit son menton dans sa main et la força à le regarder.

— Comprenez-vous, Lianna ? Laissez la chanson venir de votre cœur. Donnez une voix à vos sentiments.

Elle se remit à chanter. Sa voix hésita, vacilla, puis elle

riva ses yeux à ceux de Rand. L'amour qu'elle lut dans ses prunelles, sur ses traits fermes hâlés par le soleil, lui donna la force de continuer. Les palpitations de son cœur enflèrent dans sa gorge et elle se mit à chanter comme elle ne l'avait jamais fait.

Tous ses baisers n'en formaient qu'un seul,
Un lit de fleurs et d'herbe tendre.
Hormis nous, nul ne doit connaître ce jeu ;
Hormis nous et un petit oiseau,
Tralalalala, nul ne doit voir
Où est posée ma tête.

Chaque phrase résonnait de la joie de l'amour de Rand ; chaque complainte vibrait du chagrin de ne pas être libre de retourner cet amour.

Elle jeta les dernières paroles à la brise et regarda à travers la clairière, comme si elle pouvait voir la musique danser dans l'air. Sa vision fut soudain brouillée par les larmes.

— Je sais chanter, à présent.

Il lui prit la harpe des mains et la posa par terre.

— Oui.

— Merci, de m'avoir appris…

Il se pencha en avant et chassa ses larmes d'un baiser.

— Je ne vous ai rien appris, Lianna. La musique venait de vous.

— Mais vous l'avez libérée, Rand. Vous…

Elle ferma la bouche et serra sa tunique dans son poing. Non…, se dit-elle avec une tristesse indicible. Elle ne pouvait pas l'aimer… Elle ne se soumettrait pas au tourment d'aimer un homme qui ne pourrait jamais faire partie de sa vie. Le seul espoir qu'elle se permettrait, jusqu'au jour où elle en aurait la confirmation, était qu'il lui donne un enfant. Son enfant. Quelqu'un pour qui vivre, quelqu'un qui emplirait les longues années solitaires qui l'attendaient et perpétuerait sa lignée.

Se forçant à écarter son esprit de ces pensées moroses, elle se leva.

— Vous ne voulez peut-être pas admettre que vous m'avez appris à chanter, dit-elle, mais moi, j'ai l'intention de faire *votre* éducation.

L'air perplexe, il s'adossa au tronc noueux d'un vieux chêne.

— Vraiment ?

— Oui.

Elle glissa la main dans sa poche et en sortit un sac d'étoffe sale.

— De la poudre à canon, annonça-t-elle.

Le visage de Rand se durcit.

— Lianna, vous savez que je désapprouve votre usage dangereux des armes à feu. Vous pourriez être mutilée, aveuglée.

— Et vous, si vous n'apprenez pas, vous pourriez vous retrouver avec un boulet de canon dans la poitrine !

— Pourquoi vous montrez-vous si entêtée ?

— C'est important pour moi. Aussi important que votre vie de chevalier errant l'est pour vous. Vous avez voué votre existence à défendre des causes qui vous sont chères. Devrais-je faire moins simplement parce que je suis une femme ?

— Vous vous mettez en danger.

— La poudre n'est un danger que pour ceux qui en ignorent l'usage.

Elle ouvrit le sac et lui montra à l'intérieur un agglomérat d'un jaune grisâtre.

— Regardez, ce n'est rien de plus qu'une simple substance tirée de la terre et mélangée de ma propre main. Du carbone, du soufre et du sel de St-Pierre. Aussi commune que les lys sauvages qui fleurissent dans les champs.

Il paraissait toujours fâché.

— Mais une fleur n'a pas le pouvoir de faire du mal à ceux qui la manipulent.

— Je ne *manipule* pas la poudre. Je *l'utilise*, nuance… Maintenant, regardez bien…

Elle brisa un morceau de matière.

— C'est de la poudre en pain. Elle a été mélangée à du vin pour empêcher les éléments de se séparer.

Son regard se posa sur une petite bûche creuse non loin de là.

— Servons-nous de la poudre pour faire exploser cette bûche.

Il secoua la tête.

— Pourquoi voudriez-vous faire exploser une bûche parfaitement inoffensive ?

— C'est dans l'intérêt de la science, messire chevalier ! Ne vous exercez-vous pas à la lance contre un mannequin de bois ?

Elle désigna l'ouverture de la bûche.

— Disons que ceci est un tunnel creusé par un artificier…

Elle cueillit une fleur et glissa sa tige dans le lichen qui recouvrait la bûche.

— Voici le donjon, et voici la courtine…

Il s'approcha, son souffle lui effleurant la joue, et posa une main sur son épaule. Ignorant un trouble maintenant familier, elle poursuivit son travail.

— Ce bâtonnet représente la barbacane et…

Les doigts de Rand lui taquinaient le cou et sa voix mourut.

— Etes-vous sûr d'écouter, Rand ?

— Oh, oui, répondit-il d'une voix basse et nonchalante.

Elle lui coula une œillade suspicieuse, puis se retourna vers son œuvre.

— Voilà. Nous avons notre forteresse.

— Pas tout à fait.

Il ajouta des cailloux et des feuilles à sa construction.

— Vous avez oublié les étables et les écuries. Et ici, une nurserie…

— Ce n'est vraiment pas nécessaire.

— Pourquoi attaquer un château qui n'abrite ni gens, ni bétail, alors ? Voyez… Ces gens ignorent que votre science pourrait les tuer à tout moment.

Elle se renfrogna.

— Comment franchiriez-vous les murs, autrement ?

Il lui mordilla l'oreille.

— Je pourrais entrer au moyen d'un charme.

— Rand !

— Fort bien.

Il fit tomber un morceau d'écorce.

— Je prendrais la porte d'assaut.

— Ha ! Avec cinquante archers vous tirant dessus ? Vous n'y arriveriez jamais !

— Cela s'est déjà fait, pucelle.

— Eh bien, j'ai un meilleur moyen. Tout est possible avec de la poudre à canon.

Travaillant avec diligence, elle creusa un passage dans la bûche.

— Les artificiers se faufilent par là.

— Et la douve ?

Un frisson de peur la parcourut.

— Ils la traversent à la nage. Bien enveloppée dans du cuir ciré, la poudre reste sèche.

Elle mit un peu de poudre dans un morceau de parchemin, glissa la petite charge sous la bûche et sortit un bout de chanvre.

— Une amorce lente. Elle a été trempée dans de la chaux vive, si bien qu'elle brûlera régulièrement jusqu'à ce qu'elle atteigne la charge. Allez, faites-le…

Il la surprit en plaçant parfaitement l'amorce. Elle s'avisa que même s'il désapprouvait les explosifs, il était bien versé dans les questions militaires. Et malgré son apparente inattention, il avait compris chaque détail de l'opération.

— J'ai utilisé une très petite charge, car la poudre en pain explose fortement, dit-elle, les yeux fixés sur ses doigts agiles. Nous ne voulons pas détruire la forteresse, seulement pouvoir pénétrer à l'intérieur. Maintenant, allumez l'amorce.

Il sourit et prit le briquet et l'étoffe qu'elle lui tendait. Faisant jaillir une étincelle, il approcha le tissu brûlé du bout de l'amorce. Elle s'enflamma en crépitant et en dégageant de la fumée soufrée.

Lianna se remit vivement sur pied et le tira par le bras.

— Ecartez-vous, maintenant. Nous devons nous mettre à l'abri de l'explosion.

Il resta accroupi, fixant l'amorce qui brûlait.

— Crénom ! Bougez-vous, Rand !

Lorsqu'il devint clair qu'il voulait rester là pour regarder, elle se jeta sur lui, comptant sur la force de son élan pour le faire basculer. Ils roulèrent dans l'herbe à l'instant même où la charge explosait. Des bouts de bois la touchèrent dans le dos.

— Bon sang, Rand ! Pourquoi n'avez-vous pas bougé ?

Il la regarda avec un air triste et grave.

— L'artificier a-t-il une chance d'échapper à l'explosion ?

— Oui.

— Toujours ?

— Non.

Il alla à la bûche et examina la destruction. Les cailloux, les bâtonnets et l'étendard étaient éparpillés sur le sol.

— Ainsi, dit-il, vous avez ouvert une brèche dans le château…

Elle considéra avec satisfaction le trou déchiqueté de la bûche.

— Et beaucoup plus efficacement qu'en prenant les portes d'assaut, acquiesça-t-elle.

Il lui saisit délicatement le menton et la fixa dans les yeux.

— Mais à quel prix, Lianna ?

— Que voulez-vous dire ?

Il la lâcha et se mit à ramasser les morceaux de feuilles, un par un.

— Quand une armée prend une forteresse d'assaut, des hommes tuent et meurent. Quand un canonnier souffle un mur, il n'y a pas que les soldats qui meurent. Votre charge aurait pu tuer des femmes, des enfants, des bêtes…

— Seulement si elle était mal placée et mal calculée, se défendit-elle. Seulement si les gens assiégés étaient assez sots pour quitter le donjon.

— Il y a beaucoup de place pour la sottise dans une bataille, dit-il doucement.

Se sentant coupable et réprimandée comme une enfant, elle baissa les yeux sur ses mains.

— De tels soucis ne troublent pas les généraux d'aujourd'hui.

Elle releva les yeux vers lui.

— La chevalerie se meurt, Rand. Vous êtes une rareté, de nos jours. Vous êtes né environ deux cents ans trop tard.

— L'honneur et l'humanité ne seront jamais démodés, Lianna.

— Certes, mais il n'y a plus de dragons à abattre, plus de damoiselles à secourir. Grâce à Dieu, les femmes s'en sortent beaucoup mieux en se défendant elles-mêmes qu'en attendant qu'un homme arrive !

— Etes-vous vraiment aussi dénuée de peur que vous voulez me le faire croire ?

— Non. Mais je ne suis pas non plus impuissante.

— De quoi avez-vous peur, Lianna ? Dites-moi.

Elle aurait pu lui faire une liste aussi longue que le rôle militaire de son oncle de Bourgogne. Elle craignait de perdre le contrôle de Bois-Long. Elle avait peur que le baron anglais ne revienne la réclamer. Elle redoutait la réaction de Jean sans Peur à la présence de Gaucourt à Bois-Long. Et surtout, elle était terrifiée à l'idée de perdre Rand, parce qu'un jour ils pourraient être découverts, ou pire. Il pourrait apprendre la vérité sur elle.

— J'ai peur de l'eau, répondit-elle simplement.

Il commença à sourire, puis s'arrêta, comme s'il comprenait combien elle détestait cette faiblesse.

— Vraiment ? Pourquoi ?

— Quelqu'un que j'aimais s'est noyé dans la Somme. Depuis, je ne suis pas capable de supporter de l'eau qui ne soit pas enfermée dans un pichet ou une bassine.

— Pauvre pucelle, dit-il gentiment, en écartant une mèche de son front. Qui était-ce ?

— Ma mère.

— Oh, Dieu, murmura-t-il. Avez-vous assisté à cela ?

— Je... oui... Je n'avais que quatre ans à l'époque. Je me souviens de si peu de choses, juste des bouts d'images et ce que l'on m'en a dit plus tard. Ma mère avait l'habitude de m'emmener chasser des grenouilles à la rivière. Elle... a glissé et elle est tombée. J'ai appelé au secours, j'ai hurlé, mais les lourdes jupes de ma mère l'ont tirée vers le bas.

Lianna frissonna tandis qu'une image vague affleurait à sa mémoire.

— Sa chevelure était étalée autour d'elle comme les

frondes d'une fougère. Quelqu'un est venu et l'a sortie de l'eau. Ses yeux et sa bouche étaient grands ouverts. Je me souviens d'avoir pensé : elle ne peut pas être endormie, elle paraît si immobile, si effrayée…

Rand lui tendit les bras. Elle se réfugia dans son étreinte et pleura, pleura, jusqu'à ce qu'elle ait versé toutes les larmes de perte et de désespoir qui l'étouffaient.

Beaucoup plus tard, Rand la sentit immobile contre lui. Il pensa qu'elle s'était endormie. Puis un léger mouvement de sa main le surprit. Ses doigts entamèrent une caresse légère et suggestive sur son torse, ses cuisses, son bas-ventre.

La passion et l'envie de guérir la blessure qu'elle avait révélée fusèrent en lui. En quelques instants ils furent de nouveau nus, emmêlés dans l'herbe, leurs corps s'unissant avec une joie qui affirmait le pouvoir de la vie.

— J'ai peur de l'eau, murmura Lianna. Mais je n'ai pas peur de m'envoler.

— Oh, Lianna…

D'un geste doux, il lui écarta les cuisses et s'agenouilla entre elles. Il s'efforçait de prétendre que ce moment durerait toujours, qu'ils se retrouveraient et s'aimeraient encore le lendemain. Mais l'absence d'espoir donnait un côté éperdu à sa passion. Dès le lendemain, il épouserait la damoiselle de Bois-Long et peu après Lianna découvrirait sa trahison.

Il entra en elle, captura son petit cri de plaisir en un baiser profond et affamé.

— Lianna, rappelez-vous toujours une chose…

— Oui ?

Elle souleva les hanches pour répondre à ses assauts.

— Je vous aime et quoi qu'il advienne, je vous aimerai toujours.

Il courba la tête pour embrasser son visage, son cou, ses seins.

— Prenez mon amour et gardez-le toujours avec vous.

Il entama un rythme dur et brûlant qui se changea en une pulsation violente. Il ouvrit les yeux en entendant ses gémissements d'extase. Il imagina qu'il voyait la chaleur intense de son amour se répandre en elle, la toucher partout. Il voulait donner, encore et encore, jusqu'à ce qu'elle tienne en elle tout ce qu'il était, afin qu'elle, et non l'autre, ait le meilleur de lui.

Après, il dut résister à l'envie de lui faire part de tous ses regrets et de son chagrin. Elle était blottie contre lui, lui faisant confiance, l'aimant à sa manière, même si elle disait qu'elle ne le pouvait pas.

— Où allez-vous chaque jour, Rand ? murmura-t-elle.

Il la serra contre lui.

— En ces temps incertains, je ne voudrais pas vous charger de ce savoir. Souvenez-vous juste que je suis près de vous.

— Pour combien de temps encore ? Il y aura bientôt des combats entre les Armagnacs et les Bourguignons. Irez-vous ?

— Non. Ce n'est pas ma lutte.

Un courlis arriva de la mer et cria. Lianna bougea et leva les yeux vers lui.

— Comme je déteste vous quitter !

Elle soupira.

— Mais nous avons demain, n'est-ce pas ?

« Hélas non, douce jouvencelle, pensa-t-il. Aujourd'hui, je suis votre amant. Mais demain je serai votre seigneur. »

Comme toujours, il attendit qu'elle parte la première. S'asseyant dans le nid d'herbe écrasée où ils avaient fait l'amour, il s'apitoya sur son sort. Un léger tintement attira son attention sur le baudrier qu'il avait quitté. Dans les plis de la ceinture se trouvait le talisman que le roi Henry lui avait donné, le gage qu'il avait toujours caché à Lianna.

Il le sortit, examina l'émeraude brillante, ciselée de l'emblème du léopard anglais. La devise hautaine parut se moquer de lui : « A cœurs vaillants, rien d'impossible. »

Enguerrand sans Tache. Qu'était-il devenu, ce chevalier sans tache ? La chevalerie lui dictait d'être le champion de sa dame, d'accomplir de hauts faits en son honneur. Mais son cœur lui commandait de la serrer contre lui, de l'aimer sans prudence. Et maintenant, il était condamné à la perdre.

Il se leva et avec un grognement de rage, il lança l'amulette loin de lui, sans se soucier de l'endroit où elle tombait.

8

— Vous prenez trop le soleil ! commenta Bonne en ôtant le bliaut et la cotte de Lianna. Votre peau devient aussi brune qu'une noix !

Jetant les vêtements de côté, elle conduisit sa maîtresse au bain qui fumait devant la cheminée de sa chambre. Une bûche tomba, faisant jaillir un bouquet d'étincelles qui illuminèrent un instant la pièce.

La chambrière poussa une exclamation.

— Par les entrailles de saint Swithin, mais vous êtes brune partout !

— Cessez de béer ! lui ordonna Lianna, agacée.

Puis elle s'enfonça promptement jusqu'au cou dans l'eau, sentant une vive rougeur faire passer son corps du doré du hâle au rouge de la mortification.

Avec une curiosité avide, Bonne continua :

— C'est bien vrai ! Votre poitrine, votre ventre... Sainte Vierge, maîtresse, qu'avez-vous fait ?

— J'ai travaillé au jardin, répondit Lianna d'un ton coupant.

— Toute nue ?

— Je me suis peut-être baignée dans un ruisseau...

Bonne secoua la tête.

— Pas vous, ma dame ! Vous préféreriez marcher sur des charbons ardents plutôt que d'approcher de l'eau.

Sombrement, Lianna ramena ses genoux contre sa poitrine. La servante s'accroupit et lui tapota l'épaule.

— Je n'aurais pas dû parler ainsi.

Elle se pencha plus près.

— Mais vous me cachez quelque chose, n'est-ce pas ?

Une part d'elle-même brûlait de se confier à Bonne, de partager sa joie ; une autre voulait garder Rand caché tout au fond de son cœur. Il était son secret, son bonheur privé…

— Pourquoi croyez-vous que je cache quelque chose ?

— Parce que vous partez beaucoup les après-midi. Et vous ne semblez pas troublée par la présomption de Gervais que Bois-Long sera un jour à lui. Comme si vous saviez quelque chose que nous ignorons tous… Vous rencontrez quelqu'un, c'est cela ? Parlez-moi de lui. Qui est-ce ?

— Ce quelqu'un n'existe que dans vos fantaisies malsaines !

Bonne sauta sur ses pieds et tapa dans ses mains avec jubilation.

— Je ne vous crois pas, ma dame ! Un amant expliquerait beaucoup de choses… Votre nouveau contentement, votre désir de planter des fleurs, la façon dont vous chantez dans la grand-salle quand vous croyez qu'on ne vous entend pas… Pourrait-il être l'un des hommes de Gaucourt ?

— Certainement pas !

— Oui, ce sont des butors et ils s'en vanteraient.

Bonne plissa les paupières.

— Etes-vous enceinte ?

Lianna serra fortement une barre de savon. En vérité, elle avait peu songé ces derniers temps à l'objectif qui l'avait jetée dans les bras de Rand au tout début.

— Je… je ne sais pas.

— Vous pouvez me le dire, lui assura la chambrière. J'ai la réputation d'être délurée, mais pas avec ma langue.

Lianna tenta de sourire et échoua. Alors elle s'efforça de prendre un air sévère et y réussit.

— Vous savez le danger que je cours !

Bonne frémit.

— Oui, Gervais veut que rien n'empêche son usurpation, et votre oncle semble décidé à chasser Lazare de votre vie.

Réprimant une vive inquiétude, Lianna fit rouler le savon entre ses mains.

— Pensez-vous vraiment que je pourrais être…

— Enceinte ? Vu l'expression de vos yeux, je dirais que votre amant a joué son rôle. Et à en juger par le temps que vous avez passé à vous prélasser au soleil, vous y avez travaillé plus d'une fois.

Lianna rougit de nouveau. Elle plongea ses cheveux dans l'eau et se mit à les savonner.

— Les femmes disent que le premier signe, ce sont des seins lourds et plus sensibles. Je m'y connais. Je suis l'aînée de neuf enfants et ma mère se plaignait toujours des inconforts de la grossesse.

Lianna réprima un petit cri. N'avait-elle pas ressenti cette curieuse impression cet après-midi même avec Rand ? Sur le moment, elle avait pensé que cette tension était le produit de leur ardeur.

Bonne rit de bon cœur en lui versant de l'eau sur la tête pour lui rincer les cheveux.

— Vous n'aurez plus vos menstrues…, continua-t-elle. Ensuite, vous aurez une faim de loup et des nausées.

Le visage de Lianna passa de la stupeur à la crainte, et Bonne rit de nouveau.

— Votre Lazare trouvera une belle surprise, en rentrant ! Et il sera trop fier pour nier que l'enfant est le sien.

— Ce n'est pas le sien ! dit farouchement Lianna en posant ses mains savonneuses sur son ventre d'un geste protecteur.

L'idée de prétendre que l'enfant de Rand était celui de Lazare l'emplissait de dégoût. Mais n'était-ce pas pourtant ce qu'elle avait projeté depuis le début ? Rand avait dit qu'il ne pouvait rien lui offrir ; elle l'avait accepté.

— Mon enfant n'aura que sa mère, ajouta-t-elle doucement.

Après le bain, Bonne lui natta les cheveux. Lianna l'envoya chercher une potion calmante d'hypocras. Une lueur vacillante venant de la fenêtre annonçait un orage ; l'éclair illumina la fresque du mur et Lianna se sentit une nouvelle affinité avec le chevalier et la dame peints. En souriant, elle but le breuvage parfumé au miel, se mit au lit et s'endormit.

— Doucement avec ces rames, Jack ! chuchota Rand.

A la lueur d'un clair de lune voilé par les nuages, il regarda son serviteur orienter les avirons avec plus de soin, les enfonçant silencieusement dans l'eau d'un noir d'encre.

— C'est aussi silencieux qu'un maudit linceul, grommela Jack à mi-voix.

Un éclair soudain illumina le château d'un éclat argenté.

— Douce Vierge Marie ! s'écria Jack, oubliant les recommandations de son maître. Pas étonnant que le roi Henry convoite un tel trophée !

Les yeux de Rand remontèrent le long de la muraille extérieure. Les minces fleurons qui ornaient les merlons se dressaient telles des dagues contre le ciel.

— Il est plus imposant de nuit que de jour. Le Cœur de Lion savait bâtir un château.

— Oui, c'est une chose qu'il faisait comme un homme…

La moquerie de Jack résonna sur l'eau.

— Sacrée femmelette !

Rand eut un grand sourire.

— Cessez de sourire, milord. Vos dents brillent comme un phare.

Un souffle de brise agita les branches d'un saule au bord de l'eau et le sourire de Rand disparut. Ses joues, raidies par la boue qu'il avait plaquée dessus pour se camoufler, lui paraissaient toutes sèches. Sa nuque le picotait ; il imaginait des yeux aux aguets partout autour d'eux. Ses instincts de soldat en alerte, il inspecta les rives des deux côtés, puis le pont et les murs au-dessus d'eux.

— Des espions ? demanda Jack. Bon sang ! Je pensais que nous avions faussé compagnie aux hommes de Gaucourt.

— Piers et Dylan devaient les distraire. Mais quelques-uns…

— Pourraient darder leurs arcs sur notre dos, c'est bien cela ?

Jack frissonna et rama avec plus de diligence encore.

Alors qu'ils approchaient du château, Rand vérifia silencieusement leur matériel. Un rouleau d'une épaisse corde de chanvre, un sac, des cordelettes, des grappins en fer pour assurer une prise sur le mur, un linge pour servir de bâillon. La gorge lui brûlait de dégoût à l'idée de ce qu'il s'apprêtait à faire. Il aspirait aux exploits chevaleresques d'une bataille. A la place, il était sur le point de se glisser en douce dans le château, de coiffer d'un sac une femme qui ne se doutait de rien et de l'emporter contre son gré sur cette barque.

L'image de Lianna s'imposa soudain à lui et changea son amertume en une douceur douloureuse. Remuant nerveusement dans la barque, il se la représenta telle qu'elle devait être en ce moment, dormant sur une palette à côté des autres femmes du château. Puis il la revit comme il l'avait vue la dernière fois, allongée dans l'herbe à côté de lui. De toutes les victimes de ce sordide complot, elle était la plus innocente, celle qui méritait le moins sa trahison.

Il avait dû faire appel à toute sa volonté pour ne pas l'emmener avec lui aujourd'hui, et trouver un coin du monde où ils pourraient vivre et s'aimer. Son besoin d'elle défiait sa loyauté au roi Henry, l'homme qui l'avait élevé de la bâtardise à la noblesse, qui lui avait donné un titre et des terres. Seule la certitude que Lianna méritait plus qu'un mariage avec un hors-la-loi, un chevalier dépossédé, l'avait arrêté dans son impulsion.

— Par là, chuchota-t-il en écartant de son esprit ces sombres pensées.

Il tendit le doigt et désigna un endroit dans l'ombre.

— Il y a des roseaux, là, pour cacher la barque…

Jack rama vers la base inclinée du mur. Un moment après, ils avaient caché l'embarcation. Chargés de tout leur matériel, ils se levèrent. Le bateau tangua sous leurs mouvements et Jack poussa un juron.

— Par saint Georges, dit Rand, ne me dites pas que vous avez le mal de mer ?

Jack déglutit fortement.

— Que je sois damné… Si, milord !

Rand écarta les jambes pour stabiliser la barque. Son bercement s'adoucit. La nuit semblait plus silencieuse, plus dangereuse que jamais. L'air était lourd, saturé d'une odeur de pluie. Tant mieux, pensa Rand. Un orage ferait sûrement rentrer les sentinelles dans la barbacane. Comme si le ciel lui envoyait un signe, le tonnerre se mit à gronder et un éclair illumina le château d'une froide lumière blanche. Il éclaira un instant le visage de Jack et Rand vit qu'il avait les yeux élargis, la bouche serrée. Il avait peur. Il y avait de quoi…

Inspirant profondément, Rand attacha un grappin au bout de la corde. Puis, comptant en silence, il trouva le cinquième merlon du mur sud. Selon Bourgogne, le rempart avait été endommagé à cet endroit quelques années plus tôt quand un canon avait explosé. Qui avait manœuvré le canon ? se demanda-t-il. Une jeune fille entêtée et précoce ? Cette pensée lui fit l'effet de l'acide sur une plaie ouverte.

Les sentinelles évitaient cette partie du chemin de ronde. Par conséquent, cela en faisait un parfait point d'entrée.

Soulevant le rouleau de corde et tenant le grappin, Rand visa les fleurons pointus. Le crochet s'éleva vers le ciel, la barque tangua brusquement et Jack s'assit en grognant. Les griffes de fer égratignèrent le mur avant de retomber lourdement dans l'eau, dans une gerbe d'éclaboussures.

Rand jura à voix basse, puis ramena la corde mouillée et se tint immobile, l'oreille aux aguets. Il n'entendit que le bruissement des roseaux et un lointain roulement de tonnerre. Pas d'appel aux armes, ni de bruits de bottes sur le chemin de ronde.

Il fit un nouvel essai qui échoua. La troisième fois, le grappin s'accrocha entre deux fleurons et tint bon, comme si Rand l'avait placé là par la seule force de sa détermination.

— Bien joué, milord, chuchota Jack.

Rand donna un coup ferme sur la corde, puis s'y suspendit pour vérifier qu'elle résistait à son poids.

— C'est parti, mon ami, dit-il à Jack.

Puis, regardant la main mutilée de son compagnon :

— Vous pourrez y arriver ?

Jack bomba le torse.

— Vous seriez surpris de ce que cette main peut faire, milord !

En escaladant l'imposante courtine, Rand prit la mesure de toute sa hauteur. La corde rêche lui brûlait les paumes ; la muraille froide pressait sur ses pieds tandis qu'il se hissait. Les muscles du cou et des épaules crispés, les mâchoires serrées, il progressait tout en force, le plus vite qu'il pouvait et lorsqu'il arriva enfin en haut, il dut faire un dernier effort pour retenir un soupir bruyant.

Le chemin de ronde était bel et bien démoli, comme l'avait mentionné Bourgogne, et Rand se retrouva accroché à un merlon, l'étroit rebord offrant à peine à ses pieds la surface pour se poser. Il se retourna pour inspecter les remparts et la cour intérieure. Les voyant déserts, il donna une secousse à la corde pour signaler à Jack de suivre.

De longues minutes plus tard, son serviteur apparut, suant abondamment et jurant à mi-voix. Ses yeux s'élargirent d'effroi quand il jeta un regard en contrebas, sur la cour.

— Sainte Marie ! murmura-t-il, les dents serrées pour lutter contre le vertige. A coup sûr, nous allons plonger vers notre mort !

— Heureusement que Bourgogne nous a indiqué un moyen plus sûr de sortir d'ici avec la châtelaine.

Le duc leur avait en effet parlé d'un passage secret qui permettait de sortir par la porte donnant sur la rivière. Normalement conçu pour s'échapper en temps de siège, il les aiderait dans leur enlèvement, mais seulement s'ils parvenaient à atteindre les appartements seigneuriaux.

— Vous devrez la maîtriser, milord.

— Je suis prêt à le faire.

Rand glissa la main dans la poche intérieure de son doublet, où il cachait une massette de bois enveloppée de laine d'agneau. Il avait appris à manier cette arme pendant ses campagnes avec le frère du roi, mais il n'en avait jamais frappé une femme et cette perspective lui répugnait, aussi antipathique dame Belliane lui était-elle apparue sur le pont. En appliquant la massette sur un endroit vulnérable derrière l'oreille, il était possible de maîtriser silencieusement une victime, la rendant inconsciente sans lui causer de mal. C'était pour sa propre sécurité, se dit-il. La damoiselle, si prompte et si habile à se servir de sa cravache, résisterait sûrement. Il n'en demeurait pas moins que l'idée de la dominer par la force lui faisait horreur.

— Allons-y ! ordonna-t-il à Jack, inspirant une goulée d'air chargé de pluie, puis enroulant la corde autour de son épaule.

Se mouvant avec précaution, ils longèrent alors le chemin de ronde jusqu'à ce qu'ils aient dépassé la partie détruite. Des nuages couvraient la lune, les faisant avancer en aveugles, Rand se remémorant le plan du château qu'il avait appris par cœur.

Ils traversèrent la cour en courant. Un chien aboya quelque part, les figeant un instant contre un mur, l'œil et l'oreille aux aguets. Puis Jack s'esquiva pour attendre au pied de la poterne intérieure, pendant que Rand entamait une autre difficile escalade pour atteindre la croisée de la damoiselle Belliane. Il ne pouvait se servir de la corde, cette fois, car le bruit du grappin aurait risqué de la réveiller. Il s'aida pour grimper des protubérances en pierre qui sortaient à intervalles réguliers du mur.

Les éclairs qui sillonnaient le ciel éclairaient çà et là sa progression. Enfin, il réussit à agripper le rebord de la fenêtre. Sans bruit, il se hissa à l'intérieur et retomba souplement dans la chambre.

Il se tint un long moment aussi immobile que l'effigie de marbre d'une tombe, reprenant son souffle. Il faisait noir ; il n'y avait pas de braises dans la cheminée. Les yeux grands ouverts, il ne distinguait dans la pièce qu'une masse sombre : le lit.

Il se déplaça tel un fantôme, le dos collé au mur. Le plâtre était frais sous ses doigts, le bois de la porte rugueux. Il faillit trébucher sur un paquet de vêtements. Un léger parfum monta jusqu'à lui, celui des lys auquel se mêlait une odeur de soufre. L'image de Lianna s'imposa à lui. S'était-elle occupée de sa maîtresse ce soir ? Seigneur Dieu, si elle dormait dans cette chambre ? Si elle le voyait ?

Non. Impossible. Bourgogne lui avait assuré que les servantes de la damoiselle dormaient ailleurs.

Alors, avançant à pas lents, par prudence autant que par réticence, il sortit la massette et s'approcha du lit. Lorsqu'il écarta les tentures, il ne vit tout d'abord que de l'obscurité. Puis ses yeux s'ajustèrent et il discerna une petite forme.

Un son léger s'en échappa — un doux soupir de femme. Se penchant en avant, Rand perçut l'odeur douce de l'hypocras et il eut la certitude qu'elle dormait profondément.

Il écarta d'un doigt léger une mèche de cheveux. Qu'ils étaient doux ! ne put-il s'empêcher de remarquer. Il serra les dents et, promptement, vidant son esprit de toutes pensées d'honneur, il abattit la massette.

Lianna revint brusquement à la conscience, dans une explosion de douleur et de terreur. Assemblant les fragments épars des sensations vagues et de l'appréhension qui la traversaient, elle s'avisa qu'elle était ligotée, bâillonnée et aveugle. Un gémissement d'horreur monta de sa gorge, étouffé par l'étoffe sèche qui lui emplissait la bouche. Elle bougea légèrement, perçut la toile rêche d'un sac sur son visage. Sainte Vierge, elle n'était pas aveugle mais ficelée et ensachée comme une perdrix ! Tous ses muscles se crispèrent sous l'effet de l'affolement.

— Elle remue, milord !

Lianna se figea. Des mots anglais ! Furieuse, elle se mit à ruer et à se tortiller. Des mains lourdes se posèrent sur elle pour la maîtriser ; la corde qui lui liait les poignets mordit dans sa chair.

— Enfin, murmura la même voix. C'est là que nous accostons…

Qu'ils accostaient ? Elle se crispa de plus belle. Le balancement qu'elle ressentait prenait sens : elle était sur l'eau. *Sur l'eau!* La terreur lui noua l'estomac et mit ses sens à mal : elle avait l'impression d'être éventrée, à vif.

— Les hommes de Gaucourt!

Un nouveau murmure s'immisça à travers le linceul de son horreur. A cette voix, une étrange sensation l'envahit.

Les Anglais se turent; même à travers le cocon glacé de son effroi, elle percevait leur tension. Les hommes de Gaucourt, avaient-ils dit... Espérant alors que les espions de Raoul fussent assez proches pour l'entendre, elle prit une grande inspiration et ramassa un hurlement au fond de sa gorge. Puis elle le lâcha dans une explosion furieuse qui sortit comme un cri désespéré malgré l'étoffe qui lui emplissait la bouche.

— Cette femme a une sacrée paire de poumons! fit observer le premier Anglais dans un murmure prudent. Elle glapit comme une poissonnière. Vous pensez que nous pouvons atteindre les chevaux, milord?

— Vous pensez que j'ai l'intention de rester assis ici et d'attendre d'être découvert?

De nouveau, Lianna éprouva un léger choc en entendant la seconde voix, une impression de familiarité. Mais elle n'eut pas le temps de s'y attarder, car deux bras l'enserrèrent comme un étau.

Le tonnerre retentit. Elle entendit le bruit de la pluie et une série de jurons en anglais.

— Mauvais accostage, milord. C'est fichtrement trop profond pour patauger jusqu'à la rive. Il va falloir nager.

— Non!

Lianna hurla contre son bâillon. Des bras forts la soulevèrent et elle se retrouva plongée dans l'eau.

Froid et sans merci, le liquide mouilla ses pieds, ses jambes, ses fesses. La terreur planta ses serres d'acier dans sa gorge. Elle se vit se noyer, l'eau se refermant au-dessus de sa tête, volant son souffle et sa vie.

Sa vie… et la nouvelle vie qui, espérait-elle, grandissait déjà en elle. Elle ne reverrait jamais Rand, ne mettrait jamais son enfant au monde. Cette pensée la fit se débattre plus fort. Elle enfonça son coude dans le corps de son ravisseur et entendit son souffle s'échapper en sifflant de son torse.

— Par Dieu, ne la laissez pas tomber ! dit l'autre. Elle sombrerait comme une pierre !

— Ne me tentez pas…

La haine ajouta de la force aux mouvements de Lianna. Elle se tordit encore, frappa de ses pieds liés. Les hommes se mirent à chuchoter d'un ton urgent, mais elle ne put entendre leurs paroles par-dessus son pouls et la peur qui tambourinaient à ses oreilles. Puis ils ralentirent. Le niveau de l'eau baissa.

Haletant et sanglotant sous la toile et le bâillon, Lianna sentait les muscles puissants et durs qui l'enveloppaient fermement. Les sursauts d'une course la secouèrent. Un cri résonna dans le lointain. L'espoir jaillit en elle. Peut-être que les espions allaient venir la sauver ? Mais la rapidité puissante de son ravisseur étouffa bien vite cette espérance.

— Pas le temps de la détacher, milord ! De toute façon elle se débat comme une diablesse…

Des bras agiles, en acier trempé, la hissèrent sur un cheval, la jetant en travers de l'animal comme un sac de grain mouillé. L'un des Anglais monta derrière elle et le cheval bondit. Il y eut un grondement de sabots. Elle essaya de distinguer le nombre de montures et d'hommes, mais la douleur et la peur eurent raison d'elle. Elle ne parvenait plus à réfléchir. Rebondissant contre la selle, elle se demandait seulement avec horreur si elle risquait de perdre l'enfant.

Son esprit terrifié se raccrochait à la pensée de Rand. Il l'attendrait le lendemain dans la forêt. Elle rassembla des souvenirs de lui, le soleil brillant sur ses cheveux, ses mains douces sur son corps… Et son cœur éclata presque de la douleur de la perte.

Elle n'aurait su dire combien de temps ils chevauchèrent, mais ses bleus le lui diraient sûrement le lendemain.

Il y eut un sifflement au-dessus d'eux.

— Bonne Mère, cette flèche est passée près, milord ! dit l'un des hommes.

Lianna brûlait d'ôter le sac de sa tête. Le fait qu'elle n'y voyait rien et pouvait être touchée à tout moment par un projectile était encore plus effrayant que son enlèvement même.

— Continuez juste à avancer, dit la voix derrière elle.

L'Anglais paraissait si rude, et pourtant cette voix…

Des cris résonnèrent. Elle entendit un grincement, puis le bruit de sabots sur des planches.

— Vite, milord ! Nous devons barrer la porte contre eux !

Lianna entendit d'autres sifflements, l'impact d'un choc, quelqu'un qui inspirait vivement. La porte se referma dans un bruit sourd. Le cheval s'arrêta. Des bras forts la tirèrent de la selle et son corps meurtri fut remis à d'autres bras. Elle se tendit comme un arc, se débattant encore.

— Votre nièce, messire…, dit alors la voix, d'un ton sinistre et las.

Marchant à l'aveuglette dans la nuit, Rand traversa à grands pas la cour du Crotoy. Jack le suivait, son visage poupin rayonnant de l'éclat de la victoire et ruisselant de pluie.

— On a réussi, milord ! Je n'en ai pas douté un instant…

Sa voix mourut lorsqu'il aperçut l'expression de son maître. Il lui tendit une outre en peau.

— Buvez. Ça vous aidera à oublier…

Sans un mot, Rand prit l'outre et s'enfonça dans les

ténèbres de la cour. Puis, s'adossant à un mur, il déboucha le récipient et but longuement.

Il se sentait malade, écœuré jusqu'à la nausée de ce qu'il avait fait, même si c'était pour obéir à son suzerain. La ruse, la trahison, le meurtre de Mondragon et la perte de Lianna se combinèrent en une vague de désespoir qui faillit le dominer. Il but encore, essayant de se convaincre que la damoiselle sortirait indemne de l'indignité qu'il lui avait imposée. Mais l'outrage qu'il avait commis sur sa personne pourrait tout aussi bien la marquer à vie. Même si elle avait défié un roi et ouvert sa demeure à des chevaliers ennemis, elle ne méritait pas ce qu'il lui avait fait endurer.

Il s'avisa soudain d'une douleur au bras. Ecartant sa manche déchirée, il contempla alors avec un froid désintérêt une blessure à vif causée par une flèche dont il ne se souvenait pas avoir été frappé. Dans la pénombre, son sang ressemblait à de l'encre. Il versa du vin sur la plaie comme il l'avait vu faire à des chirurgiens sur le champ de bataille. Son bras aurait pu appartenir à un autre, car il se sentait indifférent à cette blessure. Il savait pourquoi.

Il n'était plus lui-même.

Quelqu'un retira brusquement le sac humide de sa tête et Lianna plissa les paupières dans la lumière vive. Ce qu'elle vit d'abord fut le riche velours travaillé des atours d'un duc et le premier mot qu'elle prononça lorsqu'on lui retira le bâillon de la bouche fut un juron si grossier que Jean sans Peur en battit des cils.

Son visage, éclairé par des lampes sur pied, affichait le masque impassible du pouvoir.

— Taisez-vous, Lianna ! Je ne vous laisserai pas m'insulter comme une fille de rien !

Quelqu'un, derrière elle, triturait les cordelettes qui

lui liaient les poignets. Après la terreur qui ne l'avait pas quittée depuis qu'elle avait repris connaissance, une colère froide s'empara d'elle. Regardant autour d'elle, elle reconnut la grand-salle du Crotoy. Crénom ! Voilà qu'elle se trouvait à vingt milles de chez elle !

Elle promena les yeux dans la vaste pièce, semblant chercher quelqu'un.

— Où est le bigot d'Anglais qui obéit comme un épagneul à vos ordres ? A-t-il détalé comme le couard qu'il est ?

Bourgogne la poussa vers un escalier.

— Il a trouvé sa tâche aussi déplaisante que vous, soyez-en certaine... Nul doute qu'il ne voulait pas ajouter à votre indignité en vous voyant dans cet état.

Elle saisit l'étoffe mouillée de son bliaut.

— C'est à cause de lui que je suis dans cet état !

Elle avait envie de pleurer, de hurler, de partir en courant. Mais même si les serviteurs en livrée observaient un silence respectueux, elle savait qu'ils n'hésiteraient pas à la contenir à la moindre tentative de sa part. Une fuite éperdue ne lui servirait à rien, d'ailleurs. Elle se jura cependant que rien ne l'empêcherait de retourner à Bois-Long... et dans les bras de Rand. D'un pas raide et plein de rancune, elle suivit son oncle dans l'escalier.

La chambre, située en hauteur dans la ronde tour du Roi, était magnifiquement décorée, depuis la toile damassée qui couvrait les murs jusqu'aux montants sculptés du lit massif. Lianna dévisagea son oncle. Il paraissait moins farouche à la lumière atténuée du feu qui brûlait dans la cheminée. Des lignes de souci creusaient son visage. Elle devait oublier à présent que cet homme, debout devant elle, était son oncle Jean, l'homme qui la prenait sur ses genoux quand elle était petite et l'éblouissait par les récits de ses exploits à Paris et à Nicopolis. L'enfance était loin. Plus de Lianna et plus d'oncle Jean. La damoiselle de Bois-Long et le duc de Bourgogne, allié du roi Henry, se dressaient face à face en ennemis, maintenant.

— Qu'avez-vous l'intention de faire de moi ? demanda-t-elle.

Il la regarda froidement.

— J'ai l'intention de m'assurer que vous fassiez votre devoir. Vous épouserez le baron de Longwood dès demain.

Elle eut un rire âpre.

— Me contraindriez-vous à la bigamie, mon oncle ?

— La bigamie ? Je ne crois pas…

L'assurance de sa voix la glaça. Une froide brise marine pénétra par la croisée, la faisant frissonner. Elle se frotta les bras dans une vaine tentative pour se réchauffer.

— Je suis toujours mariée à Lazare Mondragon !

Bourgogne lui décocha un regard implacable.

— Il est mort.

Lianna recula en chancelant et s'agrippa à un montant du lit.

— Vous l'avez *tué ?*

— Non. Il s'est noyé accidentellement dans la Seine.

— Un accident ! Je me demande, mon oncle, si cet accident a ressemblé à ce qui est arrivé au frère du roi Charles, Louis d'Orléans ?

Ce fut comme si elle l'avait frappé. La colère flamba dans ses yeux et Lianna comprit que ses paroles avaient rouvert la blessure d'un ancien déshonneur.

— Vous avez toujours oublié votre place ! lui reprocha-t-il d'une voix cinglante. Je suggère que vous vous en souveniez maintenant !

Elle aurait souhaité qu'il nie sa responsabilité dans la mort d'Orléans, mais sa fureur la confirmait au contraire. Et maintenant Lazare… Elle eut pitié de cet homme qui fut si peu son époux. Il l'avait utilisée, trahie, mais sa vie était un prix trop élevé pour ces manigances. « Maudit soyez-vous, Lazare ! pensa-t-elle. Vous auriez dû avoir le bon sens de ne pas aller à Paris sur l'ordre de Jean sans Peur. » La culpabilité la submergea. Elle aurait dû essayer de l'envoyer chercher, de le rappeler à Bois-Long, au lieu de se réjouir de son absence.

— Ainsi, je suis veuve…, dit-elle d'une voix sourde.

— Et dès demain mariée…

Il prit ses mains glacées dans les siennes.

— Vous étiez promise à Enguerrand de Longwood, Lianna…

Elle lui retira brusquement ses mains.

— Le laquais d'un usurpateur ! Je lui crache dessus ! Vous m'avez promise à lui contre mon gré.

— C'est votre obstination qui vous a mise dans cette situation. Peu après votre mariage, les forces de Longwood et les miennes iront reprendre Bois-Long à Gaucourt.

Elle se redressa malgré l'indignité d'être vêtue d'une chemise de nuit mouillée, les cheveux décoiffés.

— Vous présumez beaucoup, mon oncle. Pensez-vous que j'irai docilement à l'autel ?

— Bien sûr.

Il sourit, mais de la tristesse brillait dans ses yeux.

— Je suis le duc de Bourgogne.

— Je ne vous laisserai pas faire. Je ne l'épouserai pas !

— Si vous refusez le mariage, je vous enverrai dans un couvent et donnerai Bois-Long au baron.

Le cœur de Lianna se mit à tambouriner.

— Vous ne pouvez prendre ma demeure !

Le duc ne dit rien, se contentant de la fixer d'un air supérieur et la signification de cette expression la pénétra. Elle resta immobile, vide, engourdie, car elle savait que la volonté de son oncle l'emporterait.

— Je suppose, dit-elle d'une voix sans timbre, que vous ne m'autoriserez pas une période de deuil.

La cotte de mailles qu'il portait sous ses vêtements tinta lorsqu'il fit un pas vers elle.

— Vous avez perdu tout droit à mon indulgence quand vous avez accueilli la garnison de Gaucourt à Bois-Long.

— Vous avez perdu tout droit à ma loyauté quand vous m'avez promise de force à un bigot d'Anglais !

— Calmez-vous, petite. Je vais vous commander un bain et une potion pour dormir.

Lianna se sentit envahie soudain par un profond épuisement. Le bébé ! pensa-t-elle avec effroi. Apportait-elle l'enfant de Rand dans ce mariage forcé ?

Comme Bourgogne se tournait pour partir, elle reprit, doucement :

— Comment pouvez-vous agir ainsi, envers moi et envers la France ?

Il se retourna et elle distingua dans ses yeux une profonde sollicitude qu'elle essaya de ne pas prendre en compte.

— Parce que je vous aime, Lianna, et que j'aime la France. Je ne voulais pas vous voir mariée à un homme comme Mondragon, et je ne veux pas voir la France sombrer dans le désespoir parce que les Armagnacs contrôlent le roi et jouent de sa folie.

Il ouvrit la porte. Elle aperçut deux gardes postés devant comme des statues de pierre.

— Reposez-vous. Retrouvez toute votre beauté... Demain est le jour de vos noces.

9

— Je ne porterai pas les vêtements que l'Anglais m'a imposés !

Lianna s'écarta avec rage de la dame d'atours qui tentait, avec une patience mise à rude épreuve, de tresser une rangée de perles dans ses cheveux.

— Vous n'avez pas le choix, ma dame…

Marguerite de Bavière, la tante par alliance de Lianna, se tenait debout à côté d'un grand coffre ouvert. Le soleil de midi qui entrait par la croisée de la chambre ruisselait sur le beau visage de la duchesse.

Lianna lui jeta un regard noir.

— Je n'ai pas choisi d'être traînée ici par la force et dans ma chemise de nuit !

— Il n'y a pas à discuter, Belliane. Je pense que vous devriez être reconnaissante au baron de vous offrir un trousseau aussi magnifique.

D'un geste de sa main couverte de bijoux, elle indiqua le contenu du coffre. Des soies de Venise, des brocarts de velours et d'autres étoffes de prix s'entassaient dedans. Marguerite saisit une cape bleu roi doublée de fourrure grise.

— Le menu-vair de ce vêtement a dû coûter à lui seul une petite fortune.

— J'ai pitié des écureuils dont le ventre a été dépouillé de sa fourrure pour l'orner !

Lianna écarta brusquement son bras de la cotte somptueuse qu'une servante lui tendait.

Le large et noble visage de sa tante s'assombrit.

— Je ne laisserai pas votre entêtement faire honte à la maison de Bourgogne, Belliane ! Le sort d'une femme est d'obéir. Mes propres filles ne m'ont jamais défiée de la sorte. Ma Marguerite a épousé le dauphin Louis. Elle sera un jour reine de France.

— Elle n'aura plus guère de royaume sur lequel régner si je donne Bois-Long à l'Anglais !

Marguerite mit ses mains sur ses hanches.

— Ni vous ni moi ne pouvons en juger. Et vous allez laisser mes dames vous habiller, maintenant.

Lianna dévisagea sa tante d'un air mauvais. Des années de mariage à Jean sans Peur avaient durci sa volonté jusqu'à ce qu'elle rivalise avec celle de son époux.

— Et si je ne le fais pas ?

— Je pensais que votre oncle avait été clair sur ce point, la nuit dernière. Vous ne doutez sûrement pas de sa parole ?

Lianna se tut. L'alternative à sa soumission était le bannissement dans un couvent. A moins…

Elle jeta un coup d'œil à la croisée de sa chambre. Des contrevents de bois s'ouvraient sur une grille en fer. Au-dessous se trouvait une péninsule sablonneuse, l'endroit où la Somme se jetait dans la Mer étroite. La grille paraissait serrée, mais elle pourrait peut-être se glisser au travers.

Son esprit s'empara de cette idée et s'y cramponna. Lazare était mort. Si elle parvenait à s'échapper et à retrouver Rand, elle pourrait le convaincre de l'épouser. C'était un homme honorable qui l'aimait. Il ne la repousserait pas, surtout si elle lui parlait du bébé. Un fol espoir s'empara d'elle qui laissa bientôt place à un sourd pressentiment.

Et si son oncle se débarrassait de Rand comme il l'avait fait de Lazare ?

Les dames de la duchesse profitèrent de son immobilité et Lianna sentit à peine leurs mains agiles qui ornaient ses cheveux de perles et d'un filet d'argent, tiraient sur les lacets pour la mouler dans une cotte argentée et bleu de glace. Des manches amples, resserrées aux poignets, bruissèrent lorsqu'elle se tourna de nouveau vers la croisée. La douve se trouvait loin au-dessous. La pensée de l'eau la fit frissonner. Prendrait-elle le risque ?

Un coup peu aimable dans ses côtes l'arracha à ses plans.

— Ma dame, votre tante parle.

Elle leva les yeux et vit Marguerite qui souriait.

— Vous êtes plus que belle, dit la duchesse. Comment gardez-vous vos cheveux aussi clairs ? Avec de la camomille ? Du safran ?

Ses espoirs gonflés par la possibilité d'une fuite, Lianna lui rendit son sourire.

— C'est peut-être à force de les exposer à la chaux vive et au sel de St-Pierre, ma tante.

Marguerite eut une moue contrariée.

— J'espérais que vous aviez renoncé à votre intérêt ridicule pour les explosifs.

— Jamais.

L'une des dames d'atour vint lui ceindre la tête d'un cercle serti de pierres précieuses, afin de maintenir son voile en place.

— Venez, ma dame, dit-elle. Venez voir comme vous avez l'air d'une princesse…

Sans résister, Lianna se laissa conduire au miroir en pied de métal poli, orné d'un cadre doré.

Elle fixa son reflet. L'aiguille empressée de la couturière de sa tante avait ajusté la robe à la perfection. Le satin bleu glacé recouvert de velours argenté soulignait sa minceur.

Des perles et des aigues-marines étincelaient dans les plis de son voile ; une pierre bleu-vert en forme de larme reposait sur son front. Les manches larges et l'ourlet cousu de douzaines de minuscules clochettes lui donnaient l'aspect d'une dame de la Cour. Mais c'étaient là des présents du maudit Anglais. Ce costume somptueux l'emprisonnait aussi sûrement que les gardes attachés à ses pas, même lorsqu'elle se rendait aux commodités.

Marguerite quitta la pièce pour se rendre à la chapelle. Lianna envisagea alors d'en profiter pour sauter par la fenêtre. Mais les servantes à l'intérieur et les sentinelles à l'extérieur lui firent renoncer à cette impulsion. L'espoir de revoir Rand flambait comme un feu de la Saint-Jean dans son cœur et mue par son amour, elle décida que ce mariage forcé ne serait qu'un obstacle mineur entre eux.

Elle redressa les épaules, aiguisa en elle une froide détermination. Rand l'avait rendue plus douce, mais avec l'Anglais elle redeviendrait ce qu'elle était auparavant. Elle redeviendrait la châtelaine sans âme, la rêveuse intrépide qui se cachait des gens de peur d'être blessée. Qu'il en soit ainsi. Elle n'avait pas le choix aujourd'hui, mais elle se battrait. Elle épouserait l'Anglais, cependant il ne trouverait pas en elle une épouse consentante. Un terrible sourire incurva ses lèvres. Si ses espoirs étaient justifiés, elle donnerait au baron un héritier français. Et c'était elle qui savourerait le triomphe final. Car l'enfant était celui de Rand.

Résolue, elle releva le menton, le pointant en avant d'un air de défi. Elle était la damoiselle de Bois-Long, fille du guerrier Aimery. Elle ne laisserait pas le mignon du roi d'Angleterre lui arracher son pouvoir !

Après un dernier regard à son visage hautain, à ses yeux froids, à son menton volontaire, elle se dirigea vers le portique de la chapelle pour y attendre son futur époux.

*
* *

Rand s'arrêta près de la galerie ouverte qui menait à la chapelle. La pluie avait nettoyé l'air, lui donnant des senteurs de printemps. Entre les piliers de pierre, il aperçut un groupe de femmes qui sortait de la porte de la tour du Roi.

Il parcourut le groupe des yeux ; froidement, il nota que le costume bleu et argent rendait de belle manière sur la mariée. Puis il se rappela la première fois où il avait vu dame Belliane, fouettant un serviteur et songea que du rouge lui aurait mieux convenu.

Il porta la main à sa gorge et chercha le talisman du roi Henry, pour se souvenir aussitôt qu'il l'avait jeté. La mine sévère, il se remit en marche. Au bout de deux pas, il se figea, fit demi-tour pour regarder de nouveau le groupe de femmes qui s'éloignait. Quelque chose dans la future mariée l'attirait de façon étrange. Elle lui tournait le dos, mais ses mouvements lui semblaient étrangement familiers. La damoiselle de Bois-Long lui rappelait de façon poignante Lianna. Pourquoi ?

Il se pencha sur le parapet en pierre, plissant les paupières dans le soleil, tâchant de regarder mieux…

Il éprouvait pour sa promise une attirance inattendue, mais indéniable. Petite et mince, elle marchait d'un pas léger et décidé en tête des femmes. Des images sans suite se bousculèrent dans son esprit : Lianna marchant à côté de lui, ses pieds relevant l'ourlet de son bliaut ; Lianna défendant sa maîtresse ; Lianna se tapotant le menton d'un doigt dans ce geste séduisant de profonde concentration.

Jack Cade apparut à son côté.

— Tout est prêt, milord. J'ai les anneaux…

Il baissa les yeux sur le groupe devant la chapelle.

— Je vois que votre future épouse attend.

Le visage illuminé d'une joie prudente, Rand fit face à son serviteur.

— Ma future épouse…

Il se retourna encore pour la regarder. Elle atteignit la chapelle et fit demi-tour. Des pierres précieuses brillaient dans son voile. Elle posait délicatement un doigt sur son menton.

— *Doux agneau de Dieu !*

Le cœur de Rand fit un bon énorme dans sa poitrine. Il se mit à courir comme un homme éperdu à travers la galerie, faisant tinter ses éperons en or sur les dalles.

Le duc de Bourgogne s'approcha dans le soleil, une armure mal cachée sous ses atours écarlates, et s'arrêta devant Lianna, lui prenant les mains.

— Belliane, vous êtes si…

La jeune femme retira ses mains comme s'il venait de la brûler.

— Ne pensez pas que je vais de mon plein gré à ce mariage !

Sa voix était aussi glaciale que ses yeux.

Bourgogne lui saisit fortement le bras.

— Ma patience est à bout, ma nièce. J'entends que vous vous comportiez cordialement !

Feignant l'indifférence, Lianna jeta un regard dédaigneux à la foule groupée devant la chapelle. L'évêque de Tours se tenait debout, solennel dans ses riches habits. Des hommes d'armes anglais portaient le blason haï du léopard et la regardaient bouche bée, tout comme les gens du château. A côté de l'évêque se trouvait un autre homme d'Eglise, qui arborait les traits forts d'un Saxon et un air de piété auquel Lianna ne se fia pas. Elle nota qu'un morceau de cuir ressemblant étrangement à une manchette de fauconnier sortait de sa manche.

Les faucons... Rand avait mentionné une fois un prêtre qui avait un penchant pour la chasse et la fauconnerie. Son estomac se noua subitement. Rand... Voilà que ce nom sonnait très différemment à ses oreilles. Rand... Ce pouvait être le diminutif de...

— Enguerrand de Longwood arrive, dit son oncle.

Eclatant de pouvoir et d'assurance, vêtu d'un court manteau blanc orné d'un léopard doré, le baron anglais s'approcha. Son torse massif se soulevait comme s'il avait couru pour venir. Son visage arborait l'expression qu'elle lui avait vue cent fois, celle qui avait le pouvoir de faire fondre son âme. Ses yeux clairs brillaient de joie ; ses cheveux dorés reflétaient le soleil de midi.

Seigneur Dieu, Rand ! Enguerrand de Longwood ! Elle se mit à trembler tout entière, de manière incontrôlée. Bourgogne la poussa en avant. Elle tenait ses poings serrés contre sa robe, froids comme la glace. Elle espérait que ses yeux l'étaient aussi. Son cœur cognait dans sa poitrine ; elle ne voulait pas lui sourire.

— *Vous !* murmura-t-elle d'une voix âpre et torturée.

Il se pencha pour poser un baiser sur sa joue.

— Ni les rêves, ni même les prières, Lianna, n'auraient pu avoir une réponse aussi heureuse...

Piquée au vif, elle recula. Ainsi, l'homme qui lui avait donné son amitié et son amour, qui avait illuminé sa vie de promesses, était l'ennemi qui l'avait enlevée, qui avait l'intention de lui voler sa demeure et sa dignité ! Et elle portait probablement son enfant. Pas un héritier français, mais l'enfant d'un Anglais !

Fixant durement son visage — si illuminé de joie, si dénué de remords — elle entendit à peine son oncle ordonner :

— Que la cérémonie commence...

D'une voix sonore, l'évêque de Tours bénit alors deux bagues ornées de pierres précieuses que lui présentait sur un coussin de velours Jack Cade, l'insipide héraut qu'elle avait chassé de Bois-Long. Puis l'acte de mariage fut lu à voix haute. Toutes ses possessions terrestres, ses biens, même son corps, étaient donnés à Enguerrand Fitzmarc, premier baron de Longwood. Elle lui appartenait par la loi, mais elle se jura en silence qu'il ne posséderait jamais son cœur.

L'évêque demanda ensuite que l'on procède aux consentements.

— Que s'avance celui qui doit remettre la mariée !

Les doigts de Bourgogne se refermèrent sur les siens.

— Et qu'il la donne à cet homme comme sa légitime épouse.

Aveuglée par la fureur, Lianna sentit son oncle placer sa main dans celle de Rand. Une onde de choc la parcourut. Reculant d'un pas, elle s'écarta de lui, troublée, malgré sa volonté de rester de glace. Elle eut honte de sa réaction face à l'homme qui l'avait dupée, utilisée, qui avait ravagé son cœur et volé son innocence. « Ah, susurra une voix ironique dans son esprit, mais tu n'étais que trop avide de la lui donner, cette innocence… Tel est le prix de ta propre duperie ! »

Rand prit le plus petit des anneaux. Il le glissa d'abord à trois doigts de sa main droite, au nom du Père, du Fils et du Saint-Esprit, puis il le plaça à sa main gauche.

Sa voix s'éleva dans la cour surpeuplée.

— Par cet anneau je vous épouse, par cet or je vous honore, et de toutes mes possessions terrestres je vous fais don.

Le ressentiment monta en elle tel un geyser ; elle se mordit la lèvre pour ne pas hurler. Il proclamait ses vœux comme une chanson d'amour, suscitant en elle une réaction qui ébranlait son âme.

Les dames de la duchesse Marguerite poussèrent un soupir collectif. Agacée, Lianna entendait derrière elle leurs commentaires admiratifs sur le bel Anglais.

Les doigts gourds, elle prit l'autre bague et répéta le geste vide et les vœux d'une voix plate et sans éclat. Rand se raidit à côté d'elle. Bon… Elle avait déjà réussi à lui communiquer son déplaisir, à pénétrer son armure d'assurance…

Quand elle eut fini de prononcer ses vœux, elle attendit. Elle savait fort bien ce qui allait venir maintenant, et s'en révoltait.

— Nous attendons, ma dame…, dit Bourgogne d'un ton glacial.

— Non, murmura-t-elle. Non, je ne ferai pas…

— Vous allez vous prosterner devant votre époux !

Son regard lui indiqua sans ambiguïté que c'était sa punition pour l'avoir défié, pour avoir appelé son ennemi afin de défendre Bois-Long.

Les joues en feu, elle se mit à genoux et inclina la tête en signe de soumission. Elle crispa les paupières. La duperie et la trahison lui avaient fait tout perdre, et la profonde humiliation de ce geste lui ôtait toute sa force.

La foule bourdonna autour d'elle. Une main forte se referma sur la sienne. Alors, lentement, comme si elle s'éveillait d'un mauvais rêve, elle se força à ouvrir les yeux et à relever sa tête douloureuse… découvrant face au sien le visage de Rand.

La stupeur l'envahit. Il s'était agenouillé devant elle, prouvant à tous les célébrants que son épouse était pour lui une égale. Tel un baume chaud, ce geste apaisa la morsure de sa mortification.

Mais elle refusait de se laisser attendrir. « Il ment

même en faisant cela », se dit-elle. Néanmoins, il avait sauvé son honneur, sa dignité, aux yeux de tous. Elle le laissa la relever. Le visage de Bourgogne était pincé de mécontentement quand il entra le premier dans la chapelle, où les mains blanches de l'évêque bénirent le couple et levèrent l'hostie en une messe de célébration.

— Vous avez le droit d'être en colère, mon amour, lui murmura Rand. Mais rappelez-vous que j'en ai le droit aussi. Vous avez installé un chevalier ennemi dans le château qui m'a été donné. Maintenant, je dois risquer ma vie et celle de mes hommes pour le reprendre à Gaucourt et à Mondragon.

— Mon cœur saigne pour vous, milord, répondit-elle d'un ton cinglant.

Il lui jeta un coup d'œil navré.

— Vous n'êtes pas la biche que j'ai rencontrée dans le vallon, mais une femme guerrière, Lianna. Je dois m'y habituer…

Il lui prit fermement la main.

— Et je le ferai. Ce mariage est ce que nous avons désiré tous les deux…

— Je voulais être aimée du chevalier errant que j'ai rencontré à la croix de Saint-Cuthbert, riposta-t-elle. Pas utilisée et trahie par un bigot d'Anglais !

— Nous serons heureux ensemble.

— Nous serons ennemis à jamais.

La musique des tambourins et des violes résonnait à travers la grand-salle, se mêlant au brouhaha des convives. Malgré sa colère envers sa nièce, Bourgogne n'avait rien épargné pour organiser le festin de noce. Les buffets ployaient sous le poids des pichets de vin. Des tranchoirs de viande de sanglier, d'oignons grillés et de pois jonchaient les tables sur tréteaux. Les convives s'exclamèrent devant une pâtisserie garnie de sucre filé représentant des lys et des léopards.

Durant tout le festin, Rand avait eu envie de crier sa joie. Même la froideur de Lianna et le fait qu'elle ne lui avait accordé qu'une danse ne pouvaient atténuer sa bonne humeur. Il avait oublié sa tromperie ; elle lui pardonnerait bientôt la sienne. Lorsqu'ils seraient en tête à tête dans leur chambre nuptiale, il lui montrerait qu'ils n'étaient pas destinés à être des ennemis, mais des amants.

Il leva sa coupe en réponse à un toast porté par l'un de ses hommes. Il but longuement, puis s'adossa à son siège pour savourer le vif plaisir d'observer sa femme qui dansait une sarabande au bras de son oncle.

— Vous avez l'air du renard qui garde un poulailler.

Rand reposa sa coupe et décocha un grand sourire à Jack.

— J'ai trouvé mieux que cela !

Ses yeux revinrent se fixer sur Lianna. Son visage, sans expression mais indiciblement ravissant, brillait à la lumière du candélabre accroché au-dessus de la piste de danse. Mince comme un roseau, elle se mouvait avec une grâce naturelle. La pensée de réclamer son corps lui brûla les reins d'une joie anticipée.

— Par saint Georges, dit Jack, je ne peux pas croire à ce changement en vous ! Hier encore, vous tourniez comme un lion en cage, maudissant le sort qui vous liait à la damoiselle.

— C'était avant que je sache qui elle était.

— Je croyais que vous l'aviez vue quand vous êtes allé mettre la barque en place sur la rivière.

Jack lança un regard admiratif à Lianna.

— Comment diable avez-vous pu vous tromper sur un visage comme celui-là, sur un corps…

— Non, Jack, je sais maintenant que ce n'était pas elle

que j'avais vue. Cette femme était l'épouse de Gervais Mondragon, pas Lianna.

Jack reposa bruyamment sa coupe.

— *Lianna ?*

— Oui.

— Sainte Marie !

— C'est vous qui l'avez vue, Jack, quand vous avez porté les missives à Bois-Long. Mais vous ne pouviez parler que de sa chambrière ! Pourquoi ne m'avez-vous rien dit de la beauté de Lianna ? Vous auriez pu nous épargner une nuit éprouvante.

— Par ma foi, tout ce que j'ai pu faire a été d'essuyer ses insultes et de sauver ma peau de sa canonnade.

Rand fronça les sourcils. La passion de Lianna pour les armes à feu serait à coup sûr une source de friction entre eux. Mais pas maintenant. Pas cette nuit.

Il but une gorgée de vin.

— Je l'avais dans la paume de ma main et je l'ignorais !

— Comment diable vous a-t-elle caché sa véritable identité ? Et vous la vôtre ?

— Quand nous nous sommes rencontrés, elle m'a juste dit qu'elle était Lianna, la fille d'un armurier, et orpheline. Elle n'allait pas révéler à un étranger qu'elle était la maîtresse de Bois-Long.

— Sans doute… Elle aurait fait un otage de prix, si vous aviez voulu la capturer.

Rand hocha la tête.

— J'avais mes propres raisons de ne pas lui révéler qui j'étais. Elle a entendu les échos de la Gascogne de mon père dans ma voix et m'a surnommé Rand le Gascon.

— Par les os de saint Pierre, et vous avez batifolé avec elle toutes ces semaines !

Jack le regarda fixement.

— Je parie que vous ne parliez pas beaucoup…

Rand se mit à rire. Ce son lui attira un regard noir de Lianna, ses yeux étincelant d'un feu argenté.

— Dieu du Ciel, ce qu'elle est belle ! s'exclama Jack dans un souffle. Mais si ce regard était une lame, vous seriez un homme mort, milord.

Rand soutint son regard furieux, sourit et lui fit un signe de la main.

— Elle est encore déroutée.

Mais la culpabilité effaça bien vite son sourire. Il se rappela la façon dont elle s'était débattue quand il l'avait traînée dans l'eau. Sans le savoir, il l'avait plongée dans ce qu'elle redoutait le plus au monde.

— Quand son cœur se fera à l'idée que nous sommes bel et bien mariés, elle finira par voir quelle merveille c'est, dit-il à moitié pour se convaincre lui-même.

— Je ne voudrais pas souiller votre joie par des doutes, milord, mais réfléchissez… C'est le chevalier Rand qui a conquis son amour, pas Enguerrand de Longwood.

— Nous ne sommes qu'un, Jack.

Mais alors qu'il parlait, il sentit l'inquiétude s'insinuer dans son esprit. Tout dans sa posture, la raideur, le menton haut, le regard froid, disait le défi.

— Elle aimait un homme qui la portait aux nues, admit-il avec réticence. Mais elle résistera à l'homme qui vient prendre son château, ses terres.

La mine sombre, Jack acquiesça.

— Vous ne pourrez désormais vous fier à un mot qu'elle dira, à un geste qu'elle fera, milord.

Esquivant cette pensée, Rand se remémora plutôt les plaisirs qu'ils avaient partagés, des plaisirs qu'ils répéteraient durant une vie entière. Alors qu'il terminait son vin, une nouvelle pensée lui vint à l'esprit, une idée qui jusque-là s'était perdue dans la surprise et l'excitation de ce qui était arrivé : Lianna était mariée quand il lui avait fait l'amour pour la première fois, et pourtant elle était vierge. Il reposa sa coupe d'une main tremblante. L'était-elle vraiment ? Ou bien lui-même était-il si ignorant des réalités féminines qu'il n'avait pas vu la différence ? Courroucé soudain à l'idée que Lazare Mondragon avait pu être son premier amant, il résolut de découvrir la vérité cette nuit-là.

Au fond de la grand-salle, un homme entra en trombe. Il s'approcha du duc de Bourgogne, l'air tendu et l'habit couvert de poussière.

Constatant que Lianna n'avait plus de partenaire, Rand traversa la salle à grands pas pour la rejoindre.

Elle darda un regard hautain sur sa main offerte.

— Je suis lasse de danser…

Elle semblait si différente quand elle parlait anglais, plus dure, une véritable étrangère. Elle passa devant lui.

Contrarié par cette rebuffade, il s'apprêta à la suivre, mais la voix de Bourgogne l'arrêta.

— Un mot, milord…

Le messager harassé partit profiter du somptueux banquet. Rand suivit le duc dans ses appartements privés. La lumière d'une bougie éclairait le visage de pierre de Bourgogne. Rand étudia son hôte. Rusé et manipulateur, il était un homme à respecter… mais pas à qui se fier. Par hasard ou par dessein, il s'était débarrassé de Lazare Mondragon comme si le premier époux de Lianna n'était qu'une mouche importune. Rand discerna de la tension dans ses épaules et des ombres troublées dans ses yeux bleus.

— De mauvaises nouvelles, Votre Grâce ?

Bourgogne pinça les lèvres.

— Oui. Les Armagnacs sont en route pour assiéger ma ville de Compiègne.

La colère couvait sous le calme avec lequel il avait parlé.

— Si je n'atteins pas Compiègne au plus vite avec une armée convenable, la ville sera perdue. Je dois partir à l'aube. Mes hommes devront galoper dur pour intercepter les Armagnacs venant de Paris.

— Vous aurez besoin de tous les hommes disponibles au Crotoy…

Bourgogne hocha la tête. Le cœur de Rand se serra. Au lieu de passer sa nuit de noces avec la femme qu'il aimait, il devrait se préparer à rejoindre un combat qui ne le concernait pas.

— Je vais alerter mes hommes…

— Non, non.

Le duc fit un geste de la main.

— Vous n'avez que dix hommes d'armes. Je parlais seulement de ceux qui me servent. Je voulais vous informer de la félonie des Armagnacs parce qu'elle change vos plans.

Le lendemain, il aurait dû chevaucher vers Bois-Long avec une centaine d'hommes de Bourgogne pour reprendre le château. Or le duc ne rentrerait peut-être pas avant des semaines, ou même des mois.

— J'ai l'intention de prendre possession sans tarder de ce qui m'appartient, déclara-t-il. Je n'ai que dix hommes à ma disposition, mais cela devra suffire.

Un mélange d'admiration et d'agacement s'alluma dans les yeux de Bourgogne.

— Quelle folie est-ce là ? Dix hommes ne pourront pas prendre une seule pierre de cette forteresse ! Restez au Crotoy, milord. Vos hommes sont satisfaits, ici.

— Chaque jour que Mondragon passe à Bois-Long renforce ses prétentions. Je ne resterai pas sans rien faire pendant que mon château est usurpé !

— Faites ce que vous devez, donc. Mais je ne peux vous aider.

Rand le regarda pensivement. Un allié incertain, le duc. Toujours prompt à esquiver des obligations, des engagements. Il avait promis de soutenir les prétentions du roi Henry au trône de France. Eviterait-il cette alliance aussi ?

La porte de la chambre s'ouvrit en claquant. Haletant et les yeux affolés, Jack Cade entra en trombe.

— Milord, votre épouse…

Il inspira et fit une courbette vacillante au duc.

— Quoi, Jack ? demanda Rand d'un ton pressant.

— Elle est *partie,* milord !

Le vent qui sifflait à travers les avant-toits glaçait Lianna. Elle avait quitté la plupart de ses vêtements pour descendre vers la liberté. De fines pantoufles aux pieds, les cheveux débarrassés de son voile incrusté de pierres précieuses, le corps revêtu d'une simple tunique qu'elle avait prise à la buanderie, elle se laissait glisser le long du mur de la tour du Roi.

En levant les yeux, elle constata avec satisfaction que la croisée de sa chambre était déjà loin au-dessus d'elle. Au-dessous, la douve luisait à des dizaines de pieds encore. Elle s'imagina tombant dans cette mare d'encre et la peur la saisit. Elle se mit à transpirer, le cœur cognant dans la poitrine. Alors, se fixant sur son objectif, elle s'efforça de contrôler sa terreur.

La pierre du mur blanchi à la chaux était froide. Ses doigts étaient déjà tout écorchés. Ses membres tremblaient. Il fallait qu'elle atteigne le côté nord de la tour ; là, la lumière des torches de la cour ne l'atteindrait pas. Réprimant un frisson, elle se concentra sur la nécessité de descendre rapidement, sans bruit et, Dieu le veuille, en restant saine et sauve.

D'après les bruits qui montaient de la grand-salle et de la cour, elle comprit que l'on avait découvert sa disparition. Elle devait faire vite.

Peut-être aurait-elle dû attendre un moment plus adéquat. Mais, les sens émoussés par la boisson et les réjouissances, les sentinelles assignées à sa surveillance avaient relâché leur vigilance. Prétextant qu'elle se rendait aux commodités, elle avait saisi sa chance de s'échapper, avant sa nuit de noces.

Parce qu'elle ne se fiait pas à sa réaction dans la chambre nuptiale.

Elle détestait Rand de lui avoir fait croire qu'il l'aimait, alors même qu'il complotait de l'enlever et de lui voler sa demeure. Néanmoins, le désir qu'elle avait de lui était si fort qu'elle craignait de succomber encore, en dépit de sa colère.

D'un geste convulsif, elle attrapa une pierre saillante. Enfant ou pas, elle ne se soumettrait jamais à Rand !

Elle entendit des cris qui provenaient de la croisée de sa chambre. Un sentiment d'urgence renouvelé s'empara d'elle. Elle se plaqua contre le mur arrondi et pria que les avant-toits et les ombres de la nuit la cachent. Elle retint son souffle jusqu'à ce que les voix s'éteignent. Soulagée, elle continua sa descente. Le mortier s'effritait sous ses doigts. Le rebord se rétrécissait. Elle avait froid de sueur et de peur. Elle ne s'arrêta pour respirer que lorsque son pied trouva une prise sur le bord d'une meurtrière.

Elle regarda en bas. La douve se trouvait à cinquante pieds au-dessous d'elle, maintenant. Ses yeux se détournèrent de l'eau sombre et elle évita de penser à ce qui l'attendait quand elle aurait atteint le bas du mur. Elle ne savait pas nager. Dieu fasse qu'elle puisse traverser sur la mince passerelle de corde qui enjambait le fossé !

Des voix montèrent de la cour. Elle se remit en mouvement et trouva une série d'anneaux en fer et de pierres saillantes qui sortaient du mur. Placés là pour aider les maçons dans leurs réparations, ils l'aidaient à gagner sa liberté. Les prises pour les pieds étaient rares et espacées. La pierre et le mortier devenaient plus difficiles à saisir, et ses muscles commençaient à se raidir de fatigue. « Continue, se commanda-t-elle. Tu es la fille d'Aimery le Guerrier. Tu as fait des escalades plus éprouvantes pour aller chercher du soufre ! »

La cour noyée d'ombre disparut lorsqu'elle contourna la tour.

Elle fit une découverte alarmante : de la mousse, rendue glissante par l'air marin, recouvrait les pierres.

« Puissiez-vous rôtir en enfer, Enguerrand de Longwood ! »

Elle chercha une prise. Sa main trouva un anneau en fer. Elle le saisit désespérément, sentant ses pieds glisser de leurs prises recouvertes de mousse.

Descellé par son poids, le mortier s'effrita et l'anneau commença à bouger.

Puis son ancre céda brusquement, et Lianna n'eut que le temps de pousser un hurlement irréfléchi.

— Rand !

10

Son cri résonna funestement dans les oreilles de Rand. L'horreur lui noua la gorge quand il vit céder la prise sur laquelle Lianna venait de poser la main, et qu'il sentit une pluie de mortier sur son visage. Ne l'avait-il donc trouvée que pour la perdre ?

La poitrine contractée, le souffle coupé par la concentration et la peur, il chancelait sur le dernier barreau de l'échelle, tendant les bras vers la silhouette qui tombait en battant l'air. Il la rattrapa par la taille. Le mouvement et l'impact renversèrent presque l'échelle. Sans son emprise d'acier et sa volonté, ils seraient tombés tous les deux dans la douve.

Rand se pressa contre le mur de tout son poids et affermit ses pieds sur le barreau. Il enfouit son visage dans la soie fraîche et parfumée des cheveux de Lianna. Grâce à Dieu ! pensa-t-il. Grâce à Dieu, Bourgogne avait deviné à temps par où elle s'échapperait !

— Je vous tiens, mon amour, murmura-t-il. Tout va bien…

Loin au-dessous d'eux, des torches bougeaient, jetant de longues ombres fantomatiques sur la tour. Des cris de victoire et des applaudissements montaient des berges.

Lianna ne disait rien ; sa chute dans les bras de Rand lui avait coupé le souffle et elle était tout étourdie. Il lui toucha le visage, le cou, redoutant de la trouver blessée. Sa propre respiration était tendue et saccadée.

— Vous auriez pu vous tuer !

A cette idée, il la serra plus fort.

— Lâchez-moi ! cria-t-elle, lorsqu'elle eut retrouvé ses forces.

Alarmé, il s'appuya plus encore contre le mur.

— Cessez de gigoter, ou vous pourrez encore nous tuer tous les deux !

— Si j'étais morte, sachez que c'est vous, *Anglais,* qui en auriez porté la responsabilité !

Une vague de culpabilité le saisit, mais ce n'était ni le lieu ni le moment d'en discuter.

— Pas moi, dit-il cependant, en plaquant ses bras sur ses côtes pour l'empêcher de bouger, mais votre propre intrépidité, Lianna. Bonté divine, allez-vous vous tenir tranquille ?

— Jamais ! Je ne cesserai jamais de vous combattre, Anglais.

— Voulez-vous me forcer à vous assommer de nouveau ? Avez-vous envie d'un autre bain ?

Il ne savait pas comment la convaincre autrement du danger qu'elle courait en se débattant sur l'échelle instable.

— Ha ! fit-elle en tâchant de lui faire face. J'aimerais vous voir descendre avec mon poids mort dans vos bras ! Si cela pouvait vous noyer à coup sûr !

Il soutint son regard hostile, les yeux durcis par la détermination. Dans un passé tout proche, il l'avait tenue dans ses bras comme une amante tendre et consentante. Maintenant, il la regardait comme une adversaire. Son amour laissait place à la froide implacabilité du soldat.

— Ecoutez-moi bien, Lianna… J'ai gravi un jour une échelle avec du feu grec qui me brûlait le dos et une grêle de flèches qui me pleuvait dessus. Si j'ai survécu à cela, je survivrai à votre résistance.

Elle s'immobilisa et il sentit du sang chaud couler de son bras blessé : la lutte avait rouvert la plaie.

— Comment m'avez-vous trouvée ? demanda-t-elle, inconsciente de sa souffrance.

— Vous avez crié mon nom, lui rappela-t-il, le regard calme et ferme. Je vous entendrai toujours m'appeler, Lianna, aussi faibles que soient vos cris.

— J'aurais réussi si l'anneau avait tenu.

Il secoua la tête.

— Vous auriez pu duper un étranger, mais je ne suis pas un étranger.

Il écarta une mèche blonde de son front pâle ; elle eut un mouvement de recul.

— Je connais chaque pouce de votre corps et chaque recoin de votre esprit.

Le corps de Lianna s'amollit. Sentant qu'elle ne luttait plus, Rand comprit, avec un infini regret, que son rappel de leur intimité passée la blessait profondément.

— Vous me *connaissiez,* déclara-t-elle d'un ton morne. Lâchez-moi, et je descendrai après vous.

Il scruta son visage en quête d'un signe de duperie, mais n'y vit que de la lassitude et de la résignation. Néanmoins, le feu latent qui couvait dans ses yeux lui rappela l'avertissement de Jack : « Vous ne pourrez vous fier à un mot qu'elle dira, à un geste qu'elle fera. »

Sans la quitter des yeux, il descendit l'échelle et constata avec soulagement qu'elle le suivait. Une vive douleur lui brûlait le bras, mais la souffrance de son cœur était pire : il savait Lianna assez obstinée pour mettre sa vie en danger afin de lui échapper. Par Dieu, il avait failli la perdre ; il était presque devenu fou d'angoisse en la cherchant ! La dame de compagnie assignée à sa chambre tremblait sans doute encore de son brutal interrogatoire ; l'homme d'armes qui s'était endormi à son poste souffrait probablement d'une côte cassée, à la suite du coup de pied qu'il lui avait donné pour le réveiller.

Il atteignit la douve et monta dans la barque attachée à proximité. L'embarcation tangua lorsqu'il saisit Lianna par la taille. Se cramponnant à l'échelle, elle se raidit. A travers l'obscurité, l'intensité de son regard rancunier le brûla.

— Vous n'avez pas besoin…

Ses yeux s'élargirent lorsqu'elle aperçut la barque.

— Crénom, je ne monterai pas là-dedans !

Impatient, il la tira à bas de l'échelle et la força à prendre place dans l'embarcation.

— Si vous n'aviez pas tenté une évasion aussi intrépide, vous seriez en sécurité dans votre lit, dit-il d'un ton coupant.

Son exclamation étouffée, enrouée par la terreur, lui rappela qu'un jour elle s'était assez fiée à lui pour lui confesser sa peur de l'eau.

— Vous n'aurez pas de mal. Il suffit que vous ne bougiez pas, lui dit-il plus doucement, en la faisant asseoir.

Il avait envie de la serrer contre lui et de chasser d'un baiser la tension qu'il sentait en elle, la crispation de son visage pâle.

— Comment auriez-vous franchi la douve si je n'étais pas arrivé ?

— J'aurais traversé sur la passerelle de corde.

— La passerelle est abaissée.

— J'aurais trouvé un autre moyen.

Son expression hautaine, et ce qu'il savait de sa détermination le convainquirent sans mal qu'elle aurait bravé sa plus grande peur afin de le fuir.

Blessé dans sa fierté autant que dans sa tendresse, Rand prit les rames et se mit à ramer. Lianna subit le court trajet en silence, les jointures de ses doigts blanches tant elle serrait les bords de la barque.

Lorsqu'ils arrivèrent de l'autre côté et qu'il lui prit la main pour l'aider à descendre, sa chair lui parut froide et comme vidée de son sang.

Dès qu'ils atteignirent le haut de la berge, Lianna partit en avant. Elle avait de toute évidence toujours l'intention de le fuir. Il la rejoignit d'un bond et lui saisit le poignet.

Elle le fusilla du regard.

— Lâchez-moi, Anglais !

Le regard de Rand se porta sur l'attroupement d'observateurs avides rassemblé sur la rive.

— Vous allez venir de votre plein gré, Lianna, ou je vous traînerai de force.

Elle se mit à ruer dans son emprise.

— Traînez-moi, alors ! Montrez-vous comme le couard abuseur que vous êtes !

N'ayant pas le choix, il serra les dents et la souleva dans ses bras, avant de marcher à grands pas vers le pont-levis qui menait au château. La foule se divisa. Des visages éclairés par les torches sourirent largement ; des voix anglaises et françaises murmurèrent des suggestions paillardes. Dans ses bras, Lianna était raide, inflexible et étrangement fragile. Son visage était aussi blanc et immobile que de l'albâtre poli.

— Je ne vous pardonnerai jamais ceci, Anglais, dit-elle entre ses dents.

— Bourgogne vous a laissé le choix.

— Le choix entre ma demeure et un couvent ? Beau choix, en vérité ! Jamais ! répéta-t-elle.

— Jamais, c'est très long, Lianna…

— L'éternité ne serait pas assez longue pour prouver ma haine !

Rand traversa la cour et gravit l'escalier de la Tour

du Roi. Un homme d'armes penaud s'écarta pour les laisser entrer dans la chambre. A l'intérieur, une dame de compagnie pliait les vêtements de noces de Lianna. Un regard farouche de Rand la fit déguerpir. Il referma la porte derrière elle d'un coup de pied.

Une lampe à huile accrochée au mur et deux bougies sur une table en chêne cirée éclairaient la pièce. Un souper intime les attendait : du chapon rôti, des pommes, des dattes, des noix, du fromage, un pichet de vin.

Mais Lianna ne semblait pas encline à célébrer son mariage en mangeant et buvant. Dès que Rand la posa par terre, elle s'écarta brusquement, le laissant debout contre la porte. Avant qu'il ne comprenne son intention, elle courut à la table et ses mains cherchèrent fébrilement parmi la vaisselle et les couverts. Avec une force étonnante pour sa petite taille, elle lui lança violemment un gobelet au visage.

— Lianna…

Il se courba ensuite pour éviter un plateau en argent.

— Lianna, écoutez…

Une aiguière en terre se brisa juste à côté de sa tête.

— Je ne vous écouterai pas, Anglais !

Elle lança le compotier avec les pommes.

— Soyez damné !

On frappa à la porte.

— Milord, demanda quelqu'un, quelque chose ne va pas ?

— Laissez-nous ! rugit Rand.

Telle une déesse en courroux, la jeune femme se dressait parmi les morceaux de verre et de poterie qui jonchaient le sol. D'un coup de main, elle renversa les bougies, plongeant la chambre dans la pénombre. Rand entendit ses pieds chaussés de pantoufles frôler des éclats de vaisselle.

— Lianna, faites attention, dit-il, vous allez vous couper…

Un bruit de verre brisé l'arrêta. Il sentit une douleur

cuisante ; du sang coula sur son front ; il se rendit compte que son projectile l'avait atteint.

Furieux, il chassa le sang de ses yeux. La brusquerie de son geste enfonça une écharde de verre dans sa pommette. Il tressaillit de douleur, étouffant un juron. Le temps que sa vision s'éclaircisse, Lianna était à la croisée, une jambe passée par-dessus le rebord.

— Le diable vous emporte ! hurla-t-il. Etes-vous deux fois folle ?

La mine sinistre, écrasant des débris de vaisselle sous ses bottes, il traversa la chambre à grands pas. La saisissant d'une main, il la tira à l'intérieur sans ménagement.

Elle se débattit, donna des coups de pied et des coups de poing. Son bras blessé l'élançait, ses yeux le piquaient et sa patience était à bout. Il la traîna jusqu'au lit et la jeta dessus.

— Puisque vous voulez être brutale, ma dame, alors je vais vous obliger !

Emprisonnant ses poignets d'une main, il arracha de l'autre une cordelette de velours aux tentures du lit.

Elle s'agita.

— Que faites-vous ?

— Je nous protège tous les deux de votre courroux insensé.

— Vous n'êtes qu'un barbare !

— Vous ne l'avez pas toujours pensé.

Ulcérée, elle lui donna des coups de pied.

Utilisant deux cordelettes, il l'attacha, bras écartés, aux montants du lit.

Lianna se mordit la lèvre pour ne pas pleurer. Le guerrier qui la dominait était un total étranger. Ses cheveux blonds en désordre, le visage maculé de sang et les mâchoires serrées, il avait l'air aussi terrifiant et sans merci qu'Helquin le Chasseur.

Elle se promit qu'elle ne le supplierait pas, ne lui montrerait jamais que du mépris.

Après avoir serré la deuxième cordelette, Rand se retira dans les ombres de la chambre. Elle entendit craquer du verre et tourna la tête dans sa direction. Il quitta son épée, puis défit son baudrier.

— Que faites-vous ? demanda-t-elle, alarmée.

Un sourire dénué de chaleur se peignit sur ses lèvres.

— Je vais me coucher, baronne.

— Dans *ce* lit ?

— Je n'en vois pas d'autre ici.

— Tenez-vous à distance, dit-elle dans un souffle. Restez loin de moi, Anglais.

Il ne répondit pas. Poussant des débris du pied, il trouva un gobelet intact et l'emplit de vin. Il but longuement, sans se presser, puis lui offrit le verre sans un mot. Elle refusa en secouant brusquement la tête.

Il délaça les manches larges de sa tunique et Lianna nota alors la vilaine plaie sanglante qui marquait ses muscles lisses.

— Vous êtes blessé, dit-elle, essayant de cacher son inquiétude.

Il jeta un coup d'œil désintéressé à sa blessure.

— Un moulinet d'une des arbalètes de Gaucourt.

Elle se rappela les sifflements qui les avaient poursuivis la nuit précédente. Tudieu ! pensa-t-elle en observant ses mouvements souples et aisés. Il ne semblait éprouver aucune douleur.

Remarquant son regard appuyé, il sourit légèrement.

— Pensiez-vous qu'un Anglais ne saigne pas ?

Soudain, absurdement, des larmes lui montèrent aux yeux.

— Comment le pourrait-il, puisqu'il n'a pas de cœur ?

Le sourire de Rand disparut. Une ombre passa sur son visage.

— J'ai un cœur, Lianna. Et je le sens se briser quand je vois le mépris dans vos yeux.

— A quoi vous attendiez-vous ? demanda-t-elle, un sanglot dans la voix.

Il la fixa d'un regard soutenu et triste jusqu'à ce qu'elle domine ses larmes honteuses.

— Combien de temps avez-vous l'intention de me laisser ligotée à ce lit ?

— Jusqu'à ce que vous écoutiez ce que j'ai à dire et que vous acceptiez de ne plus me combattre ni de vous enfuir.

Il trempa un coin de sa manche dans un bol d'eau et essuya le sang de son visage et de son bras.

Oh, Seigneur, elle l'avait blessé ! Ses mains liées la démangeaient de passer du baume sur ses plaies.

Il acheva sa tâche. Après quoi, ses éperons tintant, il s'approcha du lit.

Une sensation de familiarité s'empara de Lianna à ce moment précis, le souvenir du rêve qui l'avait hantée depuis qu'elle avait épousé Lazare. L'époux venant à son lit avait le visage de Rand, ses yeux. Ce rêve l'avait emplie de nostalgie, alors. A présent, la réalité l'emplissait de désespoir, car l'emblème de son surcot était le léopard rampant.

Avec des mouvements rapides, il se débarrassa de son surcot et de sa tunique. Elle essaya de s'écarter de lui, mais les cordelettes la retenaient. La lumière basse faisait ressortir tous les détails d'un corps qu'elle avait chéri. Elle frémit aux souvenirs qui affluaient. L'éclat de la lampe à huile allumait des reflets dorés dans la fine toison de son torse musclé. Les ombres sculptaient l'ossature puissante de son visage en une vision si attirante qu'elle avait mal rien que de le regarder. Sa bouche, tendre mais ferme, s'incurva en un sourire. Une chaleur intense traversa Lianna ; elle remua, agitée.

Comme il se baissait pour ôter ses éperons, ses bottes et ses chausses, elle ferma les yeux. Quel genre de femme était-elle donc pour désirer encore ce traître anglais ?

Une main douce caressa ses cheveux sur sa tempe. Tressaillant, elle crispa les paupières.

— Je voudrais que vous me regardiez, Lianna…

Elle rouvrit les yeux, le regard farouche.

— Je vois un vaurien et un félon.

— Vous voyez un homme qui vous aime. Un homme qui est prêt à vous pardonner *votre* duperie.

— Ne me tenez pas un discours sur l'amour ! Vous n'aimez que votre souverain usurpateur et votre ambition de voler mon château.

Il secoua la tête.

— Je vous aime sans considération pour le roi Henry ou pour Bois-Long.

— Vous mentez ! Vous *saviez* qui j'étais depuis le début ! Vous m'avez trompée par de fausses déclarations sur votre prétendue identité de chevalier errant !

Il recula, les yeux élargis par le choc.

— Pensez-vous réellement que j'avais compris que vous étiez la damoiselle ?

Elle tira sur les cordes qui la liaient.

— Pourquoi, sinon, m'auriez-vous retrouvée jour après jour, me harcelant de questions perfides et de demi-vérités ?

Il lui toucha la joue. Elle eut un mouvement de recul.

— Vous me connaissez… Vous devriez vous fier à ce que vous savez de moi. Je n'avais nulle intention de tisser une telle toile, Lianna. Les choses ont commencé innocemment, et avec vous. Rappelez-vous, vous m'avez demandé si je venais de Gascogne. Mon père était gascon. C'est alors que j'ai décidé, pour notre bien à tous les deux, de vous laisser croire que j'étais un chevalier français itinérant.

— Il vaut mieux que vous ayez caché votre identité,

car autrement j'aurais tourné le feu de mes canons sur votre misérable carcasse !

— Lianna, dit-il doucement, j'ignorais qui vous étiez. Quand j'ai appris que j'étais promis à une dame française de vingt et un ans, je me suis représenté une femme avec des tares, pour ne pas être encore mariée à cet âge.

— J'ai des tares, fit-elle amèrement. La tare d'un oncle qui se soucie plus d'intrigues que de moi.

Il posa une main sur son épaule. Elle lutta contre le réconfort offert par la chaude et ferme pression de ses doigts.

— Je suis allé en secret à Bois-Long, un jour. J'ai aperçu une femme aux cheveux noirs qui traversait la chaussée en grand apparat. Je sais maintenant qu'il s'agissait de Macée Mondragon, mais je l'ai prise pour vous, à ce moment-là.

Sa mâchoire se crispa de dégoût.

— Vous étonnerez-vous encore que je n'aie pas fait la relation entre ma belle pucelle des bois et cette femme brune qui fouettait un serviteur ?

Les cordelettes entamaient ses poignets.

— Même si c'était vrai, rétorqua-t-elle avec hargne, ce valet irrespectueux que vous avez envoyé pour vous annoncer aurait dû vous montrer votre erreur. Il vous a sûrement fait une description sommaire de la damoiselle.

Une pointe d'humour brilla dans les yeux de Rand.

— Jack vous a décrite, en effet… Il a dit que vous étiez froide, arrogante, au cœur dur. Je crains qu'il n'ait été un peu trop secoué par votre canonnade pour admettre que vous étiez aussi d'une beauté angélique.

— Il a l'esprit aussi gourd que son maître !

— Vous avez tissé un joli conte vous-même.

Elle voulait fuir le regard affectueux qu'il posait sur elle. Mais ses yeux, piquetés d'or par la lampe, retenaient les siens comme la flamme hypnotique de la lanterne d'un illusionniste. Il posa une main chaude sur sa joue.

— L'orpheline du château, vrai. Mais la fille d'un armurier, la dame de compagnie bien élevée de la damoiselle ? Vous étiez convaincante. Comment aurais-je pu croire autre chose ?

— Vous *saviez,* s'obstina-t-elle, se tordant entre ses liens pour éviter la brûlure de son contact.

— Non.

Il se pencha en avant.

— Vous oubliez la preuve la plus convaincante de toutes, Lianna…

— Laquelle ? demanda-t-elle avec hauteur.

— La damoiselle Belliane était une femme mariée quand je suis arrivé en France.

Toujours aussi doucement, il parcourut de sa main la longueur de son corps.

— Mais la femme à qui j'ai fait l'amour à la croix de Saint-Cuthbert était vierge.

Une sombre terreur pesa sur elle. Il la connaissait si bien ; il frappait si près.

— Non, nia-t-elle farouchement, je ne l'étais pas. Je…

— Oh, Lianna, bien sûr que si. J'ai eu un moment de doute ce soir, au banquet, mais alors j'ai songé à la première fois où nous nous sommes aimés et mon incertitude a disparu.

Ses doigts dessinèrent un motif sur sa cuisse recouverte de toile fine.

— Même avant de voir le sang de votre pucelage, je savais. Ne feignez pas d'avoir oublié. Vous étiez si suave, si adorablement troublée. Même dans mon inexpérience, j'ai reconnu votre pureté.

Elle crispa les paupières pour repousser l'assaut des souvenirs. Mais elle ne pouvait oublier. Les gestes hésitants de Rand, son ignorance. Sa tendresse et sa propre réponse. Ses mains douces apprenant à son corps vierge les façons de l'amour physique.

— Dites-moi pourquoi, demanda-t-il doucement. Dites-moi comment il se fait, alors que vous étiez mariée.

Elle le regarda entre ses paupières plissées.

— Je ne vous dois pas d'explication.

— Je n'ai pas de secrets pour vous, Lianna. Plus maintenant.

« Oh, Rand ! pensa-t-elle avec une douleur silencieuse. J'étais tellement plus heureuse quand vous en aviez. »

— Je trouve bien trop commode que Lazare Mondragon soit mort au moment où vous cherchiez à me forcer à vous épouser, déclara-t-elle d'une voix froide.

Il se figea.

— Vous allez trop loin en m'accusant de meurtre !

— Vraiment, *Anglais* ? Vous vous êtes faufilé chez moi, vous m'avez enlevée, vous avez bravé les espions de Gaucourt. Vous faites beaucoup de choses au nom du roi Henry. Pourquoi pas tuer aussi ?

— Votre oncle m'avait assuré qu'une annulation hâtive de votre mariage avait eu lieu, répondit-il avec amertume.

Elle ne put contenir une bouffée d'empathie. Son oncle avait floué des rois et des empereurs avec des demi-vérités et de creuses assurances. Pourquoi s'attendrait-elle à ce que Rand ait vu clair dans l'âme intrigante de Jean sans Peur ?

Toutefois, elle ne pouvait laisser voir ses pensées.

— Vous êtes parti durant quinze jours au mois de mars. Comment saurai-je si vous n'êtes pas allé à Paris, si Lazare n'est pas mort de vos propres mains ?

Le visage de Rand se raidit de colère. Puis, paraissant se dominer, il passa un doigt sur la ligne de sa mâchoire, sur sa gorge. Lianna s'efforça d'imaginer cette main serrant le cou d'un homme sans défense… et échoua.

— Vous n'en serez certaine, Lianna, que lorsque vous déciderez de me faire confiance.

— Alors, je ne le serai jamais. Car je ne me fierai jamais à vous.

Il joua avec la cordelette liant un de ses poignets.

— Et moi, puis-je me fier à *vous,* Lianna ?

Bien qu'elle sache qu'il lui offrait là une chance d'être libérée de ses liens, elle ne put s'empêcher de riposter :

— Vous pouvez compter que je ferai tout ce qui sera en mon pouvoir pour vous contrecarrer !

Ses doigts glissèrent de la cordelette.

— Nous sommes ensemble, maintenant, Lianna. N'est-ce pas ce que nous avons toujours voulu ?

— Je voulais Rand, pas Enguerrand de Longwood !

— Nous ne sommes qu'un seul homme.

Il se pencha, ses lèvres à un souffle des siennes.

— Et c'est notre nuit de noces…

Alarmée, elle secoua les poignets et tourna la tête.

— Non.

Il traça de sa langue la courbe de son oreille.

— Vous pouvez lutter contre moi jusqu'à la fin des temps, mais vous savez dans votre cœur que nos destins sont liés. Je vous voulais pour femme. A présent, je vous ai.

Atterrée par le mélange de désir et de peur qui bouillonnait en elle, elle se força à le regarder bien en face.

— Vous vouliez mon château, pas moi.

Il sourit, percevant visiblement le manque de conviction de sa voix. Il toucha le pouls qui battait à la base de sa gorge.

— C'est vous que je veux, Lianna. Pour toujours.

Elle tenta encore de s'écarter.

— Alors vous ferez mieux de me garder ligotée avec des cordes, sinon je ne tolérerai jamais vos avances.

— Je vous garderai avec de l'affection, pas avec des liens, dit-il en embrassant son visage, son cou.

Elle lutta pour étouffer les flammes brûlantes du désir qui couraient dans ses veines. La lumière vacilla, auréolant d'or les traits de Rand. Sa beauté, le pouvoir irrésistible de ses caresses, firent naître un trouble irrépressible au fond d'elle-même. Trouble qui se répandit, emplissant ses seins, amollissant la chair tendre de sa féminité.

— Vous êtes adorable à la lumière de la lampe, murmura-t-il, semant sans pitié des baisers sur son visage. En vérité, j'ai toujours comparé votre teint et la couleur de vos cheveux à de l'argent, mais ce soir vous paraissez aussi précieuse et brillante que de l'or tout neuf.

Il prit son visage entre ses mains et posa ses lèvres sur les siennes.

Brûlée par la chaleur intense de sa bouche, elle se sentit prisonnière de liens bien plus forts que des cordelières en velours. Son baiser se fit plus voluptueux, aiguisé par l'abandon sensuel, plein d'une séduction qui menaçait de la saisir complètement. Rassemblant sa volonté, elle tourna la tête de côté.

— Ne faites pas cela, dit-elle d'une voix mal assurée.

— J'ai l'intention de faire beaucoup plus, Lianna.

Ses mains descendirent sur elle, semant une traînée de feu. Il trouva ses seins à travers l'étoffe de sa tunique et ses doigts dessinèrent sur eux des cercles de plus en plus serrés. Une tension intolérable naquit en elle. Elle se mordit la lèvre pour s'empêcher de crier.

La tendresse de ses caresses recouvrait une certaine implacabilité, comme s'il cherchait à lui prouver son pouvoir sexuel sur elle.

— Nous n'avons jamais fait l'amour dans l'ombre, fit-il remarquer. Nous avons toujours célébré notre amour au grand soleil.

— Il est condamné à être pleuré dans le noir, maintenant.

— Lianna…

Il pressa brièvement ses lèvres sur les siennes.

— Nous n'avons pas besoin d'être des adversaires.

— Nous le sommes et le resterons. Réfléchissez, *Enguerrand*. Vous êtes anglais et voulez donner mon château au roi Henry. Je suis française et veux le garder jusqu'à mon dernier souffle.

— Je vous aime.

— Je vous méprise.

— Vraiment ?

Il secoua la tête, sourit, et lui coupa le souffle par la caresse experte de sa main sur sa cuisse.

— Dites-moi que vous méprisez ceci.

Ses doigts jouaient un air familier sur sa chair.

— Vous m'aimez. Un jour, vous me le direz.

— Jamais !

Pourtant, faible de désir, elle ne pouvait oublier que cet homme était Rand, son amant. Il prit ses lèvres en un profond baiser tandis que ses mains, qu'elle connaissait si bien, portaient son corps à un niveau irrésistible de sensibilité. Ses doigts dessinaient un lent chemin sinueux le long de ses jambes nues, sous sa tunique, et il lui ôta toute volonté de lui résister quand son pouce effleura sa féminité.

Contre toute raison et à son corps défendant, elle accéda à un état de désir impuissant. Peut-être l'hydromel qu'elle avait bu au banquet contenait-il une drogue ? Oui, elle devait sûrement être droguée !

Son corps jouait les traîtres, réagissant aux caresses d'un adversaire. Malgré un sentiment croissant de désespoir, elle sentait tous ses membres s'amollir sur le lit, sa volonté s'alanguir, tandis que Rand, de ses mains et de ses lèvres, taquinait ses cuisses et ses seins, l'emplissant d'une excitation brûlante.

Au fond d'elle-même, dans un recoin caché, elle était

heureuse d'avoir les poignets attachés ; qu'elle le veuille ou non, elle ne pouvait pas se débattre et c'était Rand, non sa propre faiblesse, qui serait responsable de sa soumission.

Elle se détestait de se rendre à lui ; elle le détestait de l'amener à cet état de faiblesse. Mais alors même qu'elle tentait de ranimer sa volonté fléchissante, s'exerçant à un mépris auquel elle ne parvenait pas complètement à croire, elle s'abandonnait à la douce insistance de ses mains et de sa bouche.

— Oh, mon amour, murmura-t-il. J'ai tant de fois rêvé de faire de vous mon épouse...

Il avait parlé français. Ils se battaient en anglais, mais faisaient l'amour en français, pensa-t-elle fugacement. Quand ses mains écartèrent sa tunique pour dénuder ses seins, elle cessa complètement de penser.

Elle ne sentit plus que le feu de ses caresses tandis qu'il lui ôtait le grossier vêtement qu'elle avait volé à la buanderie.

Nue et attachée, elle aurait dû se sentir humiliée. Mais à la place elle se sentait libre, presque délurée, le désirant si fort qu'elle en pleurait presque.

Son corps puissant la dominait.

— Vous me voulez, Lianna, chuchota-t-il contre sa bouche.

— Oui..., admit-elle dans un souffle.

Il se plaça au-dessus d'elle. La chaleur intense de son baiser alla droit au cœur de son être. Il chercha ses mains liées, mêla ses doigts aux siens et joignit leurs corps en un assaut d'une douceur et d'une lenteur douloureuses.

Elle s'arqua vers lui, se portant à sa rencontre, oubliant qu'il était son ennemi, qu'il couchait avec elle comme il aurait mené une conquête. Elle pensait que sa haine avait banni le chevalier errant du vallon. Mais il était toujours là, ravivant l'amour qu'elle avait toujours éprouvé pour lui, faisant d'elle une femme comblée. Elle ferma les yeux tandis que son corps absorbait son essence, ses mouvements puissants, sa chaleur vibrante, le goût de ses mots d'amour.

Elle était en effervescence, bouillonnant comme un chaudron plein chauffé par son étreinte. Un cri d'extase jaillit de ses lèvres, et elle enserra Rand de ses jambes. Il se raidit, puis s'enfonça en elle en un dernier assaut qui dura jusqu'à son propre orgasme.

Il la couvrait de son corps. Leurs deux cœurs battaient comme un seul. En soupirant, elle passa les bras autour de son cou.

Et se figea.

— Soyez damné !

Elle essaya de se dégager de lui. L'humiliation lui empourprait les joues et le cou. A un moment donné, sans qu'elle s'en rende compte, il l'avait détachée. Elle aurait pu le combattre alors, le repousser ; l'ancienne Lianna aurait pu résister. Mais la personne qu'il avait faite d'elle avait succombé, trop captivée par son ardeur. Oui, indubitablement, elle était liée par quelque chose de bien plus fort que des cordelières en velours. C'était sa propre passion, irraisonnée, qui la liait à cet homme.

Une profonde colère la saisit de nouveau, mais cette fureur était plus dirigée contre elle-même que contre lui. Même si elle l'avait déclaré son ennemi, elle était prisonnière du désir. Bien qu'elle se soit juré de lui résister, elle était devenue sa partenaire consentante. Il avait établi sa domination sur elle, non par la force, mais par la tendresse, par l'emprise qu'il exerçait sur ses sens.

« Vous m'aimez, avait-il dit. Un jour, vous me le direz. »

— Laissez-moi, Anglais ! ordonna-t-elle.

Il se déplaça tout en la gardant dans ses bras. Elle aurait dû s'écarter alors, mais elle se sentait lasse, léthargique. C'était si bon d'être contre lui, de sentir sa chaleur virile…

Se redressant sur un coude, il la regarda dans les yeux.

— Lianna, j'ai bien l'intention d'être un époux pour vous.

— Et un vassal du roi Henry !

— Oui, cela aussi. Henry a apporté l'ordre et la prospérité à l'Angleterre. Il peut faire la même chose pour la France.

— Le diable aussi. Mais la France ne tolérera pas un étranger sur le trône.

Elle plissa les paupières, ajoutant :

— Et je ne tolérerai pas un Anglais à Bois-Long.

— Vous n'avez pas le choix, ma femme.

La froide assurance de sa voix l'agaça. Une vision du visage implacable de Bourgogne s'immisça dans son esprit.

— Qu'est-ce que mon oncle a l'intention de faire ?

— Il part pour Compiègne à l'aube, avec tous ses hommes. Les Armagnac ssont en route pour assiéger la ville.

Un frisson la parcourut. Maudits soient Bernard d'Armagnac et son oncle pour mettre la France en pièces avec leurs querelles incessantes ! Et maudit soit Rand de l'avoir su avant elle. Puis le soulagement l'envahit.

— Ainsi, mon oncle part… Je n'ai compté que dix hommes portant vos couleurs. Gaucourt tiendra Bois-Long pour moi.

Il lui jeta un coup d'œil acéré.

— Pour vous, Lianna, ou pour Gervais ?

Elle réprima une bouffée d'alarme.

— Gervais Mondragon n'a pas le droit de revendiquer Bois-Long !

— Hormis qu'il est l'héritier de Lazare et qu'il est encore installé au château.

— Eh bien… Puisque vous vous êtes dénommé baron de Longwood, que proposez-vous de faire à propos de Gervais et Gaucourt ?

— Je propose de les faire fuir dans les marécages.

— Avec dix hommes contre les cinquante de Gaucourt ? Votre orgueil est prodigieux !

Son sarcasme ne parut pas l'impressionner. Il se contenta de sourire et de jouer avec une cordelière. Il la leva, la regarda tourner lentement, puis la laissa tomber par terre.

— Je suis navré de vous avoir attachée, dit-il. Je ne le referai pas… à moins que vous ne m'y forciez.

— C'est la seule façon par laquelle vous me ferez me soumettre à vous de nouveau.

Il courba la tête, frôlant de ses lèvres la pointe rose de ses seins.

— Vraiment, Lianna ? demanda-t-il doucement.

Puis sa main descendit, effleurant des parties de son corps encore toutes frémissantes après leur étreinte.

— Vraiment ?

Chaque partie dévoyée de sa personne se tendait vers ses mains caressantes et ses lèvres humides. Chaque partie rationnelle de son esprit se remémorait toute la souffrance qu'il lui avait causée. Il avait pris son innocence, trompé son cœur et fixé ses vues sur son château. Son corps n'offrait que de fugaces moments de passion et d'oubli, ce qui était loin de suffire pour excuser sa trahison.

Elle se raidit de ressentiment.

— Arrêtez ! dit-elle, mais il ne sembla pas l'entendre et continua à lui taquiner la gorge.

Elle mit ses mains à plat sur son torse et poussa de toutes ses forces pour l'éloigner d'elle. Il recula, son beau visage auréolé par ses cheveux d'or. Sa beauté était intolérable !

— Ne me combattez pas, Lianna.

Elle voulut le blesser avec toute la fureur qu'elle éprouvait.

— Je ne vous ai jamais voulu, Anglais, pas même quand je vous prenais pour Rand le Gascon.

— Bien sûr que si, rétorqua-t-il avec impatience. C'est vous qui m'avez invité…

— Vous êtes-vous jamais demandé pourquoi ?

Sa voix monta, tremblante, mais elle était incapable de la contrôler.

— Ou étiez-vous tellement imbu de votre importance que vous vous croyiez irrésistible ?

Elle le cinglait de ses paroles, observant son visage, voyant vaciller la certitude de sa domination. Pourtant, le blesser ainsi ne lui prodigua que peu de satisfaction.

— Vous vouliez savoir à propos de Lazare ? Eh bien, je vais vous en parler… Il a refusé de coucher avec moi, son épouse, parce qu'il ne voulait pas m'engrosser. Il voulait garder Bois-Long pour son cher Gervais.

Des larmes ruisselaient sur ses joues et s'infiltraient dans le traversin de plumes. D'un geste rageur, elle les essuya.

— Il me fallait un héritier pour mon domaine. Un enfant à moi. *Voilà* pourquoi j'ai quêté vos attentions !

L'expression incrédule de Rand faillit la réduire au silence. Les mots cruels ne venaient pas aussi aisément qu'ils l'auraient dû.

— C'était ma *seule* raison, acheva-t-elle.

D'un geste vif, il saisit ses poignets dans ses deux mains. Ses yeux étincelaient.

— Vous pouvez vous mentir à vous-même, mais le cœur ne ment pas. Vous pouvez prétendre que je vous ai simplement servi d'étalon, mais je suis d'un autre avis. J'ai vu votre visage rayonnant d'extase, j'ai senti vos jambes nouées autour de moi, j'ai entendu les mots tendres qui tombaient de vos lèvres…

— Seulement parce que je ne voulais pas que vous connaissiez ma vraie raison.

Il la lâcha, se détourna et s'éloigna pour enfiler ses chausses et sa tunique.

— Et avez-vous obtenu ce que vous désiriez ? demanda-t-il par-dessus son épaule. Portez-vous mon enfant ?

Elle garda un visage impassible, une voix égale.

— Je ne sais pas. Mais si tel était le cas, je doute qu'il ait pu survivre aux périls que vous m'avez imposés ces deux derniers jours !

— Et votre folle descente de la tour ? rétorqua-t-il. Est-ce moi qui vous l'ai imposée ?

Sa voix était rauque de douleur.

Elle se tourna vers le mur. Il aurait dû lui sembler bon de le blesser comme il l'avait blessée. Mais elle ne tirait de cet échange aucune satisfaction, aucun réconfort, que l'impression d'un puits froid empli de vide à l'endroit où son cœur se trouvait auparavant.

11

Les pans de son manteau court volant autour de sa silhouette athlétique, Rand traversa la cour du Crotoy en direction des baraquements. La vague de chaleur hors de saison qui avait cuit la Picardie avait fait place à des bourrasques de vent froid venu du nord.

Un courlis tournoya dans le ciel, salua le matin d'un cri plaintif, puis battit des ailes vers la mer.

Rand suivit distraitement des yeux sa lutte contre le vent. Il n'avait pas mangé. Son estomac était noué. La rancœur de Lianna était comme une marée dangereuse, forte et profonde, qui le submergeait. Elle restait convaincue qu'il l'avait dupée dès le début, et elle avait tenté de le persuader qu'elle avait fait de même, se servant de lui pour donner un héritier à Bois-Long. Ses reins s'échauffaient au souvenir de la nuit passée, mais son humeur était sombre.

Un monarque ambitieux les séparait. Sa loyauté envers le roi Henry le forçait à prendre et garder Bois-Long pour l'Angleterre ; la loyauté de Lianna vis-à-vis de Charles le Fou l'obligeait à conserver le château pour la France. Serrant les mâchoires, il se jura de reconquérir son épouse. Tout entière.

Ses objectifs étaient doubles : il devait d'une part se préparer à arracher Bois-Long à Mondragon et Gaucourt, et d'autre part prouver à Lianna que leur amour était plus fort que des querelles politiques. Il espérait remplir son premier objectif dans les quinze jours. Le second pourrait prendre des semaines, des mois, voire même des années.

Il l'avait laissée endormie, ou plus probablement feignant de dormir pour éviter de devoir lui parler. Simon et Batsford étaient postés devant sa chambre. La croisée avait été fermée par les volets et barrée. Ses hommes avaient l'ordre de la laisser libre de se déplacer à l'intérieur du château, mais de ne pas la quitter des yeux.

Juste comme il atteignait les baraquements, l'un de ses hommes franchit d'un pas pressé la grande porte.

— Bonjour, Dylan… Vous avez vu quelque chose ?

L'anxiété se peignait sur le visage anguleux du Gallois qui hocha la tête. Ses flèches sautèrent dans son carquois.

— Des hommes de Gaucourt. Les bois au-delà de la ville en sont infestés.

Rand se rembrunit. Nul doute que les Français avaient vu Bourgogne quitter Le Crotoy avec tous ses hommes.

— Vous pensez qu'ils vont essayer de prendre le château ? demanda Dylan.

— Non. Bourgogne m'a dit que les murs du Crotoy n'ont jamais été franchis.

Il regarda la rangée de canons disposés sur les remparts. Les nouvelles armes à feu du duc constituaient une formidable dissuasion pour d'éventuels envahisseurs.

— Ils grouillent alentour comme de la vermine, ajouta le soldat.

— Vous a-t-on vu ?

Le Gallois sourit largement en caressant sa moustache.

— Non, milord. Je suis plus furtif que n'importe quel Français.

Rand posa une main sur son épaule.

— Allez manger. Je vais envoyer Piers Atwood vous remplacer.

— Merci, milord.

Dylan passa son arc à l'épaule et se dirigea vers la grand-salle.

Rand avança vers l'escalier des baraquements. Un gloussement féminin monta derrière une meule de paille, dans les écuries situées sous les quartiers des soldats.

— Jack ! appela-t-il. Jack, je veux vous parler.

Il entendit une exclamation aiguë et un juron masculin ; puis Jack et Minette émergèrent du bâtiment. Jack arrangeait les lacets de ses chausses, pendant que Minette finissait d'enfouir sa poitrine abondante dans son corsage. Elle décocha à Rand un large sourire humide et un regard brûlant.

— Qu'est-ce là ? demanda-t-elle dans son français nasillard de paysanne. La baronne vous a libéré si tôt de son lit ?

Elle rit.

— J'ai entendu dire que le sang bleu est froid. Maintenant, je sais que ça doit être vrai !

Elle s'approcha d'un pas sautillant.

Réprimant son agacement, Rand se força à rire.

— Ne parlez pas de ce que vous ne connaissez pas.

— La barbe ! jura-t-elle. Vous êtes beau comme le soleil, messire, mais aussi froid que la glace.

Jack la chassa d'une tape ferme sur les fesses.

— Plus tard, mon petit oiseau, dit-il dans son mauvais français, je te ferai oublier le trop joli visage de mon maître…

— Désolé, Jack, dit Rand, mais vous ne serez pas là pour calmer ses démangeaisons.

Le serviteur haussa les épaules.

— Ce ne sera pas la première fois que vous me gâchez mes ébats. Qu'est-ce qui se passe, milord ?

— Je veux que Dylan et vous alliez jusqu'à Eu. J'ai

l'intention d'engager nos amis, là-bas, pour nous aider à prendre Bois-Long.

Jack se mit à rire ; puis il tempéra sa gaieté quand il vit que Rand ne souriait pas.

— Vous êtes sérieux, milord ?

— Tout à fait.

— Mais les gens d'Eu sont des fermiers, des pêcheurs. Pas des soldats. Et ils sont français.

— Ce sont des hommes dont les maisons ont été pillées par des brigands français, les femmes violées par des chevaliers.

La lumière se fit sur le visage poupin de Jack.

— Et ils vous sont redevables pour avoir pansé les plaies de la ville après ce raid.

— Exactement. Ce sont peut-être des chevaliers de Gaucourt qui les ont attaqués. Si nous pouvons le prouver, les gens d'Eu ne refuseront pas l'occasion de faire des prisonniers et de demander des rançons.

Jack prit une mine sombre.

— Comment un paysan pourrait-il faire prisonnier un chevalier entraîné ?

— Comment notre roi a-t-il conquis Shrewsbury alors qu'il n'était qu'un prince de seize ans ?

— Avec des arcs et des flèches, par Dieu, pas des lances et des boucliers !

— Oui. Dylan et vous les entraînerez.

Rand marqua une pause, puis reprit :

— Ne parlez pas de mes intentions. Dites simplement que vous voulez les préparer, si les brigands devaient attaquer de nouveau.

Jack parut soulagé.

— J'aime mieux que ce soit vous qui leur annonciez la couleur.

— Tenez-les prêts à marcher d'ici à quinze jours.

— Vous me demandez beaucoup, milord.

— Vous avez beaucoup à offrir, Jack.

— Dylan et moi partirons aujourd'hui.

— Soyez prudents. Les hommes de Gaucourt sont partout.

Jack se redressa.

— Les écureuils eux-mêmes ne nous verront pas passer !

De sa chaise près de la cheminée de la grand-salle, Lianna regarda Rand avancer vers elle, le regard sombre. Le soleil de fin d'après-midi versait une lumière chaude sur ses cheveux dorés, son visage souriant. Elle souhaita que son cœur palpitant se souvienne que cet homme était anglais et son ennemi.

Il se pencha pour l'embrasser sur la joue. Il sentait la brise marine.

— Comment allez-vous, ma douce ? demanda-t-il.

Le visage qu'elle lui opposa n'avait rien de doux.

— Vous m'avez forcée à un mariage que j'abhorre, vous me retenez contre ma volonté, vous me faites garder par vos laquais, et vous me demandez comment je vais ?

Elle eut un rire amer et lança un coup d'œil malveillant à Simon et Batsford, qui jouaient aux dames non loin d'elle.

Rand mit un genou à terre devant elle et prit ses mains dans les siennes. Ce simple contact lui rappela la puissante attirance qu'ils partageaient. Son pouls bondit ; elle évita ses yeux.

— Une sotte question, vu votre état d'esprit, dit-il en baissant la voix.

Elle essaya de libérer ses mains, mais il les retint.

— J'ai l'intention de faire valoir mes prétentions sur Bois-Long.

— Vous voulez faire de mon château un bastion anglais ?

— Lianna… Le roi Henry vient en Normandie. Avec ou sans Bois-Long, il dominera la France et prendra la couronne qu'il réclame à juste titre. Votre château, nos enfants bénéficieront d'une monarchie anglaise.

Elle réprima un frisson. Son oncle avait décrit Henry comme un homme résolu, qui se montrait prompt et implacable avec ceux qui le défiaient. Si Rand avait raison ? Si Henry conquérait la France ? Son estomac se serra. Quel serait le sort d'une Française sous le joug anglais ? De qui son enfant serait le sujet ?

— Vous me demandez trop. Je n'ouvrirai pas mon château à un usurpateur anglais.

Les yeux de Rand se durcirent.

— Pourtant, vous l'ouvririez à un usurpateur français !

Elle baissa les yeux sur leurs doigts mêlés, leurs anneaux nuptiaux d'or neuf. Une idée ne cessait de la tracasser en dépit de l'assurance hautaine dont elle faisait montre : les lois d'attribution permettraient probablement à Gervais d'hériter du domaine que son père avait reçu par le mariage.

— Je vais mourir d'ennui, ici, dit-elle d'un ton coupant, en changeant de sujet et en retirant ses mains.

Il lui caressa la joue, laissa descendre le bout de ses doigts sur son cou, puis plus bas, où ils planèrent au-dessus de sa poitrine, mettant Lianna dans un état d'attente et de tension insupportable.

— Nous serons bientôt de retour à Bois-Long, dit-il.

Elle releva brusquement la tête.

— Comment ? Vous n'avez qu'une poignée d'hommes.

Il ouvrit la bouche pour répondre, puis parut se raviser. Oui, pensa-t-elle, s'ils avaient des secrets l'un pour l'autre auparavant, ils en avaient de nouveaux maintenant.

— Je pensais que vous vouliez rentrer chez vous…

— Certes. Les semaisons de printemps doivent être

supervisées. Il est presque temps de planter le chanvre et le lin.

Elle se tapota le menton.

— Et la tonte doit être faite…

Il la toucha de nouveau, lui caressant l'épaule. Il exerçait sans cesse son pouvoir sur elle.

— Je vous ramènerai chez vous, Lianna.

Elle tenta d'ignorer la tendre promesse contenue dans ses paroles aussi bien que l'excitation sensuelle de sa caresse.

— Oui, dit-elle, vous êtes sans nul doute impatient de vous installer, de faire des traîtres de mes gens.

— *Nos* gens, Lianna. Je voudrais que nous soyons un mari et une femme, travaillant ensemble…

— Je ne travaillerai que contre vous !

— Alors, vous travaillerez aussi contre vous-même.

Levant la main, il écarta une mèche de cheveux de son front. Inconsciemment, elle se pencha vers lui, avide et s'en voulant de cette avidité. Il approcha ses lèvres des siennes.

— Milord !

Un soldat anglais, un géant appelé Darby Green, entra précipitamment dans la grand-salle.

— C'est Piers Atwood. Il est revenu de patrouille, et il a été blessé par une arme à feu.

— C'est grave ?

— Non, la balle lui a juste éraflé la jambe.

— Le pont-levis est-il remonté ?

Darby haussa les épaules.

— Je n'en suis pas sûr. Il régnait une telle confusion…

Rand bondit sur ses pieds.

— Dois-je venir, milord ? s'enquit le Père Batsford.

— Je vous enverrai chercher si j'ai besoin de vous. Occupez-vous bien de ma femme.

Green et lui s'empressèrent de sortir.

Lianna se leva aussi. *Blessé par une arme à feu…*

Est-ce que par hasard… ? Bien sûr, se dit-elle, le tireur ne pouvait être que Chiang. Chiang, à qui elle pouvait se fier par-dessus tous les autres.

Elle s'approcha de Simon et Batsford, qui se fusillaient du regard par-dessus le damier.

— Je suis lasse de rester assise. Je sors marcher dans la cour.

Sans un mot, les deux hommes la suivirent.

Deux heures plus tard, Rand sortit des baraquements où Piers avait été conduit. La duchesse Marguerite, exercée à l'art de guérir, avait nettoyé et pansé la jambe du soldat et déclaré qu'il guérirait bien.

Pourtant, Rand restait sombre et inquiet. Les hommes de Gaucourt dominaient les environs. Ils se montraient agressifs. De toute évidence, l'absence de Bourgogne leur était connue et les avait enhardis.

Darby Green descendit l'escalier de pierre derrière lui. Ses éperons sonnaient et sa tunique, qui portait les armoiries de Longwood, flottait dans le vent froid.

— Je vais en patrouille, milord.

Rand posa une main sur son épaule.

— Pas vêtu ainsi.

Darby écarta les mains.

— Quelque chose ne va pas dans ma livrée ?

— Non. Vous êtes parfaitement habillé comme un chevalier de Longwood, et c'est bien le problème.

Darby secoua la tête, perplexe.

— Trouvez des habits de paysan et une cape pour cacher votre épée et votre arc.

Darby se redressa. Sa voix à l'épais accent du Yorkshire résonna haut et fort.

— Milord, je ne suis pas un paysan, mais un chevalier à votre service !

— Je vous préfère en paysan vivant qu'en chevalier mort. Déguisé, vous pourrez vous déplacer librement. Votre français est bon. Si l'on vous questionne, dites que vous venez des Flandres. Il y a une brebis en chaleur dans les étables. Prenez-la avec vous. Vous pourrez dire que vous l'emmenez à St-Valery pour la faire couvrir.

Le visage de Darby s'éclaira tandis que le plan prenait un sens pour lui.

— Oui, milord, une ruse commode.

Il se hâta de s'éloigner. Un sentiment d'impuissance, de danger, s'empara de Rand. Il détestait être cerné par ses ennemis et abandonné par ses alliés. Il aurait eu besoin de partager ses craintes avec quelqu'un. Il se souvenait avec nostalgie des longues conversations qu'il avait avec Lianna avant qu'elle apprenne son identité. Maintenant, malgré la présence à Crotoy de son épouse et de ses hommes, il se sentait complètement seul.

Il traversa la cour et s'arrêta en entendant la voix caressante de Batsford qui murmurait des mots doux d'un ton chantant. Contournant la tour Gobelin, il découvrit le prêtre sur la pelouse. Un joli faucon pèlerin était perché sur son poignet. Il le caressait d'un doigt.

— Que faites-vous ici, Batsford ? Vous êtes censé surveiller mon épouse.

— Une femme charmante…

Batsford sourit.

— Oui, charmante, poursuivit-il d'une voix alanguie. Douce comme la Vierge elle-même, et si agréable.

Lianna ? Douce ? Agréable ? La suspicion s'empara de Rand. Elle ne se conduirait jamais ainsi avec un Anglais, même prêtre.

— Oui, reprit Batsford, elle m'a trouvé un flacon du

meilleur calvados de Bourgogne et a dit que son oncle ne verrait pas d'inconvénient à ce que je regarde ses faucons. N'est-ce pas un bel oiseau ?

Rand le saisit durement par les épaules. Le faucon glapit et battit des ailes.

— Où est-elle, Batsford ?

Le prêtre lui indiqua d'un signe de tête un long bâtiment bas à l'autre bout du terrain.

— Elle a demandé à Simon de la conduire à l'armurerie. J'ignore pourquoi une femme serait intéressée par des armes, mais elle l'a demandé si gentiment…

Une forte explosion déchira l'air à ce moment précis. Pivotant vers l'armurerie, Rand se mit à courir comme un fou.

Une odeur âcre de soufre brûlé planait dans l'air, où s'élevait un nuage de fumée bleu-gris. Une porte qui menait à la courtine extérieure pendait, ses gonds en fer endommagés. Abasourdi et effrayé, Simon était assis par terre dans un coin.

Rand alla à lui.

— Etes-vous blessé ? demanda-t-il d'un ton pressant.

L'écuyer secoua lentement la tête.

— Je ne crois pas. Mais mes oreilles tintent.

— Que s'est-il passé ?

— Je suis désolé, milord, mais j'ignorais qu'elle pouvait…

Rand n'attendit pas d'entendre le reste. Il bondit vers la porte forcée et grimpa sur la courtine extérieure juste à temps pour voir Lianna traverser en courant le pont-levis. Bon sang, personne n'avait pensé à le remonter ! Sa première impulsion fut de s'élancer derrière elle ; puis il se rappela Piers et les bois infestés de chevaliers ennemis. Cela ne servirait à rien de se livrer à eux sans défense.

Il cria à Simon d'aller chercher son épée et sa dague, puis il courut aux écuries. Peu après il ressortit, tenant son cheval dessellé par la bride pendant que son écuyer bouclait son baudrier. Il sauta à cru sur le dos de Charbu et quitta le château au grand galop.

Lianna courait le long du canal qui venait du Crotoy. Sur sa gauche se trouvaient des bois, au-delà, la ville. La nièce de Bourgogne y trouverait sûrement protection. Sachant que Rand devinerait immédiatement la cause de l'explosion, elle accéléra le pas, plongeant bientôt dans un ravin étroit. Des genêts et des ronces s'accrochaient à sa cotte verte et à ses tresses, mais elle constata avec une satisfaction fugace que le passage abrupt et semé de rochers ne pourrait être franchi par un homme à cheval. Le ravin conduisait à un large lit desséché, un bras mort du canal. Elle suivit un moment la piste poussiéreuse vers l'intérieur des terres.

Du coin de l'œil, elle aperçut tout à coup une silhouette qui approchait. Regardant mieux, elle reconnut les cheveux noirs et la silhouette mince de Chiang.

Ils se rejoignirent dans une clairière près du ruisseau à sec.

— Dieu soit loué ! dit-elle dans un souffle.

Chiang la prit par la main et la tira à couvert dans le bois.

— Nous devons nous éloigner, dit-il d'un ton pressant. Ils sont tout autour de nous.

— Non. Longwood n'a que dix hommes ou plutôt neuf. L'un d'eux a été blessé, comme vous le savez bien…

— Je parle de Gervais, coupa Chiang avec impatience.

— Bien. Nous devons le trouver, alors. Avez-vous un cheval ?

Le Chinois s'arrêta et pivota, ses yeux en amande troublés.

— Le trouver ?

— Bien sûr. Il m'aidera à fuir l'Anglais.

— Je ne me fie pas à lui, ma dame. Et vous ne le devriez pas non plus.

— Quel discours est-ce là ? demanda-t-elle, avec un rire bref pour couvrir une soudaine nervosité. Je n'ai pas d'affection pour Gervais, mais je dois compter sur lui pour me ramener chez moi.

Elle fronça les sourcils.

— Vous êtes venu seul ?

Chiang hocha la tête.

— Je pensais vous emmener à Soissons. C'est une ville de votre oncle. Vous y seriez en sécurité.

Il jetait des regards nerveux autour de lui. Son corps était tendu.

— Venez, ma dame…

— Soissons ! Je rentre chez moi, pour m'assurer Bois-Long.

— Et Gervais ?

— Je me soucierai de lui plus tard.

Son beau-fils était plus facile à manipuler que Rand. Il ne possédait pas ce redoutable pouvoir émotionnel sur elle. Elle regarda Chiang, qui continuait à scruter les bois.

— Qu'avez-vous ? Vous ne voudriez sûrement pas que je reste avec l'Anglais ?

Il pinça les lèvres. Une expression affolée brillait dans ses yeux. Elle lui avait déjà vu cette peur voilée. Un secret le reliait aux Anglais, elle en était certaine.

— Eh bien ? demanda-t-elle.

— Mes souhaits n'importent pas… pour l'instant.

Lianna baissa les yeux sur sa longue arquebuse. Il surprit son regard.

— Oui, je lui ai tiré dessus, avoua-t-il sombrement. Mais seulement pour me défendre. Il m'avait lancé une flèche.

La main sèche et brune de Chiang se resserra sur le canon de l'arme.

— Si j'avais voulu l'Anglais mort, il le serait.

Un bruit de sabots retentit.

— Venez, dit Chiang d'un ton pressant.

Le bruit de la cavalcade se fit plus fort, puis une oriflamme écarlate apparut au bout de la clairière. Chiang tira sur le bras de Lianna.

— Courez, ma dame !

Elle essaya de se dégager.

— Ce n'est que Gervais ! Je ne le crains pas.

Comme Chiang émettait un son impatient, elle ajouta :

— Son père est mort. Il se peut qu'il ne le sache pas. Je dois le lui dire.

— Bien joué, Chinois !

Telle une cravache, la voix de Gervais Mondragon cingla l'air de la clairière.

— Vous avez trouvé la femme.

Chiang se plaça devant elle.

— Non, dit-elle. Je n'ai pas besoin d'être protégée de Gervais.

Ce dernier se tenait droit et fier sur sa selle, son pectoral brillant dans le soleil du soir, sa visière relevée sur son beau visage dur. Quatre chevaliers trottèrent jusqu'à lui. Avec une horreur sans fond, Lianna vit que l'un d'eux portait une pique sur laquelle était plantée une tête coupée. Une tête coupée au visage familier, le visage gris de Darby Green, dont le cou dégoulinait de sang.

Chiang lui tira sur le bras.

— Pour l'amour du ciel, ma dame…

— Laissez-la ! ordonna Gervais. Je pensais que nous avions un accord, Chinois, à propos de votre maîtresse…

La main de Chiang retomba.

Un frisson d'alarme traversa Lianna. Sans nul doute, Gervais s'était servi d'une menace quelconque pour jouer sur la dévotion de Chiang envers elle. Son sort aurait-il été plus sûr si elle était restée avec Rand ? Non, décida-t-elle résolument, en marchant vers les Français. Gervais la ramènerait chez elle. Une fois là-bas, elle réglerait les choses avec lui.

— Lianna, non ! murmura Chiang, mais elle l'ignora.

Elle avait besoin de fuir, loin et vite.

Atteignant Gervais, elle prit sa main couverte d'un gantelet et le laissa la hisser à l'avant de sa selle. Son pectoral s'incrustait dans son dos. Il sentait la sueur, le métal et le cheval.

— Je savais que je pouvais compter sur votre ruse, murmura-t-il, et elle se crispa intérieurement.

Les mots de Chiang résonnèrent dans son esprit : « Je ne me fie pas à lui. »

Soudain, une vague de compassion la submergea. Elle se tourna pour lui faire face, la main sur son bras.

— Gervais, votre père…

Elle déglutit fortement.

— Il est mort.

L'un des chevaliers se signa. Gervais se figea ; elle détourna les yeux de son regard douloureux. De grosses mouches vertes bourdonnaient autour de la tête coupée, conférant au silence une tension insupportable.

— Comment est-ce arrivé ? demanda-t-il enfin.

— Un… accident, dit-elle doucement. Il avait bu et il est tombé dans la Seine.

Un sanglot sec sortit de la gorge de Gervais puis une larme roula sur sa joue et Lianna comprit qu'il avait aimé son père.

— Inutile de me tromper, dit-il d'un ton amer. Est-ce l'Anglais ou votre oncle qui a assassiné mon père ?

Lianna fixa le métal brillant de son gantelet.

— Ni l'un, ni l'autre ne se sont rendus à Paris.

Il émit un sifflement furieux. Sous sa visière, ses yeux étincelèrent de rage.

— Bon sang, lâcha-t-il d'une voix dure, je pensais qu'à cette heure vous saviez que votre oncle a le bras assez long pour atteindre le Saint Empire romain en siégeant à Liège !

Des craquements se firent entendre dans les fourrés. Un percheron portant un cavalier aux cheveux dorés descendit agilement dans le ravin comme si l'étroite et traîtresse crevasse n'était qu'un obstacle dérisoire.

Rand parut évaluer la scène d'un seul coup d'œil. Ses yeux verts étincelants passèrent de Gervais, Lianna et Chiang, aux autres chevaliers.

Puis il aperçut la tête coupée de Darby.

Il devint alors un homme que Lianna ne connaissait pas, un homme qui n'existait que dans des cauchemars. Son épée surgit de son fourreau. Un courroux né de l'enfer gonfla son torse qui n'était pas protégé d'une armure et flamba dans ses yeux émeraude. Pressant son cheval de ses genoux, il chargea sur l'homme qui portait la pique.

Lianna comprit avec une terreur froide et fascinée que le chevalier français était perdu. Il lâcha la pique et fit claquer sa bride, prêt à s'enfuir.

Mais Rand l'avait rattrapé. Il leva sa lame. L'air siffla quand elle s'abattit, très précisément, à la jointure entre l'épaule et le bras du chevalier. Un hurlement retentit. Une fontaine de sang jaillit. Horrifiée, Lianna vit que son bras avait été tranché.

Tandis que l'homme tombait de sa monture qui se cabrait, Gervais hurla :

— Chargez sur lui, nom de Dieu !

Les trois hommes restant tirèrent leur épée, mais parurent hésiter à donner l'assaut. Elle pouvait sentir leur peur, l'entendre dans leur respiration haletante derrière leur visière. Ils savaient sûrement, tout comme elle, qu'ils pourraient bientôt rejoindre l'homme ensanglanté qui se tordait de douleur par terre.

Rand se rua sur le plus proche des trois. Il avait tiré une dague et guidait son cheval de ses seuls genoux. Si quelqu'un avait dit à Lianna qu'un homme sans armure, montant à cru, pourrait affronter trois chevaliers vêtus d'acier et montés sur des destriers, elle ne l'aurait pas cru. Mais avec Rand, elle apprenait à croire aux improbabilités.

Même Helquin, le cavalier de légende, ne semblait pas égaler le dieu vengeur que Rand était devenu. Il abattit son épée et le bouclier de son adversaire s'écrasa par terre. Un deuxième chevalier apparut sur son flanc, son épée levée.

Un cri d'avertissement involontaire s'échappa de la gorge de Lianna. Avec la réaction instinctive d'un guerrier, Rand pivota pour arrêter la lame mortelle.

— Arrêtez ! hurla Gervais.

Les chevaliers reculèrent. Rand se lança derrière le plus proche.

— Arrêtez, j'ai dit, répéta Gervais, ou la femme mourra...

Lianna sentit alors la lame froide de son poignard sur sa gorge. Crénom ! pensa-t-elle avec horreur. Chiang avait raison. Il ne fallait pas se fier à cet homme.

Rand lutta pour immobiliser son cheval affolé par le sang. La respiration entrecoupée, il porta un regard torturé et enfiévré sur Lianna. Les râles d'agonie du chevalier mutilé trouaient le silence tendu.

— Lâchez vos armes ! commanda Gervais.

Lianna retint son souffle, entamant une prière silencieuse, décousue.

L'épée et la dague de Rand tombèrent avec un bruit sourd. Gervais écarta la lame de sa gorge. Elle se remit à respirer.

Le cœur tambourinant, elle sentit son regard attiré par les mains écartées de Rand. Elle avait toujours pensé qu'il avait des mains magnifiques. Mais elle avait appris aujourd'hui que ces mains, qui prodiguaient un si doux plaisir, étaient aussi capables de tuer sans hésitation. C'était un homme qui pouvait haïr aussi fortement qu'il aimait.

Elle leva les yeux vers son visage. Il se tenait sans expression, le regard morne.

— Je n'aime pas le bouclier que vous utilisez, Mondragon, dit-il à Gervais.

— Mais il est plus impénétrable que de l'acier. Tuez-le ! ordonna-t-il à ses hommes.

— *Non !*

La voix de Lianna résonna étrangement, désespérée, implorante, pleine des sentiments qu'elle avait combattus pendant deux jours. Derrière elle, Gervais se raidit. Elle s'efforça de prendre un ton plus égal.

— Vraiment, Gervais, vous êtes trop impétueux. Il est déshonorant d'attaquer un homme désarmé !

Le visage hautain, elle fixa Rand.

— Cet homme est un baron, et pour une raison qui m'échappe, le roi d'Angleterre accorde de la valeur à sa peau.

— Raison de plus pour l'abattre, pour voir la fine fleur de la chevalerie anglaise se flétrir sous le coup d'une lame française !

Un chevalier leva son épée.

— Arrêtez, tudieu ! lança-t-elle d'un ton coupant.

La mort de Rand mettrait fin à leur mariage et l'empêcherait de prendre son château, pensa-t-elle. Mais le voir abattu, perdant la vie parce qu'elle l'avait attiré dans le piège de ses ennemis…

— Ne soyez pas stupide, Gervais. Sacrifieriez-vous une fortune pour l'excitation fugace de verser du sang anglais ?

— Une fortune ?

— Oui.

Elle se tourna vers Gervais, se forçant à sourire.

— Vous êtes en colère, bouleversé par la mort de votre père et c'est bien compréhensible. Mais réfléchissez : perdre le soutien de mon oncle et entretenir les chevaliers de Gaucourt a vidé nos coffres. Le roi Henry verserait à coup sûr une belle somme pour mon…

Elle se retint à temps. Une voix intérieure l'avertit de ne pas laisser savoir à Gervais que Rand était son époux.

— Pour la rançon de cet homme.

Appelés par la sonnerie d'un cor de chasse, les espions de Gaucourt arrivèrent un par un. Lianna se sentait sur le point d'exploser de tension. Elle regarda Rand ; il lui rendit son regard avec les yeux d'un étranger. Elle ne put deviner quelles pensées il dissimulait derrière cette mine calme et glacée, mais elle savait qu'elles n'étaient pas aimables.

— Liez-lui les mains et prenez sa bride. Nous rentrons à Bois-Long, déclara finalement Gervais.

12

L'obscurité était si complète qu'avoir les yeux ouverts ou non ne faisait aucune différence pour Rand. Une odeur de moisissure et de pourriture envahissait la pièce où il était retenu prisonnier et infectait l'air. Il comparait sa cellule à l'état de son cœur : froid, sombre, vide. Et le sommeil ne lui était d'aucun secours : des cauchemars lui torturaient l'esprit.

Il aimait une femme qui le haïssait.

Il avait perdu un homme et en avait tué un autre.

Il se trouvait à présent à la merci d'un félon qui apprendrait bientôt qu'il ne tirerait pas un sou de rançon d'un roi qui mettait toutes ses ressources humaines et financières dans la préparation d'une invasion.

Ses mains suivirent le mur suintant d'humidité jusqu'à ce qu'il sente de la pulpe de ses doigts les entailles qu'il avait faites dans la pierre avec la pointe de ses lacets. Un, deux, trois… Il avait compté chacun des jours de son emprisonnement, marqués par l'arrivée régulière de geôliers silencieux qui lui apportaient un seau d'eau grasse et vidaient son pot de chambre. Quatre, cinq, six… Sa cellule se trouvait au-dessous du niveau des douves. Sept, huit…

« Je suis ici, Henry ! lança-t-il rageusement et en silence

au jeune monarque qui se trouvait de l'autre côté de la Mer étroite. Je suis arrivé à Bois-Long, finalement. »

Il s'accroupit dans la dense obscurité. Huit jours qu'il n'avait pas senti le soleil sur son visage, le vent dans son dos. Huit jours qu'il n'avait pas vu le visage de Lianna. La dernière vision qu'il gardait d'elle lui transperçait le cœur. Blottie dans les bras de Gervais Mondragon, son visage pareil à un beau masque froid, elle l'avait écarté d'elle comme un vulgaire braconnier, lui, son époux… Enfin, elle lui avait tout de même donné une chance, lui évitant une mort immédiate et gagnant quelques jours avec la suggestion de la rançon. Ce qui ne l'empêchait pas de le laisser croupir depuis dans les entrailles de son château.

Sa colère débordait à chaque instant, menaçant de l'étouffer. Il aurait dû tous les tuer ! Il aurait pu le faire. Mais le poignard de Gervais sur la gorge de Lianna avait arrêté son épée. Il avait rêvé qu'elle serait sa force ; elle était devenue sa faiblesse.

Cette pensée le fit se redresser brusquement et ses membres affaiblis craquèrent dans l'effort. Sa tête heurta le plafond et une pluie de mortier tomba sur ses épaules.

Jurant, sa fureur exacerbée, il brossa les débris. Ses cheveux pendaient sur sa figure en mèches sales ; son corps sentait mauvais ; ses mains étaient toutes rêches.

Tandis qu'il remuait lentement ses épaules douloureuses pour les décontracter, il remâcha sa situation. Plusieurs tentatives pour maîtriser ses geôliers lui avaient valu des meurtrissures sous les coups de leurs matraques, des coupures de leurs dagues aiguisées et même la brûlure d'une torche à la main. Affaibli par la maigre nourriture et l'emprisonnement, sans rien qui pût faire office d'arme pour tenter de s'échapper ou de forcer la porte de sa cellule, il ne lui restait plus que l'espoir d'être délivré par ses hommes.

Mais c'était impossible, quand bien même ils en auraient

eu l'intention. Les soldats de Gaucourt et les canons de Lianna repousseraient toute tentative de leur part. Et Bourgogne se trouvait toujours à Compiègne.

Rand se mit alors à penser à son père. Marc de Beaumanoir avait été prisonnier, lui aussi. Il avait vécu dix-neuf ans à Arundel, captif des Anglais et victime du désintérêt de sa femme. Année après année, cette dernière avait ignoré les supplications de son époux de réunir la rançon. Alors il s'était résigné, se bâtissant une nouvelle vie en Angleterre. Il avait eu un bâtard d'une paysanne et était mort dans l'obscurité et l'oubli de ses pairs.

Rand gratta distraitement le mur abîmé. Il semblait qu'il fût destiné lui aussi à subir le même sort que son père. Mais il ne survivrait pas dix-neuf ans dans ces conditions.

Il frappa le mur de son poing, tressaillant à peine quand la chair de ses articulations se mit à saigner. Comme Marc de Beaumanoir, il avait une épouse qui ne se souciait pas de payer sa rançon. Mais contrairement à lui, il avait l'intention de retrouver la liberté.

— Huit jours… Crénom, Gervais, cela fait huit jours !

Gervais s'interrompit dans son repas de midi, haussant un sourcil noir.

— En effet, Lianna…, répondit-il avec une froideur cynique.

— Je souhaite le voir.

— Pour la dernière fois, non ! C'est un dangereux hors-la-loi.

— Mais il va mourir, là-dedans !

— Il est aussi fort qu'un maudit chêne. Il a ôté deux dents à un garde ce matin encore.

Gervais prit dans le plat une succulente cuisse de chapon et mordit dedans.

Lianna serra les poings sous la table. Elle s'était répété cent fois que Rand était son ennemi, qu'il l'avait trahie et ne méritait pas mieux que de croupir dans une cellule, oublié. Pourtant, des images hantaient son sommeil et des souvenirs la poursuivaient durant ses heures de veille. Les tendres étreintes de Rand l'avaient pénétrée de sensations neuves et exquises. Son amitié qui ne demandait rien avait comblé un vide douloureux dans sa vie. Sa trahison elle-même ne pouvait effacer l'image d'un vallon ensoleillé et d'un homme qui avait donné son amour à une jouvencelle troublée et découragée.

L'affrontement qui avait eu lieu dans les bois lui avait montré une autre facette de l'homme. C'était un amant doux et attentif, mais aussi un guerrier redoutable. Avec la clarté d'un cauchemar, elle se rappela son attaque contre les chevaliers français. Elle se le représenta luttant contre ses geôliers, et comprit pourquoi Gervais les envoyait dans sa cellule en groupes de quatre ou cinq.

— Pourquoi avez-vous envoyé Chiang à Azincourt ? demanda-t-elle soudain.

Gervais détourna les yeux.

— Je vous l'ai dit, pour acheter du chanvre.

— Huit jours sont bien assez pour qu'il fasse ses affaires et revienne !

— Peut-être a-t-il été retenu.

Elle savait pourquoi Gervais avait éloigné Chiang. Il le craignait. Le maître canonnier semblait être le seul, elle mise à part, à comprendre qu'il avait l'intention de faire valoir ses prétentions sur le château. Elle jeta un coup d'œil dans la grand-salle, se cherchant des alliés. En vain. Elle ne vit autour d'elle que les hommes indolents de Gaucourt et les hommes de Bois-Long, troublés, et qui ne savaient plus quel maître servir.

— Je veux voir l'Anglais ! répéta-t-elle avec détermination.

— Je trouve les tiraillements de votre conscience ennuyeux, Lianna.

— Ce n'est pas ma conscience, se défendit-elle. Je pense simplement que nous devrions respecter les règles de la chevalerie en traitant correctement un prisonnier de rang.

Elle entendit dans ses paroles l'écho de celles de Rand. Elle défendait les conventions qu'elle avait méprisées.

— Pourquoi ? Il est sans valeur.

Elle sentit le froid la gagner, dehors comme dedans. Elle fixa Gervais, vit l'éclat d'un secret dans ses yeux noirs.

— Vous me cachez quelque chose, Gervais. Je veux savoir ce que c'est !

Il glissa alors la main dans son doublet et en retira un rouleau de parchemin. D'une main tremblante, elle le déroula et l'orienta vers la faible lumière qui tombait d'une haute fenêtre en encorbellement. Elle reconnut d'un coup d'œil le cachet royal du roi d'Angleterre.

— Vous avez lu cette missive ? demanda-t-elle.

Gervais hocha la tête avec suffisance.

— Mais vous ne lisez pas le français, encore moins l'anglais.

Il haussa les épaules.

— Guy sait lire.

Lianna s'efforça de ne pas montrer son désarroi. Chaque fois qu'un messager arrivait avec des nouvelles, Guy, en sa qualité de sénéchal de Bois-Long, l'en avisait. Mais depuis quelque temps, les gens du château en référaient uniquement à Gervais, influencés, sans doute, par son indulgence et ses promesses de réduire les corvées et d'augmenter les rations.

Une lecture rapide lui indiqua ce qu'elle savait déjà, ce qu'elle avait su dès le début : le roi Henry ne paierait pas la rançon d'Enguerrand de Longwood.

Le parchemin glissa de ses doigts gourds et tomba

sur les jonchées. Une pluie incessante battait les murs du château. Comme l'humidité qui alourdissait l'air, le désespoir pesait sur son cœur. La vie de Rand ne valait plus rien, maintenant.

— Qu'allez-vous faire ? demanda-t-elle.

Gervais haussa de nouveau les épaules.

— Je suis las d'héberger un ennemi.

— Vous ne l'assassinerez pas !

— Mieux vaut le meurtre d'un Anglais que le massacre de dizaines de Français quand Henry lancera son attaque.

Il finit sa viande et jeta l'os à un chien couché sous la table.

— Il a plu sans discontinuer, dit-il en levant les yeux vers la croisée ouverte. La rivière monte.

Ebranlée par la menace implicite, Lianna lutta pour se contrôler et garder une voix posée.

— Je suis la châtelaine, Gervais. La décision m'appartient.

— Réfléchissez, Lianna. Mon père mort, le domaine me revient.

— Pas si…

Elle se mordit la lèvre. Non. Pas maintenant. Gervais ne devait pas encore savoir qu'elle était mariée et portait un enfant.

— Si quoi ? releva-t-il.

— Si vous persistez dans vos dépenses insensées et vos manières paresseuses, vous n'aurez plus de domaine à gouverner !

Il sourit et secoua lentement la tête. D'un geste aérien de la main, il lui désigna les tables inférieures, les rires et les conversations, les gens du château et les chevaliers de Gaucourt rendus hardis et bruyants par le vin supplémentaire qu'il leur allouait.

— Vous vous trompez, dit-il. J'ai les terres. J'ai aussi la loyauté des gens, et leur amour.

— Leur amour ! Vous êtes seulement prodigue avec les provisions et les dispensez de leur travail ! Ce n'est pas être aimé !

— Vous avez la prétention de me dire ce qu'est l'amour ?

Il n'avait pas entièrement tort en la reprenant sur ce point. Jusqu'à récemment, elle n'avait pas su comment aimer. Mais maintenant elle savait bien ce qu'était l'amour, car sa perte laissait un grand vide en elle.

— Une autre douzaine, ma dame.

Comme Lianna ne réagissait pas, Bonne répéta plus fort :

— Une autre douzaine…

Elle supervisait le travail des servantes qui sortaient des bougies d'une marmite de cire d'abeille bouillonnante tandis que Lianna en cochait le nombre sur une taille. Les relents de cire chaude et de fumée de bois de la cuisine se mêlaient à l'odeur de pluie venue de dehors. Macée avait offert de participer à la tâche, mais elle avait bien vite été distraite par un vendeur ambulant qui proposait de la dentelle espagnole et des perles de Venise et elle était allée quémander l'autorisation d'acheter une babiole à Gervais.

Lianna reprit ses esprits.

— Oui, répondit-elle en faisant une encoche. Une autre douzaine…

— Je doute que Gervais lui accorde une seule chandelle, marmonna Bonne.

Lianna se raidit.

— A qui ?

— A votre époux. Ne prétendez pas que vous ne pensez pas à lui.

— Baissez la voix, Bonne, chuchota Lianna. Je ne vous ai pas dit la vérité à propos de Rand pour que vous semiez des ragots.

— Désolée, ma dame. Votre secret est sauf.

Se détournant des autres femmes, Bonne poursuivit, d'une voix étouffée :

— Le laisserez-vous donc mourir ?

— Il m'a trahie !

— C'est un chevalier qui a conquis votre cœur.

— Il m'a utilisée de la façon la plus vile ! Il a manipulé mes sentiments pour conquérir mon château.

— Vous avez fait la même chose, ma dame. Vous l'avez utilisé pour avoir un enfant.

— Je le hais !

— Vraiment ? N'est-ce pas vous, plutôt, que vous haïssez pour lui avoir donné votre cœur, pour ressentir encore de la compassion pour lui ?

— Votre langue est trop hardie, Bonne. Prenez garde !

Lianna se dirigea d'un pas vif vers la croisée et feignit de s'absorber dans la contemplation du paysage. Un rideau de pluie voilait le ciel, couleur de fumée ; les berges de la rivière étaient déjà recouvertes d'eau. Ce serait bientôt la marée haute, et alors…

Une vision de Rand piégé dans sa cellule pendant que l'eau montait inexorablement l'affola soudain. Sa propre terreur de l'eau donnait à cette image une précision terrifiante.

Non ! Cela ne se pouvait pas ! Elle ne le laisserait pas mourir ! Il ne s'agissait plus de savoir qui avait causé du tort à qui…

Elle quitta précipitamment les cuisines, faisant un détour par sa chambre pour prendre une cape munie de grandes poches, puis elle sortit dans la cour.

Elle traversa la pelouse en courant, courbant la tête pour se protéger de la pluie. Esquivant les flaques, elle pénétra sous une arcade. Le long corridor ouvert était désert à part quelques poules. Tournant au coin, elle tomba sur le page de Gervais, assis contre le mur, en train de sculpter un morceau de bois flotté. Au fond de la galerie, une porte cloutée de fer était ouverte sur un escalier obscur.

Elle le prit, descendant vers les caves. Elle s'arrêta à mi-chemin, saisie par l'air froid et fétide. Tudieu, comment un homme pouvait-il survivre seulement un jour dans de telles conditions ? Elle prit le trousseau de clés en fer qu'elle tenait accroché à sa ceinture. Tout en poursuivant sa descente, elle les passa en revue, cherchant celle de la cellule de Rand.

Sa première recherche ne donna rien. Réprimant un sentiment d'urgence, elle s'obligea à reprendre les clés une par une, plus méthodiquement.

Une lumière orangée apparut derrière elle, projetant son ombre sur le mur humide.

— Vous ne la trouverez pas, dit une voix impavide.

Surprise, elle laissa tomber son trousseau. Le métal résonna sur la pierre. Elle pivota brusquement pour trouver Gervais et trois hommes d'armes debout dans le corridor.

— J'ai ôté la clé de votre trousseau, ajouta Gervais.

Elle se baissa lentement pour ramasser ses clés, submergée d'une vague d'affolement.

— Vous n'aviez pas le droit ! Les clés d'une châtelaine sont sacrées !

— Tout comme mon droit de contrôler le château.

Avec des doigts trompeusement doux, il repoussa la capuche de Lianna qui tomba sur ses épaules.

— Bien que je sois certain de connaître la réponse, je suppose que je dois vous demander ce que vous faites ici.

— Je voulais voir le prisonnier.

Gervais gloussa et prit son propre trousseau.

— Vraiment ?

L'esprit de Lianna s'emballa. Elle devait réfléchir vite ! Peut-être que si Gervais croyait qu'elle souhaitait la mort de Rand aussi avidement que lui…

— Je voulais être la première à informer l'Anglais que son roi bien-aimé l'a abandonné, dit-elle, en feignant une joie mauvaise.

La lumière de la torche donnait aux beaux traits de Gervais un aspect sinistre.

— Peut-être ai-je sous-estimé votre soif de sang anglais, après tout…

— Ne me sous-estimez jamais, Gervais.

— Quelle ruse mijotez-vous ?

Elle le fixa d'un regard candide.

— Que pourrais-je bien faire ?

Ils s'engagèrent dans les profondeurs du sous-sol, puis s'arrêtèrent devant la dernière porte. Gervais enfila une clé dans la serrure.

— Fort bien, je vais vous laisser le voir. Mais je dois vous prévenir, il est loin d'être aussi beau que l'homme qui est parti du Crotoy pour vous réclamer.

Elle haussa le menton.

— Aucun homme ne me réclame, maintenant.

Gervais fit signe à l'un des hommes de s'avancer avec une torche, puis il tourna la clé et ouvrit la porte.

Accroupi contre le mur du fond, Rand releva la tête. Un instant aveuglé par la lumière, il cligna des paupières. Lentement, sa vision s'éclaircit et il reconnut le visage de Gervais Mondragon, ainsi que la petite silhouette de Lianna drapée dans du velours.

La douleur, l'amour et la fureur déferlèrent en lui avec la rapidité d'une mèche allumée.

— Ma dame ? dit-il, et la moquerie râpeuse de sa voix démentait la courtoisie de son salut.

Il fit une pénible courbette.

— Comment allez-vous ?

L'entendant reprendre vivement sa respiration, il étudia mieux son visage. Elle portait sur ses traits le masque froid de la vengeance, mais il lui sembla percevoir dans ses yeux quelque chose de beaucoup moins froid.

— Je vais bien, répondit-elle d'un ton glacial. Non pas que mon bien-être vous regarde, Anglais.

Elle leva les mains pour triturer les lacets de sa cape.

La douleur brûlait les entrailles de Rand comme une lame chauffée à blanc. Il n'y avait pas si longtemps, l'amour brillait dans les profondeurs argentées de ses yeux ; à présent, elle transperçait son âme d'un regard aiguisé comme une dague.

— Voulez-vous faire les honneurs, Lianna, ou est-ce moi ? demanda Gervais.

Elle redressa les épaules, la main toujours posée sur le lacet de sa cape.

— Nous avons reçu une réponse de votre dévoué souverain. Il ne paiera pas votre rançon.

Rand ne put réprimer un petit rire amer. Il savait depuis le début que sa vie ne valait pas cher et que les préparatifs de guerre avaient vidé les coffres royaux.

— Il garde son argent pour vous conquérir, dit-il.

Gervais baissa la tête sur ses pantoufles pointues que l'eau venait lécher.

— Notre hôte semble bien peu se soucier de sa peau. Venez, Lianna, nous devons partir… Quand la marée arrivera, cette cellule s'emplira d'eau jusqu'au plafond.

Rand enregistra la sinistre déclaration avec le curieux détachement d'un homme condamné.

Lianna rejeta la tête en arrière et s'écria soudain :

— Oh ! En parlant d'inondation… Je dois prendre des hommes pour enlever la poudre à canon rangée dans la pièce juste au-dessus de celle-ci, afin qu'elle ne se mouille pas.

Elle jeta un regard soucieux au plafond bas, en mauvais état.

— La pleine lune de ce soir provoquera une marée haute…

— En effet, dit Gervais en reculant vers la porte. Adieu, milord. Peut-être que lorsque votre roi apprendra votre échec, il réfléchira à deux fois avant d'envahir la France.

Jetant un dernier regard appuyé à Rand puis au plafond décrépit, Lianna se tourna pour suivre Gervais. Sa cape glissa de ses épaules et tomba par terre.

— Crénom ! jura-t-elle. Ma cape !

— Vos femmes la nettoieront.

Elle secoua la tête.

— Même la main industrieuse de Bonne ne pourrait en ôter la puanteur de cet endroit. Laissons-la. Peut-être tiendra-t-elle chaud au bigot pendant qu'il se noiera.

Elle enjamba d'un pas délicat l'étoffe mouillée.

Gervais sourit à Rand.

— N'est-elle pas l'image de la miséricorde, milord ?

Enflammé par la rage, Rand bondit en avant, les poings levés.

L'un des hommes d'armes pointa une hallebarde sur son torse. Rand serra alors les mains le long de ses cuisses pour réprimer l'impulsion de frapper ce beau visage souriant. Mais il ne fit rien pour atténuer le regard meurtrier qu'il posa sur sa femme.

Son expression farouche parut la décontenancer.

— A quoi vous attendiez-vous, Anglais ? demanda-t-elle.

— Je ne m'attendais pas à ce que vous jubiliez.

Elle lui décocha un long regard indéchiffrable.

— Tempérez votre humeur ou vous allez mettre le feu à cet endroit.

Ils partirent sans un mot de plus. Quand il entendit grincer la clé dans la serrure, Rand abattit son poing sur le mur, regrettant que ce ne fût pas le visage de Gervais Mondragon. Le froid s'immisça dans ses veines ; les murs semblèrent se resserrer autour de lui. A moitié fou d'une rage impuissante, il attrapa la cape de Lianna et la déchira en deux d'un geste sauvage.

Mais alors qu'il se préparait à la déchirer encore, à la détruire comme Lianna l'avait lui-même détruit, quelque chose le fit hésiter.

— Oh, Dieu, dit-il d'une voix rauque, en enfouissant son visage dans les plis du velours. Elle a son odeur !

Lianna avait-elle pu vraiment changer si rapidement, si complètement ? Avant leur mariage, ils avaient célébré leur amour par de douces étreintes, des baisers profonds. Et maintenant, elle se réjouissait à la pensée de sa mort.

Tandis qu'il froissait le vêtement, sa main se referma sur un objet dur et aiguisé. Il fouilla les plis du velours jusqu'à ce qu'il découvre une poche. A l'intérieur se trouvait un morceau de fer, incurvé pour s'ajuster aux articulations d'un poing serré.

Quelque part au fond de son âme, une petite étincelle jaillit alors.

Cherchant à tâtons, il trouva encore un silex et un briquet à amadou avec des morceaux de tissu brûlé.

L'intérêt de Lianna pour les armes à feu expliquait la présence de ce matériel dans sa poche, songea-t-il. L'avoir perdu la contrarierait sans doute plus que d'avoir perdu sa cape.

— Bonté divine…, dit-il dans un souffle, agitant nerveusement les pieds dans l'eau qui montait.

« Je dois prendre des hommes pour enlever la poudre rangée dans la pièce juste au-dessus de celle-ci », avait-elle dit, et en repartant, elle avait regardé le plafond avec insistance.

L'étincelle de l'espoir brûla plus fort en lui.

Se pouvait-il que cette déclaration nonchalante d'une femme qui lui avait crié sa haine fût en réalité l'acte de miséricorde d'une épouse qui éprouvait encore des sentiments pour lui ? Sous le couvert d'une considération banale, elle lui avait indiqué secrètement une façon de se sauver. Son esprit saisit cette double perspective avec exultation. La pucelle des bois vivait toujours en elle, tenait toujours à lui et il entrevoyait une autre issue qu'une fin de rat piégé dans sa cellule.

Glissant le silex, le briquet et les chiffons dans sa ceinture, il ajusta le morceau de fer sur son poing, puis leva la main et se mit à attaquer le mortier du plafond.

Qu'avait-elle dit d'autre encore, méchamment en apparence, mais en réalité pour l'avertir ? « Laissez-la. Elle tiendra peut-être chaud au bigot… »

Le temps pour lui de déloger un gros bloc de pierre, l'eau tourbillonnait autour de ses genoux. Il enfonça une main dans le trou, s'éraflant le poignet au passage. Il sentit la masse dure d'un sac, pareil à un sac de farine. Mais ce n'était pas de la farine ; il sentait le soufre.

« Tempérez votre humeur, Anglais. Vous allez mettre le feu à cet endroit. »

En tirant fort, il déchira le sac et en retira une poignée de poudre à canon. L'eau était de plus en plus haute, atteignant maintenant ses hanches.

Dieu merci ! pensa-t-il tandis qu'il mesurait une charge de ses mains tremblantes, à l'aveuglette. Dieu merci pour Lianna et son amour des jeux de guerre ! Il avait critiqué sa passion pour les armes à feu. Maintenant, il l'en bénissait. « Tout est simple avec de la poudre… »

Il pataugea jusqu'à la porte. L'étincelle qui brûlait en lui devint une flamme de triomphe.

Lianna faisait des efforts pour suivre la conversation qui se déroulait à la table haute. Gervais et Gaucourt débattaient de politique ; tous deux soutenaient les Armagnacs, mais divergeaient sur des points mineurs.

— Le roi n'est pas sain d'esprit, disait Gervais avec agacement. On devrait l'obliger à abdiquer en faveur de son fils.

Gaucourt arracha un morceau de viande à sa côtelette de mouton.

— Il est peut-être fou…

— Fou à lier, oui. Complètement insensé !

— Mais il est toujours un roi sacré devant Dieu et la France. Il a seulement besoin de conseillers capables pour gouverner convenablement.

— Des conseillers capables ? La reine Isabeau est dépravée et volage. Elle et le dauphin Louis ne sont que des marionnettes manipulées par les Armagnacs, pendant que Bourgogne s'est tiré sans mal d'un meurtre !

Les yeux pâles et dépourvus de cils de Gaucourt s'élargirent, puis se plissèrent.

— Prenez garde à ce que vous dites, Mondragon…

— Un meurtre, répéta Gervais. Je ne l'appellerai pas autrement.

Lianna percevait de la rage dans sa voix, mais aussi de la peur, comprenant qu'il redoutait que son oncle le traite comme il avait traité Lazare. D'ordinaire, elle se serait jointe à la conversation. Elle détestait les dissensions parmi les nobles de France, déplorait les manquements de la justice, la corruption qui faisait que les revenus du pays étaient asséchés par des factions rivales.

Mais elle ne pouvait parler ; elle était trop tendue. Par-dessus le murmure de la conversation et le tintement des couverts, elle entendait le bruit de la pluie et pensait à Rand. Son ennemi… Mais aucun homme ne méritait le sombre sort de la noyade qui était la trame de ses cauchemars.

Avait-il découvert le matériel dans sa cape ? se demandait-elle fiévreusement. Avait-il compris le message qu'elle avait essayé de lui faire passer, ou bien ses paroles avaient-elles été trop amères, trop cinglantes, pour qu'il y discerne son dessein ? Sa gorge se serra. Fasse Dieu qu'il ne la haïsse pas au point d'avoir été sourd à ses insinuations !

Son visage hagard, souffrant, mais toujours aussi attirant pour elle, se dessina dans son esprit comme le visage d'un fantôme de la Toussaint. Elle ne voulait pas qu'il meure. Elle voulait seulement qu'il sorte de sa vie pour qu'elle puisse alors consacrer toute son énergie à la tâche de libérer Bois-Long de l'influence de Gervais.

Elle jeta un coup d'œil au fils de son défunt époux. Gervais était finalement autant son ennemi que Rand. Il était certes français et loyal au roi Charles, mais tout comme Rand, il était déterminé à la spolier de son château.

Le poids de l'indécision la mettait mal à l'aise, et elle laissa son regard se porter sur Macée. La jeune femme badinait avec le maître archer de Gaucourt, dont le regard brillant et avide témoignait du plaisir qu'il avait à sa compagnie.

— Avez-vous vraiment mis en déroute une compagnie de chevaliers à cheval avec vos arcs, capitaine ? lui demandait Macée, la voix altérée, se penchant vers lui à travers la table, dévoilant par ce geste les rondeurs de sa poitrine.

Le capitaine avait les yeux rivés sur sa chair veloutée.

— Oh, oui. La qualité d'un chevalier dépend surtout de celle de son armure. Un archer, lui, use de subtilité et d'adresse.

Des mots sensés, pensa Lianna, s'il parlait vraiment de bataille. Mais à l'évidence, sa bouche humide parlait d'autre chose.

— Oh, capitaine, vous possédez une telle maîtrise…

— Macée !

Les yeux de Gervais brillaient de colère, néanmoins il sourit en tapotant la place vide sur le banc à côté de lui.

— Venez ici, ma douce, et gardez mon verre de vin rempli…

Une curieuse expression de satisfaction passa sur les jolis traits de Macée. Elle obéit.

Lianna détourna les yeux du couple. Elle ne comprenait pas l'étrange lien qui les unissait. Gervais était avare de son affection, et pourtant Macée semblait inexorablement liée à lui. Il devait exercer sur elle une certaine fascination, un pouvoir qui la poussait à badiner avec des archers pour attirer son attention. Tel un chien rassasié avec un os, Gervais ne se souciait de perdre sa femme que lorsqu'un autre menaçait de la lui prendre.

Cette pensée fit naître en Lianna un sentiment d'affinité avec la jeune femme. Elle aussi était en guerre avec son époux, mais leur nuit de noces avait prouvé que le lien de la passion était à prendre en compte. En serait-elle réduite un jour à se soumettre à Rand comme un épagneul bien dressé ? Jamais ! décida-t-elle fermement.

La pluie se mit à frapper très fort les toiles huilées qui couvraient les fenêtres et Lianna ne pouvait s'empêcher de songer au niveau de l'eau qui montait dans les caves. Que faisait Rand, en ce moment ? Sentait-il l'eau froide se refermer sur lui, aspirant son souffle, volant son âme ? Pendant qu'elle buvait du vin avec ses alliés français, luttait-il pour sa vie ?

« Oh, Rand, pensa-t-elle, saisie par la terrible torture d'envisager la vie sans lui, avez-vous compris mes messages ? »

Le bruit assourdissant d'une explosion déchira l'air, lui apportant la réponse.

Tous les convives se turent sous le coup de la surprise. Lianna se tint immobile sur sa chaise, raide, en proie à une tension insupportable. Puis les discussions et les rires reprirent, les convives ayant apparemment mis le bruit sur le compte d'un coup de tonnerre qui aurait éclaté tout près.

Lianna serrait les doigts sur les bras de son fauteuil, résistant à l'impulsion de courir aux cachots. Mais Gervais ne la quittait pas des yeux et elle ne devait pas éveiller ses soupçons en quittant la grand-salle seule.

Dieu fasse que Rand ne se soit pas blessé ! pria-t-elle en silence. Dieu fasse qu'il se soit libéré !

Un garde fit alors irruption dans la salle. Le visage pâle, les habits mouillés par la pluie et la bouche en sang, il grimpa jusqu'à la table haute.

— Messires ! dit-il, bredouillant pitoyablement. L'Anglais s'est échappé !

Rand n'avait pas été repris lors de l'importante battue qui avait duré toute la nuit et Lianna avait insisté pour sortir à cheval au petit matin avec les hommes qui avaient l'instruction de tuer l'Anglais à vue. Toujours convaincu qu'elle était assoiffée de sang anglais, Gervais avait accepté et demandé à Roland de l'accompagner.

Dans un galop effréné, elle avait conduit le palefrenier aux confins de Bois-Long. Sa corpulence massive et ses traits ordinaires contrastaient avec ses exceptionnels talents de cavalier. Il ne se plaignait pas de l'allure qu'elle leur imposait.

A chaque lieue qu'elle parcourait, l'espoir de Lianna augmentait. Elle ne voulait pas retrouver Rand, simplement s'assurer qu'il s'était enfui sain et sauf.

Elle avait d'abord attribué ce souci de la sauvegarde de Rand au sentiment de miséricorde propre à tout humain digne de ce nom. Puis, douloureusement, elle avait dû admettre la vérité : elle aimait toujours son époux anglais.

Ce constat ne lui procura nulle joie, seulement une souffrance profonde et aiguisée. Elle l'aimait mais ne pourrait jamais l'aimer sans réserve : il restait celui qui avait choisi de placer la France sous le joug de l'Angleterre.

Elle avait gardé sa destination finale secrète et Roland ne s'était pas permis de l'interroger. Le soleil de midi était chaud. Elle lui fit un signe de main et dirigea son palefroi vers l'ouest, vers la croix de Saint-Cuthbert.

Tandis qu'elle parcourait des yeux l'endroit où Rand et elle avaient passé tant d'heures emplies de passion, une bouffée d'amour et de nostalgie douloureuse l'étouffa.

Le vallon était paisible, lavé par la pluie et offert au soleil, pur de la duperie et des machinations politiques qui avaient bouleversé sa vie. L'odeur familière de la terre mouillée et le léger parfum des fleurs des champs emplirent ses sens. Des alouettes gazouillaient dans les branches de vieux chênes. La brise caressait l'herbe humide de rosée.

Lianna arrêta son cheval et leva les yeux vers les frondaisons. Les feuilles transpercées par le soleil brillaient d'une couleur si pure qu'elle plaqua ses deux mains sur sa bouche pour étouffer un cri étranglé de chagrin. C'était la couleur des yeux de Rand.

— Ma dame, allez-vous bien ?

Découvrant son visage, elle baissa la tête afin de cacher son expression tourmentée.

— Oui. J'ai juste un peu mal à la tête…

Roland mit pied à terre et l'aida à descendre. Il sortit une flasque de vin qu'il lui tendit. Pendant qu'elle buvait, il inspecta les alentours, donnant des coups de pied dans l'herbe.

— Ma dame, regardez ce que j'ai trouvé !

Craintivement, elle le rejoignit.

— Qu'est-ce que c'est, Roland ?

Il leva une chaîne en argent. Un bijou y était accroché,

une émeraude bordée d'or travaillé. Plissant les paupières, Lianna distingua l'emblème du léopard rampant et la devise « A cœurs vaillants, rien d'impossible ».

Elle comprit immédiatement que le talisman avait appartenu à Rand. Quand l'avait-il perdu ? Prenant soin de ne pas révéler ce qu'elle avait dans le cœur, elle feignit le désintérêt.

— C'est peut-être un objet volé perdu par un brigand, dit-elle.

— Je ferais mieux de le donner à Gervais.

Elle hocha la tête. Peu importait que Gervais reconnaisse le léopard sur l'amulette ; son vrai trophée s'était échappé.

— Curieux endroit que celui-là, remarqua Roland. Un peu à l'écart pour un pèlerin cherchant un sanctuaire…

Il alla jusqu'à la vieille croix en pierre et se baissa.

— Mais quelqu'un est venu ici.

Le cœur de Lianna bondit. Elle rejoignit promptement la croix. Posé sur son socle, se trouvait un lys sauvage dont les pétales mauves et blancs retenaient quelques gouttes de pluie.

Roland se gratta la tête.

— Je me demande bien ce que ça veut dire, fit-il songeur.

Lianna prit le lys. Telles des larmes fraîches, les gouttes tombèrent sur sa main.

— Moi, je le sais, murmura-t-elle, trop doucement pour que Roland l'entende.

Elle retourna à son cheval.

Elle comprenait le message de Rand aussi clairement que s'il avait gravé sa promesse dans la pierre : *Je reviendrai.*

13

— Vous voilà de retour, milord !

Lajoye se tenait sur le seuil de son auberge du bord de mer. Il avait du plâtre frais sur sa joue ridée.

— Oui, mon vieux. A-t-on jamais douté que je reviendrais ?

Rand sourit largement à l'aubergiste, son premier sourire après deux jours de marche à travers les forêts et les marécages.

— Seulement ceux qui ne vous connaissent pas !

Lajoye soumit alors Rand à un examen soupçonneux.

— Vous m'avez l'air drôlement mis, milord… Que vous est-il arrivé ?

— J'ai fait une visite forcée à ma nouvelle demeure.

Le vieil homme fronça les sourcils.

— Un bon bain chaud, un repas et des soins pour les brûlures et les meurtrissures, prescrivit-il. Avez-vous été au Crotoy ?

— Oui, le reste de mes hommes y attend mes ordres.

— Rand ! Rand !

Une troupe d'enfants bouscula l'aubergiste et se rua dans la cour.

— Où étiez-vous, Rand ?

— Regardez comme mon chaton a grandi !

— Pourquoi êtes-vous si sale ?

— Avez-vous apporté votre harpe ?

— J'ai perdu deux dents le mois dernier !

Rand se baissa et parvint à tous les prendre dans ses bras. En riant, il regarda Lajoye.

Ce dernier lui fit un semblant de révérence.

— Bon retour parmi nous, milord !

En douceur et riant encore, Rand fit déguerpir les enfants avec la promesse d'une ballade quand ils iraient se coucher, puis il suivit Lajoye à l'intérieur de la Gerbe de Blé.

Une odeur de plâtre frais et de pain chaud l'assaillit et le fit défaillir. Sa tête tournant de fatigue et du manque de nourriture, il chancela.

Avec une rapidité inattendue, l'aubergiste se précipita pour le retenir.

— Bon sang, jura-t-il. C'est comme soutenir un chêne qui tombe !

Tandis qu'il conduisait Rand à un tabouret, il cria :

— Marie, apporte à boire et à manger ! Et fais vite, nom de Dieu !

Ennuyé par cet accès de faiblesse et la sueur froide qui coulait sur son visage, Rand lâcha un juron, ce qui lui arrivait rarement. Ce fut seulement après avoir englouti trois tranchoirs de ragoût et près de la moitié d'un gros pain qu'il se sentit de nouveau lui-même.

— Ainsi, dit Lajoye en le regardant d'un œil acéré, vous avez été l'hôte non consentant de Gervais Mondragon… Nous ne l'avons appris qu'hier.

Rand se raidit.

— Qui vous l'a dit ?

— Je ne sais pas, il n'a pas dit son nom. Il venait d'Azincourt. C'était un de ces Asiatiques ou Persans, comme les croisés en ont rencontré dans leurs expéditions en Orient.

La suspicion gagna Rand. Il ne connaissait aucun

homme qui répondait à cette description. Il faudrait qu'il questionne Jack à son sujet.

— Combien de temps avez-vous été emprisonné ?

— Huit jours. Dans les caves du château…

Lajoye toucha doucement une bosse sur son front.

— Vous avez été battu ?

Rand hocha la tête.

— Je l'ai un peu cherché, il faut dire, et un morceau de pierre m'a touché dans l'explosion.

— Une explosion ?

— J'ai trouvé de la poudre à canon et j'ai fait sauter la porte de ma cellule.

— Sacrebleu, vous auriez pu être tué !

— Ma mort aurait été certaine autrement. Je savais ce que je faisais.

Un sourire se dessina sur ses lèvres et il ajouta :

— J'ai été formé par un maître canonnier.

Une fierté qu'il n'aurait jamais cru ressentir l'envahit. « Oh, Lianna, pensa-t-il, que de choses nous pourrions nous apprendre l'un à l'autre si nous pouvions retrouver l'amour et la confiance que nous avons partagés un jour ! »

— Jack et Dylan vont bien ? demanda-t-il à Lajoye.

— Je les ai soignés comme mes propres fils. Bien sûr, quand Cade a appris que vous aviez été capturé, il était prêt à partir à la charge pour vous sauver.

— Et l'entraînement au tir à l'arc ?

Le visage ridé de l'aubergiste se fendit d'un grand sourire.

— Vous pourriez comparer les hommes d'Eu à la meilleure compagnie de Gallois ou d'archers du Cheshire ! Nous ne serons plus sans défense face à des brigands, milord.

Rand avala une gorgée de cidre.

— Lajoye, dit-il d'une voix basse et calme, j'ai ordonné l'entraînement pour que les hommes d'ici puissent se défendre, en effet. Mais il y a une autre raison, plus égoïste, plus dangereuse…

— Je la connais.

Lajoye sourit tristement.

— Nous la connaissons tous.

Il remplit la chope de Rand.

— Buvez, milord. Ça vous ôtera cet air stupéfait.

Rand obéit pendant que l'aubergiste reprenait :

— Bourgogne vous a laissé seul pour réclamer Bois-Long, mais vous, vous *reprendrez* le château à Gaucourt et Mondragon, avec l'aide des hommes d'Eu.

— Par Dieu, Jack a la langue trop bien pendue ! dit Rand avec rancœur.

— Votre homme n'a rien soufflé de votre plan.

Lajoye se mit à rire.

— Mais je suis aubergiste, bonté divine ! Vous croyez que je suis sourd aux ragots qui courent par ici ? J'ai compris voilà des semaines que les brigands étaient les hommes de Gaucourt. Dès qu'ils ont trouvé abri à Bois-Long, les attaques ont cessé.

Rand abattit son poing sur sa paume.

— Je les suspectais !

Soudain, la pensée que Lianna hébergeait des brigands le glaça. Des femmes d'Eu avaient été violées.

Se forçant à rester calme, il vida sa chope.

— Qu'en disent les autres ?

— Ils sont consentants, milord. Vous avez gagné leur loyauté en nous venant en aide et en protégeant la ville des hors-la-loi de Gaucourt. Nous, les Normands, sommes des gens prudents. Nous nous méfions des gens de l'extérieur, mais une fois qu'un étranger gagne notre confiance, il l'a pour toujours.

— Dieu soit loué… et Eu aussi ! dit Rand. Où sont Jack et Dylan ?

— Le Gallois passe ses soirées à empenner des flèches chez Pierre, le tanneur. Quant à votre Jack…

Lajoye fit un clin d'œil.

— A tout homme, ou à toute femme, de le deviner.

Rand partit à la recherche de Jack. Des oies se promenaient dans la cour. Il nota avec satisfaction qu'il leur manquait des plumes, signe que l'on fabriquait bien des flèches. Mais sûrement pas Jack.

En approchant des étables, il entendit la voix de son serviteur.

— Maintenant, mettez-y tout votre corps, disait-il dans son mauvais français.

Reconnaissant l'ordre familier d'un maître archer, Rand sourit. Il l'avait mal jugé, finalement. Jack apprenait à un élève à se servir d'un arc.

— Plus haut ! Plus haut ! Nous allons tirer ensemble.

Il rit.

— C'est ça. Ne vous inquiétez pas. Je ne manque jamais ma cible. Et je tire toujours vite et fort !

Si la gaieté gaillarde de Jack éveilla les soupçons de Rand, le soupir satisfait d'une femme les lui confirma. Il se glissa à l'arrière de l'étable où une meule de foin semblait bouger. En s'avançant plus près, il aperçut son homme, enfoui jusqu'à la taille sous les jupes d'une servante.

En gloussant, Jack s'extirpa et relaça nonchalamment ses chausses.

— Je me demandais quand vous arriveriez, milord. J'étais malade d'inquiétude pour vous.

— Et vous avez cherché à vous réconforter, à ce que je vois…

Jack eut la bonne grâce de rougir.

— Je serais allé à votre secours, si j'avais su. Mais quand j'ai appris ce qui s'était passé, vous vous étiez déjà échappé.

Voyant que Jack avait apparemment oublié la fille dans le foin, Rand lui tendit la main. Elle sauta sur ses pieds et se mit à lisser ses jupes.

— Filez, maintenant, lui dit Jack sans galanterie. Nous avons à parler entre hommes.

La fille fit une moue boudeuse, mais elle rayonnait de contentement en s'en allant.

Rand se baissa pour ramasser un chapeau dans le tas de foin. Il le posa de travers sur la tête de Jack.

— Si seulement vous vous montriez aussi diligent à entraîner des archers !

— Mais je l'ai été, milord ! Vous verrez...

— Parlez-moi d'abord de l'homme qui a apporté de mes nouvelles à Eu.

Jack se frotta le menton.

— Un bougre sacrément bizarre, mais on n'a pas le loisir de choisir nos alliés.

Il ne put en dire beaucoup plus, à part confirmer la description que lui en avait faite Lajoye.

— Et il a dit autre chose : que nous nous retrouverions tous.

Pendant que Rand s'interrogeait sur ce mystérieux étranger, Jack alla rassembler les gens d'Eu pour une démonstration.

Une heure plus tard, vingt hommes de quatorze à soixante ans, maigres ou robustes, s'alignèrent au bord d'une longue prairie bordée de saules. Les pieds bien plantés sur le sol, les manches remontées, tenant leurs arcs de bois d'if devant eux, ils se préparèrent.

Jack se promena derrière eux, les mains dans le dos.

— L'ennemi est par là-bas, lança-t-il en français, dans ce bouquet de saules.

Vingt paires d'yeux se fixèrent sur le petit bois éloigné. Dylan se déplaçait parmi eux, ajustant une posture ici, un alignement là. Jack arracha une plume à une flèche et la lança en l'air pour vérifier la force du vent.

— Aussi doux que le souffle d'une pucelle, marmonna-t-il, avant d'aller d'un pas décidé au bout de la rangée.

— Sortez vos flèches ! cria-t-il. Mettez-les en place !

Les archers obéirent comme un seul homme. Jack eut un sourire satisfait.

— Pour saint Georges ! tonna-t-il. Gardez l'œil sur la corde et la corde contre l'arc. Relâchez doucement, maintenant. Ne touchez pas la corde de la main qui tire. Laissez voler, les gars !

Un sifflement aigu monta par-dessus le son des cordes qui se détendaient. Les flèches volèrent en un essaim noir vers le bosquet.

— Bien fait, les gars, dit Jack en passant dans les rangs, tapant sur des épaules, serrant des mains. Bien fait !

Puis, avec un grand sourire, il s'approcha de Rand.

— Alors, milord ?

Fierté et affection se bousculèrent dans le cœur de Rand.

— Jack, je ne sais que dire. Vous avez accompli un miracle, pas moins. Vous avez transformé un groupe de fermiers en une véritable compagnie d'archers !

— Eh oui, fit Jack avec un manque de modestie assumé. Quelques-uns sont même devenus de sacrés tireurs. Venez, nous allons vous montrer…

Visant une peau de vache peinte tendue sur un cadre de bois, les archers prouvèrent vite leur adresse. Des flèches hérissaient la peau qui ne tenait plus que par un fil.

Jack s'inclina avec drôlerie.

— Et maintenant, le plat de résistance !

Rand le regarda prendre calmement un arc, mettre une flèche en place et, avec les deux doigts qui lui restaient à la main droite, tirer sur la corde.

La gorge serrée de pitié, Rand vit un peu de sang couler aux jointures de ses doigts. Il fit un pas en avant.

— Jack, par Dieu…

— Chut, milord, vous allez gâcher mon tir.

Il laissa filer la flèche. Elle vola droit et sûrement, sa pointe en fer coupant net la dernière corde qui retenait la peau de vache. La cible tomba sur le sol.

Les hommes lancèrent des vivats. Jack planta son arc dans la terre, s'y appuya et croisa les jambes, en une posture nonchalante.

— Pas mal pour un serviteur estropié, hein, milord ? Ils m'ont pris mes doigts, mais pas mon adresse !

Le cœur de Rand se gonfla d'affection pour lui, d'admiration pour son application et son habileté. Il eut envie de l'étreindre. Mais devinant sa réaction s'il osait un tel geste, il se contenta de sourire.

— Pas un serviteur, Jack Cade… C'était là l'œuvre d'un maître archer.

La gratitude enflamma le visage de Jack.

— Alors… ?

— Alors, nous allons prendre Bois-Long.

La courte effervescence qui avait agité le château après la fuite de Rand était rapidement tombée, et Lianna s'était installée dans une morne routine. Elle se levait à l'aube, vomissait dans une cuvette, rompait son jeûne avec du pain et du cidre avant de vomir de nouveau. Combattant la délicieuse lassitude de son état qui l'avait d'abord réjouie, mais la désespérait maintenant, elle partait ensuite vaquer à ses tâches de châtelaine.

Gervais avait beau clamer qu'il était le seigneur du château, il ne semblait guère enclin à s'occuper des multiples impératifs qui y étaient associés. Il préférait la chasse et la fauconnerie, raconter des histoires avec les hommes de Gaucourt et gagner l'affection des gens de Bois-Long par la flatterie et de coûteuses faveurs.

Diriger le domaine revenait donc à Lianna, comme il en avait toujours été depuis la mort de son père. Et tandis qu'elle arbitrait une dispute entre des fermiers ou supervisait la plantation de houblon au bord de la rivière, elle pouvait bannir Rand de ses pensées, parfois pendant une minute entière, ce qui la soulageait.

Elle sortait quelquefois à cheval, mais jamais aussi loin que le vallon. Se rendre là-bas serait revenu à s'abandonner à de tendres sentiments, ce qu'elle ne pouvait pas se permettre.

En secret, elle avait pris des mesures pour réfuter les prétentions de Gervais sur Bois-Long. Elle avait envoyé des missives à Paris, contestant l'attribution par legs du château et des terres. Mais même si ses requêtes invoquant l'indulgence royale étaient rédigées en termes flatteurs, elle avait peu d'espoir en un règlement en sa faveur. Le clan des Armagnacs était peu susceptible de satisfaire la nièce du duc de Bourgogne.

Gervais avait lui aussi fait des démarches, avec moins de discrétion. Il dictait ses propres lettres et les envoyait à Paris, demandant à être reconnu comme le seigneur de Bois-Long.

Penchée sur ses registres dans la chambre de comptes, un matin de bonne heure, Lianna porta les yeux du livre de raison de Guy à son propre livre de comptes. Elle calculait les quantités de grain en faisant glisser des perles sur l'étrange instrument de comptage de Chiang. Elle calcula ainsi rapidement le rendement du seigle et cocha le chiffre sur sa taille.

Les boules qui lui servaient pour compter étaient enfilées sur des tiges de bois, elles-mêmes montées sur un cadre rectangulaire. Une boule rouge valait dix blanches, une blanche dix noires. On calculait en faisant simplement glisser les boules d'un côté à l'autre.

Elle soupira. Si seulement tous les problèmes pouvaient être résolus aussi aisément. Mais les perles d'un boulier ne pouvaient prendre en compte la trahison d'un oncle, les prétentions d'un beau-fils ou la détermination d'un époux à prendre son château pour le roi d'Angleterre. Et les encoches sur une taille ne pouvaient non plus assurer une vie facile à l'enfant qu'elle portait en secret.

Elle n'avait pas encore décidé de ce qu'elle allait faire. Elle pouvait faire passer le bébé pour celui de Lazare. Les gens penseraient qu'elle s'en était rendu compte tardivement. La nécessité de mentir la préoccupait, mais elle devait agir ainsi pour le bien de l'enfant et pour protéger son héritage.

Elle fit un nouveau calcul et porta le chiffre dans son livre.

Le tintement d'éperons sur les dalles de pierre lui fit lâcher son stylet. Gervais entra en souriant dans la pièce.

— Comme vous êtes efficace, Lianna. Levée avant les serviteurs.

Elle haussa les épaules.

— C'est une heure où l'on peut travailler sans être distrait.

— Ah, mais je vous trouve fort distrayante !

Elle nota ses yeux injectés de sang, le désordre de ses beaux habits. Des relents de vin aigre et de fumée de bois flottèrent jusqu'à elle.

— J'allais remarquer que vous êtes aussi debout de bonne heure. Mais je vois que vous ne vous êtes pas couché…

— Pas pour dormir, en tout cas !

Il rit devant la froideur de son expression.

— Seigneur, Lianna, ne me regardez pas ainsi. Longwood vous a eue pendant deux nuits.

Il passa un doigt nonchalant dans sa tunique et en sortit le talisman que Roland avait trouvé dans le vallon. Lianna garda une expression impassible, même si elle était ulcérée que l'emblème de Rand et sa devise hautaine soient tombés entre les mains d'un homme comme Mondragon.

— L'Anglais vous a sûrement enseigné le plaisir…

Elle baissa les yeux sur ses livres et se jura en silence de ne pas laisser savoir à Gervais qu'elle avait épousé Rand. Un tel aveu ruinerait son plan d'attribuer la paternité de son enfant à Lazare.

Passant derrière elle, il glissa les doigts dans ses cheveux, sur sa nuque. Elle combattit l'envie de le repousser violemment.

— Dites-moi…, fit-il en lui renversant la tête en arrière. Comment était l'Anglais ? A-t-il accordé l'attention voulue à votre joli cou, à vos beaux seins ?

Il promena son autre main sur son épaule. Même si son toucher était léger, elle percevait une brutalité latente dans sa caresse.

— Avez-vous un tendre penchant pour lui dans votre cœur ?

— Vous ne savez rien de ce que j'ai dans le cœur, rétorqua-t-elle, cinglante.

— Et je ne m'en soucie pas ! Je suis le sire de Bois-Long.

La colère lui faisant perdre toute prudence, elle lança :

— Comment pouvez-vous en être aussi certain ? Supposez que je porte l'enfant de Lazare, l'héritier légitime ?

Il eut un rire dur.

— Impossible. Mon père m'a juré qu'il n'avait pas couché avec vous.

— Les draps de notre lit de noces ont été dûment examinés, dit-elle hardiment. Le mariage a été consommé.

La rudesse qu'elle avait soupçonnée en Gervais se

dévoila. Il posa les deux mains sur ses épaules, serrant jusqu'à ce qu'elle tressaille.

— Un enfant compliquerait sacrément les choses. Il vaudrait mieux que vous mentiez.

Lianna ne dit rien. La pression de ses doigts diminua. « C'est un sot, se dit-elle. J'aurai le dessus. »

Elle changea de sujet.

— Que rapportent les espions ?

— L'Anglais et sa pitoyable troupe ont apparemment renoncé à attendre le retour de Bourgogne de Compiègne. Ils se sont repliés sur la bourgade côtière d'Eu, où un vaisseau anglais a accosté. Ils vont sans doute bientôt rentrer chez eux.

Elle se tourna pour lui faire face.

— Je suis surprise que Gaucourt et vous n'ayez pas monté une attaque pour les faire partir plus vite.

— Nous en avons décidé autrement.

Il promena nerveusement les yeux dans la pièce.

— Nous ne devons pas diviser nos forces.

Lianna cacha son soulagement derrière le voile de ses cheveux. La vraie raison, bien sûr, était que Gervais et Gaucourt craignaient son oncle.

— Pourquoi n'allez-vous pas vous coucher, Gervais ?

— Pourquoi ne venez-vous pas avec moi ?

Il rit à sa mine outragée.

— Ah, Lianna, nous pourrions faire de grandes choses ensemble, vous et moi. Vous êtes si efficace pour mener le château, et je suis si habile à inspirer la loyauté. Réfléchissez-y. Ensemble, nous pourrions…

— Gardez vos rêves pour Macée, dit-elle d'un ton coupant.

— Macée ? Sans elle, vous et moi pourrions nous marier…

« Non, pensa sombrement Lianna. Je suis déjà mariée. »

— Tudieu, Gervais, ne cessez-vous jamais de comploter ?

Il gloussa.

— Jamais.

Lazare avait perdu la vie pour avoir comploté, songea-t-elle. Mais elle ne dit rien.

— Je m'en vais, reprit Gervais. C'est le 1er mai. Je ferais bien d'aller m'armer pour les joutes. Gaucourt a rappelé tous les espions pour la fête.

Il tendit le bras par-dessus la table, prit une mèche de ses cheveux et la tourna dans ses doigts.

— Et vous, je suppose que vous serez la reine de Mai ?

Elle s'écarta.

— Comme toujours…

En vérité, elle n'avait pas envie de tenir ce rôle cette année. Mais céder le titre à Macée reviendrait à admettre une position secondaire à Bois-Long. Ce qui était absolument hors de question.

— Je vous verrai sur les lices, alors, continua Gervais. J'ai une annonce à faire avant le tournoi.

Sur cette déclaration énigmatique, il quitta la pièce, laissant Lianna tracassée par tant d'assurance. Elle posa son stylet et reboucha l'encrier. D'une humeur plus propre à suivre un enterrement qu'à participer à une fête, elle sortit dans la cour où les gens du château s'apprêtaient à saluer le mois de mai.

Accroupie sur un trépied dans le jardin, mère Brûlot surveillait un groupe d'enfants qui cueillaient des fleurs pour tresser des couronnes. Pendant un moment, Lianna fut captivée par leurs frais visages souriants et leurs voix rieuses. La lumière dorée du petit matin baignait la scène d'un doux éclat diffus.

Dans sa cueillette impatiente, un robuste garçonnet piétina une rangée de fleurs.

— Fais attention aux pois ! lui cria Lianna.

L'enfant baissa les yeux sur les tiges écrasées par ses pieds nus, puis il alla se réfugier près de la vieille femme.

— Crénom, les fleurs étouffent les légumes !

— C'est vous qui avez demandé qu'on en plante, ma dame, lui rappela mère Brûlot.

— Je me demande bien pourquoi, marmonna Lianna.

Mais elle le savait. Quand elle avait donné cet ordre, elle était amoureuse. Maintenant ses rêves étaient morts, étranglés par la trahison de Rand. Fâchée contre elle-même d'avoir passé sa colère sur l'enfant, elle alla le serrer brièvement dans ses bras et s'en alla. Sur la pelouse, l'arbre de Mai se dressait telle une sentinelle couronnée de fleurs, décorée de rubans et de banderoles qui flottaient dans la brise odorante. Bientôt, il serait le centre des réjouissances, encerclé par une farandole de danseurs qui agiteraient les rubans en chantant l'arrivée du printemps.

Vêtue de ses plus beaux atours, Lianna devrait superviser les festivités. Les gens viendraient d'Abbeville et de Pont-St-Rémy pour participer aux courses à pied, aux jeux de cerceaux et aux joutes. Des joueurs d'échecs costumés conduiraient leurs parties sur la pelouse. D'autres joueraient à aligner des boules de couleur, tentant de gagner un bracelet de cheville orné de clochettes.

Elle devrait se conduire comme si ce printemps n'était pas différent des précédents. Comme si elle était encore la fille placide et pleine de confiance en soi d'Aimery, et non l'épouse secrète et enceinte d'un envahisseur anglais.

Vers le milieu de la matinée, les gens commencèrent à se masser vers les champs ouest, se poussant pour avoir une meilleure vue des lices. Certains arrivaient à pied, d'autres à cheval ou dans des charrettes. Trop habillée, ayant trop chaud et se sentant nauséeuse, Lianna était assise avec Macée dans le pavillon ouvert jouxtant le terrain de joute. Derrière elles, Bonne mangeait des douceurs. Le champ était entouré d'une solide barrière, qui était à son tour cernée par une barrière plus haute, l'espace entre les deux grouillant d'écuyers et de chevaliers.

— Gervais porte ma faveur, dit Macée en pointant le doigt vers son époux.

Armé et monté, ce dernier attendait derrière deux cordes tendues en travers des lices. Un ruban de soie rouge flottait à sa manche.

— Avez-vous donné la vôtre au sire de Gaucourt ?

Lianna secoua la tête.

— Je n'ai pas de favori, parmi ces hommes ou ailleurs.

Bonne réprima une exclamation. Un regard farouche de Lianna la fit taire. Des hérauts marchaient sous des fanions agités par la brise ; des cavaliers vérifiaient leurs lances et leurs épées épointées. C'était là le spectacle de la chevalerie la plus colorée et la plus creuse. Des hommes chargeaient l'un sur l'autre sans autre but que de faire tomber de sa selle un adversaire qui n'en était pas un. Tout cela pour gagner une couronne de fleurs et le sourire satisfait de la dame dont ils portaient les couleurs.

Rand serait dans toute sa gloire, ici, pensa Lianna avec amertume.

Apercevant une silhouette solitaire sur les remparts du château, Macée s'abrita les yeux de la main pour mieux voir.

— Chiang, dit-elle. Nul doute qu'il est trop occupé par ses poudres et ses décoctions pour nous rejoindre.

— Votre époux a commandé un feu d'artifice pour ce soir, répliqua Lianna. Même si Chiang voulait assister aux joutes, il aura trop à faire à préparer ses charges.

Elle leva la main pour lui faire signe ; il lui répondit distraitement et disparut derrière un canon.

Chiang l'inquiétait. Il paraissait réservé, peu bavard et étonnamment docile aux caprices de Gervais. En même temps, il semblait tendu par une attente secrète.

Agitée et inexplicablement nerveuse, Lianna porta son attention sur le public du tournoi, des paysans et des marchands riant, mangeant des bonshommes en pain d'épice et buvant du cidre spécialement tiré pour la fête, teinté en vert clair par du persil. D'autres visiteurs arrivaient encore sur la route de l'ouest, peut-être une trentaine. Leurs charrettes à hautes ridelles étaient tirées par des chevaux. Les nouveaux arrivants, nota-t-elle distraitement, devaient avoir aussi chaud qu'elle : ils portaient tous de longues capes.

— Voici la parade des armes ! s'écria Macée tout excitée.

Elle redressa son hennin et se pencha en avant tandis que des trompettes sonnaient. Conduits par Gervais et Gaucourt, les chevaliers descendirent les lices à cheval, soixante-dix hommes envahissant le champ clos telle une mer d'or. Les armures accrochaient le soleil et le renvoyaient, si bien que Lianna, momentanément éblouie, s'abrita les yeux et tourna la tête.

La foule qui bourdonnait se tut soudain en un silence plein d'attente ; les derniers arrivants se déplaçaient parmi les spectateurs pour se presser près de la barrière. Quelques-uns bousculèrent rudement des gens. L'un d'eux, un prêtre dans une robe brune, houspilla un jeune garçon pour avoir une bonne place au bord des lices. Une attitude qui seyait fort mal à un homme d'Eglise, pensa-t-elle, tout comme le fait de porter un gantelet de cuir…

— Crénom ! lâcha-t-elle dans un souffle.

Elle bondit sur ses pieds. Mais Macée lui saisit le poignet, la tirant en arrière.

— Vous m'empêchez de voir, Lianna ! Maintenant, taisez-vous et écoutez. Gervais a passé des heures à apprendre sa proclamation…

— Il pourrait la lire s'il avait appris ses lettres, marmonna Bonne.

Macée fronça les sourcils.

— Taisez-vous pendant que votre seigneur parle.

Lianna entendit à peine la réponse insolente de Bonne. Tremblant de tous ses membres, elle scruta la foule. Ses mains étaient serrées sur l'étoffe de sa cotte brodée. Avec un mélange d'espoir et de terreur, elle observait les étrangers qui se pressaient le long des lices, non pas avec, sur le visage, la curiosité nonchalante de spectateurs, mais l'air résolu de prédateurs. Ils se perchèrent sur la barrière ou prirent position à l'entrée et à la sortie du champ. Le plus grand des hommes encapuchonnés escalada la barrière la plus haute et se hissa au sommet. Lianna reconnut sans mal une silhouette familière.

Rand...

Manifestement, il était venu prendre le château. Elle devait agir, lancer des avertissements... Les jouteurs, lourdement armés, en finiraient avec lui en quelques coups de lances et d'épées.

Gervais poursuivait d'une voix monotone sa déclamation, énumérant les règles du combat sans se douter de rien.

— Les tricheries entraînent le renoncement aux prix... Nul ne doit harceler un homme à terre...

Le cœur de Lianna tambourinait. Tout le monde écoutait Gervais ; personne ne remarquait les mouvements secrets des hommes de Rand. Il fallait qu'elle prévienne les chevaliers. Dans l'intérêt de Bois-Long et de la France. Mais les mots restaient coincés dans sa gorge. Pas même pour son château, pour son pays, elle ne pouvait par son attitude provoquer la mort de l'homme qui était son époux.

Rand leva soudain la main. Comme un seul homme, ses compagnons rejetèrent leurs capes, qui dissimulaient des arcs, et mirent promptement leurs flèches en place.

— A la fin de la journée, le champion aura l'hon...

Une exclamation collective monta de la foule, interrompant Gervais. Pendant un moment, la scène ressembla à un tableau figé. Puis des mères se hâtèrent de mettre leurs enfants en sécurité ; quelques hommes jetèrent des coups d'œil nerveux par-dessus leur épaule et décampèrent.

La silhouette debout sur la barrière laissa tomber sa cape à son tour et le cœur de Lianna s'emballa en revoyant Rand.

Le soleil brillait sur ses cheveux dorés et sur le blason du léopard rampant qui ornait son surcot. Il tenait son arc prêt à tirer. Elle ressentit une admiration soudaine et involontaire pour cet homme magnifique, son époux et le père de son enfant. Derrière lui, un adolescent leva une oriflamme qui portait la devise du médaillon que Roland avait trouvé dans le vallon : « A cœurs vaillants, rien d'impossible. »

Pas même vaincre soixante-dix chevaliers en armure, se dit Lianna, saisissant tout à coup toute la portée de cette petite phrase.

Macée se cramponna frénétiquement à sa manche.

— C'est l'Anglais ! Celui qui s'est échappé !

— Et ce héraut effronté, ajouta Bonne, désignant Jack Cade. Au nom de saint Denis, que se…

— Il ne peut pas faire ça ! la coupa Macée. Gervais allait faire jurer allégeance aux gens, aujourd'hui…

— Chut !

Lianna la fit taire.

— Posez vos armes !

La voix de Rand retentit comme un coup de tonnerre. Hors de lui, Gervais cracha par terre.

— Jamais, Anglais. Vous mourrez où vous êtes !

Gaucourt, qui avait été tendu un moment, parut se détendre en finissant le décompte silencieux des archers qui l'entouraient.

— Idiots ! cria-t-il à la foule apeurée.

Son cheval caparaçonné fit un écart sous lui ; une légère brise agita la longue plume sur son heaume.

— Que peut ce ramassis de paysans et de bigots anglais contre la force de nos armures ?

Il se tourna vers ses hommes.

— Armez-vous ! commanda-t-il.

Obéissant, les chevaliers ôtèrent les protections de leurs armes.

Rand fit un bref signe de tête à Jack, qui gardait la sortie. Avec un grand sourire, ce dernier lâcha sa flèche. Tel un rasoir, elle coupa net le panache de Gaucourt. Des exclamations montèrent des spectateurs.

Bonne applaudit et décocha à celui qu'elle semblait mépriser une minute plus tôt un regard de pure admiration. Elle s'arrêta vite quand plusieurs personnes se tournèrent et la firent taire d'une mine sévère.

Gaucourt leva le poing.

— Vous me paierez ça, Anglais ! Vous êtes déjà mort !

Il désigna le château.

— Votre tête pourrira sur ces murs !

— Posez vos armes ! répéta Rand, impatient cette fois.

La rage rendit Gaucourt écarlate sous son heaume.

— Fils de ribaude !

Il arracha un fanion à un héraut et le leva pour donner le signal de la charge. Quelques secondes plus tard, une flèche transperça le bois du manche.

Gaucourt poussa un cri de fureur. Sur les lices, les cavaliers remuaient avec méfiance sur leurs montures. En jurant et en éperonnant son cheval, Gaucourt galopa comme un fou vers Jack. L'archer se pencha en avant et arracha une lance à l'un des chevaliers. Serrant la barrière entre ses cuisses, il appuya la lance contre son épaule. La pointe frappa la poitrine de Gaucourt qui tomba de son cheval dans un fracas métallique. Jack bascula par-dessus la barrière sous l'effet de l'impact mais sans l'encombrement d'une armure, il se remit sur pied immédiatement, saisit l'épée de Gaucourt et en pressa la pointe sur son visage. Des chevaliers français s'avancèrent, pour reculer aussitôt que l'épée griffa la joue de leur chef.

— Ce n'est pas du jeu, dit quelqu'un dans la foule.

Non, pensa Lianna, glacée et tremblante malgré la chaleur, ce n'était pas du jeu. Son château allait tomber dans les mains de Rand.

— Vous voulez donc jouer les hors-la-loi ? cria Gervais.

Il leva le bras comme pour brandir le poing, jeta un coup d'œil au fanion brisé et parut se raviser.

— Je dis que Bois-Long est à moi !

Il sortit de son vêtement un rouleau de parchemin.

— Le roi Charles m'a remis le château !

Le cœur de Lianna sombra. Ainsi, c'était le secret qu'il lui avait fait miroiter dans la chambre de comptes. Le roi de France avait proclamé Gervais sire de Bois-Long. Maudit soit ce fou, pensa-t-elle. Voilà comment il la récompensait de sa loyauté. Sa vie était jalonnée de trahisons, d'un homme à l'autre…

— La missive est signée et cachetée par le roi Charles lui-même ! hurla encore Gervais, et…

Calmement, Rand lâcha une flèche. Elle arracha le parchemin de la main de Gervais et le cloua au sol en vibrant.

— Voici ce que je pense des investitures dénuées de raison de votre roi, dit-il froidement.

Puis avec la même feinte nonchalance, il prit une autre flèche et la mit en place.

Macée s'évanouit.

Tandis que Bonne s'occupait d'elle, Lianna fixait Rand, fascinée. Il lui présentait de nouveau une facette de lui qu'elle ne connaissait pas. Il n'était pas l'amant des bois, ni le monstre enragé du ravin, mais un guerrier froid et calculateur, sûr de sa victoire.

Pointant sa flèche sur Gervais, il déclara :

— Vous êtes vaincus et il n'y a que deux issues aux lices. Vous allez vous piétiner les uns les autres en essayant de sortir. Quant à la protection de vos armures, eh bien…

Il porta les yeux sur le parchemin, puis sur Gaucourt impuissant.

— Votre acier vous sert bien mal, Mondragon…

— Que voulez-vous, Anglais ?

— Ce qui est à moi. Posez vos armes !

La voix de Rand était implacable. Quelques-uns de ses hommes, couverts par les archers prêts à tirer, sautèrent dans les lices et se mirent à désarmer les chevaliers. Leur chef en péril, ils n'offrirent pas de résistance.

Bonté divine ! pensa Lianna. Rand s'était fait des alliés français ! Incapable de se contenir plus longtemps, elle enjamba le corps inerte de Macée et courut vers le champ. Se frayant un chemin dans la foule en jouant des coudes, elle arriva en haut des lices.

— Que faites-vous ici ? demanda-t-elle à Rand.

— Je viens réclamer mes terres et mon épouse.

Il sauta par-dessus la barrière, la saisit dans ses bras et planta un farouche baiser sur sa bouche. Elle s'écarta et fut stupéfaite de voir sourire certains des spectateurs, comme si tout ceci était un spectacle joué pour leur plaisir.

— Vous voyez, murmura Rand, même des étrangers discernent l'amour qui nous lie.

Outragée, elle lui tourna le dos.

Raoul de Gaucourt, le chevalier le plus hardi de France, fut dépouillé de son armure, de ses éperons, de son épée et de son cheval. Puis, la tête basse et les mains liées, ses hommes et lui furent conduits à bord de charrettes.

— Traîtres ! cria Lianna aux archers français. Feriez-vous prisonniers les hommes qui ont juré de défendre la France ?

— Mieux vaut être traîtres à la Couronne qu'à nos familles ! riposta un vieil homme.

Il cracha par terre, poussa un des chevaliers de Gaucourt dans un tombereau et ajouta :

— Ce sont ces diables qui ont attaqué notre village, saccagé nos champs, violé nos femmes. Les rançonner est un sort trop doux pour eux, mais nous les rançonnerons.

Lianna le fixa, incrédule.

— Non, dit-elle d'une voix rauque. Non, ce sont des brigands qui ont pillé Eu…

— Le ciboire ! cria l'un des archers français. Je l'ai trouvé !

Il défia du regard un chevalier désarmé et leva un réceptacle doré. Ses compagnons poussèrent des vivats.

— Il a été volé dans leur église, dit Rand. Qui sont les brigands à présent, Lianna ?

Guy le sénéchal se hâta de la rejoindre.

— Nous avons abrité durant des semaines une bande de brigands, ma dame.

Le visage tendu par le ressentiment, il s'éloigna à grands pas pour aider les paysans à rassembler leurs prises. D'autres hommes de Bois-Long se joignirent à eux.

Malade de dégoût, Lianna regarda les prisonniers dans les charrettes ou attachés ensemble en rang. Le ciboire et leurs visages furieux et honteux confirmaient la vérité. Elle avait ouvert sa demeure à des hors-la-loi et des pilleurs ! Le rouge de la honte lui monta aux joues.

Les spectateurs venus de la campagne reprenaient craintivement le chemin de leur maison. Les lices restaient vides, piétinées par des chevaux nerveux. Quand les hommes d'Eu attachèrent les montures des chevaliers aux charrettes, elle ne protesta pas.

Un cri, suivi par des jurons et un bruit de sabots, détacha son attention de Gaucourt et de ses hommes. En se tournant, elle vit Gervais s'enfuir à cheval dans la forêt. Deux Anglais le poursuivaient.

Le vieil homme à côté d'elle haussa les épaules.

— Mondragon... Ma querelle n'est pas avec lui.

— Mais la mienne, si !

La voix de Rand, empreinte d'une froide colère, fit pivoter Lianna brusquement.

— Je suppose, dit-elle d'un ton coupant, que vos hommes ont l'ordre de le pourchasser comme un sanglier.

— C'est une chance plus juste que celle qu'il m'a accordée.

Le visage de Rand, bien qu'échauffé par le triomphe, était meurtri par des ecchymoses pâlissantes et des coupures en train de guérir. Les jointures de ses doigts étaient couvertes de croûtes. Elle combattit en elle un sentiment de sollicitude et l'envie de passer doucement le doigt sur ces restes de blessures.

— Il n'a fait que ce qu'il jugeait nécessaire pour empêcher le château de tomber entre des mains anglaises !

Le sourire de Rand se durcit de regret.

— Je pensais que vous m'aviez libéré pour combattre de nouveau, le jour... et pour aimer de nouveau, la nuit.

Il tendit les bras et l'attira contre lui, l'enveloppant de son odeur de bois et de soleil.

Des soupirs féminins montèrent du pavillon.

— Etait-ce juste de votre part de cerner les chevaliers de Gaucourt de tous côtés, de pointer des flèches sur eux sans leur laisser la chance d'une bataille honorable ?

— Je n'ai fait que ce qui était nécessaire !

— C'est ce que je ferai moi aussi, riposta-t-elle furieusement.

Elle lui tourna le dos et s'éloigna d'un pas martial.

Les gens du château restaient à la lisière du champ, regardant les Anglais avec une admiration teintée d'hésitation et de réticence. Certains étaient déjà retournés au château pour se mettre en sécurité.

Chiang, lui, n'en avait pas bougé.

Lianna se faufila vers la porte nord, priant de ne pas avoir été vue. Ses pas résonnèrent sur le pont-levis, et son regard se riva sur les sinistres bouches de fer des canons postés sur les remparts.

Oui, se dit-elle. Oui, même avec deux canonniers seulement, elle serait peut-être capable de tirer sur les Anglais. Ils étaient peu nombreux et son adresse, combinée à celle de Chiang, était grande.

Une main d'acier se referma sur son bras. Elle fut arrêtée net dans son élan et se retrouva une fois de plus face à Rand. Elle jeta un regard frénétique aux canons.

— N'essayez pas, Lianna, dit-il, devinant ses intentions.

Elle se tordit dans son emprise ; il resserra encore les doigts.

— Je ne vous laisserai pas simplement arriver et prendre ma demeure ! Mes gens ne vous accepteront jamais comme leur seigneur.

— Je ne leur donnerai pas le choix.

Elle comprit le message tacite contenu dans ses yeux durs. Il ne lui laisserait pas le choix à elle non plus. Il relâcha son emprise.

— Venez, dit-il en l'entraînant vers les portes du château. La dernière fois que je suis entré dans ces murs, c'était comme prisonnier. Maintenant, j'y entre en seigneur.

— Les Français vous vaincront, déclara-t-elle froidement, en pressant le pas pour rester à sa hauteur. Vous avez peut-être gagné aujourd'hui, mais la France ne se rendra pas si aisément.

Il se tourna, leva la main pour donner un signal à un groupe d'hommes et continua.

— Je ne vous pardonnerai jamais ceci, dit-elle.

— Le pardon, répondit-il, n'est pas l'un des serments que vous m'avez faits au Crotoy.

Il ralentit son allure et son expression se fit tendre, presque triste.

— Et pourtant, j'aimerais plus que tout que vous me l'ayez promis…

Revendiquer la baronnie de Bois-Long se révéla une tâche facile pour Rand. Batsford, le prêtre, dit une messe de célébration, puis demanda au baron et à la baronne de Longwood de venir se tenir devant l'autel.

Accompagnée par des exclamations étouffées, des murmures et des frottements de pieds, Lianna suivit Rand avec réticence en haut de la chapelle. Lorsqu'elle se retourna pour regarder les gens du château, s'attendant à voir sur leurs visages de l'outrage, de la colère, de l'incrédulité, elle ne vit qu'un plaisir surpris à la nouvelle que la damoiselle avait épousé secrètement le bel Anglais.

Plaçant une main sur un reliquaire orné qui contenait un fragment d'os de saint Denis, Rand prit la parole :

— Je fais le serment d'être votre loyal seigneur et de vous assurer ma protection contre tout homme, en bonne foi et sans duperie.

De nombreuses femmes, remarqua Lianna avec agacement, souriaient et hochaient la tête, visiblement séduites par le charme viril de Rand. Même les vingt chevaliers de Bois-Long, qui avaient été si récemment humiliés par les flèches anglaises, se montraient calmes, avec un fatalisme qui l'exaspéra.

Les yeux posés sur Jehan, capitaine des chevaliers du château, Rand déclara :

— Je ne vous demanderai jamais de prendre les armes contre un Français. Mais vous ne devrez pas non plus essayer de me porter atteinte ou à mes hommes. Avancez et donnez-moi votre serment de loyauté.

Jehan s'approcha de l'autel. Pour moitié, Lianna appréhendait qu'il lance un défi à Rand ; pour l'autre moitié, elle était terrifiée à l'idée qu'il ne le fasse pas.

Le grand chevalier s'arrêta devant Rand et lui donna ses mains.

— En tant qu'époux de ma maîtresse, je vous accorde mon hommage, mon aide et mon conseil, lord Enguerrand.

Comment pouvait-il ? se demanda Lianna avec colère. Comment pouvait-il se soumettre à un Anglais, un étranger qui permettrait à l'armée du roi Henry de traverser la Somme en une marche meurtrière ?

Des murmures d'approbation et de soulagement montèrent de l'assistance.

Une nouvelle bannière, fabriquée en Angleterre comme présent de mariage, flotta bientôt sur les remparts de Bois-Long. Le léopard rampant de Rand sur deux quartiers, les lys dorés de France sur les deux autres, se déployèrent dans la brise printanière. Les festivités du 1er mai se poursuivirent avec une nouvelle gaieté. Comme s'ils avaient déjà oublié le tournoi, l'humiliation de Gaucourt et la fuite de Gervais, les gens du château ne semblaient que trop heureux d'être débarrassés du capitaine et de ses gros buveurs de hors-la-loi.

— Par les canines de saint Crispin ! dit Bonne en trouvant Lianna sur l'estrade drapée de guirlandes qui surplombait la pelouse. J'ai bien cru qu'on ne calmerait jamais Macée !

— Elle dort ?

Bonne hocha la tête.

— Oui, dans la chambre qu'elle a toujours occupée. La décoction de jusquiame et de pavot de mère Brûlot a réussi à l'endormir. Bien sûr, maintenant que sa position a changé, je suppose que je dois mettre sa palette dans le quartier des femmes…

— Laissez-la où elle est, dit Lianna. Avoir perdu Gervais sera déjà assez dur.

— Sainte Vierge ! fit Bonne en la regardant fixement. Vous ne pouvez vouloir dire que vous regrettez qu'il soit parti, vous aussi ?

— Pendant des années, ce château a vécu aussi calmement que les eaux de la Somme, répondit Lianna. C'est seulement quand des hommes s'en sont mêlés que tout a commencé à s'écrouler.

— Pourtant votre époux semble avoir les choses bien en main, observa Bonne en baissant les yeux sur la foule.

Lianna lui décocha une œillade brûlante, puis suivit son regard. Son surcot flottant dans la brise fraîche, Rand traversait la cour avec Chiang. Les hommes ôtaient leur coiffe devant lui ; les femmes faisaient la révérence et chuchotaient derrière leur main.

Bonne soupira.

— Il est beau et vertueux. L'un des hommes d'Eu a juré qu'il ne couche jamais avec des femmes, ne boit jamais trop et n'invoque jamais le nom du Seigneur en mauvaise part.

Jack Cade, qui marchait derrière eux, leva les yeux et aperçut Bonne. Avec un grand sourire, il mit un genou à terre et tendit les deux mains comme pour lui offrir son cœur.

Irritée par les gloussements de sa chambrière, Lianna descendit de l'estrade. Elle s'approcha de Rand et de Chiang qui souriait aimablement, et faisait des gestes en parlant.

— Ce doit être Bonne, dit Rand, les yeux sur l'estrade. Jack m'en a dit sur elle plus que ce que j'ai besoin de savoir.

Chiang rit.

— C'est une fille gaillarde, qui aime la vie. Elle a la curieuse habitude de jurer par des saints estropiés.

— Nous avons tous nos petits travers, commenta Lianna.

Elle fixa Rand, la mine sévère.

— Vous, par exemple, vous enlevez des femmes non consentantes.

Elle se tourna vers Chiang.

— Et vous, vous êtes prompt à rejoindre le camp ennemi.

Le maître canonnier la regarda avec ses placides yeux noirs. Puis il inspira profondément et jeta un coup d'œil à Rand.

— Dites-lui, lui enjoignit Rand. Dites-lui ce que vous m'avez confié, afin qu'elle comprenne.

Chiang se raidit. Ses joues rougirent.

— Cela importe-t-il ? C'était il y a si longtemps…

— Je veux savoir ce que vous m'avez caché, dit Lianna, brûlant de curiosité et mécontente que son vieil ami ait partagé avec Rand un secret.

Chiang lui fit face. Une profonde fierté intérieure qu'elle ne lui avait jamais vue auparavant donnait à ses traits une allure princière.

— J'ai dit que le bateau qui m'a amené ici, l'*Etoile d'Orient,* avait fait naufrage. Mais ce n'est pas vrai. Le vaisseau, équipé de canons comme le monde chrétien n'en avait jamais vu auparavant, a été pris par les Français, et j'ai échappé de peu à l'esclavage.

— L'*Etoile d'Orient* était un navire de guerre ? demanda Lianna, étonnée.

Il hocha la tête et elle comprit enfin pourquoi il ne le lui avait jamais dit.

— Au service de qui ?

Chiang abaissa la voix.

— D'Henry Bolingbroke, le père d'Henry V.

Elle se mit à trembler tandis que les pièces du puzzle

se mettaient en place. Bolingbroke avait quitté l'exil pour se ruer sur l'Angleterre et prendre le trône à Richard II.

— Tudieu, dit-elle dans un souffle. Vous avez aidé l'usurpateur !

Chiang déglutit.

— J'avais mes raisons.

Marmonnant quelque chose à propos des feux d'artifice du soir, il s'empressa de partir.

Lianna domina un poignant sentiment de trahison. Elle fit face à Rand avec un regard farouche.

— Vous n'avez pas perdu de temps à vous insinuer dans ma maisonnée.

Il sourit.

— *Notre* maisonnée.

— Je ne veux pas de vous ici.

— Mais j'y suis, Lianna, et j'y resterai.

Il promena son regard sur la foule qui dansait et s'amusait.

Des flûtes, des tambourins et des violes entraînaient les danseurs dans une ronde autour de l'arbre de Mai. Des enfants jouaient au cerceau ou à la marelle tandis que leurs parents paressaient en discutant près d'une pile de tonnelets de cidre.

— Ne les jugez pas déloyaux, dit Rand en lui prenant la main. Ce sont des gens qui aiment la paix.

— Ce sont des sots abusés par vos mensonges anglais, vos promesses anglaises !

— Ils ne se soucient pas de politique. Ils ne veulent que la paix et la sécurité, d'où qu'elles viennent.

Un cri en provenance de la barbacane interrompit les danses et les jeux. Les gens se ruèrent vers les portes. Lianna jeta un regard méfiant à Rand par-dessus son épaule, avant d'aller voir à son tour. Lorsqu'elle atteignit les portes, elle aperçut un grand vaisseau, ses voiles à moitié repliées ornées de dragons et de démons, ses flancs arborant des léopards.

Son estomac se contracta. Pressant sa joue contre la pierre froide de la poterne, elle se remémora la première fois où elle avait vu ce bateau. C'était le matin suivant son mariage avec Lazare, quand elle s'était enfuie pour contempler l'étendue de son erreur. Elle se souvint avoir chassé ses larmes pour fixer le quatre-mâts qui approchait, se rappela la fureur qui lui avait noué la gorge en voyant les côtes normandes souillées par le navire anglais.

Et maintenant ce n'étaient pas seulement les falaises rocheuses, mais sa propre demeure qui était envahie !

Ses gens descendirent à la rivière pour aider à décharger le bateau. Une file de chevaux et de bétail en sortit, suivie par une parade de coffres et de malles portés sur les épaules de robustes marins à la peau sombre.

Elle sentit la présence de Rand derrière elle.

— Ainsi, le roi Henry a l'intention d'acheter la loyauté de mes gens avec des babioles et du troc, dit-elle.

Il posa une main sur son épaule, glissant distraitement ses doigts dans ses cheveux.

— Des présents de bonne volonté, Lianna…

Elle s'écarta de lui avec brusquerie et fronça les sourcils.

— Ils peuvent être impressionnés par des gestes creux, mais pas moi !

— De tels gestes creux, dit-il en reprenant une mèche de ses cheveux, emplissent les ventres vides.

Deux cavaliers arrivèrent du sud et traversèrent bruyamment la chaussée sur la Somme. Elle les reconnut : c'étaient le Gallois appelé Dylan et Piers à la jambe bandée, qui étaient partis à la poursuite de Gervais. Elle suivit Rand pour aller à leur rencontre.

— Nous n'avons pas eu de chance, milord, dit le Gallois.

Piers acquiesça.

— Nous serions allés plus loin, mais nos montures étaient fourbues.

— Dans quelle direction s'est-il enfui ?

— Il allait vers le sud, probablement à Rouen.

— L'important est qu'il n'a pas de forces avec lui.

Lianna pivota vivement vers lui.

— Sot naïf que vous êtes ! Le dauphin Louis est à Rouen. Si Gervais le convainc de venir ici en force, nous serons tous perdus.

Rand fit signe à ses hommes d'entrer dans le château, avant de la prendre par le bras et de la tirer à l'écart.

— Je ne crains pas le dauphin. Même s'il est plus sain d'esprit que son père, Louis est gras et paresseux. Il ne se dérangera pas pour attaquer un baron anglais mineur. Plus important encore, il est le gendre de Bourgogne, et y réfléchira à deux fois avant de défier le duc.

Il promena ses yeux verts sur les remparts. Lianna se demanda comment elle avait pu penser que ces yeux-là étaient aussi doux et tendres que des feuilles traversées par le soleil.

— Gervais persuadera le dauphin, soutint-elle. Et vous devriez craindre sa puissance. Vous n'êtes pas de taille à affronter un fils de roi qui a la force de la France derrière lui.

— Pas de toute la France, rétorqua calmement Rand. J'ai les faveurs de Bourgogne et Bois-Long est quasiment impénétrable. Vous me l'avez dit maintes fois.

— Je ne lèverai pas un doigt pour résister au dauphin s'il vient chercher une capitulation.

— Vous n'en aurez pas besoin. De telles décisions m'appartiennent, maintenant.

Il vit son air blessé malgré ses efforts pour le cacher. Il lui toucha doucement le bras.

— Venez, laissez vos gens profiter de la journée…

Vous faites une délicieuse Reine de Mai. J'aimerais vous voir jouer votre rôle.

— Je préférerais aller aider Chiang pour les feux d'artifice.

La main de Rand se resserra sur son bras.

— J'ai envoyé Simon le faire. Il apprendra peut-être l'art de Chiang. Il est encore blessé de la façon dont vous l'avez effrayé au Crotoy.

Elle essaya de s'écarter. A la place, elle se retrouva captive de ses bras forts, prisonnière de ses murmures bas et séduisants.

— Quant à nous, baronne de Longwood, nous nous passerons des feux d'artifice de Chiang pour créer les nôtres.

Elle réprima un tremblement de désir involontaire.

— Mais Chiang va essayer un nouvel explosif, avec du cobalt pour le faire brûler plus fort…

Le souffle léger de Rand agita de fines mèches sur ses tempes.

— Mon besoin de vous brûle plus fort que n'importe quelle charge de canonnier. Et sous votre feinte indifférence, vous brûlez aussi pour moi.

Une sensation de dérive impuissante réduisit la protestation de Lianna à un murmure.

— Il s'est procuré du cuivre jaune pour colorer les lumières…

Les lèvres chaudes de Rand s'approchèrent si près des siennes qu'elle put presque goûter son baiser.

— Chut, Lianna… J'ai l'intention de vous montrer des lumières qui n'ont jamais enflammé le firmament.

14

Le sifflement aigu d'une fusée déchira le silence et illumina un instant la chambre. Lianna frémit, resserrant sa robe de chambre autour d'elle. Les flammes de deux bougies faisaient danser son ombre nerveuse sur les fresques du mur.

Des images familières et pourtant une histoire de vie d'un autre âge. La jeune mère riait avec son enfant ; le chevalier à genoux courtisait sa dame.

Maintenant, elle regardait la scène peinte d'un œil neuf, d'un œil averti. Rand le Gascon lui avait fait croire que la peinture parlait de vrais sentiments, de rêves exaucés. Enguerrand l'Anglais lui avait montré que de telles fantaisies étaient faites pour des sots ou les naïfs.

Peut-être était-ce ce qu'elle regrettait le plus dans le secret de son cœur. Même si elle pouvait se battre pour son château, la perte de ses rêves était irrévocable. L'était-elle vraiment ? se demanda-t-elle une fois encore, irrésolue dans la voie qu'elle devait suivre. Un avenir avec Rand s'offrait à elle et elle aurait un bel enfant aux cheveux blonds et aux yeux d'un vert de feuilles… C'était là tout le problème… Maudit soit cet homme de lui faire désirer une vie avec un Anglais !

C'était pour cela qu'elle le détestait. Pour cela qu'elle lui avait barré sa porte.

Les crépitements des feux d'artifice et les acclamations de la foule lui portaient sur les nerfs. Tout le monde acceptait Rand et les présents du roi Henry. Tout le monde sauf elle et Macée. Lianna éprouva une bouffée de compassion pour l'épouse de Gervais. Dès le lendemain, elle ferait ce qu'elle pourrait pour la rassurer. Mais ce soir…

Le loquet métallique de la porte grinça. Lianna tourna vivement la tête vers l'épaisse huisserie, solidement barrée de sa propre main. Elle recula d'un pas.

— Lianna ? appela la voix grave et riche de Rand.

Il appuya de nouveau sur le loquet.

— Lianna, ouvrez la porte…

Elle resta immobile, muette, et tenta de toutes ses forces d'atténuer les battements précipités de son cœur. Le long silence, ponctué seulement du bruit des feux d'artifice, la calma. Peut-être Rand avait-il compris et était-il parti dormir ailleurs ?

Son soupir de soulagement se termina en une exclamation de stupeur quand un coup puissant ébranla la porte. Puis un deuxième coup, tout aussi violent. Avec horreur et saisissement, elle regarda le loquet céder, arraché du bois.

Puis la porte s'écrasa contre le mur.

Le visage calme, une main frottant distraitement son épaule, Rand entra dans la chambre.

Il ne semblait pas plus troublé qu'un homme entrant dans la grand-salle pour se restaurer. Il repoussa la porte abîmée d'un coup sec. Les flammes des bougies, attisées par le courant d'air, éclairèrent son visage. Il n'était pas calme du tout, en fait.

Ses yeux étincelaient, aussi acérés que de l'acier trempé. Jamais la colère n'avait paru si magnifique sur un homme, ni si effrayante. Lianna se força cependant à rester immobile, sans ciller, le menton pointé vers lui en signe de défi.

— Plus jamais, dit-il d'une voix basse et farouche. Ne me barrez plus jamais cette porte…

— Tiens donc ! La fierté de mon époux et seigneur aurait-elle été blessée ?

Il cessa de frotter son épaule et laissa retomber sa main. Le geste était raide, forcé, comme s'il réfrénait un élan de violence.

— Votre hostilité nous blesse tous les deux, ainsi que tous ceux qui nous servent. Si nous ne trouvons pas l'harmonie, Lianna, le poison de la dissension finira par toucher toute cette maison.

— Trouver l'harmonie avec vous ne m'intéresse pas !

La colère flamba de plus belle dans ses yeux. Il se remit à masser son épaule, machinalement, et elle eut l'impression qu'il se forçait de cette manière à dominer son humeur. Malgré sa fureur noire, il paraissait fatigué. Mentalement, elle récapitula sa journée : levé avant l'aube pour faire le trajet depuis Eu, encercler, soumettre et capturer des chevaliers armés, décharger un navire, arracher des serments d'allégeance. Qu'elle ait couronné une telle journée par son geste de défi la fit se sentir tout à coup étrangement coupable.

— La loi salique est beaucoup plus rigoureuse en France qu'en Angleterre, reprit-il. Je serais dans mon droit de vous battre ou de vous punir publiquement pour votre acte de défi.

Elle déglutit.

— Vous le feriez ?

Relâchant son souffle dans un sifflement, il vint se placer devant elle et posa légèrement les mains sur ses épaules. Elle perçut toute la force contenue de ces mains.

— Je n'en ai pas besoin.

La douce pression de ses doigts la troubla, ainsi que les baisers légers mais insistants qu'il semait sur son front.

— Je ne veux pas…

— Si, Lianna…

Il prit la main qu'elle nouait sur sa gorge et força ses doigts à s'ouvrir.

— Je sais que vous êtes en colère. Que vous vous sentez trahie… Je comprends votre loyauté au roi Charles et la déception que vous a infligée votre oncle. Mais je ne vois pas pourquoi vous refusez obstinément d'admettre que vous tenez à moi, pourquoi vous vous refusez le plaisir que je peux vous donner.

— Ce n'est pas bien, dit-elle avec désespoir. Je ne devrais pas éprouver…

— C'est notre droit comme mari et femme d'éprouver tout le plaisir que nous pouvons nous donner l'un à l'autre. C'est votre droit en tant que femme, qu'épouse !

Il se pencha et l'embrassa brièvement. Son sang embrasé par la passion gronda aux oreilles de Lianna.

— Nous sommes en désaccord sur maintes choses, Lianna, mais pas là-dessus. Goûtons à la paix au moins dans notre chambre à coucher.

Dehors, les fusées montaient dans le ciel et explosaient, mais Lianna les entendait à peine. Son esprit et son cœur étaient rivés sur Rand et lui seul, sur son doux murmure, ses tendres caresses, et sur la profonde et vive aspiration qui habitait son âme.

Le cœur empli d'un amour douloureux, Rand cligna des paupières dans l'aube naissante. Il resta immobile, passant ses sentiments au crible, se remémorant des images de la nuit. Il avait été si furieux de trouver la porte de la chambre barricadée qu'il avait à peine senti ses os et ses muscles meurtris quand il s'était jeté dessus. Sa rage avait été si profonde, si aiguë, qu'il s'était méfié de lui-même, de ce qu'il pourrait faire à Lianna. Même avec elle, sa patience avait des limites. Grâce à Dieu, il n'avait pas eu à les atteindre.

Lianna remua, soupira et vint se blottir contre lui. Il pressa ses lèvres sur sa tempe.

Elle s'éveilla alors, émit un petit son de désarroi et s'écarta de lui. Il la reprit contre lui.

— Restez, murmura-t-il. Il est encore tôt.

— Vous êtes devenu trop vite satisfait de vous, dit-elle en essayant de se dégager de nouveau. Gaucourt n'est pas homme à tolérer l'insulte que vous lui avez portée.

Ses mouvements ravivèrent un vif désir chez Rand. Mais il se contrôla ; il savait qu'il n'obtiendrait rien d'elle dans son humeur du moment.

— Ses hommes sont hors de course, répondit-il. Ils attendent que leur rançon soit versée ou sont partis vers des lieux inconnus sur leurs chevaux rachetés. Il faudrait à Gaucourt des semaines pour rassembler les forces nécessaires et monter une attaque.

Il jouait avec une mèche de ses cheveux.

— Grâce à vos canons, Bois-Long n'est pas facile à prendre. Gaucourt sera réticent à revenir. Il est trop pratique pour se battre uniquement afin de panser sa fierté blessée.

— C'est que vous connaissez peu les Français.

— Voudriez-vous donc qu'il revienne ? Même en sachant qu'il a laissé ses hommes piller Eu ?

— Ils adhèrent aux mêmes idéaux élevés de chevalerie que vous, riposta-t-elle.

— Ne me comparez pas à un pilleur français ! J'ai interdit à mes hommes de pratiquer le vol, le saccage et le viol. Ils ne doivent pas aborder une femme à moins qu'elle ne manifeste clairement son accord.

— Oh ? rétorqua-t-elle âprement. Et moi ? Ai-je clairement manifesté mon accord cette nuit, milord ?

Se rappelant l'ardeur qui avait suivi son geste de défi, il passa doucement la main sur la courbe de sa hanche.

— Assez clairement, oui, Lianna.

Il posa les lèvres sur les siennes pour un baiser léger.

— Vous refusez d'admettre vos sentiments pour moi, mais votre corps raconte une tout autre histoire.

Sa main remonta ; ses doigts effleurèrent ses seins.

— Quand nous faisons l'amour, le monde s'évanouit.

— C'est ce que vous dites.

La voix de Lianna était légèrement altérée. Elle repoussa sa main.

— Et qu'en est-il de Gervais ?

Rand fit une grimace.

— J'aimerais avoir un moment de paix. Ne discutons pas de politique dans notre lit.

— Pensez-vous qu'il va rester éloigné ? insista-t-elle.

Il soupira.

— Il quête sans doute une audience avec le dauphin Louis. Mais son influence est sûrement trop légère pour mériter autre chose qu'une minime démonstration de force, tout au plus.

Il fixa ses yeux argentés, pleins de rancœur. Il brûlait d'envie de rester au lit et de l'adoucir par des caresses, mais elle avait le visage pâle et fatigué, et d'autres questions réclamaient son attention. Il lui donna un long baiser, lourd de promesses, puis se leva.

Quelques minutes plus tard, il marchait dans de longs corridors. Les pièces sentaient bon les jonchées fraîches et la cire à la verveine. Des serviteurs vaquaient à leurs tâches tranquillement et en ordre, s'arrêtant pour le saluer. La fierté l'envahit. Quelle châtelaine efficace était Lianna ! Il imagina ses enfants grandissant ici, apprenant comment le léopard d'Angleterre et les lys de France s'étaient unis sous ce toit.

Déroulant dans son esprit la liste de ses obligations, il força ses pensées à se concentrer sur des questions plus immédiates. Après avoir rompu son jeûne, il ferait connaissance avec le château, ses défenses et sa routine. Il fallait faire entrer des provisions et les inventorier, en cas de siège. Une missive devait être envoyée au roi Henry ; le bateau repartirait en Angleterre avec la marée du soir.

Tandis qu'il descendait l'escalier pour se rendre à la grand-salle, un cri de femme l'arrêta net. Fronçant les sourcils, il tourna à droite et aperçut un homme et une femme qui s'agitaient derrière des paravents.

— Par les dents de sainte Apolline ! lança une voix aiguë. Relâchez-moi !

En s'approchant, Rand reconnut Jack et Bonne. Des ficelles emmêlées liaient ensemble les mains de la chambrière et Jack en profitait pour caresser les globes de ses seins, qui émergeaient généreusement de son corselet.

— Bonté divine, Jack, devez-vous ligoter vos conquêtes ? demanda-t-il d'une voix irritée.

— Tout doux, milord, ce n'est qu'un jeu innocent…

La Française, qui ne comprenait pas la teneur de leur échange, tirait sur l'enchevêtrement de ficelles, marmonnant un juron agacé invoquant une sainte barbue du nom de Wilgeforte.

— Mon homme proteste de son innocence, lui dit Rand en français. Qu'en dites-vous, ma fille ?

— Il est aussi innocent qu'un pourceau en rut ! répondit-elle d'un ton coupant, et plus rusé que le médecin de Saint Louis.

Doucement, le visage avivé par le plaisir, Jack commença à démêler les ficelles de ses doigts.

— Voyons, ma chère, j'essayais juste de vous amuser avec le jeu de l'échelle de Jacob.

Il fourra la ficelle dans sa poche et leva sa main droite mutilée.

— Hélas, je ne suis pas habile pour ça.

Elle détourna les yeux de ses moignons.

— Je vous suggère, lança-t-elle sèchement, de trouver une tâche plus appropriée à un éclopé !

Rand se raidit. Jack avait rossé des hommes forts pour des insultes plus légères. Mais la silhouette aguichante et la voix aigre-douce de Bonne semblaient l'amuser plus que l'ulcérer.

— Je suis habile à d'autres choses, dit-il. Plus d'une femme satisfaite a baptisé ceci mon « autre outil d'amour ».

Il agita sa main sous le nez de Bonne qui poussa un petit glapissement et rougit jusqu'à la racine de ses cheveux auburn.

— Vous rôtirez en enfer, maître Cade.

Jack lui pinça les fesses.

— J'aimerais mieux me brûler à vous sur terre.

Rand s'inclina légèrement devant la chambrière.

— Si vous vouliez aller vous occuper de votre maîtresse…

Toujours rougissante, Bonne décampa sans demander son reste.

Rand et Jack se dirigèrent alors vers la grand-salle.

— Je veux que vous alliez à Rouen, Jack.

— Maintenant, milord ?

— Oui, aujourd'hui. Il serait bon de surveiller Gervais Mondragon de près. Il est peu probable qu'il se gagne l'oreille du dauphin, mais s'il le fait, je voudrais le savoir.

— Pourquoi moi, milord ? Je commençais juste…

Il jeta un coup d'œil égrillard vers les paravents.

— Je commençais juste à apprécier notre nouvelle demeure.

— J'ai besoin d'envoyer un homme de confiance, discret et qui comprend le français.

Son regard s'éclairant, Jack leva sa main droite.

— Je suis trop voyant, milord. On me remarque.

— C'est vrai.

Rand hésita au bord de l'indulgence.

— Piers Atwood ! dit soudain Jack, en se frappant la cuisse. Il parle français. Il a un accent, son père était flamand, je crois, mais il ferait l'affaire, milord. Et il veut tellement se racheter pour avoir gaffé avec ce Chinois et reçu une balle.

Rand rit.

— Comment se fait-il que je sois si réticent à vous dire non, Jack Cade ? Fort bien, ce sera Piers Atwood. Vous pouvez rester ici et essayer de séduire cette acerbe chambrière avec votre autre outil d'amour.

Lianna se sentait nauséeuse et tout endolorie, et se lever à l'aube lui mettait les entrailles sens dessus dessous. Elle aurait aimé rester encore un peu au lit, mais elle refusait de laisser penser à Rand qu'elle était paresseuse et négligente. Elle se leva donc quelques instants après son départ. Découvrant que Bonne était absente, comme d'habitude, elle enfila une cotte et un surcot et coiffa seule ses cheveux en arrière avec des peignes.

Chancelant, elle dut s'arrêter sur le pas de la porte. Elle se sentait plus mal que d'habitude et en rejeta sans hésiter la faute sur Rand. Contrairement aux gens normaux, il semblait n'avoir guère besoin de sommeil. A la suite d'une longue nuit d'ardentes étreintes amoureuses, il avait sauté du lit comme rafraîchi par des heures de repos. Aurait-il encore cette énergie quand ses cheveux dorés deviendraient gris ?

Il semblait faire mentir le vieux dicton normand : « Une conscience coupable empêche de dormir. » Soit Rand n'avait pas de conscience, soit il croyait vraiment qu'il avait le droit de la réclamer. Elle réprima sévèrement le petit frisson que faisait naître cette pensée.

Elle se cramponna au cadre de bois le temps que la vague de nausée reflue ; puis elle se rendit à la chambre de Macée.

— La bière est plate, disait cette dernière à une servante. Je ne romprai pas mon jeûne avec de la bière plate !

Apercevant Lianna, elle lui jeta un regard de travers et lui fit signe d'entrer.

Elles s'assirent toutes deux dans l'embrasure d'une fenêtre, devant une table bien garnie. Le soleil entrait par la croisée, chauffant la nuque de Lianna. Des bruits montaient de la cour ; les prières étaient terminées et la journée de travail avait commencé.

— Eh bien, dit Macée en brisant un morceau de fromage de chèvre et en le mettant dans sa bouche en bouton de rose. Etes-vous venue vous rengorger au sujet de la victoire de votre époux ?

Lianna détourna les yeux de la table, souhaitant qu'une brise chasse l'odeur trop forte pour elle de la nourriture.

— Vous savez bien que non, Macée…

Macée finit son fromage et mordilla un fruit confit, léchant ses doigts collants.

— Vraiment ? Gervais avait l'Anglais bien en main. Mais vous l'avez aidé à s'enfuir.

— Je n'ai pas…

— Si ! Gervais s'est peut-être laissé duper par votre fausse innocence, mais pas moi. L'Anglais a utilisé de la poudre à canon pour se libérer.

Lianna se rembrunit, se rappelant la confession de Chiang la veille.

— Les Anglais s'y connaissent aussi en poudre.

Macée lui jeta un regard soupçonneux.

— Pourquoi n'avez-vous pas dit à Gervais que vous aviez épousé Longwood au Crotoy ?

— Gervais l'aurait massacré de sang-froid et nous aurions perdu la possibilité d'une rançon.

— La rançon ? Ha ! Je crois plutôt que vous aimez cet Anglais. Comment vous en blâmer ? Il est beau comme un prince et excelle sans nul doute au lit. Et je sais ce que c'est que d'aimer si fort un homme qu'on ferait n'importe quoi pour lui, ajouta-t-elle à moitié pour elle-même.

— L'amour n'a rien à voir là-dedans, se défendit Lianna. Il serait mort noyé dans sa cellule.

— J'aimerais qu'il en fût ainsi !

La colère de Lianna fusa à cette remarque cruelle. Son estomac se souleva. Avec effort, elle se rappela que Macée était égarée par le départ de Gervais et son propre avenir, incertain.

Ellc lui mit un plat d'olives mûres sentant la saumure sous le nez.

— Mangez quelque chose. Vous êtes aussi pâle qu'une morte.

La bile monta dans la gorge de Lianna. Elle écarta le plat.

— Je n'ai pas d'appétit.

Macée lui jeta un coup d'œil aiguisé.

— Pourquoi êtes-vous ici ? Suis-je détenue contre rançon, maintenant ?

— Bien sûr que non, répondit Lianna.

Rand et elle n'en avaient pas discuté, mais elle était certaine qu'elle pouvait parler pour lui.

— Il suffit que Gervais vienne vous chercher et vous serez libre.

— Libre ! Libre de me retirer dans la grand-salle en ruine de Lazare à Tramecourt ?

— Jusqu'à son arrivée, vous n'avez rien à craindre ici.

— Comment cela ?

Ses yeux étaient aussi noirs et brillants que les olives qu'elle dévorait.

— Vous serez traitée comme une hôte de rang.

La main de Macée vint se resserrer comme une serre autour du poignet de Lianna.

— Ce n'est pas assez.

Son souffle était brûlant et salé.

— Lazare est mort, mais Bois-Long appartient à Gervais !

— Peut-être ou peut-être pas…

Soudain, l'odeur de la nourriture, la chaleur de la pièce et la véhémence de Macée furent trop pour Lianna. Marmonnant une excuse, elle se mit debout en vacillant. Sachant qu'elle n'atteindrait pas sa propre chambre à temps, elle s'agenouilla au-dessus d'un pot de chambre et rendit le maigre contenu bilieux de son estomac. Elle attrapa ensuite une serviette, s'essuya le visage et se releva sur des jambes flageolantes.

Macée était devenue silencieuse. Lianna se tourna pour lui faire face. L'autre était assise immobile, la fixant, son expression si furieuse qu'elle ressemblait à un basilic de légende, l'un de ces monstres effrayants qui ornaient les contreforts du château.

— Vous êtes enceinte, cria-t-elle enfin. Maudite soyez-vous !

— Depuis quand le savez-vous ?

L'irritation et peut-être une légère pointe de blessure perçaient dans la question de Rand.

Lianna promena son regard sur la grand-salle, sur les chevaliers et les serviteurs, les chiens qui s'ébattaient sous une table. Tout plutôt que de regarder Rand.

— Combien de temps, Lianna ?

— Je… J'ai eu mes premiers soupçons voilà quelques semaines.

— Quelques semaines !

Il abattit son poing sur la table. Non loin, quelques personnes s'arrêtèrent pour les regarder avec curiosité. Lui serrant le coude d'une main, Rand l'entraîna dans la pièce privée située derrière la grand-salle.

Sa colère attisa celle de Lianna. Elle releva brusquement la tête et lui jeta un regard noir.

— Je ne tolérerai pas vos interrogations, ni n'écouterai vos accusations !

Il la saisit par les épaules, la secouant un peu.

— Vous le ferez ! Bonté divine, Lianna, pensez à tout ce que vous avez fait qui a mis notre enfant en danger : descendre le long d'une tour, faire exploser des charges de canon, chevaucher aussi vite et aussi rudement qu'un homme…

— Et vous, vous m'avez arrachée à mon lit, laissée tomber dans la rivière ligotée et ensachée, tirée à bas d'une échelle…

Elle prit une sombre satisfaction à sa pâleur subite.

— Oui, Rand, vous aussi avez mis cet enfant en danger.

— Seulement parce que vous n'avez pas jugé bon de m'en parler ! tonna-t-il, si fort qu'elle recula comme s'il l'avait frappée.

Il la fixa et elle vit la colère se retirer de ses yeux.

— Plus d'imprudences, dit-il en l'attirant contre lui. A partir de maintenant, vous serez prudente. Nous le serons tous les deux.

Elle resta immobile, déchirée entre la fureur et la tristesse, l'ardent besoin de lui et l'envie de le défier. Il souleva ses cheveux, se pencha et pressa ses lèvres sur le pouls qui battait sous son oreille.

Déroutée par la chaleur soudaine qui l'envahit, elle

chercha en elle un moyen de lui résister. Tel un général rassemblant le reste de ses troupes fléchissantes, elle laissa monter des mots amers.

— Qu'est-ce qui…

Elle se racla la gorge et combattit sa culpabilité.

— Qu'est-ce qui vous rend si certain que l'enfant est de vous ?

Il devint rigide, se redressa et la fixa durement. Elle se força à poursuivre d'une voix crispée :

— Ah, je vois que votre fierté masculine ne vous a pas permis d'envisager cette possibilité. Mais réfléchissez : je me suis donnée à un étranger dans les bois. Qu'est-ce qui m'aurait empêchée de me donner à d'autres hommes ?

Ce fut seulement lorsqu'il se pencha pour cueillir ses larmes sur ses joues qu'elle se rendit compte qu'elle s'était mise à pleurer.

— Oh, Lianna, murmura-t-il, nous savons bien tous les deux qu'il n'en est rien. Je n'ai qu'à regarder dans vos yeux pour voir que l'enfant est le mien.

Il promena les mains sur ses épaules, sur sa poitrine.

— Il me suffit de me remémorer la nuit dernière pour savoir que vous ne vous donneriez jamais à un autre. Ce bébé est mien, comme votre cœur, si vous vouliez seulement l'admettre.

Elle ne dit rien, mais se maudit intérieurement d'être incapable de le tromper.

— J'ai peur, Rand, chuchota-t-elle. J'ignore quoi faire avec un bébé.

Il la serra contre lui.

— Il faut l'aimer. Juste l'aimer.

Elle sanglota sur son épaule.

— Vous vouliez un enfant, dit-il, un héritier pour Bois-Long. Pourquoi n'êtes-vous pas heureuse ?

— Je voulais un héritier français. Cet enfant sera

déchiré entre l'Angleterre et la France, comme moi. Vous chercherez à en faire un vassal du roi Henry.

Il secoua la tête.

— Je l'aimerai comme je vous aime. Je lui crierai après, le couvrirai de baisers et de présents, combattrai des légions pour le garder en sécurité... Lui, et ses frères et sœurs à venir.

Son engagement solennel fit se tarir ses larmes ; son cœur se gonfla. Il l'embrassa doucement et se retira pour vaquer à ses nouveaux devoirs de châtelain.

Lianna passa le reste de la journée dans une humeur pensive, alternativement en colère, désespérée, ou en proie à la confusion. Elle voulait croire aux déclarations de Rand, elle voulait être son épouse, porter son enfant. Elle voulait oublier qu'il était déterminé à tenir son château pour l'Angleterre.

Ce soir-là, au lieu de lui barrer sa porte, elle la lui ouvrit toute grande. Elle avait retrouvé un peu d'espoir pour elle-même, pour son enfant, pour Bois-Long, et cet espoir reposait sur le fait qu'elle ne lui offre plus de résistance... pour un certain temps du moins.

Il lui fit l'amour lentement. Ses mains et sa bouche la caressèrent voluptueusement, échauffant sa chair, lui coupant le souffle. Il lui offrit sa vibrante virilité comme un présent ; elle le serra contre elle. Son cœur lui parut plus vivant, mais elle reconnut en même temps qu'elle ne serait plus jamais la même. Néanmoins, elle se livra à l'abandon des sens, à la magie presque insupportable de ses caresses. Il l'emplissait si complètement qu'il semblait toucher jusqu'à son âme et lorsqu'il lui chuchotait qu'il l'aimait, elle le croyait.

Oui, elle le croyait. Il avait fort bien pu la tromper dès le début, mais elle s'était mise à en douter. Auparavant, sa rancœur avait entravé sa raison. Maintenant, elle admettait que s'il avait su que c'était elle sa promise, elle, la jeune femme du vallon, il n'aurait pas risqué son périlleux enlèvement. Il aurait pu bien plus facilement l'emmener au Crotoy depuis la croix de Saint-Cuthbert. Pourtant, il ne l'avait pas fait, peut-être parce qu'il avait vraiment cru que la damoiselle était la femme aux cheveux noirs qu'il avait aperçue peu après son arrivée.

— Je vous aime, répéta-t-il, pressant les lèvres sur son front, ses yeux, ses joues. Je voudrais que vous le croyiez.

— Je vous crois, Rand.

Les mots tombèrent aisément de ses lèvres.

— Mais cela nous rend-il la vie plus facile ? Dois-je désavouer la France comme si elle était une robe démodée ?

Il lui caressa la joue.

— Nos capitaines et nos rois parviendront peut-être à une entente. Peut-être n'y aura-t-il pas de guerre.

Elle était trop avisée pour le croire ; l'expression tourmentée de ses yeux lui indiquait qu'il le savait aussi.

— Vous dites que vous m'aimez, mais aimez-vous ma loyauté envers la France, ma résistance à l'Angleterre ?

— Cela fait partie de ce que vous êtes. Je vous aime pour votre dévotion, votre tempérament.

Une idée germa soudain dans l'esprit de Lianna. Elle avait l'amour de Rand. Son oncle de Bourgogne avait dit une fois que l'amour était la plus puissante des émotions. Pourrait-elle un jour en appeler à cet amour, le mettre à l'épreuve, le pousser à ses limites ?

Oui, se dit-elle en enlaçant Rand avec exultation, ce qui le fit grogner de plaisir. Au lieu de le combattre, elle aurait dû l'aimer, le lier à elle corps, cœur et âme. Ils refirent l'amour, brièvement mais avec ardeur.

Plus tard, elle le sentit couler dans le sommeil, sentit ses longs membres se détendre, et huma le soleil dans ses cheveux.

« Il est à moi, lança-t-elle silencieusement au monarque implacable qui régnait par-delà la Mer étroite. Il est à moi et vous ne l'aurez pas. Car le temps que vous montiez votre invasion sacrilège, Rand m'appartiendra si complètement qu'il se détournera de vous. »

Elle frémit au blasphème de passer ainsi un marché avec le destin. La pensée de forcer Rand à choisir entre la femme qu'il aimait et le roi qu'il servait l'emplit d'incertitude. Même un homme détaché trouverait le choix difficile et Rand, avec ses émotions profondes et ses valeurs d'acier, pourrait bien être déchiré en deux.

« Je ferai en sorte que votre souffrance en vaille la peine », lui promit-elle en son for intérieur. Elle blottit sa tête au creux de son épaule. « Oui, car une fois que vous me placerez au-dessus d'un empire, je serai libre de vous aimer. » Elle sourit, se rappelant sa prédiction durant leur nuit de noces. Un jour, se jura-t-elle, elle lui parlerait de son amour.

15

L'automne était beau et cuisait Bois-Long d'une chaleur oppressante, hors de saison. Les rayons d'un soleil normand exceptionnellement fort envahissaient les chambres et les galeries du château, réchauffant l'eau du puits, changeant les pièces en fours, rendant toute surface brûlante.

Peut-être, pensa Rand en s'essuyant le front tandis qu'il contemplait sombrement l'unique truie qui trottinait dans le parc à bestiaux, la chaleur ne paraîtrait-elle pas si lourde s'ils pouvaient abaisser le pont-levis et profiter d'une brise, ou aller à cheval dans les bois frais et les prairies du bord de l'eau pour se baigner dans la rivière.

Mais les chevauchées et les baignades étaient impossibles : le château était assiégé.

A des années de là, les bardes chanteraient peut-être le haut fait qui avait placé Bois-Long entre les mains d'un Anglais sans effusion de sang. Mais cette victoire n'aurait de sens que si Gervais échouait dans son entreprise.

Or rien n'était moins sûr. A la tête de trente chevaliers de la maison du dauphin, le fils de Lazare Mondragon était revenu six semaines plus tôt. Ayant parfaitement pris connaissance des défenses exceptionnelles du château, en dépit de sa nonchalance affichée, il savait qu'il n'avait rien à attendre d'une attaque franche et avait concocté une méthode de combat bien plus insidieuse.

Il n'avait pas organisé un siège par les armes, mais par la faim.

Contemplant la truie agitée, Rand secoua la tête. La truie était en chaleur, mais tous les porcs avaient été tués et mangés. A sa façon, il se sentait aussi frustré que la pauvre bête privée de mâle.

Il se détourna du parc à bestiaux et marcha à grands pas jusqu'à la pelouse où Jack rudoyait et cajolait tour à tour les chevaliers de Bois-Long qui s'entraînaient à l'arc.

— Ne visez pas avec un œil fermé ! criait le valet à un homme. Le bon Dieu vous en a donné deux.

Apercevant Rand, il se hâta de le rejoindre.

— Il tire comme un jeunot avec sa première ribaude. Vite et à côté. Il ne pourrait toucher l'arrière d'un cochon.

Rand hocha la tête.

— Je me demande si Jufroy ne tirerait pas mieux s'il ne craignait pas d'être entraîné pour combattre les hommes du dauphin. Je m'inquiète de trop…

Les mots moururent sur ses lèvres et sa bouche s'asséchа tandis qu'il apercevait Lianna se diriger à la citerne.

Le ventre mûr pointé en avant, les cheveux volant derrière elle comme une bannière de soie couleur de lune, elle se pencha pour remplir un gobelet d'eau.

Et Rand ne sut plus ce qu'il voulait dire. Elle produisait toujours cet effet sur lui : la voir suffisait à ôter même les pensées les plus pesantes de son esprit. Aucun souci ne tenait face à son visage séduisant, à son comportement enchanteur ou au fait que dans son corps bien-aimé grandissait la preuve la plus tangible et la plus merveilleuse de son amour pour elle.

Jack lui donna un léger coup de coude dans les côtes.

— Milord ?

— Je… j'ai oublié ce que je voulais dire…

Surprenant le large sourire entendu de son serviteur, il secoua la tête et lui emprunta une de ses phrases.

— Elle me rend bel et bien fou !

— Les choses vont bien entre mon seigneur et ma dame, on dirait.

— Oui. Plus que bien.

Lianna se tourna, lui envoya un baiser et disparut dans la grand-salle. Durant les mois écoulés depuis sa prise du château, et contre toute attente, elle en était venue à l'accepter sans réserve comme époux et comme maître de Bois-Long. Le jour, elle était dévouée et efficace face au défi de Gervais ; la nuit, elle se montrait chaude et docile tandis qu'ils cherchaient refuge dans les bras l'un de l'autre. Elle refusait toujours de parler d'amour, mais une émotion profonde émanait d'elle chaque fois qu'elle lui parlait, lui souriait, le touchait.

Ils avaient tous deux décidé, en un pacte tacite, de laisser leurs différends de côté. Mais que se passerait-il quand la guerre serait là ?

Le doute jetait sur son bonheur conjugal une ombre menaçante. La capitulation de Lianna était arrivée trop vite. Comment avait-il conquis une femme comme elle ? Il leva les yeux vers la bannière aux lys et aux léopards qui flottait sur les remparts. Un jour, il y aurait un prix à payer, il en était certain.

Un mouvement juste au-dessous de la bannière écarta ses pensées de Lianna. Un groupe de femmes, ayant rejeté leur guimpe à cause de la chaleur, étaient montées sur le chemin de ronde. Des gardes essayaient en vain de les tenir à distance. Criant et poussant, elles se ruaient vers le mur qui donnait sur la rivière.

— Par tous les diables, qu'est-ce qu'elles veulent ? demanda Jack.

Rand traversait déjà la cour en courant. Sautant par-dessus un muret de pierre, il monta les marches quatre à quatre.

— Votre pardon, milord, dit Giles. Mondragon les tente avec de la nourriture. Elles veulent voir.

— Otez-vous de ces créneaux !

La voix forte de Rand dispersa les femmes comme un troupeau de poules.

— Allez vous occuper de vos enfants !

— Il a amené un troupeau de cochons ! cria mère Brûlot.

Rand leva les yeux au ciel. Tenter un ennemi affamé avec de la nourriture pouvait être aussi mortel qu'une pluie de feu grec.

Il s'avança entre deux merlons et regarda en bas. Cinquante porcs peut-être étaient rassemblés au bout de la chaussée. Sylvain, le porcher du château, se tenait non loin, l'air confus. Rand jura à mi-voix. Le garçon avait fait quelques expéditions réussies pour se procurer des provisions, mais Gervais le tenait, maintenant.

Des bois bordaient la longue prairie au-delà de la rivière. Rand regarda dans cette direction, et la forêt lui parut bouger et briller dans la chaleur. Des armures... Les chevaliers du dauphin attendaient sur leurs montures, prêts à charger sur les portes s'il était assez sot pour les ouvrir.

— Salutations ! lui cria Gervais. J'apporte un présent du dauphin.

Il désigna d'un geste les cochons remuants.

— Gardez votre cadeau ! rétorqua Rand. Ces cochons sont exactement ce qu'il faut pour vous tenir chaud la nuit !

— Je ne laisserai pas des Français mourir de faim.

Les mains croisées dans le dos, Gervais arpenta les planches de la chaussée.

— Ouvrez, milord, et vous festoierez avec du cochon ce soir, au lieu de manger du pain sec et de la soupe maigre.

— Laissez-nous avoir la viande, milord ! implora mère

Brûlot, et les autres femmes firent écho à sa supplication. Vous ne nous laisserez pas mourir de faim !

Rand pivota brusquement vers la vieille femme.

— Non, mais je ne risquerai pas non plus la mort de nos hommes.

Mère Brûlot le regarda bien en face.

— Il ne nous reste plus que huit jours de provisions. Ma nièce a eu des jumeaux voilà deux semaines, et le forgeron a besoin de viande fraîche s'il doit guérir de la brûlure qu'il a récoltée en réparant votre armure.

Hochant la tête et marmonnant, les autres se groupèrent autour d'elle.

Les yeux de Rand passèrent sur leurs visages amaigris et fatigués, puis retournèrent à Gervais qui s'était planté à la tête du troupeau de beaux cochons gras. Un coup de vent chaud ébouriffa ses cheveux et apporta l'odeur des bêtes à Rand.

— N'oubliez pas que votre épouse est à l'intérieur, dit-il.

— N'oubliez pas que je ne m'en soucie guère, rétorqua Gervais. Vous ne feriez pas de mal à Macée d'ailleurs, ajouta-t-il avec un discernement irritant. Je flaire la faim dans le vent, la faim et la dissension. Pensez-vous que ces gens vont mourir de faim pour suivre un Anglais ? Leurs ventres de Français diront bientôt non.

Chiang apparut avec une longue arquebuse.

— Milord, il est peut-être temps de faire une démonstration…

Rand l'écarta d'un geste de la main.

— C'est trop risqué. Sylvain est au milieu.

S'il gardait les portes fermées, des gens mourraient de faim. Mais s'il les ouvrait, d'autres périraient.

Le vent chaud lui passa de nouveau dessus, soufflant du sud. Comme si elle lui était apportée par la bourrasque, une idée lui vint, une idée si folle qu'elle pourrait bien marcher.

— Nous allons accepter votre présent, Mondragon, lança-t-il.

Derrière lui, les femmes murmurèrent des paroles de remerciement.

Chiang étouffa une exclamation. Gervais attrapa Sylvain, le tint devant lui comme un bouclier et dit :

— Rappelez-vous, vous n'êtes pas en position de jouer des tours, Anglais.

Criant aux femmes de débarrasser les remparts, Rand descendit en trombe.

Le cœur battant de peur, Lianna sortit en courant de la grand-salle. Mère Brûlot l'avait avertie que Rand allait ouvrir les portes à Gervais. Lorsqu'elle atteignit la cour, elle vit des archers prêts à tirer derrière les merlons et des chevaliers armés, à cheval.

Se mouvant rapidement malgré le poids de son ventre, elle chercha Rand. Il devait exister un meilleur moyen de s'en sortir, plus sûr. Gervais ne ferait pas de quartier avec l'homme qui l'avait publiquement humilié.

Rand apparut, sortant du parc à bestiaux. Au lieu de conduire un groupe d'hommes, il tirait derrière lui la truie qui glapissait. Jack suivait, jurant et frappant l'animal avec une baguette.

Lianna courut vers eux.

— Au nom du ciel, que faites…

— Bon sang, Lianna, tenez-vous à l'écart ! Cette bête pourrait vous renverser !

Il disparut sous la barbacane, tandis que la tentation de découvrir ce qu'il manigançait fit grimper la jeune femme sur les remparts.

Haletant sous l'effort, elle arriva en haut, aux premières loges pour suivre la manœuvre. Rand donna l'ordre d'abaisser le pont-levis. Une bourrasque de vent souffla des tourbillons de poussière autour de la rivière. De la lisière des bois, sur la rive sud de la Somme, sortit une rangée de chevaliers à cheval. Avec l'assurance d'un vainqueur, Gervais se planta au milieu de la chaussée.

Telle une gueule géante, le pont-levis s'abaissa et toucha l'extrémité des planches. Gervais fit alors signe au porcher, qui appliqua sa baguette avec réticence pour ramener ses cochons vers la prairie gardée.

— Crénom, nous allons mourir de faim de toute façon, murmura Lianna.

Mais les cochons groupés au bout du gué dressèrent les oreilles et levèrent leurs groins. D'autres chevaliers français surgirent des bois.

Dans un nuage de poussière, le troupeau glapissant se mit à courir, non pour s'éloigner de la chaussée, mais pour se ruer dessus au contraire. Poussant un cri de joie, Sylvain se précipita vers les portes à sa suite. Des couinements et un bruit de sabots emplissaient l'air.

Bonne accourut derrière Lianna.

— Ha ! cria-t-elle à Gervais. Vous allez mourir sur place, piétiné par ceux de votre espèce !

Bouche bée, Gervais fit face un instant au troupeau qui fonçait sur lui, puis, jurant à pleins poumons, plongea dans la rivière et nagea frénétiquement vers la berge. Un animal tomba dans l'eau, refit surface et nagea maladroitement derrière lui.

— Même les cochons se retournent contre vous ! cria encore Bonne avec jubilation.

Le reste du troupeau pénétra en trombe dans la cour du château. Des chaînes grincèrent, les hommes s'empressant de relever le pont-levis. Les chevaliers français s'arrêtèrent au bord de l'eau dans un grondement de tonnerre et s'éparpillèrent, impuissants. Quelques-uns brandirent le poing vers Gervais avant de s'éloigner de la chaussée et de retourner vers les bois.

Stupéfaite, Lianna redescendit aussi vite qu'elle le put du chemin de ronde. Une cacophonie incroyable régnait dans la cour. Les cochons glapissaient, les hommes criaient, les femmes arrivaient de toutes les directions en riant. Et au milieu de cette confusion, Rand recevait des tapes dans le dos et des poignées de main. Le porcher, qui était entré avec les porcs, essayait de ramener son troupeau dans le parc à bestiaux. La dernière truie de Bois-Long, sa longe toujours autour du cou, poussait des couinements hystériques tandis que les mâles l'encerclaient.

La truie était en chaleur, se rappela alors Lianna. Portée par la brise chaude, son odeur avait dû provoquer la ruée. Tudieu ! pensa-t-elle. Rand avait de nouveau battu Gervais par son intelligence.

Le rire cordial de Jack Cade retentit près d'elle. Elle se retourna. Les mains crispées sur les côtés, des larmes ruisselant sur son visage, il se tordait littéralement. Voyant l'expression ahurie de Lianna, il partit de nouveau dans un long éclat de rire.

— Mondragon ne fera jamais oublier cette histoire ! dit-il. A partir de maintenant, il sera connu dans toute la France comme Gervais sans Truie.

A la Saint-Crispin, une pluie d'étincelles jaillit dans le ciel nocturne au-dessus de Bois-Long. Le temps avait changé : la vive fraîcheur de l'automne, plus naturelle, avait chassé la chaleur étouffante. Le vent portait le fumet de porcs en train de rôtir.

La fête de la victoire, préparée depuis huit jours, avait commencé. Non seulement Bois-Long avait maintenant des réserves de nourriture pour passer l'hiver, mais

Gervais, humilié, et les chevaliers du dauphin avaient quitté la région. Frustrés par des semaines d'attente à ne rien faire et impatients de toucher leur solde, les Français avaient prétexté la deuxième victoire pacifique de Rand et l'arrivée du froid pour battre en retraite.

Avec la fin du siège, l'humeur était au beau fixe au château. Lianna était assise à une table, les mains croisées sur son ventre, et fixait avec contentement le feu de joie. Trois carcasses, montées sur des broches au-dessus des flammes, tournaient lentement, dans un crépitement de graisse. Un parfum d'ail et de romarin flottait dans la brise. Rand était à l'armurerie avec Chiang, aussi quelques-uns des hommes commencèrent à porter des toasts sans lui.

— A la victoire ! dit Piers en levant une chope. Lord Rand a bien appris comment manier une femelle.

— Il a appris à penser comme un homme, un vrai, renchérit Jack.

Jehan eut un grand sourire éméché.

— J'ai toujours su qu'il y avait plus d'un usage pour une femelle en chaleur.

— Si les Français suivent leurs chefs à la bataille comme ces cochons ont suivi la truie, notre cause est perdue, observa Godfrey.

Feignant d'ignorer les plaisanteries, Lianna détourna les yeux et aperçut Macée qui errait en marge de la foule en liesse.

Tandis qu'un petit groupe de serviteurs commençait à découper la viande, Lianna observa la jeune femme. La compassion lui gonflait le cœur. Même si Macée avait fini par accepter sa grossesse, elle était loin d'être heureuse. Gervais l'avait quasiment abandonnée, rejetant le sauf-conduit offert par Rand, refusant de la laisser se joindre à ses voyages. Alors que Lianna la regardait, Macée se dirigea avec apathie vers le feu de joie, plaçant par inadvertance l'ourlet de sa robe rouge tout près des flammes.

— Macée, faites attention ! cria Lianna en sautant sur ses pieds.

Macée fixa avec indifférence les étincelles qui dansaient près de ses pieds, mais elle s'écarta du feu et s'en alla.

Depuis le dernier départ de Gervais, Lianna percevait un nouveau niveau de désespoir en elle, un étrange désintérêt pour sa propre sécurité.

Guy était assis avec Edithe et Bonne sur un banc voisin. Le sénéchal leva sa chope et but goulûment.

— Une belle célébration ! lança-t-il. Regardez, les illuminations commencent.

Lianna leva les yeux vers les remparts. Assisté de Simon, qui s'était juré de ne plus jamais se laisser vaincre par la poudre, Chiang entama une démonstration éblouissante en l'honneur du triomphe. Des éclats jaunes et bleu cobalt illuminèrent le ciel nocturne.

Guy semblait trouver un vif intérêt au décolleté d'Edithe. Lianna interrompit sa contemplation.

— Nous avons passé près d'une semaine à préparer cette fête, Guy. Mais dès demain, il nous faudra commencer à labourer les champs brûlés et à semer le blé d'hiver.

— Oui, ma dame. Bien sûr…

— Je n'avais pas l'intention de gâcher votre plaisir de cette nuit. C'est seulement que…

— Je comprends, ma dame, déclara le sénéchal abruptement, en vidant sa chope de cidre.

Il se pencha et murmura quelques paroles à l'oreille d'Edithe. Elle gloussa et se rapprocha de lui.

— Ne nous occupons pas d'eux, dit Bonne en quittant le banc pour venir à côté de Lianna.

Celle-ci soupira.

— J'aimerais que tout ce que je dis n'ait pas l'air d'un ordre de général. J'aimerais…

Bonne tendit le doigt.

— Votre époux arrive avec sa harpe.

Entouré par des hommes bruyants, les yeux brillants des reflets du feu et d'avoir bu copieusement, Rand traversait la cour d'un pas nonchalant. Ses longues jambes musclées lui donnaient une allure gracieuse tandis que des enfants sautaient autour de lui, réclamant une chanson.

Il s'arrêta devant elle, pointa un pied en avant et s'inclina en une révérence mal assurée.

— Quel sera le plaisir de ma dame ?

Une douce chaleur envahit Lianna. Debout, bien campé sur ses jambes, sa harpe à la main, Rand rayonnait de virilité. Le désir lui coupa le souffle et la fierté d'être sa femme gonfla brusquement son cœur.

— Tristan et Iseut ?

— C'est un lai qui convient.

Il s'assit par terre, le dos au feu, ses mains caressant les cordes de la harpe pour les accorder.

Puis il se mit à chanter de sa voix claire. Attirés par les premières notes de musique, les gens se rassemblèrent autour de lui. Il chanta l'histoire de Tristan, un homme captif de son amour tragique pour Iseut, un chevalier déchiré entre sa dévotion à sa dame et son devoir envers son roi. Les visages heureux devinrent pensifs tandis que Rand chantait la douce et triste ballade d'amour et de perte.

Un homme, une femme ; une femme, un homme.
Tristan, Iseut ; Iseut, Tristan.

Un frisson glaça le cœur de Lianna. Comme Rand ressemblait au légendaire Tristan ! Les amants d'antan tournaient le dos au monde, pour découvrir ensuite que leur jardin enchanté était empli de mal et de chagrin.

Est-ce que Rand, tout comme le héros de la ballade, se détournerait de ce qui le réclamait à l'extérieur ? Le roi de Tristan l'avait frappé dans le dos. Eperdue de chagrin, Iseut avait rejoint Tristan dans la mort. Leur amour sans prudence, sans compromis, avait causé leur chute.

Quand Rand finit de chanter, Lianna battit des cils et déglutit fortement pour ravaler son émotion.

Elle ceignit son ventre de ses bras et considéra la réaction émue de ses gens. Tous ou presque avaient les larmes aux yeux. Lorsqu'elle faisait une requête, ils obéissaient avec alacrité, mais lorsque Rand chantait pour eux, ils pleuraient avec ferveur.

S'ils étaient forcés un jour de choisir entre leur seigneur et leur dame, entre l'Angleterre et la France, elle soupçonnait qu'ils suivraient leur cœur. Ils suivraient Rand.

Elle joignit son regard au sien. De ses doigts doux, il tira de tendres notes des cordes. Elle lui dédia un sourire tremblant et murmura un compliment.

A côté d'elle, Bonne pleurait silencieusement dans son tablier.

— Venez, ma douce, dit Jack Cade en lui tendant les bras. Je vais chasser vos larmes par des baisers.

Bonne regarda Lianna.

— Allez, lui dit cette dernière. Je n'ai pas besoin de vous ce soir.

Bonne et Jack s'esquivèrent. Des mères emportaient des enfants ensommeillés pour les mettre au lit, des chevaliers ivres s'endormaient sur place et d'autres couples disparaissaient dans la nuit. Telles des pelures ôtées au cœur brûlant du feu, les gens s'en allaient, les uns après les autres, laissant derrière eux leurs châtelains et les braises mourantes.

— Eh bien, dit calmement Lianna, votre triomphe est complet.

Rand sourit.

— J'aimerais que toutes mes batailles soient remportées aussi aisément.

Il lui caressa les cheveux.

— Vous paraissez fatiguée. Magnifique, mais fatiguée.

— Pas *trop* fatiguée, dit-elle en lui tendant les bras.

Il la conduisit à leur chambre, la déposa doucement sur le lit et se tourna pour couvrir le feu. Elle se baissa pour ôter ses souliers ; il écarta alors ses mains et les lui enleva lui-même. Puis il la déshabilla, se dévêtit et s'allongea à côté d'elle.

La couverture d'agneau frotta doucement sur la peau de Lianna tandis qu'elle se penchait pour éteindre la bougie près du lit. Mais Rand retint son geste.

— N'éteignez pas, chuchota-t-il, promenant les yeux sur son corps nu.

Il l'avait regardée des centaines de fois, pourtant elle se sentit rougir.

— J'ai l'air d'une poire trop mûre !

Il lui taquina le cou.

— Ah, mais une sorte de poire très intéressante…

Douce comme de la gaze, sa bouche descendit sur les lourds globes de ses seins et la rondeur de son ventre. Il leva les yeux.

— Le bébé bouge, dit-il, émerveillé.

Prenant son visage entre ses mains, il la dévisagea intensément.

— Lianna, il n'y a rien de plus beau pour moi que la vue de votre corps, mûr de notre enfant.

Elle coula les doigts dans ses cheveux et baissa la tête pour l'embrasser. Tandis que leurs lèvres se joignaient, l'amour flamba farouchement dans son cœur. Rien n'importait à présent, ni le roi d'Angleterre, ni la lutte entre Bourgogne et Armagnac, ni la menace de guerre. Submergée d'amour et de désir, elle toucha la bouche de Rand de sa langue, saisit ses lèvres entre ses dents, promena les mains sur sa longue silhouette majestueuse.

Il leva la tête.

— Par Dieu, femme, à quoi pensez-vous de m'embrasser ainsi ?

Un sourire naquit dans le cœur de Lianna et s'épanouit sur ses lèvres.

— Je pense que…

Elle hésita.

— Que…

Les mots que son cœur brûlait de prononcer restaient une fois de plus coincés dans sa gorge. Elle déglutit et enfouit son visage dans le cou de Rand. Elle s'était juré de rendre son amour conditionnel, dépendant de son renoncement à la cause du roi Henry.

Mais le désir la piégeait dans cette même toile qu'elle cherchait à tisser autour de lui ; elle devenait rapidement impuissante à refuser à Rand ce qu'il lui demandait, quoi que ce soit. Et s'il lui demandait de remettre son château à Henry…

— Se pourrait-il que vous m'aimiez ? murmura-t-il, ses pouces dessinant des cercles autour de ses seins. Qu'un jour…

Elle se força à rire par-dessus l'émotion qui lui serrait la gorge.

— Un jour, peut-être, je vous en parlerai…

Un instant, la déception assombrit les yeux de Rand.

— Alors, montrez-moi…

Il posa les mains sur son ventre rebondi et d'un mouvement aisé, la plaça sur lui.

— Montrez-moi ce qu'il y a dans votre cœur.

Un soupir échappa à Lianna tandis qu'il l'attirait à lui, ses cheveux pâles tombant sur son cou et ses épaules.

De son plein gré, sans une pensée pour la France, elle s'offrit à lui.

— Couvert de honte !

La voix de Jean sans Peur retentit comme un coup de tonnerre dans la chambre privée de Bois-Long.

— Je suis couvert de honte ! cria-t-il de nouveau.

Lianna le fixait depuis son siège près du feu. Rand se leva et alla lui serrer la main.

Les deux hommes offraient une palette de contrastes. Grand, droit et doré, Rand affichait un sourire de bienvenue plein d'assurance. Voûté, sombre et courroucé, Bourgogne avait ses mains gantées de cuir sur ses hanches.

Tout respirait la corruption chez le duc, ses yeux durs, sa bouche tordue, son attitude méfiante. Tandis que la bonté de Rand, son attitude ouverte, sa foi brillaient comme une pierre précieuse contre le velours noir de la fureur de Jean.

D'un subtil mouvement de tête, Rand la tira de sa contemplation.

— Voulez-vous du vin, mon oncle ? demanda-t-elle doucement.

— Oui, et en grande quantité.

S'appuyant des deux mains sur les bras de son fauteuil, elle se leva lourdement et alla jusqu'au buffet. Depuis plusieurs semaines, elle était devenue si grosse que chaque mouvement lui demandait de la concentration. Néanmoins, bien que l'on fût en décembre et que la fin de sa grossesse approchât, elle tenait son rôle de châtelaine avec aplomb.

Elle versa du vin dans une coupe en argent, alla à la cheminée et tira un pique-feu rougeoyant des braises. Elle en plongea la pointe dans le vin, détournant le visage de la vapeur piquante tandis que le liquide crépitait.

Bourgogne s'assit et but le vin chaud. Rand aida Lianna à regagner son siège, puis se tourna vers son oncle.

— Parlez-nous, Votre Grâce, de la paix que vous avez conclue à Arras.

Le duc se rembrunit.

— Ce n'est pas une paix, mais un outrage ! Une tache sur la maison de Bourgogne !

Soucieuse, Lianna se pencha en avant.

— N'avez-vous pas pu obtenir quelques concessions, mon oncle ?

Il agita la main ; le poignet d'hermine de sa robe voleta.

— Les Armagnacs s'octroient le crédit de ma défaite. Compiègne, Soissons, Laon, Saint-Quentin et Péronne sont tombées. L'Artois est sur le fil du rasoir.

Son visage se durcit.

— Ils m'ont acculé dans un coin, ont forcé ma plume à signer leur traité, m'ont banni de Paris, ont puni mes loyaux partisans.

— Et le dauphin Louis ?

Bourgogne ferma les yeux, et inspira longuement.

— Mon gendre m'a forcé à promettre de ne conclure aucune alliance avec l'Angleterre, sous peine de perdre mes fiefs.

Rand et Lianna échangèrent un coup d'œil.

— Alors, il y a de l'espoir, murmura-t-elle.

Mais lorsqu'elle regarda son oncle, il avait rouvert les yeux. Ils brillaient d'un éclat dangereux.

— Les Armagnacs sont des sots. Ils devraient savoir qu'un lion acculé se bat plus farouchement qu'un lion libre.

— Vous, acculé ? releva Rand avec ironie. Je n'aimerais pas voir cela.

Le duc posa sa coupe et écarta les plis de sa cape pour montrer l'ortie et le houblon brodés sur sa tunique.

Inconsciemment, Lianna chercha la main de Rand et

la pressa. La signification de l'emblème était claire pour elle : « Je piquerai tous ceux qui me contrecarrent. »

— Parlez-nous des promesses qui vous ont été arrachées, demanda encore Rand.

— J'ai fait des promesses que je ne tiendrai jamais.

Bourgogne se pencha, prit sa coupe de vin et la vida.

— S'ils avaient traité honorablement avec moi, j'aurais pu reconsidérer mes plans avec le roi d'Angleterre. Mais Armagnac ne me laisse pas d'autre choix, à présent.

— Pas d'autre choix que de soutenir le roi Henry ? s'enquit Rand.

— Oui.

Lianna relâcha sa main comme si elle était un charbon ardent. Pendant des mois, elle avait dénié la menace anglaise et espéré que le pouvoir de leur amour, et non Henry, commanderait la loyauté de Rand.

Maintenant elle se sentait prise entre deux feux, son amour dressé contre la force du duc de Bourgogne et du roi d'Angleterre, avec Rand dans la balance.

Son oncle semblait indifférent à son anxiété, à la nervosité qui l'étreignait et lui coupait le souffle. Il se détendit légèrement, s'adossant à son fauteuil et croisant les jambes.

— Il est bien que vous n'ayez pas attendu mon retour pour prendre Bois-Long, dit-il à Rand. Un plan très ingénieux. Vous avez rassemblé les hommes de Gaucourt comme du bétail au marché.

— J'ai fait ce qu'il fallait.

— Vous avez fait ce que beaucoup, moi compris, auraient cru impossible.

Bourgogne se tapa sur la cuisse, amusé soudain.

— Imaginez ! Trente archers contre soixante-dix chevaliers en armure ! J'aurais aimé assister à l'humiliation de Gaucourt.

— Pourquoi ? C'était… pénible, dit Rand.

— Vous avez le cœur plus tendre que moi, alors.

Lianna hocha la tête.

— Peu ont un cœur aussi résistant que le vôtre.

— Et le siège ! poursuivit le duc, s'échauffant. Les bardes chantent déjà l'histoire des pourceaux de Bois-Long !

— Des bardes français ? demanda Rand en haussant un sourcil.

— Tout le monde aime une bonne histoire. Les derniers impôts levés par le dauphin l'ont rendu impopulaire. Que ses cochons aient nourri une maisonnée anglaise ne semble que juste et mérité.

— Une maisonnée française ! protesta Lianna.

Un nœud de tension se forma dans son dos, diminua, puis revint avec plus de force. Elle se massa les reins.

— Mon oncle, vous parlez comme si ma maison était une île anglaise dans des mers françaises.

— Elle ne l'est pas ?

Elle ne put répondre ; des griffes douloureuses lui enserraient maintenant le dos. Elle fronça les sourcils, dominant la douleur. Bois-Long échappait à son contrôle. La frustration la fit se lever et arpenter nerveusement la chambre.

— Les sangs anglais et français vont bientôt être unis, dit le duc, en regardant son profil distendu.

Elle se massa les muscles du dos et soudain, sentit quelque chose lâcher en elle. Elle poussa un petit cri. Rand bondit de son siège et s'empressa de la rejoindre.

— Plus… plus tôt que vous ne le pensez, mon oncle, dit-elle en baissant les yeux avec embarras sur la flaque de liquide chaud qui se formait à ses pieds.

*
* *

— Un jour et une nuit ! tonna Rand en frappant de son poing le mur du corridor. Tout ce que ses femmes me disent, c'est que son travail est dur.

— C'est tout ce qu'elles peuvent dire, milord, répondit Jack. Elles tiennent votre dame au chaud et entourée de confort. Que peuvent-elles faire de plus ?

Rand jeta un regard noir à la porte fermée de la chambre de Lianna. Epuisé par le manque de sommeil et le poids du souci, il avait l'impression d'avoir été mâché et recraché par une créature aux crocs acérés.

Les jointures de ses doigts entamées par ses coups de poing impuissants, il laissa retomber mollement ses mains. Une lampe accrochée au mur siffla doucement, mettant plus encore l'accent sur le lourd silence.

— Je pouvais supporter les cris, dit-il d'une voix rauque, en frottant sa barbe, parce que je savais qu'elle se battait. Mais ce maudit silence…

Il s'affala contre le mur.

— Il me ronge comme un chancre.

— Peut-être qu'elle dort, milord.

— Peut-être qu'elle…

Rand secoua la tête. Non. Il ne devait pas y penser.

— J'en ai assez d'attendre !

— Milord, c'est une affaire de femmes…

Ignorant les protestations de Jack, Rand longea le corridor à grands pas et saisit le loquet de la porte. La main calleuse et hâlée du père Batsford se referma sur la sienne.

Rand recula dans un sursaut. Le prêtre était arrivé sans bruit, sa robe brune le rendant presque invisible dans la pénombre.

— Que faites-vous ici, Batsford ?

— La chambrière de votre femme, Bonne, m'a fait appeler.

La main du prêtre remua dans les plis de sa robe, mais Rand eut le temps de voir ce qu'il essayait de cacher.

Une fiole d'huile, de celles dont les saints hommes oignaient les mourants.

— Non !

— Milord, ce n'est sûrement qu'une précaution…

— Non ! répéta Rand plus fort. Allez-vous-en, Batsford. Je ne veux pas que vous récitiez vos incantations de mort sur elle.

— Mais…

— Allez-vous-en !

Son cri retentit entre les murs. Le prêtre se hâta de repartir vers la chapelle.

Une folle panique lui poignant les entrailles, Rand ouvrit brusquement la porte. Ses yeux s'accommodèrent à la pénombre et il discerna bientôt les silhouettes de Bonne, de mère Brûlot et d'Ermengarde, la sage-femme, qui se penchaient sur le lit aux tentures tirées.

Trois exclamations féminines l'accueillirent. Mère Brûlot se ressaisit la première, traversa la pièce, puis recula de frayeur. Il devina son reflet dans ses yeux élargis et apeurés. Il songea brièvement à son apparence, les cheveux en désordre, sa tunique à moitié délacée, son visage pas rasé.

— Milord, vous ne devez pas être ici. Elle est…

— Ma femme…

Il franchit à grandes enjambées la distance jusqu'au lit et écarta les tentures.

Puis se figea.

Lianna était allongée, immobile, sa tête posée bien au centre d'un oreiller en satin. Ses cheveux avaient été peignés avec soin et ses traits étaient empreints d'un repos paisible. Ses mains aux ongles cassés, qui paraissaient moites, étaient croisées sur sa poitrine, juste au-dessus de la rondeur inerte de son ventre.

Se mouvant comme le jouet de bois d'un enfant, Rand s'agenouilla à côté du lit.

Morte ! Sa Lianna était morte ! Et tous les rêves d'une vie avec elle.

— Non !

Un refus torturé sortait de sa gorge.

— Non, répéta-t-il. Nom de Dieu, non !

— Vous voyez, Bonne, murmura une voix douce et lointaine, il lui arrive de jurer, parfois.

Rand eut l'impression que son cœur quittait son corps et s'envolait vers les poutres. Il ramena son regard sur la silhouette allongée dans le lit. Les grands yeux argentés de Lianna le fixaient.

— Oh, Jésus, Dieu et tous les saints, merci ! dit-il en lui prenant les mains pour les porter à ses lèvres et les embrasser avec ferveur.

Mais son exultation fut brève, car sa peau avait la froideur de la mort.

— Laissez-moi, Rand, chuchota-t-elle. Laissez-moi me reposer, dormir…

Ses paupières s'abaissèrent. Il glissa ses mains glacées sous les couvertures. Sa poitrine se soulevait à peine, comme si respirer était une tâche trop grande. Il tourna des yeux tourmentés, interrogateurs, vers les femmes.

Ermengarde était une jeune femme robuste, mais elle paraissait soudain âgée et fatiguée.

— Elle a travaillé longuement et durement, dit-elle en éloignant Rand du lit. Elle y a épuisé ses forces. Cela arrive parfois. Le bébé est descendu, il est prêt à sortir, la bouche du ventre est ouverte, mais elle doit poursuivre ses efforts. Or elle ne le fait pas. Elle a abandonné.

Les entrailles de Rand se nouèrent en nœuds glacés. Il se leva.

— Alors…

La sage-femme ne croisa pas ses yeux.

— Alors le bébé meurt, et ses fluides empoisonnent la mère.

Elle parlait si doucement que Rand devait faire un effort pour l'entendre.

Il tendit brusquement les mains et empoigna la jeune femme, déchirant sa cotte.

— Ne pouvez-vous rien faire ? Rien du tout ?

Mère Brûlot s'avança et détacha ses doigts des épaules d'Ermengarde. La vieille femme posa une main protectrice sur celle de la sage-femme.

— Nous avons de la chance d'avoir une sage-femme comme elle pour s'occuper de votre épouse. Vous ne verrez pas Ermengarde étirer les chairs et harceler la parturiente, la torturant avec des clystères et des pinces.

— Cessez vos discours, coupa Rand, et dites-moi ce qui peut être fait.

— Le sort de votre femme est dans les mains de Dieu.

Il se tourna brusquement et gagna la fenêtre à grands pas. Il dégagea le volet et l'ouvrit violemment, puis empoigna la barre en fer. Le soleil inonda la chambre et ruissela sur son visage, ses épaules, le lit derrière lui.

Bien que la douleur et la fatigue l'aient rendue faible et sans espoir, Lianna sentit son cœur s'emballer en regardant son époux. Il avait l'air d'un archange, ses bras forts écartés comme de grandes ailes, son corps auréolé d'un éclat doré, sa chevelure telle une couronne étincelante.

Durant les premières heures de son travail, elle s'était efforcée de répondre puissamment aux douleurs et aux exhortations de la sage-femme. Mais à présent, elle ne cherchait que la paix et la libération de cette douleur déchirante. Fatiguée… Elle se sentait si fatiguée qu'un simple sommeil ne suffirait pas à estomper sa lassitude. Non, elle avait besoin d'un repos plus profond, plus durable…

Le soleil et le silence emplissaient la chambre. Elle passa sa langue sur ses lèvres desséchées et craquelées. Elle essaya de parler, mais l'effort était encore trop grand. Elle pouvait seulement contempler l'image brillante de Rand près de la fenêtre. Si peu de gens, pensa-t-elle en laissant retomber ses paupières, se voyaient octroyer la chance d'une dernière vision aussi magnifique.

Ermengarde se précipita vers Rand.

— Milord, la lumière…

— Votre obscurité lui a-t-elle mieux servi ?

La sage-femme recula.

La rage, attisée par les flammes de l'impuissance, bouillonnait en Rand. Ce n'était pas là un ennemi qu'il pouvait vaincre dans un combat ; nul n'était responsable de cette monstruosité. Soudain, sa tête se mit à l'élancer. Personne… à part lui. Oh, Dieu, pensa-t-il, plein de dégoût pour lui-même. Il avait conduit Lianna à cette situation par son désir, son ambition d'avoir un héritier. En cet instant, il se haït presque autant qu'il aimait Lianna.

Serrant toujours la barre de la croisée, il tomba à genoux. N'importe quoi, se dit-il avec sauvagerie. Il donnerait tout ce qu'il possédait, endurerait n'importe quelle torture, parierait le salut de son âme pour préserver la vie de Lianna. Il tournerait le dos à l'Angleterre, au roi Henry lui-même, si seulement elle pouvait se lever délivrée et vivante du lit d'enfantement.

Soudain, il se remémora Lianna, ses beaux yeux argentés plissés d'un air accusateur lors de leur nuit de noces. « Je vois un vaurien et un traître… Vous n'aimez que votre souverain usurpateur et votre infecte ambition de voler mon château. »

Une nouvelle pensée, horrifiante, le transperça avec la force d'une lance : et si sa mort était un châtiment pour ses propres péchés ?

« Vous m'avez forcée à un mariage que j'abhorre, vous me retenez contre ma volonté, vous me faites garder par vos laquais… »

L'orgueil et l'ambition étaient attachés à lui comme une tache indélébile. « Oh, Seigneur, pria-t-il, j'abjure mes péchés, je m'en remets à Vous corps et âme. Mais laissez-la vivre. Laissez-la vivre. »

— Ma nièce me surprend, dit une voix basse et calme. Je la croyais trempée d'un acier plus fort que celui-là.

Rand pivota brusquement et darda un regard farouche sur le duc de Bourgogne.

— Est-ce là tout ce que vous avez à dire d'elle ?

Bourgogne haussa les épaules.

— Que puis-je dire de plus ? Elle a toujours été une combattante. Je pensais qu'elle lutterait alors qu'elle est allongée là, passive…

Sa manche élégante bruissa tandis qu'il désignait le lit.

— Amorphe, indifférente… Cela ne lui ressemble pas. Vous feriez bien de la *forcer* à se soucier de ce qui se passe.

Ils se dévisagèrent, Rand frénétique et désespéré, Bourgogne dur et implacable. Implacable, oui, pensa Rand, mais en le regardant mieux il vit des rides de fatigue autour de ses yeux, un léger tremblement de ses mains.

Et son regard aigu transperça le masque glacé de Bourgogne. Sous ses remarques caustiques et son attitude hautaine se cachait la vérité : Jean sans Peur, seigneur d'un empire, héros de Nicopolis, était effrayé.

Le duc s'en alla, mais ses dernières paroles résonnaient dans l'esprit de Rand : « Vous feriez bien de la forcer à se soucier de ce qui se passe. »

— Nous ne pouvons la laisser mourir, murmura-t-il.

— Il y a une dernière chose que nous pouvons essayer, dit Ermengarde d'une voix hésitante.

— Quoi ? Dites-moi.

— La faire marcher, la faire s'asseoir sur le tabouret d'enfantement comme nos grands-mères avaient coutume de le faire. Elle ne bougera pas pour moi, mais peut-être le fera-t-elle pour vous. Cela accroîtra terriblement ses douleurs, mais…

Le cœur de Rand tambourina contre ses côtes.

— Allez chercher le tabouret !

Il s'approcha du lit et s'agenouilla.

— Lianna…

Elle ne bougea pas.

— Lianna, regardez-moi.

Elle ouvrit péniblement les yeux. Il chercha ses mains sous les couvertures, les serra, les pressa fortement.

— Fatiguée…, murmura-t-elle. Je suis fatiguée et j'ai froid.

Il réprima l'envie de la prendre dans ses bras, de lui offrir du réconfort et de la sympathie. A la place, il approcha son visage tout près du sien.

— Vous avez un bébé à faire naître, Lianna.

— Non. C'est trop dur…

— Trop dur ? releva-t-il.

Le timbre cruel de sa voix arracha une exclamation à Bonne.

— Bon sang, femme ! C'est pourtant ce que vous avez toujours voulu, un héritier pour Bois-Long !

Du coin de l'œil, il aperçut Bonne qui s'avançait. Mère Brûlot la tira en arrière.

— Laissez-le faire, chuchota-t-elle.

— Le château…

Lianna s'arrêta, humecta ses lèvres.

— Le château est à vous, Rand. Vous l'aurez que je vive ou que je meure.

— Ainsi, lança-t-il d'un ton cinglant, vous vous rendez !

Vous renoncez à la demeure que vous avez passé votre vie à défendre, à l'héritier que vous désiriez !

— Je n'ai… pas le choix.

— Vous avez fait votre choix en restant là, impuissante. Je devrais vous remercier. Sans vous pour harceler ma conscience, il me sera plus facile de remettre le château au roi Henry.

Il ignora le pitoyable gémissement qu'elle poussa.

— Allez-vous laisser mourir votre enfant ? Allez-vous rester là sans rien faire pendant que la lignée de votre père s'éteint ?

Elle le fixait, les joues creuses, apathique.

— C'est donc ainsi que la fière damoiselle de Bois-Long, fille d'Aimery le Guerrier, finit sa vie, poursuivit-il avec frénésie. Impuissante, vaincue, souhaitant mettre sa demeure entre les mains d'un Anglais et son enfant dans les bras de la mort !

Bonne protesta de nouveau. Rand l'ignora.

— Il me faudra une femme forte pour ma prochaine épouse, afin qu'elle me donne des fils en bonne santé. Oui, une petite Anglaise bien en chair.

— Scé… lérat, murmura Lianna.

Il continua d'une voix aussi forte :

— Mon premier geste de veuf sera d'envoyer quelques-uns des canons légers au roi Henry.

Elle serra les mains sur les siennes.

— Non… Non, je ne vous laisserai pas…

Elle remua, agitée. Il se pencha plus près.

— Combattez-moi, Lianna. Montrez-moi votre fougue. Combattez-moi, sinon l'artillerie ira au roi Henry.

— Soyez… damné.

Elle se força à articuler ces mots, les dents serrées. La rougeur de la détermination envahit ses joues pâles.

Comme si la force revenait subitement en elle, elle arqua le dos et cria.

La sage-femme accourut au lit, rabattit les couvertures et ordonna :

— Prenez cette bande et soulevez-la.

La traînant à moitié, Rand la fit sortir du lit.

— Marchez, commanda-t-il.

Elle avança. Des flux s'écoulaient d'elle. Les muscles puissants de son corps en travail se crispaient. Rand sentait leur tension. Elle poussa un autre cri.

Les contractions reprirent, dures et rapides.

— Conduisez-moi… au tabouret d'enfantement, dit-elle, haletante.

Ermengarde toucha la manche de Rand mouillée de sueur.

— S'il vous plaît, milord, vous avez fait votre partie.

Stupéfié par la profusion des écoulements, et un peu embarrassé, il se tourna pour partir.

— Non !

La voix de Lianna l'arrêta. Elle plissa ses yeux vitreux, ravagés par la douleur, pour le regarder.

— Vous me bousculez pour que je donne naissance à votre bébé, Anglais, alors je veux que vous restiez et assistiez à tout.

L'heure qui suivit, Rand comprit quelle miséricorde c'était que les hommes soient bannis de la chambre d'accouchement. Il resta debout à lui tenir les mains, regardant son corps secoué par la souffrance, ressentant chaque convulsion de douleur comme si c'étaient les siennes. Du sang et du liquide trempaient les jonchées, mouillaient ses bottes.

Lianna semblait oublier sa présence mais s'accrochait inconsciemment à ses mains, entamant sa chair de ses ongles cassés. Son visage, couvert de sueur et très rouge, était raidi par une totale concentration.

Des larmes brûlaient les yeux de Rand. Son détachement de guerrier par rapport à la souffrance d'autrui ne lui servait guère quand la souffrance était celle de sa femme, de son amour.

La pile de linges souillés augmentait près du tabouret. Il avait vu des hommes éventrés, en proie aux flammes, la tête tranchée, mais le sang de l'accouchement était une horreur nouvelle à laquelle il n'était pas préparé. Juste comme il était certain que Lianna allait éclater sous ses efforts, elle poussa un cri sauvage. La sage-femme se mit à parler rapidement. L'esprit torturé de Rand n'enregistra pas ses paroles, ni ses oreilles un soudain vagissement.

Et alors, rayonnante, Ermengarde lui tendit un paquet emmailloté.

— Votre fils, milord…

Rand porta les yeux du visage de Lianna au minuscule objet glapissant dans les bras de la sage-femme, puis les posa sur la masse pourpre et lisse qui glissait lourdement entre les jambes de sa femme.

Il fit un pas, voulut parler et n'y parvint pas. Le sol monta à toute allure vers lui et il tomba en avant, évanoui.

16

Bêches et fléaux à l'épaule, et chantant à tue-tête une chanson paillarde, les hommes de Bois-Long rentraient des champs. Monté sur un robuste percheron, Rand conduisait le groupe et sa voix forte dominait toutes les autres.

Les regardant arriver depuis les marches de la grand-salle, Lianna sentit la fierté gonfler son cœur. Rand, la tunique mouillée de sueur collée à ses épaules et à ses bras robustes, mit pied à terre puis s'avança vers elle, un grand sourire éclairant son visage, le soleil de fin d'après-midi l'auréolant d'or.

— Comment va ma dame ? demanda-t-il.

Lianna sourit. Dans ses bras, Aimery, avec toute la vigueur de ses sept mois, se tortillait au bruit des voix et des piétinements.

— Elle va bien, milord.

— Et mon petit guerrier ? lança-t-il d'une voix plus forte, en prenant l'enfant et en le balançant doucement en l'air.

Aimery roucoula de plaisir.

— Il a été agité. Il fait ses dents.

— Avez-vous réfléchi à une nourrice ?

Rand eut un sourire coquin et ajouta :

— Je ne voudrais pas qu'il vous morde en un endroit délicat…

Lianna baissa les yeux. Maintenant encore, la culpabilité la rongeait quand elle se rappelait son refus à mettre l'enfant au monde.

— Je m'occuperai de lui moi-même, assura-t-elle en prenant son petit poing potelé. Il a une poigne aussi tenace qu'une mâchoire de terrier. Grâce à Dieu, il n'a pas le caractère qui va avec !

Elle se haussa sur la pointe des pieds pour embrasser la joue de Rand. La chaleur salée de sa peau la traversa d'un élan de désir. L'arrivée d'Aimery avait changé leurs habitudes. Les heures à faire l'amour à loisir n'étaient plus que des souvenirs nostalgiques ; ils se contentaient maintenant d'étreintes rapides, inévitablement interrompues par leur fils exigeant. Elle dédia un sourire patient au bébé.

— Je pensais aller chevaucher ce soir, dit Rand. Charbu a besoin d'exercice.

Il passa les lèvres sur le crâne duveté de l'enfant.

— Un jour, tu monteras un percheron du meilleur sang normand, dit-il gravement à son fils.

Lianna se mit à rire.

— Laissez-moi d'abord le sevrer !

Rand tendit la main pour caresser sa poitrine gonflée de lait jusqu'à ce qu'elle rougisse.

— Le plus tôt sera le mieux.

Il lui rendit l'enfant, se pencha et posa un baiser sur ses lèvres.

— Je ferais mieux d'aller me laver. Je ne voudrais pas offenser Charbu par l'odeur de ma sueur.

— Voulez-vous que je vous baigne ? demanda-t-elle d'un ton taquin.

Il haussa un sourcil émoustillé.

— Si vous le faites, j'oublierai vite la chevauchée, ou me déciderai pour une chevauchée d'un autre genre.

Elle jeta un coup d'œil au soleil qui baissait.

— C'est l'heure où les bécasses s'envolent…

Une pointe d'envie perçait dans ses paroles.

— Voulez-vous venir ? demanda Rand. Vous n'êtes pas montée à cheval depuis votre grossesse.

Elle soupira. Son confinement avait été long, et ses relevailles plus longues encore.

Le bébé tira sur sa natte.

— Il va bientôt vouloir téter, dit-elle à regret.

Rand parut déçu, mais il lui sourit, compréhensif.

— J'emmènerai Jack alors, si je peux l'arracher à ses jeux d'argent. Il m'a dit qu'il voulait me parler de quelque chose.

Il l'embrassa de nouveau et entra dans la grand-salle.

Elle resta sur les marches, humant l'odeur des pommes mûrissantes, écoutant le bourdonnement paresseux des abeilles dans le verger. Un chaud contentement l'envahit, un sentiment d'appartenance. Elle trouvait le rôle d'épouse et de mère étonnamment agréable, ignorant avec une aisance effrayante le fait que ce même mois, le roi Henry avait officiellement déclaré la guerre à la France.

Rand ressortit bientôt, vêtu d'une tunique propre, les cheveux mouillés et luisants. Il s'arrêta pour donner un autre baiser à Lianna et au bébé, puis s'éloigna en sifflotant vers les écuries.

Lianna le suivit des yeux, souhaitant pour une fois que ses devoirs maternels ne la retinssent pas au château.

— Je vais prendre notre petit Aimery, proposa Macée en sortant de la grand-salle. Allez-y, Lianna.

Lianna lui donna le bébé.

— Suis-je si transparente ?

Macée hocha la tête, se pencha pour parler avec affection à l'enfant, puis releva les yeux.

— Je reconnais l'envie d'une femme quand je la vois.

— Oh, Macée…

Lianna posa une main compatissante sur son épaule.

— Gervais vous manque terriblement, n'est-ce pas ?

Les cheveux de jais de Macée contrastaient avec le fin duvet blond du bébé.

— Il a refusé d'envoyer un sauf-conduit pour me faire venir à Maisoncelle. Parfois, j'ai presque envie de…

Sa lèvre trembla.

— Je suis sûre qu'il a ses raisons.

Oui, des raisons comme les ribaudes qu'il fréquentait sans doute, ou peut-être même des dames de l'entourage du dauphin, pensa Lianna. La position de Gervais vis-à-vis de Louis avait fléchi depuis la tentative avortée de prendre Bois-Long, mais il n'avait pas renoncé à essayer de trouver des soutiens. Le dauphin, capitaine général de l'armée, rassemblait des troupes pour contrer l'invasion anglaise imminente. Gervais, qui n'avait pas renoncé à la vengeance, le suivait et se trouvait actuellement à Maisoncelle, à une quarantaine de milles au nord de Bois-Long.

Comme pour se réconforter, Macée serra Aimery contre elle.

— Il est facile de le haïr pour m'ignorer de la sorte. Pourtant…

Elle fit claquer ses doigts.

— Maudit soit-il ! Il a le pouvoir de me faire oublier tout ressentiment !

Jadis, Lianna aurait trouvé une telle attitude faible, incompréhensible. Mais maintenant qu'elle avait goûté à l'amour, qu'elle savait ce qu'était la passion irraisonnée et la joie profonde de la maternité, elle comprenait le pouvoir qu'une personne pouvait exercer sur une autre.

Le bébé attrapa les cheveux de Macée dans son poing. Elle rit.

— Pourquoi ne pas aller chevaucher avec votre époux, Lianna ?

— Non, Macée. Je n'aime pas laisser mon fils, même un petit moment.

— Par les dents de sainte Apolline ! s'écria Bonne en apparaissant à côté d'elle et en s'essuyant les mains sur son tablier. Je n'aurais jamais cru que vous deviendriez une telle mère poule, ma dame !

— Il a besoin de moi.

Bonne riva sur sa maîtresse un regard lourd de sens.

— Il y en a un autre qui a besoin de vous, aussi.

Lianna le savait bien. Elle regarda sévèrement sa chambrière pour le lui avoir fait remarquer.

— Aimery va vouloir téter…

— Téter !

Mère Brûlot sortit à son tour de la grand-salle.

— Il a fait sa première dent. Il est temps qu'il mange de la bouillie d'avoine, comme un homme.

En souriant largement, Lianna secoua la tête.

— Vous trois, vous avez comploté contre moi !

— Vous vous lassez de jouer les mères dévouées, dit Bonne.

— Jamais. Je…

— Vous le tenez contre vous, mais vos yeux suivent les hommes qui partent aux champs. Vous agitez des babioles pour qu'il joue avec, mais votre main vous démange de prendre votre plume. Vous arpentez les planchers avec lui, mais je pense que vous préféreriez arpenter les remparts avec Chiang, à discuter de vos histoires de canons.

— Vous êtes une bonne mère, renchérit mère Brûlot. Mais vous êtes également une châtelaine et une baronne.

Déchirée, Lianna porta un doigt à son menton.

— Mais…

— Allez-y, la pressa Macée. Votre palefroi va bientôt vous prendre pour une étrangère.

Le bébé gloussa et voulut attraper sa boucle d'oreille.

— Vous voyez ? Le petit est content avec moi.

Regardant Aimery, dans toute sa gloire au milieu de ses admiratrices, Lianna ne put nier la vérité. Elle l'embrassa, respirant sa douce odeur de bébé, puis s'empressa de gagner les écuries. Elle s'arrêta à la porte, captivée par la vue de son époux.

Rand se tenait à côté de son grand cheval pommelé, et observait un jeune valet d'écurie plein d'ardeur qui luttait sous le poids de sa selle. Jack tenait la bride d'une autre monture. Il souriait avec indulgence aux efforts du garçon.

Quand ce dernier jeta la selle sur le dos du cheval, Rand tendit discrètement la main pour l'aider. Sans se faire voir de lui, il tira sur la courroie pour faciliter la mise en place de la selle, échangeant au passage un clin d'œil avec Jack.

Fièrement, le jeune valet recula.

— Voilà, milord, annonça-t-il en croisant ses bras maigres sur sa poitrine.

— Tu as fait du bon travail, le félicita Rand.

Puis, regardant Jack, il demanda :

— Sommes-nous prêts, donc ?

L'affection réchauffa le cœur de Lianna tandis qu'elle sortait de l'ombre.

— Pas tout à fait, dit-elle doucement.

La surprise et le plaisir éclairèrent le visage de Rand.

— Vous êtes la bienvenue, mon amour.

Elle inclina la tête, puis s'adressa au valet.

— Sellez mon palefroi. Je vais chevaucher avec mon seigneur, aujourd'hui.

Elle se tourna ensuite vers Jack et ajouta en anglais :

— Enfin, si vous ne voyez pas d'inconvénient à ma compagnie.

Le visage de Jack se fendit d'un grand sourire.

— Je crois que je vais confier le baron à sa dame. Je trouverai bien un moyen de m'occuper.

— Coucher… ou jouer ? demanda Rand.

Jack bomba le torse.

— S'il vous plaît, milord ! Vous savez que je ne m'adonne plus aux coucheries. Et pour ce qui est de jouer, eh bien, je n'en ai plus besoin.

— Vous ne parlez pas comme le Jack Cade que je connais.

Au grand étonnement de Lianna, Jack rougit. Jusqu'aux oreilles. Baissant les yeux, il tira une bourse élimée de sa poche et la tendit à Rand.

— Ça m'a pris des mois, mais vous l'avez…

Rand prit la bourse et la vida dans sa paume. Une poignée de pièces d'or et d'argent brilla dans la pénombre.

— Est-ce une devinette ? demanda-t-il.

— C'est le droit de mariage. Je veux me marier, milord, et voici votre dû.

Lianna poussa une exclamation.

— Bonne ?

Jack eut un grand sourire.

— Oui.

Lianna songea à sa vive et jolie chambrière, que son penchant pour les hommes avait rendue populaire. Se contenterait-elle d'un seul compagnon, anglais de surcroît ?

— Elle est d'accord ?

Jack gloussa.

— Elle le réclame, ma dame !

Rand remit les pièces dans la bourse et prit Jack par l'épaule.

— Je ne sais que dire. Je n'aurais jamais pensé que vous vous marieriez un jour.

Le visage rougeaud de Jack s'adoucit et se fit solennel.

— Toute ma vie, j'ai clamé que je cherchais une femme pour qui je pourrais mourir.

Il regarda ses mains, la gauche couvrant l'autre.

— Bonne n'est pas une femme pour qui mourir.

Il les dévisagea d'un air de défi.

— Mais c'est une femme pour qui vivre.

Rand resta silencieux un moment. Dans ses yeux, Lianna vit la profonde affection qui le liait à son valet.

— Vous comprenez sûrement, poursuivit Jack. Vous aussi, vous avez presque fait l'erreur de choisir la femme qui ne convenait pas. Si le roi Henry ne vous avait pas envoyé dans votre quête, vous vous seriez retrouvé marié à cette nonne de Justine.

— Qui est Justine ?

Provoquée par une froide bouffée de jalousie, la question jaillit de la bouche de Lianna.

Toute expression disparut du visage de Rand. Jack haussa les épaules.

— Son amour d'enfance, si vous voulez.

Les joues de Lianna s'enflammèrent. Rand ne lui avait jamais parlé de cette Justine, qu'il avait abandonnée sur l'ordre du roi Henry.

Toujours sans expression, Rand rendit la bourse à Jack.

— Vous me refusez mon droit ? demanda ce dernier, atterré.

— Non, mais je refuse l'argent. Utilisez vos pièces mal gagnées pour acheter une jolie cotte à votre douce dame. Et dites à Batsford de commencer à lire les bans demain matin.

Jack prit la bourse et dédia à son maître un regard si chaleureux et reconnaissant que Rand en fronça les sourcils de gêne.

— Gardez donc vos yeux doux pour Bonne, dit-il d'un ton bougon. Et décampez, maintenant ! J'aimerais aller chevaucher avec ma dame.

Avec un cri de joie, Jack sortit des écuries. Pendant

leur échange, le valet avait fini de seller le palefroi ivoire de Lianna.

Quand Rand l'aida à monter, elle réprima les questions qui la taraudaient sur cette Justine laissée en Angleterre, et dit simplement :

— Eh bien ? Allons-nous toutes être séduites par des Anglais ?

Son ton était celui de la plaisanterie, mais elle se sentait nerveuse. Elle brûlait d'appartenir corps et âme à Rand. Pourtant, une petite voix froide l'avertissait de ne pas oublier son objectif : le convaincre d'embrasser la cause de la France.

— C'est ainsi que des royaumes entiers sont conquis, répondit-il en riant. Une province après l'autre.

Ils quittèrent le château au galop. Ils ne parlèrent pas, mais ce n'était pas la peine : ils savaient tous les deux où ils allaient.

Le silence planait sur le vallon de la croix de Saint-Cuthbert. Du lin bleu en fleur et des lys sauvages parfumaient l'air. Le soleil, orangé par le soir, jetait de longs rayons entre les branches feuillues des vieux chênes et des saules ondulants.

La croix se dressait telle une sentinelle de pierre dans la splendeur du plein été. Ce spectacle, si chargé de souvenirs, fit battre le cœur de Lianna. Rand descendit de cheval et l'aida à descendre à son tour.

Il attacha les chevaux, puis se tourna et tendit les bras. Aussitôt, elle se retrouva enveloppée dans son étreinte, entourée de sa force, de son odeur, des émotions tendres et dénuées de mots qui émanaient de lui.

— Cela fait si longtemps, Lianna, dit-il enfin, la bouche contre ses cheveux.

Elle hocha la tête, sentant le râpeux de sa tunique de travail grossière sous sa joue.

— Pourtant, vous ne vous êtes jamais plaint.

— Comment le pouvais-je, quand je voyais combien vous étiez absorbée par notre bébé ?

Il mit une main sous son menton et leva son visage vers lui.

— Les flammes brèves mais brillantes de nos nuits m'ont soutenu. Néanmoins, je ne nie pas que je souhaitais vous aimer longuement, sans interruption…

Il l'embrassa. La caresse sans hâte de sa bouche sur la sienne, son goût, la fermeté de ses bras autour d'elle, attisèrent le désir de Lianna.

Lorsqu'il détacha enfin ses lèvres des siennes, il souriait.

— Vous m'avez inquiété, ma femme.

L'anxiété refroidit l'enthousiasme de Lianna. Elle vivait dans la crainte quotidienne qu'il devine un jour son dessein. Inclinant la tête sur le côté, elle affecta un ton badin.

— Inquiété ?

— Je pensais que je ne vous aurais plus jamais seule pour moi…

Le soulagement raviva son désir. En souriant, elle se mit à délacer lentement sa tunique.

— Vous pensiez mal, milord.

— J'en suis content, dit-il, se penchant pour presser ses lèvres sur son cou. J'en suis content, pucelle.

Ce tendre surnom familier inonda Lianna de bonheur. Elle jeta les bras autour de son cou et l'embrassa avec une ardeur farouche. Elle explora de sa langue le velours humide de sa bouche, redécouvrant des secrets qu'il lui avait appris si longtemps auparavant. Elle promena les mains dans son dos, suivant le tracé de ses muscles fermes. Presque vaincue par ce baiser brûlant, elle s'écarta et ôta prestement ses vêtements.

Le souffle court, Rand l'imita. Mais lorsqu'ils s'allongèrent dans l'herbe douce et qu'elle s'accrocha à lui, il s'écarta d'elle.

— Doucement ! Je voudrais vous faire l'amour à loisir. Qui sait quand notre fils nous accordera une autre chance ?

Chaque lente caresse était une promesse, chaque long baiser l'annonce d'un assouvissement imminent. Les entrailles en feu, Lianna se laissa aller pleinement dans un monde de sensations, un monde dénué d'intrigues politiques, de tâches domestiques et de bébés exigeants. Quand leurs chairs échauffées se joignirent, Rand bougea sensuellement en elle et l'enveloppa de lumière et de parfums. La passion culmina en elle, explosant, faisant voler son cœur en éclats, puis le rendant de nouveau entier, débordant d'amour.

Oui, d'amour, pensa-t-elle tandis que son corps chantait sous les caresses de Rand, et en cet instant c'était vrai. Car en cet instant aucun doute ne l'assaillait, aucune appréhension pour l'avenir ne la tourmentait.

Alors qu'ils étaient allongés l'un tout contre l'autre, leurs corps cuivrés par le soleil couchant, elle vit Rand comme un homme, et non pas comme un chevalier anglais ; comme un époux, et non pas comme un envahisseur étranger. Regardant ses calmes yeux verts, elle reconnut le doux éclat de l'adoration qu'il lui avait manifestée dès le début et des mots d'amour se pressèrent dans sa gorge.

Elle ouvrit la bouche pour les laisser filer jusqu'à lui, mais il l'embrassa de nouveau, tissant sa magie autour de ses sens, la laissant muette d'émerveillement. Ce fut seulement quand son corps se remit de leur étreinte qu'elle se força à affronter les problèmes qu'il lui avait presque fait oublier.

Son rôle était de jouer les sirènes, pas les matelots impuissants piégés par leur chant ! Or, elle était en danger de devenir victime du sortilège qu'elle cherchait justement à jeter. Si elle en venait à trop aimer Rand, aveuglée par les émotions, elle n'aurait peut-être pas la force de l'éloigner du roi Henry. Pourtant elle devait le faire, pour le bien de son château, de la France, de Rand lui-même. S'il s'accrochait à l'idée d'une victoire anglaise, ses rêves seraient brisés quand les Français repousseraient l'armée de l'usurpateur de l'autre côté de la Mer étroite.

— Etes-vous heureux de l'état des choses ? demanda-t-elle, croisant les mains sur son torse et posant son menton dessus.

Il sourit et lui ébouriffa les cheveux.

— Suprêmement. Quand nous nous sommes rencontrés, vous étiez meurtrie, douloureuse. Que je puisse vous donner de l'amour me procure plus de bonheur que je ne puis le dire.

— Vous ne changeriez rien ?

Il dessina les contours de son buste de ses grandes mains chaudes.

— Je pourrais demander plus de temps avec vous.

Ses doigts remontèrent le long de sa cuisse, cherchant les boucles moites de sa féminité.

— Plus de moments comme celui-ci…

— Cela peut être arrangé. J'ai découvert quantité de nourrices pleines de bonne volonté.

Elle se haussa pour lui mordiller l'oreille.

— Mais à part cela ?

— A part cela, je ne changerais pas une seule chose.

Elle n'osa pas le pousser plus loin. Soupirant, elle se pencha pour suivre son torse de sa langue, le goûtant, goûtant l'espoir que sa présence lui donnait. Ce soir, c'était à elle qu'il appartenait, pas au roi Henry, et quand le temps viendrait pour lui de choisir, elle espérait de toute son âme qu'il n'hésiterait pas.

*
* *

Des heures plus tard, la lumière d'une grosse lune d'été les guida sur le chemin du château. Ecoutant le chant d'un rossignol, le hululement d'un hibou, ils passèrent sous les branches noueuses de chênes géants, entre les rameaux bruissants de saules. La rivière coulait paisiblement sous le pont, et pour la première fois de sa vie Lianna oublia de crisper les jambes sur sa monture et de serrer le pommeau de sa selle. L'amour de Rand enveloppait son cœur, la protégeant des doutes, des craintes. Lui jetant un coup d'œil, elle le vit, le corps droit sur sa selle, mais détendu et rassasié, et elle sourit de gratitude. Dans des moments comme celui-ci, elle éprouvait un contentement si profond qu'il l'effrayait presque.

La grand-salle bourdonnait encore d'activité. Un rapide regard circulaire indiqua à Lianna que Macée n'était pas là. Elle était sans doute avec Aimery à la nurserie.

Jack et Bonne étaient entourés de gens qui leur souhaitaient du bonheur. Des toasts français et anglais résonnaient tandis que des coupes étaient levées très haut. Le sourire fier de Jack et les joues échauffées de Bonne indiquaient leur joie.

Rand prit la main de Lianna.

— Un beau couple, dit-il, même si je n'aurais jamais pensé qu'une Française puisse dompter mon Jack.

Il rit.

— Mais après tout, je n'aurais jamais cru non plus qu'une Française volerait mon cœur.

Brièvement, Lianna s'interrogea de nouveau sur Justine, mais refusa de s'y arrêter, encore plus d'interroger Rand.

— Voudriez-vous manger quelque chose ?

Il jeta un coup d'œil à Jack et Bonne.

— Laissons-les célébrer leurs accordailles, sans leur voler la première place.

Ecartant d'un signe de main deux serviteurs, ils quittèrent la grand-salle et gravirent le large escalier de pierre qui menait à l'étage supérieur.

— C'est le premier soir où je ne couche pas moi-même Aimery, dit Lianna.

Ils se rendirent ensemble à la nurserie, une petite pièce voisine de la chambre de Lianna. La pièce était silencieuse, le feu couvert dans la cheminée.

Une bouffée d'anxiété saisit la jeune femme. Macée ne savait-elle pas qu'elle devait rester avec le bébé ? S'il pleurait, personne ne l'entendrait avec le bruit des réjouissances, en bas.

Sa tête se mit à l'élancer. Elle jeta un coup d'œil à Rand, dont le visage s'était tendu. Contournant un fauteuil en cuir éclairé par la lune, ils s'approchèrent du berceau. Lianna se pencha et écarta la couverture.

Le berceau était vide.

17

Jetant un regard éperdu à Rand, Lianna vit sa propre terreur et sa propre culpabilité se refléter dans ses yeux.

— Non ! cria-t-elle. Je vous en prie, mon Dieu, non !

Elle prit dans le berceau le châle du bébé, enfouit son visage dans la moelleuse étoffe de laine et respira la douce odeur de son fils. Puis elle leva les yeux vers son époux.

— Peut-être était-il agité. Peut-être Macée l'a-t-elle pris avec elle dans son lit.

Elle essayait de s'en persuader, mais une main de fer lui serrait les entrailles, un sombre pressentiment lui affirmait le contraire.

Une expression de rage contenue passa sur le visage de Rand tandis qu'il la conduisait à la chambre de Macée. Il en ouvrit brusquement la porte, et Lianna poussa une exclamation étouffée : la cheminée était froide, la pièce vide, le lit n'avait pas été défait. Ses mains se resserrèrent convulsivement sur le châle. L'horreur lui broyait le cœur.

Rand ressortit à grands pas de la chambre.

— Nous ferions mieux d'alerter tout le monde.

Leur affolement croissait, tandis qu'ils descendaient le grand escalier, courant presque, pour faire irruption dans la grand-salle. Lianna avait le souffle court, oppressé.

— Macée et le bébé ont disparu, annonça Rand, coupant court à la fête.

Un grand silence se fit, bientôt remplacé par des murmures incrédules puis des babils effrayés. Rand trouva mère Brûlot dans un coin et la prit par les épaules. La vieille femme se recroquevilla.

— Milord, elle a dit qu'elle le mettrait au lit elle-même. Je n'aurais jamais pensé qu'elle…

— Quand ? demanda Rand d'un ton rude. Quand les avez-vous vus pour la dernière fois ?

Mère Brûlot baissa la tête.

— Voilà des heures, milord.

— Si quoi que ce soit est arrivé à mon fils…, tonna-t-il, puis il se tut, incapable d'aller au bout de cette pensée.

La fureur couvait dans ses yeux, plus menaçante que les mots.

Chevaliers et damoiselles s'éparpillèrent aussitôt dans toutes les directions, s'apprêtant à fouiller le château et ses dépendances, mais Lianna tira sur le bras de Rand.

— Nous ne les trouverons pas ici, dit-elle et des sanglots s'échappèrent de sa gorge.

— Elle a pris Aimery !

Il la serra contre lui.

— Elle ne lui fera pas de mal, Lianna. Elle l'aime.

Les yeux brûlants de larmes, elle le regarda en battant des cils, se raccrochant à ce faible espoir : qu'au moins cet amour soit réel et que Macée, malgré son initiative insensée, prenne soin de l'enfant.

— Où sont-ils ?

— Elle est sans doute allée à Maisoncelle, retrouver Gervais.

— Alors, pourquoi restons-nous ici ?

Ils se précipitèrent dehors pour se rendre aux écuries. La monture favorite de Macée, un palefroi rouan, n'était plus là.

— Qu'elle soit damnée ! Il est si petit. Il va avoir froid. La chevauchée va le secouer.

Elle se tordit les mains d'inquiétude.

— Il aura besoin de moi…

Rand la prit par les épaules. Derrière lui, des torches tressautaient ; des hommes d'armes et des gens du château arrivaient dans la cour.

— Il sera dans vos bras, Lianna, avant le lever du soleil !

Elle s'agrippa convulsivement à sa tunique.

— Je viens avec vous.

Il fit signe que non.

— Retournez dans la grand-salle.

— Je ne peux pas…

Il la secoua rudement.

— Bon sang, femme, ne pouvez-vous faire ce que je vous demande, pour une fois ? Pensez-vous que je suis incapable de retrouver mon propre fils ?

Abasourdie un instant par sa rudesse, elle baissa la tête. Les yeux enflammés par la fureur et la détermination, Rand s'éloigna, lançant des ordres aux valets d'écurie et à ses hommes d'armes.

Lianna resta immobile, mais seulement un court moment. Elle plaça une main sur son cœur qui battait follement. Puis, avec un rapide coup d'œil pour s'assurer que personne ne la remarquait, elle noua le châle du bébé autour de ses épaules, attrapa un couteau rouillé accroché au mur de l'écurie et conduisit son palefroi dans la cour obscure. A l'insu des hommes qui se trouvaient encore à l'intérieur, elle sauta sur sa monture et partit.

Maisoncelle était à quarante milles au nord.

Une seule pensée lui martelait la tête : retrouver son fils. Alors que la forêt envahie par la nuit se refermait autour d'elle, que l'air humide la cinglait, elle songea avec angoisse aux effets d'une chevauchée similaire sur Aimery et talonna son cheval, se courbant sur son encolure pour accroître la vitesse de son galop. A chaque foulée, son désespoir augmentait.

Des branches basses s'accrochaient à ses cheveux et tiraient sur le châle noué autour de son cou. A un demi-mille environ de Bois-Long, sur la route sinueuse, faiblement éclairée par la lune, elle entendit résonner un bruit de sabots frénétique.

Un cavalier arriva à sa hauteur et mit sa monture en travers pour lui barrer le chemin.

— Rand !

Elle essaya de le contourner, mais il lui arracha la bride des mains.

— Retournez au château, Lianna ! ordonna-t-il.

Ses paroles ressemblaient pour elle à un bruit confus, dénué de sens, tant le sang battait à ses tempes. Elle tenta de lui reprendre sa bride.

— Laissez-moi vous accompagner. Je ne resterai pas sans rien faire pendant que mon fils est en danger.

Elle prit de grandes inspirations, serra les jambes sur son palefroi et fit un écart, heurtant le percheron de Rand.

Jack Cade arriva au galop. Il ne parut pas surpris de la voir.

— Il était temps qu'on la rattrape, fit-il simplement remarquer.

— Si vous voulez que je fasse demi-tour, dit encore Lianna à Rand, vous devrez m'y forcer !

Ce dernier jeta un coup d'œil à Jack, qui secoua la tête.

— Pas moi, milord. Il n'est jamais bon de se mettre entre une lionne et son lionceau.

Il regarda Lianna, qui montait son cheval avec une force pleine de défi.

— Elle monte aussi bien que la plupart des hommes.

Rand lâcha un juron.

— Laissez-moi cette tâche, Lianna. N'ai-je pas déjà vaincu Gervais, remporté deux batailles sans verser de sang ?

Elle le fusilla du regard.

— Macée a plusieurs heures d'avance et vous perdez encore du temps à argumenter !

Jurant de nouveau, il lâcha sa bride et éperonna son cheval. Les deux autres le suivirent.

Les chevaux dévorèrent la distance à une allure propre à leur briser les os. Le rythme effréné du galop secouait les seins douloureux de Lianna, emplis de lait. Mais elle n'y prêtait pas attention. Torturée par des images d'Aimery emporté dans la même cavalcade pleine de secousses, elle serrait les mâchoires pour ne pas hurler d'angoisse. Ils filèrent vers le nord, traversant des ponts sur l'Authie et la Ternoise. La nuit céda la place au gris terne d'une aube enveloppée de brouillard. La forêt s'éclaircit, et bientôt apparurent des champs cultivés. A distance, les flèches et les murs de Maisoncelle s'étiraient vers l'horizon brumeux.

Quel pouvait être le but de Macée ? ne cessait de se demander Lianna. Avait-elle l'intention, dans sa stérilité, de s'approprier Aimery ? Espérait-elle regagner l'amour de Gervais en prenant l'enfant en otage ?

Emplis de méfiance et d'inquiétude, ils approchèrent de la porte de Blangy, au sud de la ville. Des fermiers et des paysans qui attendaient de se rendre au marché les regardèrent passer avec curiosité.

Rand s'adressa au gros garde ensommeillé.

— Avez-vous vu entrer une femme brune, montée sur un bon cheval ? Elle avait un bébé avec elle.

L'homme cligna des paupières.

— Pas depuis que j'ai pris ma garde.

— Ouvrez la porte ! Nous avons des affaires urgentes à l'intérieur.

Le garde haussa les épaules d'un air indolent.

— Rien de si urgent que ça ne puisse attendre les matines.

Il jeta un coup d'œil au ciel.

— Encore vingt minutes…

— C'est trop long, gronda Rand.

Glissant la main dans sa tunique, il en sortit plusieurs pièces d'argent qu'il jeta aux pieds de l'homme.

La cupidité brilla un instant dans les yeux du garde, mais il secoua la tête et dit avec regret :

— J'ai des ordres stricts. Le dauphin Louis est en ville, et les règles doivent être respectées.

Lianna s'avança.

— Refuserez-vous l'entrée à la nièce du duc de Bourgogne ?

L'home parut surpris.

— Nous ne sommes pas une ville bourguignonne.

A cet instant, Lianna ressentit la pleine signification de vivre dans une France divisée par des nobles querelleurs.

Jetant un coup d'œil à Rand, elle vit la patience le quitter. Son visage s'assombrit ; sa main se posa sur le pommeau de son épée.

— Vous allez prendre mon argent, dit-il avec une sourde menace, ou vous goûterez à ma lame.

Le garde bondit pour faire ce qu'il demandait.

— Le dauphin, hein ? dit Jack en regardant autour de lui tandis qu'ils chevauchaient vers le centre de la ville. Je me demande ce qu'il fait ici.

— Il essaie sans doute de rassembler des soutiens pour s'opposer à Henry.

Lianna se hérissa, mais ne dit rien. La politique n'importait plus pour elle, pas quand Aimery était en danger. La culpabilité la rongeait. Elle n'aurait pas dû penser que Macée avait renoncé à toute loyauté envers Gervais. Elle n'aurait jamais dû lui confier le bébé. Et, Dieu leur pardonne à tous les deux, Rand et elle n'auraient pas dû passer des heures à faire l'amour loin du château.

Après avoir graissé plusieurs autres mains avec des pièces, Rand apprit où se trouvait la maison de Gervais.

Ils la découvrirent dans une étroite ruelle jonchée de détritus. Le brouillard matinal emplissait l'allée.

— Mondragon a bien perdu de ses prérogatives, depuis l'histoire des cochons, grommela Jack en regardant l'édifice croulant et taché d'humidité.

— Il en aura encore moins quand j'en aurai fini avec lui, dit Rand.

Il arrêta son cheval, se retourna et fixa Lianna d'un regard aussi dur qu'une gemme.

— Cette fois, vous allez m'obéir.

Il désigna une arche en pierre recouverte de plantes grimpantes parfumées.

— Attendez dans cette cour pendant que nous entrons. Gardez les chevaux hors de vue. Ils ont de la valeur et pourraient tenter des voleurs.

Elle déglutit et hocha la tête.

— Lianna…

Il lui prit la main et la serra.

— Je veux que vous me promettiez quelque chose. Si les choses tournent mal, vous devrez vous rendre à toute vitesse à Calais.

— A Calais ! Mais c'est à quarante milles de plus au nord et une place forte anglaise, par-dessus le marché ! Je n'irai nulle part sans mon fils, et certainement pas dans les bras de mes ennemis !

— Qui est votre ennemi à cet instant, Lianna ? demanda-t-il avec une expression farouche. Les Anglais, ou le Français qui détient notre fils ?

Elle se mordit la lèvre.

— Promettez-moi.

— Je… Je vous le promets.

Il l'embrassa. Elle sentit sur ses lèvres le goût salé de ses propres larmes et se demanda quand elle avait commencé à pleurer.

— Faites attention à vous, Rand, dit-elle d'une voix tremblante. Et ramenez notre fils.

Le sourire de Rand paraissait forcé, mais la tendre expression qu'elle lut dans ses yeux la réconforta.

— Je le ferai.

Leurs dagues au clair, les deux hommes s'approchèrent de la maison. Tendu de rage et d'appréhension pour l'enfant, insensible à la fatigue de leur longue chevauchée nocturne, Rand alla à la porte, pesa sur le loquet et découvrit qu'il était verrouillé. D'un puissant coup de pied, il fit alors éclater les vieilles planches et le fer rouillé.

Jack et lui pénétrèrent ensuite dans un silence ténébreux. Une odeur de feu éteint et de bière rance flottait dans l'air. Promenant les yeux sur les coins sombres, les marches branlantes et la cheminée pleine de cendres, Rand ne décela aucun signe de Gervais, ni de Macée, ni d'Aimery.

Pourtant, son instinct de guerrier l'avertissait d'un danger. L'air sentait le vin éventé mais aussi le désespoir. Sa nuque le picotait. Osant à peine respirer, il resserra son emprise sur le pommeau de son épée.

Un pleur d'enfant provint du fond de la maison. Alors, se mouvant avec précaution pour ne pas faire tinter ses éperons, Rand marcha vers l'échelle.

Des ombres bougèrent sur sa droite. Sur sa gauche, il aperçut l'éclat métallique d'une épée sortie de son fourreau. Il pivota, prêt à l'attaque…

Puis se figea, sentant l'acier froid de deux lames sur sa gorge. Du coin de l'œil, il vit deux hommes robustes qui plaquaient Jack contre le mur.

— Bienvenue, milord de Longwood, dit la voix venimeuse de Gervais. Nous vous attendions…

Le cœur serré par l'angoisse, Lianna attendait sous l'arche usée par les intempéries. Elle avait envie de s'approcher, mais n'osait pas laisser les chevaux. Le temps s'étirait ; chaque seconde qui passait lui tendait les nerfs de façon intolérable. Gervais et Macée étaient-ils seuls avec le bébé ? Elle pria que ce soit le cas.

Puis elle se souvint que Gervais avait quitté Bois-Long avec un destrier et une armure florentine. Un équipement de chevalerie qui valait une petite fortune, assez pour engager des mercenaires.

Son estomac se crispa. Alanguis dans le vallon, tout à leur désir et à leurs ébats, Rand et elle avaient largement laissé le temps à Macée de préparer sa fuite. Elle avait pu piller les coffres. Ou bien, avec Bonne occupée à célébrer ses fiançailles, elle avait pu dérober tous ses bijoux de châtelaine.

Combattant un sursaut de colère et de terreur, elle réprima l'impulsion de traverser la rue et de pénétrer dans la maison. Que Gervais et Macée aient pu subtiliser des richesses ne signifiait rien comparé au trésor sans prix qu'ils lui avaient volé. Elle serra les doigts sur le châle de laine. Ils lui avaient pris Aimery !

Pour s'empêcher de sombrer dans le désespoir, elle essaya de se concentrer sur la ville qui s'éveillait. Des femmes ouvraient leurs volets et s'interpellaient d'une allée à l'autre. Des marchands des quatre saisons tiraient leurs charrettes dans les rues, vantant à grands cris leurs légumes frais. Un homme sortit en titubant d'une taverne et s'arrêta pour uriner contre une maison. L'insultant, une vieille femme lui vida un seau d'eau sur la tête d'une fenêtre. L'ivrogne brandit le poing et s'éloigna d'un pas chancelant. Des enfants sortirent des maisons, poursuivant des cerceaux ou des balles. Lianna tendit l'oreille, espérant reconnaître dans tous ces bruits du matin les cris de son fils.

A la place, elle entendit le tintement métallique d'éperons. Effrayée, elle se dévissa le cou pour regarder par-dessus une charrette de fourreur chargée de peaux. Deux chevaliers approchaient. « Je vous en prie, mon Dieu, pas maintenant ! » implora-t-elle.

Leurs cottes arboraient la fleur de lys dorée, et leur panache était teint d'un bleu riche et profond. Leur tenue indiquait qu'ils étaient des chevaliers royaux de la maison de Valois.

Lianna se renfonça sous l'arche. Un an plus tôt, la vue de chevaliers français l'aurait emplie d'espoir et d'assurance. Mais à présent, elle les regardait avec des yeux méfiants, des yeux qui transperçaient leurs habits colorés et leur démarche suffisante. Ces hommes avaient la bouche dure et l'air implacable de soldats habitués à réclamer le respect avec brutalité.

Leurs regards scrutateurs la découvrirent bientôt. L'avertissement de Rand à propos des chevaux résonna dans ses oreilles. Elle sortit dans la rue.

Le premier à l'atteindre fut un homme d'âge moyen, aux traits grossiers, avec des cheveux gris clairsemés et des paupières plissées. L'autre devait être un peu plus jeune, mais il semblait ne pas s'être couché de la nuit. Ses joues pendaient dans un visage cynique de débauché.

Feignant de baisser les yeux, Lianna les observa de sous ses cils.

— Le bonjour, damoiselle…

Elle fut surprise que le plus jeune parle le premier.

— Le bonjour…

Elle s'inclina à moitié.

— Plus bas, damoiselle ! dit le plus âgé d'un ton coupant. Voudriez-vous insulter votre dauphin ?

Les yeux de Lianna s'élargirent. Elle fixa le dauphin Louis avec un mélange de stupeur et de déception. Ce jeune homme cynique et trop gros était donc l'héritier du trône de France ?

— Eh bien ? grommela le chevalier.

Elle plongea alors dans une profonde révérence réservée aux personnes du plus haut rang royal.

— Relevez-vous, damoiselle.

Le dauphin parlait du nez, mais ses lèvres épaisses et repoussantes étouffaient ses paroles. Sa voix, pensa-t-elle en se redressant, ne seyait guère à un prince royal.

— Dieu garde le dauphin, marmonna un passant.

Louis se rengorgea.

— Elle a des manières, quand on l'y pousse…

Il la soumit à un lent examen.

— Et un bel air aussi, Monseigneur, renchérit l'autre. L'emmènerons-nous pour nous amuser avec elle ? Dieu sait qu'il n'y a pas grand-chose d'autre à faire dans cette piteuse ville.

Lianna passa la main sous son châle et serra les doigts sur le couteau passé dans sa ceinture. Elle resta immobile, combattant un nouvel élan de peur pour le bébé, pour Rand et maintenant pour elle-même.

— Pas seulement un bel air, dit le dauphin en la considérant avec nonchalance, mais une rare et vraie beauté. Quel est votre nom ?

— Bel… Lianna.

— Parlez plus fort, ma fille.

— Lianna, de la ville de Blangy.

Le dauphin connaissait à coup sûr Aimery le Guerrier, car les bardes chantaient encore les exploits de son père. Et il était marié à Marguerite, la fille de Bourgogne, sa propre cousine. Après la parodie de paix d'Arras, il ne serait pas aimablement disposé envers un membre de la famille du duc.

— Vous avez l'air d'une pucelle campagnarde.

Se félicitant de son bliaut de toile grossière et de son châle usé, elle hocha la tête.

— Je ne suis qu'une simple fille de la campagne.

Presque sans réfléchir, elle donna à ses paroles l'accent traînant d'une paysanne.

— C'est votre première visite à Maisoncelle ?

— Oui, Monseigneur.

Louis jeta un coup d'œil à son compagnon.

— Alors, nous devrions peut-être nous assurer qu'elle soit agréable.

Un cri d'enfant déchira l'air. Lianna se jeta en avant ; le dauphin la retint par le bras.

— Pas si vite, ma fille !

Le regard de Lianna alla à la haute et étroite maison plus bas dans la rue. Jack Cade s'encadra sur le seuil de la porte enfoncée et sortit en chancelant, serrant Aimery dans ses bras.

Du sang le recouvrait de la gorge à la cuisse.

Lianna hurla. Ignorant les âpres questions du dauphin, elle s'arracha à son emprise et courut dans la rue.

Elle s'empara du bébé qui pleurait. Frénétiquement, elle inspecta tout son petit corps pour être sûre qu'il n'était pas blessé. Il lui frappait le menton de son poing. Le sang, se rendit-elle compte, était celui de Jack. Un insupportable mélange de soulagement et de terreur l'envahit.

— Jack, où est Rand ?

Elle essaya de regarder dans la maison, mais ne vit que de l'obscurité et une porte basse ouverte au fond.

Le visage gris, il s'affala contre la porte.

— Ma dame… vous devez… partir…

— Rand…

— Aucun… espoir.

Les mots de Jack étaient très faibles.

— Rand les a contenus assez longtemps pour que je puisse prendre l'enfant et m'enfuir. Une vie pour deux. Sauvez-vous… et sauvez le petit.

Du sang coula du coin de sa bouche.

— Les chevaux…

— Que se passe-t-il, damoiselle ?

Le dauphin Louis était apparu derrière elle. Il posa les yeux sur Jack et pâlit. Tirant alors son épée, il entra dans la maison, suivi par son compagnon.

Lianna s'élança derrière lui. Jack la saisit par le bras.

— Non, supplia-t-il. Quand ils verront… nos vies seront condamnées.

— Mais Rand…

— Non, nom de Dieu !

Le juron, crié en dépit de sa faiblesse, fit naître en elle une prise de conscience glacée. Rand était mort. Et il serait mort pour rien si elle ne saisissait pas la chance de s'enfuir.

Laissant derrière elle une part de son âme, elle tira à moitié Jack jusqu'aux chevaux. Le bébé pleurait toujours. Le temps qu'ils atteignent la cour, Jack ne pouvait plus parler ; il était seulement capable de jurer en brèves exclamations. Il chassa sa main lorsqu'elle essaya d'étancher ses blessures, une profonde entaille à l'épaule, une lèvre fendue.

— Allez… à Calais, dit-il d'une voix étranglée.

Il désigna de la tête la rue qui menait à la porte de Calais.

— Je veux rentrer à la maison, murmura-t-elle.

— Ce n'est pas… sûr. Vous l'avez dit à Rand, vous avez promis…

— Oui. Je tiendrai le dernier serment que je lui ai fait. Mais vous devez venir avec moi, Jack.

— J'ai une autre route à faire.

Il alla en chancelant à son cheval.

— J'ai promis à Rand... Emmenez son cheval...

— Que lui avez-vous promis ?

— De retourner à Bois-Long... et de tenir le gué pour Henry.

Pendant plus d'un an, elle avait œuvré pour empêcher cela. Mais à présent cela n'importait plus ; rien n'importait plus.

Des cris retentirent dans la rue. Poussée par l'urgence, elle cessa de discuter. Jack la laissa l'aider à enfourcher son cheval, puis, se cramponnant au pommeau de sa selle, il prit la route vers le sud.

L'esprit engourdi, les mains tremblantes, Lianna noua le châle en biais autour de son buste pour porter le bébé, monta en selle et leva la bride.

Elle s'arrêta dans son geste. Le grand cheval de Rand se tenait placidement près d'une citerne. Elle s'efforça de ne pas imaginer son époux comme elle l'avait vu la dernière fois, fort, plein de vitalité, déterminé à ramener son fils. S'abandonner à ce genre de vision revenait à souffrir atrocement. Le bébé cria plus fort. Elle n'avait pas le temps de céder au désespoir.

Elle se pencha, prit la bride de Charbu et le fit sortir de la cour. Installé tout contre elle, dans sa chaleur, Aimery se calma et cessa de pleurer, mais la tension mettait les nerfs de Lianna à vif. La porte de Calais était sur la droite ; pour l'atteindre, elle devait passer devant la maison où Rand était mort.

Dieu fasse que le dauphin et son homme soient partis ! Les yeux fixés sur la porte enfoncée, elle avança dans la rue.

Mais Louis apparut sur le seuil. Un attroupement se formait, s'exclamant sur la flaque de sang laissée par Jack. Deux mendiants se disputaient un surcot taché de sang. Horrifiée, Lianna reconnut la cotte d'armes blanche et dorée de Rand.

Le cœur au bord des lèvres, elle vit le dauphin jauger le cheval qu'elle montait, celui qu'elle guidait, l'enfant, les taches du sang de Jack sur son châle.

Il leva le bras et parut sur le point de parler. Une supplication tomba des lèvres de Lianna.

— Oh, de grâce, Monseigneur, ne me retenez pas !

Le fils du roi la dévisagea pendant un long moment. Puis, en un acquiescement inattendu et muet, il désigna du menton la porte de Calais.

A Azincourt, on la traita de sorcière. A St-Omer, d'ensorceleuse et de folle. Les villageois d'Ardres déclarèrent qu'elle était une bohémienne blonde. Aucune femme vertueuse ne voyagerait seule dans un état aussi dépenaillé. Aucune femme saine d'esprit ne chasserait avec une telle férocité ceux qui admiraient ses chevaux. Sûrement, disaient les mauvaises langues, cette étrangère avait été frappée par le côté obscur de la lune. Des bouquets d'ail, des couronnes de vesces amères, des charmes pour chasser le mauvais œil apparaissaient sur les portes des maisons qu'elle dépassait.

Enveloppée dans une épaisse brume d'hébétude et de douleur, elle imposait à ses chevaux une allure sans merci. Indifférente à ce que l'on disait d'elle, indifférente à tout sauf au besoin de protéger son fils, elle poussait les montures à la limite de l'épuisement.

Le garde qui se tenait à la porte sud de Calais ne voulut pas croire qu'elle était la baronne de Longwood, mais la pitié le conduisit à la laisser entrer.

La ville, disputée pendant des décennies par l'Angleterre et la France, offrait un curieux mélange des deux cultures. Des paysans français vendaient des marchandises à des soldats anglais ; tous parlaient une langue bâtarde qui mêlait l'anglais, le français et le latin.

Le comte de Warwick vivait dans le palais du gouverneur près du centre-ville. Elle s'y rendit.

Le sergent de faction la considéra sans cacher son dégoût.

— Passez votre chemin, damoiselle. Vous n'avez rien à faire au palais.

Terriblement lasse, étourdie de chagrin et anéantie moralement de devoir se tourner vers un Anglais pour demander de l'aide, Lianna insista.

— Dites au comte que la baronne de Longwood souhaite le voir.

L'officier la regarda fixement.

— Vous ne connaissez pas ce nom ? demanda-t-elle.

— Si… Je sais qu'Enguerrand de Longwood a vaincu le sire de Gaucourt et pris le château de Bois-Long en un seul après-midi, sans verser une goutte de sang. Je sais aussi que plus tard il a déjoué un siège qui affamait le château.

Il parlait avec vénération.

— Voudriez-vous donc refuser l'entrée à sa veu…

Sa voix achoppa sur le mot.

— A son épouse ?

Il jaugea du regard son visage las, ses habits tachés de sang, l'enfant qui dormait dans ses bras. Portant la main à sa ceinture, Lianna tira le couteau et le lui tendit.

— Je n'ai pas l'intention de causer du mal.

Il hocha brièvement la tête.

— Le comte vous recevra. Mais pas dans cet état.

Elle lui décocha un faible sourire de gratitude.

Servie par deux chambrières qui s'exclamèrent en les voyant, le bébé et elle, Lianna prit un bain, nourrit Aimery et enfila une cotte de lin bleu qu'on lui prêta. L'une des servantes lui proposa ensuite de s'occuper de l'enfant pendant qu'elle irait voir le gouverneur.

Serrant Aimery contre elle en un geste protecteur, elle refusa.

— Je le garderai avec moi.

Le bébé repu de lait dans les bras, elle suivit un valet jusqu'aux appartements de Warwick. Alors qu'ils longeaient une galerie ouverte, ils croisèrent un grand chevalier blond qui lui rappela Rand d'une manière si poignante qu'elle faillit perdre contenance.

« Pas maintenant », se dit-elle sévèrement. Seule la force de sa volonté l'avait empêchée de céder au désespoir, ainsi qu'une profonde et douloureuse détermination à honorer Rand en protégeant son fils. Elle ne devait pas faiblir. Elle lui devait de rester forte.

Richard de Beauchamp, comte de Warwick et gouverneur de Calais, se leva pour l'accueillir. Des yeux gais et intelligents l'étudièrent lorsqu'il lui prit la main pour la relever de sa révérence.

— Mon sergent m'a averti de m'attendre à une jeune femme hagarde et vêtue comme une mendiante.

— Je suis sûre que c'était exactement mon apparence, milord. J'ai chevauché pendant un jour et deux nuits…

Il regarda avec affection l'enfant qui s'était endormi, bercé par la longue marche à travers le palais.

— J'avais ouï dire que Longwood avait un héritier.

La fierté maternelle l'enflamma.

— Oui, nous avons été bénis.

Warwick lui prit la main.

— Venez. Je ne voudrais pas vous laisser debout, à chanceler de fatigue.

Il la conduisit à une estrade meublée d'une table et de fauteuils. Un serviteur apporta du pain et du vin.

Lianna but du vin mais n'eut pas d'appétit pour le pain.

— J'ai besoin de votre protection, milord.

— Contre… ?

— Gervais Mondragon. Sa femme a emmené mon fils à Maisoncelle et… l'a donné à Gervais. Rand s'est battu contre lui…

L'image du surcot ensanglanté s'abattit sur elle comme un linceul.

— Bonté divine, vous avez laissé Bois-Long sans protection ?

Elle songea à la profonde rivière et aux hautes murailles du château, à Chiang et ses canons.

— Il ne craint rien… pour un certain temps du moins.

— Votre époux… ?

— Gervais et ses sbires l'ont tué.

Elle lui raconta l'histoire du combat à Maisoncelle d'une voix creuse. Ses yeux étaient secs, et elle s'avisa que durant toute sa chevauchée de quarante milles elle n'avait pas pleuré. Les larmes ne pouvaient exprimer l'horreur et le chagrin d'avoir perdu l'homme qu'elle aimait.

Le comte ferma les yeux, inspira, puis relâcha son souffle en un long soupir las.

— Henry et toute l'Angleterre ressentiront sa perte, dit-il. Je suis profondément navré, ma dame.

— Je veux rentrer chez moi, milord. Mais je ne peux voyager sans escorte. Gervais me cherche à coup sûr.

La bouche de Warwick s'affaissa.

— Vous ne savez pas combien vous demandez, ma dame.

— Vous pouvez sûrement vous passer de quelques hommes…

— Je ne le peux pas, hélas. Calais n'est qu'une île dans une mer hostile. J'ai le plus grand mal à tenir la ville contre la marée des armées françaises. Le dauphin, Boucicaut et d'Albret rassemblent les nobles de France pour s'opposer à Henry. Laisser partir ne fût-ce qu'une poignée d'hommes de la garnison laisserait la ville ouverte aux attaques.

— Je suis l'épouse d'un Anglais, dit Lianna avec une

fierté qu'elle n'aurait jamais pensé ressentir. Vous honoreriez mon époux en me faisant escorter chez moi.

— Ma dame, ce que vous ne comprenez pas, c'est que Calais n'est qu'une parcelle d'un empire qui s'étend de l'Irlande à l'Aquitaine. Je ne peux risquer de diviser mes forces.

— Alors je voyagerai seule, dit-elle d'un ton hautain, en commençant à se lever.

Il couvrit sa main de la sienne. Sa paume était chaude, légèrement moite.

— Attendez, ma dame. Je n'ai pas dit que je ne vous aiderai pas, seulement que je ne peux vous donner une escorte.

Elle resta assise, mais le regarda avec suspicion.

— Je m'assurerai que vous soyez ramenée chez vous par mer. Des navires de marchandises arrivent régulièrement d'Angleterre. Je persuaderai l'un des capitaines de vous conduire à l'embouchure de la Somme.

La panique explosa en elle. Elle pouvait à peine supporter de traverser une douve en barque !

— Non !

— Mais un voyage par mer est beaucoup plus sûr et…

— Je ne naviguerai pas, milord.

La seule pensée d'un voyage sur la remuante Mer étroite la faisait trembler tout entière. Elle cacha la honte de sa terreur derrière une façade de colère.

— Je voyagerai par terre, toute seule si je le dois.

Surpris et ennuyé, Warwick insista.

— Je vous prie de considérer mon offre, ma dame. Si vous êtes si déterminée à rentrer chez vous, pourquoi refusez-vous cette solution logique ?

Parce que la peur n'était jamais logique, songea-t-elle. Mais elle ne pouvait pas plus la combattre qu'elle ne pouvait changer le cours des marées. Même l'amertume de son dégoût pour elle-même ne put la faire changer d'avis.

— Je ne peux… simplement pas monter sur un bateau, milord.

Il pinça les lèvres de contrariété.

— Pas même si cela signifie un retour sûr et rapide chez vous, dans la demeure de votre fils ? La demeure pour laquelle votre époux s'est battu, le fils pour lequel il est mort ?

Elle trouva dans ces mots la force dont elle avait besoin. Dans ces mots et dans l'amour. Celui qu'elle portait à son fils, celui qu'elle avait porté à Rand et qu'il lui avait rendu. L'amour était plus puissant que sa peur de l'eau. Elle sut alors qu'elle pourrait embarquer sur un bateau anglais et ramener son fils à la maison. Avec son amour pour Rand comme talisman, elle vaincrait sa terreur.

Le chagrin et la gratitude la submergèrent. « Oh, Rand, si seulement vous saviez combien mon amour pour vous m'a rendue forte ! »

Elle fit face à Warwick à travers une brume de douleur.

— Fort bien, milord, dit-elle cependant d'une voix calme. Je naviguerai jusqu'à Bois-Long.

Durant la semaine pendant laquelle elle attendit l'arrivée d'un bateau anglais, Lianna resta enfermée dans un cocon de souffrance. Même si elle était traitée en hôte honorée dans la résidence du gouverneur, elle resta seule. Les heures passaient lentement tandis qu'elle était assise avec Aimery à une fenêtre de sa chambre, regardant au-delà des toits de chaume ou d'ardoise de la ville pour contempler fixement la grise Mer étroite.

Des rumeurs de l'invasion imminente du roi Henry filtraient dans le palais. On disait qu'il rassemblait ses troupes à Southampton. Lianna écoutait ces rumeurs avec un froid détachement. Rand, envoyé par Henry pour tenir le gué de Bois-Long, était mort. L'usurpateur ne trouverait pas sa veuve aussi docile.

Un valet vint l'avertir un matin qu'un vaisseau anglais était arrivé et que le capitaine avait accepté de la conduire jusqu'à la Somme. Dans une heure, quelqu'un viendrait la chercher. Elle baissa les yeux sur son enfant, endormi dans le coffre de bois qui lui servait de berceau. Bientôt, elle serait chez elle. Cette pensée, qui aurait dû la réjouir, la fit se sentir douloureusement vide.

Des images fragmentées surgissaient sans qu'elle puisse les contrôler et se logeaient telles des flèches enflammées dans son cœur et son esprit.

Rand, pareil à un dieu, silhouette invincible la dominant de sa haute taille le premier jour où ils s'étaient rencontrés. « N'ayez pas peur de moi, pucelle… »

Rand, le visage illuminé de ce sourire magique et captivant. « Je pense que je vous aime. »

Rand, assis sous les branches bourgeonnantes d'un mélèze, un lapereau blotti dans sa grande main. « Je briserais cent lances si cela pouvait bannir la tristesse de vos yeux. »

Rand, lui donnant des baisers profonds et brûlants. « Je veux unir mon âme à la vôtre, Lianna, vous faire oublier où vous vous achevez et où je commence. »

Les yeux secs, elle contemplait son passé. Elle aspirait au réconfort des larmes pour mettre un baume sur son âme brisée. Mais elles ne venaient pas. Alors elle restait assise à regarder fixement par la fenêtre, se drapant dans les souvenirs et la douleur.

— Lianna…

Son nom murmuré lui parut si réel qu'elle fut certaine d'avoir perdu l'esprit.

Seulement lorsqu'elle entendit son nom pour la deuxième fois, elle osa croire que cette voix n'était pas le produit de son désir fiévreux.

Elle se tourna.

D'un regard, elle enregistra la silhouette aux habits déchirés et tachés de sang debout sur le seuil. D'un geste, elle bondit sur ses pieds et courut à lui.

— *Rand!*

18

— Je ne peux pas ! Non, je ne peux pas, Rand !

Les yeux de Lianna, affolés, allaient de la passerelle pentue aux hauts mâts et aux voiles agitées du *Bonaventure*. Tandis qu'on conduisait son palefroi et le percheron de Rand sur une planche pour les faire entrer dans la cale du navire, son esprit se rebella contre l'idée de monter à bord.

— Lianna, ma douce, il le faut…

Rand pressa ses lèvres sur la tête d'Aimery. Une heure à peine après sa miraculeuse réapparition, il semblait beaucoup plus lui-même, rasé, lavé, fort et vigoureux. Rassurant. Pourtant des ombres planaient encore dans son regard, il boitait légèrement, son corps paraissait plus mince, ciselé par la mort qu'il avait frôlée de près.

— C'est la seule façon de rentrer sûrement, et vous le savez.

Osant à peine croire qu'il lui était revenu, elle s'accrocha à lui.

— Je vous en prie, Rand, nous pouvons rentrer à Bois-Long à cheval. Vous nous garderez en sécurité, je le sais…

— Vous avez trop de confiance en moi, Lianna.

Il la prit dans ses bras avec le bébé endormi.

— Les villages entre Calais et la Somme grouillent de soldats français. A cette heure, Gervais a dû mesurer sa folie de m'avoir laissé pour mort. Ses sbires et lui vont probablement passer la campagne au crible pour nous retrouver.

Elle s'agrippa à l'étoffe de sa tunique.

— J'ai peur de monter sur un bateau. Vous en connaissez la raison.

Il posa les lèvres sur son front.

— Je sais, mon amour. Néanmoins, vous étiez prête à naviguer malgré votre phobie, Warwick me l'a dit. Vous auriez affronté votre peur pour honorer ma mémoire. Ferez-vous moins pour moi maintenant que vous savez que je suis en vie ?

Une autre question se cachait sous celle-ci. Serait-elle capable de surmonter une peur qui l'avait accompagnée toute sa vie pour lui prouver son amour ?

— Je monterai, dit-elle faiblement.

La gorge serrée, la main crispée sur le bras de Rand, elle gravit l'étroite planche qui menait à bord. Malade d'effroi, elle évitait de porter les yeux sur l'eau qui remuait, fermant ses oreilles au bruit des vagues chargées de sable.

Quelques minutes plus tard, ils étaient assis ensemble dans une petite cabine du château arrière. Le bébé dormait sur une étroite couchette et Lianna se tenait tout près de lui, les doigts serrés sur la couverture grossière qui le recouvrait.

Sa peur grondait sous la surface d'un calme durement gagné. Quand le bateau penchait, ce qui était inévitable, la terreur menaçait de la submerger, tout comme les vagues issues de son imagination enflammée qu'elle voyait engloutir le navire. Le visage de sa mère, gonflé par l'eau, la hantait.

Rand vint la serrer contre lui. Comme s'il lisait en elle et savait tout de ce qui l'agitait intérieurement, il pressa les lèvres sur sa tempe.

— Vous êtes aussi pâle qu'un linge…

Elle tourna son visage contre son torse, respirant son odeur de soleil et de vent.

— Peut-être que je ferais moins attention au reste si vous me disiez tout ce qui s'est passé durant ces huit jours.

Elle le sentit sourire.

— Cette dernière heure, vous avez paru plus encline à toucher qu'à parler, ma femme.

Ses joues s'empourprèrent. Elle s'écarta de lui et scruta son visage. Son cœur se serra à la vue de la tendresse qui brillait dans ses yeux.

— Pourquoi Jack et vous m'avez laissé croire que vous aviez été tué ?

— Parce que vous n'auriez jamais fui vers Calais sans moi. Et parce que…

Il fit une grimace de douleur et plia sa jambe blessée.

— Je n'étais pas du tout sûr de survivre à ce moment-là. J'ai échappé de justesse à la capture parce que Gervais m'a laissé pour mort. Et si le dauphin Louis ne m'a pas trouvé dans la maison, c'est que je m'étais enfui quelques secondes après le départ de Jack avec notre fils.

— Mais je les ai entendus dire qu'ils avaient trouvé un homme mort.

— Un des sbires de Gervais.

— Pourquoi ne m'avez-vous pas rejointe plus tôt ?

— Tout ce que j'ai pu faire, c'est me cacher derrière un tas de bois à l'arrière de la maison. J'étais trop faible pour tenir à cheval.

La pensée qu'il avait souffert fit trembler sa voix.

— Alors, où êtes-vous allé ?

Il fut secoué par un rire silencieux.

— Dans une maison close.

Elle bondit quasiment de ses bras.

— Dans une *quoi ?*

Il rit pour de bon, cette fois.

— Ces dames ont été très habiles à me soigner. Et, grâce à Dieu, elles m'ont posé peu de questions.

Lianna toucha sa cuisse bandée.

— Elles ont pansé votre blessure, vous ont porté secours… Je devrais leur en être reconnaissante.

Elle le regarda pourtant avec suspicion.

— Je n'étais guère en état de mal me conduire, lui fit-il remarquer.

— Néanmoins…

Elle avait entendu parler de femmes qui vendaient leurs faveurs, mais n'en avait jamais rencontré. Il lui semblait inconcevable que l'acte qui paraissait aussi sacré entre Rand et elle puisse être accompli pour de l'argent.

— A quoi ressemblaient-elles ?

Il haussa les épaules.

— Elles étaient aussi humaines que vous et moi. Un peu plus blasées, peut-être, et beaucoup plus pratiques.

— Je leur sais gré de ce qu'elles ont fait pour vous. Il faudra leur envoyer une gratification pour leur amabilité, une fois que nous serons rentrés au château.

Rand rit doucement.

— Ce serait une source de paiement fort inattendue.

Il redevint sérieux.

— Et Jack ?

— Il est parti pour Bois-Long.

— Dieu fasse que Chiang et lui soient capables de défendre nos murs si Gervais tente quelque chose, dit Rand.

— Pensez-vous qu'il va attaquer ?

— Je sais qu'il veut le faire. Mais il aura besoin d'une petite armée, et je me demande si le dauphin la lui accordera.

— Oui, Gervais a certainement baissé dans l'estime de Louis depuis l'incident des cochons.

Elle songea à raconter à Rand sa rencontre avec le dauphin, son geste inattendu, plus digne d'un prince que son apparence de débauché, en la laissant s'échapper. Mais avant qu'elle puisse parler, un bruit de tonnerre, étouffé, pénétra la cabine.

Avec un cri de terreur, elle se jeta contre Rand.

— Oh, je vous en prie, dit-elle à moitié pour elle-même. Je vous en prie, pas une tempête ! Je ne pourrais pas endurer une tempête !

Le grondement se reproduisit. Un coup sourd se répercuta à travers les poutres du bateau, suivi par des cris et un bruit de course sur les ponts. A travers sa panique, Lianna comprit que ce n'était pas de l'orage.

— Des tirs de canon ! dit-elle.

En jurant, Rand prit le bébé et rabattit le châle sur sa tête. Aimery se réveilla et pleurnicha tandis qu'ils descendaient précipitamment par une écoutille.

— Dégagez ! cria le premier matelot qu'ils croisèrent.

Puis, apercevant Lianna, il s'arrêta net. D'autres marins, en émoi d'avoir une noble dame à bord, se figèrent pour la fixer.

— Je vous demande pardon, milord, milady, dit alors un officier. Mais vous feriez mieux de vous réfugier en bas. Nous sommes attaqués.

Un navire arrivait à vive allure du sud. L'oriflamme écarlate de Saint-Denis et des fanions bleus portant les lys de France flottaient au grand mât. Lianna distingua aussi l'étoile à huit branches qui ornait le cabestan.

— Je connais ce bateau, dit-elle.

Des étincelles et de la fumée jaillirent du flanc du navire. Un boulet de canon plongea dans la mer, tombant à quelques yards du *Bonaventure*. Une étendue sans fin d'eau agitée s'étira devant eux et le cœur de Lianna se mit à tambouriner.

Rand et l'officier la regardèrent.

— Quel est-il, Lianna ? demanda Rand.

— L'*Etoile d'Orient*. Rappelez-vous, Chiang nous en a parlé. Ce n'est pas un trois-mâts ordinaire, expliqua-t-elle au marin, mais une machine de guerre venue d'Orient. Les Français l'ont capturé quand…

Sa voix mourut. Moins elle en disait de la lointaine mission de Chiang, mieux ce serait.

— C'est un navire de guerre français ?

— Oui. Et grâce à la déclaration de votre roi, l'Angleterre et la France sont en guerre.

Les bouches rondes d'une douzaine de canons apparurent alors sur les flancs du vaisseau.

— Ma dame, dit l'officier, prenez l'enfant et descendez.

Elle se raidit.

— Pour être en bas quand nous sombrerons ? Je ne voudrais pas davantage descendre que grimper aux gréements !

Les canons de l'*Etoile d'Orient* crachèrent une nouvelle salve. Lianna haussa la voix pour dominer les pleurs d'Aimery.

— Crénom ! Ce sont des boulets de quinze livres. Il va transformer ce trois-mâts en tamis !

Elle se tourna vers Rand et l'enlaça, leurs deux corps protégeant l'enfant qui glapissait à présent.

— Augmentez la livarde ! cria le premier matelot à ses hommes. Poussez sur le gouvernail, les gars ! Le bateau ennemi est chargé de bronze et de plomb. Nous pouvons le prendre de vitesse !

Regardant craintivement par-dessus l'épaule de Rand, Lianna jeta un coup d'œil au soleil couchant. L'énorme disque doré se trouvait droit devant.

— Mais nous nous éloignons de la France ! protesta-t-elle.

— C'est plus sûr, répondit le marin.

Il regarda en arrière. L'*Etoile d'Orient* fonçait vers eux, écartant les crêtes blanches des vagues qui ressemblaient à des dents de chaque côté de sa proue.

— Nous ne nous arrêterons pas avant d'avoir atteint l'Angleterre.

Anéantie et chancelante, Lianna se cramponna au bras de Rand pour descendre la passerelle. Quand ses pieds se posèrent sur le sol anglais, elle faillit s'effondrer de soulagement et de désespoir. Le navire de guerre français les avait poursuivis sur la moitié de la Mer étroite ; mais des vents forts avaient poussé le *Bonaventure* le reste de la traversée.

— Au nom du ciel, où sommes-nous ? demanda-t-elle faiblement.

La bouche de Rand s'incurva en un sourire.

— A l'ouest du Sussex. A moins de dix milles d'Arundel, la maison de mon enfance.

— Sainte Marie !

Sa maison d'enfance... Elle regarda les prairies desséchées, puis les collines verdoyantes au loin. C'était donc ici que Rand avait vécu, jusqu'à ce qu'il parte réclamer Bois-Long comme sa baronnie. Elle se demanda s'il cachait une pointe de nostalgie derrière son air réjoui, ses yeux pétillants.

Il porta les yeux sur le bébé qu'il tenait dans ses bras.

— On dirait bien que je suis revenu à mon point de départ...

— Et maintenant ?

— Le capitaine ne veut pas entendre parler de nous ramener en France, pas avec le mauvais temps et ce maudit navire de guerre français patrouillant dans la Mer étroite.

Il promena les yeux sur le village de pêcheurs endormi,

puis sur les planches sur lesquelles des marins faisaient sortir leurs chevaux de la cale.

— Nous allons chevaucher jusqu'à Arundel, dit-il. De là, je me renseignerai sur une traversée vers la Picardie.

— Je vous demande pardon, milord…

Ils se tournèrent pour voir un homme âgé assis sur la jetée, les genoux recouverts d'un filet de pêche qu'il était en train de raccommoder. Ses yeux bleu vif brillaient au soleil du matin dans son visage buriné.

— Je n'irais pas à Arundel à votre place, pas avec un bébé…

— Pourquoi ? demanda Rand.

— Il y a la peste au village.

Instinctivement, Lianna se rapprocha de Rand et de son fils. Elle toucha la main d'Aimery ; ses petits doigts se refermèrent sur les siens avec une force qui la surprenait toujours.

— Et vous ne trouverez pas un autre bateau entre ici et Portsmouth. Tous les navires convenables ont reçu l'ordre de rejoindre la flotte du roi à Southampton.

Le port quasiment déserté confirmait ces dires.

— Arundel et ses chevaliers sont-ils partis ?

Le pêcheur hocha la tête.

— Quand prendront-ils la mer ?

— D'ici à une semaine, peut-être.

Rand n'hésita qu'un moment.

— Je dois me joindre à eux, dit-il gravement à Lianna.

Oh Dieu, il allait partir en guerre contre la France !

— Non, dit-elle. Non, vous ne pouvez pas…

— Autrement, nous devrons attendre ici des semaines, peut-être des mois.

Les espoirs de Lianna vacillèrent.

— Ne pouvons-nous trouver un navire de commerce ?

Rand désigna les marins qui se rendaient à la taverne du village. Ils parlaient avec animation.

— Bientôt, tous les marchands auront entendu parler de l'*Etoile d'Orient,* déclara-t-il. Aucun ne peut affronter ses canons.

— Mais nous ne pouvons pas emmener Aimery sur un navire de guerre ! protesta-t-elle.

— Et je ne peux pas emmener non plus mon épouse, dit-il doucement.

Elle poussa une exclamation.

— Vous et notre fils resterez en Angleterre, pendant que j'irai en France et à Bois-Long.

— Jamais ! Vous ne pouvez attendre de moi que je reste sans rien faire en Angleterre alors que mon pays est envahi !

La tension devenait palpable entre eux. Rand scruta son visage.

— J'ai déjà vu cet air redoutable. Fort bien, Lianna, vous pourrez venir avec moi, mais Aimery restera ici. Nous le donnerons en garde.

Lianna jeta un regard dédaigneux à l'auberge décrépite, à la bourgade miteuse.

— Comment cela, le donner en garde ? demanda-t-elle d'un ton indigné. Je ne laisserai personne ici élever mon enfant !

— Je connais un couvent.

Il la regarda sans ciller.

— Le couvent de Sainte-Agnès. Mon amie d'enfance, Justine Tiptoft, y est novice.

Elle se figea.

— Justine pourra s'occuper du bébé durant quelques semaines, jusqu'à ce qu'il soit sûr de le ramener en France.

Lianna eut l'impression que des cloches sonnaient dans sa tête. Confier leur enfant au premier amour de Rand ?

— Je ne le laisserai pas !

— Je suis d'accord avec vous, ce serait de la folie. Vous resterez donc tous les deux à Sainte-Agnès.

Elle se mordit la lèvre.

— Je crains que nous n'ayons pas d'autre choix, dit doucement Rand. Justine est une femme au doux caractère.

— Vous le savez sûrement, lança-t-elle d'un ton coupant.

— Jalouse ?

— Bien sûr que non.

— Elle s'occupera du bébé comme si c'était le sien.

Et il aurait pu l'être, pensa Lianna, si elle-même n'avait pas séduit un chevalier errant dans un vallon. Elle était si lasse de se trouver toujours placée dans une position intenable, à devoir choisir entre deux maux ! Maudit soit Henry, que son horreur d'être traité de fils d'usurpateur rendait aveugle à toute émotion humaine. Maudit soit Bourgogne, dont la soif de pouvoir faisait de sa nièce elle-même un pion politique. Et maudit soit Rand, qui jugeait que son ancien amour serait une bonne nourrice pour leur enfant. Elle se força pourtant à prononcer les mots, malgré le chagrin et les doutes qui lui serraient la gorge.

— Je rencontrerai cette Justine.

Tendue et malheureuse, elle prit le bébé dans ses bras, pendant que Rand sellait leurs montures. Puis ils partirent vers l'ouest, évitant le château et le village d'Arundel.

Rand inspirait profondément l'air familier de son enfance. Une vie entière s'était écoulée depuis qu'il avait suivi cette route pour la dernière fois, entre les prés séchés par le vent et les petits buissons broussailleux. Cela lui paraissait tellement plus long qu'un an et demi. L'homme qui avait traversé ces champs et ces marécages était alors un individu bien différent de celui qui conduisait à présent son épouse et son fils le long de la route caillouteuse.

Plus au nord se dressait la butte couronnée de chênes

où il s'était assis autrefois avec Justine, enfouissant des souvenirs de guerre sous le baume de sa musique et de sa douce présence. Au-dessous de la bourgade se trouvait l'étang où il pêchait des perches, tout en écoutant Justine réciter son livre d'heures. Ils passèrent devant la haie sous laquelle, jouvenceau maladroit, il lui avait pris son premier baiser.

Il regardait tout cela et n'éprouvait… rien. Il ne se sentait plus aucune affinité avec ce jeune homme idéaliste. Tant de choses avaient changé, et changé si merveilleusement.

Un frisson glacé le saisit lorsqu'il se rappela comment il avait renâclé devant la tâche que le roi lui avait imposée. Il avait failli suivre son cœur, et désobéir à Henry. Il aurait pu ne jamais rencontrer Lianna… qui serait encore sous l'influence des Mondragon.

Il regarda avec affection son fils blotti au creux de son bras, héritier d'un château qu'il n'était venu réclamer qu'à contrecœur, puis sa femme. Elle chevauchait avec majesté, la tête haute, le dos droit, les yeux rivés devant elle. Son attitude en disait long sur la manière dont elle affrontait non seulement une chevauchée dans un pays étranger, mais la vie tout entière. Elle était une combattante dans l'âme, dotée de l'énergie et de la hardiesse d'un guerrier. Pourtant, elle incarnait en même temps le meilleur de l'innocence et de la simplicité féminines.

Au-delà d'Arundel se trouvait une petite chapelle de bord de route, aux murs de calcaire et au toit de chaume. Des mains attentionnées avaient empêché les mauvaises herbes et les ronces d'envahir le lieu où reposaient ses parents.

Il s'arrêta et fit signe à Lianna d'en faire autant.

— Quel est cet endroit ? demanda-t-elle. Il est bien entretenu.

— J'aimerais vous montrer quelque chose, dit-il.

Il mit pied à terre, l'aida à descendre et la conduisit

dans la chapelle fraîche. Etonnée, Lianna lui prit le bébé et se tint sur le seuil tandis que ses yeux s'habituaient à la pénombre.

Sur une effigie en laiton était gravé le portrait serein d'un chevalier et de sa dame, le visage impassible, les doigts enlacés. Rand alluma deux cierges, les plaça dans des appliques près de l'autel et s'agenouilla devant l'effigie. Lianna se plaça à côté de lui et l'observa. Dans la lumière vacillante, il était l'image d'un homme d'action au repos. Ses traits bien dessinés, pensifs maintenant, étaient rendus intenses par le rayonnement extraordinaire de ses yeux, tandis qu'il priait en silence. Son époux..., pensa-t-elle en ravalant la boule d'émotion qui lui nouait soudain la gorge, son époux n'était pas un pécheur ayant peur de Dieu, mais un homme noble qui communiquait avec le ciel. Elle lui toucha l'épaule ; il leva les yeux vers elle.

— Mes parents, dit-il simplement. Ils avaient coutume de se retrouver dans cette chapelle. Elle m'a paru un bon endroit pour les enterrer.

Elle hocha la tête. Tendant un doigt, elle suivit les lettres qui formaient le nom de Marc de Beaumanoir et d'Anne Marne.

— Tes grands-parents, murmura-t-elle à Aimery qui regardait les flammes des bougies avec des yeux ronds.

Elle toucha la devise familière gravée dans le laiton.

— « A cœurs vaillants, rien d'impossible », dit-elle doucement. Pourtant, votre père est resté prisonnier dix-neuf ans à Arundel.

— Son épouse n'a pas voulu verser sa rançon.

— Pourquoi ?

Il haussa les épaules.

— Elle avait trouvé un amant, eu un enfant de lui...

— Mais votre père était un comte, un propriétaire

terrien. Ne brûlait-il pas de retourner en Gascogne, pour réclamer ce qui était à lui ?

Rand sourit.

— Il avait quelque chose d'infiniment plus précieux ici.

Sa main couvrit la sienne et la porta sur l'effigie d'Anne Marne.

— Il avait la femme qu'il aimait.

Lianna baissa les yeux.

— Ils vivaient comme mari et femme ?

— Pendant près de dix-huit ans. Ils sont morts à quelques mois l'un de l'autre.

Elle s'agenouilla, caressant distraitement le front de son fils.

— Arundel vous a manqué ?

Son humeur grave semblait avoir quitté Rand. Il eut un grand sourire.

— Non, Lianna. Pas depuis que je vous ai rencontrée. Et il ne me manquera jamais.

Son affirmation la rasséréna. Ils quittèrent la chapelle et continuèrent leur route, arrivant au couvent de Sainte-Agnès en fin d'après-midi. Une servante prit leurs chevaux et les pria d'attendre dans la cour.

Une terrible appréhension habitait Lianna. Une souris, avait dit Jack en parlant de Justine. Une fille, avait rectifié Rand. Lianna garda les yeux rivés sur les pavés tandis qu'une nonne allait chercher Justine.

Une douce voix féminine et des rires enfantins résonnèrent bientôt dans le cloître.

Lianna leva les yeux. Une troupe d'enfants approchait. Au milieu marchait une jeune femme qui portait une coiffe ombrageant un joli sourire et de vifs yeux bleus pétillants. La brise plaquait sa robe grise contre ses courbes généreuses.

Pas une souris, pensa aussitôt Lianna. Et plus qu'une simple fille. Justine Tiptoft. Elle se sentit oppressée. C'était donc celle que Rand aimait quand la damoiselle de Bois-Long n'était encore qu'une obligation haïe.

Son regard chercha celui de son époux, mais il ne la regardait pas. Il tendait les bras à Justine, qui se réfugia dans son étreinte avec une aisance familière qui serra le cœur de Lianna.

« C'est une novice, se dit-elle fiévreusement. Elle va épouser le Christ ; elle n'a plus d'emprise sur Rand. » Et pourtant…

Elle les vit échanger un bref baiser. Elle essaya de se dire que c'était une marque d'amitié. Puis Rand recula, prit sa main et la fit avancer.

— Jussie, voici mon épouse, Lianna. Et notre fils, Aimery.

Jussie ? Lianna réprima une envie de crier. Jussie était un petit nom doux, le nom donné par un amant.

— Bonjour, maîtresse Tiptoft, dit-elle d'un ton formel.

Elle s'attendit à voir le doux et joli visage de Justine se durcir, son sourire s'évanouir. Que devait-elle éprouver, face à la femme qui lui avait volé Rand ?

Mais le sourire de Justine s'élargit au contraire.

— De grâce, appelez-moi Justine ou mieux, Jussie…

Ses gais yeux bleus balayèrent Lianna de la tête aux pieds.

— Vous êtes très belle, dit-elle, et votre bébé a l'air d'un ange.

Elle jeta un coup d'œil à Rand.

— Vous avez été béni, Rand.

Il fit glisser sa main au creux des reins de Lianna.

— Oui, répondit-il d'une voix enrouée. Bien plus que je ne le mérite. Jussie, nous sommes venus vous demander une grande faveur…

— Bien sûr, Rand.

Elle se tourna vers le groupe d'enfants.

— Allez aider sœur Frances au potager, leur dit-elle. J'irai vous chercher pour les vêpres.

Elle leur fit signe de filer en agitant son tablier, et ils décampèrent dans un joyeux brouhaha.

Rand lui expliqua alors ce qui s'était passé, comment ils étaient arrivés là et ce qu'ils attendaient d'elle.

— Je m'occuperai de votre Aimery comme s'il était à moi, leur promit-elle en tendant les bras. Petit agneau. Laissez-moi le tenir.

Lianna eut immédiatement confiance dans les paroles de Justine. Les orphelins dont elle avait la charge étaient propres, bien nourris et pleins de joie de vivre. Elle lui donna le bébé. Aimery regarda Justine avec curiosité et leva le poing vers sa coiffe.

— Il vous ressemble, Rand, dit-elle.

Comme Lianna se rembrunissait, elle ajouta vivement :

— Mais il a le menton de sa mère.

Rand poussa un soupir de soulagement.

— Ce ne sera que pour quelques semaines, dit-il.

L'incertitude poignait Lianna. Justine était tout ce qu'elle n'était pas. Elle était docile alors qu'elle-même discutait tout le temps ; son tempérament enjoué contrastait avec son sérieux. La jeune novice était plus simple et plus douce. Et avec raison : elle n'avait jamais eu à assumer les fardeaux d'une châtelaine, ou d'un pays déchiré par la guerre.

Rand se tourna vers Lianna.

— Je vais m'assurer que nos chevaux sont nourris et désaltérés, et donner une offrande à l'abbesse pour l'entretien d'Aimery. Vous voudrez sans doute parler longuement à Jussie de la façon de veiller sur le bébé.

— Certes, répondit Lianna avec une pointe d'aigreur.

Perplexe, il haussa les épaules et se dirigea vers la grange. Un instant, il s'arrêta pour regarder les deux femmes. La jalousie de Lianna le choquait. Quelle émotion inutile ! Ne se rendait-elle pas compte qu'il n'aurait jamais pu ressentir pour Jussie ce qu'il ressentait pour elle ?

Autrefois, Jussie lui convenait parfaitement, aussi confortable qu'une coiffe formée par des années d'usage. Lianna était tellement plus complexe, plus changeante. Elle le défiait, lui donnait envie d'être un homme meilleur pour elle. En carrant les épaules, il se promit qu'elle serait heureuse sous la domination anglaise.

— Venez, dit Justine à Lianna. J'espère vous ôter vos craintes à laisser Aimery avec nous.

Elles s'assirent sur un banc de pierre arrondi à l'ombre d'un poirier. Aimery marchait à quatre pattes dans l'herbe à leurs pieds, tout content d'être enfin libre de ses mouvements.

— Quel âge a votre fils ?

— Bientôt huit mois.

— Est-il sevré ?

Lianna rougit à cette question directe.

— En partie, oui.

Justine hocha la tête.

— Les premiers jours pourront être durs pour vous deux. Mais j'ai eu du succès avec des tétines trempées dans du miel et une outre de lait de chèvre pour la tétée. Votre Aimery poussera bien, ici.

Lianna s'entendit décrire, avec les détails anxieux d'une mère, les habitudes du bébé pour dormir, ce qu'il aimait et n'aimait pas, ce qui le rendait unique.

— Il aime qu'on lui chante une berceuse pour l'endormir, conclut-elle.

Sa gorge se serra de chagrin.

— Je ne m'attendrais pas à moins de la part du fils de Rand. Il joue si bien de la harpe. Vous a-t-il chanté la chanson d'Héloïse et Abélard ?

La jalousie étreignit amèrement le cœur de Lianna. Ainsi, Rand avait chanté des chansons d'amour à Justine ? Qu'avaient-ils partagé d'autre ?

« Vous êtes ma première, ma seule femme. »

Avait-il pu lui mentir ?

— Lianna… Je vous suspecte de savoir que Rand et moi avons projeté autrefois de nous marier.

— Je n'ai pas choisi de vous l'enlever, déclara Lianna d'un ton coupant. En vérité, j'ai même fait tout ce qui était en mon pouvoir pour éviter de l'épouser.

Justine parut surprise.

— Vous ne m'avez pas enlevé Rand.

— Si, et dans son cœur il ne vous a jamais quittée.

Justine secoua la tête avec vigueur ; sa coiffe blanche tressauta.

— Comment pouvez-vous penser cela ? Jésus, il ne m'a jamais eue dans son cœur autrement que comme une amie ! Il ne m'a jamais vraiment appartenu.

Elle prit les mains froides de Lianna dans les siennes, qui étaient chaudes.

— Nous aurions pu nous marier, mais nous ne l'avons pas fait. Nous disions tous les deux que nous voulions attendre la fin des campagnes de Rand avec le duc de Clarence.

Elle parlait avec assurance et arborait un air digne malgré sa grossière robe grise de novice.

— Je pense que nous savions en réalité l'un comme l'autre que nous n'étions pas faits pour nous marier, tout simplement.

— Pourtant, vous l'avez envisagé si longtemps…

— Seulement parce que ma famille le souhaitait avec ferveur. Pour Rand, j'étais quelqu'un sur qui veiller, à protéger, comme il protégeait toujours les chats égarés, les oiseaux tombés du nid. Mais vous…

Justine plongea les yeux dans ceux de Lianna.

— Vous êtes quelqu'un qu'il peut aimer, quelqu'un qui ne se perdra pas dans son ombre forte et large. Vous a-t-il jamais laissé penser qu'il n'était pas sincère ?

— Non, répondit doucement Lianna, en se rappelant l'honnêteté de ses émotions. Jamais.

Pendant un long moment, elle dévisagea Justine. Elle avait envie de la détester, mais la trouvait parfaitement aimable. Elle voulait lui trouver des défauts, mais ne découvrait que des qualités.

Justine lui ouvrit les bras et Lianna accepta son étreinte.

— Vous devez me prendre pour une harpie jalouse, dit-elle.

Justine se mit à rire.

— Je vous prends pour une femme qui aime son époux.

Lianna baissa alors les yeux sur Aimery, et ils s'emplirent de larmes.

— Mais comment puis-je aimer son ambition d'ouvrir ma demeure à des envahisseurs anglais ?

— S'il n'avait pas cette ambition, il ne serait pas l'homme que vous aimez.

Lianna attrapa son fils et le serra contre elle.

— Pourquoi ne peut-il juste…

Elle n'exprima pas son souhait de le voir embrasser la cause de la France. Cette idée lui paraissait soudain mesquine, impossible.

Justine tendit la main et caressa la joue d'Aimery.

— Ne le forcez pas à choisir, Lianna. C'est un homme au grand cœur, mais ce cœur peut être brisé.

Lianna ravala ses larmes. Elle n'avait retrouvé son fils que pour le laisser avec une étrangère. Elle avait cherché à détourner Rand du roi Henry, et voilà qu'il était déterminé à participer à l'invasion anglaise.

19

Ils embarquèrent sur la *Trinité Royale,* mais le rude retour vers l'Angleterre sous le feu des canons de l'*Etoile d'Orient* n'avait guère préparé Lianna au voyage auquel elle faisait face maintenant. Laisser son fils était bien pire qu'affronter sa terreur de l'eau et avait ouvert en elle un puits de doutes et d'angoisse, rendant ses joues pâles, son visage sans expression.

Rand était à ses côtés, et sa main chaude lui caressait le dos pour l'apaiser.

— Tout doux, mon amour… Nous sommes sur le navire du roi ; aucun mal ne peut nous arriver.

Elle ne lui répondit pas, une boule de souffrance lui nouait la gorge et l'obligeait à rester muette. Elle fixait le port de Spithead. Le soleil, qui brillait comme un sou neuf, dorait les voiles de mille cinq cents bateaux de guerre.

— C'est la plus grande force de combat qui ait jamais quitté les côtes anglaises, reprit Rand avec fierté.

Puis son excitation parut s'estomper et il ajouta sourdement :

— Je voudrais plus que tout que nous n'ayons pas été obligés de laisser Aimery.

Lianna hocha la tête et croisa les bras sur son estomac ravagé, les paumes de ses mains serrées moites de sueur. Elle posa les yeux sur le cabestan orné d'un énorme sceptre portant la fleur de lys. En étalant de manière si ostentatoire les lys de France, le roi Henry proclamait son objectif au monde. Son regard se porta sur la sculpture de proue : un léopard doré coiffé d'une couronne en argent. Contemplant l'armada rassemblée dans le port, Lianna dut admettre pour la première fois qu'une victoire anglaise était possible. Son oncle de Bourgogne avait-il pu avoir raison tout le long ?

Des nobles se promenaient sur les ponts ; certains s'arrêtaient pour saluer Rand et regarder Lianna.

— Ils pensent que je suis faible, se reprocha-t-elle.

Un rire plein de gaieté résonna dans la poitrine de Rand.

— Mon amour, ils pensent que vous êtes magnifique !

Il désigna un homme corpulent qui se tenait à la poupe avec ses chevaliers.

— Quand Edward d'York vous a vue, il a failli lâcher le pain qu'il mangeait.

Lianna étudia le duc d'York. Bourgogne lui avait parlé de lui. Ex-traître calculateur qui avait jadis conduit une révolte contre le père du roi, Henry Bolingbroke, puis avait réussi à se réintroduire dans les faveurs royales. Elle détourna les yeux.

— Vous dites cela pour être aimable, lança-t-elle avec irritation. Même un homme à moitié aveugle pourrait voir ma peur.

— Vous vous comportez comme une reine, insista Rand. Vous me gonflez d'orgueil.

— Je doute d'inspirer une telle admiration à votre roi !

Des mouettes criaient et volaient entre les mâts. Sur les ponts se rassemblait une foule de nobles, de prêtres, d'artisans, de paysans et de mercenaires attendant la bataille avec une ardeur qui l'affligeait. Des guerriers irlandais, barbes et cheveux au vent, la peau tatouée, couraient çà et là. Les excellents archers de sir Thomas Erpingham étaient assis, à empenner des flèches.

Lianna étudia avec une curiosité qui lui fit oublier un instant où elle se trouvait les grands canons et engins de siège attachés à certains des ponts. Les hommes qui manipuleraient ces machines se comportaient comme s'ils s'embarquaient dans une belle aventure, et non dans une mission de conquête et de mort.

— Par ma foi, Longwood, j'avais ouï dire que votre épouse et vous étiez à bord !

Lianna se tourna pour voir un bel homme bien charpenté. Une broche ornée de pierres précieuses, aux armoiries des Lancastre, indiquait un personnage de sang royal. Son large sourire, tandis qu'il prenait Rand dans une accolade cordiale, indiquait aussi un ami.

— Lianna, voici Thomas, duc de Clarence, frère du roi Henry.

Elle fit une révérence pleine de respect, mais ne put chasser l'ironie de sa voix en faisant remarquer :

— Ce n'est pas votre premier voyage en France, Votre Grâce…

Thomas se frappa la poitrine, feignant d'avoir le cœur brisé.

— Et moi qui allais admirer la beauté de votre épouse, Longwood. Mais cette voix… Son accent me rappelle les brises mélodieuses sur les falaises normandes.

Prenant la main de Lianna, il pressa un baiser fervent sur sa paume. Elle lui retira sa main et porta un doigt à son menton.

— Est-ce votre façon d'éluder ma remarque ?

Le duc eut un grand sourire.

— Un homme peut toujours tenter sa chance.

Il étudia son visage avec attention.

— Au moins, votre langue acérée me préserve de trop

envier Rand. Je préfère que mes femmes ne se préoccupent que des affaires domestiques.

— Je le ferais volontiers, moi aussi, rétorqua-t-elle hardiment, mais votre frère le roi m'a forcée à me préoccuper de questions politiques.

Clarence hocha la tête.

— Je prie pour une meilleure issue que celle de mon dernier voyage, voilà quatre ans. Je prie que cette conquête s'achève en paix pour nos deux pays.

— La France *est* en paix…

S'éclaircissant la gorge, Rand désigna la flotte d'un geste de la main et changea vivement de sujet.

— Lord Scrope doit se lamenter sur l'état du trésor royal.

Le duc pâlit.

— Mon Dieu, vous ne savez donc pas ?

— Savoir quoi ?

— Scrope n'est plus le trésorier du roi.

La fureur durcit la voix de Clarence.

— Thomas Grey et lui, joints à Henry Percy et Oldcastle, ont relancé les intrigues contre mon frère. Ils voulaient mettre le comte de March sur le trône, mais March a faibli et tout confessé à Harry.

— Quoi ? Mais Scrope était l'un des plus proches amis du roi !

— Depuis douze jours, il n'est plus qu'un cadavre décapité. Comme tous ceux qui osent défier mon frère.

Malgré la chaleur de cette journée d'août, Lianna frissonna. Son plan de demander à Rand de se détourner du roi ne lui semblait plus si simple, à présent. Si Henry n'avait montré aucune merci pour un ami de toujours, il se montrerait plus impitoyable encore avec Rand.

Clarence posa sa main forte sur son bras, interrompant ses pensées, puis il les conduisit vers le centre du pont supérieur.

— Venez… Harry semble avoir cessé de prier pour un moment. Il devrait vous voir, maintenant…

Un petit groupe rassemblé au centre du pont s'écarta pour les laisser passer. Le jeune homme qui se tenait debout au milieu paraissait assez peu remarquable au premier coup d'œil, mais en le regardant mieux, Lianna reconnut l'aura de pouvoir qui émanait de lui comme la chaleur d'un canon après un tir.

Même s'il portait une couronne, il n'avait pas besoin de signe extérieur pour l'identifier. Son port assuré et l'éclat de ses yeux le désignaient clairement comme Henry de Monmouth, prince de Galles, chevalier de l'ordre du Bain, duc de Cornouailles, comte de Chester, duc de Lancastre et d'Aquitaine, roi d'Angleterre… et de France, s'il atteignait son objectif.

Un fabuleux rubis rouge sang étincelait sur sa couronne. Rand mit un genou à terre devant son souverain, en signe d'obéissance et de respect. A contrecœur, Lianna l'imita, plongeant dans une profonde révérence. Les souliers d'Henry, nota-t-elle, arboraient deux emblèmes familiers : le léopard d'Angleterre et les lys de France. Elle se dit que le monarque pouvait fort bien écraser les deux royaumes sous ses pieds ambitieux.

Elle releva la tête, gardant un regard ferme, cachant le ressentiment et l'agitation qui l'envahissaient.

Henry lui tendit la main.

— Baronne…

Elle la prit, mais ne put se résoudre à la baiser. Elle inclina la tête et murmura une salutation. Henry lui décocha un sourire froid, puis tourna un regard interrogateur vers Rand.

Lianna suivit à peine la conversation, préférant observer avec acuité l'homme dont les ordres avaient bouleversé sa vie. Elle s'était attendue à un monstre égocentrique, un usurpateur impérieux, un pilleur insouciant des pauvres, mais il ne semblait rien de tout cela. Il restait calme et impassible, écoutant Rand qui lui relata brièvement comment ils étaient arrivés en Angleterre, puis demanda respectueusement à être ramené en France.

Henry approuva l'histoire d'un signe de tête, puis se tourna pour soumettre Lianna à un long moment d'observation.

— Vous vogueriez vers la France sur l'un de mes bateaux de guerre ? lui demanda-t-il enfin.

— Je regagnerais mon château par n'importe quel moyen, Votre Majesté.

Les coins de la bouche d'Henry se relevèrent avec satisfaction.

— Je m'attendais à une telle détermination de la part de la nièce de Bourgogne.

— Je mentirais, Votre Majesté, si je prétendais approuver l'alliance de mon oncle avec vous. Ses frères, le duc de Brabant et le comte de Nevers, sont de mon avis. La France est notre pays, un pays souverain.

Une lueur de férocité brilla dans les yeux du roi.

— Alors, pourquoi devrais-je vous ramener chez vous, ma dame ?

Rand se rapprocha de Lianna et posa sa main chaude au creux de son dos.

— Parce que, Votre Majesté, elle est devenue mon épouse, selon votre volonté...

Henry entendit des murmures parmi les nobles réunis autour d'eux. Il haussa un sourcil, et sa bouche se pinça un instant. Il promena son regard sur le beau couple qui se tenait devant lui. Le visage de la jeune femme restait calme, son attitude respectueuse, mais il discernait son malaise dans la courbe vulnérable de sa lèvre inférieure et sa détermination dans la profondeur argentée de ses yeux. Elle se battrait, avec le sang de Jean sans Peur dans les veines.

Quant à Longwood, il était l'image d'une dignité tranquille, qui n'implorait jamais, et pourtant une requête d'indulgence planait dans ses yeux verts. Il avait changé. Il n'était plus le chevalier monastique qu'il avait adoubé à Westminster, mais un homme d'une nouvelle force et d'une nouvelle assurance.

Il vit Rand se rapprocher de sa femme et prendre inconsciemment une attitude protectrice vis-à-vis d'elle.

Une douceur inhabituelle gonfla alors le cœur d'Henry, une douceur attisée par une subtile flamme de satisfaction. Il avait envoyé Rand réclamer une épouse et un château. Ce que ce dernier avait fait, en chevalier fidèle à son suzerain. Mais il avait trouvé davantage : il avait trouvé l'amour.

Oui, le lien qui les unissait était inscrit sur leurs visages douloureusement jeunes, dans leurs mains jointes, dans la façon dont la jeune femme s'appuyait légèrement contre l'épaule de son époux. Mais ce lien serait-il assez fort pour la garder de toute traîtrise ?

Il reprit la parole, s'adressant à Rand, mais son regard se promena avec défi sur ses conseillers qui chuchotaient toujours.

— J'autorise votre épouse à naviguer avec nous, Longwood.

Alors qu'un chœur de protestations indignées s'élevait, elle lui sourit pour la première fois. Ce n'était pas le sourire exubérant d'une dame de la cour, mais un mouvement suave et réservé de ses lèvres.

— Non, Votre Majesté ! se récria Edward d'York.

Son visage charnu était rouge de ressentiment.

— Votre propre interdit contre les femmes et les ribaudes l'en empêche. Selon vos propres déclarations, toute femme trouvée parmi les hommes doit avoir un bras brisé.

— L'interdit vise à écarter les prostituées, mon cousin,

rétorqua Henry d'un ton coupant. Il ne s'étend pas aux dames nobles et dûment mariées.

— Mais les marins ne supporteront jamais sa présence, Sire. Ils sont superstitieux. Ils considèrent qu'une femme apporte la malchance sur un navire.

Henry se hérissa. York était un arriviste dont la loyauté changeait aussi aisément que le vent sur la Mer étroite. Il ne le tolérait que parce que le soutien de la maison d'York était vital pour toute l'Angleterre.

— Assez, cousin ! Je ne veux plus vous entendre.

— Mais, Sire, si elle est une espionne pour le compte des Français ?

— Alors, il vaut mieux qu'elle soit ici, avec son époux anglais.

Les joues pendantes d'York tremblèrent.

— Je demande que…

— Silence !

L'ordre tomba comme un coup de hache. Edward jeta un regard haineux à Lianna et s'éloigna sur le pont. D'autres le suivirent plus lentement, leurs grommellements étouffés par la crainte du déplaisir du roi.

Henry se tourna de nouveau vers Rand et Lianna. Son attention particulière, il le savait, les protégerait du ressentiment de ses nobles mieux qu'un bouclier en fer. Car il lui fallait les protéger : il avait besoin de ce gué sur la Somme.

— Merci, Votre Majesté, dit Rand.

— Je voudrais pouvoir dire que je n'ai agi que par pure indulgence…

Il porta les yeux sur Lianna et vit une expression surprise passer sur son visage.

— Mais il y a davantage. Je veux que vous vous souveniez que j'aurais pu refuser, ma dame…

Elle s'humecta les lèvres.

— Je m'en souviendrai, Votre Majesté.

Un homme moins perspicace aurait pu ne pas reconnaître son indignation voilée. Mais Henry de Monmouth était très perspicace.

— Vous êtes bien du sang de Bourgogne, dit-il avec un mélange d'admiration et d'agacement, quoi que vous pensiez de sa politique.

Il vit sa main se resserrer sur celle de son époux, et il envisagea soudain une chose troublante à laquelle il n'avait encore pensé, le fait que Rand puisse être dominé par une Française. Maintenant, il devait admettre cette possibilité. Il avait eu jadis la loyauté de Rand, mais à présent la très belle nièce de Bourgogne avait son amour. La nièce de Bourgogne… Une idée germa dans son esprit. Jean sans Peur serait prompt à utiliser une émotion aussi puissante que l'amour. Sa nièce ferait-elle la même chose ?

Réticent mais déterminé, il se força à dire :

— Vous comprenez que je dois traiter durement la déloyauté.

— Votre frère nous a parlé de la trahison de Scrope.

Lianna leva les yeux vers lui. Le défi y brillait. La baronne de Longwood se posait clairement en adversaire, et Rand était le trophée qu'ils se disputaient.

— J'espère sincèrement, fit-il encore, que vous n'ignorerez pas cette leçon.

Ils se raidirent tous les deux et un éclair de colère passa dans les yeux de Rand. Il inclina la tête.

— Je comprends, Sire, dit-il. L'indulgence royale est une épée à double tranchant.

Henry ne s'offusqua pas de cette réponse, à double tranchant, elle aussi.

*
* *

Tandis que des rameurs propulsaient la *Trinité Royale* vers la mer, Lianna luttait contre la panique.

— J'aurais dû rester… Dieu me pardonne, j'aurais dû rester avec Aimery, ne cessait-elle de répéter, les bras croisés sur ses seins emplis de lait.

— Vous ne pouvez le rejoindre maintenant, dit Rand, compatissant. Mais bientôt. Nous reviendrons d'ici à quelques semaines.

— Autant dire une éternité…

A plusieurs pieds de là, Henry se tenait face au quai où sa belle-mère, la reine Joanna, chantait des incantations avec ses prêtres.

— Jésus merci et grand merci, marmonna-t-il, avant de tourner son regard en direction de la France.

Puis il leva le bras, faisant signe au capitaine, et les battements du cœur de Lianna s'accélérèrent.

Une trompette sonna, des tambours résonnèrent, donnant le signal du départ.

Sur la *Trinité* et tous les navires qui l'accompagnaient, des matelots grimpèrent dans les gréements tandis que d'autres tiraient sur les haubans. De toutes parts, les toiles claquèrent et les cordages chantèrent dans les poulies.

Un tir de canon retentit quelque part sur la droite.

— Les sots, marmonna Lianna en français, se cramponnant au bras de Rand. Le port est trop encombré pour mettre les canons à feu ! Ils devraient avoir le bon sens de…

— Un navire hollandais est en flammes ! cria alors une vigie dans les gréements, comme pour lui donner raison.

Pour les gens stupéfaits qui se tenaient sur le pont, la conflagration apparaissait comme de vagues volutes de fumée parmi des centaines de mâts.

D'autres explosions retentirent.

— Ses provisions de poudre ont explosé ! hurla encore la vigie. Il a mis le feu à deux autres bateaux !

La *Trinité* s'approcha. S'appuyant contre Rand, Lianna aperçut les bateaux en flammes. Des hommes hurlaient et des chevaux paniqués sautaient par-dessus bord. Certains marins trouvaient des planches et des tonneaux auxquels s'accrocher ; d'autres sombraient à une vitesse terrifiante. La gorge nouée par l'horreur, Lianna enfouit son visage dans la tunique de Rand.

Un murmure rauque s'éleva derrière eux.

— Mauvais présage… Mauvais présage, vraiment… J'avais bien dit qu'il en serait ainsi.

Rand se retourna brusquement et fusilla du regard le gros Edward d'York.

— Gardez vos pensées pour vous ! lança-t-il d'un ton coupant.

— Votre épouse française compromet l'entreprise.

Voyant Rand serrer les poings, Lianna intervint :

— Il essaie de vous provoquer. Ne le laissez pas faire.

— Je veux que vous fassiez vos excuses à ma femme, Votre Grâce.

— Ha ! Je suis un homme d'honneur.

Le gros corps du duc tremblait d'indignation.

— Je ne profère pas de fausses excuses, en particulier à une Française !

— Vous semblez avoir une très haute opinion de vous-même, mais la traîtrise s'accroche à vous comme une maladie. Tout le monde connaît votre rôle dans les rébellions contre le père du roi !

— Je suis dans les faveurs royales, à présent, gronda York. Harry m'a rendu les titres dont Bolingbroke m'avait dépouillé. Vous feriez bien de vous rappeler ma position.

Il regarda de nouveau Lianna, parut vouloir ajouter quelque chose mais, jetant un coup d'œil aux poings serrés de Rand, se ravisa. Puis, grommelant il fit demi-tour et disparut derrière des tonneaux accrochés à un étançon.

La vigie cria de nouveau ; sa voix résonnait maintenant non de terreur, mais d'émerveillement.

— Des cygnes ! Les cygnes de Lancastre !

Lianna leva les yeux. Portés par le vent, les oiseaux cinglaient majestueusement vers l'est, leurs grandes ailes étendues, leur long cou étiré, d'un blanc éclatant contre l'azur brillant du ciel. Malade d'appréhension, Lianna les suivit du regard jusqu'à en avoir mal aux yeux, puis elle se détourna.

Par déférence pour Lianna et malgré les protestations d'York et de quelques-uns de ses partisans, le baron et la baronne de Longwood occupaient une petite cabine privée dans le château arrière.

— Que pensez-vous du roi Henry ? demanda Rand.

— Il est… royal. Je connais bien le genre d'homme qu'est votre roi. Il est taillé dans la même étoffe que mon oncle de Bourgogne. Tous deux sont pourvus d'un jugement acéré, d'une détermination implacable et d'un caractère impitoyable.

Rand hocha la tête. Après une seule rencontre, Lianna avait percé à jour l'ambition du jeune souverain.

— En me permettant de naviguer avec la flotte, il m'a rendue redevable envers lui.

Elle fixa les yeux de Rand. Quelque chose dans son regard fit naître en elle un frisson glacé.

— Qu'y a-t-il, mon amour ? demanda-t-il.

— Rand, que devez-vous au roi Henry ?

Ses paroles mesurées et posées lui indiquèrent qu'elle avait considéré la question plus d'une fois.

— J'ai fait le serment de soutenir son droit à la couronne d'Angleterre…

Il inspira profondément, sachant que ce qu'il allait

ajouter éteindrait la lueur d'attente qui brillait dans les yeux de Lianna.

— Et de France.

La lueur s'éteignit en effet. Rand l'attira alors à lui, coulant ses doigts dans les mèches soyeuses de ses cheveux.

— Lianna, nous savions tous les deux que nous en viendrions là. Bientôt, je devrai livrer Bois-Long au roi Henry.

« Et bientôt, pensa-t-elle douloureusement, je devrai vous en empêcher. » Alors même qu'elle se blottissait contre lui et quêtait le réconfort de son étreinte, elle savait qu'elle ne pourrait jamais ouvrir de son plein gré le gué à l'armée anglaise. Ces forces d'invasion ne devaient pas traverser la Somme et déployer leur fureur sur toute la France.

Elle prit une grande inspiration. Le temps de l'engagement était venu. S'écartant de lui, elle le regarda droit dans les yeux.

— M'aimez-vous ? demanda-t-elle dans un murmure.

— Ne vous l'ai-je pas dit mille fois ?

— Redites-le-moi, implora-t-elle presque désespérément.

Il posa les lèvres sur son front, sa bouche.

— Je vous aime, Lianna. Je vous aime comme le lys aime le soleil et la rosée.

Elle prit son visage entre ses mains. « Et je vous aime aussi », susurra son cœur, mais elle ne prononça pas ces paroles. Elle ne le pouvait pas, car elle ne pouvait aimer les lions d'Angleterre.

— M'aimez-vous assez pour vous détourner du roi Henry ? Pour garder le gué fermé à l'armée anglaise ?

Il dégagea brusquement sa tête, comme si les mains de la jeune femme étaient devenues des tisons incandescents. Une douleur amère lui serra le cœur. Elle tendit de nouveau les mains vers lui ; il les repoussa.

— Mon Dieu, Lianna, dit-il d'une voix rauque. Mon

Dieu, je ne puis croire que vous me demandiez d'être un traître !

Elle pinça les lèvres avec colère.

— Est-ce pire que la trahison à laquelle vous m'avez forcée ?

— Henry m'a élevé de la bâtardise, il m'a donné des terres, un titre...

— Il vous a presque fait tuer !

— C'était l'action de Gervais, pas la sienne. Gervais, qui revendique Bois-Long à cause des intrigues que vous avez nouées avec son père, lequel est mort des suites mêmes de ses complots !

Elle se dressa face à lui.

— Comment osez-vous me blâmer d'avoir agi pour préserver la souveraineté de la France ? Rand, je vous ai donné ma demeure, un héritier ! Ne me donnerez-vous rien en retour ?

— Voudriez-vous que je bafoue mon serment de fidélité ? Et l'honneur, Lianna ?

Elle déglutit. Elle lui demandait de devenir un traître, de renoncer à l'intégrité qui était l'essence même de l'homme dont elle s'était éprise.

— L'alternative est de laisser tomber la France aux mains des Anglais, murmura-t-elle.

— Henry a fait décapiter Scrope, son ami de toujours. A votre avis, que me ferait-il ?

Elle le fusilla du regard.

— Henry ne vous tuera pas. Les Français le tueront. Il aura le plus grand mal à s'enfuir vivant.

Rand lui toucha la joue et la regarda dans les yeux.

— Je ne me détournerai pas d'Henry. Mon amour ne vous suffit-il pas ?

Son silence fut éloquent.

En quelques secondes, tout ce qu'il avait cru bâtir s'effondra. L'année passée à Bois-Long n'avait été qu'un rêve doré. La chaleur de Lianna, son ardeur, son acceptation de lui, tout avait été de la comédie. Chacun de ses sourires, chacune de ses caresses avaient été un fil calculé dans la toile de manipulation qu'elle avait tissée. Par Dieu, il avait été sot de se laisser duper ! Il avait cru qu'elle l'aimait, malgré son refus obstiné de l'admettre.

— Garce…

Il prononça le mot d'un ton calme, mortellement menaçant.

— Qu'avez-vous dit ?

Il répéta l'insulte en français.

Elle détourna brusquement la tête comme s'il l'avait giflée. Il la prit par les épaules, sans ménagement, et ses doigts mordirent dans sa chair. Cela lui parut étrange de la rudoyer ainsi, étrange et désagréable.

— Tout n'était que mensonge, c'est cela, Lianna ? Votre douceur, votre affection… Vous songiez seulement à utiliser mon amour pour l'affûter comme une lame, et me faire décapiter pour trahison.

— Je ne veux pas votre mort.

— Admettez-le.

Il approcha son visage tout près du sien et se demanda si elle pouvait discerner la nausée de la désillusion dans ses yeux.

— Admettez que vous n'avez joué l'épouse aimante que pour m'attirer dans votre toile de tromperie.

— Si vous m'aimiez autant que vous le dites, Rand, vous ne voudriez pas me blesser en donnant mon château au roi Henry.

— *Notre* château, tonna-t-il, l'avez-vous oublié ? L'amour n'est pas une arme à tester comme l'un de vos canons !

— Les tests vous font peur ?

Sa question, douce et douloureuse, lui noua la gorge, le prenant dans un nœud coulant.

— Et vous, Lianna ? Renonceriez-vous à votre allégeance à la France par amour pour moi ?

Des larmes tremblèrent au bout de ses cils.

— Je n'ai jamais demandé à vous avoir pour époux, Rand. J'ai fait tout ce que j'ai pu pour éviter de vous épouser.

— Moi, je vous ai aimée, Lianna. Je vous ai aimée quand vous n'étiez rien encore, une simple fille des bois portant une arquebuse…

Elle se couvrit les oreilles et cria :

— Vous avez peur parce que vous avez été dévoilé ! Vous avez prouvé que vous placez votre loyauté au roi Henry au-dessus de votre amour pour moi !

— Comme vous placez votre loyauté à la France au-dessus de votre amour pour moi.

Les larmes de Lianna débordèrent.

— Je n'ai jamais dit que je vous aimais !

La douleur déchira Rand.

— C'est parce que je vous aime que je suis loyal à Henry. Vous avez vu ses forces. En quelques semaines il régnera sur la Normandie et la Picardie, sinon sur toute la France.

Il se leva. Il avait envie de faire les cent pas, mais la cabine était trop exiguë.

— Cela m'aurait fait moins mal si vous aviez été honnête, Lianna, si vous m'aviez combattu comme vous l'avez fait au début. Ce qui me chagrine est que vous m'ayez menti. Vous m'avez laissé aimer une illusion.

Il distingua dans ses grands yeux gris une expression meurtrie qu'il ne lui avait pas vue depuis de nombreux mois et il sentit sa colère fléchir. Désirant la haïr, il quitta la cabine.

*
* *

Les navires anglais s'engagèrent dans l'estuaire de la Lézarde et jetèrent l'ancre au Chef de Caux, à l'ouest de la ville fortifiée d'Harfleur.

La flotte se balançait doucement. Le roi Henry signala un conseil de guerre en déployant sa bannière royale au mât de misaine. Ses frères, Thomas de Clarence et Humphrey de Gloucester, son cousin Edward d'York, deux évêques et huit nobles, dont Rand, se réunirent autour de lui.

— Nous resterons à l'ancre jusqu'au matin, déclara Henry. Toutes les troupes resteront à bord pendant qu'une reconnaissance sera effectuée. Pas de pillage. Pas de harcèlement des paysans. Pas de viols — il décocha un regard sévère au libidineux duc d'York — et pas d'excès. Les gens d'Harfleur sont mes sujets. Nous servons la cause de Dieu, pas notre propre cupidité.

Rand inspira à fond et fit une grimace. La puanteur salée et pourrissante des marais flottait dans l'air chaud. La douleur persistante de la tromperie de Lianna lui rongeait amèrement l'âme.

— Votre épouse et vous partirez dans l'heure, lui dit le roi. Sa présence est une distraction. Je pense que vous comprenez…

Rand hocha la tête. La beauté de Lianna et la force avec laquelle elle avait fait front au roi étaient déjà légendaires parmi les hommes de la flotte. Mais ces soldats qui l'admiraient ne savaient rien de sa dureté, de ses manigances pour le détourner de l'Angleterre.

— Chevauchez dur pour rejoindre Bois-Long et tenez le gué pour moi, ajouta Henry. Le succès de cette entreprise dépend de notre faculté à traverser, Rand.

Il laissa sa main s'attarder sur l'épaule de Rand, si longtemps que celui-ci sentit le lourd poids du devoir, le fardeau de promesses faites longtemps auparavant. Rand regarda le roi droit dans les yeux, les yeux d'un homme qui aurait pu mourir s'il n'était pas sorti jouer de la harpe un soir et tombé sur un complot à Eltham. Ils se serrèrent la main. Henry avait des doigts longs et élégants. C'était la main qui l'avait adoubé chevalier avec un filet d'eau et le plat d'une épée.

Il songea à Lianna, avec ses grands yeux tristes et ses demandes impossibles.

— Je tiendrai le gué pour vous, Sire, promit-il.

— Dieu vous accompagne dans votre voyage, milord.

Les cent milles d'Harfleur à Bois-Long passèrent dans un brouillard de souffrance pour Lianna.

A Fécamp, dans une auberge qui n'était guère plus qu'un bouge, ils apprirent que le roi Charles avait recouvré la raison : il avait ordonné des préparatifs de guerre. Et Lianna découvrit que Rand était capable de silences si interminables qu'elle se demandait parfois s'il dormait sur sa selle.

A Arques, alors qu'ils traversaient sur un bac la rivière Béthune, ils apprirent qu'Henry devait accoster à Boulogne et que Charles d'Albret, connétable de France, avait ordonné aux nobles de constituer une force de combat. Rand découvrit que Lianna était capable de chevaucher aussi durement et sans se plaindre, qu'un soldat aguerri ; sa résistance et sa volonté défiaient l'allure punitive qu'il leur imposait.

A Gamaches, pendant qu'ils s'abritaient dans un couvent, ils apprirent que les collecteurs d'impôts royaux s'étaient mis à pressurer le peuple et que Bourgogne avait refusé de se joindre à la résistance des Armagnacs, se réfugiant dans son palais de Liège.

Rand se rendit compte que malgré la demande de Lianna qu'il abandonne la cause anglaise, il l'aimait toujours.

Lianna constata que malgré l'insistance de Rand à tenir le gué de Bois-Long, elle l'aimait encore.

A la fin du troisième jour, ils aperçurent enfin les tours du château de Bois-Long briller sous le soleil.

Lianna jeta un coup d'œil à Rand et le surprit qui l'observait. Elle connaissait ses pensées, car elles reflétaient les siennes : d'une manière ou d'une autre, cette guerre prendrait fin. Comment pourraient-ils alors vivre ensemble, quand les combats seraient terminés ?

— Nous sommes chez nous, dit-elle doucement.

— Chez nous, répéta-t-il d'une voix plate. J'ai pensé que ce château était un foyer… autrefois.

Sa remarque résonna douloureusement ; elle était d'une vérité poignante. Oui, Bois-Long avait été un foyer quand ils présidaient la table ensemble, quand ils faisaient l'amour sans réserve dans leur chambre, lorsqu'ils avaient mis leur fils au monde dans une joie mêlée de souffrance. Le château avait été un foyer quand ils s'étaient exclamés sur la première dent d'Aimery, avaient planté un cerisier ensemble, lorsqu'ils s'endormaient dans les bras l'un de l'autre.

Maintenant, leur fils était loin. Et tous les deux, dans leur cœur, étaient à des mondes l'un de l'autre.

— Ce château reste ma maison, comme il l'a toujours été, dit calmement Lianna. C'est vous qui voulez faire de Bois-Long un bastion anglais.

— Seulement pour l'empêcher de devenir une ruine française.

Deux paires d'yeux s'affrontèrent. Deux paires de mains se crispèrent sur le pommeau des selles.

Et tandis qu'ils entraient dans la cour du château, deux cœurs moururent un peu.

20

Lianna déplaça plusieurs perles sur son boulier, fit son calcul et porta le chiffre dans son registre. Deux semaines étaient passées depuis qu'ils étaient revenus à Bois-Long. Le rendement des récoltes, nota-t-elle, avait augmenté grâce à l'administration de Rand. Elle passa pensivement un doigt sur son menton et revint à ses livres de comptes. Combien de fois avait-elle effectué cette tâche sans y penser ? Fut un temps où les myriades de devoirs d'une châtelaine emplissaient ses journées. Mais avec son fils absent et Rand détourné d'elle, un grand vide constituait désormais le centre de sa vie.

La perte de l'amour, finalement, était bien plus douloureuse que son absence.

Dehors, sur les lices, Rand aligna le mannequin et encouragea Roland à chevaucher sur la cible. Puis il se tourna pour observer un faux duel entre Piers et Jehan. Fut un temps où les arts virils du combat répondaient à tous ses besoins. Mais à présent, privé de la présence de son fils et des attentions de sa femme, il aspirait ardemment aux cris vigoureux d'Aimery et au doux réconfort des bras de Lianna.

Un amour imparfait, finalement, était préférable à pas d'amour du tout.

Les chiffres du champ de seigle est manquaient. Lianna posa sa plume et reboucha l'encrier. Rand les saurait, lui ; il tenait des registres aussi minutieux que les siens. Mais depuis leur retour au château, il répugnait à répondre même aux plus simples questions.

Une vive douleur la déchira, comme bien souvent quand elle pensait aux derniers événements de sa vie. Son fils était de l'autre côté de la mer et son époux dans le camp de ses ennemis. Même si elle ne montrait aucun signe extérieur de conflit, la tristesse la rongeait de l'intérieur comme un animal implacable.

Repoussant sa chaise, elle se leva et se rendit d'un pas décidé au champ de joutes. Elle fit un signe à Rand, qui vint vers elle. Les hommes interrompirent leur entraînement pour les observer avec curiosité. La tension entre les deux châtelains était trop palpable pour demeurer invisible aux yeux des autres.

— Je voudrais vous parler des rendements de seigle, dit-elle.

Le visage dénué d'expression, Rand la conduisit au jardin. Des abeilles bourdonnaient paresseusement dans le chèvrefeuille. Les fleurs de fin d'été s'épanouissaient en massifs aux couleurs vives.

Il lui avait appris à aimer la beauté des fleurs, pensa-t-elle avec chagrin.

— J'ai besoin des chiffres de la récolte.

— Je demanderai à Batsford de vous les apporter. Est-ce tout ?

Leurs regards se heurtèrent. Les larmes nouèrent la gorge de Lianna.

— Je vous en prie, dit-elle sans pouvoir s'en empêcher, je vous en prie, n'ouvrez pas le gué au roi Henry…

La douleur ravagea le visage de Rand.

— Vous me demandez la seule chose que je ne peux vous donner.

Tendant une main mal affermie, il caressa quelques mèches de ses cheveux.

— Laissez l'armée traverser sans encombre, Lianna. Vous êtes mon épouse. Aucun Français ne pensera du mal de vous si vous faites ce que votre mari vous demande.

— Je me moque de ce que les autres pourront penser ! lâcha-t-elle d'un ton coupant, déçue une fois encore de sa réponse. Je ne pourrais me supporter si je n'essayais pas d'arrêter la marche funeste d'Henry !

— Et je ne pourrais me supporter si je n'essayais pas de l'aider à conquérir la couronne de France.

— Alors, nous sommes toujours dans une impasse, constata-t-elle froidement.

— Oui, nous sommes toujours dans une impasse…

Elle ravala ses larmes. Cet étranger qui la glaçait et se dressait devant elle en ennemi, était-il l'homme qui avait juré qu'il l'aimait ? Est-ce que tout ce qu'ils avaient partagé comptait moins pour lui que sa promesse au roi Henry, et moins pour elle que sa loyauté à la France ?

— Cette guerre finira un jour, reprit-elle. Comment vivrons-nous l'un avec l'autre, alors ?

Il battit des cils. Cette question, il se la posait aussi.

— Cela dépendra de combien nous aimerons, Lianna. Et de combien nous pourrons pardonner.

Lacérée par la douleur, elle rétorqua avec des mots irréfléchis.

— Je ne peux aimer un homme qui place l'ambition d'un usurpateur au-dessus de sa femme et de son fils, ni lui pardonner.

— Comme je ne peux aimer une femme qui demande à son mari de devenir un traître, ni lui pardonner.

Elle fondit en larmes. En jurant doucement, Rand la prit contre lui.

— Tudieu, Lianna, nous disons tous les deux des choses que nous ne pensons pas ! Ne pouvons-nous essayer de trouver un accord ?

— Non, dit-elle dans un sanglot. Non, Rand, nous ne pouvons pas.

Dans la grand-salle ce soir-là, alors qu'ils présidaient le souper, des récriminations inexprimées planaient dans l'air.

Edithe, qui portait une coupe d'hydromel, la renversa sur Lianna.

— Faut-il que vous soyez aussi maladroite ? cria Lianna, tandis que la boisson s'insinuait dans l'étoffe de son corselet.

La servante se hérissa.

— Faire des comptes toute la journée rend la maîtresse acerbe, marmonna-t-elle. Vous feriez mieux de vous occuper davantage de votre époux…

— Crénom, tenez votre langue !

— Retournez aux cuisines, Edithe, dit Rand d'un ton plus posé.

Puis, regardant les mains tendues de Lianna, crispées sur le bord de la table, il ajouta :

— Et rapidement !

Il trempa une serviette dans le rince-doigts empli d'eau citronnée et se mit à nettoyer méthodiquement la robe.

— Pourquoi passer votre mauvaise humeur sur Edithe ? murmura-t-il. Il est évident que votre colère est dirigée contre moi.

La présence de toute la maisonnée empêcha Lianna de chasser sa main d'une tape. Les lèvres pincées, bouillant intérieurement, elle subit en silence ses gestes doux.

Si seulement son cœur voulait bien se taire aussi, pensa-t-elle sauvagement. Mais la main de Rand, maniant la serviette, passait et repassait à dessein sur la tache. Son toucher la consumait ; son sourire aimable mais entendu lui embrasait le sang.

— Assez, dit-elle, les dents serrées. Je ferai laver cette maudite robe.

— Je serais heureux de vous aider à la quitter…

Ses yeux se rivèrent sur sa poitrine. Ses doigts effleurèrent la pointe de ses seins.

Les joues en feu, elle s'écarta de lui. Un rapide coup d'œil, qui la mortifia, lui indiqua que tout le monde les avait observés.

L'arrivée opportune d'un héraut anglais lui épargna plus d'embarras. Couvert de poussière et le souffle court, il s'approcha de la table haute et s'inclina. Lianna retint sa respiration et pria intérieurement qu'il soit venu annoncer le retrait des Anglais.

— Comment va le siège d'Harfleur ? demanda Rand.

— Très bien, milord. Un détachement conduit par le frère de notre roi, le duc de Clarence, a saisi un chariot français plein d'armements.

Rand sourit.

— Mais le sire de Gaucourt a marché sur Harfleur avec trois cents hommes d'armes.

Lianna sourit.

— Les artificiers d'Henry ont-ils mis les gros canons en place ?

— Oui, la *Fille du Roi,* le *Messager* et le *Londres* sont en place.

Rand eut l'air satisfait.

— Les contre-artificiers français doivent être à l'œuvre, intervint Lianna.

— Hélas, ils ont encombré les tunnels de détritus.

Elle hocha la tête, contente.

Durant les semaines qui suivirent, des rapports similaires ponctuèrent leur attente. Les canons anglais crachaient une pluie de pierres et de fer sur les murs de la ville. Les soldats français et les habitants s'empressaient de réparer chaque brèche. Le vin vert, l'eau croupie et la maladie minaient les assiégeants.

La lutte entre Bourgogne et Armagnac continuait. Jean sans Peur avait fait une offre insincère à son gendre le dauphin, parlant de lui envoyer des renforts ; Louis, par crainte des représailles d'Armagnac, avait refusé et était resté dans la ville de Vernon.

Henry envoya là-bas un défi désespéré, proposant de régler le conflit en se battant en duel contre le dauphin. Comme il fallait s'y attendre, Louis ignora ce défi, mais son refus sapa l'esprit combatif des soldats et des citoyens assiégés d'Harfleur.

Le 22 septembre, la ville se rendit sans condition.

La maladie et le siège avaient réduit les puissantes forces d'Henry à neuf cents hommes d'armes et cinq mille archers. Mais ces coriaces survivants avaient bien l'intention de se lancer dans une équipée vers Calais, en prenant toutes les villes et tous les châteaux sur leur passage.

Lianna se confronta à Rand un soir de fin septembre.

— Je veux que mon fils revienne.

Une ombre obscurcit le visage de Rand. Il passa une main dans ses cheveux dorés.

— Ce n'est pas encore sûr. L'armée d'Henry est à trois semaines de marche d'ici. Je ne suis pas libre de partir, et je n'indiquerai à personne d'autre où se trouve Aimery.

— Vous aviez promis que je retrouverais mon bébé en quelques semaines !

— Lianna, ne soyez pas injuste… Je ne pouvais savoir que le siège durerait si longtemps.

— Mais je pensais que vous tiendriez votre promesse.

— Aimery me manque autant qu'à vous. Mais je ne mettrai pas sa vie en danger pour l'avoir avec moi.

Une honte subite s'empara de Lianna. Rand aimait l'enfant autant qu'elle, de cela elle ne doutait pas. Mais il ne ramènerait peut-être jamais leur fils si Henry battait en retraite avec son armée diminuée. Elle laissa fuser sa colère, consciente cependant de sa mauvaise foi.

— Oui, vous ne devez pas laisser quelque chose d'aussi peu important que votre fils interférer dans votre soutien à Henry !

Et l'attente reprit, semblable à une lente torture silencieuse.

La première semaine se traîna, puis la deuxième.

Au cours de la troisième, Bonne et Jack vinrent leur annoncer qu'ils souhaitaient se marier deux jours plus tard.

— Milord…, dit Jack. Nous aimerions que vous chantiez lors de notre messe de mariage.

— Tous les deux, précisa Bonne.

— Je ne pourrai pas, protesta faiblement Lianna. Je suis une piètre musicienne…

— Je vous ai entendue chanter, bien que pas récemment, insista Bonne.

— Le ferez-vous ? Milord ? Ma dame ? demanda Jack.

Il avait l'air d'un enfant suppliant.

Rand et Lianna échangèrent un coup d'œil. Sans un mot, ils convinrent que leurs difficultés ne devaient pas entacher le bonheur de leurs deux serviteurs.

— Nous chanterons à vos noces, leur promit Rand.

*
* *

Des bougies baignaient la petite chapelle de Bois-Long d'une lumière douce, dorant le visage de Jack et de Bonne qui venaient d'échanger leurs consentements. Batsford, qui par égard pour la solennité de l'occasion avait quitté ses vêtements de chasse, arborait une expression suave de piété en donnant la bénédiction finale au jeune couple.

Tous les yeux se tournèrent alors vers les châtelains. Lianna avait pensé qu'il serait facile de chanter avec Rand, mais Jack et Bonne avaient demandé une chanson singulièrement éloquente.

Ils voulaient que leur amour soit célébré par le *Cantique des cantiques.*

Lianna s'humecta les lèvres, le cœur battant, excessivement troublée malgré elle. Leurs harpes, soigneusement accordées, égrenèrent des notes qui résonnèrent dans la chapelle silencieuse.

Ils se mirent à chanter, échangeant les refrains, leurs voix se mêlant harmonieusement, même si leurs cœurs étaient à des milles l'un de l'autre. La voix de Lianna trembla lorsqu'elle regarda Rand dans les yeux pour chanter :

Ton amour est meilleur que le vin :
Je suis la rose de Sharon,
Et le lys des vallées.

Rand répondit avec plus de force, mais sous sa noble voix perçait de l'émotion.

Ma bien-aimée a parlé et m'a dit,
Lève-toi, mon amour, mon bel amour, et viens.

Lianna continua, des accents de mélancolie dans la voix.

La nuit, sur ma couche,

j'ai cherché celui qu'aime mon âme.
Je l'ai cherché, mais je ne l'ai pas trouvé.

Celle de Rand résonna d'une douleur intime.

Tu as ravi mon cœur…
Où es-tu partie, toi ma bien-aimée,
Ma bien-aimée est descendue au jardin,
Vers les lits d'épices, pour cueillir des lys…

Leurs voix s'unirent sur le dernier refrain, et à la fin de la chanson les gens présents dans la chapelle avaient cessé d'exister pour eux. Ils étaient de nouveau tous les deux dans le vallon abrité où ils s'étaient rencontrés.

Place-moi comme un sceau sur ton cœur,
Car l'amour est aussi fort que la mort ;
Beaucoup d'eau ne peut étancher l'amour,
Ni des inondations le noyer.

Lianna sentit une larme chaude tomber sur sa main tremblante. Elle leva les yeux vers Rand et vit que lui aussi avait été touché par ces mots sans âge, cette mélodie d'amour poignante. L'expression tendre et torturée de son visage, les mouvements incertains et saccadés de son corps lorsqu'il vint se placer à côté d'elle, trahissaient des sentiments trop longtemps réprimés.

Pendant un long moment de suspens, personne ne bougea ni ne parla. Puis le père Batsford rompit le silence en prenant Bonne et Jack dans ses bras, leur souhaitant avec ferveur d'être heureux. Les ouailles se pressèrent alors autour de l'autel, exprimant des souhaits de bonheur aux nouveaux époux et des compliments sur la beauté de la mariée.

Cernés de tous côtés par ces réjouissances bruyantes, Rand et Lianna manquaient d'intimité pour exprimer ce qu'ils avaient dans le cœur. Rand eut juste le temps de dire un mot avant qu'ils ne soient bousculés et séparés.

— Ce soir, murmura-t-il, et cette promesse fit à Lianna l'effet d'une pluie chaude après une longue sécheresse.

Rand brûlait de retrouver la douce pénombre de la chambre de sa femme. Pourraient-ils oublier leurs différends, se donner l'un à l'autre sans que la politique s'insinue entre eux ? Il avait bien l'intention d'essayer. L'attendrait-elle ? Oui, se rassura-t-il. L'expression de ses yeux était une réponse suffisante.

Tout le monde avait à présent regagné la grand-salle pour le festin, mais la nouvelle de l'arrivée imminente d'Henry pesait sur les esprits anxieux. Les chevaliers français de Bois-Long, déchirés entre deux camps, se montraient par moments nerveux et agressifs avec les chevaliers anglais.

Les tempéraments, échauffés par l'abus des boissons et le copieux repas de noce, flambaient. Sentant cette tension, Rand resta dans la grand-salle jusqu'à ce que les derniers noceurs s'effondrent d'ivresse ou de fatigue. La tâche de maintenir l'ordre entre les soldats des deux factions incombait à Jack, d'ordinaire, mais ce soir-là il s'était retiré de bonne heure avec sa femme.

Dans un coin de la grand-salle, Piers et Simon chantaient une chanson paillarde. Jehan et Chiang s'affrontaient du regard par-dessus un échiquier. Dylan et Roland, qui observaient la partie, semblaient avoir une discussion assez civile. Godfrey, Giles, Neville et Peter Finch jouaient aux dés avec trois Français.

Remuant ses épaules crispées pour les détendre, Rand décida que les humeurs s'étaient assez calmées pour lui permettre de se retirer à son tour. Empli d'une impatience insupportable, il se dirigea à pas pressés vers le large escalier de pierre.

Un juron retentissant le fit se retourner à temps pour voir Roland frapper Dylan à l'estomac. Le Gallois chancela en arrière, renversant l'échiquier.

Tonnant, Jehan bondit sur ses pieds et frappa à son tour le Gallois déséquilibré. Piers et Godfrey, réagissant aussitôt, se ruèrent à la défense de Dylan.

— Seigneur Dieu ! grommela Rand en revenant dans la grand-salle.

Un léger grattement à la porte de sa chambre fit bondir Lianna sur ses pieds. Elle avait envisagé au moins une douzaine de phrases de bienvenue et d'explication pour Rand, sans en retenir aucune.

Les danses, les ripailles et les souhaits de bonheur aux mariés les avaient tenus éloignés l'un de l'autre toute la soirée. C'était bien ainsi : une remarque inconsidérée, une hésitation auraient pu détruire l'accord fragile auquel ils étaient parvenus durant la chanson.

Le grattement se reproduisit. Comme ils étaient devenus formels, songea-t-elle tristement. Elle aurait presque souhaité qu'il enfonçât la porte, comme il l'avait fait lorsqu'elle la lui avait barrée le soir de leurs noces. Ou mieux, elle aurait souhaité qu'il entre simplement d'un pas assuré, en homme certain de l'accueil de sa femme.

Elle ouvrit. Son sourire tremblant s'évanouit. Ce n'était pas Rand, mais Jufroy.

— Je pensais que vous aviez été affecté à la surveillance des portes, dit-elle, sans se soucier de cacher sa déception.

— Je l'étais, ma dame.

Jufroy avait l'air agité.

— Mais vous avez un visiteur. Il vous attend à la porte de la rivière, et demande que vous veniez seule.

— Je ne reçois aucun visiteur en secret, déclara Lianna

d'un ton coupant. Si quelqu'un souhaite me voir, qu'il vienne dans la grand-salle.

Jufroy fit nerveusement un signe de croix.

— L'homme qui souhaite vous voir… vous envoie ceci…

En fronçant les sourcils, elle prit le paquet qu'il lui tendait, déroula l'étoffe et réprima un cri. Soigneusement lavé et raccommodé, c'était le surcot que Rand avait perdu à Maisoncelle.

— Mon époux est-il au courant de ceci ?

— Non, il est encore occupé avec les hommes dans la grand-salle. Une rixe a éclaté…

— Ne lui dites rien, ordonna-t-elle. Je vais prendre ma cape.

Après avoir descendu précipitamment une volée de marches en pierre inégales, Lianna rejoignit le visiteur et, le reconnaissant, plongea dans une profonde révérence : Louis, duc de Guyenne et dauphin de France, se tenait seul dans l'ombre de la porte.

Lorsqu'elle se releva, il la reconnut lui aussi. Ainsi, pensa-t-elle sans surprise mais avec un frisson d'appréhension, il se souvenait de l'avoir vue à Maisoncelle.

— Ma cousine, dit-il, j'espère que vous me pardonnerez de venir seul et en secret. J'ai pensé qu'il valait mieux ne pas demander l'hospitalité d'une demeure anglaise.

Lianna ne crut pas un instant qu'il était venu seul ; des ombres s'agitaient autour de la rivière avec une force qu'une simple brise ne pouvait provoquer. Elle ne crut pas non plus la raison qu'il donnait de ne pas être venu dans la grand-salle : manifestement, il ne voulait pas prendre le risque d'être retenu en otage par des Anglais.

— Vous êtes le bienvenu, Monseigneur, dit-elle machinalement.

— Votre loyauté me plaît. Pourquoi ne vous êtes-vous

pas révélée à Maisoncelle, Belliane ? J'aurais été heureux de faire la connaissance de la cousine de ma chère épouse.

— Les circonstances ne permettaient pas…

— Aucune importance.

Il agita la main. Le clair de lune éclairait ses traits et faisait ressortir une beauté enfouie sous sa chair trop bien nourrie.

— Vous avez eu des rapports sur le siège ?

Elle hocha la tête.

— La ville s'est rendue au roi Henry, dit-elle, et il conduit son armée vers le nord, à Calais.

— Il a l'intention de traverser la Somme ici.

Lianna acquiesça.

— On parlait d'une avant-garde anglaise à Blanche-Taque, mais à ce que j'ai compris le maréchal Boucicaut a enrayé cette force.

— Vous avez bien compris.

Le dauphin eut un sourire crispé.

— Boucicaut a hérissé le gué de Blanche-Taque de chevaux de frise et laissé la rivière gardée par un contingent important. Donc…

Louis la dévisagea à travers les ombres mouvantes.

— Bois-Long reste le seul espoir d'Henry.

La bouche sèche, Lianna baissa les yeux sur la rivière éclairée par la lune. D'ordinaire, cette vue l'effrayait ; en cet instant, le visage du dauphin lui paraissait plus inquiétant.

— Belliane… Regardez-moi…

Bien que douce, la requête avait le timbre d'un ordre royal.

Elle leva les yeux. Bien avant qu'il ne parle, elle sut ce qu'il allait demander. En silence, elle l'implora de ne pas le faire.

— Je veux que vous détruisiez la chaussée pour que l'armée anglaise ne puisse pas traverser.

Elle recula d'un pas.

— Mon époux compte garder le gué ouvert.

— Ouvert à quoi ? Vous avez sûrement entendu parler de l'état de l'armée d'Henry. Ses hommes sont malades, affamés et meurent par dizaines. La marche de triomphe qu'il envisageait a dégénéré en une marche funèbre. Il est fini, ma cousine.

— Pouvez-vous en être aussi certain ? demanda-t-elle faiblement.

Il baissa la voix.

— Les ducs d'Alençon et de Bar ont uni leurs forces à Bourgogne et Berry. Le roi de Sicile est arrivé avec ses propres soldats. Le duc de Bretagne a engagé douze mille hommes. Le comte de Richemont apporte cinq mille lanciers…

Lianna s'affala contre le mur. Louis se pencha plus près.

— Bourgogne, la peste l'emporte, est à un baptême à Tournai. Mais ses frères, le comte de Nevers et le duc de Brabant, soutiendront la Couronne. En ce moment même, l'armée du connétable d'Albret est juste au nord d'ici, prête à écraser les Anglais. Des archers ! Que peut une poignée de vils archers contre la puissance de nobles français ?

— Ce sont des archers anglais, Monseigneur, qui ont conquis Bois-Long.

— Par la ruse, rétorqua-t-il. Longwood a attendu que les chevaliers soient coincés sur les lices.

Avant que Lianna ne puisse se demander comment il le savait, il reprit la parole :

— Ma cousine, j'ai révélé ce soir des secrets que même mes propres capitaines ignorent. Je suis venu parce que je veux qu'Henry soit débouté, mais aussi parce que vous êtes ma parente et que je n'aimerais pas vous voir souffrir des erreurs de votre époux. Faire ce que je demande ne vous épargnera pas seulement vous, mais de nombreuses vies également.

— Si les Anglais l'emportent, Rand sera décapité pour avoir désobéi au roi.

— Vous dites une absurdité, dit Louis d'un ton coupant. Regardez les faits, Belliane : les forces d'Henry ont été ramenées à cinq mille hommes, pour la plupart des archers. La France en a cinq fois plus, tous des guerriers entraînés. Quand Henry sera écrasé, même mon intercession ne sauvera pas votre époux. Mais vous pouvez éviter sa mort en faisant ce que je demande.

L'indécision déchirait Lianna. Pouvait-elle faire confiance au dauphin ? Pouvait-elle, même dans l'intérêt de la France, trahir Rand ?

— A votre avis, que fera mon époux ? demanda-t-elle. Restera-t-il sans rien faire à regarder détruire la chaussée ?

— Je vous laisse le soin de l'éloigner. Vous êtes une femme pleine de ressources. Vous avez jusqu'à demain au coucher du soleil pour agir.

— Et si je refuse ?

Ils se dévisagèrent longuement. Lianna ne put s'empêcher de comparer ce Louis débauché à la force intègre du roi Henry. A dix-neuf ans, le dauphin était déjà trop gros, et ses penchants pour les lieux de plaisir et les banquets entachaient sa réputation. Un frisson la parcourut à l'idée que la couronne de France reposerait un jour sur la tête de cet homme. Cet homme dont le père était fou. Si seulement Louis possédait un dixième de la perspicacité d'Henry, de son courage…

— Avez-vous oublié Maisoncelle, Belliane ?

Elle battit des paupières, ne s'attendant pas à ce rappel. Elle revit ce moment figé devant le logement de Gervais, quand Louis aurait pu l'arrêter avec son fils, mais qu'il lui avait fait signe de partir vers Calais.

— Je ne peux pas, dit-elle avec impuissance.

— Vous le pouvez et vous le ferez ! Demain au coucher du soleil, l'un de mes capitaines amènera une petite garnison au château. Si vous tenez à la vie de votre époux, vous ferez en sorte qu'il soit loin à ce moment-là.

— Monseigneur, vous ne savez pas ce que vous demandez. Rand n'accepterait jamais…

— Alors, ne le lui dites pas.

Louis plaça une main froide et humide sous son menton et approcha son visage charnu tout près du sien.

— Belliane…

Sa voix était empreinte d'une note de menace, affreusement douceâtre.

— Je sais où est votre bébé.

Il ne dit rien de plus et se fondit dans l'obscurité.

Lianna n'eut guère le temps de se demander comment il avait eu cette information. Ses espions grouillaient partout, certains l'avaient peut-être suivie de Maisoncelle à Calais, puis en Angleterre et retour. Cette menace fit naître en elle une envie brûlante de désobéir. L'envie d'abandonner son plan d'empêcher la traversée d'Henry et de garder le cœur de Rand. Mais elle se reprit bien vite, elle devait obéir sous peine de mettre son fils en danger.

De toute façon, se dit-elle avec abattement, Rand était perdu pour elle. La fragile guérison qui s'était dessinée dans la chapelle était condamnée à redevenir une plaie cuisante si elle mettait à exécution son plan. Il la mépriserait de l'avoir trompé, mais elle pourrait vivre avec cette haine plus aisément qu'elle ne pourrait supporter sa mort.

Se courbant pour passer sous une petite porte dans

le mur du jardin, elle courut à la chambre de comptes, où elle griffonna une note désespérée pour son oncle de Bourgogne avant d'envoyer un messager à Tournai. Si quelqu'un pouvait atteindre Aimery avant les laquais du dauphin, c'était Jean sans Peur. Puis elle alla trouver Chiang, dont l'aide serait vitale pour le succès de son plan désespéré.

Les lueurs de l'aube teintaient le ciel lorsqu'elle regagna sa chambre. Il n'y avait que des cendres froides dans la cheminée, et des ombres emplissaient la pièce.

Ecartant une mèche de son front d'une main lasse, elle trouva une bouteille de vin sur le buffet. Elle ne prit pas la peine d'emplir un verre et but longuement au goulot.

— Je vous attendais…

La bouteille lui glissa des doigts et s'écrasa par terre. Le vin couleur de sang s'infiltra dans les jonchées. Elle se tourna vers le lit drapé de tentures.

Rand était allongé sur la courtepointe en agneau, tout habillé, les cheveux décoiffés et les yeux cernés de fatigue.

Oh, Dieu ! Dans sa panique, elle avait oublié qu'il devait venir la rejoindre. Le cœur serré d'anxiété, elle vit ses yeux parcourir ses cheveux en désordre, l'ourlet taché de boue de sa robe.

— Je…

Sa gorge s'assécha.

— On m'a appelée. Mère Brûlot est tombée malade après le banquet, et je suis allée au verger pour lui trouver des nèfles.

— J'ai demandé après vous dans le château. Nul ne vous avait vue.

— Jufroy dormait à son poste quand je suis passée.

— Je vois…

Elle tritura l'étoffe de sa cotte et ajouta :

— Je vous ai attendu aussi, avant de devoir ressortir.

L'ombre d'un sourire plana sur les lèvres de Rand.

— Les hommes étaient agités. Certains en sont même venus aux mains. Je ne pouvais quitter la grand-salle avant d'être sûr qu'ils ne s'entretueraient pas.

Balançant ses longues jambes par-dessus le rebord du lit, il se leva et vint à côté d'elle.

— M'est avis que leurs humeurs se refroidiront quand ils verront que nous avons un accord. Plus question de traîtrise ?

— Non.

Elle hocha la tête, tendue de lui mentir.

— Ce sera pour le mieux, Lianna. Je vous le promets.

Avec douceur, il défit les lacets de son surcot et fit glisser le vêtement de ses épaules. Il se pencha pour embrasser la peau révélée par le décolleté carré de sa cotte.

— Vous avez un goût de brise fraîche.

La culpabilité lui transperçait l'âme.

— J'ai cherché longtemps les nèfles.

— Vous auriez dû m'appeler.

— Je savais que vous étiez occupé dans la grand-salle.

Terrifiée à l'idée que sa duplicité ne se lise sur son visage, elle jeta les bras autour de son cou.

— Je veux juste oublier, Rand. Oublier que l'armée anglaise est au sud d'ici, que les Français se rassemblent au nord… Oh, Rand, chuchota-t-elle avec ferveur contre son cou. Je veux fermer le monde au-dehors. Faites-le-moi oublier…

Ses baisers brûlants l'enveloppèrent dans un enchantement puissant. La douceur de ses mouvements quand il la porta jusqu'au lit attisa la flamme d'un désir longtemps réprimé.

— Vous m'avez manqué, ma femme.

— Vous m'avez manqué aussi.

Affamée de lui, elle lui arracha ses vêtements. Il l'aida

à le débarrasser de ses chausses et de sa tunique, tout aussi impatient, puis il s'allongea près d'elle.

Elle se tourna sur le côté pour le contempler. La beauté de son corps nu, la tendresse de ses yeux firent fondre son âme. Pourtant, même à travers la brume d'une passion qui n'avait pas été assouvie durant de longues semaines, elle comprenait ce qu'il ne pouvait pas comprendre.

C'était leur dernière fois ensemble. Ils ne feraient plus jamais l'amour, car dans quelques heures, elle tuerait son amour pour elle.

Le désir et le regret la firent se jeter dans ses bras et enflammèrent ses baisers. Elle n'osait pas parler, car les larmes lui brûlaient la gorge et ses sanglots pourraient la trahir.

Privée de la possibilité d'exprimer son amour, elle laissa parler ses mains, sa bouche, son corps. Elle parcourut Rand de baisers brûlants, ses mains et ses lèvres caressant chaque parcelle de lui. Chaque cicatrice, chaque tendon s'imprimait dans sa mémoire. Tel un manteau de soie, sa chevelure caressait sa peau. Eperdue d'amour, elle descendit plus bas, emplissant ses mains et ses lèvres de sa pure essence masculine. Rand poussa un grognement sourd, mais elle continua à le goûter et à le toucher, faisant de chaque caresse une déclaration hardie de son adoration.

— Lianna, arrêtez, demanda-t-il dans un souffle. Cela fait trop longtemps ; vous me poussez trop…

— Chut, murmura-t-elle en se penchant sur lui. Laissez-moi faire…

Elle voulait lui donner ce souvenir d'elle, afin que peut-être, quand la blessure cuisante de sa trahison se serait atténuée en une douleur sourde, il puisse garder d'elle un autre souvenir que celui d'une femme qu'il haïssait. Peut-être pourrait-elle forger un engagement indélébile dans leur cœur, attiser une flamme qui ne mourrait jamais.

Elle le marqua au fer rouge de sa bouche, mettant toute l'adoration qu'elle éprouvait dans son baiser brûlant et intime.

Les muscles de Rand se tendirent. Il se souleva presque du lit.

— Je… Oh, Dieu, Lianna…

L'amour et l'émerveillement rayonnaient en elle ; son ardeur avait eu raison du contrôle qu'il exerçait sur lui-même, et elle ressentait son extase comme si c'était la sienne.

Il l'attira dans ses bras et la serra farouchement contre lui.

— Sorcière ! Vous m'avez laissé aussi faible qu'un arc détendu.

Elle se força à sourire.

— Je voulais vous contenter.

— Vous m'avez contenté.

Il promena les mains sur elle.

— Maintenant, c'est votre tour de recevoir du plaisir.

Avec un faux entrain, elle s'écarta de lui et dit :

— J'ai une idée…

Il caressa ses seins de ses pouces.

— Moi aussi.

— Retrouvons-nous à la croix Saint-Cuthbert, où nous nous sommes aimés pour la première fois. Vous serez mon chevalier errant, et je serai votre pucelle.

— Henry peut arriver n'importe quel jour, maintenant.

— Certes, mais pas aujourd'hui. Le dernier rapport de Dylan indiquait que l'armée anglaise était à trente milles au sud.

Elle lui mordilla le cou.

— Les provisions sont faites. Tout est prêt. Il ne nous reste plus qu'à attendre.

Elle l'embrassa sur la bouche.

— Profitons de cette attente, Rand.

— Par Dieu, je n'en discuterai pas.

— Rejoignez-moi dans le vallon. Je veux du soleil et de douces brises, comme quand notre amour était neuf.

Il sourit.

— Je ne me doutais pas que vous étiez aussi sentimentale, pucelle !

— Vous m'avez changée en une flaque de sentimentalité.

Elle pria qu'il ne discerne pas les larmes dans sa voix. Tendant la main, elle le caressa d'une façon tentatrice.

— S'il vous plaît, Rand…

— Fort bien, nous partirons ensemble après les matines.

— Oh, non, dit-elle vivement. Nous devons arriver séparément, à l'heure où les bécasses s'envolent, comme nous le faisions alors. Faites-moi plaisir, mon époux. J'ai eu si peu de joie dans ma vie depuis qu'Aimery n'est plus là.

La tendresse adoucit le regard de Rand.

— Que puis-je dire ? Bien sûr, je vous retrouverai comme vous le voulez.

Le soleil se leva à l'horizon tandis qu'ils s'habillaient. Rand chantonnait des passages du *Cantique des cantiques,* et les paroles de la chanson martelaient douloureusement l'esprit de Lianna.

Lève-toi, mon amour, mon bel amour, et viens.

« Viens non pas à un rendez-vous d'amour, pensa-t-elle avec tristesse, mais dans un piège. »

Suivant nonchalamment du regard les ébats d'un jeune levreau dans l'herbe, Rand était adossé à la croix de pierre et laissait la douce chaleur d'automne le pénétrer. Enfin, pensait-il, Lianna était de nouveau sienne. Il l'avait crue perdue pour lui, mais le matin même elle lui avait prouvé qu'il se trompait.

Si seulement elle pouvait arriver, maintenant. Le plaisir

qu'il se remémorait lui échauffait le sang. Son cœur s'emballa. Oui, son cœur. Il aurait dû l'écouter ces dernières semaines, au lieu d'obéir aux diktats de la colère et du ressentiment. Que faisait-elle ? Il l'attendait depuis près d'une demi-heure.

Durant la journée, elle s'était occupée avec Chiang et avait passé un long moment à converser avec sa chambrière. Nul doute qu'elles avaient beaucoup à se dire, au matin de la nuit de noces de Bonne. Bientôt, il lui demanderait ce qui se cachait sous ce changement si inattendu. Il se promit de ne pas lui faire regretter sa décision.

Une brindille craqua. Le levreau bondit, s'enfuyant dans la forêt. Rand sauta sur ses pieds, les muscles tendus, l'oreille aux aguets, la main sur le pommeau de son épée.

Il regarda autour de lui. De longs rayons de soleil traquaient les ombres des mélèzes et des saules murmurants. Une odeur d'humus et de feuilles d'automne flottait dans l'air. Mais sous ces arômes terriens, familiers, une autre odeur était légèrement perceptible, qui n'appartenait pas tout à fait à ce cadre idyllique. Une odeur de chevaux… et de danger.

Bon sang, pourquoi ne l'avait-il pas remarquée plus tôt ? Alarmé, il tira son épée et alla à grands pas à son cheval. Les naseaux de Charbu frémissaient ; ses jambes étaient tendues. Lui aussi semblait sentir une présence invisible.

Lentement et en silence, attentif maintenant à ce qui l'entourait, il détacha le cheval. Lui marmonnant des mots apaisants, il tira sa dague. Puis il conduisit l'animal à la lisière du vallon et regarda la haute crête calcaire qui dissimulait le chemin vers les falaises normandes. Il entendit le bruit sourd d'un pas. Ses paumes devinrent moites. Il était piégé. Il jeta un coup d'œil sur la droite, vers Bois-Long. Lianna aussi allait tomber dans le piège.

En une brusque détente, il sauta sur son cheval. Mais

avant qu'il puisse éperonner Charbu vers le château, une petite armée franchit la butte.

Rand était sur le point de mettre la vitesse de son destrier à l'épreuve, quand une voix cria :

— Arrêtez, milord !

Stupéfait, Rand se laissa glisser à bas de son cheval.

— Chiang ! Que faites-vous ici ? Que…

Il n'y avait pas seulement Chiang, mais Jack Cade, Piers Atwood, Simon et Dylan, Batsford et les autres. Un décompte silencieux lui indiqua que les neuf Anglais de Bois-Long étaient là.

— Quelle farce est-ce là ? demanda-t-il, agacé. Allez-vous tous suivre un homme dans un rendez-vous avec sa femme ?

— Milord, j'ai de graves nouvelles, dit Chiang.

Son ton de regret, son expression prudente firent naître un picotement d'alarme sur la nuque de Rand.

Les hommes paraissaient trop tendus, arboraient trop un air d'excuse. Et ils s'approchaient trop près au goût de Rand.

— Bonté divine, lança-t-il d'un ton coupant, l'un de vous va-t-il parler ?

— Milord, commença alors Jack, le château nous est barré. Le temps que nous nous apercevions du tour, chaque canon était dardé sur nous…

Le grondement étouffé d'une explosion déchira l'air. Des oiseaux s'envolèrent dans un battement d'ailes effréné. Rand regarda vers le nord par-dessus la cime des arbres. Une volute de fumée s'élevait au-dessus du château, au loin.

L'horreur éclipsa toute pensée sauf une.

— Bon sang, Lianna…

— Arrêtez-le ! cria quelqu'un.

Le poids de dix hommes déterminés fondant sur lui le plaqua à terre. Le choc d'un coup précis porté à sa tempe le stupéfia. Il tournoya, brandit sauvagement son épée, sentit qu'on la lui arrachait.

— Nous ne pouvons vous laisser aller à votre mort, milord…

Il reconnut la voix de Jack, puis il y eut un autre coup, et l'obscurité l'engloutit.

21

La tension lui nouait les entrailles. Elle espérait que Chiang réussirait à retenir Rand et ses soldats anglais loin du château, pour leur sécurité. Elle espérait que Rand comprendrait, qu'il ne la haïrait pas pour ce qu'elle avait fait. Elle espérait enfin que sa missive pressante à son oncle Bourgogne lui aurait permis de ramener en France le petit Aimery.

Du haut de la barbacane, elle regardait la chaussée détruite, cette chaussée qui pendant des générations avait enjambé la profonde et large Somme. Jadis, elle était un passage vers les bois et les prairies du sud. Maintenant, tout ce qu'il en restait consistait en morceaux de chêne cassés, en bouts de bois qui tourbillonnaient vers l'aval sur un chemin sans retour.

Elle avait préparé les charges elle-même, les avait fait placer sous les supports du pont. Puis elle avait ordonné aux chevaliers de Bois-Long méfiants et déroutés d'allumer les mèches.

Ensuite, les portes fermées, ses gens et le bétail rassemblés en sécurité dans la cour intérieure, elle avait vu la robuste structure réduite en petit bois.

— Comment avez-vous pu ?

Le visage de Bonne, ruisselant de larmes et vidé de toute couleur, était l'image même du reproche.

Lianna prit ses mains dans les siennes.

— Ne me blâmez pas, Bonne… Il y a trop en jeu. Le dauphin lui-même a donné l'ordre.

— La dysenterie de Saint Louis emporte le dauphin ! Mon Jack est parti. Nous n'avons même pas eu une journée entière comme mari et femme.

— Il serait un homme mort à cette heure, si Chiang ne l'avait pas attiré loin d'ici avec les autres Anglais.

— Mais le roi Henry…

— Le roi Henry est fini. Débouté…

Lianna avait tiré moins de satisfaction de cette nouvelle qu'elle ne s'y serait attendue.

— Les forces anglaises sont réduites à moins de six mille hommes, des hommes malades et affamés. Le connétable d'Albret n'est qu'à quelques milles au nord d'ici, prêt à écraser l'avance anglaise. La vie de Jack ne vaudrait pas un sou s'il était découvert ici.

— Vous… vous êtes sérieuse ?

— Oui, Bonne.

Lianna lui saisit les épaules. La chambrière sentait encore le romarin et la lavande qui avaient si récemment été éparpillés sur son lit de noces.

— Nous savons toutes les deux ce que c'est que d'aimer un homme. De mettre nos désirs égoïstes de côté pour le protéger.

— Vous lui avez volé son honneur en l'empêchant de se battre !

Lianna la gifla.

— Crénom, ne comprenez-vous pas ?

Le visage de Bonne se décomposa et le regret de son geste submergea Lianna. Elle serra la servante dans ses bras et apaisa sa joue rougie.

— Pardonnez-moi. S'il vous plaît. J'étais en colère parce que vous dites la vérité.

Bonne hocha la tête, l'air misérable.

— Où sont-ils, maintenant ?

— En sécurité avec Chiang. Il les cachera jusqu'à ce que les Anglais se replient sur Harfleur. Rand et Jack comprendront que je n'avais pas le choix.

Si elle le répétait assez souvent, cela finirait peut-être par être vrai ?

— Et maintenant, ma dame ?

Un frisson parcourut Lianna. Si Henry battait en retraite, il pourrait rappeler Rand en Angleterre. Elle ne reverrait plus jamais son époux ni son fils.

— Le dauphin envoie une petite garnison au château.

— Pour repousser les Anglais quand ils arriveront ?

— Je me fie à la sagesse d'Henry. Quand il verra que la chaussée est infranchissable, il retournera à Harfleur.

— Dieu fasse qu'il en soit ainsi. Mais s'il se bat ? Et si Rand et Jack sont avec lui ?

— Chiang s'assurera qu'ils ne le soient pas. Le but d'Henry est d'atteindre Calais. Il ne risquerait pas sa petite armée pour prendre un trophée aussi mineur que Bois-Long.

C'était ce qu'elle avait toujours voulu, empêcher les Anglais d'utiliser son gué, mais la victoire lui semblait affreusement amère.

Des trompettes sonnèrent. Lianna et Bonne se précipitèrent à la poterne, qui surplombait le côté nord du château cerné par la douve. Les chevaliers et les gens du château formaient un groupe anxieux dans la cour. En passant, Lianna entendit des murmures pleins de rancœur. Rand était leur seigneur, et tout ce qu'ils savaient était qu'elle l'avait trahi.

Elle fit un signe de tête à Jufroy. Dans un grincement de rouages et de chaînes, la herse en fer se releva. Elle passa sous l'arche. Le devoir l'obligeait à se montrer accueillante. C'étaient là ses compatriotes ; ils venaient protéger son château contre des envahisseurs étrangers. Néanmoins, l'appréhension amollissait ses jambes et elle eut du mal à avancer.

Des armures étincelaient au soleil. L'oriflamme écarlate de Saint-Denis flottait dans le vent, portée par un héraut. A l'arrière chevauchait une femme. Tudieu, pensa Lianna, avaient-ils amené leurs épouses, ou leurs ribaudes ? En tête de la troupe se tenait un chevalier, et le plumet de son heaume indiquait qu'il était le capitaine de la trentaine d'hommes. Il ne portait pas de cotte d'armes, seulement un surcot sur son pectoral. Se tapotant le menton avec consternation, Lianna comprit que le dauphin ne lui avait pas envoyé ses meilleurs hommes.

Le capitaine à cheval s'avança au bord de la douve, puis agita la main pour mettre ses hommes en file. Ensuite, il traversa le pont-levis et s'arrêta devant Lianna.

— Bien joué, ma dame, dit-il, et sa voix résonna sous son heaume.

Sa main prise dans un gantelet releva sa visière.

Le choc, la rage et une terreur glacée submergèrent Lianna. Elle chancela, s'accrochant désespérément à un anneau scellé dans le mur.

— Gervais !

La conscience revenait lentement à Rand. L'effort d'ouvrir les yeux était encore trop grand, alors il resta immobile, les paupières closes. Le croassement des corbeaux et les cris des mouettes ajoutaient à la douleur bruyante de sa tête. Des odeurs de cuisine et un relent de cidre aigre provenaient des alentours. Sa tempe l'élançait et lui rappela le coup qui l'avait assommé.

Mais ce coup… Son esprit embrouillé cherchait une

réponse. Il ne se souvenait pas de s'être battu. C'étaient ses propres hommes qui l'avaient frappé, parce que… parce que…

Quand il se souvint, ce fut comme une détonation dans son cerveau. Parce que la chaussée avait été détruite et la marche désespérée d'Henry sur Calais serait arrêtée.

Il se força à ouvrir les yeux et lutta pour se redresser. Clignant des paupières dans la faible lumière où dansait de la poussière, il inspecta la pièce grossièrement meublée. Un balai de genêt avait dessiné des motifs sur le sol de terre battue. Un chat noir et blanc miaula et s'approcha de lui.

Il était à Eu, dans la taverne de Lajoye.

Jurant, il tenta de se lever, mais les motifs du sol se mirent à tourner. Il se laissa retomber en arrière et se dévissa le cou pour voir à travers une porte basse. Deux silhouettes étaient assises à une table au fond de la pièce et chuchotaient.

— Par tous les diables, qu'est-ce que je fais ici ? gronda-t-il.

Sa propre voix lui martela la tête.

Les deux hommes se retournèrent et Rand se retrouva face aux visages anxieux de Jack et de Batsford.

— Eh bien ?

Les deux hommes se précipitèrent vers sa palette. D'une main tremblante, Jack lui tendit un gobelet en terre.

— Buvez ceci, milord, pendant que nous vous expliquerons…

Rand commença par refuser la boisson. Mais il avait la bouche sèche, alors il en prit une grande gorgée. Le liquide avait un agréable goût de miel. Il vida le gobelet et laissa la chaleur réconfortante de l'hydromel couler dans ses veines.

— Parlez, Cade, et vous avez intérêt à ce que vos

explications soient bonnes ! Depuis combien de temps suis-je ici ?

Le prêtre et l'archer échangèrent un long coup d'œil. Jack déglutit.

— Toute la journée, milord.

La fureur envahit Rand. Il attrapa la flasque que tenait Batsford et la vida de tout l'hydromel qui y restait. Il détecta sur sa langue un léger goût d'herbe.

Batsford se pencha en avant comme pour protester, mais Jack le repoussa.

— Nous devions vous retenir, milord, sinon vous auriez chargé sur Bois-Long.

— Comme tout homme d'honneur l'aurait fait ! Est-ce que pas même l'un d'entre vous n'a tenté de protéger le gué ?

Jack s'empourpra.

— La tentative aurait été risquée. Et nous aurions perdu la vie et le gué avec.

Rand se redressa sur son séant et s'efforça d'ignorer sa tête qui tournait.

— J'y vais !

Mais la pièce bascula ; les visages de Jack et de Batsford se brouillèrent.

— Tout doux, milord, dit le prêtre. Nous attendons un rapport de Chiang. Il est retourné au château pour reconnaître les lieux. Inutile de se jeter la tête la première dans Dieu sait quoi.

— *Chiang ?* Je le croyais loyal. Est-ce lui qui a détruit la chaussée ?

— Rappelez-vous : il était avec nous quand nous vous avons trouvé, milord.

Une pensée hideuse commença à se former dans son esprit, qu'il voulut à tout prix combattre.

— Mais Chiang a dû mettre les charges en place, insista-t-il, presque désespérément.

Jack resta silencieux. Batsford se concentra sur la manchette de fauconnier qu'il portait sous sa robe de prêtre. Rand fixa ses hommes jusqu'à ce que le visage de Jack devienne net.

— Ce n'est pas Chiang qui a placé les charges, milord, dit finalement ce dernier.

Des images fusèrent dans l'esprit torturé de Rand. Lianna, la robe tachée de boue, lui offrant une piètre excuse à propos d'une visite au verger. Lianna, promettant de le retrouver à l'heure où les bécasses s'envolent. Lianna, lui faisant l'amour comme si c'était la dernière fois.

— *Parce que c'était la dernière fois*, maudite soit-elle ! tonna-t-il.

Le visage roide de pitié, Jack et Batsford le contemplaient.

— Votre femme n'avait pas le choix, milord. D'après Chiang, le dauphin Louis est venu la trouver en secret. Il lui a ordonné de détruire la chaussée et d'abriter une garnison de soldats français à Bois-Long.

Une étrange apathie s'empara de Rand.

— Et elle a obéi…

— Je crois que le dauphin a proféré certaines menaces.

— Quel genre de menaces ?

— Je ne sais pas trop, milord. Mais d'après Chiang, la baronne n'est pas en danger.

Rand essaya de nouveau de se mettre debout. Ses membres tremblaient, son estomac se soulevait, de la sueur perla sur son front.

— Nous allons voir si des troupes françaises resteront bien longtemps à Bois-Long ! dit-il, les dents serrées.

— Milord, vous ne devez pas aller là-bas, plaida Batsford.

Il se mit à triturer nerveusement sa cordelière.

— Vous ne pouvez pas, renchérit Jack.

Titubant, Rand attrapa le gobelet, le renifla et le jeta par terre. La rage et la nausée brouillaient sa vision.

— Par tous les diables, qu'y avait-il dans cet hydromel ?

L'air penaud, Jack fixa le gobelet vide.

— De la teinture de pavot.

— Soyez damné, Jack !

— Pardonnez-moi, milord.

La voix de Jack semblait sincèrement emplie de regrets.

— Je craignais de vous retenir par la ruse, mais je craignais encore plus ce qui arriverait si vous retourniez à Bois-Long.

Le corps anéanti par l'effet de l'opium, Rand ferma les yeux. Le sommeil, au moins, donnerait un répit à son cœur, broyé par la douleur. Il oublierait un moment cet amer sentiment de trahison.

« Oh, Lianna, dit-il silencieusement en glissant dans le noir, je pensais que notre amour signifiait plus pour vous que ceci. »

— Je pensais qu'il signifiait plus pour vous que ceci…

Guy ne cherchait même pas à dissimuler sa profonde réprobation.

— Je n'avais pas le choix, répondit Lianna, répétant à son sénéchal ce qu'elle avait peut-être dit cent fois déjà pour se défendre.

Se rebellant contre l'insistance de Gervais à vouloir faire servir des doubles rations de vin à ses soldats, Guy était venu la trouver et avait exigé de savoir pourquoi elle avait ouvert la demeure de son époux à ces maraudeurs indisciplinés.

— Mais, ma dame…

— Chut, murmura-t-elle.

Peu après l'arrivée de Gervais, ils avaient tous été convoqués dans la grand-salle. Les chevaliers du château, humiliés, furieux et en nombre inférieur, avaient été désarmés par les nouveaux arrivants. Et déjà les hommes du dauphin réclamaient de la nourriture et de la boisson.

— Je ne peux risquer de m'expliquer maintenant…

— Par le passé, votre époux n'a pas eu de problème à traiter avec Mondragon.

Lianna songea à la menace du dauphin concernant Aimery.

— J'avais une autre question à considérer, Guy.

Surprenant son air dubitatif, elle ajouta :

— Je vais parler à Gervais au sujet du vin.

Maraudeurs, pensa-t-elle en regardant les chevaliers bruyants réunis dans la grand-salle, était un terme trop doux pour ces Français sans vergogne. Ils ne représentaient guère la fine fleur de la chevalerie. La plupart étaient aussi grossiers que des félons, aussi endurcis que des mercenaires.

Elle se fraya un chemin à travers la salle encombrée, touchant la poignée de sa dague enfilée dans sa ceinture quand la plaisanterie gaillarde d'un homme se changeait en menace lubrique. Elle rejoignit Gervais à la table haute, où il conversait avec certains de ses hommes. Macée, l'air suffisant mais paraissant étrangement mal à l'aise, se tenait à la lisière du groupe.

— Je voudrais vous parler en privé, Gervais, dit Lianna d'un ton autoritaire.

Et sans attendre sa réponse, elle se dirigea d'un pas martial vers la chambre privée, protégée par des paravents.

Peu après Gervais arriva, son épouse sur les talons.

— Ne vous flattez pas en pensant que je bondis pour obéir à vos ordres, dit-il. Mais je suis aussi impatient que vous de renouer notre relation, Lianna.

Il tendit les bras et lui sourit. A la lumière d'une bougie sur pied, il paraissait beau, sérieux, ses yeux noirs chaleureux, son visage sincère. A une époque, Lianna avait été conquise par cette apparence qui inspirait la confiance.

Maintenant, elle savait qu'un serpent était tapi derrière ce sourire cordial.

— Comment avez-vous convaincu le dauphin de vous laisser venir ici ? Quels mensonges avez-vous proférés ?

— J'ai simplement offert mes services. Vous n'avez sûrement pas oublié qu'une invasion est en cours.

Il jeta un coup d'œil d'un côté à l'autre.

— Où sont votre époux et ses hommes ?

— Le dauphin n'a pas dit que Rand devait rester ici pour subir votre vengeance.

Il haussa les épaules.

— Aucune importance. Le roi Henry va à coup sûr se replier sur Harfleur, emmenant votre couard d'époux et son ramassis d'archers minables avec lui.

La colère flamba dans les veines de Lianna.

— Rand n'est pas un couard ! Il…

Elle s'interrompit, saisie par une pensée nouvelle. Comme Gervais, beaucoup croiraient que Rand avait déserté le château au lieu de combattre et la rumeur irait sans nul doute droit à son cœur vaillant. Seigneur, qu'avait-elle fait ?

— Et le Chinois ?

Elle plissa les paupières.

— Chiang est parti aussi.

Un autre haussement d'épaules.

— Je l'ai toujours pris pour un traître. C'est dommage, cependant ; j'aurais aimé tourner ses canons sur les Anglais.

Gervais glissa un regard calculateur à Lianna.

— Bien sûr, votre propre adresse pourrait servir la cause de la France.

Elle faillit rire. La France, en la personne du dauphin, avait menacé son fils de mort et envoyé une troupe de brigands chez elle !

— Non, dit-elle.

— Oh ? Dites-vous par là que vous ne souhaitez pas voir Henry retourner défait en Angleterre ?

Elle se mordit la lèvre.

— Je veux la paix, Gervais. Juste la paix. Et vous feriez bien d'y réfléchir à deux fois avant de faire faire le travail d'un canonnier par vos chevaliers. Les explosifs sont dangereux, placés en de mauvaises mains.

Macée, dont les yeux voilés indiquaient qu'elle avait bu beaucoup de vin, décocha à Lianna un sourire plein de minauderie.

— Oui, il ne faut pas utiliser des explosifs, pas avec le bébé à proximité…

— Taisez-vous, femme !

L'ordre de Gervais résonna dans la pièce aux murs de pierre. La tête de Lianna se mit à l'élancer.

— Laissez-la parler. Le bébé ? répéta-t-elle d'une voix incrédule.

— Oh, de grâce, oui…, reprit Macée. J'ai été si inquiète pour le petit Aimery depuis que Cade l'a arraché de mes bras. Je ne lui aurais pas fait de mal. Vous savez combien je l'aime. Je veux le voir. Est-il dans sa nurserie ?

— Elle divague comme une folle, dit Gervais, mais il avait pâli.

Lianna comprit brusquement.

— Vous ne savez pas où se trouve mon fils, dit-elle dans un souffle, ne sachant si elle devait rire, pleurer ou laisser libre cours à sa colère.

Macée parut confuse.

— Mais nous pensions…

Un soufflet retentissant de Gervais la fit taire. Elle chancela, portant son poignet à sa bouche. Des larmes perlèrent à ses cils.

— Oh, Gervais, dit-elle d'une voix étranglée, vous m'avez frappée !

Malgré sa traîtrise, Macée avait maintenant l'air d'une victime, déchirée par la force de sa sombre dévotion à Gervais. Lianna se précipita vers elle, pleine de pitié.

— Crénom, vous saignez…

— Je ferai pire si vous ne vous ôtez pas de ma vue ! cria Gervais.

Macée sortit en sanglotant de la pièce.

— Vous ignorez où se trouve Aimery et Louis aussi !

— Tout ce qui compte, c'est que vous l'ayez suffisamment cru pour obéir à ses ordres.

Elle avait trahi son époux sur la base d'une vaine menace ! Elle se jeta sur Gervais comme une furie, l'attaquant à coups de poing et de pied.

Il jura quand son poing atterrit sur son nez, le faisant saigner. Il la poussa rudement. Elle partit à la renverse et tomba sur une pile de bois près de la cheminée. Des bûches lui entrèrent douloureusement dans les côtes, et le choc lui coupa le souffle.

Essuyant son nez ensanglanté de sa manche, Gervais alla à elle. Elle essaya de lui donner des coups de pied, mais il fut plus rapide. Il l'attrapa par les cheveux et la remit brutalement debout.

— Quelle sotte vous êtes de me combattre, dit-il, son visage tout près du sien. Bois-Long est à moi et il pourrait être à vous, aussi, si seulement vous admettiez votre défaite.

— Des stupidités, énoncées par un homme stupide !

— Ce que je dis est très sensé, au contraire.

Il essuya encore son nez, puis passa avec insolence la main sur les seins de Lianna, sur son ventre.

— Je vous ai désirée depuis notre première rencontre, Lianna. Réfléchissez. Je serai le seigneur et vous serez ma dame…

— Nous sommes tous les deux mariés !

— Votre oncle de Bourgogne a démontré que certains mariages ne sont pas vraiment un obstacle…

Un frisson glacé parcourut Lianna. L'éclat à demi fou de ses yeux contenait de sombres et terrifiantes promesses.

— Vous me dégoûtez, Gervais.

— Et vous, vous m'enchantez.

Il commença à approcher ses lèvres des siennes. Elle tourna la tête de côté. Mais sa main dans ses cheveux ramena inexorablement son visage vers le sien.

Juste comme elle se raidissait avant de subir l'assaut brûlant et humide de sa bouche, la porte de la pièce s'ouvrit en claquant. Il la lâcha abruptement. Elle retomba sur les bûches.

— Messire, annonça un soldat, une avant-garde anglaise approche.

Ses bannières flottant dans le chaud vent d'automne, l'avant-garde émergea des bois situés au sud. Lianna, perchée sur la passerelle déserte du canonnier, la regardait s'approcher. La grande armée qui était descendue des mille cinq cents navires de guerre anglais à Harfleur n'existait plus. La maladie et la faim avaient réduit ses forces à quelques milliers d'hommes fatigués et mal nourris. Ceux qui approchaient du château étaient peut-être une centaine.

De chaque côté de la barbacane, les soldats de Gervais se préparaient à repousser leur attaque. Leurs arbalètes chargées de carreaux aiguisés comme des rasoirs, les archers se tenaient entre les merlons. Des récipients de feu grec, pris dans l'armurerie de Chiang, étaient alignés contre le mur, prêts à être allumés et versés sur l'ennemi.

Entendant un bruit, Lianna baissa les yeux. Un chevalier en tenue de bataille marchait à grands pas sur le chemin de ronde. Un éclair blanc et doré, l'emblème du léopard sur une cotte d'armes. C'était impossible, et pourtant…

— *Rand ?*

Un rire sortit du heaume. L'homme releva sa visière.

— Gervais !

Elle descendit précipitamment le rejoindre.

— Comment osez-vous porter les couleurs de mon époux, son heaume ?

Il rit de nouveau.

— Puisque votre époux a tourné bride, je ne vois aucune raison de garder ses vêtements comme de saintes reliques.

— Vous êtes abominable !

Le visage de Gervais se durcit. Il désigna l'avant-garde qui approchait.

— C'est cela, ma dame, qui est abominable. Une troupe d'étrangers qui veut envahir les terres françaises.

Il agita son poing couvert d'un gantelet, puis se retourna vers elle.

— Prenez quelques chevaliers et chargez les canons.

— Non. Je vous ai dit que je ne le ferais pas.

— Pas même pour Bois-Long, Lianna ? Pour la France ?

Elle songea à Rand, trahi par elle et emmené en sûreté par ses hommes loyaux. Elle songea à son fils, à la garde d'une Anglaise. Elle songea à Bonne, à son chagrin pour l'homme qu'elle n'avait connu qu'une nuit comme mari. Et pour finir, elle songea à ses gens, déchirés entre Rand et Gervais depuis près de deux ans.

— J'ai assez donné à la France, déclara-t-elle en se tournant pour regarder les Anglais.

Elle reconnut l'étendard à la rose blanche d'Edward, duc d'York. Si le puissant noble en voulait à présent à Rand, il le mépriserait lorsqu'il découvrirait ce qui l'attendait à Bois-Long.

La troupe s'arrêta à une centaine de yards. Des remous

parmi les rangs indiquèrent qu'ils avaient vu la chaussée détruite.

— Ils sont à notre portée, dit Gervais. Allez aux canons, Lianna !

Elle ignora son ordre.

Il referma brusquement sa visière et fit un signe à son maître archer. Celui-ci leva la main. Une grêle de traits quitta les remparts et fila vers les Anglais.

Des hurlements retentirent. Deux hommes tombèrent. L'un resta immobile ; l'autre se débattit comme un poisson jeté sur la berge.

Les archers rechargèrent leurs arbalètes.

— Non ! leur cria Lianna en courant à eux.

— Descendez des remparts ! ordonna Gervais.

Elle rejeta la tête en arrière.

— Pas avant que vous ne cessiez cette attaque !

Les archers n'eurent pas à tirer de nouveau. Le duc d'York tira sur sa bride et fit un geste coléreux vers Gervais. Un drapeau blanc fut levé.

— Excellent, dit Gervais, et Lianna entendit son sourire derrière sa visière. Il a assez de jugeote pour ne pas jouer les sots. Bertrand !

Il appela son héraut, qui arriva précipitamment sur les remparts.

— Vous allez leur porter un message. Dites-leur qu'ils ne trouveront pas de gué sur les terres de France. Dites-leur de retourner en Angleterre s'ils tiennent à leur peau.

Le héraut sursauta et hocha nerveusement la tête. Il baissa les yeux vers la rivière ; Lianna comprit qu'il s'interrogeait sur les conditions de sa traversée, sur le courant rapide.

— Un moment, Bertrand…

Gervais releva sa visière, ôta un gantelet et glissa la main sous son pectoral.

— Dites au capitaine anglais de donner ceci au roi Henry.

Lianna regarda, stupéfaite, l'objet qu'il plaçait dans la main de son héraut. Une émeraude sertie dans de l'or, ciselée d'un léopard. La devise « A cœurs vaillants rien d'impossible » était gravée autour.

— Mais c'est à Rand ! protesta-t-elle vainement.

— Oui, c'est ce que j'ai compris, dit Gervais avec un sourire mauvais. Cela confirmera le passage de votre époux du côté français.

Lianna se rua sur Bertrand pour essayer de saisir le talisman et le jeter dans la rivière. Telle une serre d'acier, le gantelet de Gervais se referma sur son bras et la tira en arrière.

— Il est bien dommage de donner un colifichet de cette valeur, dit-il. Néanmoins, je veux que le roi Henry sache exactement qui est responsable de la destruction du gué.

Avec des mouvements maladroits, Rand enfourcha son cheval. Ses hommes avaient certainement bien préparé leur trahison. Ils avaient apporté son armure et celle de Charbu, ainsi que leurs propres armes et montures. Le seul article qu'ils avaient laissé en arrière était sa cotte d'armes. Aucune importance, pensa-t-il sombrement. Le moment n'était pas à la vanité.

— De grâce, milord, le supplia Jack. Attendez Chiang avant de vous lancer dans une action impulsive !

— Bon sang, Jack, votre maudite potion m'a gardé au lit un jour et une nuit de plus. L'armée du roi Henry marche dans un piège, et vous osez me demander d'attendre ? Si vous voulez rester ici, vous le pouvez, mais moi, je vais avertir le roi.

— Je ne vous le conseille pas, milord, dit une voix derrière eux.

Ils se retournèrent. Chiang se tenait dans la cour des écuries.

— Sacrebleu, il était temps que vous reveniez, dit Jack. Quelles sont les nouvelles ? Avez-vous vu ma Bonne ?

Les épaules de Chiang s'affaissèrent.

— Non. Les chevaliers de Bois-Long ont été désarmés, démis de leur pouvoir.

Rand remua avec impatience, et le Chinois s'empressa de continuer :

— L'avant-garde d'Henry est arrivée pour trouver la chaussée détruite. Un homme, un chevalier de la maison d'York, a été tué ; un autre est blessé.

Rand jura et saisit le pommeau de sa selle.

— Attendez, milord, ce n'est pas tout.

Chiang inspira profondément.

— Gervais Mondragon et trente chevaliers du dauphin occupent Bois-Long.

La fureur gronda dans le cerveau de Rand.

— Maudite soit-elle, murmura-t-il.

— Elle n'a pas eu son mot à dire à propos des forces d'occupation, fit observer Chiang.

— Elle ne l'aura pas non plus dans ce que je projette pour Mondragon !

De nouveau, il voulut enfourcher son cheval. De nouveau, Chiang le retint.

— Vous n'avez pas entendu la fin. Mondragon portait votre cotte d'armes quand il a lancé l'attaque. Et il a envoyé une amulette avec votre devise au roi Henry, afin que cela ait l'air d'un geste de loyauté envers les Français.

— Une amulette ? Qu'est-ce que…

Rand avait presque oublié le présent du roi. Près de deux ans auparavant, il l'avait lancé loin de lui dans les bois. Oh, Dieu, Lianna l'avait-elle trouvé dans le vallon ? L'avait-elle remis à Gervais comme une preuve de sa trahison ?

— Sacrebleu, dit Jack. Le roi va penser…

— Que je l'ai trahi.

Chiang hocha la tête d'un air lugubre.

— Vous avez été déclaré traître et hors-la-loi, milord.

Une sentence de mort l'aurait moins désespéré. Son honneur était tout ce qui lui restait après la trahison de Lianna. Que ses compatriotes le tiennent pour un traître entachait non seulement sa réputation, mais aussi celle de son fils innocent.

Il se passa les doigts dans les cheveux.

— Quel est le plan d'Henry ?

— Il avancera jusqu'à ce qu'il trouve un endroit où traverser la Somme. Je me suis enfoncé dans les terres et j'ai découvert que la plupart des gués ont été détruits et jonchés de pierres et de morceaux de bois. La chaussée de Voyennes tient encore.

— Mais c'est à soixante milles en amont. Ils sont déjà affamés. Cela prendra des jours.

— Il y a pire, marmonna Chiang.

— Quoi ?

— L'armée française est rassemblée sur la rive nord. Ils vont talonner les Anglais et faire échouer toute tentative de traversée.

Rand resta silencieux. Les petits-enfants de Lajoye s'ébattaient dans le grenier à foin. Dans la cour, Marie pourchassait un coq maigrichon. Les vagues s'abattaient sur les rochers en un rythme incessant.

— Il y a une chose que nous pouvons faire pour aider, dit-il enfin.

— Nous ? fit Jack. Nous ne sommes que dix…

— Onze, rectifia Chiang.

— Et piètrement armés, acheva Jack.

— Aucun homme pourvu de son arc et de flèches n'est piètrement armé. Nous allons nous lancer derrière les Français. Si nous les distrayons par des escarmouches et des attaques nocturnes, cela fournira peut-être à Henry une chance de traverser la rivière.

Lentement, ses hommes se rassemblèrent autour d'eux. Piers et Dylan tendirent la corde de leur arc. Batsford se signa. Simon arriva, chargé de l'armure de Rand. Peter Finch, Neville, Godfrey et Giles sortirent de l'auberge avec des sacs de provisions fournis par Lajoye. Rand étudia ses hommes, l'un après l'autre.

— J'ai été qualifié de traître, dit-il, la gorge serrée de douleur. Si vous choisissez de ne pas me suivre, nul ne vous en blâmera.

— Nous sommes avec vous, milord, déclara Jack.

Des murmures d'assentiment s'élevèrent.

— Fort bien. Une force aussi réduite que la nôtre ne devrait pas avoir de problème à faire traverser les chevaux à la nage. L'armée française est peut-être importante, mais même un géant sent la piqûre d'une guêpe. Et ensuite…

Rand baissa la voix en un murmure sinistre.

— Je m'occuperai de Mondragon et de ma femme.

22

A minuit, par une nuit sans lune, Lianna traversa la cour mouillée et se faufila à travers une porte basse qui menait à la sortie donnant sur l'eau. Le bruit incessant de la pluie couvrait celui de ses pas.

Elle portait la tunique à capuche d'un valet d'écurie, des chausses, et tenait ses sabots de bois à la main, pour ne pas être remarquée par les hommes d'armes, qui avaient eu droit à des rations supplémentaires de vin en récompense de leur performance contre les Anglais et qui somnolaient. La poignée d'une dague sortait de sa ceinture. Soigneusement cachées dans sa ceinture se trouvaient des pièces d'or et d'argent. Elle avait rempli un sac de provisions en cuisines, car son voyage pourrait prendre des jours.

S'appuyant d'une main au mur pour ne pas glisser sur les marches de pierre, elle enfila ses sabots et descendit au bord de la rivière. C'était là qu'elle avait été forcée de trahir Rand ; de ce même endroit, elle voulait entreprendre sa quête pour sauver son honneur et sa vie.

Elle jeta un bref coup d'œil aux remparts. Une hampe nue se dressait contre le ciel noir. Elle s'en détourna, sa honte et sa colère ravivées à cette vue. Rand avait hissé la bannière aux lys et aux léopards pour se proclamer seigneur du château ; Gervais l'avait abattue.

La rivière cinglée par la pluie paraissait d'un noir

d'encre et ses remous sans fond. Avec des gestes rendus maladroits par cette terreur de l'eau irrépressible qui la faisait trembler de la tête aux pieds, elle détacha une petite barque cachée dans les roseaux. Une peur d'une autre sorte, alors, raffermit sa résolution : la vie de Rand était en danger, et pour lui, pour réparer sa faute, elle braverait les froids courants de la Somme.

La vase aspirait ses pieds. Etouffant un grognement d'effroi, elle monta dans la barque et prit les rames. Le tangage de l'embarcation la fit claquer des dents ; elle serra les mâchoires, déterminée.

Le château avait un mur aveugle, un endroit qui ne pouvait être vu ou défendu d'en haut. Ses mains, mouillées par la pluie froide et la transpiration de la peur, serrèrent les rames. Restant dans l'ombre du mur aveugle et priant que la pluie garde les sentinelles à l'intérieur de la barbacane, elle se mit à ramer. C'était un exercice auquel elle n'était pas rompue et des ampoules se formèrent rapidement sur ses paumes. Un inconfort qui lui parut mineur, car chaque coup de rames, chaque avancée de la barque, augmentait sa terreur. Sa mère s'était noyée dans ces eaux, mais si elle cédait à la panique maintenant, Rand en paierait le prix. Se concentrant sur cette pensée, elle parvint à traverser la rivière.

En posant le pied sur la rive opposée, elle se trouva faible de soulagement, la respiration oppressée. Elle tomba à genoux et sentit la terre ferme sous elle. Elle resta quelques instants ainsi, immobile, rassemblant des forces, puis, se forçant à se reprendre, elle se leva et pénétra dans la forêt en direction des sources marécageuses de la Somme. Un nouveau malaise s'empara alors d'elle. A quelle distance avaient marché les Anglais depuis qu'ils avaient été repoussés du gué ?

Dix milles ou plus, estima-t-elle trois heures plus tard,

alors que ses pieds trempés et ses jambes lasses menaçaient de céder à l'épuisement. Elle repéra enfin leurs traces boueuses. Les destriers et les chariots à bagages avaient creusé une route le long des méandres de la rivière, menant vers l'intérieur.

Tudieu, pensa-t-elle, quel genre de commandant était Henry pour réussir à conduire ses hommes malades et affamés si loin et si vite ?

La Somme était large, profonde et boueuse, et elle n'offrait pas de gués. Elle songea à Rand. Dieu fasse que les potions de Chiang le retiennent ! Elle avait besoin de temps pour atteindre Henry, lui expliquer que son époux était victime de trahisons, de la part de Gervais et de sa propre épouse.

Le son de voix masculines pénétra le crépitement de la pluie. Elle s'arrêta, fit tomber sa capuche et resta sur place, à écouter. Un éclat de rire. Le hennissement de chevaux.

Ces sons semblaient provenir de la rive nord. Les Anglais avaient-ils réussi à traverser ?

Remontant sa capuche, elle se hâta de continuer son chemin. Elle aperçut des éclairs de lumière. Bientôt, elle reconnut les formes de tentes et de pavillons éclairés de l'intérieur. Il y en avait tant ! Elle n'avait pas cru les Anglais si nombreux, ni si bien équipés.

En arrivant plus près du campement, elle entendit clairement les voix et distingua les emblèmes des tentes.

Des mots français, des emblèmes français.

L'armée bruyante et bien équipée qui se trouvait de l'autre côté de la Somme était française. Les forces d'Albret et de Boucicaut suivaient les Anglais, mille par mille, attendant de les massacrer, si Henry s'aventurait à traverser la rivière.

Etourdie de peur, elle continua et trouva l'armée anglaise juste au-delà de la ville désertée d'Abbeville. Le contraste avec les forces françaises en excellente condition et pleines d'assurance était saisissant. Les forces anglaises, ou ce qu'il en restait, étaient ramassées dans un lugubre silence, dans la bourgade incendiée.

Lianna se réfugia dans l'ombre d'arbres ruisselants de pluie. Henry la recevrait-il ? Oui, il le devait. Ramassant tout son courage, elle s'avança sur la route boueuse.

— Qui va là ?

Etrangement, la voix lui rappela celle de Darby Green, décapité par une lame française. Elle avait le fort accent du nord de l'Angleterre. Un homme émergea de l'obscurité.

— Qui êtes-vous, garçon ?

Elle baissa les yeux sur ses chausses tachées et ses sabots de bois et décida de ne pas se perdre en explications avec la sentinelle.

— Je ne suis pas un garçon, mais une femme, et je voudrais parler au roi.

— Une femme, hein ? Il ne prend pas de ribaudes dans ses expéditions.

— Je ne suis pas non plus une ribaude. Où est le roi ?

L'homme la prit par le bras et l'entraîna vers le camp.

— Vous verrez le roi quand mon maître le jugera convenable.

— Et qui est votre maître ?

— Sa Grâce le duc d'York. Et il est au lit.

York. Le cœur de Lianna sombra. S'obligeant à prendre un ton autoritaire, elle dit :

— Alors, réveillez-le !

Le garde la tira jusqu'à un abri éclairé par un feu. Se baissant pour passer sous le chaume à moitié brûlé, il parla brièvement à un homme posté à la porte. Celui-ci pénétra dans la maison.

— Bon sang ! grommela une voix épaisse. La nourriture est rationnée. Le sommeil aussi, maintenant ?

Lianna fut poussée à l'intérieur, devant le duc corpulent et suspicieux. C'était bien sa chance, de se retrouver à la merci de l'homme qui la rendait responsable de l'incendie de trois navires à Southampton, de celui qui avait été chassé de Bois-Long au prix d'un de ses hommes !

— Vous me réveillez pour ceci ? grommela Edward en lissant sa chemise froissée.

Une torche qui fumait jetait des ombres sur son visage rougeaud.

Rassemblant tout son courage, Lianna repoussa sa capuche.

— Votre Grâce, je suis dame Belliane, baronne de Longwood.

Il se mit péniblement sur pied et se frotta les yeux de son poing.

— Vraiment ? fit-il d'un ton sarcastique.

Son regard alla vivement à sa ceinture.

— Elle est armée, espèce d'idiot ! lança-t-il à la sentinelle. Je vous ferai fouetter pour votre négligence.

Blême, le garde s'avança. Avant qu'il ne l'atteigne, Lianna tira sa dague de sa ceinture et la lui tendit.

— Tenez... Je ne vous veux pas de mal.

Elle se tint immobile, priant que l'argent qu'elle cachait ne soit pas découvert.

— Qu'y a-t-il dans ce sac ? demanda York.

— De la nourriture, Votre Grâce.

— Je la prendrai aussi. Vous êtes bien hardie de venir ici, après que votre époux a défié Henry et causé la mort d'un chevalier de ma maison.

— Votre Grâce, mon époux n'a pas défié son roi. Il avait l'intention de tenir la chaussée pour l'armée anglaise.

— Me pensez-vous assez stupide pour le croire, quand je l'ai vu commander à des archers français ? Dois-je tenir

Longwood pour innocent quand j'ai eu en main l'amulette qu'Henry lui a donnée ?

— C'était une ruse de Gervais Mondragon, qui a installé une garnison à Bois-Long au nom du dauphin Louis.

Un bruit de pas résonna à l'extérieur. Un soldat entra dans la pièce.

— Les estafettes ont découvert un gué à Voyennes, annonça-t-il. Si nous coupons à travers le méandre de la rivière, entre Chaulnes et Nesle, nous pouvons arriver avant les Français au…

— Tenez votre maudite langue, valet ! tonna Edward. Vous parlez trop librement, la peste vous emporte !

Penaud, l'homme d'armes jeta un coup d'œil à Lianna, puis s'esquiva.

— Vous avez tout entendu, dit-il. Savez-vous ce que cela signifie ?

Lianna le savait, mais elle resta immobile, en silence.

— Vous êtes ma prisonnière, baronne.

— Bonté divine, York, je n'accepterai pas cela !

Ses traits éclairés par le froid soleil du petit matin, Henry considéra avec mépris les menottes passées aux poignets de Lianna.

— Otez-moi ceci tout de suite !

— Mais, Sire, nous ne pouvons risquer de la libérer, protesta Edward. Son époux a trahi, il est encore en liberté, et elle a entendu notre plan de traverser à Voyennes.

Combattant la fatigue d'une nuit sans sommeil, Lianna fit face au roi.

— Je voudrais répondre à ces charges inexactes.

— Et il me plairait de vous entendre, ma dame.

Avec une franchise douloureuse, Lianna relata alors la visite secrète du dauphin, ses ordres pressants, ses menaces voilées. Elle décrivit comment Chiang et elle avaient éloigné Rand et les autres Anglais du château pour les préserver.

— Ensuite, j'ai fait sauter le pont, acheva-t-elle sombrement.

York souffla avec incrédulité. Henry jeta un regard sévère à son cousin.

— *Vous* avez fait sauter le pont, baronne ? demanda-t-il.

Elle hocha la tête.

— J'ai préparé les charges moi-même et les ai fait mettre en place. Mes chevaliers ont allumé les mèches.

Elle déglutit.

— Et puis le capitaine du dauphin est arrivé.

Elle baissa les yeux.

— Je jure devant Dieu que je ne l'aurais jamais fait si j'avais su que la menace de Louis à l'encontre de mon fils était une bravade, et que Gervais était son capitaine.

Le visage du roi s'adoucit légèrement.

— Des mensonges, maugréa York. A quoi s'attendre d'autre, de la part d'une femme de la maison de Bourgogne ? Elle a appris la duperie dès le berceau !

Lianna serra les poings. Le fer froid des menottes n'était rien comparé à la morsure de l'insulte du duc. Bourgogne ne s'engagerait pas dans une alliance dont Henry avait grand besoin, ni ne rejoindrait les Français pour organiser leur défense.

— Son histoire est sensée, dit le roi au duc.

— Vous mettriez sa parole au-dessus de la mienne, mon cousin ?

— Je cherche simplement la vérité.

— Je vous l'ai donnée, Sire. Je vous ai aussi donné plus de mille hommes, deux cents hommes d'armes et sept cents archers à cheval !

— Et je vous ai payé généreusement ces *dons*, mon cousin ! répliqua le roi.

Le rouge de la colère monta aux joues d'Edward.

— Puis-je vous rappeler des choses qui ne peuvent pas être achetées, Sire, comme le soutien de mes vassaux dans le Nord ? Le Yorkshire est plus important pour la Couronne qu'une petite baronnie de Picardie.

— Ils sont tous importants pour moi, si je dois unir l'Angleterre à la France.

Sagement, York ne répondit pas.

Le visage impassible, Lianna observait le roi. Elle lisait au fond de ses yeux l'incertitude d'un homme dont les rêves de gloire avaient été ébranlés par les privations et la maladie, un homme qui connaissait bien la blessure cuisante de la trahison. Comment pouvait-elle espérer qu'il la croie, elle, une Française loyale au roi Charles ?

Il demanda, assez aimablement, où était Rand.

Elle jeta un rapide coup d'œil à York. Les ennemis de Rand devenaient plus nombreux de jour en jour.

— Je l'ignore, Sire.

— Il est à Bois-Long, insista le duc. Ne vous ai-je pas donné son amulette, qu'il a envoyée comme un gage de son défi ?

— Alors, pourquoi diable son épouse serait-elle ici ? demanda Henry, exaspéré.

— Manifestement, il a compris que notre campagne allait réussir, et il l'a envoyée pour sauver sa peau avec ses mensonges.

— L'amulette est tombée entre les mains de Gervais, affirma Lianna.

Non loin de là, des cavaliers et des soldats à pied se mettaient en formation pour reprendre la marche.

— Ma dame, donnez-moi votre parole que vous

n'essaierez pas de vous échapper, et je ferai enlever vos menottes.

— Je ne le puis. Car si je n'étais pas enchaînée, je serais obligée de rompre ma parole d'honneur.

Du respect s'inscrivit sur le visage d'Henry.

— Vous auriez pu mentir.

Elle décocha un regard rancunier au duc.

— Je ne vous ai jamais menti, Sire.

Des trompettes sonnèrent.

— Si vous ne voulez pas me dire où se trouve Rand, je ne peux pas vous aider.

Il la regarda avec regret.

— Jusqu'à ce que je découvre la vérité, nous devons vous garder prisonnière. Vous chevaucherez sous bonne garde avec la suite de bagages.

Menottée, désespérée et se sentant misérable, Lianna voyagea avec l'armée anglaise, dépassant Amiens, Crouy, Picquigny. Les hommes se nourrissaient de noisettes et de baies qu'ils cueillaient en avançant dans les bois brumeux. Entre de petits sommes agités dans la charrette, Lianna soupesait ses chances de fuite. Les chaînes entravaient ses mouvements et rendaient toute furtivité impossible. York lui-même en avait les clés et les gardait aussi soigneusement que le sceau du roi. Et si elle pouvait s'échapper, où irait-elle ? L'homme qu'elle haïssait et redoutait occupait son château. L'homme qu'elle aimait et à qui elle se fiait était perdu pour elle à jamais. Elle devait admettre qu'elle n'avait d'autre choix que de rester avec l'armée anglaise.

Un jour, quelques hommes, des gens de la maison d'York et des amis du chevalier tué à Bois-Long, s'approchèrent d'elle.

— Je flaire la ribaude d'un traître, ricana l'un d'eux.

— Oui, mais nous allons bientôt faire descendre Longwood aussi bas qu'elle.

Rodney, le conducteur du chariot, les fit déguerpir. Henry avait exigé qu'elle soit traitée avec déférence par les gardes des bagages, les chapelains, les musiciens et les jeunes garçons qui montaient à l'occasion avec elle.

La puissante armée française les suivait à la trace, leur criant des insultes par-dessus la rivière, promettant de capturer Henry et de le faire parader dans les rues de Paris. Les soldats disaient qu'ils peignaient un tombereau spécial pour le transporter en une marche honteuse.

Lianna ne se sentait aucune affinité avec eux. Ces seigneurs hautains, devait-elle bien admettre, ne traiteraient pas une femme prisonnière avec le respect montré par les Anglais.

Chaque soir, quand Henry faisait sa ronde pour encourager ses hommes et louer leur ténacité, il s'arrêtait pour lui dire un mot.

— J'ai envoyé un éclaireur à Bois-Long, ma dame, déclara-t-il un soir, alors qu'ils s'arrêtaient dans la bourgade vide de Boves.

— Il n'y trouvera pas Rand.

Le roi lui offrit une poignée de noisettes. Jetant un coup d'œil au charretier, le visage émacié par la faim, elle dit :

— Donnez-les à Rodney, Sire. J'ai mangé.

Les yeux d'Henry lui indiquèrent qu'il n'était pas dupe, mais il donna les noisettes au conducteur, avec un léger sourire.

— Comme vous êtes différent des nobles de France, remarqua-t-elle.

— Comment cela, baronne ?

— Vous vous habillez comme un roturier, alors que les chevaliers français arborent des panaches et de brillantes couleurs.

Henry eut un grand sourire.

— J'ai les moyens d'étinceler comme l'étoile Polaire

quand l'occasion requiert une pompe royale. Vous pouvez être certaine que le moment venu, les Français verront mes couleurs et s'inclineront devant elles.

Sa confiance en lui la désarma. Comment pouvait-il croire que son armée en lambeaux, affaiblie par les marches forcées et la faim, avait encore une chance face aux Français tellement plus nombreux ?

— Pour l'heure, reprit le roi, je dois me préoccuper d'empêcher mon armure de rouiller sous cette maudite pluie.

Il plissa les paupières dans le brouillard.

— Les circonstances de ma naissance ne me donnent pas droit à une creuse vanité. J'aimerais que l'on dise qu'Henry V a mérité le droit de régner.

Il considéra pensivement Lianna.

— Avez-vous des doutes sur les nobles français ?

Les yeux de Lianna se durcirent. Elle les baissa sur ses poignets menottés.

— Pas sur la justesse de leur cause, Votre Majesté. Seulement sur leur arrogance.

Elle s'interrompit, se rappelant les petits groupes qui surgissaient de temps en temps pour harceler l'armée anglaise. Les écorcheurs désorganisés ne faisaient guère de mal. S'ils étaient conduits convenablement, les envahisseurs ne seraient plus maintenant qu'une tache de sang s'infiltrant dans les terrains crayeux de Picardie.

Elle écarta cette pensée.

— Les nobles français considèrent sans nul doute votre armée comme indigne d'une bataille.

— Vos compatriotes se trompent lourdement en traitant ma campagne à la légère !

Elle acquiesça. Les seigneurs querelleurs de France se trompaient aussi, comptant pour rien l'habileté et la détermination de l'intrépide roi d'Angleterre.

Elle revint au sujet qui la préoccupait le plus.

— Sire, comment pouvez-vous encore douter de mon époux ? N'est-il pas l'homme qui a sauvé votre vie et celle de votre frère Clarence en dénonçant le complot des Lollards ?

— Henry Scrope m'a bien servi aussi et pendant longtemps. Pourtant, il s'est tourné contre moi.

« Et il a été exécuté », se rappela-t-elle avec un frisson.

— Mais Scrope était un homme faible séduit par des promesses de richesse, d'une position plus élevée, d'une plus grande influence…

— Votre époux, coupa Henry, soudain courroucé, a été séduit par une force plus puissante que cela. Ce jeune sot vous aime, baronne. Et vous êtes loyale à la France.

— Je suis dévouée à la paix, Sire, que ce soit celle du léopard ou du lys. Et je suis tenue de défendre l'honneur de mon époux.

— Comme je suis tenu de punir un traître, s'il en est un.

— *Montjoie ! Saint-Denis !*

Le mortel cri de guerre français retentit dans les bois, surprenant l'armée anglaise et arrêtant sa marche en avant.

— Des chevaliers ennemis ! cria un soldat en courant parmi les rangs. Ils arrivent de la garnison de Corbie !

Rodney arrêta son attelage. Ses chaînes raclant le montant du chariot, Lianna se dressa et se mit sur la pointe des pieds pour voir le pont. A côté d'elle, le jeune Johnny, fils de sir John Cornwall, essaya d'y voir aussi.

— Enfin, dit-il dans un souffle. Les Français montrent leurs couleurs.

L'azur et l'or des lys de France se joignirent à l'oriflamme écarlate de Saint-Denis pour danser dans le vent, au-dessus des heaumes étincelants.

— Couards ! glapit le jeune garçon. Poltrons ! Scélérats !

Il se tourna vers Lianna.

— Vite, ma dame, quel est le mot français pour *bastards* ?

— Taisez-vous et regardez plutôt. Vous pourriez apprendre quelque chose.

Johnny, qui la considérait avec un mélange de respect et d'admiration, posa le menton sur le bord du chariot.

Les archers se mirent en formation et lâchèrent leurs flèches, mais les chevaliers français étaient trop près et les projectiles volèrent au-dessus de leurs têtes. Lianna avait peur pour les Anglais, peur pour son époux et son fils, et peur pour elle-même si les Français l'emportaient et découvraient une femme parmi les ennemis.

Un archer, essayant désespérément de bander son arc, trouva la mort sous les sabots d'un destrier. D'autres chevaux couverts de boue ruèrent et chargèrent sur les rangs anglais.

— Crénom ! s'exclama Lianna, rendue malade par les cris d'agonie des archers. Ils devraient utiliser des chevaux de frise !

Johnny la regarda avec curiosité.

— Que voulez-vous dire ?

— Mon oncle de Bourgogne a vu le sultan Bajazet utiliser cette tactique à la bataille de Nicopolis. Ses archers ont planté une barrière de pieux acérés pour arrêter l'avance de la cavalerie.

Elle pressa sa joue contre le montant du chariot et se demanda pourquoi la vie d'archers anglais lui importait. Parce que toute vie, se dit-elle en songeant à Rand et Aimery, était précieuse.

— Nous sommes perdus, fit Johnny d'une voix sourde.

Lianna remarqua des remous parmi les chevaliers français de l'autre côté de la rivière. A sa grande stupeur, elle vit l'un d'eux tomber, la gorge transpercée par une flèche qui avait traversé le col de son armure. Deux autres tombèrent de leur destrier et se débattirent dans la boue.

Prise de confusion, elle chercha d'où provenaient les flèches. Les archers anglais n'avaient pas pu abattre ces trois hommes ; l'angle de tir et la distance ne correspondaient pas.

— Sainte Marie ! dit Rodney dans un souffle. Les Français sont attaqués par des archers de leur côté de la rivière !

Des mouvements aussi inconsistants que des ombres étaient visibles dans les bois.

Un quatrième chevalier tomba. Harcelés par d'autres flèches, tirées par des archers invisibles, ses compagnons battirent en retraite. A la fin de l'escarmouche, plusieurs Français avaient été faits prisonniers par les Anglais.

Lianna fronça les sourcils.

— Mais qui… ?

Un éclat de rire retentit par-dessus les cris des soldats et les hennissements des chevaux. Une bordée de jurons bien sentis, étonnamment familiers, suivit le rire puis s'estompa.

Lianna s'affala dans le chariot, riant et pleurant tout à la fois.

— Jack ! C'était lui, je le sais.

Elle se lança dans un discours en français, rapide et inarticulé, tandis que Johnny et Rodney la dévisageaient d'un air ahuri.

Lorsqu'elle se fut ressaisie, elle se trouva prise d'une impatience frénétique d'annoncer à Henry que Rand et ses hommes avaient repoussé l'attaque française. Mais ce fut York, et non le roi, qui lui rendit visite ce soir-là. Le duc la considérait comme sa propre prisonnière et comptait probablement demander une rançon à Bourgogne lorsqu'ils atteindraient Calais. En interceptant le regard vindicatif d'York, elle décida que Rand serait plus en sécurité si elle se taisait, au moins jusqu'à ce que son innocence pût être prouvée.

Elle feignit d'ignorer le duc ; il fit de même. Johnny, ébloui par le haut personnage, lui parla des chevaux de frise du sultan Bajazet à la bataille de Nicopolis. York nia l'héroïsme de Bourgogne dans cette bataille. A la place, il cita la valeur du père du roi, Henry Bolingbroke, qui s'était également battu contre les Turcs.

Le roi Henry ne vint pas non plus le lendemain, car il était occupé à faire aiguiser de longs pieux par ses archers. York, toujours avide de se gagner ses faveurs, s'était arrogé l'idée des chevaux de frise.

— Quel jour est-on ? demanda Rand à Batsford, en clignant des paupières dans le crachin d'avant l'aube.

Le prêtre bâilla, étira les jambes et contempla sombrement ses bottes trempées.

— Vendredi 25 octobre. La fête de saint Crispin et de saint Crépinien.

Rand soupira et quitta péniblement sa couchette. Un dais de saules ne fournissait guère de protection contre la pluie incessante. Il avait l'impression que sa chair, engoncée depuis des jours dans des vêtements mouillés de pluie et de sueur, commençait à se putréfier.

Il réveilla les autres et tous formèrent un cercle sous le saule. Tandis qu'ils mangeaient un maigre repas de biscuits secs et de viande séchée, Rand les regarda avec affection et pitié.

Batsford, avec une combinaison unique de piété et de camaraderie, s'était glissé dans la peau d'un guide spirituel efficace et persuasif, encourageant les hommes à avancer quand la fatigue, le désespoir et la peur menaçaient de miner leur volonté de continuer à harceler l'armée française.

Les ordres grossiers de Jack prenaient la relève des mots pieux de Batsford. Simon, endurci par les privations mais conservant toujours une dévotion adolescente, soignait l'armure de son seigneur comme s'il s'agissait des bijoux de la Couronne. Dylan, Piers, Peter, Neville, Godfrey et Giles se battaient dos à dos en une formation qui était devenue aussi mortelle qu'un engin de siège. Chiang, mystérieux et silencieux, s'était joint à la petite troupe hétéroclite. Les coups de feu de son arquebuse, tirés à minuit, avaient dessoûlé pour toujours maints soldats français ivres.

La trahison de Lianna, entraînée ou non par les menaces du dauphin, avait fait des hors-la-loi de ces hommes simples et loyaux. Une désertion de leur part pourrait être justifiée et Rand ne les blâmerait pas s'ils fuyaient vers Harfleur tenue par les Anglais pour prendre un bateau et retourner dans une patrie qu'ils n'avaient pas vue depuis près de deux ans.

Mais ils restaient. Ils restaient et chevauchaient dur à travers forêts et marécages, faisant ce qu'ils pouvaient pour retenir l'armée française qui avançait, se dressant, telle une ombre formidable, entre le roi Henry et la ville fortifiée de Calais.

— L'armée d'Henry n'est qu'à un mille à l'est, dit calmement Rand. Nous allons voir une bataille rangée, aujourd'hui.

Dix paires d'yeux se rivèrent sur lui.

— Enfin, murmura Jack.

Rand prit un bâton et traça un schéma grossier sur le sol.

— Ici, dit-il, c'est Maisoncelle…

Le nom de la ville était amer dans sa bouche, car il avait failli y perdre son fils, sa femme et sa vie.

— Au nord-ouest se trouve Azincourt… J'ai aperçu son donjon quand je suis monté sur cette butte. Le village à l'est s'appelle Tramecourt.

Il traça d'autres marques dans la terre.

— Ici, il y a une vallée avec des bois de chaque côté. Elle entoure la route de Calais.

— Le champ de bataille idéal, observa Jack.

— Oui, mais pour qui ? demanda Dylan. Trente mille soldats français aguerris, ou cinq mille Anglais affamés ?

— Je vais me battre pour Henry, déclara Rand. Mais vous êtes libres de vous tenir à l'écart de la bataille si vous voulez.

— Rester à l'écart ? répéta Jack en soufflant. Moi qui me suis décarcassé à suivre cette marche ? Moi qui ai usé cent flèches par jour à jouer au chat et à la souris avec l'armée française ? Pensez-vous que je reculerais maintenant, milord ?

Les autres acquiescèrent avec véhémence.

— Mais comment pouvons-nous nous joindre au combat ? demanda Simon. Quand Piers s'est faufilé dans le camp anglais, il a entendu dire que le duc d'York veut votre tête. Il vous tient pour responsable de l'avoir repoussé de Bois-Long.

Comme il le faisait depuis plus de quinze jours, Rand réprima une bouffée d'amertume. Piers avait appris aussi qu'Henry avait envoyé une estafette à Bois-Long. Elle n'était pas revenue. Henry ne saurait peut-être jamais que c'était Gervais Mondragon, et pas lui, qui avait chassé son avant-garde.

Quant à Lianna… Il crispa les doigts sur le bâton. Chiang jurait qu'elle avait agi ainsi pour préserver le bébé et pour le préserver lui-même. Mais même si ses mobiles étaient aussi nobles que le Chinois le lui affirmait, elle ne l'en avait pas moins trahi. Elle aurait dû le consulter, lui faire confiance pour trouver un moyen de défendre le château et d'assurer la sécurité d'Aimery. Pourtant, elle avait agi seule, dédaignant ses capacités, le comptant pour rien.

Il enfonça le bâton dans la terre et reprit :

— Lorsque le combat commencera, nous nous attacherons au flanc gauche de l'armée d'Henry.

Il jeta un coup d'œil aux dix montures et aux deux grands chevaux de bât qui broutaient sans entrain des touffes d'herbe salée.

— Quelle meilleure manière de prouver notre loyauté au roi ?

Ils achevèrent leur repas. Le père Batsford offrit des prières et entendit des confessions. Rand parla doucement des péchés qu'il avait commis, péchés d'orgueil et de sottise.

Le prêtre agita son chapelet avec agacement.

— Milord, vos « péchés » m'ennuient. Vous avez été surnommé Enguerrand sans Tache par vos compagnons d'Anjou. Vous avez bien porté ce titre.

Rand secoua la tête.

— Alors, pourquoi me suis-je laissé duper par une femme et qualifier de traître par mon roi ?

— Est-ce un péché pour un homme d'aimer, de faire confiance ?

Rand haussa les épaules.

— Peu importe. Nous serons probablement tous morts d'ici à ce soir…

— Une note bien encourageante sur laquelle conclure ! dit sèchement Batsford. Allons, milord. Armez-vous et nous partirons.

Tandis que les hommes s'occupaient de préparer leurs arcs et leurs flèches, Chiang mesurait des charges pour son arquebuse. Simon apporta son armure à Rand. Alors qu'il attachait les brides et les différentes pièces, Jack s'approcha. Avec un grand sourire, il s'amusa à lancer sa dague aiguisée dans le tronc d'un arbre. Elle trouva sa cible avec une magnifique précision.

— Vous êtes bien entraîné, lui fit remarquer Rand.

— Oui. Comme je dis toujours, ils m'ont pris mes doigts, mais pas mon adresse.

Rand fit une grimace. L'écuyer avait trop serré une pièce sur son bras.

— Faites attention, Simon. Vous avez fait un garrot de mon brassard !

Jack gloussa.

— Tel est l'inconfort d'un homme destiné à la gloire ! Rappelez-moi de ne jamais devenir chevalier, milord.

— Le brassard allait bien, jusqu'ici, dit Simon.

— Notre seigneur a forci, déclara tranquillement Jack en allant récupérer sa dague.

Quelques heures plus tard, engoncé dans l'armure que Simon avait si soigneusement protégée dans de la toile cirée, Rand prit la tête de son petit groupe d'hommes. Ils gravirent une crête qui surplombait de trois cents pieds environ la vallée qu'il avait inspectée la veille.

Relevant sa visière, il plissa les paupières pour transpercer le brouillard. Au début, il ne distingua que la forêt lointaine. Puis un éclat métallique accrocha son regard. Il se rendit compte alors qu'il ne contemplait pas une rangée d'arbres, mais trois énormes colonnes de Français lourdement armés.

— Dieu ait pitié de nous, dit Jack. C'est une véritable forêt de métal !

L'armée française se déployait telle une mer d'acier, aussi loin que l'œil pouvait porter. Des lances frémissaient sous le ciel gris du matin, et les étendards ducaux flottaient dans le vent. La cavalerie, des fantassins et des archers entouraient un déploiement menaçant d'artillerie.

Rand se demanda amèrement si quelques-uns des canons légers et des bombardes montés sur roues avaient été fournis par Lianna.

Que faisait-elle en ce moment ? Testait-elle ses canons,

enfermée dans sa forteresse ? Retenait-elle l'estafette d'Henry prisonnière afin que le roi n'apprenne jamais la vérité ?

Un bruit métallique le fit se retourner vivement. Chiang se tenait là avec ses balles et sa poudre, les traits tirés par une expression de profonde tristesse.

— Pensons-nous tous les deux à Lianna ? demanda Rand.

Le Chinois hocha la tête.

— Vous l'avez servie presque toute votre vie. Et pourtant, vous êtes maintenant avec ses ennemis.

Chiang répondit à voix basse :

— Milord, les liens du sang sont forts.

— Quoi ?

Le heaume de Rand heurta la collerette de son armure tandis qu'il relevait la tête. Chiang serra son poing sur le canon de son arme.

— Si je dois verser mon sang, que ce soit pour mon père, Henry Bolingbroke, et pour mon demi-frère, Henry V.

Le choc ébranla Rand ; il trébucha presque.

— Vous êtes le fils de Bolingbroke ?

Chiang hocha la tête.

— Quand Bolingbroke se battait contre les Turcs, il a eu pour maîtresse une esclave chinoise, qui lui a donné un fils.

— Mon Dieu, dit Rand, c'est donc pourquoi vous étiez tenu d'aider Bolingbroke à prendre la Couronne à Richard II ?

— Oui. Je pensais qu'il était temps que vous le sachiez, milord.

Levant son arquebuse, Chiang s'éloigna. Stupéfait, Rand le suivit des yeux. Le frère du roi Henry…

Dylan distribua les dernières flèches aux archers. Ce faisant, les mains du petit Gallois tremblaient.

— Milord, demanda nerveusement Simon, la victoire est-elle aussi impossible qu'elle le paraît ?

— Non, Simon. Les Français ont oublié les leçons de

Crécy et de Poitiers. Ils suivent un ancien plan de bataille qui repose sur la force et dédaigne l'adresse des archers.

Il abaissa sa visière.

— Ils ont choisi une sotte position pour résister. Les arbres les bordent de chaque côté, si bien que notre cible est réduite à cette vallée boueuse.

— Nous avons planté nos flèches dans des cibles plus petites que celle-là, se vanta Piers.

Avec un grand sourire, Jack frappa le cuir bouilli de son justaucorps.

— Plus la cible est petite, plus la blessure est grande. Allons tuer ces scélérats pleins de suffisance !

Un mouvement sur la droite accrocha le regard de Rand. A plusieurs centaines de yards, l'armée anglaise se rassemblait à l'extrémité de la crête. Sachant qu'il devait rester anonyme pour pouvoir se joindre à la bataille, il fit signe à ses hommes de s'arrêter sous des branches basses qui les cachaient.

Le roi apparut à la tête de son armée pitoyable. Même s'il était tête nue, il portait son armure. Sa cotte d'armes arborait les léopards d'Angleterre et les lys de France. Ses hommes se mirent en ligne, sur quatre rangs. Henry se tenait au centre, York à sa droite, lord Camoys à sa gauche. Les archers d'Erpingham se rassemblèrent en formations triangulaires de chaque côté.

Les Anglais n'avaient pas de réserves à part Rand et ses compagnons, soit un noble bâtard, un prêtre, un infirme, un jeune écuyer, tous terrifiés.

Derrière les lignes, à la lisière des bois de Maisoncelle, des chariots pleins de bagages et de blessés formaient un groupe mal protégé, car Henry n'avait pas assez d'hommes pour les faire garder. Deux garçons, l'un coiffé d'une capuche, l'autre tête nue, regardaient par-dessus le rebord d'un des chariots. Les sonneurs de trompettes étaient assis, leurs instruments abaissés. Le déploiement de l'armée se faisait dans un silence complet, épaissi par le brouillard.

Aussi majestueux que seul un roi peut l'être, quelles que soient les circonstances, Henry montait un cheval blanc. Il leva le bras ; la bannière royale aux armes de Notre-Dame, de la Trinité et de saint Georges se déploya au-dessus de sa tête.

Dans la vallée, au-dessous, certains Français étaient assis par terre, mangeant et buvant comme si la bataille n'était pas imminente. D'autres se bousculaient pour être à l'avant. Soucieux de leur propre gloire, ils se querellaient. Leurs disputes offraient un vif contraste avec l'ordre silencieux des Anglais. Rand se demanda si Gervais était parmi eux. Puis il écarta cette idée. Mondragon se terrerait probablement à l'arrière, espérant voler sa part de victoire quand le danger serait passé.

Henry posa un heaume sur sa tête. Une couronne de rubis, de saphirs et de perles indiquait son rang. Il parla. Rand ne put distinguer ses paroles, mais il connaissait sa façon de s'y prendre avec les soldats. Les archers serrèrent plus fort leur arc ; les cavaliers se redressèrent sur leur selle. Comme par une volonté du ciel, le soleil émergea des nuages et jeta une faible lumière sur le champ.

Erpingham jeta son bâton en l'air et cria :

— *Nestroque !*

L'ordre séculaire du maréchal se répercuta dans les rangs. Les archers crièrent en réponse.

Le roi Henry lança alors le cri de bataille solennel.

— Bannière en avant ! Au nom de Jésus, de Marie et de saint Georges !

Les trois divisions serrées, minuscules face au mur d'acier des Français, marchèrent en avant. Des archers couraient devant, plantant une barrière de pieux aiguisés.

— Par tous les diables, que font-ils ? demanda Dylan.

— Ils dressent un obstacle, répondit Rand.

Jack hocha la tête d'un air sage.

— Les chevaux ont plus de bon sens que leurs cavaliers. Ils éviteront les pieux.

— Ou s'empaleront dessus.

Rand baissa la main pour caresser la robe bien entretenue de Charbu.

Le roi, York et Camoys mirent pied à terre et s'avancèrent, l'épée tirée.

Provoqués par la hardiesse d'une armée affaiblie et en bien plus petit nombre que la leur, les cavaliers français galopèrent depuis les ailes, s'engouffrant comme une mer d'acier dans la brèche entre les bois. Des cris emplissaient l'air. *Montjoie ! Saint-Denis !*

— C'est le moment, déclara Rand.

— Dieu nous garde tous, dit Batsford.

— Mort aux maudits Français, ajouta Jack.

Ils descendirent la crête pour rejoindre le flanc gauche de l'armée anglaise. Sans ses couleurs martiales, Rand se fondait dans les rangs des hommes d'armes à cheval. Tandis qu'il chevauchait, son esprit et son cœur fonctionnaient à une cadence infernale. Certain que la mort l'attendait ce jour-là, il se remémora les moments forts de sa vie. Il pensa à son fils, sentit son petit poing se refermer sur son doigt, ferme et confiant. Il pensa à Bois-Long, qui lui avait été pris par la traîtrise d'une femme. Mais même à ce moment-là, il se rappela les jours de soleil et les nuits de splendeur, et son amour pour Lianna flamba dans son cœur. D'une certaine manière, la dévotion qu'elle nourrissait pour la France, dévotion pour laquelle il ne pouvait s'empêcher de ressentir du respect, émoussait la blessure de sa trahison. Elle l'avait défié et pourtant en construisant sa vie avec elle, en partageant tout avec elle, il était devenu meilleur.

Oui, il irait à sa tombe en aimant Lianna.

23

Debout dans le chariot arrêté au sommet de la crête, Lianna suivait la bataille avec effroi et incrédulité. Les chevaux de frise, cachés par la boue à la vue des cavaliers français, les prenaient par surprise. Saisie de nausée, elle voyait leurs chevaux embrochés et éventrés par les pieux acérés. Les bêtes poussaient des hennissements effroyables, se cabraient, faisant tomber les chevaliers dans la boue. Des fontaines de sang jaillissaient sur les archers. Incarcérés dans leur armure, impuissants sans leurs pages, les chevaliers tombés à terre trouvaient la mort sous les coups des massues et masses d'armes anglaises.

Au cours de la charge suivante, les archers maintinrent une cadence infernale en trois temps — *En place ! Tirez ! Lâchez !* —, envoyant une grêle de flèches aiguisées comme des rasoirs sur les rangs des Français.

Pourtant les ennemis continuaient à arriver, comme si leur nombre était infini, se répandant dans la vallée, fonçant avec toute la vitesse qu'ils pouvaient imprimer à leurs destriers. Mais trop proches les uns des autres pour manier une épée, ils se gênaient, se heurtaient et piétinaient leurs compagnons tombés sur le sol.

« Servez-vous des canons ! », pensait Lianna avec une frustration silencieuse.

Mais les arrogants seigneurs avaient repoussé les canonniers de chaque côté des rangs, privant ainsi l'artillerie d'une ligne de tir satisfaisante. Les archers, eux aussi, avaient été pressés sur le côté. Certains maniaient avec entêtement des cranequins et des remontoirs, mais leurs arcs dépassés n'étaient pas à la hauteur des arcs anglais, rapides et à tous coups mortels.

Le fracas de l'acier sur l'acier se mêlait au sifflement puissant des flèches, aux cris des blessés, aux hennissements effrayés des chevaux. La tuerie, pensa Lianna, ressemblait au vacarme d'une forge de l'enfer. Elle jeta un coup d'œil à Johnny. Le visage du jeune garçon était blanc de peur. Lianna devina ce qu'il avait à l'esprit. La réalité sanglante d'une bataille rangée ne correspondait pas aux chansons de geste fleuries contées par les bardes.

Une nouvelle vague de chevaliers français chargea. Certains réussirent à éviter les pieux ensanglantés des chevaux de frise et engagèrent le combat avec les soldats anglais. Lianna regarda vers le flanc gauche, où la bataille était le plus déchaînée. Un grand chevalier, qui ne portait pas de surcot à ses armes, se tenait debout, entouré par quatre Français. Même dans son armure, l'homme se mouvait avec aisance. Un coup puissant de son épée toucha un adversaire sous le bras. Avant même que le sang ne jaillisse de la blessure, l'Anglais pivota pour arrêter la lame d'un autre. Il parait coup après coup avec un courage magnifique et une vaillance indéfectible.

Lianna éprouva de l'admiration pour la bravoure du chevalier isolé, ainsi qu'un sentiment plus confus, une impression étrange. Tandis qu'elle suivait ses mouvements infatigables et calculés, elle cherchait d'où provenait cette sensation.

Tout à coup, avec un choc brutal, elle le reconnut.

— Mon Dieu, c'est Rand, murmura-t-elle.

Johnny la regarda avec curiosité.

— Ma dame ?

La bataille n'était plus soudain un combat entre les Français et les Anglais, entre des archers et des cavaliers. Elle s'était réduite à la lutte entre l'homme qu'elle aimait et les chevaliers français décidés à le tuer.

Elle essaya de prier, mais ne trouva pas de mots cohérents. Elle voulut espérer, mais ne trouva pas de pensées prometteuses. Cramponnée au bord du chariot, elle regardait simplement Rand se battre pour sa vie.

Des épées, des masses d'armes et des haches de guerre étaient lancées sur lui. Son armure était enfoncée en une douzaine d'endroits. Deux autres Français tombèrent sous sa lame, mais Lianna sentit flancher son énergie. Ses gestes devenaient imprécis, ses réactions moins rapides. Une masse d'armes s'abattit sur son heaume et il chancela.

— Aidez-le ! hurla-t-elle aux archers qui se battaient à proximité.

Mais beaucoup étaient occupés à faire prisonniers les nobles français qui étaient tombés. Ils ne lâcheraient pas leurs prises durement gagnées pour la vie d'un chevalier anonyme.

Rand se remit du coup et fonça en avant. D'autres Français tombèrent encore sous les coups de sa lame. Juste comme le soulagement lui apportait un peu de répit, Lianna vit une nouvelle colonne de cavaliers français entrer dans la poche de combat. Leurs lances abaissées, ils arrivèrent en criant, à une vitesse affolante.

Des sanglots s'échappèrent de sa gorge. Elle tenta de descendre du chariot, mais ses chaînes l'entravaient trop. Incapable de voir Rand transpercé par une lance, elle pressa ses poings sur ses yeux.

Un sombre grondement ramena son regard sur le combat. Le cavalier de tête était tombé ; les autres s'enfuyaient, pris de panique. Les fantassins se dispersèrent à leur tour, laissant Rand seul, son épée ensanglantée pendant sur le côté. Essayant d'y voir à travers des volutes de fumée, Lianna distingua la petite silhouette d'un homme qui courait vers Rand. Elle reconnut aussitôt le casque de canonnier et l'arquebuse de Chiang.

— Douce Marie, dit-elle dans un souffle.

Chiang, son ami et confident, s'était ligué avec les Anglais ! Elle ne s'attarda pas cependant sur le revirement de son maître canonnier, car un autre fait l'occupait toute : Rand était sain et sauf. Il cria quelque chose à Chiang, et tous deux descendirent dans la vallée et disparurent.

— Il s'est battu comme un chevalier de légende, dit Johnny, impressionné et admiratif.

Des questions se bousculaient dans l'esprit de Lianna. La présence de Rand sur le champ de bataille signifiait-elle que le roi l'avait trouvé et lui avait pardonné ? Ou bien son époux s'était-il joint au combat en restant anonyme ? Elle essaya de le repérer de nouveau dans la confusion qui régnait. Mais tout ce qu'elle put voir fut les piles de morts et de blessés qui s'accroissaient, les groupes de prisonniers.

Les Français gisaient par terre, mourant dans la boue, écrasés. Des archers, mus par la soif du sang, lâchèrent leurs arcs et se mirent à poignarder leurs adversaires tombés, plongeant leurs dagues entre les rivets et dans des visières. Des nobles étaient traînés par des sergents chargés des rançons. Les prisonniers, muets de stupeur, étaient placés près des chariots à bagages. Un quart d'heure auparavant encore, ces seigneurs mangeaient, buvaient et se moquaient des petites forces anglaises entre deux toasts.

Les tas de morts s'élevaient, plus haut que l'épaule d'un homme. Déjà, des corbeaux tournaient dans le ciel. La boue était rouge et sentait le sang, la sueur et la peur. Des soldats anglais, des archers gallois, des guerriers irlandais se livraient à une véritable boucherie sur les blessés à terre avec une jubilation sauvage qui glaçait le cœur de Lianna.

Le duc d'Alençon s'avança en titubant vers le roi Henry et lui tendit son épée en signe de reddition.

— Je me rends ! Ayez merci, Sire, je me rends !

Le massacre allait peut-être s'arrêter, maintenant, espéra Lianna. Mais un chevalier, rendu fou par le sang, s'avança entre Henry et Alençon et décapita ce dernier.

Les combats continuèrent.

Lianna fut choquée de constater, en regardant la position du soleil, que seulement une demi-heure s'était écoulée. La petite armée anglaise avait fait une redoutable avancée dans les rangs français. Des soldats gravissaient les montagnes de morts. Les archers, dans une orgie de victoire, prenaient des butins. L'un d'eux trancha les doigts d'un blessé, sans doute pour lui prendre ses bagues, mais aussi en représailles de la menace française de mutiler tous les archers.

Les lignes de bataille se brouillaient à présent en poches désordonnées de combat. Rand était invisible. Regardant autour d'elle, Lianna s'aperçut que les hommes qui gardaient les bagages étaient partis rejoindre les combats et le pillage. Elle songea à s'enfuir, mais ses menottes et la fascination horrifiée qu'exerçait sur elle le champ de bataille la maintinrent sur place.

Un hurlement retentit derrière elle. Elle se retourna et vit un chevalier français à cheval conduisant une troupe de paysans dans sa direction. Il portait la cotte d'armes de Rand.

Gervais...

Elle voulut crier ; le tranchant aiguisé de sa lame se posa sur son cou et la fit taire. Du coin de l'œil, elle vit qu'on assommait Johnny. Le jeune garçon s'effondra sur les sacs de grains et d'ustensiles.

— La femme est à moi ! cria Gervais derrière sa visière.

Il descendit de cheval ; de sa main gainée de métal, il éparpilla le contenu du chariot. Il leva triomphalement une couronne en or et le sceau du roi Henry.

— Voilà qui est bien. Ce sera une insulte cuisante. Faites ce que vous voulez du reste…

Des mains avides prirent des chevaux, des bourses d'or et d'argent. Lianna voulut s'éloigner, mais ses menottes la rendaient maladroite. Elle tomba par-dessus le bord du chariot.

— Vous n'auriez jamais dû partir, dit Gervais.

Son gantelet chercha à la saisir. Elle recula et trébucha.

Revêtu d'une armure légère qui ne le gênait pas dans ses mouvements, il la rattrapa aisément et la tira vers lui. Ses doigts mordaient la chair de son bras. Elle regarda autour d'elle, paniquée. Non loin, des chevaliers portant les couleurs d'York s'étaient attroupés autour des prisonniers. Un ou deux d'entre eux regardèrent dans sa direction sans grand intérêt. Ils prenaient sans doute Gervais pour un des leurs et ne devinaient pas ce qu'il préparait.

— Viendrez-vous docilement, baronne, ou dois-je vous jeter en travers de ma selle comme le bagage que les Anglais ont fait de vous ? demanda-t-il, le souffle court.

— Plutôt vous voir en enfer ! lança Lianna.

Johnny, qui s'était remis du coup et avait repris ses esprits, sauta par-dessus le rebord du chariot.

— Lâchez-la ! hurla-t-il.

Aussi vif qu'un éclair, il attaqua Gervais. Une dague brilla au soleil tamisé par les nuages. Du sang jaillit de l'épaule de Gervais, trempant son surcot volé.

— Fils de ribaude ! rugit-il.

Sa main libre se détendit et Johnny tomba. Soulevant Lianna dans ses bras avec une force écrasante, Gervais courut ensuite à son cheval.

Terrorisée au-delà de toute raison, elle hurla :

— *Rand!*

Quelque part à la lisière du flanc gauche démantelé, Rand se figea. Son cœur bondit sauvagement. L'appel, aussi léger qu'un panache de fumée emporté par la brise, lui mit les nerfs à vif. Il entendait toujours Lianna, aussi faibles que soient ses cris. Il se tourna vers les chariots à bagages.

Là, il vit un jeune garçon coiffé d'une capuche qui luttait contre un chevalier. Puis la capuche tomba et des cheveux couleur de lune croulèrent sur de minces épaules.

Lianna.

— Doux agneau de Dieu, dit-il dans un souffle.

Un chevalier vêtu de sa propre cotte d'armes la tirait à l'écart des chariots. Il comprit sans mal que l'imposteur était Gervais Mondragon.

Une masse d'armes s'abattit sur son heaume et le bruit métallique bloqua tout durant quelques secondes, sauf la douleur. En titubant, il agita son épée à l'aveuglette. Le plat de la lame rencontra une armure ; le choc se répercuta le long de son bras.

Puis sa vision s'éclaircit. A travers la fente de sa visière il vit deux chevaliers qui s'avançaient, l'un maniant une épée, l'autre une masse d'armes. La peur qu'il éprouvait pour Lianna chassa toute pensée de merci de son esprit. Sa lame siffla en une menace mortelle et s'enfila dans le gorgerin du guerrier à la masse d'armes. L'homme balbutia un juron, tomba à genoux et culbuta dans la boue.

L'autre, brandissant son épée, revint à la charge.

Rand entendit de nouveau crier Lianna.

Il porta un coup ; son adversaire le para. De précieuses secondes s'envolaient !

— Je me charge de lui ! cria une voix familière à côté de lui.

C'était Jack. Il avait troqué son arc contre des armes de chevalier prises à des Français tombés. Un instant, Rand éprouva de l'anxiété ; comment Jack s'en sortirait-il face à un chevalier entraîné ?

— Allez-y, bon sang ! hurla Jack.

Alors, courant aussi vite que ses jambières le lui permettaient, Rand se dirigea vers les chariots.

Lianna frappait son ravisseur de toute la force de ses mains entravées. Mais ses petits poings paraissaient terriblement fragiles contre le mur d'acier de l'armure de son ravisseur.

Rugissant de fureur, Rand fondit sur Mondragon. Il attrapa Lianna et la tira en arrière. De la pointe de son épée, il releva la visière de Gervais. Celui-ci le fusilla du regard, les yeux durs, le visage rouge.

— Rendez-vous ou mourez, dit Rand.

— Je…

Rand posa sa lame sur sa gorge.

— Vous allez frétiller à la pointe de mon épée comme un insecte piqué sur une épingle !

L'arme de Mondragon tomba bruyamment à terre.

— Je me rends.

Rand remarqua l'objet orné de pierres précieuses qui pendait à son baudrier.

— La couronne ! dit-il encore, les dents serrées.

Gervais la lui donna en jurant et il l'enfila dans son propre baudrier. Puis il poussa son prisonnier de la pointe de son épée vers un groupe d'hommes gardés.

Par-dessus son épaule, il demanda à Lianna, qui le suivait de près :

— Que faites-vous ici ?

— Je suis venue trouver le roi. Je voulais qu'il sache que vous ne l'avez pas trahi.

Rand brûlait de la croire ; son cœur lui assurait qu'elle

disait la vérité. Ses yeux se posèrent un instant sur ses poignets liés.

— Le duc d'York m'a faite prisonnière, expliqua-t-elle. Il est convaincu que vous êtes devenu un traître.

Son visage las, adorable, s'éclaira d'espoir.

— Mais nous avons Gervais, maintenant. Il est la preuve de votre loyauté !

Des trompettes sonnèrent dans le lointain et Lianna se figea en les entendant.

— C'est la sonnerie de mon oncle !

— Maudit soit Bourgogne ! s'écria Rand. S'il a violé sa promesse de rester neutre, les Français pourraient encore gagner.

Lianna pointa un doigt vers le nord. Un chevalier menant une troupe de cavaliers fonçait vers le champ de bataille.

— Ce n'est pas Bourgogne ; c'est mon oncle Antoine de Brabant.

Profitant de cette seconde de distraction, Gervais pivota et courut vers son cheval. Rand s'élança derrière lui.

— Rand, attendez !

Le cri de Lianna le fit se retourner brusquement.

— Allez l'aider !

Ses yeux, élargis par l'horreur, étaient rivés sur le champ de bataille. Elle tendit un doigt tremblant.

Jack gisait par terre, désarmé, roulant d'un côté à l'autre pour s'efforcer d'éviter les coups portés par son adversaire. Oubliant Mondragon, Rand se précipita vers lui. Il arriva juste comme l'épée du chevalier s'abattait de nouveau.

Cette fois-ci, la lame toucha Jack.

Rand décapita le chevalier d'un seul coup, asséné avec la force sauvage de son horreur et de son chagrin.

Il tomba à genoux à côté de Jack. Le cœur tambourinant, les dents serrées, il retira la lame.

Jack grimaça et jura. Il tourna la tête vers le corps agité de soubresauts du Français.

— Ce scélérat… ne fêtera pas la victoire ce soir, milord.

— Chut, gardez votre souffle…

Un jet écarlate sortait de la blessure de Jack.

— Chirurgien ! tonna Rand en cherchant frénétiquement autour de lui.

Glacé jusqu'à la moelle, il quitta ses gantelets et prit entre ses mains la tête de son compagnon d'armes.

— Tenez bon, mon ami…

Le visage de Jack était devenu gris. Ses yeux se fermèrent.

— Rien à faire, milord… Je suis mort…

— Non ! Je ne vous laisserai pas partir. Je ne veux pas faire face au courroux de Bonne quand elle apprendra que vous êtes mort en vous battant pour moi.

Jack rouvrit péniblement les yeux et une ombre tomba sur son visage douloureux. Il battit des cils, regardant derrière Rand. Se retournant, ce dernier vit le roi Henry à quelques yards. Un soldat français arrivait en courant derrière lui. Il portait une armure cabossée, mais n'avait pas de heaume. Il balançait une masse d'armes mortelle dans sa main.

Rand cria un avertissement. La masse d'armes décrivit un arc, se dirigeant vers la tête du jeune roi. Juste comme la mort d'Henry devenait une certitude, son agresseur s'arrêta net, se raidit et s'écroula, inerte. La poignée de la dague de Jack sortait de sa gorge.

Rand se tourna vers lui, incrédule. Dressé sur un coude, Jack sourit faiblement.

— Ils m'ont pris mes doigts, dit-il d'un filet de voix, mais pas mon adresse.

Henry, les prunelles sombres, les regarda froidement.

— Quel est votre nom ? demanda-t-il à Jack.

— Jack… Jack Cade, Votre Majesté…

— Vous m'avez sauvé la vie, Jack Cade. Je donnerais cher pour pouvoir vous offrir quelque chose de significatif, en échange.

— La victoire, murmura Jack. Ce serait suffisant, Sire.

Henry leva son épée et toucha les épaules de Jack du plat ensanglanté de sa lame.

— Au nom du Père, du Fils et de saint Georges, je vous fais chevalier, Jack Cade.

Jack tourna la tête sur les genoux de Rand.

— Je pensais vous avoir dit..., déclara-t-il faiblement, de me rappeler de ne jamais devenir chevalier. Je ne peux pas accepter... ce maudit honneur...

— Jack...

Des larmes ruisselaient sur le visage de Rand.

— Oh, Dieu, Jack, si jamais la chevalerie a été méritée...

Il leva les yeux et croisa le regard du roi. Il savait pourquoi Henry avait fait ce geste : les simples soldats étaient jetés dans des fosses communes ; les chevaliers étaient ramenés en Angleterre pour être inhumés dans une terre consacrée.

— Ainsi, vous êtes venu vous battre, Longwood, dit Henry d'un ton glacial. Mais pour qui combattez-vous ?

— Le traître a pris le parti de la France ! tonna derrière lui une voix furieuse.

Le duc d'York arrivait d'un pas pesant. Il arracha la couronne du baudrier de Rand.

— Longwood a volé ceci dans les chariots !

Le visage du roi blêmit.

— Par Dieu, Rand !

La fureur d'Henry piqua Rand au vif.

— Je ne vous ai pas trahi. C'est Mondragon qui a pris...

Un héraut arriva vers eux en courant.

— Sire !

Apercevant Jack, il prit un air grave et se signa.

— Sire, le duc de Brabant monte un autre assaut !

En jurant, York se hâta vers les prisonniers. Henry jeta un coup d'œil aux bois, puis aux Français captifs. Rand suivit son regard qui parcourait les innombrables armes jonchant le champ.

— Les prisonniers sont plus nombreux que leurs gardes, dit-il. S'ils se révoltent et prennent les armes, nous seront cernés.

Une litière arriva ; Rand allongea Jack sur le lit de toile avec la plus grande douceur.

— Jésus, je suis chevalier, marmonna Jack.

De façon inattendue, son visage avait repris un peu de couleur, ses yeux un peu d'éclat. Rand partit vers le pavillon où l'on soignait les blessés, mais un mouvement du côté des chariots l'arrêta. Les prisonniers s'étaient mis à harceler leurs gardes.

— Cernés…, répéta Henry.

La détermination durcit son visage émacié.

— Tous les prisonniers doivent être abattus !

Jetant un coup d'œil à Rand, il vit son expression choquée.

— Quel choix ai-je ? demanda-t-il d'un ton de défi. Nous sommes surpassés en nombre, et Brabant arrive.

Il s'empressa d'aller donner son ordre terrible. Le commandement se répercuta dans les rangs. Les soldats anglais montrèrent de l'incrédulité, puis du ressentiment à perdre leurs trophées de bataille, enfin une sauvage soif de sang tandis qu'ils commençaient à obéir.

L'idée de massacrer des prisonniers désarmés emplit Rand de dégoût. Puis il pensa : « Lianna ! » Lianna était prisonnière du duc d'York !

L'ordre ne s'étendait sûrement pas à une femme, et cependant… Qui pouvait dire jusqu'où irait cette folie ? Il retourna en courant aux chariots.

Faisant appel à toute sa dureté de soldat, il arma son

cœur et son esprit de courage contre les supplications de merci, les grondements vengeurs, le craquement des armes qui traversaient les armures, les os. Le sang emplissait l'air d'une odeur âcre et rendait le sol glissant sous ses pieds. Il poussa de côté un archer penché sur un chevalier français et trouva le chariot où il avait laissé Lianna.

La jeune femme n'était plus là. Terrifié, il inspecta les corps qui se tordaient et arrêta des hommes qui couraient. Nul ne l'avait vue. Oh, Dieu, Gervais l'avait-il capturée, finalement ?

— Milord…

Rand se tourna et fit face au jeune fils de lord Cornwall.

— La femme…

Rand le saisit par les épaules.

— L'avez-vous vue, lad ?

Le visage meurtri du garçon pâlit. Sa lèvre trembla. Fugacement, Rand se demanda quelles cicatrices ce carnage laisserait dans son jeune cœur.

— Les hommes d'York. Ils l'ont emmenée…

Il indiqua de la tête le village ruiné de Maisoncelle.

Le cœur tambourinant, Rand descendit la crête en courant.

Lianna se pressait contre une maison à moitié en ruine. Blanche, les yeux élargis de peur, elle avait l'air d'un fantôme en essayant de s'écarter de deux hommes dont les surcots portaient les roses blanches de la maison d'York.

Rand poussa un hurlement de rage en la voyant et se jeta en avant.

— Laissez-la partir ! ordonna-t-il aux deux chevaliers.

— Elle est prisonnière. Le roi a dit…

— Ma lame vous dit de la laisser tranquille !

— Ils ne font qu'exécuter un ordre royal, Longwood.

Le duc d'York s'approchait, son corps massif rendu gauche par le poids de son armure.

— Valets ! hurla Rand. Pensez-vous que l'ordre du roi s'étend aux femmes ?

— Il s'étend à tous les prisonniers assez vigoureux pour manier une arme. Partez, Longwood. Mes hommes ont un devoir à accomplir.

— Vous m'abattrez d'abord ! Arrêtez ! Arrêtez, vous dis-je ! cria-t-il encore, attaquant le premier chevalier.

— Le roi a annulé son ordre ! entendit-il alors. Brabant est tombé ! Ses hommes battent en retraite !

Lianna s'affala contre le mur, comme si elle venait de recevoir un coup.

— Oncle Antoine…

Rand ôta son heaume et la souleva dans ses bras. Tremblante et transie, elle était molle dans son étreinte. Par-dessus sa tête, Rand aperçut le visage courroucé d'York.

— Ainsi, dit-il, vous avez été privé de votre vengeance…

— N'en soyez pas aussi certain, Longwood. Je vous ferai tuer comme traître et votre épouse française sera brûlée comme sorcière !

Les tremblements de Lianna diminuèrent. Rand la remit doucement sur ses pieds. Il avait beaucoup à lui dire, mais pas maintenant, pas avec la bataille qui faisait toujours rage et ce noble courroucé qui restait pour eux une grave menace.

— Pourquoi ne réglons-nous pas ces deux accusations tout de suite, Votre Grâce ? demanda-t-il. Vous et moi. En combat singulier.

Lianna retint une exclamation. Le visage du duc s'assombrit. Une lueur pâle vacilla dans ses yeux. De la peur, pensa Rand.

— Je vous verrai en enfer, Longwood, avant de souiller ma lame de votre sang !

Appelant ses chevaliers, il se hâta d'aller rejoindre les

dernières escarmouches. Puis il engagea Charles d'Albret fatigué dans un corps à corps.

— Couard ! lâcha Rand avec mépris.

— Rand, venez, murmura Lianna d'un ton pressant. Nous sommes tous les deux en grand danger, ici.

— J'ai couru assez longtemps.

Toujours en colère, toujours troublé et toujours engourdi d'horreur d'avoir failli la perdre, il gardait une voix plate et dénuée d'émotion. Tirant sa dague, il se mit à crocheter la serrure de ses menottes.

— Prenez l'un des chevaux capturés et allez chez votre oncle à Liège.

— Mais je...

— Pour une fois, vous allez faire ce que je dis, bonté divine !

Elle se mordit la lèvre.

— Est-ce que Jack… ?

— Il était encore vivant quand on l'a transporté au pavillon des blessés.

— Dieu merci. Rand…

Des cris parcoururent les rangs. York était mort, non pas blessé par un Français, mais écrasé par sa propre armure.

Rand se sentit soulagé à l'annonce de cette nouvelle, puis il eut honte de ce soulagement. York serait regretté comme un homme qui s'était battu vaillamment et était mort en héros. Alors que lui…

— Au nom du roi, je vous arrête !

Rand et Lianna se retournèrent. Face à eux se tenaient quatre chevaliers robustes et malmenés, arborant tous la rose blanche d'York. L'un d'eux pleurait, le visage maculé de sang, de terre et de larmes. Un autre portait une plume flétrie sur son heaume, indiquant qu'il était sergent.

Rand eut un demi-sourire.

— Qu'est-ce que cela ? La bataille s'achève, et selon toute apparence j'ai combattu pour le camp vainqueur.

— Selon toute apparence, vous avez agi en opportuniste.

— Vos provocations hardies ont envoyé notre seigneur à la mort, dit celui qui pleurait.

— Vous devez être conduit au château d'Azincourt et emprisonné.

Rand sentit Lianna se raidir à côté de lui. Il se rappela, de façon vivace, le regard froid du roi Henry.

— Pour quels motifs ? demanda-t-il.

— Trahison.

24

— Je ne le crois pas !

Rand laissa retomber sa tête contre le mur en pierre de sa cellule. Au contact de la paroi froide et visqueuse, il fit un bond en avant. Les menottes en fer qui l'attachaient au mur lui entamèrent les poignets.

— Par Dieu, je ne le crois pas !

Un bruit de pas résonna à l'extérieur.

— Le roi Henry non plus, m'est avis, dit une voix familière.

Les gonds de la porte grincèrent. Robert Batsford entra dans la pièce. La torche qu'il tenait à la main éclairait son visage ravagé.

— Batsford !

Rand se pencha ; ses chaînes raclèrent le sol.

— Lianna ? demanda-t-il d'un ton pressant.

La dernière fois qu'il l'avait vue, l'un des hommes d'York l'avait envoyée à terre. Elle hurlait.

— Elle n'a pas de mal, mais ils la détiennent toujours. Ils connaissent son adresse, sa ruse, et ne veulent pas risquer de la libérer jusqu'à…

Il parut réticent à finir sa phrase.

— Et Jack ? demanda Rand.

— Il est dans le pavillon des blessés. Sa blessure n'est

pas aussi grave qu'elle en avait l'air. Aucun organe vital n'a été touché.

Rand poussa un soupir de soulagement.

— Les autres ?

— Partis, milord. J'ignore où. Il règne une telle confusion dans une bataille. Ils se sont tous dispersés. Le roi Henry est profondément troublé par la tournure des événements. Dans son cœur, il vous connaît bien, il sait que vous ne le trahiriez pas.

— Alors, pourquoi diable suis-je enchaîné ici dans le noir, alors que les autres célèbrent la victoire et comptent leur butin ?

— L'évidence, milord. Le roi veut vous croire innocent, mais l'évidence lui conte une autre histoire, surtout avec les fioritures d'York. Ses laquais ajoutent leurs récits à ce qui est déjà connu.

— Et que disent-ils ?

Batsford glissa la torche dans un anneau du mur, s'accroupit à côté de Rand et se balança sur ses talons.

— York prétendait qu'il vous avait vu sur les remparts de Bois-Long, repoussant son avant-garde.

— Il s'agissait de Gervais, portant ma cotte d'armes !

Le prêtre hocha la tête.

— Si seulement nous avions eu le temps d'emporter vos couleurs quand nous avons fui Bois-Long.

— Si seulement vous m'aviez laissé rester et garder ces diables de Français dehors !

Batsford se racla la gorge.

— Et puis il y a l'amulette qu'Henry vous a donnée…

— Elle a dû tomber entre les mains de Gervais voilà des mois.

— Nous aurions pu réfuter les accusations d'York, s'il n'y avait pas eu, aujourd'hui, l'incident près des chariots de bagages…

— Gervais, encore, grommela Rand. Il portait mes couleurs quand il a conduit les paysans à l'attaque.

— L'un des hommes d'York a reconnu votre surcot et jure que c'était vous.

— Mais le roi lui-même m'a vu sur le champ de bataille !

— Certains disent que lorsque vous avez compris qu'Henry allait gagner, vous avez ôté vos couleurs et feint de vous être rallié à lui. Et puis il y a la couronne que vous portiez accrochée à votre baudrier…

— Bon sang, je l'avais reprise à Gervais !

— Les gens d'York affirment que ce n'est pas vrai. Le roi doit les suivre ou risquer de perdre leur soutien.

Batsford soupira.

— Le duc Edward a vécu de manière déshonorable, mais est mort en héros. Ses partisans réclament votre tête, milord. Ils disent que vous l'avez poussé à cette dernière charge contre d'Albret.

— Il venait juste d'ordonner que ma femme soit tuée, sacrebleu !

— Vous êtes le seul qui semble se le rappeler.

Batsford baissa les yeux. La flamme de la torche baigna sa silhouette accroupie d'une lumière fumeuse.

— Il y a eu de l'animosité entre les maisons d'York et de Lancastre depuis que Bolingbroke a pris le trône. Henry peut mal se permettre d'offenser les Yorkistes.

— Et le prochain duc d'York s'opposera à coup sûr à Henry, s'il pense que son père a été déshonoré…

Tout commençait à prendre sens pour Rand.

— Oui.

— C'est pourquoi Henry sacrifiera la vie d'un noble mineur pour les apaiser.

— Oui.

Le faible murmure du prêtre vacilla comme une flamme agitée par le vent.

— Mon père, dit Rand avec une gravité soudaine, en regardant la silhouette affaissée et tremblante du prêtre qu'il avait toujours appelé familièrement par son patronyme, pourquoi m'avez-vous été envoyé ?

Lentement, Batsford releva la tête. Des larmes coulaient sur son visage.

— Par Dieu Tout-Puissant, vous le savez, Rand…

Rand serra les mâchoires.

— Dites-le-moi.

— Je suis venu vous donner l'absolution et exaucer votre dernière requête.

— Maintenant ?

— Oui.

Batsford s'humecta les lèvres.

— Votre exécution aura lieu demain. Elle doit être effectuée avant la marche sur Calais.

— Vous avez bu ! dit Lianna, jetant un regard accusateur au prêtre.

Robert Batsford secoua la tête et lança un coup d'œil par-dessus son épaule au garde en poste non loin de là. Il chancela. Quelque chose tomba avec un bruit sourd par terre, près des pieds ligotés de Lianna. Incapable de distinguer l'objet dans la nuit sans lune, elle fronça les sourcils.

— Vous trébuchez comme un homme ivre, dit-elle en levant ses poignets liés pour le désigner.

Elle était entravée par de la corde et attachée au chariot sur lequel elle était arrivée. On lui avait ôté ses menottes en fer pour les passer à un prisonnier français.

— Croyez-moi, ma dame, je n'ai jamais été plus sobre de ma vie.

Elle lui décocha un regard soupçonneux.

— Comment se porte Rand ?

Batsford déglutit.

— On ne lui a pas fait de mal. Mais il est accusé de trahison.

Brièvement, il énuméra les preuves contre Rand.

— Le roi craint de perdre ses soutiens dans le Nord, alors il doit apaiser les Yorkistes.

— Mais Rand lui a sauvé la vie, autrefois ! Il a suivi et distrait l'armée française pendant toute la marche depuis la Somme ! Et il s'est battu vaillamment aujourd'hui ! Je croyais qu'Henry aimait Rand.

— Il aime plus encore la paix de son royaume.

— Au point de croire les mensonges vengeurs des partisans d'York ?

— L'union d'York et de Lancastre compte beaucoup pour lui.

— Mais tout ceci est une erreur. Une terrible erreur. Je vais aller trouver Henry moi-même et le lui dire.

Elle se tourna pour appeler le garde. Batsford leva une main pour l'arrêter.

— J'ai déjà essayé, ma dame. Si Henry n'a pas voulu écouter un prêtre anglais, pourquoi écouterait-il une Française ?

— Parce que je dis la vérité.

— Dire la vérité ne peut réfuter les preuves que sont l'amulette, la cotte d'armes, la couronne trouvée sur la personne de votre époux.

La panique monta comme de la bile dans la gorge de Lianna.

— Et le fils de Cornwall ? Il a vu Gervais.

Batsford secoua la tête.

— Le garçon est parti à Calais avec une avant-garde. En outre, croyez-vous que les Yorkistes le laisseraient parler librement ?

Pensant soudain à son oncle de Bourgogne, elle acquiesça.

— Non, ils l'empêcheraient de dire la vérité. Je dois faire quelque chose pour convaincre le roi. Il me faut une preuve irréfutable… Gervais !

Batsford la fixa.

— Ma dame ?

— Gervais est la clé de tout. Si nous l'amenons à Henry, avec la cotte d'armes et le sceau royal qu'il a volé…

Elle frappa sa cuisse de ses poings liés.

— C'est cela, Batsford ! C'est simple. Le surcot a même une déchirure particulière. Johnny a frappé Gervais avec une dague durant la lutte.

Le visage du prêtre s'éclaira, mais seulement un instant.

— Nous n'avons plus le temps, ma dame.

Elle entendit à peine son murmure rauque ; son esprit prenait déjà les devants.

— Pourquoi ?

— Votre époux doit être décapité demain à midi.

Lianna porta les mains à sa bouche, étouffant un cri.

— Non ! Oh, mon Dieu !

Batsford hocha la tête d'un air misérable.

— A l'aube, un garde viendra vous conduire à la cellule de Rand au château d'Azincourt. Il a demandé…

Il s'interrompit.

— A vous voir une dernière fois.

Lianna se mit à trembler violemment. Oh, Rand ! Il y avait tant de froideur dans ses yeux, tant d'amertume dans sa voix quand il était venu la sauver des hommes d'York ! Il la haïssait, et pourtant il l'avait défendue, il avait été prêt à mourir pour la protéger.

— Je n'ai jamais eu l'occasion de lui dire que je l'aime.

Des larmes ruisselaient de ses yeux.

— Il… il disait toujours… que je lui en parlerais un jour.

Batsford ouvrit les bras et l'enveloppa dans la chaleur

rêche de sa robe d'homme d'Eglise. Elle déversa son chagrin et son désespoir sur son épaule.

Le garde, près d'eux, se racla la gorge.

— Mon père, dit-il d'un ton bougon, mais sans aucune méchanceté, on a besoin de vous au pavillon des blessés...

— Vous tremblez, ma dame, fit remarquer Batsford.

Il la dévisagea avec une intensité qu'elle ne comprenait pas.

— Pensiez-vous que je prendrais ces nouvelles calmement ? demanda-t-elle.

Il plaça une main sous son menton et leva son visage. Lianna vit ses traits à la lumière de la torche du garde. Il avait l'air grave et magnifiquement saint.

— Mon père...

— Je viens tout de suite, dit Batsford au garde par-dessus son épaule. Seulement... vous devrez m'aider à me rendre jusqu'au pavillon. J'ai une cheville arthritique, et ce temps humide me pénètre les os.

L'homme haussa les épaules.

— Comme vous voudrez.

Batsford fit le signe de la croix sur Lianna.

— Rappelez-vous, ma dame, dit-il d'un ton solennel. Si vos genoux tremblent, *agenouillez-vous dessus* et priez. Le ciel vous aidera.

Vaguement, absurdement, Lianna pensa que le moment était bien étrange pour que le prêtre chasseur et fauconnier souffre d'un subit accès de piété. Tandis qu'il s'éloignait avec le garde, elle se demanda encore pourquoi il avait menti au sujet de sa cheville. Il était d'ordinaire alerte, et marchait cependant aussi lentement qu'un vieil homme.

Puis la réalité lui bombarda le cœur. Rand allait mourir le lendemain.

Même si elle l'avait voulu, elle n'aurait pu rester debout.

Ses jambes tremblantes cédèrent et elle s'affala par terre. Son genou heurta un objet dur et pointu.

Se rappelant que Batsford avait laissé tomber quelque chose, probablement une fiole d'eau bénite ou d'huile sainte, elle chercha à tâtons.

Ses doigts se refermèrent alors sur la poignée en fer d'une petite dague. Son cœur se mit à battre la chamade.

— Doux Jésus…

Elle comprenait maintenant les paroles énigmatiques du prêtre, son mensonge au garde.

— Merci, père, murmura-t-elle.

Elle trancha furtivement ses liens serrés, ignorant la douleur, puis elle se tapit près du chariot et étudia le terrain piétiné et labouré. L'obscurité enveloppait le champ de bataille. Mais l'odeur âcre du sang et des entrailles à vif flottait dans la brise nocturne, horrible preuve du massacre qui avait eu lieu ce jour-là. Le raclement régulier des pelles des fossoyeurs portait sur ses nerfs tendus.

Du feu brûlait à distance, illuminant les pavillons et les tentes où le roi Henry et son armée célébraient leur étonnante victoire. Le ressentiment envahit Lianna. Quand les hérauts français étaient venus reconnaître la défaite, Henry avait appelé la bataille « bataille d'Azincourt » et proclamé le triomphe de Dieu et de l'Angleterre. Il pouvait fort bien festoyer, mais le sort injuste de Rand ne pesait-il pas sur sa conscience royale ?

Elle détacha son regard des feux de victoire et étudia la silhouette noire du château. Rand s'y trouvait, attendant la mort. Elle brûlait d'aller le rejoindre, mais elle résista à cette impulsion. Son chemin la menait de l'autre côté, vers le sud.

A la lisière du village abandonné de Maisoncelle, les chevaux pris aux Français étaient parqués dans un enclos rudimentaire fait de débris, de morceaux de bois et même des pieux ensanglantés des chevaux de frise. Un garde était assis à la porte. il avait l'air indolent. Lianna inspira une grande goulée d'air et sortit de l'ombre.

Le garde sursauta et pointa sa pique vers elle.

— Qui êtes-vous, garçon ?

Elle l'examina rapidement. Il n'était sans doute pas un soldat favorisé, sinon il n'aurait pas été relégué à la surveillance des chevaux pendant que ses camarades buvaient et ripaillaient.

— S'il vous plaît, dit-elle doucement. Je suis une femme. Je suis venue racheter le cheval de mon époux.

Il la regarda d'un air sceptique.

— Ces affaires-là se règlent avec le sergent des rançons.

Lianna s'efforça de dominer son impatience.

— Ne préféreriez-vous pas régler la question du cheval tout de suite ?

Elle ouvrit la main ; deux pièces d'or brillaient dans sa paume.

— Certes, vous pourriez prendre le dessus sur moi et me voler mon argent, sieur, mais je pourrais hurler. Votre roi n'approuve pas les vols.

Le garde attrapa les pièces et en testa une entre ses dents.

— Je n'offre pas ma complicité pour si peu.

Combattant un terrible sentiment d'urgence, Lianna sortit un franc en argent.

Il le prit aussi, ouvrit le portail et la conduisit dans l'enclos. Elle se déplaça en silence parmi les chevaux, jaugeant leurs atouts. Celui-ci avait la bouche entamée par le mors ; celui-là avait perdu une oreille dans la bataille. En les parcourant rapidement du regard, elle reconnut une encolure fière et familière, une étoile sur un front noble.

— Charbu..., murmura-t-elle en se hâtant vers le percheron.

— C'est le cheval de votre époux ? demanda le garde.

Des larmes s'amassèrent dans les yeux de Lianna. Elle était prête à mentir, à réclamer n'importe quelle monture capable de l'emmener à Bois-Long, n'espérant pas trouver le cheval de Rand parmi les bêtes capturées. Or voilà que Charbu lui taquinait l'épaule.

— Oui, répondit-elle. Oui, c'est lui.

— Il est toujours harnaché…

Le garde lorgna d'une manière très explicite le cuir travaillé de la selle, les étriers de bois finement sculptés. Lianna mit une dernière pièce dans sa main.

— Voilà qui devrait payer la selle…

Et lui payer du vin fin pour des années, ajouta-t-elle en elle-même.

— Allez-y sans bruit, l'avertit-il. Si l'alerte est donnée, je nierai toute connaissance de notre échange.

Elle hocha la tête, fit sortir Charbu de l'enclos et raccourcit les étriers pour les adapter à sa taille. Réprimant une envie de partir précipitamment, elle monta et mit le percheron au pas pour pénétrer dans la forêt obscure.

Quand le courant rapide de la Ternoise fut à même de masquer les bruits, elle talonna les flancs de l'animal. Le destrier s'élança alors de toute sa puissance, ses longues enjambées dévorant la route labourée par l'armée. Lianna se courba sur son encolure tendue. Le vent lui passait dessus et soufflait ses cheveux en arrière.

La dernière requête de Rand avait été de la voir. Pour lui pardonner, ou la maudire une dernière fois ? Elle ne serait pas là pour le savoir. Que penserait-il de son absence ? Amer et trahi, il croirait qu'elle l'avait de nouveau abandonné. Mais elle devait prendre le risque de le blesser cette fois encore, car sa vie était en jeu.

Durant la chevauchée, son esprit travailla à toute allure, cherchant, élaborant un plan. Bois-Long était à quarante milles au sud. Charbu, fort et agile, pouvait couvrir la distance en trois heures. Mais lorsqu'elle atteindrait le château, elle devrait soumettre les chevaliers du dauphin, trouver Gervais, le capturer et le ramener à Azincourt.

Et qu'en était-il d'Aimery ? Elle éprouvait une profonde terreur à l'idée que son fils puisse encore être en danger. Gervais avait fixé ses ambitions sur Bois-Long ; il voudrait naturellement en éliminer l'héritier légitime. Elle pria que sa missive désespérée à son oncle de Bourgogne ait porté ses fruits.

Une lune pâle monta dans le ciel, accroissant en elle un frénétique sentiment d'urgence. Si elle ne pouvait pas apporter la preuve de l'innocence de Rand d'ici le lendemain midi, il mourrait.

A travers les ombres, elle reconnut enfin les bois et les prairies du bord de l'eau de Bois-Long. Tel un guerrier éperonnant son cheval pour la charge finale, elle poussa l'étalon à un galop effréné. Ils traversèrent la dernière portion de forêt et émergèrent en trombe dans la clairière au nord du château. Là, elle arrêta sa monture. Charbu frémissait et soufflait bruyamment. Elle descendit et l'attacha à un arbre. Un instant, elle s'appuya contre son encolure mouillée de sueur. Elle était arrivée. Mais la partie la plus difficile de son expédition était devant elle.

Elle toucha la dague passée dans sa ceinture et s'avança prudemment à travers la clairière. Le vent qui se levait jetait des ombres mouvantes sur l'herbe haute. Cela la terrifia ; si Gervais avait envoyé des espions inspecter les alentours, ils la trouveraient sûrement.

Elle pénétra dans les ombres noires jetées par les murailles et les tours du château. La rivière, dont un bras avait été détourné pour former la douve du côté nord, coulait dans un silence menaçant. Ecartant les roseaux séchés par le vent, Lianna se tordit le cou pour apercevoir ce qui restait de la chaussée. Telles des sentinelles à moitié tombées, les supports du pont partageaient le courant, créant des tourbillons sans fond. Plus près, la douve grouillait de nénuphars et d'insectes. Le pont-levis était remonté ; la barque qu'elle avait utilisée pour quitter Bois-Long n'était plus là.

Un profond sentiment d'injustice l'envahit. C'était là sa demeure, le siège de ses ancêtres, et elle devait s'y faufiler comme une intruse ! Et entre elle et le château se trouvait une noire étendue d'eau.

Levant les yeux, elle distingua un mouvement sur le chemin de ronde. Des sentinelles patrouillaient. Peu de temps auparavant encore, ils avaient dédaigné les mesures de sécurité contre la petite armée anglaise. Maintenant, à la suite de la victoire d'Henry, les Français trop sûrs d'eux percevaient finalement une vraie menace.

Elle se tapit, jusqu'à ce que la sentinelle s'éloigne. Si elle suivait les consignes normales de surveillance, sa ronde ne la ramènerait au même point que dans un quart d'heure.

Rassemblant toute l'audace et le courage qu'elle possédait, Lianna ôta ses sabots et descendit la berge jusqu'à la lisière vaseuse de la douve. Les orteils à quelques pouces de l'eau noire, elle hésita. Elle ne pouvait écarter son esprit de la terrible vision du visage livide de sa mère, gonflé par l'eau.

« Je ne peux pas le faire. Plutôt braver les flammes de l'enfer ! » Mais une image de Rand s'imposa. Rand noble, aimant, trahi… et condamné.

« A cœurs vaillants, rien d'impossible. » Sa devise gronda à ses oreilles. Par amour pour Rand et Aimery, elle avait déjà traversé la Mer étroite. Mais ces traversées n'avaient pas exigé qu'elle s'immerge directement dans l'eau.

Elle devait traverser. Il le fallait. Cette peur était un démon personnel, qu'elle devait abattre. Faisant appel à tout l'amour de son cœur et à toute la détermination de son âme, elle avança dans la douve.

Le froid de l'eau enveloppa ses pieds et ses chevilles, et la terreur lui serra le ventre. Endiguant cette vague d'effroi, elle descendit plus bas. Le rebord boueux de la rive céda et elle perdit pied. Elle réprima un cri.

Tels des doigts froids comme la mort, l'eau recouvrit son corps, son visage, son crâne. S'étranglant, battant des bras, elle remonta à la surface.

L'air frais l'enveloppa. Elle eut juste le temps d'aspirer une goulée avait de sombrer de nouveau. Un linceul liquide se referma sur elle. Tous ses instincts lui dictaient de faire marche arrière.

Néanmoins, la partie rationnelle de son esprit se tenait à l'écart de la panique. Elle se rappela avoir vu nager les garçons du château, leurs minces corps nus fendant l'eau sans effort.

Remontant à la surface pour respirer, elle tenta d'imiter leurs mouvements. Elle donna des coups de pied, écarta l'eau de ses bras. Des plantes aquatiques s'agrippèrent à elle, la tirant vers le bas. Tandis qu'elle luttait, un nouveau torrent de peur se déversa sur elle.

Mais la vie de Rand dépendait de sa traversée de la douve. Une force nouvelle, née de la bravoure que lui donnait l'amour, s'insinua dans ses membres. Elle ne sut pas comment elle avait fait, finalement, mais ses genoux finirent par s'enfoncer dans la vase de la rive opposée. Elle sortit précipitamment de l'eau et grimpa jusqu'au pied du mur. Là, elle s'allongea, trempée, le souffle court, priant et pleurant tandis que sa peur laissait place au soulagement. Elle tremblait, mais se força à se lever et à jeter un coup d'œil au chemin de ronde. La sentinelle avait-elle entendu tout le bruit qu'elle avait fait ?

Se mouvant avec une prudence mal assurée, elle se

faufila sous le pont-levis relevé et s'approcha des marches de la porte qui donnait sur l'eau.

Un homme sortit des roseaux.

Terrifiée, Lianna se pressa contre le mur et resta figée. Elle tira sa dague. L'éclair métallique fit s'arrêter l'homme. Avec horreur, elle reconnut l'un des chevaliers du dauphin.

— Ainsi, vous êtes de retour, baronne…

D'un geste presque détaché, il lui saisit le poignet, le serrant jusqu'à ce que la dague tombe de ses doigts gourds.

— De grâce, dit-elle. De grâce, au nom de la merci, messire…

— Je n'ai pas de merci pour la ribaude d'un Anglais !

La pressant contre le mur, il palpa ses seins.

— Une tunique mouillée sied à vos charmes, ma dame.

Il se pencha et lui mordit la lèvre. Il sentait la sueur, avait un goût de vin aigre. Révoltée, Lianna détourna vivement la tête et lui donna un coup de pied.

Il jura et la secoua rudement, faisant claquer ses dents.

— Vous allez regretter ce geste, baronne ! Gervais a des plans pour vous. Il provoque sa femme avec chaque soir. Il s'est juré de la répudier et de vous prendre pour sa dame. Mais je crois que je vais vous goûter avant lui…

Il la soumit de nouveau à ses mains avides et à ses lèvres humides. Lianna hurla. Par-dessus l'épaule de son agresseur, elle aperçut d'autres hommes ; ils étaient neuf, neuf silhouettes sombres et menaçantes. Oh, Dieu, pensa-t-elle. Elle pouvait peut-être survivre à un assaillant, mais à neuf… Un gémissement lui échappa.

Le chevalier se retourna, la dague à la main.

— Vous n'attaqueriez sûrement pas un homme d'Eglise, dit l'un des hommes.

Un bruit sourd retentit ; le chevalier s'effondra.

Lianna se jeta dans les bras de son sauveur.

— Père Batsford ! Gente Marie, je croyais que vous étiez l'un des hommes de Gervais !

Les autres l'entourèrent bientôt. Elle enlaça Jack, qui poussa un petit cri de douleur.

— Oh, Jack, pardonnez-moi. J'avais oublié votre blessure.

Il agita la main.

— *Sir* Jack Cade, je vous prie… Et je ne laisserai pas une piqûre d'épingle française m'arrêter.

— Baissez la voix, lui recommanda Chiang.

Lianna contempla son maître canonnier, secrètement loyal à la monarchie anglaise durant toutes ces années. Mais elle ne parvint pas à ressentir la moindre colère contre lui. Elle les pressa de gravir les marches. La manière dont ils étaient arrivés là n'importait guère ; seul comptait le fait qu'elle ait leur aide précieuse.

Aussi silencieux que des ombres, ils franchirent une porte basse qui donnait sur le jardin.

— Nous devons aller d'abord à l'armurerie, dit-elle.

— Ils sont au moins trois fois plus nombreux que nous, observa Simon.

— C'était aussi le cas du roi Henry, chuchota Dylan.

Jack marmonna quelque chose à trois d'entre eux ; ils se faufilèrent le long du mur et montèrent sur les remparts. Avec une certitude froide et dénuée de remords, Lianna sut que les gardes étaient des hommes morts. Le prix de la trahison de Gervais s'élevait à chaque instant.

— Je vais chercher Bonne, déclara Jack en se dirigeant vers le donjon. Elle saura ce que Gervais a fait de la cotte d'armes et du sceau.

En traversant la cour, ils passèrent devant les chenils. L'un des chiens de chasse gémit et gratta la porte. D'un ordre sourd, Lianna le fit taire et remercia le ciel que sa voix familière prévienne un chœur de hurlements.

Ils pénétrèrent ensuite dans l'armurerie et avancèrent

dans l'obscurité silencieuse. L'odeur de soufre se fit piquante quand ils approchèrent de la petite pièce où Chiang procédait à son alchimie. Il battit un briquet et alluma une bougie. Les paupières plissées, il parcourut rapidement l'endroit du regard.

— Bon, chuchota-t-il. Ils n'ont touché à rien. Nous aurons besoin de tout le feu que nous pourrons concocter.

— Vous avez un plan ? demanda Jack depuis le seuil.

Bonne et lui entrèrent dans la pièce. Lianna se précipita pour enlacer sa chambrière.

— Ma dame ! s'exclama Bonne. Oh, ma dame, allez-vous bien ? Vous êtes trempée. Tenez, je vous ai apporté une cotte sèche et des souliers.

Elle se tordit les mains.

— Gervais jurait que Rand, Aimery et vous étiez morts. Notre chagrin était sans fond.

Lianna prit le vêtement propre.

— Gardez vos soucis pour Rand.

Bonne baissa la tête.

— Jack m'a dit. Nous vous aiderons, ma dame. Par la barbe de sainte Wilgeforte, nous vous aiderons !

Jack avait emmené les hommes dans la salle principale de l'armurerie. En se hâtant, Lianna ôta ses vêtements mouillés et enfila la cotte sèche. Elle protesta quand Bonne voulut lui frotter les cheveux avec un linge. Puis elles entrèrent à leur tour dans l'armurerie.

Lianna s'adressa aux hommes à voix basse.

— Il nous faut Gervais, la cotte d'armes et le sceau royal qu'il a volé.

— Il est au lit, dit Bonne. Et les objets sont dans sa chambre.

Jack chancela légèrement ; elle s'empressa d'aller le soutenir.

— Nous aurons Mondragon, ma dame, promit-il à Lianna.

— Mais nous ne pourrons repartir comme nous sommes venus en emmenant un prisonnier.

— Quoi que nous fassions, intervint Piers, nous aurons les chevaliers français après nous.

— Si nous devons affronter l'ennemi, que ce soit selon nos propres termes.

Lianna marqua une pause, déconcertée ; elle venait de se référer à des soldats français comme à des ennemis. Mais ils en étaient bien, tout homme qui gênerait son sauvetage de Rand en serait un.

Se tournant vers les hommes, elle expliqua son plan.

L'aube était arrivée, et Lianna n'était pas venue. Rand fixait la demi-lumière grise qui filtrait par une grille en hauteur, tentant de comprendre pourquoi elle n'avait pas voulu lui être amenée. Batsford le lui avait promis, pourtant. Or il avait passé la nuit seul.

Peut-être les hommes d'York ne l'avaient-ils pas laissée venir ? Il s'enfonça plus profondément dans le désespoir. Peut-être Lianna s'était-elle tenue elle-même à l'écart parce qu'elle ne voulait pas se souiller au contact d'un homme considéré comme un traître ? Dieu, son amour pour lui était-il donc si mince, si creux ?

Si seulement il pouvait se débarrasser du sien comme d'un vêtement trop petit ! Mais il ne parvenait pas à la haïr. Il avait fini par comprendre qu'elle avait été aussi impuissante que lui dans la lutte qui opposait leurs deux pays.

Exaspéré, il se força à penser à autre chose. Qu'adviendrait-il de ses terres, de son rang ? Son titre, qui n'avait pas deux ans, serait-il supprimé ? Sa baronnie tomberait-elle entre les mains de Gervais, ou Henry enverrait-il un autre

Anglais pour épouser Lianna ? Et son fils ? Il ne le verrait jamais devenir un homme. Mais peut-être était-ce une bénédiction, car tout ce qu'il avait à lui transmettre était un legs de trahison. Il pria qu'Aimery, un jour, apprenne la vérité et lui pardonne.

Quant à ses hommes… Il se demanda ce qu'ils étaient devenus. Ils l'avaient suivi depuis l'Angleterre, avaient conquis un château avec lui et combattu à ses côtés. Mais à présent, à l'heure où il avait le plus besoin d'eux, ils l'avaient abandonné. Même Robert Batsford n'était pas revenu.

Il pensa à Darby Green, mort à son service, la tête plantée sur une pique française. Il pensa à tous les hommes qu'il avait tués durant sa carrière de soldat, des hommes qu'il avait arrachés à des familles, et cela pour soutenir les ambitions d'un jeune roi qui lui avait tourné le dos. Jack avait donné sa main, peut-être même sa vie ; Chiang, fils secret d'un roi, avait donné sa loyauté ; et maintenant lui-même allait donner sa tête. Pour une gloire qui reviendrait aux cupides Yorkistes. La chevalerie était bien un spectacle creux. Lianna le lui avait dit une fois ; il aurait dû l'écouter.

Il crispa les paupières, se rappelant une décapitation qu'il avait vue en Anjou. Le bourreau avait manqué le cou du condamné et frappé son crâne. L'homme avait murmuré : « Mon Dieu, ayez merci », avant que deux autres coups ne détachent finalement sa tête. Même alors, des tendons tenaces avaient encore relié la tête au corps. Le bourreau les avait coupés en les sciant avec sa hache.

Rand frémit. Dieu fasse que le bourreau ne soit pas un boucher !

Il imagina Lianna en train de chanter de sa voix d'ange. La plupart des hommes, face à leur mort imminente, revoyaient toutes les femmes qu'ils avaient tenues dans leurs bras et aimées.

Mais pour lui, il n'y en avait eu qu'une.

Tout fut prêt à l'aube. Lianna se tenait près du puits au centre de la cour. Jetant un coup d'œil autour d'elle, elle vit ses compagnons qui attendaient le signal. Aucun d'eux, elle encore moins, ne savait si ce signal annoncerait la victoire ou la mort.

Sur les remparts, deux hommes se tenaient prêts à côté de chaque canon principal, mais au lieu d'être tournés vers l'extérieur, les fûts étaient pointés vers l'intérieur, sur l'endroit où elle se trouvait. Chiang courait d'un canon à l'autre, vérifiant les charges et les angles de tir.

Elle se tourna vers le donjon et riva les yeux sur une meurtrière en forme de croix qui donnait sur un escalier. « Vite ! pensa-t-elle. Dépêchez-vous ! » Juste comme la première lueur du jour apparaissait, le signal apparut aussi : la cordelière nouée de Robert Batsford apparut à la fente étroite.

Ainsi, Jack et Batsford avaient réussi à soumettre Gervais ! Maintenant, tout ce qui restait à faire était d'éliminer les chevaliers français.

Lianna abaissa sa torche de canonnier. La mèche fuma, crépita et s'éteignit. Jurant à mi-voix, elle recommença. La flamme ne prit pas. Apeurée, elle se mordit la lèvre et se concentra. Si les chevaliers étaient alertés trop tôt, ils l'arrêteraient. Les mains tremblantes, elle toucha pour la troisième fois la mèche de la torche. Enfin, elle s'alluma et brûla en direction des énormes charges.

Jetant la torche, elle releva ses jupes et courut à toute vitesse vers les remparts. Montant les marches quatre à quatre, elle atteignit le chemin de ronde juste comme les bombes explosaient.

De la fumée et des étincelles fusèrent vers le ciel. Le bruit de l'explosion se répercuta dans l'air comme un tonnerre infernal. Les écuries, les chenils et le parc à bestiaux retentirent des cris paniqués des bêtes.

Les soldats sortirent à flots des baraquements ; les gens du château émergèrent en masse du donjon.

Les détonations continuèrent en une terrifiante série de crépitements. Les yeux de Lianna la piquaient ; sa gorge la brûlait. La fumée envahissait la cour et quelqu'un cria qu'il avait été aveuglé. Des prières et des supplications effrayées montaient de la foule.

Quand les explosions cessèrent, Lianna redescendit en courant dans la cour. En s'étouffant, elle se fraya un chemin sur le sol noirci et brûlant. Quelques-unes des charges n'avaient pas explosé, mais les autres avaient réussi à faire sortir les chevaliers.

Un coup de vent dispersa la fumée et Lianna entendit un cri collectif.

— Elle est revenue d'entre les morts ! cria quelqu'un.

D'autres firent des signes contre la sorcellerie et tombèrent à genoux. Lianna comprenait leurs gestes : Gervais leur avait dit qu'elle était morte. Pour la foule stupéfaite, il devait sembler qu'elle était apparue par magie, dans un tourbillon de fumée.

Se débattant, bafouillant et le visage meurtri, Gervais Mondragon était traîné dehors par Batsford et Jack.

Il aperçut Lianna, jura et hurla à ses hommes :

— Arrêtez-les, espèces de sots !

Les hommes commencèrent à avancer.

— Faites-le au péril de Mondragon ! lança une voix autoritaire depuis les remparts.

D'un seul mouvement, la foule leva les yeux. L'air royal,

Chiang se dressait sur la passerelle du canonnier. Quatre gueules de fer étaient dirigées sur Gervais. Jack enchaîna ce dernier à un montant du puits ; puis il se hâta de détaler avec Batsford et Lianna.

— Un mouvement, gronda Jack en serrant son côté blessé, et ces canons tireront, vous transformant en porridge.

Un murmure effrayé parcourut la foule. Macée, vêtue d'une robe écarlate, essaya de courir au puits.

— Gervais ! Oh, Dieu…

En jurant, Guy la retint.

Batsford leva un paquet enveloppé dans un linge.

— La cotte d'armes de lord Rand ! annonça-t-il triomphalement. Et le sceau royal !

— Rangez-vous ! cria Jack aux soldats. On va vous enfermer dans la grange.

Le sergent français se planta devant lui, les pieds écartés.

— Nous n'obéissons pas à un éclopé d'Anglais.

Jack brandit sa main mutilée.

— Cet éclopé tient votre sort dans son moignon !

Quatre barres de fer chauffées à blanc s'abaissèrent vers quatre gueules de canons.

— Arrêtez ! cria Gervais, la voix vibrant de frayeur. Faites ce qu'il dit. Je vous ordonne d'obéir à l'Anglais.

— Je ne m'inclinerai pas devant un vulgaire archer, dit le sergent.

Il tira une dague de son baudrier.

Bien plus rapide, Jack sortit sa propre lame. A peine Lianna en aperçut-elle l'éclair métallique que la dague se plongea jusqu'à la garde dans la poitrine du Français. Il tomba, mort.

— *Sir* Jack Cade ! dit farouchement Jack. Et maintenant, à la grange, porcs puants que vous êtes !

Les hommes, poussés par Dylan, s'éloignèrent en rang.

Lianna se tourna vers les chevaliers de Bois-Long.

Jehan et ses hommes se tenaient devant les écuries, l'air incertain. Certains l'avaient connue toute sa vie, d'autres avaient servi sous Aimery le Guerrier, tous avaient juré allégeance à son époux. Néanmoins, ils étaient français ; ils avaient soupé à la table de Gervais.

— Nous sommes avec vous, ma dame, dit Jehan. Mondragon nous a désarmés. Les chevaliers du dauphin nous traitaient comme de la vermine.

Elle lui lança un regard de gratitude, puis jeta un coup d'œil inquiet au ciel qui s'éclairait.

— Quatre heures avant midi, dit-elle.

Pourraient-ils atteindre Azincourt avant que la hache du bourreau ne tombe ?

Jehan cria des ordres ; des palefreniers coururent aux écuries. Jufroy se hâta de lever la herse et d'abaisser le pont-levis.

Bonne prit un air autoritaire.

— Le baron reviendra bientôt, et il n'aimerait pas vous voir oisifs. Dégagez-moi tout ce fatras !

La chambrière, maintenant dame d'un chevalier, parlait avec une nouvelle assurance.

— Nous devons préparer un banquet. Oh, Roland, allez chercher cet Anglais dans les caves…

L'éclaireur d'Henry ! Grâce à Dieu, Gervais ne l'avait pas tué.

Jack et Bonne l'accompagnèrent jusqu'aux portes. Elle les étreignit tous les deux.

— Soignez cette vilaine blessure, Jack.

Il hocha la tête.

— Ramenez mon seigneur à la maison, ma dame…

— Et vous, ôtez les charges qui restent dans la cour.

Gervais, attaché à une selle, la bride de son cheval dans les mains capables de Batsford, lança un regard noir à Lianna.

— Sotte que vous êtes ! Toute la Picardie aurait pu être à nos pieds. Nous aurions pu être bons ensemble, vous et moi.

— Rien de ce que vous avez touché ne pourrait jamais être bon, rétorqua-t-elle.

— Gervais !

Les cheveux défaits, sa robe rouge flottant derrière elle, Macée traversa la cour en courant. Elle se jeta contre le cheval de son époux, ses mains s'accrochant à lui.

Lianna s'attendit à ce que Gervais la rejette, mais il se pencha aussi bas que ses mains liées le lui permettaient et accepta la longue et farouche étreinte de son épouse.

Une bécasse cria.

Impatiente au point de désespérer, Lianna fit signe à Batsford et traversa le pont-levis au trot pour gagner les bois du nord. Chiang et l'éclaireur anglais les accompagnaient. Ils s'arrêtèrent pour récupérer Charbu au passage.

Tandis qu'ils galopaient dans les bois qui s'éveillaient, Lianna n'avait qu'une seule pensée, qu'un seul objectif en tête : qu'ils arrivent à temps à Azincourt.

Gervais regardait fixement devant lui. Quelque chose brillait dans ses yeux noirs, un éclat qui fit circuler en Lianna une onde de peur.

Le soleil, froid et pâle, était à son zénith. Les gardes de Rand, endurcis par le massacre qui avait précédé ce jour funeste, ne montrèrent aucune émotion en le conduisant du château d'Azincourt au centre d'une clairière boueuse.

Les hommes venus assister à l'exécution marmonnaient sur son passage les mots de « traître » et de « scélérat ». Mais les insultes les plus cuisantes provenaient d'une troupe importante qui se tenait sous l'étendard à la rose blanche d'York.

— Enguerrand sans Tache ! lança une voix hardie et méprisante. Aujourd'hui, nous allons voir ce champ taché de votre sang de traître !

Rand ignora la provocation et passa devant le roi. Pâle et tendu, ce dernier paraissait plus vieux que son âge.

— Rand, je suis désolé. Je ne vous ai pas aimé aussi bien qu'elle…, murmura-t-il.

— Justice doit être faite aujourd'hui ! cria un partisan d'York.

Rand se tint en silence pendant qu'un prêtre, qui n'était pas Batsford, chantait des cantiques d'un ton monotone.

Le bourreau, vêtu de noir, sa hache brillante, attendait près d'un billot fraîchement coupé dans un arbre des bois de Tramecourt.

Rand n'éprouvait pas de peur ; il était au-delà de la terreur. Il se sentait simplement vide, dépouillé de toute émotion.

Tandis que le prêtre continuait à psalmodier, il s'interrogea de nouveau sur les raisons de sa solitude. Il ne comprenait pas. Il avait souhaité voir Lianna, faire la paix avec elle avant de mourir, mais elle lui avait volé jusqu'à cette satisfaction. Et ses hommes ? Ses fidèles compagnons ? Pourquoi n'étaient-ils pas présents, pour le réconforter d'un dernier regard d'amitié ?

Il eut vaguement conscience d'un remous loin dans les rangs. Ils réclamaient tous son sang, pensa-t-il avec amertume. Les tueries de la veille ne leur avaient-elles donc pas suffi ? Il jeta un coup d'œil au roi. Un héraut apparut ; Henry et ses conseillers se retirèrent à l'arrière de la foule. Les Yorkistes se rapprochèrent. Il était stupéfiant qu'ils fussent encore avides d'une exécution après le massacre de huit mille hommes un jour plus tôt.

Rand tourna la tête pour apercevoir une dernière fois les champs et les bois. Mais le monde extérieur lui était déjà dérobé par la masse d'hommes assoiffés de sang qui formaient un cercle autour de lui.

Il ferma les yeux. Par-dessus les incantations incessantes du prêtre, il entendit des cris distants, un bruit de sabots. D'autres spectateurs encore ? Peu s'étaient souciés qu'il vive, mais ils semblaient être des centaines à vouloir le voir mourir.

Une main se posa sur son épaule. Il ouvrit les yeux : le bourreau coiffé d'une capuche se tenait devant lui.

— Votre col, sir, dit-il en touchant l'ouverture de la tunique de Rand.

Rand leva les mains pour l'aider. Afin que la lame mortelle coupe net, il fallait que son cou soit nu. Un frisson le parcourut en sentant la caresse d'un frais vent d'automne sur sa peau.

— Je n'ai pas d'argent pour vous payer le pourboire habituel, dit-il.

— J'ai été payé.

Rand se demanda si sa mort était financée par les Yorkistes ou par le roi lui-même.

— Coupez net, voulez-vous ? marmonna-t-il.

La voix du prêtre et les roulements d'un tambour allèrent crescendo.

— C'est le moment ! cria un Yorkshiste.

Le bourreau désigna le billot.

Déterminé à bien mourir, à ne pas donner à ses ennemis intimes la satisfaction d'une quelconque indignité, Rand s'avança et s'agenouilla devant le bloc de bois. L'assistant du bourreau posa une main dans son dos. Afin de raffermir son corps pour le coup, pensa Rand. Il demanda l'absolution dans une brève prière sans suite. Avec un sentiment d'agacement absurde et déplacé, il nota que les bruits autour de lui avaient augmenté. Il n'aurait même pas un moment de silence respectueux pour marquer son trépas ?

Puis il prit conscience de mouvements, d'une agitation imprévue ; des voix pénétrèrent le sonore battement de son sang dans ses oreilles.

Quelqu'un cria, supplia…

Une voix, une voix féminine et mélodieuse… Une voix familière…

La farce du vent ou sa propre imagination fiévreuse sans doute, qui lui fit cependant éprouver un soudain et inexplicable sursaut de vie. Son cœur entendait toujours Lianna, aussi faibles que soient ses cris.

La lourde main quitta son dos. Il jeta un coup d'œil au bourreau. Bien qu'un masque cachât son visage, Rand perçut de l'hésitation dans sa posture méfiante, dans ses doigts qui s'étaient relâchés sur le manche de la hache.

— Laissez-la passer, dit quelqu'un. Dieu ait merci…

Le bourreau regarda par-dessus l'épaule de Rand. Etreint par un espoir insupportable, celui-ci se releva.

Puis se retourna.

Telle une apparition drapée d'ivoire, ses cheveux blonds ruisselant sur ses épaules, Lianna fit irruption à travers les hommes en rang. L'adoration et la stupeur s'emparèrent de Rand tandis qu'elle se jetait dans ses bras.

— Je vous aime, Rand ! Je vous aime et je suis venue vous le dire.

Le cœur éclatant de joie, il la serra farouchement contre lui. Elle fleurait bon la brise fraîche et les bois, un parfum merveilleusement apaisant après la puanteur de sa cellule. Courbant la tête, il l'embrassa profondément, passionnément, avec un désespoir qui les laissa tous les deux hors d'haleine.

— Ah, pucelle, vous choisissez le plus étrange moment pour exaucer mes souhaits. Redites-moi que vous m'aimez…

— Je vous aime. Je vous adore, ajouta-t-elle en français. Je vous le dirais dans un millier de langues.

Il la contempla et durant un instant il revit la fille prudente qu'elle était lorsqu'ils s'étaient rencontrés. Puis il vit la femme qu'elle était devenue, forte, décidée, et maintenant capable de parler d'amour aussi aisément qu'elle parlait de canons et de guerres. Il lui toucha la joue. Une paix sublime envahit son âme. L'amour semblait irradier d'elle comme des rayons de soleil ; son sourire avait le pouvoir de faire descendre les dieux sur terre. Il emporterait cette image d'elle dans l'éternité.

— Je vous aime, Lianna. A présent, je peux bien mourir, car je sais que vous avez répondu à mes rêves. Dites à Aimery, quand il sera plus grand…

Elle recula.

— Crénom, je ne dirai rien du tout parce que vous n'allez pas mourir ! Je n'ai pas risqué ma vie pour vous entendre dire que vous jurez de bien mourir !

Perplexe, il étudia les profondeurs de ses yeux argentés.

— J'aimerais pouvoir vous dire autre chose, mais…

— Eloignez-vous de cet endroit sinistre, Rand…

Elle le tira par la manche.

Il regarda le cercle de soldats. Certains paraissaient soulagés, d'autres conservaient sur le visage une expression hostile.

— Mon amour, je ne suis pas libre de partir.

— Si… Vous l'êtes, milord, dit une voix sonore.

Les hommes s'écartèrent comme une vague, ouvrant un passage au roi Henry. Batsford et Chiang le suivaient.

Le visage pâle, Henry s'approcha. Au mépris du protocole, il serra Rand dans une brève et farouche étreinte.

— Par la sainte Croix, murmura-t-il, sa voix tremblant d'une émotion inhabituelle. Dire que j'ai presque laissé commettre une telle injustice !

Il recula, gardant la main de Rand dans la sienne, la serrant comme une planche de salut.

— Beaucoup de folies ont été commises à Azincourt, dit-il encore. J'ai gagné une bataille, mais que signifie cette victoire ? Que je suis roi d'Angleterre et de France ?

Lianna laissa échapper une petite exclamation. Henry dut l'entendre, car il se tourna vers elle, le visage doux.

— La France sera toujours la France, quel que soit celui qui en porte la couronne.

Prenant aussi sa main, il la joignit à celle de Rand.

— Des royaumes peuvent être marchandés, mais pas des cœurs…

Rand eut alors, parmi les clameurs d'incrédulité et de joie qui résonnaient dans sa tête, un clair aperçu de l'humanité de ce roi, qui osait avouer sa faillibilité.

L'air grave, Henry désigna Lianna d'un signe de tête.

— Votre épouse, milord, a fait prévaloir la justice. Avec quelque intervention divine, je présume — il jeta un coup d'œil ironique à Batsford, qui rougit —, elle a réussi à se libérer de ses liens et à chevaucher jusqu'à Bois-Long, où elle est entrée avec seulement dix hommes.

Il tendit sa main ouverte. Dans sa paume reposait le sceau royal.

— Elle m'a apporté ceci ainsi que votre cotte d'armes, celle que portait Mondragon.

Stupéfait, Rand dévisagea sa femme. Pour la première fois, il discerna les cernes et la pâleur de la fatigue sur son visage.

— Lianna, comment êtes-vous entrée ? demanda-t-il.

Elle haussa le menton.

— J'ai traversé la douve à la nage.

Il savait ce que cette nage périlleuse avait dû lui coûter, et cependant elle avait bravé sa terreur de l'eau pour lui.

— Oh, pucelle…

— Cette femme n'aurait-elle pas pu fabriquer cette

preuve ? demanda un Yorkiste. Son époux possède sûrement plus d'un surcot.

Henry le regarda froidement.

— Pas un marqué du sang de Mondragon, à l'endroit où il a été blessé dans l'escarmouche près des chariots de bagages.

— Une ruse d'une ribaude française, soutint l'homme.

— Et le sceau royal ? demanda Henry en se redressant.

L'homme baissa la tête et battit en retraite.

Henry désigna un cercle formé par des chariots. Gervais se tenait au milieu.

— Mondragon vient de dicter une confession pleine et entière à un greffier, dit-il.

L'air satisfait, il se tourna vers Chiang.

— J'ai remarqué votre adresse aux armes à feu pendant la bataille, hier. Qui êtes-vous, et pourquoi avez-vous combattu pour l'Angleterre ?

Rand retint son souffle et pressa la main de Lianna. Elle lui jeta un regard perplexe.

Chiang s'inclina.

— Je suis Chiang, Votre Majesté, dit-il dans un anglais net et précis. Je vous ai offert mes services pour remplir... une ancienne obligation.

— Il faut que vous m'en parliez, dit le roi. Peut-être y a-t-il une place pour vous comme mon maître artilleur.

La déception obscurcit le visage de Lianna.

— Je crois que Chiang va nous quitter.

Elle inspira à fond.

— D'une certaine manière, c'est ce qui convient.

— Plus que vous ne le pensez, murmura Rand.

Il observa les deux frères qui rapprochaient leurs têtes pour parler des gloires à venir de la maison de Lancastre.

— Deux princes, reprit Rand, mais les chroniqueurs ne se souviendront que d'un seul.

— Quelle énigme est-ce là ? demanda Lianna.

— Je vous en parlerai un jour, mon amour.

L'attirant contre lui, il posa son menton sur sa tête. Les soldats, qui sentaient finir le drame du jour, commençaient à s'éparpiller. Rand vit Gervais, seul, affalé entre les chariots.

— Le roi Henry a pris beaucoup de poudre aux Français, dit Lianna en pointant du doigt l'un des chariots.

Des tonneaux marqués de la lettre B pour sainte Barbara, patronne des canonniers, étaient empilés dedans.

— A votre place, je ne m'inquiéterais pas, ma douce, déclara Rand. Vous garderez Bois-Long approvisionné en poudre pour les années à venir.

— Dieu fasse que nous n'en ayons pas besoin !

Un éclair rouge dans les bois accrocha le regard de Rand. Une bannière de cheveux noirs identifiait la cavalière.

— Que diable vient faire ici Macée ? fit-il.

Chevauchant à une allure dangereuse, Macée fit irruption de la forêt et mit pied à terre avant même que son cheval ne soit arrêté. Le visage pâle, sa voix glapissant des mots incompréhensibles, elle courut vers le cercle de chariots. Elle tenait dans une main un bouquet de fusées, de l'autre, elle attrapa une torche plantée devant un pavillon.

Lianna comprit en un éclair. Elle se rappela les charges qui n'avaient pas explosé et qui étaient restées dans la cour.

— Arrêtez-la ! hurla-t-elle.

Macée ne pouvait pas savoir qu'un des chariots était plein de poudre.

Rand la dépassa, criant à l'épouse de Gervais de s'arrêter, ordonnant aux hommes de se mettre à couvert. Chiang lança un avertissement au roi.

— Macée, non ! Vous ne savez pas ce que vous faites !

Macée hésita un instant. Puis elle rejeta la tête en arrière d'un geste de défi et cria :

— Vous avez vaincu une garnison avec vos armes à feu ! Pourquoi pas moi ?

Elle jeta les charges sous le chariot.

— Macée, non ! cria Gervais d'une voix enrouée. Je ne voulais pas dire… Ce n'était pas notre plan de…

Les yeux étincelants, elle mit la torche en contact avec l'une des fusées. L'explosion envoya une volute de fumée et des étincelles vers le ciel, puis toucha les barils de poudre.

Lianna s'écrasa contre le torse de Rand et ils tombèrent ensemble. En roulant, il la protégea de son corps.

Des morceaux de bois, des armes brisées, du grain et des pièces de fer tordues jaillirent dans les airs. Une dernière explosion furieuse. Des hommes blessés grognaient ; des soldats effrayés criaient.

Rand s'écarta de Lianna.

— Etes-vous blessée ?

Elle secoua la tête.

— Non. Le roi Henry…

— Je suis sain et sauf, dit-il derrière eux.

Il désigna Chiang d'un grand geste.

— Grâce à la promptitude de mon maître artilleur.

Tandis que la fumée âcre commençait à se disperser, Lianna se força à regarder les décombres noircis du cercle de chariots. Des lambeaux brûlés d'étoffe rouge étaient tout ce qui restait de Macée. Gervais était allongé, sans vie, son corps calciné replié sur lui-même. Lianna enfouit son visage dans l'épaule de Rand et pleura.

— Je me déteste de me sentir soulagée, murmura-t-elle.

— La traîtrise de Gervais les a conduits là.

— Mais Macée…

— Chut, mon amour. On ne pouvait plus l'aider. N'avez-vous pas vu la folie dans ses yeux ?

Un coup de vent souffla la fumée à travers la prairie. Le son d'un clairon déchira le silence horrifié.

— C'est le salut de mon oncle de Bourgogne !

— Il arrive toujours quand la fumée se dissipe, fit remarquer Rand avec une pointe d'ironie.

Un contingent de chevaliers en armures brillantes, conduit par la silhouette nimbée de gloire de Jean sans Peur, pénétra dans le campement. Un drapeau blanc flottait au-dessus des têtes des Bourguignons.

— Il doit venir parlementer avec le roi Henry.

— Il ferait mieux, dit Lianna en s'avançant, car il ne s'est pas montré français.

Les conseillers du roi se rassemblèrent pour accueillir le duc, mais Jean sans Peur chevaucha droit sur Rand et Lianna. A travers la brume de fumée, ils virent qu'il était suivi d'une femme montée sur un palefroi gris. Elle tenait un bébé contre elle.

— Doux Jésus !

Les bras tendus pour recevoir leur fils, tous deux passèrent en courant devant le roi et Bourgogne.

Lianna serra Aimery sur son cœur pendant que Rand les enlaçait tous les deux. L'enfant, parti depuis près de trois mois, roucoulait de plaisir. Il était devenu plus fort, ressemblait plus à Rand avec ses traits nobles, plus à Lianna avec son menton têtu. Sa petite main se referma sur le doigt de sa mère.

— Grâce à Dieu, dit Rand d'une voix rauque. Grâce à Dieu, il est sain et sauf !

Une chaleur pleine de joie envahit Lianna.

— Il a deux dents de plus ! s'exclama-t-elle.

Ecartant le châle du bébé, elle remarqua l'emblème d'une ortie et d'un rameau de houblon cousu dessus. Les armes de Bourgogne. Elle regarda son oncle par-dessus l'épaule de Rand.

— Vous avez reçu mon message…

Un sourire ironique se peignit sur la bouche fine du duc.

— Ta mère sent encore le soufre, petit, dit-il à Aimery. Les hommes de Longwood doivent avoir un faible pour cette odeur abominable !

— En effet, acquiesça Rand en riant. Ou sinon, ils sont forcés d'y prendre goût. Merci d'avoir ramené notre fils.

Le roi Henry s'avança, ses traits monastiques éclairés d'un sourire.

— Bienvenue, Votre Grâce.

Le duc mit pied à terre.

— Que pensez-vous de ma nièce, à présent, Harry ? demanda-t-il, visiblement très fier.

— Vous êtes au courant ?

— Oui, l'histoire se répand déjà à travers le pays.

Henry hocha la tête.

— Les bardes chanteront son courage dans les années à venir.

— Le vôtre aussi, Sire, dit Lianna d'un ton conciliant. On se souviendra de vous comme du roi qui a uni le lys et le léopard sous une seule bannière.

Henry lui sourit, ainsi qu'à Rand. Il toucha la joue du bébé.

— Et sous un seul toit, ajouta-t-il.

Bourgogne et lui s'éloignèrent ensemble, pour faire la paix et des plans.

Rand enveloppa sa famille de ses bras.

— Henry a conquis un royaume, dit-il.

— Et vous, mon époux, avez conquis mon cœur.

Il eut un grand sourire.

— Je me demande qui a livré la campagne la plus dure.

Lianna haussa les épaules et se hissa sur la pointe des pieds pour l'embrasser.

— De cela, dit-elle d'un ton aérien, les bardes en décideront.

POSTFACE

La stupéfiante victoire d'Henry V à Azincourt lui valut une réputation si farouche que les Français n'engagèrent plus jamais de grande bataille contre lui. En 1420, le traité de Troyes valida ses fiançailles avec la princesse française Catherine et le fit héritier et régent de France.

Jean sans Peur, duc de Bourgogne, fut assassiné par des agents du dauphin en 1418.

Le règne de neuf ans d'Henry V s'acheva en 1422, quand il mourut de dysenterie à l'âge de trente-cinq ans. De cette date à 1461, l'Angleterre perdit son implantation en France, car l'imagination militaire d'Henry et son génie stratégique ne furent jamais égalés.

REMERCIEMENTS

Ma sincère gratitude à mes compagnes d'aventure, Barbara Dawson Smith, Arnette Lamb, Alice Borschart et Joyce Bell ; et à Richard Curtis, tueur de dragons et faiseur de bonnes actions.

Mes remerciements particuliers à John Lloyd-Evans, Bob Beck, Charles B. Sanders de l'école Kinkaid, Pat Jones de la bibliothèque publique de Houston, et à Alice Shields, pour ses talents de relectrice.

A paraître le 1er novembre

st-Sellers n°486 • suspense

ı mystère à Black Falls - Carla Neggers

petite ville de Black Falls, dans le Vermont, semble bien paisible sous son rideau neige… jusqu'à ce que Rose Cameron, experte en sauvetages d'urgence, ːouvre un corps carbonisé, presque méconnaissable. Presque… car Rose est e de savoir de qui il s'agit, et elle est convaincue que cette mort n'a rien d'un ːident. D'autant que Nick Martini, un pompier expérimenté qui est venu la uver, soupçonne lui aussi l'intervention d'un pyromane. Nick, un homme luisant qu'elle n'avait jamais revu depuis la nuit de passion qu'ils ont partagée née précédente. Bouleversée par ces retrouvailles mais décidée à faire le jour plus vite sur cette sombre affaire, Rose met de côté ses sentiments et accepte collaborer avec Nick pour traquer un dangereux criminel – au risque de se ouver prisonnière d'un piège de feu.

st-Sellers n°487 • suspense

émoire à vif - Brenda Novak

retour dans le Tennessee à Whiterock, sa ville natale, après douze années osence, Sheridan Kohl redoute de voir son passé refaire surface, et avec lui terribles souvenirs qui ont bouleversé sa vie. Et même si elle a peu à peu onstruit son existence autour de l'association d'aide aux victimes qu'elle a ée en Californie avec deux amies, elle sait que seule la vérité sur son agression sur le meurtre dont elle a été le témoin adolescente pourra la libérer des chemars qui hantent ses nuits. Mais à peine arrivée, Sheridan est à nouveau ime d'une agression et ne doit la vie sauve qu'à l'intervention de Cain Granger, amour de jeunesse. Cain, un mauvais garçon au charme ravageur que toute la ite communauté de Whiterock soupçonne encore d'être l'auteur du crime que ridan est venue résoudre.

t-Sellers n°488 • suspense

nacée - Karen Harper

squ'elle se rend dans un coin perdu de l'Alaska pour un stage professionnel, ocate Lisa Vaughn espère profiter pleinement de ces quelques jours en pleine ıre. Pourtant, dès son arrivée, une étrange impression d'être épiée la met mal ise. Un malaise qui se transforme en panique lorsque Lisa est précipitée dans eaux tumultueuses et glacées du torrent Wild. Un torrent dont elle ne serait ais sortie vivante si Mitch Braxton ne s'était embarqué en kayak dans une rse folle sur les rapides pour la sauver. Mitch, le directeur du stage, mais aussi urtout son ancien fiancé, cet homme qui lui a déchiré le cœur en partant vivre d'elle plusieurs années auparavant. Bouleversée et désorientée, Lisa accepte la oosition de Mitch de veiller sur elle et de l'aider à enquêter. S'agit-il d'un simple dent, d'une menace ? Ou, aussi incroyable que cela puisse paraître, quelqu'un haite-t-il réellement la tuer ?

Best-Sellers n°489

Magie d'hiver

Les cinq histoires réunies dans ce livre explorent la magie d'un hiver de g
où la douceur ouatée de la neige et la chaleur réconfortante des feux de b
accompagnent toutes les promesses d'amour… Amour impossible d'Alanna
le soir de Noël, ne peut pas accepter la demande en mariage de Ian alors qu'i
bientôt devoir partir. Amour renaissant de Noelle et Thom, séparés depuis dix
qui se retrouvent au moment des fêtes de fin d'année. Amour passionné d'El
et Tony qui, depuis leur adolescence, se donnent rendez-vous à chaque veille
Noël. Jusqu'au jour où Elaine attend Tony en vain… Amour fou et imprévu
Devin pour Robin et le bébé qu'elle met au monde un soir de tempête. Un am
qui fait naître en lui le désir d'une vraie famille. Amour absolu d'Amy qui r
pour ses enfants du plus merveilleux des réveillons de Noël. Autant de rencon
imprévues, de brûlantes étreintes, de retrouvailles bouleversantes et de tenc
réconciliations…

Best-Sellers n°490 • suspense

L'île des disparues - Heather Graham

Quand Chloé Marin, jeune et talentueuse psychologue, collabore à une enqu
de police sur la mystérieuse disparition d'un jeune mannequin sur une petite
de Floride, elle ne s'attend pas à voir son propre passé ressurgir. Et surtout
ces meurtres terribles qui l'ont brisée lorsqu'elle était adolescente et qu'el
essayé d'enfouir au plus profond de sa mémoire. Pourtant, à peine démarre-t-
ses recherches que des crimes sont commis et lui rappellent le drame dont e
été témoin dix ans plus tôt. Mais le plus perturbant, ce sont encore ces visions
s'emparent de son esprit. Des visions incroyablement réalistes de la jeune fem
disparue implorant son aide. Dès lors Chloé n'a plus le choix. Prête à tout p
faire la lumière sur cette affaire, elle s'associe à Luke Cane – un détective p
secret et mystérieux à qui elle a rapidement accordé sa confiance. Mais elle ne
pas encore à quel point sa protection lui sera précieuse. Ni qu'elle est désorm
la cible d'un tueur implacable. Un tueur qui n'est jamais loin …

Best-Sellers n°491 • thriller

Le silence de la peur - Karen Rose

*Son projet était désespéré. Mais Mary Grace Winters savait que la seule manière p
elle et pour son fils d'échapper à son mari, un policier violent qui les maltraitait, éta
mettre en scène leur propre mort…*

Aujourd'hui, tout ce qu'il reste de leur ancienne vie gît au fond d'un lac. Sous
nouvelle identité, Mary Grace a trouvé refuge avec son petit Tom à Chicago,
de sa ville natale. Et sous le nom de Caroline Stewart, elle a presque oublié le
chemar qu'elle a fui sept ans auparavant, au point de se laisser aller à une rela
amoureuse avec son nouveau collègue, Max Hunter. Max, un homme qui es
aussi hanté par d'anciennes et profondes blessures, et qui lui a spontanément ins
confiance. Pourtant, elle l'ignore encore, son passé est sur le point de ressurgir e
faire voler en éclats la vie paisible qu'elle s'est construite. Car son mari a retrouv
trace et celle de son fils. Pas à pas, il se rapproche…

-Sellers n°492 • *historique*

ocente trahison - Kat Martin

terre, 1854.

uis qu'ils l'ont recueillie chez eux après la mort de ses parents, Lily Moran voue oyauté sans faille aux Caulfield, et surtout à leur fille Jocelyn dont elle est devenue me de compagnie. Une loyauté qui est mise à rude épreuve lorsqu'elle rencontre l Dewar, duc de Bransford, auquel Jocelyn est promise depuis des années. Car y sait que cet homme ne lui appartient pas, elle ne peut ignorer l'intense désir 'installe entre eux dès les premiers instants. Et bientôt, incapable de résister à ntation, Lily s'abandonne entre les bras du duc pour un baiser d'une incroyable ualité.

tant, elle le sait, Royal n'a rien de plus à lui offrir que ces quelques instants de plaisir . N'a-t-il pas promis à son père qu'il épouserait Jocelyn, ainsi que sa fortune, pour uer son prestige au duché de Bransford ? Alors, déterminée à mettre un terme à ain jeu de séduction, Lily fait tout pour éviter le fascinant Royal. Jusqu'à ce que le n les pousse à commettre l'irréparable…

-Sellers n°493 • *suspense*

sions - Francis Roe

la première fois depuis le début de sa brillante carrière de chirurgien à New ntry, le docteur Caleb Winter est confronté à un terrible cas de conscience : afin uver la vie de sa patiente, Céline de la Roche, il devrait normalement pratiquer intervention classique et en accepter les effets secondaires indésirables. Et tant, cette fois, il se sent prêt à risquer sa carrière et sa réputation pour tenter « première » médicale en pratiquant sur elle une greffe très risquée. Caleb a en des raisons personnelles de vouloir tenter le tout pour le tout. Et même si son ir de médecin lui impose la plus stricte neutralité, il sent bien que son jugement téré par l'irrépressible attirance qu'il éprouve pour Céline. Car sa patiente – femme de pouvoir qui dirige une maison d'édition new-yorkaise -, est jeune, et intelligente. Fragile aussi. Une fragilité qui fait écho à sa propre solitude dans onde hospitalier fait de rivalités et de querelles de pouvoir, où Caleb suscite rribles jalousies. Mais peut-il vraiment se lancer dans une lutte sans merci pour e… au risque de tout perdre ?

Composé et édité par les
éditions Harlequin
Achevé d'imprimer en août 2011

BRODARD & TAUPIN

La Flèche
Dépôt légal : septembre 2011
N° d'imprimeur : 64222

Imprimé en France